AF336694

E POPULA
PRIX
2.70
VOLUME
ARD et Cie EDITEURS PARIS

PARDAILLAN ET FAUSTA

LES AMOURS DU CHICO

# Michel ZEVACO

## Pardaillan et Fausta

# Les Amours du Chico

roman d'aventures historiques

PARIS

**LE LIVRE POPULAIRE**

Arthème FAYARD et Cie, Éditeurs

18 et 20, Rue du Saint-Gothard, (XIVe Arrt)

# Les Amours du Chico [1]

## I

### LES IDÉES DE JUANA

Nous avons dit que Pardaillan, mettant à profit le temps, assez long, pendant lequel les conjurés se retiraient un à un, avait eu un entretien assez animé avec le Chico

Pardaillan avait demandé au petit homme s'il n'existait pas quelque entrée secrète, inconnue des gens qui se trouvaient en ce moment dans la grotte, par où lui, Pardaillar pourrait entrer et sortir à son gré.

Le nain s'était d'abord fait tirer l'oreille. Pour lui, pénétrer seul et sans autre arme qu'une dague, dans cet antre, c'était une manière de suicide. Il ne pouvait pas comprendre que le seigneur français, qui venait d'échapper par miracle à une mort affreuse, s'exposât ainsi, comme à plaisir. Son affection grandissante lui faisai un devoir de ne pas se prêter à un jeu qui pouvait être fatal à celui qui l'entreprenait.

Mais Pardaillan avait insisté, et comme il avait une manière à lui, tout à fait irrésistible, de demander certaines choses, le nain avait fini par céder et l'avait conduit dans un couloir où se trouvait, affirmait-il, une entrée que nul autre que lui ne connaissait.

---

(1) L'épisode qui précède ce récit a pour titre:
PARDAILLAN ET FAUSTA

On a vu qu'il ne se trompait pas, et qu'en effet ni Fausta, ni les conjurés ne connaissaient cette entrée.

Pendant que Pardaillan était dans la salle, le nain, horriblement inquiet, se morfondait dans le couloir, la main posée sur le ressort qui actionnait la porte invisible, ne voyant et n'entendant rien de ce qui se passait de l'autre côté de ce mur, contre lequel il s'appuyait, se doutant cependant qu'il y aurait bataille, et attendant, angoissé, le signal convenu pour ouvrir la porte et assurer la retraite de celui qu'il considérait maintenant comme un grand ami. Car Pardaillan, avec son naturel simple et bon enfant, profondément touché d'ailleurs par le sacrifice quasi héroïque du Chico, lui parlait avec une grande douceur qui était allée droit au cœur du petit paria sevré de toute affection, en dehors de son adoration pour Juana.

Lorsque Pardaillan frappa contre le mur les trois coups convenus, le nain s'empressa d'ouvrir et accueillit le chevalier triomphant avec des manifestations d'une joie aussi bruyante que sincère qui l'émurent doucement.

— J'ai bien cru que vous ne sortiriez pas vivant de là-dedans, dit-il, quand il se fut un peu calmé.

— Bah ! répondit Pardaillan en souriant, j'ai la peau trop dure, on ne m'atteint pas aisément.

— J'espère que nous allons nous en aller maintenant ? fit le Chico qui tremblait à la pensée que, pris de quelque nouvelle lubie, le Français ne s'avisât de s'exposer encore, bien inutilement, à son sens.

A sa grande satisfaction, Pardaillan dit:

— Ma foi, oui ! Ce séjour est peut-être agréable pour des bêtes de nuit, mais il n'a rien d'attrayant et il est trop peu hospitalier pour d'honnêtes gens comme Chico. Allons-nous-en donc !

Le soleil se levait radieux, lorsque Pardaillan, accompagné de son petit ami, le nain Chico, fît son entrée dans l'auberge de la Tour.

Tout le personnel s'activait, frottant, lavant, balayant, nettoyant, mettant tout en ordre, car ce jour était un dimanche et la clientèle serait nombreuse.

Dans la vaste cheminée de la cuisine, un feu clair pétillait, et la gouvernante Barbara, pour ne pas en perdre l'habitude, maugréait et bougonnait contre les jeunes maîtresses qui ne veulent en faire qu'à leur tête, et qui, après avoir passé la plus grande partie de la nuit debout, sont levées les premières et parées de leurs plus beaux atours, gênent les serviteurs honnêtes et consciencieux acharnés à leur besogne.

C'est qu'en effet la petite Juana était descendue la première, n'ayant pu trouver le repos espéré.

Elle était bien pâle, la petite Juana, et ses yeux cernés, brillants de fièvre, trahissaient une grande fatigue... ou peut-être des larmes versées abondamment. Mais si inquiète, si fatiguée et si désorientée qu'elle fût, la coquetterie n'avait pas cédé le pas chez elle. Et c'est parée de ses plus riches et de ses plus beaux vêtements, soigneusement coiffée, finement chaussée — coiffure et chaussure, ses deux plus grandes coquetteries, en vraie Andalouse qu'elle était — qu'elle allait et venait, par habitude, mais l'esprit absent, ne surveillant nullement les serviteurs, ayant toujours l'œil et l'oreille tendus vers la porte l'entrée comme si elle eût attendu quelqu'un.

C'est ainsi qu'elle vit parfaitement, et du premier coup d'œil, entrer Pardaillan, flanqué de Chico, l'air triomphant. Et du même coup le sourire s'épanouit sur la pourpre fleur de grenadier qu'étaient ses lèvres, ses joues si pâles rosirent, et ses yeux inquiets, comme embués de larmes, retrouvèrent tout leur éclat, comme par enchantement.

Elle les vit parfaitement, mais il se trouva, comme par hasard, que juste à ce moment elle remarqua une négligence d'une servante a qui elle se mit à faire des reproches très vifs, des reproches exagérés par rapport à la faute commise, ce qui parut surprendre et chagriner la servante, peu habituée sans doute à une telle sévérité.

Quand elle jugea que le seigneur français avait suffisamment attendu, Juana daigna remarquer sa présence, et avec un joli petit cri de surprise, admirablement jouée, et avec un air d'indifférence hypocrite :

— Ah ! monsieur le chevalier, vous voici de retour ? Savez-vous que vos amis, don Cervantès et don César, sont très inquiets à votre sujet ? dit-elle.

— Bon ! fit Pardaillan en souriant, je vais les rassurer... dans un instant.

Mais, chose bizarre, Juana, qui avait, quelques heures

plus tôt, si vivement pressé le Chico de sauver le chevalier, s'il était possible, Juana, qui avait prodigué des
promesses sincères de reconnaissance et d'attachement,
Juana ne dit pas un mot au nain, dont l'air triomphant
se changea en consternation. Elle ne parut même pas le
voir; ou plutôt, si. Elle lui jeta un coup d'œil. Mais un
coup d'œil foudroyant, comme si elle eût eu à lui reprocher quelque trahison indigne.

Le pauvre Chico, qui s'attendait à des remerciements
bien mérités, somme toute, demeura pétrifié, et son petit
visage se crispa douloureusement:

— Qu'a-t-elle donc? Que lui ai-je fait?

Juana, sans plus s'occuper du nain, demandait:

— Seigneur, désirez-vous monter vous reposer de
suite? Désirez-vous prendre quelque chose avant?

— Juana, ma jolie, je désire me restaurer d'abord.
Faites-moi donc servir la moindre des choses, quelque
tranche de pâté, par exemple, avec deux bouteilles de vin
de France.

— Je vais vous servir moi-même, seigneur, dit Juana.

— Honneur auquel je suis très sensible, ma belle enfant! Pendant que vous y êtes, voyez donc, s'ils ne dor-
ment pas, à rassurer sur mon compte messieurs Cervantès et El Torero.

— Tout de suite, seigneur!

Vive et légère et heureuse, Juana s'élança dans l'escalier pour informer les amis du seigneur français de son
retour inespéré, après avoir fait signe à une servante de
dresser le couvert.

Lorsque Juana eut disparu, Pardaillan se tourna vers
le Chico et, voyant dans ses yeux toujours la même interrogation, il se mit à rire franchement, de son bon rire clair
et sonore. Et comme le nain le regardait d'un air de douloureux reproche, il lui dit:

— Tu ne comprends pas, hein? C'est que tu ne connais pas les femmes!

— Que lui ai-je fait? murmura le nain de plus en plus
interloqué.

Pardaillan haussa les épaules et:

— Tu lui as fait que tu m'as sauvé, dit-il.

— Mais c'est elle qui m'en a prié!

— Précisément!

Et comme le nain ouvrait des yeux énormes, il se mit
à rire de tout son cœur.

— Ne cherche pas à comprendre, dit-il. Sache seulement qu'elle t'aime.

— Oh ! fit le Chico incrédule, elle ne m'a pas dit un
mot. Elle m'a foudroyé du regard.

— C'est précisément à cause de cela que je dis qu'elle
t'aime.

Le nain secoua douloureusement la tête. Pardaillan en
eut pitié.

— Ecoute, dit-il, et comprends, si tu peux. Juana est
contente de me voir vivant...

— Vous voyez bien...

— Mais elle est furieuse après toi.

— Pourquoi ? .. Je n'ai fait que lui obéir.

— Justement !... Juana aurait bien voulu que je ne
fusse pas tué. Elle n'aurait pas voulu que ce fût toi qui,
précisément, me sauvât.

— Parce que ?

— Parce que je suis ton rival. La femme qui aime n'ad-
met pas qu'on ne soit pas jaloux d'elle. Si tu avais bien
aimé Juana, tu eusses été jaloux d'elle. Jaloux, tu ne
m'eusses pas sauvé ! Voilà ce qu'elle se dit. Comprends-
tu ?

— Mais si je ne vous avais pas sauvé, elle m'eût tourné
le dos. Elle m'eût traité d'assassin.

— Parfaitement !

— Alors ?

— Alors il vaut mieux que les choses soient comme
elles sont. Ne t'inquiète pas. Juana t'aime... ou t'aimera, morbleu ! As tu confiance en moi ? Oui ou non ?

— Oui, tiens.

— Alors laisse-moi faire et ne prends pas des airs d'a-
moureux transi. Tes affaires vont bien, je t'en réponds.

Ces paroles ne rassurèrent qu'à demi El Chico. Il avait
confiance, certes, et puisque le seigneur Pardaillan disait
que ses affaires allaient bien, c'est que cela devait être.
Mais un seul petit sourire de Juana l'eût rassuré plus que
toutes les assurances de l'ami Néanmoins, pour ne pas
désobliger Pardaillan, il s'efforça de refouler son chagrin
et de montrer un visage sinon souriant, du moins un peu
moins morose.

A ce moment, Juana redescendait et annonçait :

— Ces seigneurs s'habillent. Dans un instant ils rejoindront Votre Seigneurie. En attendant, votre couvert est mis, et si vous voulez prendre place, goûtez cet excellent pâté en attendant l'omelette qui saute.

Pardaillan s'approcha de la table et feignit un grand courroux.

— Comment, un couvert seulement ? fit-il. Mais, malheureuse, ne savez-vous pas que je traite un brave ! Je dis bien : un brave. Et je pense m'y connaître.

Et comme Juana cherchait machinalement quel pouvait être celui qui avait l'honneur d'être qualifié de brave par le seigneur français, le brave des braves :

— Vite ! ajouta Pardaillan, un second couvert pour ce brave, qui est aussi un ami que j'aime.

A dire vrai, si Juana était surprise et intriguée, le Chico ne l'était pas moins. Comme elle, il se demandait qui pouvait être cet ami dont parlait Pardaillan.

Quoi qu'il en soit, Juana se hâta de réparer le mal, et curieuse, comme toute fille d'Ève, elle attendit. Elle n'attendit pas longtemps, du reste.

Pardaillan, une lueur de malice dans l'œil, s'approcha de la table et, désignant l'escabeau au nain confus de cet honneur, au grand ébahissement de Juana qui n'en pouvait croire ses yeux ni ses oreilles :

— Ça, mon ami Chico, fit-il gaiement, assieds-toi là, en face de moi, et soupons, morbleu ! Nous ne l'avons pas volé, que t'en semble ?

Chico commençait à considérer Pardaillan comme un être exceptionnel, plus grand, plus noble, meilleur en tout cas que tous ceux qu'il avait appris à respecter. Non qu'on se fût donné la peine de lui apprendre quelque chose, mais de voir et d'entendre autour de soi, on se forme sans s'en apercevoir. Pour lui, un désir de Pardaillan devenait un ordre à exécuter sans discuter, et séance tenante. En outre, il ne manquait ni de fierté ni de dignité, bien qu'on l'eût fort étonné sans doute en lui disant qu'il possédait ces qualités.

Pardaillan ayant dit : « Assieds-toi là », le nain s'assit et avec une aisance parfaite se mit à faire honneur à ce festin improvisé. Pardaillan, d'ailleurs, paraissait se faire un plaisir de le traiter comme on traite un hôte de marque.

Sur ces entrefaites, Cervantès et le Torero étaient descendu' et, assis à la même table, choquaient leurs verres contre les verres de Pardaillan et de Chico.

Naturellement Cervantès et le Torero, s'ils furent surpris de voir le chevalier attablé avec le petit vagabond. se gardèrent bien d'en laisser rien paraître. Et puisque Pardaillan traitait le Chico sur un pied d'égalité c'est qu'il avait sans doute de bonnes raisons pour cela, et ils s'empressèrent de l'imiter. En sorte que Juana vit avec une stupeur qui allait grandissant ces personnages qu'elle vénérait au-dessus de tout, témoigner une grande considération a son éternelle poupée, cette poupée à qui elle croyait faire un très grand honneur en lui permettant de baiser le bout de son soulier.

Elle ne disait rien, la petite Juana ; mais Pardaillan, amusé, lisait sur sa physionomie mobile et loyale toutes les questions qu'elle se posait sans oser les formuler tout haut Et pour la renseigner indirectement, il feignit de s'en prendre à Cervantès et à don Cesar, à qui il se mit à faire, en l'arrangeant à sa manière, le récit de sa délivrance par le Chico.

— Croiriez-vous, dit-il à un certain moment, que ce petit diable a osé lever la dague sur moi ? A telles enseignes que je me demande comment je suis encore vivant

— Ah bah ! fit Cervantès sans railler, le petit est brave ?

— Plus que vous ne croyez, dit gravement Pardaillan. Dans la petite poitrine de cette réduction d'homme bat un cœur ferme et généreux Et je sais bien des hommes forts, réputés braves et généreux, qui n'auraient jamais été capables de montrer la moitié de la grandeur d'âme et du courage de ce petit héros. Il n'est pas de bravoure comparable à celle qui s'ignore. Je vous expliquerai un jour peut être ce qu'a fait cet enfant. Pour le moment, sachez que je l'aime et l'estime, et je vous prie de le traiter en ami, non pour l'amour de moi, mais pour lui-même.

— Chevalier, dit gravement Cervantès, du moment que vous le jugez digne de votre amitié. nous nous honorerons de faire comme vous.

Par exemple, le Chico ne savait quelle contenance garder. Il était heureux, certes, mais ces compliments de la part d'hommes qu'il regardait comme des héros, le plongeaient dans une gêne qu'il ne parvenait pas à surmonter. Cependant, nous devons dire qu'il louchait constamment du côté de Juana pour juger de l'effet produit sur elle par ces louanges qu'on faisait de sa petite personne. Et il avait lieu d'être satisfait, car Juana, maintenant, le regardait d'un tout autre œil et lui faisait son plus gracieux sourire... Aussi le cœur du nain s'épanouissait d'aise, et s'il avait osé, il aurait baisé la main de Pardaillan en signe de soumission et de gratitude, car il était trop fin pour n'avoir pas deviné que toute la scène avait été imaginée par le chevalier, à seule fin d'impressionner Juana et la faire revenir de sa bouderie, réelle ou affectée. Et les résultats de cette comédie étaient très visibles pour lui, si modeste et si aveuglé par la passion qu'il fût.

Après avoir ainsi frappé indirectement l'esprit de la fillette, Pardaillan la prit a partie directement et, moitié plaisant moitié sérieux :

— C'est vous, ma gracieuse Juana, qui avez pris soin de cet abandonné, votre compagnon d'enfance. Par lui qui m'a sauvé, je vous suis redevable. Je ne l'oublierai pas, croyez-le. Mais une chose qu'il faut que vous sachiez, c'est que la femme qui aura le bonheur d'être aimée de Chico pourra compter sur cet amour jusqu'a la mort. Jamais cœur plus vaillant et plus fidèle n'a battu dans une poitrine d'homme.

Juana ne dit rien, mais elle fit une jolie moue qui signifiait :

— Vous ne m'apprenez rien de nouveau.

Pardaillan se montra très sobre d'explications. C'était du reste assez son habitude. Il se garda de souffler mot de ce qu'il avait surpris concernant le Torero et ne dit que juste ce qu'il fallait pour faire ressortir le rôle de Chico, qu'il prit plaisir à exagérer, sincèrement d'ailleurs, car il était de ces natures d'élite qui s'exagèrent a elles-mêmes le peu de bien qu'on leur fait.

Ces explications données, il prétexta une grande fatigue, et sur ce point il n'exagérait pas, car tout autre que lui se fût écroulé depuis longtemps, et monta s'étendre dans les draps blancs qui l'attendaient.

Pardaillan parti, Cervantès se retira. Le Torero re-

monta au premier saluer la Giralda et le Chico resta
seul.

Juana, fine mouche, ne daigna pas lui auresser la parole. Seulement, après avoir tourné et viré dans le patio,
sûre qu'il ne la quittait pas des yeux, elle se dirigea d'un
air détaché vers un petit réduit qu'elle avait arrangé à sa
guise et qui était comme son boudoir à elle, boudoir bien
modeste. Et en se retirant, la petite madrée regardait
par-dessus son épaule pour voir s'il la suivait. Et comme
il ne bougeait pas de sa place, elle eut une moue comme
pour dire:

— Il ne viendra pas, le nigaud!

Et comme elle voulait qu'il vînt, elle tourna à demi la
tête et l'ensorcela d'un sourire.

Alors le Chico osa se lever et, sans avoir l'air de rien,
il la rejoignit dans le petit réduit, le cœur battant à se
briser dans sa poitrine, car il se demandait avec angoisse quel accueil elle allait lui faire.

Juana s'était assise dans l'unique siège qui meublait
la pièce, très petite. C'était un vaste fauteuil en bois
sculpté, comme on en faisait à cette époque, où l'on se
fût montré fort embarrassé de nos meubles étriqués d'aujourd'hui. Comme elle était petite, ses pieds reposaient
sur un large et haut tabouret en chêne, ciré, frotté à se
mirer dedans comme le fauteuil, comme tous les meubles, car elle était, nous l'avons dit, d'une propreté méticuleuse, et veillait elle-même à ce que tout fût bien entretenu dans la maison.

Le Chico se faufila dans la pièce et resta devant elle
muet et l'air fort penaud. A le voir, on l'eût pris pour un
enfant qui a commis quelque grave délit et attend la
correction.

Voyant qu'il ne se décidait pas à parler, elle entama la
conversation, et avec un visage sérieux, sans qu'il lui
fût possible de discerner si elle était contente ou fâchée:

— Alors comme ça, il paraît que tu es brave, Chico?

Ingénument, il dit:

— Je ne sais pas.

Agacée, elle reprit avec un commencement de nervosité:

— Le sire de Pardaillan l'a dit bien haut. Il doit s'y
connaître, lui qui est la bravoure même.

Il baissa la tête et, comme on avouerait une faute, il murmura :

— S'il le dit, cela doit être... Mais moi, je n'en sais rien.

Les petits talons de Juana commencèrent de frapper sur le bois du tabouret un rappel inquiétant pour Chico, qui connaissait ces signes révélateurs de la colère naissante de sa petite maitresse. Naturellement cela ne fit qu'accroitre son trouble.

— Est-ce vrai ce qu'a dit M. de Pardaillan que celle que tu aimeras, tu l'aimeras jusqu'à la mort ? fit-elle brusquement.

On se tromperait étrangement si on concluait de cette question que Juana était une effrontée ou une rouée sans pudeur ni retenue. Juana était parfaitement ignorante, et cette ignorance suffirait à elle seule à justifier ce qu'il y avait de risqué dans sa question. Rouée, elle se fût bien gardée de la formuler. En outre, il faut dire que les mœurs de l'époque étaient autrement libres que celles de nos jours, où tout se farde et se cache sous le masque de l'hypocrisie. Ce qui paraissait très naturel à cette époque ferait rougir d'indignation feinte tous les pères de la Morale de nos jours. Enfin il ne faut pas oublier que Juana, se considérant un peu comme la petite madone du Chico, habituée à son adoration muette, le considérant comme sa chose à elle, accomplissait très naturellement certains gestes, prononçait certaines paroles qu'elle n'eût jamais eu l'idée d'accomplir ou de prononcer avec une autre personne.

Le Chico rougit et balbutia :

— Je ne sais pas !

Elle frappa du pied avec colère et dit en le contrefaisant :

— Je ne sais pas !... Tu ne vois donc rien ? C'est agaçant. Pour qu'il ait dit cela, il a bien fallu pourtant que tu lui en parles.

— Je ne lui ai pas parlé de cela, je le jure, dit vivement le Chico.

— Alors comment sait-il que tu aimes quelqu'un et que tu l'aimeras jusqu'à la mort ?

Et câline :

— Et c'est vrai que tu aimes quelqu'un, dis, Chico ?

Qui est-ce ? Je la connais ? Parle donc ! tu restes là, bouche bée. Tu m'agaces.

Les yeux du Chico lui criaient : « C'est toi que j'aime ! » Elle le voyait très bien, mais elle voulait qu'il le dît. Elle voulait l'entendre.

Mais le Chico n'avait pas ce courage. Il se contenta de balbutier :

— Je n'aime personne... que toi. Tu le sais bien.

Vierge sainte ! si elle le savait ! Mais ce n'était pas là l'aveu qu'elle voulait lui arracher, et elle eut une moue dépitée. Sotte qu'elle était d'avoir cru un instant à la bravoure du Chico. Cette bravoure n'allait même pas jusqu'à dire deux mots : « Je t'aime ! » Elle ne savait pas, la petite Juana, que ces deux mots font trembler et reculer les plus braves. Elle était ignorante, la petite Juana, et habituée à dominer ce petit homme, elle eût voulu être dominée à son tour par lui, ne fût-ce qu'une seconde. Ce n'était pas facile à obtenir. Peu patiente, comme elle était, son siège fut fait. Pour elle, le Chico serait toujours le bon chien fidèle, trop heureux de lécher le pied qui venait de le repousser.

Et dans son dépit, cette pensée lui vint, puisqu'il n'était bon qu'à cela, de l'humilier, de l'amener à se prosterner devant elle, de lui faire humblement lécher les semelles de ses petits souliers, puisque ce brave n'osait aller plus loin.

Et agressive, l'œil mauvais, la voix blanche :

— Si tu ne sais rien, si tu n'as rien dit, rien fait, qu'es-tu venu faire ici ? Que veux-tu ?

Très pâle, mais plus résolument qu'il ne l'eût cru lui-même, il dit :

— Je voulais te demander si tu étais contente.

Elle prit son air de petite reine pour demander :

— De quoi veux-tu que je sois contente ?

— Mais... d'avoir trouvé le Français... de l'avoir ramené.

Avec cette impudence particulière à la femme, elle se récria d'un air étonné et scandalisé :

— Eh ! que m'importe le Français ! Çà, perds-tu la tête ?

Effaré, ne sachant plus à quel saint se vouer, il balbutia :

— Tu m'avais dit...
— Quoi ?... Parle !...
— De le sauver, de le ramener...
— Moi ?... Sornettes ! Tu as rêvé !

Du coup, le Chico fut assommé. Eh quoi ! avait-il rêvé réellement, comme elle le disait avec un aplomb déconcertant ? Il savait bien que non, tiens ! S'était-elle jouée de lui ? Avait-elle voulu le mettre à l'épreuve ? Voir s'il serait jaloux, s'il se révolterait ? Le seigneur de Pardaillan, qui savait tant de choses, venait de le lui dire : la femme qui aime ne déteste pas, au contraire, qu'on se montre jaloux d'elle. Oui ! ce devait être cela. Mais alors, Juana l'aimerait donc aussi ? Un tel bonheur était-il possible ? Eh ! non ! il n'avait pas rêvé, elle avait pleuré cette nuit, devant lui, et ses larmes coulaient pour le Français. Il la voyait, il l'entendait encore ! Alors ?... Alors il ne savait plus. Il était profondément peiné et humilié : pourtant l'idée d'une révolte ne lui venait pas. Il était à elle, elle avait le droit de le faire souffrir, de le bafouer, de le battre si la fantaisie lui en prenait. Son rôle à lui était de courber l'échine, de subir ses humeurs et ses caprices. Trop heureux encore qu'elle daignât s'occuper de lui, fût-ce pour la martyriser. Un sourire d'elle et tout serait oublié.

Elle le guignait du coin de l'œil et jouissait, délicieusement de son trouble, de son effarement, de son humiliation. Elle eût voulu le piétiner, le faire souffrir, le meurtrir, l'humilier, oh ! surtout l'humilier, lui qu'elle savait si fier, l'humilier au possible, au delà de tout... Peut-être alors se révolterait-il enfin, peut-être oserait-il redresser la tête et parler en maître !

Est-ce à dire qu'elle était mauvaise et méchante ? Nullement. Elle s'ignorait, voilà tout. On ne passe pas impunément de longues années d'enfance, celles où les impressions se gravent le plus profondément, dans l'intimité complète d'un garçon — ce garçon fut-il un nain comme le Chico, et il ne faut pas oublier qu'il était de formes irréprochables et vraiment joli — on ne vit pas dans l'intimité d'un garçon sans éprouver quelque sentiment pour lui. Surtout lorsque ce garçon se double d'un adorateur passionné dans sa réserve voulue.

Dire qu'elle était amoureuse de Chico serait exagéré,

Elle était à un tournant de sa vie. Jusque-là elle avait cru sincèrement n'éprouver pour lui qu'une affection fraternelle. Sans qu'elle s'en doutât, cette affection était plus profonde qu'elle ne croyait.

Il suffirait d'un rien pour changer cette affection en amour profond. Il suffirait aussi d'un rien pour que cette affection restât immuablement ce qu'elle la croyait: purement fraternelle. C'était l'affaire d'une étincelle à faire jaillir.

Or au moment précis où ces sentiments s'agitaient inconsciemment en elle, Pardaillan lui était apparu. Sur ce caractère quelque peu romanesque, il avait produit une impression profonde. Elle s'était emballée comme une jeune cavale indomptée. Pardaillan lui était apparu comme le héros rêvé. Trop innocente encore pour raisonner ses sensations, elle s'était abandonnée, les yeux fermés. Pardaillan présent, elle avait soudain vu le Chico ce qu'il était en realité: un nain. Un nain joli, gracieux, élégant, follement épris, mais un nain quand même, une réduction d'homme dont on ne pouvait faire un époux. Dans sa pensée, elle décida que le Chico ne pouvait être qu'un frère et resterait ce frère autant que cela lui conviendrait. Elle s'était livrée avec toute la fougue de son sang chaud d'Andalouse a son rêve d'amour pour l'étranger si fort et si brave. Elle n'avait rien vu des à-côté de l'aventure dans laquelle elle s'engageait tête baissée. Et c'est ainsi que nous l'avons vue pleurer des larmes de désespoir à la pensée que celui qu'elle avait élu était peut-être mort.

Et voici qu'en faisant ses confidences au Chico, avec cette cruauté inconsciente de la femme qui aime ailleurs, voici que le Chico, sans se révolter sans s'indigner, refoulant stoïquement son amour et sa douleur, voici que le Chico, avec cette clairvoyance que donne un amour profond, avait dit simplement, sans insister, sans se rendre un compte exact de la valeur de son argument, le Chico avait dit la seule chose peut être capable de l'arrêter sur la pente fatale où elle s'engageait: Qu'espères-tu ?

Sans le savoir, sans le vouloir, c'était un coup de maître que faisait le nain en posant cette question. Sans le savoir, il venait de l'échapper belle, car ses paroles, après son départ, Juana les tourna et les retourna sans trêve dans son esprit.

Elle était la fille d'un modeste hôtelier, un hôtelier dont les affaires étaient prospères, un hôtelier qui passait pour être même assez riche, mais un hôtelier quand même. Et ceci c'était une tare terrible à une époque et dans un pays où tout ce qui n'était pas « né » n'existait pas. Or, elle, fille d'hôtelier, hôtelière elle-même — hôtelière par désœuvrement, par fantaisie, pour rire si on veut, mais hôtelière quand même — elle avait jeté les yeux sur un seigneur qui traitait d'égal à égal avec son souverain à elle, puisqu'il était, lui, le représentant d'un autre souverain. Que pouvait-elle espérer ? Rien, assurément. Jamais ce seigneur ne consentirait à la prendre pour épouse légitime. Quant au reste, elle était trop fière, elle avait été élevée trop au-dessus de sa condition pour que l'idée d'une bassesse pût l'effleurer.

Le résultat de ses réflexions avait été que son amour pour Pardaillan s'était considérablement atténué. Or le terrain que perdait le chevalier, le Chico le regagnait sans qu'elle s'en doutât elle-même. Elle était donc combattue par deux sentiments contraires : d'une part son amour tout récent, amour violent, en surface, pour Pardaillan ; d'autre part, son affection lointaine, plus profonde qu'elle ne croyait, pour le Chico. Lequel de ces deux sentiments devait l'emporter ?

Et c'est à ce moment-là que Pardaillan revenait. Certes, elle fut heureuse de le voir sain et sauf. Mais le Chico baissa à ses yeux et reperdit une notable partie du terrain acquis. Juana lui en voulait de s'être effacé et sacrifié. Dans sa logique spéciale, elle se disait que, elle, elle ne se serait pas sacrifiée et aurait défendu son bien du bec et des ongles. De là l'accueil frigide qu'elle fit au nain.

Or Pardaillan raconta que le nain s'était défendu comme un beau diable et avait voulu le poignarder, lui, Pardaillan. Du coup, les actions du Chico montèrent. Pourquoi rêver de chimères ? Le bonheur était peut-être là. Ne serait-ce pas folie de le laisser passer ? De là le revirement en faveur du nain. De là ce tête-à-tête. Il fallait que le Chico se déclarât. Et voilà qu'elle se heurtait à sa timidité insurmontable. Elle enrageait d'autant plus que malgré elle, tout en s'efforçant de l'amener à composition, elle ne pouvait s'empêcher de songer à Pardaillan, et il lui semblait que lui n'eût pas tant tergiversé. De la sa rage et sa colère contre le Chico, de la ce désir furieux de le maltraiter, de l'humilier.

Donc le Chico, au lieu de s'indigner devant son impudente dénégation, après être resté un long moment perplexe et silencieux, courba l'echine, accepta la rebuffade et parut s'excuser en disant doucement :

— J'ai fait ce que tu m'as demandé, et Dieu sait s'il m'en a coûté ! Pourquoi es-tu fâchée ?

Ainsi voilà tout ce qu'il trouvait à dire. Ah ! si elle avait été à sa place, comme elle eût vertement relevé l'impertinente prétention de celui qui eût voulu la faire passer pour une sotte et se fût gaussé à ce point d'elle. Décidément, le Chico n'était pas un homme. Il resterait éternellement un enfant. Quelle aberration avait été la sienne de croire un instant qu'un enfant pourrait parler et agir comme un homme ! Et sa fureur s'accrut d'autant plus qu'elle était peut-être encore plus mécontente d'elle-même que de lui. Et cette pensée fugitive qu'elle avait eue de l'amener à se prosterner, à lécher ses semelles, tout pareil à un chien couchant, cette pensée lui revint plus précise, prit la forme d'un désir violent, se changea en obsession tenace, tant et si bien qu'elle résolut de la réaliser coûte que coûte.

Pour réaliser cet impérieux désir, elle radoucit son ton en lui disant :

— Mais je ne suis pas fâchée.

— Vrai ?

— En ai-je l'air ? fit-elle en lui adressant un sourire qui l'affola.

En disant ces mots, tout à son projet, elle croisa négligemment une jambe fine et nerveuse, moulée dans un bas de soie rose, sur l'autre, et tout en lui souriant, elle agitait doucement son pied qui arrivait à hauteur de la poitrine du nain. Et elle regardait ce pied complaisamment, comme une chose qu'on trouve jolie, puis elle regardait le Chico, comme pour lui dire :

— Embrasse-le donc, nigaud !

Et ce petit pied, finement chaussé de mignons souliers en cuir de Cordoue, souple et parfumé, richement brodés, tout neufs, ce petit pied se balançant mollement à quelques pouces de son visage, fascinait le petit homme et une envie folle lui venait de le prendre, de l'étreindre, de l'embrasser à pleine bouche. Et le petit pied allait, venait, s'agitait, lui présentait la semelle, très blanche, à peine maculée, lui répétait dans son langage muet :

— Mais va donc ! va donc !

Si bien que le Chico ne put résister à la tentation, et comme elle souriait encore, preuve qu'elle n'était pas fâchée, il se laissa tomber sur les genoux.

Elle eut un sourire qu'il ne vit pas, un sourire où il y avait la joie du triomphe assuré et aussi un peu de pitié dédaigneuse tandis que dans son esprit elle clamait :

— Tu y viendras ! Tu y viens !

Et le petit pied, dans son balancement, vint lui effleurer le visage. Car le mouvement de va-et-vient continuait comme si elle n'eût pas remarqué qu'ainsi agenouillé elle lui touchait la figure. Et toujours c'était la semelle qui se présentait à lui, qui lui frôlait le front, les joues, les lèvres, au hasard, comme pour dire :

— C'est là que tu poseras tes lèvres, là où c'est maculé, là seulement.

Du moins c'est ce que traduisit le Chico. Mais c'était un incorrigible timide que ce pauvre Chico. La pensée de toucher à ce petit pied sans son autorisation à elle ne lui venait même pas. Qu'eût-elle dit ? Tiens ! Il était bien loin de se douter que s'il avait eu le courage de la prendre dans ses bras et de plaquer ses lèvres sur ses lèvres, elle lui eût probablement rendu son baiser, pâmée.

Mais comme la semelle passait encore un coup à portée de sa bouche, comme la tentation était trop forte, il réunit tout son courage, et d'une voix implorante :

— Si tu n'es pas fâchée, tu veux bien que...

Il ne put achever sa phrase. Brusquement la semelle s'était plaquée sur ses lèvres et les frottait avec une sorte de rage nerveuse, comme si elle eût voulu les écorcher, les faire saigner.

Si naïf et si timide qu'il fût, le Chico comprit cette fois. Ivre de joie, il posa ses lèvres partout sur cette semelle, sans s'inquiéter de savoir si elle était maculée ou non. Tiens ! il avait bien baisé la terre où s'était posé le soulier ; il pouvait, à plus forte raison, baiser le soulier lui-même.

Et comme le pied se retirait lentement, semblant vouloir lui rationner son humble bonheur, il allongea la tête, le suivit des lèvres, se courbant davantage, jusqu'à poser sa ..ce sur le bois du tabouret.

C'est là sans doute que voulait l'amener le petit pied, car il cessa de se dérober. Alors, avec un sourire triomphant, avec un soupir de joie satisfaite, elle leva son autre pied et le lui posa sur la tête, d'un air dominateur qui semblait dire :

— Tu seras toujours ainsi sous mes pieds, puisque tu n'es bon qu'à cela Je te dominerai toujours, toujours ! car tu es ma chose, à moi !

Et elle le maintint longtemps ainsi, et il y serait bien resté plus longtemps encore, le pauvre diable, tant il était heureux. Et c'était en plus puéril, en plus sincère, avec la violence en moins et la grâce mutine en plus, la répétition du geste de Fausta avec Centurion.

Son impérieux désir enfin satisfait, contente d'être arrivée à ses fins, elle éprouva soudain une gêne indéfinissable et comme de la honte aussi. Tout doucement, avec la crainte de lui faire mal, et explique cela qui pourra, avec le remords de le priver de ce pauvre bonheur, elle retira ses pieds.

Lui, heureux d'avoir obtenu plus qu'il n'aurait osé espérer, plus qu'il n'en avait jamais obtenu, en tout cas, la laissa faire, ne chercha pas a prolonger son bonheur, redressa la tête, et toujours agenouillé la contempla extasié.

Alors, toute rouge — de plaisir ? de honte ? de regret ? qui peut savoir ! — sans trop savoir ce qu'elle disait :

— Tu vois bien que je n'étais pas fâchée, dit-elle.

Et comme elle lui souriait doucement en disant cela, il s'enhardit un peu, se courba encore un coup, posa une dernière fois ses lèvres sur le bout du pied, qui se cachait timidement, et se releva enfin en disant très convaincu, avec un air de gratitude profonde :

— Tu es bonne ! Tiens, bonne comme la Vierge.

Elle rougit davantage encore. Non, elle n'était pas bonne. Elle avait été mauvaise et méchante. Au lieu de la remercier il devrait la battre, elle l'avait bien mérité. En se morigénant ainsi elle-même, elle voulut tenter un dernier effort, et, à brûle-pourpoint :

— Est-ce vrai que tu as voulu poignarder le Français ?

A son tour il rougit comme si cette question eût été un reproche sanglant. Il baissa la tête et fit signe oui, d'un air honteux.

— Pourquoi ? fit-elle avidement.

Elle espérait qu'il allait répondre enfin :

— Parce que je t'aime et que je suis jaloux !

Hélas ! encore un coup le pauvre Chico laissa passer l'occasion. Il bredouilla :

— Je ne sais pas !

C'était fini. Il n'y avait plus rien à faire, rien à espérer. De nouveau le dépit déchaîna la fureur en elle. Elle se mit à trépigner, et rouge, de colère cette fois, elle cria :

— Encore ! je ne sais pas ! je ne sais pas ! Tu m'agaces ! Tiens, va-t'en ! va-t'en !

Cette explosion de colère subite, après sa gentillesse de tout à l'heure, le stupéfia. Il ne comprenait plus. Qu'avait-elle donc, bon Dieu ! et que lui avait-il fait encore ?

Comme il ne bougeait pas, dans son ébahissement, elle leva son petit poing et, le repoussant brutalement, le frappant avec rage, elle cria plus fort, en trépignant plus que jamais :

— Va-t'en ! va-t'en !

Il courba l'échine et se retira humblement.

Or, s'il fût revenu à l'improviste, il eût pu voir deux larmes, deux perles brillantes, couler lentement sur les joues roses de sa madone prostrée dans son fauteuil.

Mais le Chico n'aurait jamais eu l'audace de reparaître devant elle quand elle le chassait brutalement. Il s'en allait, la mort dans l'âme, attendant que la tempête fût apaisée et qu'elle lui fît signe pour accourir de nouveau se prêter à ses caprices et à ses humeurs.

Et puis, qui sait ? Même s'il avait vu ces deux larmes, le Chico était si naïf, — pour les choses de l'amour — il était si bien persuadé qu'on ne pouvait éprouver un sentiment sérieux pour un bout d'homme

tel que lui, qu'il se fût imaginé que ses larmes coulaient encore pour le Français.

Et pourtant!...


## II


### FAUSTA ET LE TORERO


Pendant que Pardaillan prenait un repos bien gagné,
après une journée et une nuit aussi bien remplies, le
Torero s'était rendu auprès de sa fiancée, la jolie
Giralda.

Don César ne cessait d'interroger la jeune fille sur ce
que lui avait dit cette mystérieuse princesse, au sujet de
sa naissance et de sa famille, qu'elle prétendait connaître. Malheureusement la Giralda avait dit tout ce qu'elle
savait et le Torero, frémissant d'impatience, attendait
que la matinée fût assez avancée pour se présenter
devant cette princesse inconnue, car il avait décidé
d'aller trouver Fausta.

Vers neuf heures du matin, à bout de patience, le
jeune homme ceignit son épée, recommanda à la Giralda de ne pas bouger de l'hôtellerie où elle se trouvait en sûreté, sous la garde de Pardaillan, et il sortit.

Sur le palier du premier étage, en passant devant la
porte derrière laquelle Pardaillan dormait à poings
fermés, il eut une seconde d'hésitation et il allongea la
main vers le loquet pour entrer. Mais il n'acheva pas
son geste, et, secouant la tête :

— Non! murmura-t-il, ce serait un crime de le réveiller pour si peu. Que me dirait-il d'ailleurs? Laissons-le
reposer, il doit en avoir besoin; quoiqu'il ne se soit guère
expliqué, j'ai idée qu'il a dû passer une nuit plutôt
mouvementée.

Et il continua son chemin sur la pointe des pieds, descendit l'escalier intérieur en chêne sculpté, dont les marches, cirées à outrance, étaient reluisantes et glissantes comme le parquet d'une salle d'honneur du palais, et pénétra dans la cuisine.

Un cabinet semblable à peu près au bureau d'un hôtel moderne avait été ménagé là, dans lequel se tenait habituellement la petite Juana. De ce cabinet, à l'abri des regards indiscrets, la fille de Manuel pouvait, par de grands judas, surveiller à la fois la cuisinière, la grande salle et le patio, sans être vue elle même.

Le Torero pénétra dans ce retrait et, s'inclinant gracieusement devant la jeune fille :

— Senorita, dit-il, je sais que vous êtes aussi bonne que jolie, c'est pourquoi j'ose vous prier de veiller sur ma fiancée pendant quelques instants. Voulez-vous me permettre de faire en sorte que nul ne soupçonne sa présence chez vous ?

Senorita ! La petite Juana, toujours parée comme une dame, gracieuse et avenante avec tous, savait néanmoins imposer le respect. Peu de personnes, comme Pardaillan, se permettaient de l'appeller Juana tout court; bien moins encore, comme Cervantès, la tutoyaient. Les serviteurs et les clients la saluaient, pour la plupart, de ce titre de senorita, ou demoiselle, alors réservé aux seules femmes de noblesse.

Avec son plus gracieux sourire, Juana répondit :

— Seigneur César, vous pouvez aller tranquille. Je vais monter à l'instant chercher votre fiancée, et tant que durera votre absence je la garderai près de moi, dans ce réduit où nul ne pénètre sans ma permission.

— Mille grâces, senorita ! Je n'attendais pas moins de votre bon cœur. Vous voudrez bien aviser M. le chevalier de Pardaillan, à son réveil, que j'ai dû m'absenter pour une affaire qui ne souffre aucun retard. J'espère être de retour d'ici à une heure ou deux au plus.

— Le sire de Pardaillan sera prévenu.

Le Torero remercia et, tranquille sur le sort de la Giralda, il sortit après s'être incliné devant la fillette. avec autant de déférence que si elle avait été une grande dame.

Une fois dehors, il se dirigea à grand pas vers la mai-

son des Cyprès, où il espérait trouver la princesse. A
défaut, il pensait que quelque serviteur serait à même de
le renseigner et de lui indiquer où il pourrait la trouver
ailleurs.

Ce dimanche matin, on devait, comme tous les diman-
ches, griller quelques hérétiques. Comme le roi honorait
de sa présence sa bonne ville de Séville, l'inquisition
avait donné à cette sinistre cérémonie une ampleur inaccoutumée, tant par le nombre des victimes — sept :
autant de condamnés qu'il y avait de jours dans la
semaine — que par le faste du cérémonial.

Aussi le Torero croisait-il une foule de gens endimanchés qui tous se hâtaient vers la place San-Francisco,
théâtre ordinaire de toutes les réjouissances publiques.
Nous disons réjouissances, e' c'est à dessein. En effet,
non seulement les autodafés constituaient à peu près les
seules réjouissances offertes au peuple, mais encore on
était arrivé à lui persuader qu'en assistant à ces sauvages hécatombes humaines, en se réjouissant de la mort
des malheureuses victimes, il travaillait à son salut. Le
clergé, pour obtenir ce résultat, avait tout simplement
prêché en chaire que chaque fidèle qui assisterait au
supplice aurait droit à un certain nombre d'indulgen-
ces.

La foule se rendait donc en masse à ces exécutions
puisque c'était tout profit pour elle.

En dehors des autodafés, il y avait encore les corridas.
Mais les corridas étaient plutôt rares. En outre il ne faudrait pas croire que la corrida était ce qu'elle est devenue aujourd'hui : un spectacle accessible à tous, moyen-
nant finance. La corrida était alors, en Espagne, à peu
près ce qu'était le tournoi en France : une distraction
sauvage réservée a la seule noblesse. Pour descendre
dans l'arène et combattre le fauve, il fallait être noble, à
telles enseignes que le père de Philippe II, l'empereur
Charles-Quint, n'avait pas dédaigné de le faire. Pour
assister à la corrida il fallait encore être de noblesse.
Certes on réservait une place au populaire qu'on parquait debout au plus mauvais endroit, mais la plus
grande partie des places était réservée à la noblesse.

Pour les exécutions il n'en était pas de même. Ces
spectacles s'adressaient surtout au peuple avec l'inten-

tion de le moraliser et de l'édifier. Naturellement on lui
réservait la place d'honneur et il en était fier.

Parmi cette foule de gens pressés d'aller occuper les
meilleures places ou de jouer leur modeste rôle dans la
fête, car toutes les confréries participaient à l'autodafé,
il s'en trouvait qui, reconnaissant don César, le désignaient à leurs voisins en murmurant sur un mode
admiratif :

— El Torero! El Torero!

Quelques-uns le saluaient avec déférence. Il rendait
les saluts et les sourires d'un air distrait et continuait
hâtivement sa route.

Enfin il pénétra dans la maison des Cyprès, franchit le
perron et se trouva dans ce vestibule qu'il avait à peine
regardé la nuit même, alors qu'il était à la recherche de
la Gira..la et de Pardaillan.

Comme il n'avait pas les préoccupations de la veille,
il fut ébloui par les splendeurs entassées dans cette
pièce. Mais il se garda bien de rien laisser paraître de
ces impressions, car quatre grands escogriffes de laquais,
chamarrés d'or sur toutes les coutures, se tenaient raides
comme des statues et le dévisageaient d'un air à la fois
respectueux et arrogant.

Toutefois, sans se laisser intimider par la valetaille
il commanda, sur un ton qui n'admettait pas de résistance, au premier venu de ces escogriffes, d'aller demander à sa maîtresse si elle consentait à recevoir don César,
gentilhomme castillan.

Sans hésiter, le laquais répondit avec déférence :

— Sa Seigneurie l'illustre princesse Fausta, ma maîtresse, n'est pas en ce moment à sa maison de campagne. Elle ne saurait en conséquence recevoir le seigneur
don César.

— Bon! pensa le Torero, cette illustre princesse s'appelle Fausta. C'est toujours un renseignement.

Et tout haut :

— J'ai besoin de voir la princesse Fausta pour une
affaire du plus haut intérêt et qui ne souffre aucun
retard. Veuillez me dire où je pourrai la rencontrer.

Le laquais réfléchit une seconde et :

— Si le seigneur don César veut bien me suivre, j'aurai

l'honneur de le conduire auprès de M. l'intendant qui pourra peut-être le renseigner.

Le Torero, à la suite du laquais, traversa une enfilade de pièces meublées avec un luxe inouï, dont il n'avait jamais eu l'idée.

— Oh! oh! songeait-il, je comprends les exclamations admiratives de don Miguel. Il faut que cette princesse soit puissamment riche pour s'entourer d'un luxe pareil. Et quand je pense que ces trésors sont restés toute une nuit sans défense, à la portée du premier malandrin venu, je me dis qu'il faut que cette princesse soit singulièrement dédaigneuse de ces richesses... ou qu'un mobile très puissant, que je ne devine pas, la guide à mon endroit, puisque c'est pour m'être agréable, pour me permettre d'arriver jusqu'à Giralda, qu'elle a consenti à laisser ces merveilles à l'abandon.

En songeant de la sorte, il était parvenu au premier étage et était entré dans une chambre confortablement meublée. C'était la chambre de M. l'intendant à qui le laquais expliqua ce que désirait le visiteur et se retira aussitôt après.

M. l'intendant était un vieux bonhomme tout ridé, tout courbé, tout confit en douceur, d'une politesse obséquieuse.

— Le laquais qui vous a conduit à moi, dit cet important personnage, me dit que vous vous appelez don César. Je pense que ceci n'est que votre prénom... Excusez-moi, monsieur, avant de vous conduire près de mon illustre maîtresse, j'ai besoin de savoir au moins votre nom... Vous comprendrez cela, je l'espère.

Très froid, le jeune homme répondit :

— Je m'appelle don César, tout court. On m'appelle aussi le Torero.

A ce nom, l'intendant se courba en deux et tout confus murmura :

— Pardonnez moi, monseigneur, je ne pouvais pas deviner... Je suis au désespoir de ma maladresse; j'espère que monseigneur aura la bonté de me la pardonner... La princesse est menacée dans ce pays, et je dois veiller sur sa vie... Si monseigneur veut bien me suivre, j'aurai l'insigne honneur de conduire monseigneur auprès de la princesse qui attend la visite de monseigneur avec impatience, je puis le dire.

Devant ce respect outré, sous cette avalanche de monseigneurs inattendue, le Torero demeura muet de stupeur. Il jeta les yeux autour de lui pour voir si ce discours ne s'adressait pas à un autre. Il se vit seul avec M. l'intendant. Alors il regarda celui-ci comme pour s'assurer s'il avait bien tout son bon sens. Et il dit doucement, comme s'il avait craint de l'exciter en le contrariant :

— Vous vous trompez, sans doute. Je vous l'ai dit : je m'appelle don César, tout court, et je n'ai aucun droit à ce titre de monseigneur que vous me prodiguez si abondamment.

Mais le vieil intendant secoua la tête et, se frottant les mains à s'en écorcher les paumes :

— Du tout ! du tout ! dit-il. C'est le titre auquel vous avez droit... en attendant mieux.

Le Torero pâlit et, d'une voix étranglée par l'émotion :

— En attendant mieux ?... Que voulez-vous donc dire ?

— Rien que ce que j'ai dit, monseigneur. La princesse vous expliquera elle-même. Venez, monseigneur, elle vous attend et elle sera bien contente... oui, je puis le dire, bien contente.

— En ce cas, conduisez moi auprès d'elle, dit le Torero qui se dirigea vers la porte.

— Tout de suite ! monseigneur, tout de suite ! acquiesça l'intendant qui se hâta de prendre son chapeau, son manteau et se précipita à la suite du Torero.

Hors la maison, l'intendant précéda don César et, trottinant à pas rapides et menus, il le conduisit en ville, sur la place San Francisco, déjà encombrée d'une foule bruyante, avide d'assister au spectacle promis.

Si le pavé de la place était envahi par une masse compacte de populaire, les tribunes, les balcons, les fenêtres qui entouraient la place n'étaient pas moins garnis. Mais là, c'était la foule élégante des seigneurs et des nobles dames.

Tous et toutes, nobles et manants attendaient avec la même impatience sauvage.

Au centre de la place se dressait le bûcher, immense piédestal de fascines et de bois sec sur lequel devaient prendre place les sept condamnés. Autour du bûcher, un triple cordon-de moines sinistres, immobiles comme des statues, la cagoule rabattue, attendaient, la torche à la main, que les victimes leur fussent livrées pour communiquer le feu aux fascines. Et, en attendant, des torches allumées, une fumee âcre s'échappait en volutes épaisses, s'élevait en tourbillonnant et empestait l'air devenu difficilement respirable.

Nul ne s'en montrait incommodé, au contraire. Cette fumée, c'était comme le prélude de la fête. Tout à l'heure, l'encens viendra se mêler à elle, les flammes s'élèveront claires et gigantesques et purifieront tout.

Face au bûcher se dressait l'autel construit sur la place même. En temps ordinaire cet autel s'ornait d'une croix sur 'aquelle un Christ de bronze ciselé tendait ses bras implorants, levait vers le ciel des yeux vitreux qui semblaient le prendre à témoin de la méchanceté des hommes. Aujourd'hui l'autel est paré de riches dentelles, tendu de fine lingerie, d'une blancheur immaculée, enguirlandé, fleuri, illuminé comme pour une grande fête: et c'était en effet jour de grande fête.

Du haut de la grosse tour du couvent de San-Francisco, proche, sans discontinuer, le glas tombait lent, lugubre, sinistre, affolant. Il annonçait que la fête était commencée, c'est à-dire que les condamnés, les juges, les moines, les confréries, la cour, le roi, tout ce qui constituait l'abominable cortège, sortait de la cathédrale pour traverser processionnellement les principales voies de la ville, toutes aussi encombrées de curieux, avant d'aboutir à la place où les victimes, du haut de leur bûcher, devaient assister à la célébration de la messe, avant que les moines bourreaux ne missent le feu aux fascines. Il continuera de tinter, ce glas, jusqu'à la fin de la cérémonie, c'est-à-dire jusqu'à ce que le feu ait accompli son œuvre en dévorant les corps des suppliciés.

Et les cris de joie, les interpellations, les grasses plaisanteries, les imprécations, les malédictions à l'adresse des hérétiques, les hurlements de fauves, les trépignements d'impatience, les rires hystériques éclataient, fusaient, bourdonnaient, rebondissaient parmi cette foule endimanchée.

Oui, c'était une grande fête !

La haine, la fureur, l'impatience, la joie, une joie hideuse, tels étaient les sentiments qui éclataient sur toutes ces faces convulsées. Pas un mot de pitié, pas une protestation.

Au surplus, il est juste de dire que celui qui eût été assez mal inspiré pour faire entendre un murmure de réprobation, eût été infailliblement adjoint aux sept malheureux qu'on traînait, en ce moment, processionnellement, par les rues de la ville.

La pitié était soigneusement étouffée. Il fallait avoir une bonne dose de courage pour oser s'abstenir d'assister à l'effroyable spectacle, ou tout au moins se montrer sur le parcours de la procession. L'abstention, trop fréquemment renouvelée, rendait suspect et le suspect ne tardait guère à être appréhendé. Les *casas santas*, ou prisons de l'inquisition, le recueillaient alors et il lui était loisible, dans la solitude du cachot, de méditer sur ce qu'il en coûte à paraître désapprouver les actes du Saint-Office. Encore devait-il s'estimer très heureux qu'on ne s'avisât pas de lui faire jouer un rôle plus important dans le sinistre drame, en l'envoyant achever ses méditations sur le bûcher.

Derrière l'intendant de Fausta qui, au milieu de cette foule compacte, se traçait un chemin avec une vigueur surprenante chez un bonhomme qui paraissait aussi cassé, le Torero parvint jusqu'au perron d'une des plus somptueuses maisons en façade sur la place.

Contrairement à toutes les autres habitations, cette maison n'avait pas un seul spectateur à ses nombreuses fenêtres, pas plus qu'à ses balcons.

Guidé par l'intendant, après avoir traversé un certain nombre de pièces, meublées et ornées avec plus de magnificence encore que les salles de la maison des Cyprès, ce qui lui eût paru chose impossible avant d'avoir pénétré dans ce palais, don César fut introduit dans un petit cabinet, désert pour le moment.

L'intendant le pria d'attendre là un instant, le temps d'aller aviser sa maîtresse.

Le Torero acquiesça d'un signe de tête et, tandis que

l'intendant se retirait, il demeura debout, l'air rêveur.

Dans le couloir où il s'engagea, le vieil intendant tout cassé redressa soudain sa taille, et d'un pas alerte et vif il monta au premier étage et pénétra dans un salon dont le balcon large et spacieux étalait sur la place le ventre rebondi de sa balustrade en fer forgé.

Assise dans un large fauteuil de velours, dans un cos'ume d'une grande simplicité, blanc, depuis les pieds nonchalamment posés sur un coussin de soie rouge merveilleusement brodé jusqu'à la collerette très simple, sans un bijou, sans un ornement, Fausta attendait dans une pose méditative.

Le singulier intendant, qui venait de retrouver si soudainement la vigueur d'un homme dans la force de l'âge, s'inclina profondément devant elle et attendit.

— Eh bien, maître Centurion ? interrogea Fausta.

Centurion, puisque c'était lui qui, adroitement grimé, venait de jouer le rôle d'intendant, Centurion répondit respectueusement :

— Eh bien ! il est venu, madame.

Si Fausta fut satisfaite, elle n'en laissa rien paraître. Elle se contenta d'un léger signe de tête pour manifester sa satisfaction, et très calme, l'air presque indifférent :

— Vous l'avez amené ?

— Il attend votre bon plaisir en bas.

Fausta répéta le même signe de tête et parut réfléchir un moment.

— Il ne vous a pas reconnu ? fit-elle avec une certaine curiosité.

Centurion fit une grimace qui avait la prétention d'être un sourire :

— S'il m'avait reconnu, dit-il avec conviction, je n'aurais pas l'honneur de l'introduire auprès de vous.

Fausta eut un mince sourire.

— Je sais qu'il ne vous affectionne pas précisément, dit-elle.

Centurion eut encore la même grimace et, piteusement :

— Dites qu'il me veut la male-mort, madame, et vous serez dans le vrai. Cela ne laisse pas que de m'inquiéter beaucoup. Car enfin, si vos projets aboutissent et qu'il continue à me détester, c'en est fait de la situation que vous avez daigné me faire entrevoir.

Le sourire de Fausta se nuança d'une imperceptible raillerie. Et comme Centurion attendait sa réponse avec une anxiété visible :

— Rassurez-vous, maître, dit-elle gravement. Continuez à me servir fidèlement sans vous inquiéter du reste. Le moment venu, je ferai votre paix avec lui. Je réponds que le roi oubliera les injures faites à l'amoureux sans nom et sans fortune.

— J'avais besoin de cette assurance, madame, proféra Centurion, redevenu tout joyeux.

— Introduisez-le, continua Fausta, et dès qu'il sera parti, revenez prendre mes ordres.

Centurion s'inclina et sortit immédiatement.

Quelques instants plus tard il introduisait le Torero auprès de Fausta et, après avoir refermé la porte sur lui, il se retirait discrètement.

En voyant Fausta, don César fut ébloui. Jamais beauté aussi accomplie n'était apparue à ses yeux ravis. Avec une grâce juvénile, il s'inclina profondément devant elle, autant pour dissimuler son trouble que par respect.

Fausta remarqua l'effet qu'elle produisait sur le jeune homme. Elle esquissa un sourire. Cet effet, elle avait cherché à le produire, elle l'espérait. Il se réalisait au-delà de ses désirs. Elle avait lieu d'être satisfaite.

D'un œil exercé, elle étudiait le jeune prince qui attendait dans une attitude pleine de dignité, ni trop humble ni trop fière, juste ce qu'il fallait. Cette attitude, pleine de tact, la mâle beauté du jeune homme, son élégance sobre, dédaigneuse de toute recherche outrée, le sourire un peu mélancolique, l'œil droit, très doux, la loyauté qui éclatait sur tous ses traits, le front large qui dénotait une intelligence remarquable, enfin la force physique que révélaient des membres admirablement proportionnés dans une taille moyenne, Fausta vit tout cela dans un coup d'œil, et si l'impression qu'elle venait de produire était tout à son avantage, l'impression qu'il lui produisit, à elle, pour être prudemment dissimulée, ne fut pas moins favorable.

Fausta accentua son sourire et, satisfaite, elle se dit que ce jeune aventurier ferait un souverain très noble et très fier, susceptible de faire impression sur la foule, qui s'attache beaucoup plus aux apparences qu'à la réalité :

enfin, placé près d'elle, il ne serait pas écrasé. Au contraire, sa grâce juvénile, son élégance naturelle seraient mises en relief par la beauté majestueuse de la femme, qui ressortirait davantage elle-même. Ils se feraient valoir mutuellement, et tous deux ils constitueraient ce que l'on est convenu d'appeler un couple merveilleusement assorti.

De cet examen très rapide, qu'il soutint avec une aisance remarquable, sans paraître le soupçonner, le Torero se tira tout à son avantage. Chez Fausta, la femme et l'artiste se déclarèrent également satisfaites. Evidemment elle n'attachait qu'une importance relative à ces détails secondaires. Ce n'était pas un homme qu'elle voulait conquérir, c'était la couronne que cet homme était à même de lui donner. Quand même elle était trop femme, trop éprise de beauté pour ne pas éprouver une réelle satisfaction en constatant que cette couronne se poserait sur une tête noble et fière, assez mâle, assez forte pour ne pas fléchir sous le poids.

Cette impression favorable lui était aussi d'une réelle utilité en ce sens qu'elle allait lui faciliter, dans une certaine mesure, l'œuvre de séduction qui allait commencer.

Œuvre redoutable. Œuvre capitale.

Tout le plan de Fausta dépendait de la décision qu'allait prendre le Torero. Cette décision elle-même dépendait de l'effet qu'elle produirait sur lui.

Qu'il se dérobât, qu'il refusât de renoncer à son amour pour la Giralda, et ses plans se trouvaient singulièrement compromis.

L'œuvre n'était pas irréalisable pourtant, du moins elle l'espérait. Et quant à sa difficulté même, pour une nature essentiellement combative, comme la sienne, c'était un stimulant.

Quant à la Giralda, qui pouvait être sa pierre d'achoppement, on a déjà vu qu'elle avait pris une décision à son égard. C'était très simple, la Giralda disparaîtrait. Si puissant que fût l'amour du Torero, il ne tiendrait pas devant l'irréparable, c'est-à-dire la mort de la femme aimée. Il était jeune, ce Torero, il se consolerait vite. Et d'ailleurs, pour activer sa guérison, elle avait une couronne à lui donner, elle lui montrerait un royaume à prendre, un empire à conquérir. Quel esprit serait assez froid, assez puissant pour résister à pareil éblouissement ? Quel amour, quels regrets seraient assez forts pour se dérober à un aussi prestigieux dérivatif ?

Elle ne connaissait qu'un seul être au monde capable de rester froid devant d'aussi puissantes tentations : Pardaillan.

Mais Pardaillan n'avait pas son pareil.

Oui, l'œuvre de séduction serait difficile, mais non pas impossible.

Elle mit donc en œuvre toutes les ressources de son esprit subtil, elle fit appel à toute sa puissance de séduction, et de cette voix harmonieuse, enveloppante comme une caresse, elle demanda :

— C'est bien vous, monsieur, qu'on appelle don César ?

Et elle insista sur ces deux mots : qu'on appelle.

Le Torero s'inclina en signe d'assentiment.

— Vous aussi qu'on appelle El Torero ?

— Moi-même, madame.

— Vous ne connaissez pas votre véritable nom. Vous ignorez tout de votre naissance et de votre famille. Vous supposez être venu au monde, voici environ vingt-deux ans, à Madrid. C'est bien cela ?

— Tout à fait, madame.

— Excusez-moi, monsieur, si j'ai insisté sur ces menus détails. Je tenais à éviter une erreur de personne, qui pourrait avoir des conséquences très graves.

— Vous êtes tout excusée, madame. Au surplus, si vous le désirez, je n'ai qu'à me montrer à ce balcon. Je serais bien surpris si, parmi cette foule, il ne se trouvait pas quelques voix pour me donner ce nom d'El Torero, qui est devenu le mien.

Il dit cela gravement, sans arrière-pensée, désireux de la convaincre, pas plus.

Gravement aussi, et d'un geste très doux, elle refusa en même temps qu'elle disait :

— Veuillez vous asseoir.

De la main elle désignait un siège placé près de son fauteuil, presque vis-à-vis, et un gracieux sourire ponctuait le geste.

Le Torero obéit et elle admira la parfaite aisance de

ses gestes, la souplesse de ses attitudes et, à part soi, elle murmura :

— Oui, c'est bien du sang royal qui coule dans ses veines !... De cet aventurier, élevé à la diable, je ferai un monarque superbe et magnifique.

A ce moment, des clameurs furieuses éclataient sur la place. Le cortège des condamnés approchait du lieu du supplice et la foule manifestait ses sentiments par des hurlements féroces :

— A mort !... Mort aux hérétiques !...

Suivis de ces autres cris :

— Le roi !... le roi !... Vive le roi !...

Seulement, les acclamations étaient moins nourries, moins imposantes que les cris de mort. Il faut croire que la férocité était le sentiment dominant. Il est à remarquer, du reste, que lorsqu'une foule en liesse est réunie quelque part, elle ne trouve rien autre à crier que : « Vivat ! » ou « A mort ! ».

Au-dessus des clameurs et des vivats, les couvrant parfois complètement, le *Miserere*, entonné à pleine voix par des milliers et des milliers de moines, de pénitents, de frères de cent confréries diverses, se faisait entendre, encore lointain, se rapprochant insensiblement, lugubre et terrible en même temps.

Et dominant le tout, le glas continuait de laisser tomber, lente, funèbre, sinistre, sa note mugissante.

Tout cela : chants funèbres, clameurs, vivats, sonnerie du bronze pénétrait, par la baie largement ouverte, dans la salle où Fausta recevait le Torero, la remplissait d'un bourdonnement assourdissant.

Mais si les nerfs du jeune homme se trouvaient mis à une assez rude épreuve, Fausta ne paraissait nullement en être incommodée. On eût dit qu'elle n'entendait rien de ces bruits du dehors qu'elle laissait intentionnellement pénétrer chez elle.

Cependant, dominant la gêne que lui causaient ces rumeurs, mettant tous ses efforts à surmonter le trouble étrange que la beauté de Fausta avait déchaîné en lui et qu'il sentait augmenter, le Torero dit doucement :

— Vous avez bien voulu témoigner quelque intérêt à une personne qui m'est chère. Permettez-moi, madame, avant toute chose, de vous en exprimer ma gratitude.

Et il était en effet très ému, le pauvre amoureux de la Giralda. Jamais créature humaine ne lui avait produit un effet comparable à celui que lui produisait Fausta. Jamais personne ne lui en avait imposé autant.

Fausta lisait clairement dans son esprit, et elle se montrait intérieurement de plus en plus satisfaite. Allons, allons, la constance en amour, chez l'homme, était décidément une bien fragile chose. Cette petite bohémienne, à qui elle avait fait l'honneur d'accorder quelque importance, comptait décidément bien peu. La victoire lui paraissait maintenant certaine, et si une chose l'étonnait, c'était d'en avoir douté un instant.

Mais l'allusion du Torero à la Giralda lui déplut. Elle mit quelque froideur dans la manière dont elle répondit :

— — Je ne me suis intéressée qu'à vous, sans vous connaître. Ce que j'ai fait, je l'ai fait pour vous, uniquement pour vous. En conséquence, vous n'avez pas à me remercier pour des tiers qui n'existent pas pour moi.

A son tour, le Torero fut choqué du suprême dédain avec lequel elle parlait de celle qu'il adorait. En outre, il ne laissait pas que d'être surpris. Une pareille attitude ne correspondait pas à l'enthousiasme manifesté par la Giralda à l'égard de cette princesse qu'elle déclarait si bonne. Il y avait là quelque chose qui le déroutait.

Dès l'instan où cette princesse Fausta paraissait vouloir s'attaquer à l'objet de son amour, il retrouva une partie de son sang-froid, et ce fut d'une voix plus ferme qu'il dit :

— Cependant, ce tiers qui n'existe pas pour vous, madame m'a assuré que vous aviez été pleine de bonté et d'attentions à son égard.

— Bontés, attentions — s'il y en a eu réellement — dit Fausta d'un ton radouci et avec un sourire. je vous répète que tout cela s'adressait à vous seul.

— Pourquoi, madame? fit ingénument le Torero, puisque vous ne me connaissiez pas. Oserai je vous demander ce qui me vaut l'honneur insigne d'attirer sur mon obscur personnalité l'attention, mieux, l'intérêt d'une princesse puissante et riche comme vous paraissez l'être, jeune et belle, d'une beauté sans rivale ?

Fausta laissa tomber sur lui un regard profond, empreint d'une douceur enveloppante :

— Une nature chevaleresque comme celle que je devine en vous comprendra aisément le mobile auquel j'ai obéi. Si vous appreniez, monsieur, qu'on prémédite d'assassiner lâchement une inoffensive créature, si vous saviez que tel jour, a telle heure, de telle manière, on meurtrira cette créature qui vous est inconnue, que feriez-vous ?

— Par Dieu ! madame, dit fougueusement le Torero, j'aviserais cette créature d'avoir à se tenir sur ses gardes, et au besoin je lui prêterais l'appui de mon bras.

A mesure qu'il parlait, Fausta approuvait doucement de la tête. Quand il eut terminé :

— Eh bien ! monsieur, dit-elle, c'est la tout le secret de l'intérêt que je vous ai porté, sans vous connaître. J'ai appris qu'on voulait vous assassiner et j'ai cherché à vous sauver. La jeune fille dont vous parliez, il y a un instant, devant être, inconsciemment, je me hâte de le dire, l'instrument de votre mort, j'ai fait en sorte que vous ne puissiez l'approcher. Quand j'ai cru le danger passé, je vous ai facilité de mon mieux les voies et je vous ai fait conduire jusqu'à elle. Tout cela, monsieur, je l'ai fait par humanité, comme vous l'auriez fait, comme aurait fait toute personne de cœur. Je ne pensais pas vous connaître jamais. Et, à vrai dire, je n'y tenais pas, sans quoi je vous eusse attendu chez moi, cette nuit. Certaines actions perdent tout mérite si l'on paraît rechercher un remerciement ou une louange. J'ignorais alors bien des choses, vous concernant, que j'ai apprises depuis, et qui m'ont fait désirer vivement vous connaître. Aujourd'hui que je vous ai vu, je me félicite du peu que j'ai fait pour vous et je vous prie de me considérer comme une amie dévouée, prête à tout entreprendre pour vous sauver, et vous pouvez voir à mon air, monsieur, que je ne suis pas femme à promettre en vain et que le concours que je vous offre n'est pas à dédaigner.

Toute la fin de cette tirade avait été débitée avec une émotion communicative qui fit une impression profonde sur le Torero. Profondément ému à son tour, il s'inclina gravement et, avec un accent de gratitude très sincère :

— Vraiment, madame, vous me comblez, et je ne sais comment vous remercier.

Et avec un sourire plein d'insouciance :

— Mais, franchement, ne vous inquiétez-vous pas un peu à la légère ? Suis-je donc si menacé ?

Très gravement, avec un accent qui fit passer un frisson sur la nuque du Torero, elle dit :

— Plus que vous ne l'imaginez. Je ne dirai pas que vos jours sont comptés ; je vous dis : vous n'avez que quelques heures à vivre... si vous vous complaisez dans cette insouciante confiance.

Si brave qu'il fût, le Torero pâlit légèrement.

— Est-ce à ce point ? fit-il.

Toujours très grave, elle fit signe que oui de la tête et reprit :

— Je n'ai qu'un regret : celui de vous avoir rapproché de cette jeune fille. Si j'avais su ce que je sais maintenant, jamais, par mon fait du moins, vous ne l'eussiez retrouvée.

Un vague soupçon germa dans l'esprit du Torero. A son tour, il devint froid, tout son calme soudain reconquis.

— Pourquoi, madame ? fit-il avec une imperceptible pointe d'ironie.

— Parce que, dit Fausta, toujours grave et avec un accent de conviction impressionnant, parce que cette jeune fille causera votre mort.

Le Torero la fixa un instant. Elle soutint son regard avec un calme imperturbable. Dans ce regard clair et lumineux il ne lut que loyauté éclatante, sincérité absolue et, à ce qu'il lui sembla, sympathie manifeste.

Le commencement de soupçon imprécis qui l'avait effleuré se fondit instantanément sous le feu de ce regard. De nouveau il fut repris par ce trouble étrange qui l'avait agité et qu'il croyait avoir maîtrisé.

— Mais enfin, madame, fit-il en passant à un autre ordre d'idées, qui est donc cet ennemi mortellement acharné après moi ? Le savez-vous ?

— Je le sais.

— Son nom ?

— Son nom, je vous le dirai plus tard. Cependant il est nécessaire que vous sachiez qui vous poursuit de sa

haine, ne fût-ce que pour défendre vos jours menacés.
Je vous dirai donc que cet ennemi, c'est...

Elle s'arrêta, comme si elle eût hésité à porter un
coup qu'elle pressentait très rude. Et son accent était si
majestueux, si triste, si apitoyée, sa physionomie, qu'é-
treint par une angoisse indéfinissable, il murmura machinalement, en passant sa main sur son front moite :

— C'est ?...

— Votre père ! lâcha brusquement Fausta.

Et sous ses dehors apitoyés elle l'étudiait avec la froid
et curieuse attention du praticien se livrant à quelqu
expérience.

L'effet du reste fut foudroyant, dépassant au delà tou
ce qu'elle avait imaginé.

Le Toréro se dressa d'un bond et, livide, hagard, éche-
velé, il gronda d'une voix qui n'avait plus rien d'hu
main :

— Vous avez dit ?...

Très ferme, elle répéta sur un ton énergique :

— Votre père !...

Le Toréro la fixait avec des yeux qui n'avaient plus
rien de vivant, des yeux qui semblaient implorer grâce.
Et de cette même voix rauque, où l'on sentait gronder
des sanglots refoulés :

— Mon père !... On m'avait dit pourtant...

— Quoi donc ?

Et de ses yeux, en apparence très doux, elle le fouillait avec une curiosité aiguë. Savait-il ? Ne savait-il
pas ?

Non ! il ne savait pas sans doute, car il dit péniblement :

— On m'avait dit qu'il était mort, voici vingt ans et
plus...

— Votre père est vivant ! dit-elle avec une énergie
croissante.

— Mort sous les coups du bourreau, acheva le Toréro.

Elle haussa les épaules.

— Histoire inventée à plaisir, dit-elle. Ne fallait-il
pas éloigner de vous tout soupçon de la vérité !

Et en disant ces mots elle le fouillait de plus en plus.

Non ! décidément, il ne savait rien, car il reprit en se frappant le front :

— C'est vrai ! Niais que je suis ! Comment n ai je pas songé à cela ?... C'est vrai, il fallait éloigner...

Et changeant d'idée, frémissant d'une joie intense, oubliant ce qu'elle venait de lui dire :

— Alors, c'est vrai ? dit-il d'une voix implorante, il vit ?... Mon père vit ?... Mon père !...

Et il répétait doucement ce nom, comme s'il eût éprouvé un soulagement ineffable à le prononcer.

Tout autre que Fausta eût été attendri, eût eu pitié de lui. Mais Fausta ne voyait que le but à atteindre. Peu lui importaient les moyens et si elle semait des cadavres sur sa route.

Froidement implacable sous ses airs doucereux, elle reprit :

— Votre père est vivant, bien vivant... malheureusement pour vous. C'est lui qui vous poursuit de sa haine implacable, lui qui a juré votre mort... et qui vous tuera, n'en doutez pas, si vous ne vous défendez énergiquement.

Ces mots rappelèrent le jeune homme au sens de la réalité, momentanément oubliée.

Mais que son père voulût sa mort, cela lui paraissait impossible, contre nature. Instinctivement il cherchait dans son esprit une excuse à cette monstruosité. Et tout à coup il se mit à rire franchement et s'écria joyeusement :

— J'y suis !... Mordieu ! madame, l'horrible peur que vous m'avez faite ! Est-ce qu'un père peut chercher à meurtrir son enfant, la chair de sa chair ? Eh ! non, c'est impossible ! Mon père ignore qui je suis. Dites moi son nom, madame, j'irai le trouver, et je vous jure Dieu que nous nous entendrons.

Lentement, comme pour bien faire pénétrer en son esprit chaque parole, elle dit :

— Votre père sait qui vous êtes... C'est pour cela qu'il vous veut supprimer

Le Torero recula de deux pas et porta sa main crispée à sa poitrine, comme s'il eût voulu s'arracher le cœur.

— Impossible ! bégaya-t-il.

— Cela est ! dit Fausta rudement. Que la foudre m'écrase si je mens ! ajouta-t-elle d'un ton solennel.

— Que maudite soit l'heure présente ! tonna le Torero. Pour que mon père veuille ma mort, il faut donc que je sois quelque inavouable bâtard !... Il faut donc que ma mère, que l'enfer la...

— Arrrêtez ! gronda Fausta en se redressant frémissante. Vous blasphémez !... Sachez, malheureux, que votre mère fut toujours épouse chaste et irréprochable ! Votre mère, que vous alliez maudire dans un moment d'égarement que je comprends, votre mère est morte martyre... et son bourreau, son assassin pourrais-je dire, fut précisément celui qui vous repoussa, qui vous veut la male-mort aujourd'hui qu'il vous sait vivant, après vous avoir cru mort durant de longues années. L'assassin de votre mère, c'est celui qui vous veut assassiner aussi : c'est votre père !

— Horreur ! Mais si je ne suis pas un bâtard...

— Vous êtes un enfant légitime, interrompit Fausta avec force. Je vous en fournirai les preuves... quand l'heure sera venue.

Et tranquillement elle reprit place sur son fauteuil.

Lui cependant, à moitié fou de douleur et de honte, clamait douloureusement :

— S'il en est ainsi, c'est donc que mon père est un monstre sanguinaire, un fou furieux !

— Vous l'avez dit, fit froidement Fausta.

— Et ma mère ?... ma pauvre mère ? sanglota le Torero.

— Votre mère fut une sainte, dit Fausta en levant l'index comme pour indiquer qu'elle devait être au ciel.

— Ma mère ! répéta le Torero avec une douceur infinie.

— On venge les morts, avant de les pleurer ! insinua insidieusement Fausta.

Le Torero se redressa, étincelant, et d'une voix furieuse :

— Vengeance ! oh ! oui ! vengeance !

Et tout à coup il s'écroula sur son siège, la tête entre ses deux mains, et râla :

— Mon père ! Devrai-je donc frapper mon père pour venger ma mère ?... C'est impossible !

Fausta eut un sourire sinistre qu'il ne vit pas. Elle
était patiente, Fausta ; c'était ce qui la faisait si forte et
si redoutable. Elle n'insista pas. Elle venait de semer
la graine de mort, il fallait la laisser germer.

De sa voix douce, caressante :

— Avant de venger votre mère, il faut vous défendre
vous-même. N'oubliez pas que vous êtes menacé. Votre
vie ne tient qu'à un fil.

— Mon père est donc un bien puissant personnage ?
fit amèrement le Torero, qui se souvint alors des « monseigneur » que lui avait prodigué l'intendant de cette
princesse qui voulait bien s'intéresser à lui.

— Puissant au-dessus de tout, répondit évasivement
Fausta.

Dans l'état d'esprit où il se trouvait, le Torero n'attacha qu'une médiocre importance à ces paroles.

— Madame, dit-il en regardant Fausta en face, j'i-
gnore à quel mobile vous obéissez en me disant les choses terribles que vous venez de me dévoiler.

— Je vous l'ai dit, monsieur, j'ai obéi d'abord à un
simple sentiment d'humanité. Depuis que je vous ai vu,
je n'ai pas de raison de vous cacher que vous m'avez été
sympathique. C'est à cette sympathie, désintéressée,
croyez-le, que vous devez le vif intérêt que je vous porte
et que vous méritez. Je n'ai pas été longue à deviner que
vous étiez une noble nature, monsieur.

Le Torero s'inclina profondément, trop troublé d'ailleurs pour remarquer ce qu'il pouvait y avoir d'étrange,
d'audacieux, dans les paroles de la princesse.

— Je ne doute pas de la pureté de vos intentions, à
Dieu ne plaise ! madame. Mais ce que vous venez de me
révéler est si extraordinaire, si incroyable que — excusez-moi, madame — à moins de preuves palpables, in-
déniables, je ne saurais y croire.

— Je vous comprends, monsieur, et je vous approuve,
dit vivement Fausta. Je n'ai rien avancé que je ne sois
en état de prouver d'irréfutable manière.

— Et vous me fournirez ces preuves ?

— Oui, dit nettement Fausta.

— Vous me nommerez mon... père ?

— Oui !

— Quand ? madame.

— Je ne puis dire encore... Dans un instant peut-être. Peut-être dans quelques jours seulement...

— Bien, madame, je prends acte de votre promesse, et quoi qu'il advienne, soyez assurée de ma reconnaissance, ma vie vous appartient... Vous pouvez en disposer à votre gré !

— Il s'agit d'abord de la préserver, votre vie, fit Fausta avec un gracieux sourire.

— C'est ce que je m'efforcerai de faire, madame. Et tenez pour certain qu'*on* ne me réduira pas aisément, si puissant qu'*on* soit.

On voulait dire son père.

— Je le crois aussi, dit Fausta d'un air entendu.

— Mais, reprit le Torero, pour me défendre il est certaines choses que j'ai besoin de savoir ou de comprendre. Me permettez-vous de vous poser quelques questions ?

— Faites, monsieur, et si je le puis, j'y répondrai en toute sincérité.

— Eh bien, donc, madame... comment, en quoi la jeune fille dont nous parlions tout à l'heure, la Giralda en un mot et pour la nommer, pourrait-elle être la cause de ma mort ?

A ce moment, les clameurs, les hurlements, les chants sacrés, éclatèrent avec plus de force sur la place. Evidemment le cortège venait de déboucher sur le lieu du supplice et la foule manifestait ses sentiments par les mêmes vivats et les mêmes cris de mort.

Sans répondre à la question du Torero, Fausta se leva et s'approcha de son pas majestueux du balcon. Elle jeta un coup d'œil sur la place et vit qu'elle ne s'était pas trompée. Elle se retourna vers le Torero, qui la regardait faire non sans surprise, et très calme :

— Approchez, monsieur, venez voir, dit-elle.

De plus en plus étonné, don César secoua la tête et, doucement :

— Excusez-moi, madame, dit-il, j'ai horreur de ces sortes de spectacles. Ils me révoltent.

— Croyez-vous donc, monsieur, dit paisiblement Fausta, qu'ils ne me répugnent pas, à moi ? Croyez-vous que ce soit par cruauté malsaine ou par férocité que je suis venue à ce balcon et que je vous demande d'en approcher vous-même ?

Le Torero comprit qu'en effet elle devait avoir un intérêt puissant a le faire assister à cette scène. Malgré sa répugnance, il se leva et la rejoignit

Le cortège funèbre faisait lentement le tour de la place

En tête caracolait une compagnie de « carabins », l'arquebuse posée sur la cuisse. Derrière les cavaliers venait une deuxième compagnie de gens d'armes, à pied. Cavaliers et fantassins étaient chargés de refouler le populaire et de frayer un passage à la procession.

Derrière les soldats venait une longue théorie de pénitents noirs, la cagoule rabattue, un cierge à la main En tête des pénitents, un colosse, la tête couverte de la cagoule comme tous les autres, portait péniblement une immense croix de métal, sur laquelle un Christ doré, de grandeur presque naturelle, étendait ses bras encloués. C'était le Christ au nom duquel les sept condamnés allaient être suppliciés... Le Christ qui avait prêché le pardon, l'oubli des injures, l'amour du prochain...

Tous ces pénitents tonitruaient lamentablement le *De Profundis.*

Après cette interminable théorie de pénitents venaient les gardes de l'Inquisition : gardes à cheval, gardes à pied, et immédiatement après le tribunal de l'Inquisition, grand inquisiteur en tête.

Derrière le tribunal, sous un dais rutilant, un évêque, en habits sacerdotaux, portant à bras tendus le saint sacrement, et derrière, les sept condamnés, en chemise, pieds nus, la tête découverte, à seule fin que chacun pût les contempler et les insulter à loisir, un cierge énorme à la main.

Derrière les condamnés, d'autres juges. Puis des religieux, encore des religieux, toujours des religieux, des noirs, des rouges, des verts, des jaunes, tous le visage caché sous la cagoule. Et des prêtres, des évêques, des cardinaux, en habits pompeux, et tous, tous chantant, criant, hurlant les notes funèbres du *De Profundis.*

Derrière la foule des prêtres et des moines, une triple rangée d'arquebusiers, à pied, et seul, la tête découverte, sombre, traînant la jambe, sinistre dans son somptueux costume noir, le roi, Philippe II.

À sa droite, un pas en arrière, son fils : l'infant Philippe, héritier du trône. Et puis la foule des courtisans seigneurs, grandes dames, dignitaires, tous en habits de cérémonie, et puis des moines, des moines et des pénitents.

Voilà ce que vit le Torero.

Le cortège s'arrêta devant l'autel de la place.

Un juge lut à haute voix la sentence de mort aux condamnés.

Un prêtre en habits sacerdotaux s'approcha de chaque condamné et lui donna un coup sur la poitrine, ce qui voulait dire qu'il était expulsé de la communauté des vivants.

Ceci au milieu des cris, des menaces, des injures de la foule en délire.

Alors l'évêque monta à l'autel. En même temps les condamnés étaient hissés sur le bûcher, attachés au poteau. Et la messe commença.

Lorsque l'évêque prononça les dernières paroles de l'évangile, la fumée commença de s'élever en tourbillonnant, et en même temps que la fumée, les hurlements éclatèrent :

— Mort aux hérétiques ! Mort aux hérétiques !

Alors, du haut du bûcher, une voix protesta.

C'était un jeune homme de vingt-cinq ans environ beau, noble, riche, ayant occupé une charge importante à la cour. Le Torero, qui le connaissait de vue, le reconnut aussitôt.

Et le condamné clamait :

— Je ne suis pas un hérétique ! Je crois en Dieu ! Que mon sang retombe sur ceux qui m'ont condamné ! J'en appelle a...

On ne put en entendre davantage. Des milliers de moines hurlèrent furieusement le *Miserere* et couvrirent sa voix.

En même temps les flammes commencèrent à s'élever, vinrent doucement lécher les pieds nus des condamnés comme pour goûter à la proie qui leur était offerte. Et l'ayant trouvée à leur goût elles s'élevèrent davantage encore, enlacèrent les victimes, les éteignirent, les happèrent.

— Horrible ! horrible ! murmura le Torero en portant sa main devant ses yeux. Quel crime a donc commis ce malheureux que j'ai connu bon vivant et plein d'avenir?

Il parlait pour lui-même. Il sursauta en entendant une voix qui murmurait a son oreille (la voix de Fausta qu'il avait oubliée) :

— Il a commis le crime que tu rêves de commettre !... le crime pour lequel tu seras condamné comme lui, exécuté comme lui... si je n'arrive à le persuader.

— Quel crime ? répéta machinalement le Torero.

— Il a entretenu des relations avec une hérétique qu'il a épousée.

— Oh ! je comprends !... la Giralda ! la bohémienne !... Mais la Giralda est catholique !

— Elle est bohémienne, dit rudement Fausta. elle est hérétique... ou du moins notoirement connue pour telle ; cela suffit.

— Elle a été baptisée, se débattit le Torero.

— Qu'elle montre son acte de baptême... elle ne le pourra. Et, le pût elle, elle a vécu en hérétique, cela suffit, te dis-je, et toi qui rêves d'unir ton sort au sien. tu seras traité comme celui-ci.

Elle montrait le bûcher.

— Quel est donc l'infâme qui impose de telles lois ?

— Ton père.

— Mon père ! encore ! Mais qui est donc ce tigre altéré de sang que la nature maudite me donna pour père ?

Comme il disait ces mots, il se fit un grand tapage au balcon d'un des somptueux palais bordant la place. Ce balcon, comme celui de Fausta, était resté, jusque-là, inoccupé. Et voilà que les larges portes fenêtres, donnant accès au balcon. venaient de s'ouvrir toutes grandes, et une foule de seigneurs, de nobles dames, de prêtres et de moines se montraient par les baies.

Un fauteuil unique fut traîné sur le balcon et un personnage, devant qui tous les autres s'effaçaient, parut sur le balcon. s'assit paisiblement, tandis que tous les assistants, restés à l'intérieur, se groupaient derrière le fauteuil. Et le personnage, le menton dans la paume de la main, le coude sur le bras du fauteuil, laissa errer distraitement sur le bûcher embrasé et sur la foule hurlante un regard froid et acéré.

En réponse au cri de révolte et de fureur du Torero, Fausta s'approcha de lui jusqu'à le toucher, et la face étincelante, le dominant du regard, impérieuse et fatale, elle lui jeta en plein visage, d'une voix tonnante :

— Ton père !... Tu veux savoir qui est ton père ?...

Et elle apparut soudain si grandie, si superbement consciente de sa force, si froide et si inexorable que le Torero eut l'intuition rapide d'une révélation formidable, et affolé il bégaya :

— Oh !... Qu'allez-vous m'apprendre ?

Fausta se pencha davantage encore sur lui, le saisit au poignet et répéta :

— Tu veux connaître ton père ?... Eh bien ! regarde !... le voici !...

Et son index tendu désignait le personnage qui, froidement, d'un air ennuyé, regardait se consumer les corps des sept suppliciés.

Le Torero fit deux pas en arrière, et les yeux hagards, les cheveux hérissés, le poing crispé sur le manche de sa dague, il cria d'une voix où il y avait plus de douleur certes que d'horreur :

— Le roi !...


# III


## LE FILS DU ROI


Un long moment, Fausta considéra silencieusement, avec une sombre satisfaction, le jeune homme qui paraissait accablé de douleur.

Elle avait lieu d'être satisfaite. Elle avait mené toute cette partie de son entretien avec une habileté infernale.

Sérieusement documentée, elle savait que le roi Phi-

lippe, qui n'inspirait que la terreur à la grande majorité
de ses sujets, était franchement abhorré par une minorité composée d'une élite dans laquelle tous les éléments
de la société fraternisaient, momentanément unis dans
la haine et l'horreur que leur inspirait le sombre despote.

Grands seigneurs aux idées libérales, artistes, savants,
soldats, bourgeois, aventuriers, gens du peuple, on trouvait de tout dans cette minorité. Pour tous ces opprimés,
généralement d'intelligence plus ouverte et d'idées plus
avancées que le commun du troupeau habitués à courber
l'échine, la fureur religieuse du roi, qui l'incitait constamment à des répressions sanglantes, avait fait de
celui-ci, à leurs yeux, une sorte de monstre qu'il eût été
licite, au point de vue purement humain, de supprimer.

Nous ne parlons pas, bien entendu, d'une tourbe d'in-
trigants — il y en a et il y en aura toujours — qui ne
voyaient dans le renversement de l'ordre établi qu'une
occasion de satisfaire leurs passions. Nous ne parlons
que de ceux qui étaient sincères.

Quoi qu'il en soit, le mécontentement était assez général, assez profond pour qu'un mouvement occulte fût
tenté par quelques-uns, ambitieux ou illuminés dont le
désintéressement ne pouvait être suspecté. Nous avons
vu Fausta présider et diriger à son gré une réunion de
ces révoltés. Qu'un mouvement sérieux vînt à se dessiner, et une foule d'inconnus ou d'hésitants se join-
draient à ceux qui auraient donné le branle.

Fausta savait tout cela.

Elle savait encore que le Torero était au nombre de
ceux pour qui le nom du roi était synonyme de meurtre,
de fureur sanglante, et à qui il n'inspirait que haine et
horreur. De plus, chez le Torero, la haine du tyran se
doublait d'une haine personnelle pour celui qu'il accu-
sait d'avoir assassiné son père.

La haine du Torero pour le roi Philippe existait de
longue date, farouche et tenace, et Fausta le savait. Si
le Torero ne s'était pas affilié à ceux qui cherchaient,
dans l'ombre, à frapper ou tout au moins à renverser le
despote, ce n'était pas par prudence ou par dédain. Sa
haine était personnelle, et il était résolu à l'assouvir
personnellement. En outre, nature essentiellement droite

et loyale, il avait horreur de tout ce qui était sombre, tortueux et caché. Résolu à frapper celui qu'il considérait comme un ennemi des siens, il était non moins résolu à agir franchement et au grand jour... dût-il être broyé lui-même.

Tels étaient les sentiments de don César à l'égard du roi Philippe au moment où Fausta s'était dressée devant lui pour lui crier : « C'est ton père ! »

On comprend que le coup avait pu l'accabler.

Ce n'est pas tout : depuis qu'il avait l'âge de raisonner, don César, trompé par des récits — probablement intéressés — où la fiction côtoyait dangereusement la vérité, don César s'était complu à dresser, dans son cœur, un autel à la vénération paternelle. Ce père, qu'il n'avait jamais connu, il le voyait grand, noble, généreux, il le parait des qualités les plus sublimes, il lui apparaissait tel qu'un dieu.

Sur cette adoration muette, qu'il voyait toujours en lui, si loin qu'il remontât le cours de ses ans, Fausta avait soufflé. Et le dieu s'était écroulé. Ce dieu vénéré s'était mué en un monstre sanguinaire, car toute haine personnelle mise à part, c'est ainsi qu'il considérait le roi. Il avait suffi à Fausta de dire : « Voici ton père! » pour que cette vénération ardente, passionnée, croulât lamentablement.

Ceci, c'était le plus affreux. Tellement affreux que cela ne lui paraissait pas croyable.

Il se disait :

— J'ai mal entendu... je suis fou. Le roi n'est pas mon père... il ne peut pas être mon père puisque... je sens que je le hais toujours !... Non, non, mon père est mort !...

Mais Fausta avait été trop énergiquement affirmative. Il n'y avait pas à douter : c'était cela, c'était bien cela, le roi était bien son père. Alors il se raccrochait désespérément à son idéal renversé, il cherchait des excuses à cet homme qu'on lui désignait pour son père. Il se disait que sans doute il l'avait mal jugé et il fouillait furieusement les actes connus du roi pour y découvrir quelque chose, n'importe quoi, susceptible de le grandir à ses yeux.

Et désespéré, s'accablant d'injures et d'anathèmes, il

constatait qu'il ne trouvait rien. Et son horreur, sa fureur contre soi-même allaient grandissant, car non seulement il ne trouvait rien, mais encore il persistait à ne voir en lui que le monstre qu'il avait toujours vu. Et dans une révolte de tout son être, il se disait :

— C'est mon père, pourtant! C'est mon père! Est-il possible qu'un fils haïsse son père? N'est-ce pas plutôt moi qui suis un monstre dénaturé?

Alors sa pensée bifurqua : il pensa à sa mère.

On ne lui en avait parlé que fort peu. Pour cette raison, ou pour toute autre que nous ignorons, sa mère n'avait jamais occupé dans son cœur la place qu'y avait eue son père. Pourquoi? Qui peut savoir? Certes il avait pensé à elle souvent, chaque jour. Mais la première place avait toujours été pour son père. Et voici que, par un de ces revirements qu'il ne cherchait pas à s'expliquer, tout d'un coup la mère détrônait le père et prenait sa place.

Et il croyait comprendre :

— Par Dieu! clamait-il dans son esprit éperdu, j'y suis! Je continue à détester mon père parce qu'on m'a dit qu'il a martyrisé et fait mourir ma mère. C'est cela!...

C'était un peu cela en effet.

Et ceci c'était le chef-d'œuvre de Fausta qui avait lentement, savamment soufflé la haine dans son cœur, la haine contre son père, et qui soudain, pour excuser cette haine monstrueuse, pour la justifier, pour la rendre plus profonde, plus tenace, plus naturelle aussi, pour la sanctifier, en quelque sorte, avait fait intervenir sa mère.

Est-ce que la mère ne doit pas passer avant le père? Et lorsque le père est assez lâche, assez infâme pour torturer et tuer lentement la mère, est-ce que le fils doit hésiter? Ne doit-il pas la défendre, la venger? Même contre son père!

Voilà qui expliquait tout. Voilà qui mettait sa conscience déchirée en repos.

Et c'avait été une idée magistrale que Fausta avait eue là. Maintenant le Torero, ballotté, déchiré entre ces sentiments divers, n'était plus qu'une loque humaine qu'elle pourrait arranger à sa guise.

Le plus fort était fait, le reste ne serait qu'un jeu. Le Torero, le fils du roi, était à elle, elle n'avait qu'à tendre la main pour le prendre. Elle serait reine, impératrice elle dominerait le monde par lui — car il ne serait jamais qu'un instrument entre ses mains.

Et en attendant il fallait le lâcher sur celui qu'elle lui avait dit être son père. Il fallait lui faire admettre l'idée d'un meurtre, régicide doublé de parricide, en le parant des apparences d'une légitime défense.

Et comme le jeune prince demeurait toujours muet, les yeux exorbités obstinément fixés sur le roi, doucement, de ses propres mains, Fausta poussa les battants de la fenêtre, laissa retomber les lourds rideaux, dérobant à ses yeux une vue qui lui était si pénible.

En effet, dès qu'il ne vit plus le roi, don César poussa un long soupir de soulagement et parut sortir d'un rêve angoissant comme un cauchemar. Il jeta un regard trouble sur les splendeurs qui l'environnaient comme s'il se fût demandé où il était et ce qu'il faisait là. Puis ses yeux tombèrent sur Fausta, qui l'observait en silence, et la notion de la réalité lui revint tout à fait.

Fausta, voyant qu'il s'était ressaisi et qu'il était maintenant à même de continuer l'entretien, dit doucement d'une voix grave où perçait une sourde émotion :

— Excusez-moi, monseigneur, de vous avoir si brutalement dévoilé la vérité. Les circonstances ont été plus fortes que ma volonté et m'ont emporté malgré moi.

Le Torero fut secoué d'un frisson qui le parcourut de la nuque aux talons. Ce titre de « monseigneur » avait pris dans la bouche de Fausta une ampleur insoupçonnée. De plus, il semblait lui dire qu'il n'était pas le jouet d'un rêve, que tout ce qu'il avait vu et entendu jusque-là, si affreux, si douloureux que cela lui parût, était bien une réalité

En même temps, chose curieuse, ce titre lui causa une impression pénible qu'il traduisit en répétant avec amertume et en secouant la tête :

— Monseigneur !...

— C'est le titre qui vous revient de droit, dit gravement Fausta, en attendant mieux.

Une fois encore, le Torero reçut un choc dans la poitrine.

Que signifiait cet : en attendant mieux? L'intendant de la princesse avait, presque textuellement, prononcé les mêmes paroles. Que lui voulait-on, décidément? Il résolut de le savoir au plus tôt, et comme Fausta, avec cette imposante noblesse d'attitude qui la faisait si majestueuse qu'elle semblait toujours dominer les têtes les plus haut placées, comme Fausta lui indiquait son siège en disant : « Daignez vous asseoir », le Torero s'assit, bien résolu à tirer au clair tout ce qui lui paraissait obscur et ténébreux dans l'extraordinaire aventure qui lui arrivait.

— Ainsi, madame, dit-il d'une voix très calme en apparence, vous prétendez que je suis fils *légitime* du roi Philippe?

Fausta comprit qu'il cherchait à se dérober, et que si elle le laissait faire il lui échapperait.

Elle le fouilla d'un regard pénétrant, et ne put s'empêcher de rendre intérieurement hommage à la force d'âme de ce jeune homme qui, après des secousses aussi rudes, avait su se dominer au point de montrer un visage aussi calme, aussi paisible.

— Décidément, songea-t-elle, ce petit aventurier n'est pas le premier venu. Il a une dose d'orgueil vraiment royale. Tout autre, à sa place, eût accepté la révélation que je lui ai faite en exultant. Vraie ou fausse, un autre se fût empressé de la tenir pour valable. Celui-ci reste froid. Il ne se laisse pas éblouir, il discute, et je crois, Dieu me pardonne! que son plus cher désir serait d'acquérir la preuve que je me suis trompée.

Et pour la première fois depuis le commencement de cet entretien, un doute commença de pénétrer sournoisement en elle et, avec une angoisse terrible, elle se posa la question :

— Serait-il dénué d'ambition à ce point? Après avoir eu le malheur de me heurter à un Pardaillan, aurai-je cet autre malheur d'avoir mis la main sur un de ces désabusés, un de ces fous pour qui fortune, naissance, puissance, couronne même, ne sont que des mots vides de sens ?

En songeant ainsi, elle levait vers le ciel un regard chargé d'imprécations et de menaces, comme si elle eût sommé Dieu de lui venir en aide.

Mais c'était une rude jouteuse que Fausta, et elle n'était pas femme à renoncer pour si peu. Ces réflexions avaient passé dans son esprit avec l'instantanéité d'un éclair. Et quels que fussent son doute et son angoisse, sa physionomie n'exprima rien que cette immuable sérénité qu'il lui plaisait de montrer.

Et à la question du Torero, qui ne la suspectait pas personnellement, elle répondit du tac au tac :

— Des documents, d'une authenticité indiscutable, que je possède, des témoins, dignes de foi, *prétendent* que vous êtes fils *légitime* du roi Philippe. Et c'est pourquoi je le dis. Mais je ne *prétends* rien, personnellement, croyez-le bien. Au surplus, je vous l'ai dit, un jour, très prochain, je mettrai toutes ces preuves sous vos yeux. Et vous serez bien forcé de convenir vous-même que je ne *prétends* rien qui ne soit l'expression de la plus absolue vérité.

Très doucement, le Torero dit :

— A Dieu ne plaise, madame, que je doute de vos paroles, ni que je suspecte vos intentions !

Et avec un sourire amer :

— Je n'ai pas reçu l'éducation réservée aux fils de roi.. futurs rois eux-mêmes. Tout infant que je suis — puisque vous l'assurez — je n'ai pas été élevé sur les marches du trône. J'ai vécu dans les ganaderias, madame, au milieu des fauves que j'élève pour le plus grand plaisir des princes, mes frères. C'est mon métier, madame, à moi, un métier dont je vis, n'ayant ni douaire, ni titres, ni dotations. Je suis un gardeur de taureaux, madame. Excusez-moi donc si je parle le langage brutal d'un gardien de fauves, au lieu du langage fleuri de cour auquel vous êtes accoutumée sans doute, vous, princesse souveraine.

Fausta approuva gravement de la tête.

Le Torero, s'étant excusé à sa manière, reprit aussitôt :

— Ma mère, madame, comment s'appelait elle ?

Fausta leva les sourcils d'un air surpris, et avec force :

— Vous êtes prince légitime, dit-elle. Votre mère s'appelait Elisabeth de France, épouse légitime de Philippe roi, reine d'Espagne, par conséquent.

Le Torero passa la main sur son front moite.

— Mais enfin, madame, dit-il d'une voix tremblante, me direz-vous pourquoi, puisque je suis fils légitime, pourquoi cet abandon ? Pourquoi cette haine acharnée d'un père contre son enfant ? Pourquoi cette haine contre l'épouse légitime, haine qui est allée jusqu'à l'assassinat?... Car vous m'avez bien dit, n'est-ce pas, que ma mère était morte des mauvais traitements que lui infligeait son époux ?

— Je l'ai dit et je le prouverai.

— Ma mère était donc coup...

Et il tremblait en posant cette question. Et ses yeux suppliants imploraient un démenti qu'elle ne lui fit pas attendre car elle dit, très catégorique:

— Votre mère, je l'ai dit et je le répète et je le prouverai, la reine, votre mère, votre auguste mère, était une sainte.

Evidemment elle exagérait considérablement. Elisabeth de Valois, fille de Catherine de Médicis, façonnée au métier de reine par sa redoutable mère, pouvait avoir été tout ce qu'il lui aurait plu d'être, hormis une sainte.

Mais c'est au fils que parlait Fausta, et elle comptait sur sa piété filiale, d'autant plus ardente et aveugle qu'il n'avait jamais connu sa mère, pour lui faire accepter toutes les exagérations qu'il lui conviendrait d'imaginer.

Fausta avait besoin d'exaspérer autant qu'il serait en son pouvoir le sentiment filial en faveur de la mère. Plus celle-ci apparaîtrait grande, noble, irréprochable aux yeux du fils, et plus, forcément, sa fureur contre l'époux, bourreau de sa mère, se déchaînerait violente, irrésistible. Or il fallait que cette fureur arrivât à un point tel qu'il oubliât totalement que cet époux c'était son père.

C'est pourquoi, pour les besoins de sa cause, Fausta n'hésitait pas à canoniser, de sa propre autorité la mère du Torero.

Celui-ci accueillit l'affirmation de Fausta avec une joie manifeste. Il eut un long soupir de soulagement et demanda :

— Puisque ma mère était irréprochable, pourquoi cet acharnement, pourquoi ce long martyre dont vous avez parlé ? Le roi serait-il réellement le monstre altéré de sang que d'aucuns prétendent qu'il est ?

Il oubliait que lui-même l'avait toujours considéré comme tel. Maintenant qu'il savait qu'il était son père, il cherchait instinctivement à le réhabiliter à ses propres yeux. Il espérait, sans trop y compter, qu'elle dirait des choses qui le disculperaient, comme elle en avait dit er faveur de sa mère.

Ceci ne pouvait faire l'affaire de Fausta. Implacable, elle répondit :

— Le roi, malheureusement, n'a jamais eu, pour personne, un sentiment de tendresse. Le roi, c'est l'orgueil, c'est l'égoïsme, c'est la sécheresse de cœur, c'est la cruauté en personne. Malheur a qui lui résiste ou lui déplaît. Cependant, en ce qui concerne la reine, il avait un semblant d'excuse.

— Ah ! fit vivement le Torero. Peut-être fut-elle légère, inconséquente, oh ! innocemment, sans le vouloir ?

Fausta secoua la tête.

— Non, dit-elle, la reine n'eut rien à se reprocher. Si j'ai parlé d'un semblant d'excuse, c'est qu'il s'agit d'une aberration commune à bien des hommes, indigne toutefois d'un monarque qui doit être inaccessible à tout sentiment bas. Elle porte un nom, cette aberration spéciale, on l'appelle : jalousie.

— Jaloux !... Sans motif ?

— Sans motif, dit Fausta avec force. Et qui pis est, sans amour.

— Comment peut-on être jaloux de qui l'on n'aime pas ?

Fausta sourit.

— Le roi n'est pas fait comme le commun des mortels, dit-elle.

— Se peut-il que la jalousie, sans amour, aille jusqu'au crime ? Ce que vous appelez jalousie, d'autres pourraient, plus justement peut-être, l'appeler férocité.

Fausta sourit encore d'un sourire énigmatique qui ne disait ni oui ni non.

— C'est toute une histoire mystérieuse et lamentable qu'il me faut vous conter, dit-elle, après un léger silence. Vous en avez entendu parler vaguement, sans doute. Nul ne sait la vérité exacte et nul, s'il savait, n'oserait parler. Il s'agit du premier fils du roi, votre frère, de celui qui serait *l'héritier du trône à votre place*, s'il n'était pas mort à la fleur de l'âge.

— L'infant Carlos ! s'exclama le Torero.

— Lui-même, dit Fausta. Ecoutez donc.

Alors cette terrible histoire de son vrai père, Fausta se mit à la lui raconter, en l'arrangeant à sa manière, en brouillant la vérité avec le mensonge, de telle sorte qu'il eût fallu la connaître à fond pour s'y reconnaître.

Elle la raconta avec une minutie de détails, avec des précisions qui ne pouvaient ne pas frapper vivement l'esprit de celui à qui elle s'adressait, et ceci d'autant plus que certains de ces détails correspondaient à certains souvenirs d'enfance du Torero, expliquaient lumineusement certains faits qui lui avaient paru jusque-là incompréhensibles, corroboraient certaines paroles surprises par lui.

Et toujours, tout au long de cette histoire, elle faisait ressortir avec un relief saisissant le rôle odieux du roi, du père, de l'époux, cela sans insister, en ayant l'air de l'excuser et de le défendre. En même temps la figure de la reine se détachait douce, victime résignée jusqu'à la mort d'un implacable bourreau.

Quand le récit fut terminé, il était convaincu de la légitimité de sa naissance, il était convaincu de l'innocence de sa mère, il était convaincu de son long martyre. En même temps il sentait gronder en lui une haine furieuse contre le bourreau qui, après avoir assassiné lentement la mère, voulait à tout prix supprimer l'enfant devenu un homme. Et il se sentait animé d'un désir ardent de vengeance.

Et une révolte aussi lui venait contre cet acharnement mortel dont il était la victime. N'avait-il pas droit à la vie comme toute créature ? N'avait-il pas droit à sa part de soleil comme tout ce qui vit et respire ? Eh bien, puisqu'il se trouvait acculé à cette nécessité qui lui paraissait monstrueuse d'avoir à se défendre contre son propre père, il se défendrait, sang du Christ ! et s'il y avait crime, que le crime retombât sur celui qui avait attaqué le premier.

Ce n'était pas tout à fait ce qu'avait voulu Fausta. Quand même c'était un résultat très appréciable d'avoir

fait pénétrer dans cet esprit une pensée de résistance,
étant donné surtout qu'elle avait craint un moment qu'il
ne se dérobât tout à fait. Avec un peu de patience elle
l'amènerait où elle voulait. Pour passer de la défensive
à l'offensive, que faut-il, le plus souvent? Peu de chose.
Un renfort, une arme, un mouvement d'audace ou de
colère, il n'en faut pas plus pour amener à charger vigoureusement tel qui jusque-la s'était contenté de parer
les coups. Ces armes, elle saurait les lui mettre dans les
mains; cette audace, elle saurait la lui insuffler.

Quand elle eut terminé son récit, quand elle le vit dans
l'état d'exaspération où elle le voulait, elle l'attaqua résolument, selon sa coutume :

— Vous m'avez demandé, monseigneur, pourquoi je
m'étais intéressée à vous sans vous connaître. Et je vous
ai répondu que j'avais répondu à un sentiment d'humanité fort compréhensible. J'ai ajouté que depuis que je
vous avais vu, ce sentiment avait fait place à une sympathie qui s'accroît de plus en plus, au fur et à mesure
que je vous pénètre davantage. Chez moi, mon prince,
la sympathie n'est jamais inactive. Je vous ai offert mon
amitié, je vous l'offre encore.

— Madame, vous me voyez confus et ému à tel point
que je ne trouve pas de paroles pour vous exprimer ma
gratitude.

Très gravement, avec une douceur enveloppante, avec
un regard ensorcelant, un sourire enivrant, elle dit :

— Attendez, prince, avant d'accepter ou de refuser...

— Madame, interrompit vivement le Torero, qui
s'exaltait sans s'en apercevoir, comment pouvez-vous me
croire assez insensé, assez ingrat, pour refuser l'offre
généreuse d'une amitié qui me serait précieuse au dessus
de tout?

Elle secoua la tête avec un sourire empreint d'une
douce mélancolie.

— Défions-nous des mouvements spontanés, prince.
Ce qui est accessible aux mortels ordinaires ne l'est pas
pour nous princes, désignés par Dieu pour conduire et
diriger les foules.

Et avec une émotion intense qui fit frissonner délicieusement le jeune homme enivré :

— S'il nous était permis de suivre les impulsions de

notre cœur, si je pouvais, moi qui vous parle, accomplir sans désemparer ce que le mien me dicte tout bas,
vous seriez, prince, un des monarques les plus puissants
de la terre, car je devine en vous les qualités rares qui
font les grands rois.

Très ému par ces paroles prononcées avec un accent
de conviction ardente, plus ému encore par ce qu'elles
laissaient deviner de sous-entendu flatteur, le Torero s'é-
cria :

— Dirigez-moi, madame. Parlez, ordonnez, je m'a-
bandonne entièrement à vous.

L'œil de Fausta eut une fugitive lueur. Elle eut ur
geste comme pour signifier qu'elle acceptait de le diriger
et qu'il pouvait s'en rapporter à elle. Et, très calme,
très douce :

— Avant de dire oui ou non, je dois établir en quelques mots nos positions respectives. Je dois vous dire
qui je suis, ce que je peux, et ce que vaut cette amitié
que je vous offre. Je dois aussi vous rappeler ce que
vous êtes, j'entends au regard de tous ceux qui vous
connaissent, ce que vous pouvez faire, et où vous allez.

— Je vous écoute, madame, fit avec déférence le Torero. Mais quoi que vous disiez, d'ores et déjà, je suis
résolu à accepter l'amitié précieuse que vous voulez bien
m'offrir. Et si vous ne me l'aviez offerte spontanément,
sachez que je l'eusse sollicitée avec ardeur Il me semble,
madame, que la vie me paraîtrait terne, insupportable,
si vous ne deviez plus l'éclairer de votre radieuse présence.

Ceci était dit avec cette galanterie outrée particulière
à l'époque en général, et plus spécialement au tempérament, extrême en tout, de l'Espagnol. Néanmoins,
Fausta crut démêler un accent de sincérité indéniable
dans la manière dont furent prononcées ces paroles.
Elle en fut très satisfaite. Plus le Torero s'enflammerait,
plus sa tâche en serait facilitée.

Elle reprit avec force

— Vous êtes pauvre, sans nom, isolé, incapable
d'entreprendre quoi que ce soit de grand, malgré votre
popularité, parce que votre obscurité et surtout votre
naissance douteuse viendraient se briser contre des pré-

jugés de caste, plus puissants dans ce pays que partout ailleurs. Si vous tentiez quelque hardi coup de main, nul ne vous suivrait, hormis quelques hommes du peuple qu ne comptent pas. Si vous avez du génie, vous êtes condamné quand même à végéter, obscur et inconnu: votre naissance vous interdit d'aspirer aux honneurs, aux emplois publics. Ce que je vous dis là est-il vrai ?

— 7 est vrai, madame. Mais je ne désire ni gloire ni les honneurs. Mon obscurité ne me pèse pas, et quant à la pauvreté, elle m'est légère. Au reste, vous savez peut-être que si je voulais accepter tous les dons que les nobles amateurs de corrida jettent dans l'arène à mon intention, je pourrais être riche.

— Je sais, dit gravement Fausta. On dit de vous : brave comme le Torero. On dit aussi : généreux comme le Torero. Cependant, maintenant que vous savez que vous êtes issu de sang royal, vous ne pouvez continuer l'humble et obscure existence qui fut la vôtre jusqu'à ce jour.

— Pourquoi, madame ? fit naïvement le Torero. Cette existence a son charme, et je ne vois pas pourquoi je la changerais. D'après ce que vous me dites, je ne serai jamais un prince royal. Pourquoi ne resterai-je pas ce que j'ai été jusqu'à ce jour ?

Fausta eut un imperceptible froncement de sourcils. Ces paroles dénotaient un manque d'ambition qui contrariait ses projets. Néanmoins elle ne laissa rien paraître et se garda bien de combattre ouvertement ces idées.

— Vous oubliez, dit elle simplement, qu'il ne vous est pas permis de vivre, même obscur, pauvre, ignoré, dénué de biens et d'ambition. Vous oubliez que demain, quand vous paraîtrez dans l'arène, vous serez misérablement assassiné, et que rien, rien ne pourra vous sauver .. si je vous abandonne.

Le Torero eut un sourire de défi.

— Je vous entends, traduisit Fausta, vous voulez dire que vous ne vous laisserez pas égorger comme mouton à l'abattoir.

— C'est bien cela, madame.

Fausta eut un haussement d'épaules apitoyé.

— Vous oubliez encore, reprit-elle froidement, que

celui qui veut votre mort détient la puissance suprême,
vous oubliez que celui-là, c'est le roi. Pensez-vous qu'il
s'arrêtera à des demi mesures et se contentera de lâcher
sur vous quelques misérables coupe jarrets ? Vous sou-
riez encore et je vous comprends. Vous vous dites que
vous trouverez quelques hardis compagnons qui n'hési
teront pas à tirer l'épée pour votre défense. Insensé que
vous êtes ! Sachez donc, puisqu'il faut tout vous dire
que demain une armée sera sur pied à votre intention
Demain des milliers d'hommes d'armes, avec arquebuses et canons, tiendront la ville sous la menace. On
espère, on compte qu'un incident surgira qui permettra
de charger la canaille. Vous serez frappé le premier et
votre mort paraîtra accidentelle. Je vous dis que vous
êtes condamné irrémédiablement. Que si, par impossible
— il faut tout admettre, même un miracle — vous ve-
niez à vous tirer sain et sauf de la bagarre, on en sera
quitte pour recommencer. Si vous échappez encore, on
jettera le masque, vous serez ouvertement saisi, jugé
condamné, exécuté.

Ces paroles, prononcées avec une violence croissante,
produisirent impression sur le Torero. Néanmoins il
ne se rendit pas sur-le-champ.

— Pour quel crime me condamnerait-on ? fit-il.

Fausta étendit la main vers le balcon, et désignant le
bûcher que les lourds rideaux dérobaient à leur vue :

— Le même crime de ce malheureux que vous avez
entendu clamer son innocence.

C'était la deuxième fois qu'elle faisait une allusion
détournée à la Giralda, et cette fois encore l'allusion
sous-entendait une menace. Le Torero le comprit. Il
pâlit légèrement.

— Ah ! fit-il avec angoisse, est-ce à ce point ?

Sur un ton solennel, Fausta répondit :

— Je vous dis que rien ne peut vous sauver.

Si brave que fut le Torero, il sentait la terreur se glisser sournoisement en lui et c'était ce que voulait Fausta.

— Eh bien, soit, fit-il après une légère hésitation, je
fuierai. Je quitterai l'Espagne.

Fausta sourit.

— Essayez de franchir une des portes de la ville, dit-
elle.

— J'ai des amis, je puis m'assurer les services de
quelques braves résolus à tout, pourvu qu'on y mette le
prix. Je passerai de force.

— Il vous faudra donc, dit tranquillement Fausta,
engager une armée entière, car vous vous heurterez
vous, à une armée, à dix armées s'il le faut.

Le Torero la considéra un instant Il vit qu'elle ne
plaisantait pas, qu'elle était sincèrement convaincue
que le roi ne reculerait devant rien pour le faire disparaître. A son tour, il eut la perception très nette que sa
vie, comme elle le disait, ne tenait qu'à un fil. En même
temps, il comprit que la lutte était impossible. Il eut une
révolte intérieure. Il ne voulait pas mourir, mourir du
moins ainsi, stupidement assassiné, avant d'avoir goûté
aux joies de la vie. En même temps aussi, une voix
intérieure lui disait que cette femme qui lui parlait était
une force capable de lutter contre la puissance qui le
menaçait, capable peut-être de battre cette puissance
Machinalement il demanda :

— Que faire alors ?

Cette question, Fausta l'attendait. Elle avait tout dit
pour la lui arracher.

Très calme, elle reprit :

— Avant de vous répondre, laissez-moi vous poser
une question : Voulez-vous vivre ?

— Si je le veux ! Mordieu ! madame, j'ai vingt ans !
A cet âge, on trouve la vie assez bonne pour y tenir !

— Etes-vous résolu à vous défendre ?

— N'en doutez pas, madame.

— Encore faudrait il savoir jusqu'à quel point ?

— Par tous les moyens, madame.

— S'il en est ainsi, si vous m'écoutez, peut-être réus-
sirai-je à vous sauver

— Mort du diable ! madame, parlez, et s'il ne tient
qu'à moi, je suis assuré de mourir de vieillesse !

— En ce cas, je puis répondre à votre question : vous
ne vous sauverez qu'en frappant votre ennemi avant
qu'il vous ait mis à mal.

Ceci fut dit avec ce calme glacial que prenait Fausta
en certaines circonstances Il semblait qu'elle avait dit
la chose la plus simple, la plus naturelle du monde.
Malgré ce calme effroyable, elle appréhendait vivement

l'effet de ses paroles, et ce n'était pas sans anxiété qu'elle observait le jeune homme.

Le Torero, à cette proposition inattendue, s'était dressé brusquement. et livide, tremblant, il s'exclamait :

— Tuer le roi !... tuer mon père !... Vous n'y pense' pas, madame... Vous voulez m'éprouver sans doute ?

Fausta posa son œil noir sur lui. Elle vit qu'il n'était pas encore au point où elle le voulait. Cependant elle insista

— Je croyais, dit-elle avec un léger dédain, que vous étiez un homme. Je me suis trompée. N'en parlons plus. Pourtant, moi qui ne suis qu'une femme, je ne laisserais pas la mort de ma mère sans vengeance.

— Ma mère ! dit le Torero d'un air égaré.

Impitoyable, elle poursuivait :

— Oui, votre mère! Morte assassinée par celui qui vous assassinera, puisque vous tremblez à la seule pensée de frapper.

— Ma mère ! répéta le Torero en crispant les poings avec fureur. Mais le tuer, lui, mon père !... C'est impossible ! J'aime mieux qu'il me tue moi-même.

Fausta comprit qu'insister davantage risquait de lui faire perdre le terrain gagné dans cet esprit. Avec une souplesse admirable, elle changea de tactique, et avec un haussement d'épaules :

— Eh ! fit-elle avec une certaine impatience, qui vous parle de tuer ?

Depuis qu'il avait cru comprendre qu'elle lui proposait un parricide, le Torero, bouleversé, oubliant toute étiquette, allait et venait d'un pas nerveux et saccadé dans l'immense salle encombrée de meubles précieux, de bibelots rares. Cet attentat contre nature lui paraissait si monstrueux qu'il ne pouvait pas tenir en place. Il s'arrêta net et, regardant Fausta en face, il dit vivement :

— Cependant vous avez dit...

— J'ai dit : il faut frapper. Je n'ai pas dit, je n'ai pas voulu dire : il faut tuer.

Le Torero eut un soupir de soulagement d'une éloquence muette. Ses traits convulsés se rassérénèrent, et pour cacher son désarroi, il s'excusa en disant :

— Pardonnez ma nervosité, madame.

— Elle me paraît naturelle, dit gravement Fausta.

— Expliquez-vous, de grâce.

— Je vais donc parler clairement. Ce que le roi craint par-dessus tout, c'est que l'on apprenne que vous êtes son fils légitime et l'héritier de sa couronne.

— Je comprends ceci qui est la conséquence logique de son incompréhensible haine à mon égard.

Fausta approuva d'un signe de tête et reprit :

— Il eût pu employer la procédure usuelle. Cela lui eût simplifié la besogne en lui permettant de vous frapper plus sûrement peut-être. Mais si secret que soit un jugement, si dociles que soient des magistrats, qui peut jurer qu'une indiscrétion ne sera pas commise? Sa terreur à ce sujet est telle qu'il a préféré s'engager dans des voies tortueuses, sacrifier des centaines d'innocents à seule fin que votre mort passât sinon inaperçue — vous êtes trop connu — du moins sans éveiller les soupçons.

— Cependant vous disiez tout à l'heure que j'étais menacé d'une arrestation suivie d'une condamnation à mort, naturellement.

— Oui. Mais le roi ne se résoudra à cette extrémité que lorsqu'il lui sera dûment démontré qu'il ne peut vous atteindre autrement.

— Il n'aura pas cette peine, dit le Torero avec amertume. Que pourrais-je contre le roi, le plus puissant de la terre?

— Vous pouvez plus que vous ne pensez. D'abord exploiter cette terreur du roi au sujet de la divulgation de votre naissance.

— Comment? Excusez-moi, madame, je ne comprends pas grand'chose à toutes ces complications. Puis, que vous dirais-je? La pensée que je suis réduit à comploter bassement contre mon propre père, cette pensée m'est aussi douloureuse qu'odieuse, et j'avoue qu'elle m'enlève toute ma lucidité. Éclairez-moi donc, madame, vous dont le cerveau puissant se joue à l'aise au milieu de ces intrigues qui m'épouvantent.

— Je comprends vos scrupules et je les approuve. Encore ne faudrait-il pas les pousser à l'extrême. Hélas! je conçois que votre cœur soit déchiré, mais si douloureux pour vous, si pénible pour moi que cela soit, je

dois insister. Il y va de votre salut. Je vous dis donc :
Ne vous obstinez pas à voir le père dans la personne du
roi. Le père n'existe pas. L'ennemi seul reste; c'est lui
seul que vous devez voir, c'est lui seul que vous devez
combattre Ceci peut vous paraître monstrueux, anormal. Dites-vous bien que vous n'y êtes pour rien; que
tout le mal vient de votre ennemi, qui a tout fait, lui,
et qu'au bout du compte vous êtes le champion d'un
droit sacré : le droit à la vie, que possède toute créature
qui n'a pas demandé à venir au monde.

Le Torero demeura un moment songeur et, redressant
le front, il dit douloureusement :

— Je sens que ce que vous dites est juste. Cependant
j'ai peine à l'accepter.

Fausta se fit glaciale.

— Entendez-vous par là, dit-elle, que vous renoncez
à vous défendre et que vous consentez à tendre bénévolement le cou pour mieux recevoir la mort?

Le Torero réfléchit un long moment pendant lequel
Fausta l'examina avec une anxiété qu'elle ne pouvait
surmonter. Enfin il se décida.

— Vous avez cent fois raison, madame, dit-il, d'une
voix sourde. J'ai droit à la vie comme tout le monde. Je
me défendrai donc coûte que coûte. D'autant que, comme
vous l'avez dit, il ne s'agit pas de frapper mon père,
mais de me défendre. Veuillez donc m'expliquer en quoi
je pourrai exploiter cette terreur du roi dont vous parlez.

Fausta le vit bien décidé cette fois. Elle se hâta de
reprendre :

— Prenez les devants. Le roi craint qu'un fâcheux
hasard ne fasse connaître votre naissance. Proclamez-la
vous-même, hautement. Je vous remettrai les preuves
irréfutables de cette naissance. Ces preuves, étalez-les
au grand jour. Que nul ne puisse suspecter vos dires
Il faut que, dans quelques jours, tout le royaume sache
que vous êtes l'héritier légitime de la couronne. Il faut
que l'on connaisse l'odieuse conduite du roi envers votre
sainte mère et envers vous. Quand on saura tout cela,
quand chacun, du plus grand au plus petit, sera dûment convaincu par les preuves que vous aurez produi-
tes, il s'élèvera un tel cri de réprobation unanime contre

votre bourreau qu'il tremblera sur son trône. Voilà comment vous pouvez le frapper, rudement, croyez-le. Vous voyez qu'il ne s'agit pas d'un assassinat, comme vous l'avez cru, et si je vous pardonne de m'avoir supposée capable d'un conseil aussi bas, c'est que je comprends, je vous l'ai dit, vos déchirements. Ce que je vous dis de faire est juste et légitime. Le plus rigoriste ne pourrait trouver à y redire.

— C'est vrai, madame. Aussi ferai-je comme vous dites. Mais laissez-moi vous dire que vous vous trompez quand vous dites que je vous ai crue capable de me conseiller un assassinat. Il faudrait être aveugle pour ne pas voir qu'un front aussi pur que le vôtre ne peut recéler que des pensées nobles et pures. Il faudrait être sourd pour ne pas entendre qu'une voix suave comme la vôtre ne peut laisser tomber que des paroles généreuses.

Fausta daigna sourire.

— Soit, dit-elle négligemment, n'en parlons plus.

— Vous pensez donc, madame, que j'échapperai à la haine mortelle du roi en proclamant moi-même ma naissance?

— Sans doute. Le roi n'osera plus vous faire assassiner. La vérité étant connue de tous, votre meurtrier serait incontinent désigné par tous. Si puissant, si orgueilleux qu'il soit, le roi reculera devant un tel défi jeté à la fureur de tout un peuple. Il lui restera la ressource de vous traduire devant un tribunal. La, vous réclamerez hardiment la reconnaissance publique de tous vos droits. Et soyez tranquille, les preuves que vous fournirez seront telles que le roi devra s'incliner. Vous serez proclamé, c'est votre droit, héritier de la couronne. Vous n'aurez qu'à attendre qu'il plaise à Dieu de rappeler à son divin tribunal le meurtrier de votre mère pour régner à votre tour.

— Est ce possible! balbutia le Torero ébloui.

— Cela sera, dit Fausta avec une conviction impressionnante. Cela sera beaucoup plus tôt que vous ne croyez. Le roi est vieux, usé, malade. Ses jours sont comptés. Avant longtemps, il vous cédera la place sans aucune intervention criminelle.

— Eh bien! madame, dit généreusement le Torero, si

extraordinaire que cela vous puisse paraître, je lui souhaite de me faire attendre longtemps

Fausta eut un mince sourire. Allons, decidément, elle l'avait tout doucement amené à accepter ses idées. Il restait maintenant à lui faire abandonner la Giralda. Sans qu'elle eût pu dire pourquoi, Fausta sentait que ce serait là le plus dur de sa tâche. Mais elle avait mené à bien des intrigues autrement scabreuses. L'avoir amené à trouver tout naturel de monter sur un trône, c'était énorme. Quant au reste, la mort à bref délai de Philippe II, elle en faisait son affaire. Qu'il le voulût ou non, une fois pris dans l'engrenage, il serait bien forcé d'aller jusqu'au bout. Et quant à la petite bohémienne, s'il se montrait irréductible sur ce point, elle aurait tôt fait de s'en débarrasser.

A l'exclamation du Torero, elle répondit gravement en levant son index vers le ciel :

— Nous sommes tous dans la main de Dieu.

— Ainsi, dit le Torero qui paraissait plongé dans un rêve éblouissant, ainsi je vous devrai une couronne! Comment pourrai-je m'acquitter envers vous?

— Nous parlerons de cela tout à l'heure, dit Fausta d'un air détaché. Pour le moment il faut mettre sur pied tous les aboutissants de cette entreprise. Vous pensez bien que cela n'ira pas sans quelques difficultés.

— Je m'en doute bien un peu, dit le Torero en souriant.

— Je vous ai offert mon amitié et mon aide, reprit Fausta. Avant d'accepter il faut que je vous dise ce que je peux faire pour aboutir à ce rêve qui vous éblouit.

— Madame...

— Je sais, interrompit vivement Fausta, vous acceptez sans savoir. J'estime qu'il est nécessaire que vous sachiez. Ecoutez-moi donc.

Le Torero s'inclina respectueusement, reprit sa place sur son siège et dit :

— Je vous écoute, madame.

— D'abord la journée de demain. Je vous l'ai dit : une armée entière tiendra la ville sous la menace. Il faut qu'il y ait bagarre, émeute, tel est le plan du roi, conseillé par M. d'Espinosa. Dans la lutte, vous serez tué : simple accident. Vous ne serez pas tué. J'en fais mon affaire, mes précautions sont prises. A l'armée du roi, j'oppose une armée à moi, que j'ai levée de mes deniers.

— Vous avez fait cela? fit le Torero, émerveillé.

— Je l'ai fait.

— Mais pourquoi?

— Je vous le dirai tout à l'heure, dit froidement Fausta. A cette armée de gentilshommes, de soldats aguerris, qui est à moi, qui a pour mission de veiller, uniquement sur votre précieuse personne, se joindra la populaire qui vous admire et vous aime. Par mes soins, l'or est répandu à pleines mains dans le but de raviver l'enthousiasme. Comme une traînée de poudre, le bruit se répandra que le Torero est menacé. De toutes parts les défenseurs surgiront. Ce n'est pas tout. En même temps le bruit se répandra que le Torero n'est autre que l'infant Carlos — c'est sous ce nom que vous régnerez — disparu dès sa naissance, poursuivi sa vie durant par la haine implacable autant qu'injuste de son père. L'infant Carlos sera acclamé de tous. Le roi entendra ces acclamations et vous pouvez imaginer sa fureur, d'autant que ses troupes seront battues. Vous sortirez sain et sauf de la bagarre. Je l'ai décidé ainsi, mes mesures sont prises, cela sera. Ne revenons plus sur ce point.

— Je vous admire, madame, dit sincèrement le Torero.

Sans relever ces mots, Fausta reprit :

— Donc vous êtes sauf. Au milieu d'une armée qui vous acclame, je défie le roi de venir vous prendre. Demain, vous serez encore le Torero; après-demain, vous serez l'infant Carlos. La ville tout entière est à vous. Vingt mille hommes d'armes, à vous, tiennent en respect les troupes royales. L'Andalousie entière se soulève en votre faveur. Des émissaires à moi sont partis. Des millions sont répandus de tous côtés. Si vous le voulez avant la fin de la semaine, le roi est pris, détrôné, enfermé dans un couvent, et vous montez sur le trône à sa place.

Et comme le Torero ébauchait un geste de protestation, elle ajouta vivement :

— Mais vous êtes généreux. Vous n'abuserez pas de votre victoire. Vous allez trouver le roi, vous traitez avec lui d'égal à égal. Et il s'estime trop heureux, devant la rapidité foudroyante du mouvement, de vous reconnaître publiquement pour l'héritier de sa couronne. Et vous, en fils soumis et respectueux, vous lui laissez la vie et le pouvoir. Vous attendez votre heure, qui ne saurait tarder.

— Je rêve!... balbutia le Torero.

— Votre heure sonne. Vous voici roi de toutes les Espagnes, roi du Portugal, prince souverain des Pays-Bas, empereur des Indes. Je vous donne mes États d'Italie avec ce que vous aurez en propre par héritage, cela vous donne la moitié de l'Italie. Vous prenez le reste.

— Oh!

— Alors vous vous tournez vers la France. C'est le rêve de votre père cela. Vous l'envahissez par les Pyrénées et par les Alpes. En même temps vos armées descendent des Flandres. Une campagne rapidement menée vous livre la France, qui n'acceptera jamais un roi huguenot. Alors vous remontez au nord et à l'est vous envahissez l'Allemagne comme vous avez envahi la France, et vous reconstituez un empire plus grand que ne fût celui de Charlemagne. Vous êtes le maître du monde. Voilà ce que vous pouvez faire, soutenu par la main que je vous offre. Acceptez-vous?

Fausta s'était enflammée peu à peu à l'évocation de ses rêves gigantesques. Sa parole chaude, ardente, son air illuminé transportèrent littéralement le Torero, qui, ne sachant s'il était éveillé ou s'il rêvait, s'écria :

— Il faudrait être frappé de folie pour ne pas accepter. Mais vous, madame, vous qui jetez avec une aussi prodigieuse désinvolture des millions dans cette entreprise, vous qui parlez de me donner vos États, vous enfin qui m'éblouissez par l'évocation d'une prestigieuse puissance, que me demandez-vous? Quelle sera votre part?

Fausta prit un temps. Puis fixant ses yeux droit dans les yeux du Torero, lentement, en égrenant chaque syllabe :

— Je partagerai votre gloire, votre fortune, votre puissance

Sans hésiter, sans un regret, sous le coup de l'enthousiasme, il s'écria :

— Ce n'est pas trop, certes!

Fausta nota la manière parfaitement détachée avec laquelle il avait souscrit à ses conditions.

— Trop désintéressé, songea t-elle. A tout prendre, je
le préfère cependant ainsi.

Et tout haut, en le fixant toujours d'un regard aigu :

— Il reste à régler la façon dont se fera le partage.

Le Torero eut un geste de superbe insouciance qu'elle
admira en connaisseur.

— Il est nécessaire que vous sachiez, dit-elle doucement.

Très galamment, il répondit :

— Ce que vous ferez sera bien fait.

Tenace, elle reprit :

— Ce partage se fera de la manière la plus simple et
la plus naturelle.

Elle le laissa en suspens un inappréciable instant et
brusquement elle porta le coup :

— Je serai votre épouse !

Le Torero bondit. Il s'attendait à tout, hormis à une
prétention semblable, formulée d'une manière si anormale, qui n'était pas sans le choquer quelque peu. Il
tombait de très haut. Fini le rêve prestigieux, il se trouvait face à face avec la réalité brutale.

Cette sorte d'exaltation factice qui s'était emparée de
lui au contact de Fausta s'était dissipée brusquement. Il
la regardait d'un air effaré et ne la reconnaissait pas. Il
lui semblait que ce n'était pas la même femme qu'il avait
devant lui. Sous le coup de l'emballement, cette incomparable beauté avait excité en lui le désir. Maintenant
il la voyait tout autrement. Toujours aussi belle, certes,
mais cette beauté nouvelle, loin d'exciter en lui le désir,
le repoussait au contraire par il ne savait quoi de sombre et de fatal. Pour tout dire : elle lui faisait peur.

Dans sa stupeur, il ne put que bégayer :

— M'épouser! Vous! madame! vous!

Fausta comprit que c'était l'instant critique. Elle se
redressa de toute sa hauteur. Elle prit cet air de souveraine qui la faisait irrésistible, et adoucissant l'éclat de
son regard :

— Regardez-moi, dit-elle. Ne suis-je pas assez jeune, assez belle? Ne ferai-je pas une souveraine digne en tous points du puissant monarque que vous allez être?

— Je vois, dit don César, qui recouvrait toute sa lucidité, je vois que vous êtes, en effet, la jeunesse même, et quant à la beauté, jamais, je le crois sincèrement, nulle beauté n'égala la vôtre. Vous êtes déjà, madame, un modèle accompli de majesté souveraine, et près de vous les plus grandes reines paraîtraient de simples dames d'atours. Mais..

— Mais?... Dites toute votre pensée, dit Fausta, très froide.

— Eh bien, oui, je dirai toute ma pensée. Vous n'êtes pas une femme ordinaire, madame; la franchise la plus absolue me paraît seule digne d'un caractère noble et fier tel que le vôtre. Je vous dirai donc en toute sincérité, sans fausse humilité, que je me crois tout à fait indigne du très grand honneur que vous me voulez faire. Vous êtes trop souveraine et pas assez.. femme.

Fausta eut un sourire quelque peu dédaigneux.

— Si je suis trop souveraine, selon vous, vous ne l'êtes pas assez de votre côté. Il serait temps de faire abstraction de votre ancienne personnalité et de bien vous pénétrer de cette pensée que vous êtes, dès maintenant, le premier personnage du royaume après le roi. Demain, vous serez peut-être roi vous-même. Vous allez jouer un rôle important sur la scène du monde Vous ne vous appartenez plus. Les pensées, les senti ments qui pouvaient vous paraître très naturels quand vous n'étiez qu'un simple gentilhomme ne sont plus de mise avec votre nouvelle situation. Vous n'êtes plus un homme : vous êtes un roi. Il faut vous habituer à voir et à penser en roi. Auriez-vous commis cette erreur extravagante de penser qu'il pouvait être question d'amour entre nous? Je ne veux pas le croire. Je suis et je dois rester souveraine avant d'être femme, de même que l'homme doit s'effacer en vous devant le souverain.

Le Torero hocha la tête d'un air peu convaincu:

— Ces sentiments vous sont naturels à vous qui êtes née souveraine et avez vécu en souveraine. Mais moi madame, je suis un simple mortel, et si mon cœur parle, j'écoute ce qu'il me dit.

Audacieusement, elle dit :

— Et votre cœur est pris.

Très simplement, en la regardant en face sans provocation, mais avec fermeté, il répondit en s'inclinant très bas :

— Oui, madame.

— Je le savais, monsieur. Cela ne m'a pas retenue un seul instant. L'offre de ma main que je vous ai faite, je la maintiens.

— C'est que vous ne me connaissez pas, madame. Lorsque mon cœur s'est donné une fois, il ne se reprend plus.

Fausta haussa dédaigneusement les épaules.

— Le roi, dit elle, oubliera les amours de l'aventurier. Il ne saurait en être autrement.

Et comme le Torero allait protester, elle l'interrompit vivement en ajoutant :

— Ne dites rien ! N'accomplissez pas l'irréparable. Vous réfléchirez, vous comprendrez. Vous me donnerez une réponse .. tenez, après-demain. Les événements qui vont se dérouler demain vous feront comprendre mieux que tous les discours la valeur de l'alliance que je vous offre. Ils vous feront comprendre aussi à quels périls vous seriez exposé si vous commettiez la folie de refuser mes offres. Vous pourriez voir de vos propres yeux que ces périls sont tels que vous succomberez infailliblement si je retire la main que j'ai étendu sur votre tête.

Et sans lui laisser le temps de placer un mot, elle se leva et, plus doucement :

— Allez, prince, et revenez après-demain. Ne parlez pas, vous dis-je. J'attends votre retour avec confiance. Votre réponse ne peut pas ne pas être conforme à mes désirs. Allez.

Et d'un geste doux et impérieux à la fois, elle le congédia sans qu'il eût pu dire ce qu'il avait à dire.

Le Torero parti, Fausta réfléchit longuement. Elle avait très bien compris ce qui s'était passé dans l'esprit du Torero. Elle avait vu dans son esprit que si elle le laissait parler, il allait proclamer hautement son amour pour la petite bohémienne : mis en demeure de choisir entre l'amour et la couronne qu'elle lui faisait entrevoir, le prince, sans hésiter, eût refusé la couronne pour conserver son amour. Fausta avait senti cela, et c'est en pensant à cela qu'elle avait dit : « N'accomplissez pas l'irréparable. »

Elle restait à sa place, très soucieuse. L'entrevue n'avait pas tourné au gré de ses désirs. Le prince lui échappait. Tout n'était pas perdu cependant. Le seul obstacle venait de la Giralda : elle supprimerait l'obstacle voilà tout. La Giralda morte, disparue, enlevée déshonorée, elle ne doutait pas qu'il ne vînt à elle, soumis et obéissant.

Elle allongea la main et frappa sur un timbre.

A son appel, Centurion, dégrimé, ayant repris sa personnalité, parut avec son sourire obséquieux.

Fausta eut un long entretien avec lui au cours duquel elle lui donna des instructions détaillées concernant la Giralda, ensuite de quoi le bravo s'éclipsa sans doute pour procéder à l'exécution immédiate des ordres reçus.

Fausta demeura encore une fois seule.

Elle alla droit à un cabinet d'un travail merveilleux, ouvrit un tiroir secret et en sortit un parchemin qu'elle considéra longuement avant de le cacher dans son sein en murmurant :

— Je n'ai plus de raisons de garder ce parchemin. Le mieux est de le remettre à M. d'Espinosa Je fais ainsi d'une pierre deux coups. D'abord, je me concilie l'amitié du grand inquisiteur et du roi. S'ils ont des soupçons au sujet de cette conspiration, je les endors. Je trouve sécurité et liberté d'action. Ensuite, tout ce que le roi Philippe entreprendra avec ce parchemin tournera au profit de son successeur. Sans qu'il sans doute il travaillera pour le bien et pour la gloire de mon futur époux — car le Toreo acceptera — partant pour mon propre bien et ma propre gloire.

Elle réfléchit une seconde et :

— Pardaillan!... Que dira-t-il quand il saura que j'ai remis ce parchemin à M. d'Espinosa? Voilà sa mission manquée, lui qui a promis de rapporter ce parchemin à Henri de Navarre. Qui sait? Si d'Espinosa le manque je me débarrasse peut-être en même temps de Pardaillan. Avec ses idées spéciales, il est capable de se croire déshonoré

Et avec un sourire terrible :

— Lorsqu'un homme comme Pardaillan se croit déshonoré et qu'il ne peut laver son honneur dans le sang de son ennemi il n'a qu'une ressource : le laver dans son propre sang. Pardaillan pourrait bien se tuer... C'est à voir !

Elle demeura encore un moment rêveuse, et ce nom de Pardaillan appela dans son esprit celui de son fils, et elle songea :

— Myrthis ! Où peut bien être Myrthis ? Et mon fils, le fils de Pardaillan ? Il serait temps pourtant de rechercher cet enfant.

Elle réfléchit encore un moment et murmura :

— Oui, tout ceci sera liquidé rapidement, soit que je réussisse, soit que j'échoue. Il sera temps alors de rechercher mon fils.

Ayant pris cette résolution, elle frappa de nouveau sur un timbre et jeta un ordre à la suivante, accourue.

Quelques instants plus tard, la litière de Fausta s'arrêtait devant le vestibule d'honneur du grand inquisiteur, logé au palais.

Fausta eut un long entretien avec d'Espinosa, à qui, en échange de certaines conditions qu'elle posa, elle remit spontanément la fameuse déclaration du feu roi Henri de Valois proclamant Philippe II d'Espagne héritier de la couronne de France.

## IV

### ENTRETIEN DE PARDAILLAN ET DU TORERO

En quittant Fausta, le Torero s'était dirigé en hâte vers l'auberge de la Tour, où il avait laissé celle qu'il considérait comme sa fiancée confiée aux bons soins de la petite Juana.

En cheminant par les rues étroites et tortueuses encore encombrées du populaire en liesse, il se morigénait vertement. Il se reprochait comme une trahison le très court et très fugitif instant d'emballement qu'il avait eu devant la beauté de Fausta.

Il allait d'un pas accéléré, sans se soucier des passants qu'il bousculait, pris soudain d'un sinistre pressentiment qui lui faisait redouter un malheur. Il lui semblait qu'un danger pressant planait sur la Gualda, et il se hâtait avec cette idée qu'il allait apprendre une mauvaise nouvelle.

Chose étrange, maintenant qu'il n'était plus captivé par le charme de Fausta, il lui paraissait que toute cette histoire de sa naissance qu'elle lui avait contée n'était qu'un roman imaginé en vue d'il ne savait quelle mystérieuse intrigue.

Les offres de Fausta, ses projets, ce mariage qu'elle lui avait proposé avec un superbe dédain des convenances, surtout, oh! surtout, cette couronne entrevue, ces rêves de conquêtes grandioses, tout cela lui paraissait invraisemblable, faux, impossible, et il se raillait amèrement d'avoir prêté un moment une oreille crédule à d'aussi chimériques propos.

— Quelle vraisemblance tout cela a-t-il? se disait-il en marchant. Rien ne concorde avec ce que je sais. Comment ai-je été assez sot pour me laisser abuser à ce point? C'est à croire que cette énigmatique et incomparablement belle princesse est douée d'un pouvoir surnaturel, susceptible d'égarer la raison. Moi, fils du roi. Allons donc! Quelle folie! Le brave homme qui m'a élevé et qui m'a donné maintes preuves de sa loyauté et de son dévouement m'a toujours assuré que mon père avait été mis à la torture sur l'ordre du roi et que, pour être bien assuré de la bonne exécution de cet ordre, il avait tenu à assister lui-même à l'épouvantable supplice. Le roi n'est pas, ne peut pas être mon père.

Et avec une sévérité qui n'avait d'égale que sa sincérité :

— En admettant que le roi soit mon père, quel pouvoir magique a donc cette princesse Fausta qu'elle ait pu m'amener aussi aisément à un degré d'aberration telle que j'ai pu, moi, misérable, envisager froidement la révolte ouverte contre celui qui serait mon père, et, qui sait, peut-être son assassinat. Puissé-je être dévoré vivant par des chiens enragés plutôt que de descendre à un tel degré d'infamie. Quel qu'il soit, quoi qu'il soit et quoi qu'il ait fait, mon père doit rester mon père, et ce n'est pas à moi à le juger. Que la malédiction du ciel s'abatte sur moi si l'idée me vient seulement de me faire complice des sombres projets de cette Fausta d'enfer !

Et avec une ironie féroce :

— Un roi, moi, le dompteur de taureaux ! C'est une pitié seulement que j'ai pu m'arrêter un instant à pareille folie ! Suis-je fait pour être roi ! Ah ! par le diable ! serai je plus heureux quand, pour la satisfaction d'une stupide vanité, j'aurai sacrifié ma liberté, mes amis, mon amour et lié mon sort à celui de Mme Fausta, qui fera de moi un instrument bon à tuer des milliers de mes semblables pour l'assouvissement de son ambition à elle ! Sans compter que je me donnerai là un maître redoutable devant qui je devrai plier sans cesse. Au diable, la Fausta ; au diable, la couronne et la royauté. Torero je suis. Torero je resterai, et vive l'amour de ma gracieuse et tant douce et tant jolie Giralda ! Celle là, ne me demande que de l'amour et se soucie fort peu d'une couronne. Et s'il est vrai que le roi me poursuit de sa haine et me veut la male mort, vive Dieu ! je fuirai l'Espagne Je demanderai à mon ami M. de Pardaillan, de m'emmener avec lui dans son beau pays de France. Présenté par un gentilhomme de cette valeur, il faudra que je sois bien emprunté pour ne pas faire mon chemin, honnêtement, sans crime et sans félonie. Allons, c'est dit, si M. de Pardaillan veut bien de moi, je pars avec lui.

En monologuant de la sorte, il était arrivé à l'hôtellerie, et ce fut avec une angoisse, qu'il ne parvint pas à surmonter, qu'il pénétra dans le cabinet de la mignonne Juana.

Il fut rassuré tout de suite. La Giralda était là, bien tranquille, riant et jasant avec la petite Juana. Presque du même âge toutes les deux, aussi jolies, de même condition, vives et rieuses, aussi franches, elles étaient devenues tout de suite une paire d'amies

Pardaillan, assis devant une bouteille de bon vin de France veillait avec son sourire narquois sur la fiancée

de ce jeune prince pour qui il s'était pris d'une soudaine
et vive sympathie. Et c'était encore un spectacle peu
banal et qui eût fait bien d'étonnement ses ennemis que
de voir le terrible, le redoutable, invincible Pardaillan
assis entre deux fillettes, écoutant en souriant d'un sourire jeune et indulgent leurs innocents et futiles propos,
e ne dédaignant pas d'y prendre part de temps en temps.

Lorsque Pardaillan s'était réveillé, après avoir dormi
une partie de la matinée, la vieille Barbar sur l'ordre
de Juana, lui avait fait part du désir exprimé par don
César de le voir veiller sur la Giralda. Sans dire un
mot, Pardaillan avait ceint gravement son épée — cette
épée qu'il avait ramassée sur le champ de bataille, lors
de sa lutte épique avec les estafiers de Fausta — et il
était descendu, sans perdre un instant, se mettre à la
disposition de la petite Juana.

Il s'était placé de façon à barrer la route à quiconque
eût été assez téméraire pour pénétrer dans le cabinet
sans l'assentiment de la maîtresse du lieu. Et à le voir
si calme, si confiant dans sa force, les deux jeunes filles
s'étaient senties plus en sûreté que si elles avaient été
sous la garde de toute une compagnie d'hommes d'armes
du roi.

La petite Juana, en maîtresse de maison avisée, soucieuse de satisfaire son hôte, sans attendre que le chevalier le demandât avait donné discrètement un ordre à
une servante, laquelle s'était empressée de placer devant
Pardaillan un verre, une assiette garnie de pâtisseries
sèches et une bouteille d'excellent Vouvray mousseux et
pétillant Juana avait en effet remarqué que son hôte
avait un faible pour ce vin.

Pardaillan fut très sensible à cette attention ; il se contenta pourtant de remercier d'un sourire sa jolie hôtesse. Mais ce sourire était si cordial, la joie qui pétillait dans son œil était si évidente que Juana s'estima
plus amplement récompensée que par la plus alambi-
quée des protestations.

Le premier mot de Pardaillan fut pour dire :

— Et mon ami Chico ? Je ne le vois pas. Où est-il
donc ?

Avec un sourire malicieux, Juana demanda sur un ton
assez incrédule :

— Est-ce bien sérieusement, monsieur le chevalier, que vous donnez ce titre d'ami à un aussi piètre personnage que le Chico ?

— Ma chère enfant, dit gravement Pardaillan, croyez bien que je ne plaisante jamais avec une chose respectable. Que le Chico soit un piètre personnage, comme vous dites peu me chaut. Je n'ai pas, Dieu merci ! l'habitude de subordonner mes sentiments à la condition sociale de ceux à qui ils s'adressent. Tel qui paraît un grand et illustre personnage, chargé de biens et de quartiers de noblesse, m'apparaît parfois comme un triste sire, et inversement tel pauvre diable m'apparaît très noble et très estimable. Si je donne ce titre d'ami au Chico, c'est qu'effectivement il l'est. Et quand je vous aurai dit que je suis extrêmement réservé dans mes amitiés, ce sera une manière de vous dire que le Chico mérite tout à fait ce titre.

— Mais enfin qu'a-t-il donc fait de si beau qu'un homme tel que vous en parle de si élogieuse façon ?

Pardaillan trempa flegmatiquement un gâteau dans son verre, et faisant mousser le vin en l'agitant, il dit avec un sourire narquois :

— Je vous l'ai dit : c'est un brave. Que si vous désirez en savoir plus long, je vous dirai un de ces jours ce qu'il a fait pour acquérir mon estime. Pour le moment, tenez pour très sérieux que je le considère réellement comme un ami et répondez, s'il vous plaît, à ma question : Comment se fait-il que je ne le voie pas ? Je le croyais de vos bons amis à vous aussi, ma jolie Juana ?

Il sembla à Juana qu'il y avait une intention de raillerie dans la façon dont le chevalier prononça ces dernières paroles. Mais avec le seigneur français, il n'était jamais facile de se prononcer nettement. Il avait une si singulière manière de s'exprimer, il avait un sourire surtout si déconcertant, qu'on ne savait jamais avec lui. Aussi ne s'arrêta-t-elle pas à ce soupçon, et avec une moue enfantine :

— Il m'agaçait, dit-elle, je l'ai chassé.

— Oh ! oh . quel méfait a-t-il donc commis ?

— Aucun, seigneur de Pardaillan, seulement... c'est un sot.

— Un sot ! le Chico ! Voilà ce que vous ne me ferez

pas croire. C'est un garçon très fin au contraire, très intelligent, et qui vous est, je crois, très attaché. J'espère que ce renvoi n'est pas définitif et que je le reverrai bientôt ici

— Oh ! fit en riant Juana, il saura bien revenir sans qu'on ait besoin de l'y convier. Le Chico, monsieur le chevalier, quand je lui interdis la porte, il revient par la fenêtre, et tout est dit. Jamais je n'ai vu drôle aussi honté, aussi dépourvu d'amour-propre.

— Avec vous, peut-être, dit Pardaillan, en riant franchement de l'air dépité avec lequel elle avait dit ces paroles. Il ne faudrait pas trop s'y fier toutefois, et je crois que si tout autre que vous se permettait de lui manquer, le Chico ne se laisserait pas malmener aussi bénévolement que vous dites.

— Il est de fait qu'il a la tête assez près du bonnet Et ce n'est pas à sa louange, convenez-en.

— Je ne trouve pas.

Juana parut étonnée. Le sire de Pardaillan avait des manières d'apprécier les choses qui étaient en contradiction flagrante avec tout ce qu'elle entendait journellement formuler par la sainte morale représentée par son vénérable père, le digne Manuel. Et le plus fort, ce qui l'étonnait bien davantage encore et bouleversait toutes ses idées acquises, c'est qu'elle se sentait portée à voir, à juger et à penser comme ce diable de Français. Elle en était sincèrement honteuse, mais c'était plus fort qu'elle.

— En attendant, reprit Pardaillan, voyant qu'elle restait bouche close, en attendant il me manque, à moi, le Chico. Quelle que soit sa faute, j'implore son pardon, ma jolie hôtesse.

Comme bien on pense, Juana aurait été bien en peine de refuser quoi que ce soit à Pardaillan. La grâce fut donc magnanimement accordée. Bien mieux, on courut à la recherche du Chico. Mais il demeura introuvable.

Pardaillan comprit que le nain avait dû se terrer dans son gîte mystérieux et il n'insista pas davantage.

Réduit à la seule conversation des deux jeunes filles, il commençait à trouver le temps quelque peu long lorsque le Torero vint le délivrer.

La Giralda se doutait bien que son fiancé avait dû se rendre chez cette princesse qui prétendait connaître sa

famille et se disait en mesure de lui révéler le secret de
sa naissance. Mais comme don César était parti sans
lui dire où il allait, elle crut devoir garder pour elle le
peu qu'elle savait.

Cela d'autant plus aisément que Pardaillan, avec sa
discrétion outrée, s'abstint soigneusement de toute allusion à l'absence du Torero. Il pensait que pour que don César fût résolu à s'absenter alors qu'il croyait sa fiancée
en péril, c'est qu'il devait y avoir nécessité impérieuse.
De deux choses l'une : ou la Giralda savait où était allé
don César, et toute allusion à ce sujet eût pu lui paraître
une amorce à des confidences qu'il n'était pas dans sa
nature de solliciter, ou elle ne savait rien, et alors de
questions intempestives eussent pu jeter le trouble e.
l'inquiétude dans son esprit.

Le Torero lui avait fait demander de veiller sur s
fiancée : il veillait. Il se demandait bien, non sans in
quiétude, où pouvait être allé le jeune homme mais il
gardait ses impressions pour lui. Pardaillan estimait que
la meilleure manière de témoigner son amitié était de ne
pas assommer les gens par des questions. Lorsqu'il plairait au Torero de parler, Pardaillan l'écouterait d'une
oreille complaisante et attentive.

Quoi qu'il en soit, l'arrivée du Torero lui fut très
agréable a un double point de vue. D'abord parce que,
n'étant pas sans inquiétude, il était content de voir qu'il
ne lui était rien arrivé de fâcheux. Ensuite, parce que
son retour le délivrait d'une faction, qu'il eût endurée jusqu'à la mort sans murmurer, mais qu'il ne pouvait s'empêcher de trouver quand même un peu fastidieuse.

Il accueillit donc le Torero avec ce bon sourire qu'il
n'avait que pour ceux qu'il affectionnait.

De son côte, le Torero éprouvait l'impérieux besoin de se confier à un ami. Non pas qu'il hésitât sur la
conduite à tenir, non pas qu'il eût des regrets de la détermination prise de refuser les offres de Fausta, mais
parce qu'il lui semblait que, dans l'extraordinaire aventure qui lui arrivait, bien des points obscurs subsistaient,
et il était persuadé qu'un esprit délié comme celui du
chevalier saurait projeter la lumière sur ces obscurités.

Résolu à tout dire à son nouvel ami, après avoir re-
mercié la petite Juana avec une effusion émue, après l'a-

voir assurée de son éternelle gratitude, il entraîna le
chevalier dans une petite salle où il lui serait possible de
s'entretenir librement avec lui et sans témoin et en même
temps de surveiller de près l'entrée du cabinet où il laissait la Giralda avec Juana. Une sorte d'instinct l'avertissait en effet que sa fiancée était menacée. Il n'aurait
pu dire en quoi ni comment, mais il se tenait sur ses
gardes.

Lorsqu'ils se trouvèrent seuls, attablés devant quelques flacons poudreux, le Torero dit :

— Vous savez, cher monsieur de Pardaillan, que la
maison où nous nous sommes introduits cette nuit et où
j'ai trouvé ma fiancée appartient à une princesse étrangère ?

Pardaillan savait parfaitement à quoi s'en tenir. Néanmoins, il prit son air le plus ingénument étonné pour
répondre :

— Non, ma foi ! J'ignorais complètement ce détail.

— Cette princesse prétend connaître le secret de ma
naissance. J'ai voulu en avoir le cœur net. Je suis allé
la voir.

Pardaillan posa brusquement sur le bord de la table
le verre qu'il allait porter à ses lèvres, et malgré lui s'é-
cria :

— Vous avez vu Fausta?

— Je reviens de chez elle.

— Diable ! grommela Pardaillan, voilà ce que je crai-
gnais

— Vous la connaissez donc? demanda curieusement
le Torero.

Sans s'expliquer autrement, Pardaillan se contenta de
dire :

— Un peu, oui.

— Quelle femme est-ce ?

— C'est une jeune femme... Au fait, quel âge a-t-elle ?
Vingt ans, peut-être, peut-être trente. On ne sait pas.
Elle est jeune, elle est remarquablement belle, et... vous
avez dû le remarquer, je présume, dit Pardaillan, de
son air le plus ingénu, en fixant sur le jeune homme un
regard aigu.

Le Torero hocha doucement la tête.

— Elle est jeune, elle est fort belle, et je l'ai remarqué

en effet, dit-il. Je désire savoir quelle sorte de femm´
elle est.

— Mais… j'ai entendu dire qu'elle est colossalement
riche, et généreuse en proportion de sa fortune Ainsi un
de mes amis m'a assuré l'avoir vue donner a un pauvre
ménage de mariniers, en remerciement d'une hospitalité
d'une heure accordée dans leur misérable cabane, une
boucle de ceinture en diamants. La boucle valait bien
cent mille livres.

— Cent mille livres ! s'exclama le Torero ébloui.

— Oui, elle a de ces générosités. On la dit très puissante aussi. Ainsi le même ami, qui la connaît bien.
m'a assuré qu'elle donnait ses ordres à ce pauvre duc de
Guise, qui est mort si misérablement après avoir été à
deux doigts de conquérir le trône de France, le plus beau
du monde. C'est elle qui a renversé le pauvre Valois,
mort misérablement, lui aussi. Elle fait trembler sur
son trône le jouteur le plus terrible de cette époque, le
pape Sixte-Quint. Et ici même, je ne serais pas surpris
qu'elle réussît a dominer votre roi, Philippe, un bien
triste sire, soit dit sans vous fâcher, et M d'Espinosa
lui même, qu¹ ne paraît autrement redoutable que son
maître.

Le Torero écoutait avec une attention passionnée Il
sentait confusément que le chevalier en savait, sur le
compte de cette princesse, beaucoup plus long qu'il ne
voulait bien le dire. Il le soupçonnait fortement d'être
lui-même cet ami bien renseigné sous le couvert duquel
il donnait des bribes de renseignements. Et ce qu'il
disait, le ton grave avec lequel il le disait, faisait passer
sur sa nuque un frisson de terreur. Il eût bien voulu en
savoir davantage. Mais c'était une nature très fine que
celle d Torero, et quoi qu'il ne connût le chevalier que
depuis peu, il n'avait pas été long à remarquer que cet
homme ne disait que ce qu'il voulait bien dire. Il était
parfaitement inutile de l'interroger, Pardaillan ne dirait
que ce qu'il avait décidé de dire.

— Vous ne comprenez pas, chevalier, dit-il. Je vous
demande si on peut avoir confiance en elle.

— Ah ! très bien ! Que ne le disiez-vous tout de suite.
Avoir confiance en Fausta ! Cela dépend d'une foule de
considérations qu'elle est seule à connaître, naturelle-

ment. Si elle vous promet, par exemple, de vous faire
proprement daguer dans quelque guet-apens bien machiné — et elle a parfois la franchise de vous prévenir —
vous pouvez vous en rapporter à elle. Si elle vous promet aide et assistance, il serait peut être prudent de
s'informer jusqu'à quel point aide et assistance lui seront
profitables a elle-même. Il serait au moins imprudent
de compter sur elle dès l'instant où vous ne lui serez
plus utile. Si elle vous aime, tenez-vous sur vos gardes.
Jamais vous n'aurez été aussi près de votre dernière
heure. Si elle vous hait, fuyez ou c'en est fait de vous.
Si vous lui rendez service, ne comptez pas sur sa reconnaissance. Ainsi, tenez, le même ami m'a raconté
qu'après avoir sauvé la vie de Fausta, dans le temps
même où il s'efforçait de la conduire en lieu sûr, elle
machinait un joli guet-apens dans lequel il n'a tenu qu'à
un fil qu'il laissât ses os. Après cela, fiez-vous donc à
Fausta !

— C'est qu'elle m'a révélé des choses extraordinaires.
Et je ne serais pas fâché de savoir jusqu'a quel point je
dois prêter créance à ses paroles.

— Fausta ne fait et ne dit jamais rien d'ordinaire.
Elle ne ment jamais non plus. Elle dit toujours les choses telles qu'elle les voit à son point de vue... Ce n'est
point sa faute si ce point de vue ne correspond pas toujours a la vérité exacte.

Le Toreo comprit qu'il ne lui serait pas facile de se
faire une opinion exacte tant qu'il s'obstinerait a procéder par questions directes. Il jugea que le mieux était de
conter point par point les différentes parties de son entrevue.

— Mme Fausta, dit-il, m'a dit une chose inconcevable, incroyable. Tenez vous bien, chevalier, vous allez
être étonné. Elle prétend que je suis... fils de roi !

Pardaillan ne parut nullement étonné, et ce fut le Torero, au contraire, qui fut ébahi de la tranquillité avec
laquelle était accueillie cette révélation qu'il jugeait sen-
sationnelle.

— Pourquoi pas, don César ? J'ai toujours pensé que
vous deviez être de très illustre famille. On sent qu'il
y a de la race en vous, et malgré la modestie de votre
position, vous fleurez le grand seigneur d'une lieue.

— Grand seigneur, tant que vous voudrez, chevalier ; mais de là à être de sang royal, et qui mieux est, héritier d'un trône, le trône d'Espagne, avouez qu'il y a loin.

— Je ne dis pas non. Cela ne me paraît pas impossible pourtant, et j'avoue, quant à moi, que vous feriez figure de roi autrement noble et impressionnante que celle de ce vieux podagre qui règne sur les Espagnes.

— Vous ajouteriez foi à de pareilles billevesées ? fit le Torero en scrutant attentivement la physionomie de Pardaillan.

Mais les traits du chevalier n'exprimaient généralement que ce qu'il voulait bien laisser voir. En ce moment il lui plaisait de montrer une froide asssurance et son œil se fixait plus scrutateur que jamais sur son interlocuteur assez décontenancé.

— Pourquoi pas ? fit-il pour la deuxième fois.

Et avec une intonation étrange il ajouta :

— N'avez-vous pas ajouté foi à ces billevesées, comme vous dites ?

— Oui, dit franchement le Torero. J'avoue que j'ai eu un instant de sotte vanité et que je me suis cru fils de roi. Mais j'ai réfléchi depuis, et maintenant...

— Maintenant ? fit Pardaillan, dont l'œil pétilla.

— Je comprends l'absurdité d'une pareille assertion.

— Je confesse que je ne vois rien d'absurde là, insista Pardaillan.

— Peut-être auriez-vous raison en ce qui concerne la prétention elle-même. Ce qui la rend absurde à mes yeux, ce sont les circonstances anormales qui l'accompagnent.

— Expliquez-vous.

— Voyons, est-il admissible que, fils légitime du roi et d'une mère irréprochable, j'aie été poursuivi par la haine aveugle de mon père ? Qu'on en ait été réduit, pour sauver les jours menacés de l'enfant, à l'enlever, le cacher, l'élever — si on peut dire, car en résumé je me suis élevé tout seul — obscur, pauvre, déshérité ? Admettez-vous cela ?

— Cela peut paraître étrange, en effet. Mais étant donné le caractère féroce, ombrageux à l'excès du roi Philippe, je ne vois, pour ma part, rien de tout à fait impossible à ce qui peut paraître un roman.

Le Torero secoua énergiquement la tête.

— Je ne vois pas comme vous, dit-il fermement. Les conditions dans lesquelles j'ai été élevé sont normales, naturelles, je dirai mieux, elles me paraissent obligatoires s'il s'agit — et je crois que c'est mon cas — d'une naissance clandestine, du produit d'une faute, pour tout dire Ces mêmes conditions me paraissent tout à fait inadmissibles dans un cas normal et légitime... tel que la naissance de l héritier légitime d'un trône.

Ayant dit ces mots avec une conviction évidemment sincère, le Torero demeura un moment rêveur.

Pardaillan, qui connaissait le secret de sa naissance, et qui continuait de l'observer avec une attention soutenue, songea en lui même :

— Pas si mal raisonné que cela.

Le Torero redressa sa tête fine et intelligente et, avec un accent de mélancolie profonde, il dit:

— Il est d'autres raisons, toutes de sentiments, qui me font repousser la version de la princesse Fausta. Vous savez, chevalier, qu'on m'a raconté que mon père avait été supplicié par ordre du roi et en sa présence. Je vous ai dit quelle haine j'ai vouée à l'assassin de mon père. Eh bien! comment expliquer que je le hais toujours? Sachant que le roi est mon père, la haine n'aurait-elle pas dû fondre en mon cœur comme se fond la neige aux premiers rayons du soleil ? Or, je vous le dis, je le hais toujours. Vous voyez bien qu'il ne peut pas être mon père !

— Vous m'en direz tant ! fit Pardaillan qui ne paraissait pas convaincu.

Et en lui-même il se disait :

— Allez donc nier la voix du sang. Ce garçon paraît doué d'une sorte de divination. La rude école du malheur en a fait un homme, la ruée des basses ambitions cherche à en faire un prince, un monarque. S'il se laisse circonvenir, c'en est fait des qualités que je voyais en lui. Se laissera-t-il tenter ? Il me parait de caractère assez noble pour résister, et somme toute il faut bien convenir que l'éclat d'une couronne est bien fait pour faire tourner bien des cervelles.

Cependant le Torero reprenait:

— Et quand bien même je serais le fils du roi, quand bien même Mme Fausta étalerait à mes yeux les preuves

tes plus convaincantes, ces fameuses preuves qu'elle détient, paraît-il, eh bien, voulez vous que je vous dise?
Je refuserais de reconnaître le roi pour mon père, je
m'efforcerais de refouler ma haine et je disparaîtrais, je
fuirais l'Espagne, je resterais ce que je suis : obscur et
sans nom.

— Ah bah ! et pourquoi donc? fit Pardaillan dont les
yeux pétillaient.

— Voyons, chevalier, si le roi, mon père, me tendait
ses bras, s'il me reconnaissait, s'il s'efforçait de réparer
le passé, ne serais je pas en droit d'accepter la nouvelle
situation qui me serait faite?

— Si votre père vous tendait les bras, dit gravement
Pardaillan, votre devoir serait de le presser sur votre
cœur et d'oublier le mal qu'il pourrait vous avoir fait.

— N'est ce pas? fit joyeusement le Torero. C'est bien
ce que je pensais. Mais ce n'est pas du tout cela que l'on
m'offre.

— Diable ! que vous offre-t-on?

— On m'offre des millions pour soulever les popu-
lations, on m'offre le concours de gens que je ne connais
pas et en qui il m'est bien permis de voir des ambitions
et non du dévouement. On ne m'offre pas l'affection paternelle. En échange de ces millions et de ces concours,
on me propose de me dresser contre mon prétendu père
Mon premier acte de fils sera un acte de rébellion envers
mon père. Mon premier geste sera un geste de violence
peut-être de mort.

« C'est à la tête d'une armée que je prendrai contact
avec ce père, et c'est les armes à la main que je lui adres-
serai mon premier mot. Et quand je l'aurai humilié,
bafoué, vaincu, je lui imposerai de me reconnaître offi-
ciellement pour son héritier. Voilà ce que l'on m'offre,
ce que l'on me propose, chevalier.

— Et vous avez accepté?

— Chevalier, vous êtes l'homme que j'estime le plus
au monde. Je vous considère comme un frère aîné que
j'aime et que j'admire. Je ne veux avoir rien de caché
pour vous. Or. vous qui m'avez témoigné estime et confiance, apprenez à me connaître et sachez que j'ai commis cette mauvaise action de songer à accepter.

— Bah! fit Pardaillan avec son sourire aigu, une

couronne est bonne à prendre. On peut la ramasser dans le sang et dans la boue, la foule reste toujours prête à s'aplatir devant celui qui la porte.

— Je vous comprends. Quoi qu'il en soit, on m'avait présenté les choses de telle manière, je crois, Dieu me pardonne, que la raison m'abandonnait ; j'étais comme ivre, ivre d'orgueil, ivre d'ambition. J'étais sur le point d'accepter. Heureusement pour moi, la princesse à ce moment m'a fait une dernière proposition, ou, pour mieux dire, m'a posé une dernière condition.

— Voyons la condition, dit Pardaillan, qui se doutait bien de quoi il retournait.

— La princesse m'a offert de partager ma fortune, ma gloire, mes conquêtes — car elle escompte tout cela — en devenant ma femme.

— Hé ! vous ne seriez pas si à plaindre, persifla Pardaillan. On vous offre la fortune, un trône, la gloire, des conquêtes prodigieuses, qui sait, peut-être la reconstitution de l'empire de Charlemagne, et comme si cela ne suffisait pas, on y ajoute l'amour sous les traits de la femme la plus belle qui soit et vous vous plaignez. J'espère bien que vous n'avez pas commis l'insigne folie de refuser des offres aussi merveilleuses.

— Ne raillez pas, chevalier, c'est cette dernière proposition qui m'a sauvé. J'ai songé à ma petite Giralda qui m'a aimé de tout son cœur alors que je n'étais qu'un pauvre aventurier. J'ai compris qu'on la menaçait, oh ! d'une manière détournée. J'ai compris qu'en tout cas, elle serait la première victime de ma lâcheté, et que pour me hausser à ce trône, avec lequel on me fascinait, il me faudrait monter sur le cadavre de l'innocente amoureuse sacrifiée. Et j'ai été, je vous jure, bien honteux.

— Amour, amour, songea Pardaillan, qu'on aille après celle-là, nier ta puissance !

Et tout haut, d'un air railleur :

— Allons, bon ! Vous avez fait la folie de refuser

— Je n'ai pas eu le temps de refuser.

— Tout n'est pas perdu alors, dit Pardaillan, de plus en plus railleur.

— La princesse ne m'a pas laissé parler. Elle a exigé que ma réponse fût renvoyée à après-demain.

— Pourquoi ce délai ? fit Pardaillan en dressant l'oreille.

— Elle prétend que demain se passeront des événements qui influeront sur ma décision.

— Ah ! quels événements ?

— La princesse a formellement refusé de s'expliquer sur ce point.

On remarquera que le Torero passait sous silence tout ce qui concernait l'attentat prémédité sur sa personne, que lui avait annoncé Fausta. Est-ce à dire qu'il n'y croyait pas... Tout lui faisait supposer qu'elle avait dit vrai, au contraire. Seulement Fausta avait parlé d'une armée mise sur pied, elle avait parlé d'émeute, de véritable bataille, et sur ce point le Torero croyait fermement qu'elle avait considérablement exagéré. S'il avait connu Fausta, il n'eût pas eu cette idée et peut-être alors aurait-il mis Pardaillan au courant. Le Torero croyait donc à une vulgaire tentative d'assassinat, et il eût rougi de paraître implorer un secours pour si peu. Il devait amèrement se reprocher plus tard ce faux point d'honneur

Pardaillan de son côté cherchait à démêler la vérité dans les réticences du jeune homme. Il n'eut pas de peine à la découvrir, puisqu'il avait entendu Fausta adjurer les conjurés de se rendre à la corrida pour y sauver le prince menacé de mort. Il conclut en lui-même :

— Allons il est brave vraiment. Il sait qu'il sera assailli, et il ne me dit rien. Il est de la catégorie des braves qui n'appellent jamais au secours et ne comptent que sur eux-mêmes. Heureusement, je sais moi, et je serai là moi aussi.

Et tout haut il dit :

— Je disais bien, tout n'est pas perdu. Après-demain vous pourrez dire à la princesse que vous acceptez d'être son heureux époux.

— Ni après-demain, ni jamais, dit énergiquement le Torero. J'espère bien ne jamais la revoir. Du moins ne ferai-je rien pour la rencontrer. Ma conviction est absolue : je ne suis pas le fils du roi, je n'ai aucun droit au trône qu'on veut me faire voler. Et quand bien même je serais fils du roi, quand bien même j'aurais droit à ce trône, ma résolution est irrévocablement prise : Torero je suis, Torero je resterai. Pour accepter, je vous l'ai dit, il faudrait que le roi consentît à me reconnaître spontanément. Je suis bien tranquille sur ce point. Et quant à l'alliance de Mme Fausta — remarquez, je vous prie, que je ne dis pas l'amour ; elle même en effet. a pris soin de m'avertir qu'il ne pouvait être question d'amour entre nous — j'ai l'amour de ma Giralda, et il me suffit.

Les yeux de Pardaillan pétillaient de joie. Il le sentait bien sincère, bien déterminé. Néanmoins il tenta une dernière épreuve.

— Bah ! fit-il, vous réfléchirez Une couronne est une couronne. Je ne connais pas de mortel assez grand, assez désintéressé pour refuser la suprême puissance.

— Bon ! dit le Torero en souriant. Je serai donc cet oiseau rare. Je vous jure bien, chevalier, et vous me feriez injure de ne pas me croire. qu'il en sera ainsi que je l'ai décidé : je resterai le Torero et serai l'heureux époux de la Giralda. N'ajoutez pas un mot vous n'arriveriez pas à me faire changer d'idée. Laissez moi plutôt vous demander un service.

— Dix services, cent services, dit le chevalier très ému. Vous savez bien, mordieu ! que je vous suis tout acquis.

— Merci, dit simplement le Torero ; j'escomptais un peu cette réponse, je l'avoue Voici donc : j'ai des raisons de croire que l'air de mon pays ne nous vaut rien, à moi et à la Giralda.

— C'est aussi mon avis, dit gravement Pardaillan.

— Je voulais donc vous demander s'il ne vous ennuierait pas trop de nous emmener avec vous dans votre beau pays de France ?

— Morbleu ! c'est là ce que vous appelez demander un service ! Mais, cornes du diable ! c'est vous qui me rendez service en consentant à tenir compagnie à un vieux routier tel que moi !

— Alors c'est dit ? Quand les affaires que vous avez à traiter ici seront terminées, je pars avec vous. Il me semble que dans votre pays je pourrai me faire ma place au soleil, sans déroger à l'honneur.

— Et, soyez tranquille, vous vous la ferez grande et belle, ou j'y perdrai mon nom.

— Autre chose, dit le Torero avec une émotion contenue : s'il m'arrivait malheur...

— Ah ! fit Pardaillan hérissé.

— Il faut tout prévoir. Je vous confie Giralda. Aimez la, protégez-la. Ne la laissez pas ici... on la tuerait. Voulez vous me promettre cela ?

— Je vous le promets, dit simplement Pardaillan. Votre fiancée sera ma sœur, et malheur à qui oserait lui manquer.

— Me voici tout à fait rassuré, chevalier. Je sais ce que vaut votre parole.

— Eh bien, éclata Pardaillan, voulez-vous que je vous dise ? Vous avez bien fait de repousser les offres de Fausta. Si vous avez éprouvé un déchirement à renoncer à la couronne qu'on vous offrait — oh ! ne dites pas non, c'est naturel en somme — si vous avez éprouvé un regret, dis-je, soyez consolé, car vous n'êtes pas plus fils du roi Philippe que moi.

— Ah ! je le savais bien ! s'écria triomphalement le Torero. Mais vous-même, comment savez-vous ? Comment pouvez-vous parler avec une telle assurance ?

— Je sais bien des choses que je vous expliquerai plus tard, je vous en donne ma parole. Pour le moment, contentez-vous de ceci : Vous n'êtes pas le fils du roi, vous n'aviez aucun droit à la couronne offerte.

Et avec une gravité qui impressionna le Torero :

— Mais vous n'avez pas le droit de haïr le roi Philippe. Il vous faut renoncer à certains projets de vengeance dont vous m'avez entretenu. Ce serait un crime vous m'entendez, un crime !

— Chevalier, dit le Torero aussi ému que Pardaillan si tout autre que vous me disait ce que vous me dites, je demanderais des preuves. A vous, je dis ceci : Dès l'instant où vous affirmez que mon projet serait criminel, j'y renonce.

Cette preuve de confiance, cette déférence touchèrent vivement le chevalier.

— Et vous verrez que vous aurez lieu de vous en féliciter, s'écria t-il gaiement. J'ai remarqué que nos actions se traduisent toujours par des événements heureux ou néfastes, selon qu'elles ont été bonnes ou mauvaises. Le bien engendre la joie, comme le mal engendre le malheur. Il n'est pas nécessaire d'être un bien grand clerc pour conclure de là que les hommes seraient plus heureux s'ils consentaient à suivre le droit chemin. Mais pour en revenir à votre affaire, vous verrez que tout s'arrangera au mieux de vos désirs Vous viendrez en France. pays où l'on respire la joie et la santé ; vous y épouserez votre adorable Giralda, vous y vivrez heureux et.. vous aurez beaucoup d'enfants.

Et il éclata de son bon rire sonore.

Le Torero, entraîné, lui répondit en riant aussi :

— Je le crois, parce que vous le dites et aussi pour une autre raison.

— Voyons la raison, si toutefois ce n'est pas être trop curieux.

— Non, par ma foi ! Je crois à ce que vous dites parce que je sens, je devine que vous portez bonheur a vos amis.

Pardaillan le considéra un moment d'un air rêveur.

— C'est curieux, dit-il, il y a environ deux ans, et la chose m'est restée gravée là — il mit son doigt sur son front — une femme qu'on appelait la bohémienne Saïzuma, et qui en réalité portait un nom illustre qu'elle avait oublié elle-même, une série de malheurs terrifiants ayant troublé sa raison, Saïzuma donc m'a dit la même chose, à peu près dans les mêmes termes. Seulement elle ajouta que je portais le malheur en moi, ce qui n'était pas précisément pour m'être agréable.

Et il se replongea dans une rêverie douloureuse, à en juger par l'expression de sa figure. Sans doute, il évoquait un passé, proche encore, passé de luttes épiques, de deuils et de malheurs.

Le Torero, le voyant devenu soudain si triste, se reprocha d'avoir, sans le savoir, éveillé en lui de pénibles souvenirs, et pour le tirer de sa rêverie il lui dit :

— Savez-vous ce qui m'a fort diverti dans mon aventure avec Mme Fausta ?

Pardaillan tressaillit violemment et, revenant à la réalité :

— Qu'est-ce donc ? fit-il.

— Figurez-vous, chevalier, que je me suis trouvé en présence de certain intendant de la princesse, lequel intendant me donnait du « monseigneur » à tout propos et même hors de tout propos. Rien n'était risible comme la manière emphatique et onctueuse avec laquelle ce brave homme prononçait ce mot. Il en avait plein la bouche Parlez-moi de Mme Fausta pour donner aux mots leur véritable signification. Elle aussi m'a appelé monseigneur, et ce mot, qui me faisait sourire prononcé par l'intendant, placé dans la bouche de Fausta prenait une ampleur que je n'aurais jamais soupçonnée. Elle serait arrivée à me persuader que j'étais un grand personnage.

— Oui, elle possède au plus haut point l'art des nuances. Mais ne riez pas trop toutefois. Vous avez, de par votre naissance, droit à ce titre.

— Comment, vous aussi, chevalier, vous allez me donner du monseigneur ? fit en riant le Torero.

— Je le devrais, dit sérieusement le chevalier. Si je ne le fais pas, c'est uniquement parce que je ne veux pas attirer sur vous l'attention d'ennemis tout-puissants.

— Vous aussi, chevalier, vous croyez mon existence menacée ?

— Je crois que vous ne serez réellement en sûreté que lorsque vous aurez quitté à tout jamais le royaume d'Espagne. C'est pourquoi la proposition que vous m'avez faite de m'accompagner en France m'a comblé de joie.

Le Torero fixa Pardaillan et, d'un accent ému :

— Ces ennemis qui veulent ma mort, je les dois à ma naissance mystérieuse. Vous, Pardaillan, vous connaissez ce secret. Comment l'étranger que vous êtes a-t-il pu, en si peu de temps, soulever le voile d'un mystère qui reste toujours impénétrable pour moi, après des années de patientes recherches ? Ce secret n'est-il donc un secret que pour moi ? Ne me heurterai-je pas toujours et partout à des gens qui savent et qui semblent s'être fait une loi de se taire ?

Vivement ému Pardaillan dit avec douceur :

— Très peu de gens savent, au contraire. C'est par suite d'un hasard fortuit que j'ai connu la vérité.

— Ne me la ferez-vous pas connaître ?

Pardaillan eut une seconde d'hésitation et ;

— Oui, dit-il, vous laisser dans cette incertitude serait vraiment trop pénible. Je vous dirai donc tout.

— Quand ? fit vivement le Torero.

— Quand nous serons en France.

Le Torero hocha douloureusement la tête.

— Je retiens votre promesse, dit-il.

Et il ajouta :

— Savez-vous ce que prétend Mme Fausta ?

Et devant l'interrogation muette du chevalier qui se tenait sur la réserve :

— Elle prétend que c'est le roi, le roi seul qui est mon ennemi acharné, et veut ma mort. Et vous, vous me dites que le frapper serait un crime.

— Je le dis et je le maintiens, morbleu !

Le Torero remarqua que Pardaillan évitait de répondre à sa question. Il n'insista pas, et le chevalier demanda d'un air détaché :

— Vous prendrez part à la course de demain ?

— Sans doute.

— Vous êtes absolument décidé ?

— Le moyen de faire autrement ? Le roi m'a fait donner l'ordre d'y paraître. On ne se dérobe pas à un ordre du roi. Puis il est une autre considération qui me met dans l'obligation d'obéir. Je ne suis pas riche, vous le savez... d'autres aussi le savent. La mode s'est instituée de jeter des dons dans l'arène quand j'y parais. Ce sont ces dons volontaires qui me permettent de vivre. Et bien que je sois le seul pour qui le témoignage des spectateurs se traduise par des espèces monnayées, je n'en suis pas humilié. Le roi d'ailleurs prêche d'exemple. A tout prendre, c'est un hommage comme un autre.

— Bien, bien, j'irai donc voir de près ce que c'est qu'une course de taureaux.

Les deux amis passèrent le reste de la journée à causer et ne sortirent pas de l'hôtellerie. Le soir venu, ils s'en furent se coucher de bonne heure, tous deux sentant qu'ils auraient besoin de toutes leurs forces le lendemain.

# V

## DANS L'ARÈNE

A l'époque où se déroulent les événements que nous
avons entrepris de narrer, *alancear en coso*, c'est-a-dire
outer de la lance en champ clos, était une mode qui
avait fureur. Les tournois a la française étaient complètement délaissés et, du grand seigneur au modeste
gentilhomme, chacun tenait à honneur de descendre
dans l'arène combattre le taureau. Car il va sans dire
que cette mode n'était suivie que par la noblesse. Le
peuple ne prenait pas part a la course et se contentait
d'y assister en spectateur. On lui réservait à cet effet un
espace où il se parquait comme il pouvait, trop heureux
encore qu'on lui permît de contempler, de loin, le spec
tacle.

Disons, une fois pour toutes, que la tauromachie telle
qu'on la pratique aujourd'hui n'existait pas alors. Ce
que les *aficionados* ou amateurs de courses appellent une
*cuadrilla*. composée de *picadores, banderilleros, capea-
dores* (acteurs importants), *puntillero, monosabios, chu-
los, areneros* (petits rôles ou comparses), sous la direction du *matador* ou *espada* (grand premier rôle) : le
*paseo*, ou défilé initial ; la mise en scène ; les règles minutieuses de la lutte et de la mise à mort, en un mot tout
ce qui constitue ce que les mêmes amateurs nomment le
*toréo*, tout cet ensemble combiné, qu'on appelle une *corrida*, ne date que du commencement du dix-neuvième
siècle.

Le s re qui descendait dans l'arène — roi, prince ou
simple gentilhomme — tenait donc l'emploi du grand

premier rôle : le matador. En même temps, il était aussi le picador, puisque, comme ce dernier, il était monté, bardé de fer et armé de la lance. Là, du reste, s'arrête l'analogie avec le toreador de nos jours. Aucun règlement ne venait l'entraver et, pourvu qu'il sauvât sa peau, tous les moyens lui étaient bons.

Les autres rôles étaient tenus par les gens de la suite du combattant : gentilshommes, pages, écuyers et valets, plus ou moins nombreux suivant l'état de f rtune du maître ; ils avaient pour mission de l'aider, de détourner de lui l'attention du taureau, de le défendre en un mot.

Le plus souvent le taureau portait entre les cornes un flot de rubans ou un bouquet. Le torero improvisé pouvait cueillir du bout de la lance ou de l'épée ce trophée. Très rares étaient les braves qui se risquaient à ce jeu terriblement dangereux. La plupart préféraient foncer sur la bête, d'autant que s'ils parvenaient a la tuer eux-mêmes ou par quelque coup de traîtrise d'un de leurs hommes, le trophée leur appartenait de droit et ils pouvaient en faire hommage à leur dame.

Dans la nuit du dimanche au lundi la place San-Francisco, lieu ordinaire des réjouissances publiques, avait été livrée à de nombreuses équipes d'ouvriers chargés de l'aménager selon sa nouvelle destination.

Mais de même que la manière de combattre n'avait rien de commun avec la méthode usitée de nos jours, de même il ne pouvait être question d'établir une *plaza de toros*.

La piste, le toril, les gradins destinés aux seigneurs invités par le roi, tout cela fut construit en quelques heures, de façon toute rudimentaire.

C'est ainsi que les principaux matériaux utilisés pour la construction de l'arène consistaient surtout en charrettes, tonneaux, tréteaux, caisses, le tout habilement déguisé et assujetti par des planches.

De nos jours encore, dans certaines bourgades d'Espagne et même en France, dans certains villages des Landes, on improvise, à certaines fêtes, au milieu de la place publique, des arènes qui ne sont pas autrement construites.

La corrida étant royale, on ne pouvait y assister que

sur l'invitation du roi. Nous avons dit que des gradins
avaient été construits à cet effet  En dehors de ces gradins, les fenêtres et les balcons des maisons bordant la
place étaient réservés à de grands seigneurs. Le roi lui-
même prenait place au balcon du palais. Ce balcon,
très vaste, était agrandi pour la circonstance, orné de
tentures et de fleurs, et prenait toutes les apparences
d'une tribune. Les principaux dignitaires de la cour se
massaient derrière le roi.

Le populaire s'entassait sur la place même en des es-
paces limités par des cordes et gardés par des hommes
d'armes. Il pouvait aussi se parquer sous les arcades où
il avait le double avantage d'étouffer et d'écraser. En
revanche, il y voyait très mal. C'était une compen-
sation.

Le seigneur qui prenait part à la course faisait généralement dresser sa tente richement pavoisée et ornée de
ses armoiries. C'est là que, aidé de ses serviteurs, il
s'armait de toutes pièces, là qu'il se retirait après la
joute, s'il s'en tirait indemne, ou qu'on le transportait s'il
était blessé. C'était, si l'on veut, sa loge d'artiste. Un
espace était réservé à son cheval ; un autre pour sa suite
lorsqu'elle était nombreuse.

Les installations étaient très primitives ; la noblesse qui
participait à la course avait pris l'habitude de s'occuper
elle-même de ces détails destinés à lui procurer tout le
confort auquel elle croyait avoir droit  C'était une occasion d'éblouir la cour par le faste déployé, car chacun
s'efforçait d'éclipser son voisin.

Pour ne pas déroger à cet usage, le Torero s'était
rendu de bonne heure sur les lieux, afin de surveiller
lui-même son installation très modeste — nous savons
qu'il n'était pas riche. Une toute petite tente sans ori-
flammes, sans ornements d'aucune sorte lui suffisait.

En effet, à l'encontre des autres toreros qui armés de
pied en cap, étaient montés sur des chevaux solides et
fougueux, revêtus du caparaçon de combat, don César
se présentait à pied. Il dédaignait l'armure pesante et
massive et revêtait un costume de cour d'une élégance
sobre et discrète qui faisait valoir sa taille moyenne,
mais admirablement proportionnée. Le seul luxe de ce

costume résidait dans la qualité des étoffes choisies parmi les plus fines et les plus riches.

Ses seules armes consistaient en sa cape de satin qu'il enroulait autour de son bras et dont il se servait pour amuser et tromper la bête en fureur (1) et une petite épée de parade en acier forgé, qui était une merveille de flexibilité et de résistance. L'épée ne devait lui servir qu'en cas de péril extrême. Jamais, jusqu'à ce jour, il ne s'en était servi autrement que pour enlever de la pointe, avec une dextérité merveilleuse, le flot de rubans dont la possession faisait de lui le vainqueur de la brute. Encore, parfois, poussait-il la bravade jusqu'à arracher de la main l'insigne convoité. Le Torero consentait bien à braver le taureau, à l'agacer jusqu'à la fureur, mais se refusait énergiquement à le frapper.

Sa suite se composait généralement de deux compagnons qui le secondaient de leur mieux, mais à qui don César ne laissait pas souvent l'occasion d'intervenir. Toutes les ruses, toutes les feintes de l'animal ne le prenaient jamais au dépourvu, et l'on eût pu croire qu'il les devinait. En cas de péril les deux compagnons s'efforçaient de détourner l'attention du taureau. Leur rôle se bornait à cela seul et il leur était formellement interdit de chercher à abattre la bête par quelque coup de traîtrise, comme faisaient couramment les gens des autres toreros.

En arrivant sur l'emplacement qui lui était réservé, le Torero reconnut avec ennui les armes de don Lazo de Almaran sur la tente à côté de laquelle il lui fallait lui-même dresser la sienne. Le Torero savait parfaitement que Barba-Roja, pris d'un amour de brute pour la Giralda, avait cherché à différentes reprises à s'emparer de la jeune fille. Il savait que Centurion agissait pour le compte du dogue du roi, et que, fort de sa faveur, il se croyait tout permis. On conçoit que ce voisinage, peut-être intentionnel, ne pouvait lui être agréable.

---

(1) La *muleta*, ce morceau d'étoffe rouge dont le matador se sert pour *travailler* la bête et préparer le coup mortel, ne serait donc pas d'invention moderne. Ce ne serait qu'une réminiscence des procédés de notre torero. Ce qui prouve une fois de plus, qu'il n'y a rien de nouveau sous le soleil.

Malheureusement, ou heureusement, les différents acteurs de la course se trouvaient un peu dans la situation d'officiers en service commandé. Il ne leur était guère possible de manifester leur sentiment, ne se moins de se chercher querelle. En toute autre circonstance don César aurait infailliblement provoqué Bel a Roja. Ici il fut contraint d'accepter le voisinage et de dissimuler sa mauvaise humeur.

Avant de se rendre sur la place San Francisco il y avait eu une grande discussion entre la Giralda et don César. Sous l'empire de pressentiments sinistres celui-ci suppliait sa fiancée de s'abstenir de paraître à la course et de rester prudemment cachée à l'auberge de la Tour, d'autant plus que la jeune fille ne pourrait assister au spectacle que perdue dans la foule.

Mais la Giralda voulait être là. Elle savait bien que le jeu auquel allait se livrer son fiancé pouvait lui être fatal. Elle n'eût rien fait ou rien dit pour le dissuader de s'exposer, mais rien au monde n'eût pu l'empêcher de se rendre sur les lieux où son amant risquait d'être tué.

La mort dans l'âme, le Torero dut se résigner à autoriser ce qu'il lui était impossible d'empêcher. Et la Giralda, parée de ses plus beaux atours était partie avec le Torero pour se mêler au populaire. La présence de don César lui avait été utile en ce sens qu'elle lui avait permis de se faufiler au premier rang où elle s'organisa de son mieux pour passer les longues heures d'attente qui devaient s'écouler avant que la course commençât. Mais cela lui était bien égal. Elle avait une place d'où elle pourrait voir tous les détails de la lutte de son amant contre le taureau ; c'était l'essentiel pour elle, peu lui importait le reste. Elle aurait la force et la patience d'attendre.

Naturellement, elle aurait préféré aller s'asseoir sur les gradins tendus de velours qu'elle apercevait là-bas. Mais il eût fallu être invitée par le roi et pour être invitée il eût fallu qu'elle fût de noblesse. Elle n'était qu'une humble bonne jeune fille le savait et sans amertume ni regret et sans envie, elle se contentait du sort qui était le sien.

Au reste elle avait eu de la chance. La Giralda aussi connue aussi aimée que le Torero lui-même. Or

parmi la foule où elle se glissait à la suite du Torero, on
la reconnaissait, on murmurait son nom, et avec cette
galanterie outrée, particulière aux Espagnols, avec force
œillades et madrigaux, les hommes s'effaçaient ou faisaient place. Que si quelque péronnelle s'avisait de
récriminer, on lui fermait la bouche en disant :

— C'est la Giralda !

C'est ainsi qu'elle était parvenue au premier rang.
Et; chose bizarre, dans cette foule car la place était
déjà envahie longtemps avant l'heure, dans cette foule
où se voyaient quantité de femmes, le hasard voulut
qu'elle se trouvât seule à l'endroit où elle aboutit.
Autour d'elle elle n'avait que des hommes qui se montraient galants, empressés, mais respectueux.

Jusqu'aux deux soldats de garde à cet endroit qui lui
témoignèrent leur admiration en l'autorisant, au risque
de se faire mettre au cachot, à passer de l'autre côté de
la corde, où elle serait seule, ayant de l'air et de l'espace
devant elle, délivrée de l'atroce torture de se sentir
pressée, de toutes parts, à en étouffer.

Un escabeau, apporté là par elle ne savait qui, poussé
de main en main jusqu'à elle, lui fut offert galamment
et la voilà assise en deçà de l'enceinte réservée au populaire.

En sorte que, seule, en avant de la corde, assise sur
son escabeau, avec les deux soldats, raides comme à la
parade, placés à sa droite et à sa gauche avec ce
groupe compact de cavaliers placés derrière elle, elle
apparaissait dans sa jeunesse radieuse, dans son éclatante beauté, sous la lumière éblouissante d'un soleil
à son zénith, comme la reine de la fête, avec ses deux
gardes et sa cour d'adorateurs.

Peut-être, si elle avait regardé plus attentivement
les galants cavaliers qui l'avaient, pour ainsi dire,
poussée jusqu'à cette place d'honneur, peut être eût-elle
éprouvé quelque appréhension à la vue de ces mines
patibulaires. Peut être se fût-elle inquiétée du soin avec
lequel tous, malgré la chaleur torride, se drapaient soigneusement dans de grandes capes, déteintes par les
pluies et le soleil. Et si elle avait pu voir le bas de ces
capes relevé par des rapières démesurément longues,
les ceintures garnies de dagues de toutes les dimensions,

çon étonnement et son inquiétude se fussent indubitablement changés en effroi.

Cet effroi lui-même se fût changé en affolement si elle avait pu remarquer les signes d'intelligence que ces hommes échangeaient entre eux et avec les deux complaisants soldats, raides et immobiles, et les yeux ardents avec lesquels tous paraissaient la couver, comme une proie sur laquelle ils allaient fondre !

Mais la Giralda, tout à son bonheur de se voir si merveilleusement placée, ne remarqua rien. Et quant au Torero, qui, lui, n'eût pas manqué de faire ces remarques et se serait empressé de la conduire ailleurs, il était, malheureusement, occupé ailleurs.

Pardaillan était parti de l'hôtellerie vers les deux heures. La course devant commencer à trois heures, il avait une heure devant lui pour franchir une distance qu'il eût pu facilement parcourir en un quart d'heure.

Derrière lui marchait un moine qui ne paraissait pas se soucier du gentilhomme qui le précédait, trop occupé qu'il était à égrener un énorme chapelet qu'il avait à la main. Seulement de distance en distance, principalement au croisement de deux rues, le moine faisait un signe imperceptible tantôt à quelque mendiant, tantôt à un soldat tantôt à un religieux, et le mendiant, le soldat ou le religieux, après avoir répondu par un autre signe, s'élançait aussitôt vers une destination inconnue et disparaissait en un clin d'œil.

Pardaillan allait le nez au vent, sans se presser. Il avait le temps, que diable ! N'était-il pas invité directement par le roi en personne ? Il ferait beau voir qu'on ne trouvât pas une place convenable pour le représentant de Sa Majesté le roi de France !

Quant à se dire qu'après son algarade de l'avant-veille, où il avait si fort malmené, dans l'antichambre du roi, le seigneur Barba-Roja, sous les yeux mêmes de Sa Majesté à qui, pour comble, il avait parlé de façon plutôt cavalière ; quant à se dire qu'après l'avertissement que lui avait donné monseigneur d'Espinosa qui, de plus, l'avait fait passer par des transes qui lui donnaient encore le frisson quand il y pensait ; quant à se dire qu'il serait peut-être prudent à lui de ne pas se montrer à ces puissants personnages qui, sûrement, devaient lui vouloir la male mort, Pardaillan n'y pensa pas

Pas davantage il ne pensa a Mme Fausta, qui, certainement, devait être furieuse d'avoir vu s'écrouler le joli projet qu'elle avait forme de le faire mourir de faim et de soif, plus furieuse encore de l'avoir vu assommer à coup de banquette les estafiers qu'elle avait lâchés sur lui, de le voir se retirer, libre, sans une écorchure, désinvolte et narquois. Il ne pensa pas davantage que Mme Fausta n'était pas femme a accepter bénevolement sa défaite et que, sans doute, elle préparait une revanche terrible.

Sans compter le menu fretin tel que le senor de Almaran, dit Barba-Roja, et son lieutenant, le familier Centurion, sans compter Bussi-Leclerc, et Chalabre, et Montsery, et Sainte Maline, et ce cardinal Montalte. digne neveu de M Peretti. sans compter toute la prévôtaille de l'inquisition et toute la moinerie d'Espagne.

Pardaillan oubliait ce superbe duc de Ponte-Maggiore qu'il avait quelque peu froissé a Paris. Il est juste de dire qu'il ignorait complètement l'arrivée a Séville du duc, son duel avec Montalte, et que tous deux le duc et le cardinal, réconciliés dans leur haine commune de Pardaillan, attendaient impatiemment d'être remis de leurs blessures qui, pour le moment, les tenaient cloués, pestant et sacrant. sur les lits que le grand inquisiteur avait mis a leur disposition.

Pardaillan ne se dit rien de tout cela. Ou s'il se le dit, il passa outre ce qui revient au même

Pardaillan ne se dit qu'une chose : c'est que le fils de don Carlos. pour lequel il s'était pris d'affection, aurait sans doute besoin de l'appui de son bras, et avec son insouciance accoutumée il allait au secours de son ami, sans s'inquiéter des suites que sa générosité pourrait avoir pour lui même.

Pardaillan allait donc sans se presser. avant le temps. Mais tout en avançant d'un pas nonchalant, sous le soleil qui dardait âprement, il avait l'œil aux guets et la main sur la garde de l'épée

De temps en temps il se retournait d'un air indifférent Mais le moine qui le suivait toujours, pas à pas, avait un air si confit en dévotion qu'il ne lui vint pas à l'esprit que ce pouvait être un espion qui le serrait de près.

Toutefois nous n'oserions l'affirmer, car Pardaillan avait des manières à lui de s'amuser à froid, qui étaient quelque peu déconcertantes et qui faisaient qu'on ne savait pas au juste à quoi s'en tenir avec ce diable d'homme.

Quoi qu'il en soit, il n'était pas depuis plus de cinq minutes dans la rue qu'il se mit à renifler comme un chien de chasse qui flaire une piste.

— Oh ! oh ! songea-t-il, je sens la bataille !

Du coup le moine suiveur fut complètement dédaigné. Le souvenir des décisions prises par Fausta, dans la réunion nocturne qu'il avait surprise, lui revint à la mémoire.

— Diable ! fit-il, devenu soudain sérieux, je pensais qu'il s'agissait d'un simple coup de main. Je m'aperçois que la chose est autrement grave que je n'imaginais.

D'un geste que la force de l'habitude avait rendu tout machinal, il assujettit son ceinturon et s'assura que l'épée jouait aisément dans le fourreau. Mais alors il s'arrêta net au milieu de la rue.

— Tiens ! fit-il avec stupeur, qu'est ce que cela ?

Cela, c'était sa rapière.

On se souvient qu'il avait perdu son épée en sautant dans la chambre au parquet truqué. On se souvient qu'en assommant les hommes de Centurion, lâchés sur lui par Fausta, il avait ramassé la rapière échappée des mains d'un éclopé et l'avait emportée.

Chaque fois qu'un homme d'action, comme Pardaillan, mettait l'épée à la main, il confiait littéralement son existence à la solidité de sa lame. L'adresse et la force se trouvaient annihilées si le fer venait à se briser. Les règles du combat étant loin d'être aussi sévères que celles d'à présent, un homme désarmé était un homme mort, car son adversaire pouvait le frapper sans pitié, sans qu'il y eût forfaiture. On conçoit dès lors l'importance capitale qu'il y avait à ne se servir que d'armes éprouvées et le soin avec lequel ces armes étaient vérifiées et entretenues par leur propriétaire.

Pardaillan, exposé plus que quiconque, apportait un soin méticuleux à l'entretien des siennes. De retour à l'auberge il avait mis de côté l'épée conquise, réservant à plus tard d'éprouver l'arme. Il avait incontinent choisi dans sa collection une autre rapière pour remplacer celle perdue.

Or Pardaillan venait de s'apercevoir là, dans la rue, que la rapière qu'il avait au côté était précisément celle qu'il avait ramassée la veille et mise de côté.

— C'est étrange, murmurait-il à part lui. Je suis pourtant sûr de l'avoir prise à son clou. Comment ai-je pu être distrait à ce point ?

Sans se soucier des passants, assez rares du reste, il tira l'épée du fourreau, fit ployer la lame, la tourna, la retourna en tout sens, et finalement la prit par la garde et la fit siffler dans l'air.

— Ah ! par exemple ! fit-il, de plus en plus ébahi, je jurerais que ce n'est pas là l'épée que j'ai ramassée chez Mme Fausta. Celle-ci me paraît plus légère.

Il réfléchit un moment, cherchant à se souvenir :

— Non, je ne vois pas. Personne n'a pénétré dans ma chambre. Et pourtant... c'est inimaginable !...

Un moment il eut l'idée de retourner à l'auberge changer son arme. Une sorte de fausse honte le retint. Il se livra à un nouvel examen de la rapière. Elle lui parut parfaite. Solide, flexible, résistante, bien en main quant à la garde, très longue, comme il les préférait, il ne découvrit aucun défaut, aucune tare, ne vit rien de suspect.

Il la remit au fourreau et reprit sa route en haussant les épaules et en bougonnant :

— Ma parole, avec toutes leurs histoires d'inquisition, . de traîtres, d'espions et d'assassins, ils finiront par faire de moi un maître poltron. La rapière est bonne, gardons-la, mordieu ! et ne perdons pas notre temps à l'aller changer, alors qu'il se passe des choses vraiment curieuses autour de moi.

En effet, il se passait autour de lui des choses qui eussent pu paraître naturelles à un étranger, mais qui ne pouvaient manquer d'éveiller l'attention d'un observateur comme Pardaillan, qui connaissait bien la ville maintenant.

A l'heure qu'il était, la plus grande partie de la population s'écrasait sur la place San-Francisco, quelques quarts d'heure à peine séparant l'instant où la course commencerait. Les rues étaient à peu près désertes, et ce qui ne manqua pas de frapper le chevalier, toutes les boutiques étaient fermées. Les portes et les fenêtres étaient cadenassées et verrouillées. On eût dit d'une ville abandonnée. Si vaste que fût la place San-Francisco, on ne pouvait raisonnablement supposer qu'elle contenait toute la population. Et la ville était autrement populeuse et importante que de nos jours

Il fallait donc supposer que tous ceux qui n'avaient pu trouver de place sur le lieu de la course s'étaient calfeutrés chez eux. Pourquoi ? Quelle catastrophe menaçait donc la cité ? Quel mot d'ordre mystérieux avait fait se fermer hermétiquement portes et fenêtres et se terrer prudemment tous les habitants des rues avoisinant la place ? Voilà ce que se demandait Pardaillan.

Et voici qu'en approchant de la place il vit des compagnies d'hommes d'armes occuper les rues étroites qui aboutissaient à cette place. Des soldats s'installaient dans la rue, des compagnies pénétraient dans certaines maisons et ne ressortaient plus. Et au bout des rues ainsi occupées, des cavaliers s'échelonnaient, établissant un vaste cordon autour de cette place.

Et ces soldats laissaient passer sans difficulté tous ceux qui se rendaient à la course et ceux, beaucoup plus rares, qui s'en retournaient, n'ayant pu sans doute trouver une place à leur convenance.

Alors que faisaient là ces soldats ?

Pardaillan voulut en avoir le cœur net, et comme il avait encore du temps devant lui, il fit le tour de cette place, par toutes les petites rues qui y aboutissaient.

Partout les mêmes dispositions étaient prises. C'étaient d'abord des soldats qui s'engouffraient dans des maisons où ils se tapissaient, invisibles. Puis d'autres compagnies occupaient le milieu de la rue. Puis plus loin des cavaliers, et par ci par là, chose beaucoup plus grave, des canons.

Ainsi un triple cordon de fer encerclait la place et il était évident que lorsque ces troupes se mettraient en mouvement, il serait impossible à quiconque de passer, soit pour entrer soit pour sortir.

En constatant ces dispositions, Pardaillan eut un claquement de langue significatif.

Mais ce n'est pas tout. Il y avait encore autre chose.
Pour un homme de guerre comme le chevalier, il n'y
avait pas à s'y méprendre. Il venait d'assister a une
manœuvre d'armée exécutée avec calme et précision.
Or il lui semblait que, en même temps que cette manœuvre, une contre-manœuvre, exécutée par des troupes
adverses, il en eût juré, se dessinait nettement, sous les
yeux des troupes royales, sans qu'on fît rien pour la
contrarier.

En effet, en même temps que les soldats, des groupes
circulaient qui paraissaient obéir à un mot d'ordre. En
apparence, c'étaient de paisibles citoyens qui voulaient,
à toute force, apercevoir un coin de la course. Mais
l'œil exercé de Pardaillan reconnaissait facilement, en
ces amateurs forcenés de corrida, des combattants.

Dès lors tout fut clair pour lui. Il venait d'assister à
la manœuvre des troupes royales Maintenant il voyait
la contre manœuvre des conjurés achetés par Fausta.
Pour lui, il n'y avait pas de doute possible, ces retardataires, qui voulaient voir quand même, c'étaient les
troupes de Fausta chargées de tenir tête à l'armée
royale, de sauver le prétendant, représenté par le Torero, c'était la mise à exécution de la tentative de révo-
lution.

Cette foule de retardataires, parmi lesquels on ne
voyait pas une femme, ce qui était significatif, occupaient les mêmes rues occupées par les troupes royales.
Sous couleur de voir le spectacle, des installations de
fortune s'improvisaient à la hâte. Tréteaux, tables
escabeaux, caisses défoncées, charrettes renversées s'em-
pilaient pêle-mêle, étaient instantanément occupés par
des groupes de curieux.

Et Pardaillan qui avait vu les grands jours de la
Ligue a Paris, lorsque le peuple s'armait, descendait
dans la rue, acclamait Guise, forçait le Valois à fuir,
Pardaillan notait que ces prétendus échafaudages ressemblaient singulièrement à des barricades.

Et il se disait :

— De deux choses l'une : Ou bien M. d'Espinosa a
eu vent de la conspiration, et s'il laisse les hommes de

Fausta prendre si aisément position, c'est pour mieux les tenir et qu'' leur réserve quelque joli coup de sa façon, dans lequel ils me paraissent donner tête baissée. Ou bien il ne sait rien et alors ce sont ses troupes qui me paraissent bien exposées. Dans ce cas, si habilement exécutée que soit la manœuvre, je ne comprends pas qu'il ne se trouve pas là un seul officier capable de donner l'éveil à ses chefs. Quoi qu'il en soit, du diable si je m'attendais à un combat aussi sérieux, et que la peste m'étrangle si je sais pourquoi je viens risquer mes os dans cette galère!

Ayant ainsi envisagé les choses, tout autre que Pardaillan s'en fût retourné tranquillement, puisque, en résumé, il n'avait rien à voir dans la dispute qui se préparait entre le roi et ses sujets. Mais Pardaillan avait sa logique à lui, qui n'avait rien de commun avec celle de tout le monde. Après avoir bien pesté, il prit son air le plus renfrogné, et par une de ces bravades dont lui seul avait le secret, il pénétra dans l'enceinte par la porte d'honneur, en faisant sonner bien haut son titre d'ambassadeur, invité personnellement par Sa Majesté. Et il se dirigea vers la place qui lui était assignée.

A ce moment le roi parut sur son balcon, aménagé en tribune. Un magnifique velum de velours rouge, frangé d'or, maintenu à ses extrémités par des lances de combat, interceptait les rayons du soleil. En outre des palmiers, dans d'énormes caisses, étendaient sous le velum le parasol naturel de leurs larges feuilles.

Le roi s'assit avec cet air morne et glacial qui était le sien. M. d'Espinosa, grand inquisiteur et premier ministre, se tint debout derrière le fauteuil du roi. Les autres gentilshommes de service prirent place sur l'estrade, chacun selon son rang

A côté d'Espinosa se tenait un jeune page que nul ne connaissait, hormis le roi et le grand inquisiteur cependant, car le premier avait honoré le page d'un gracieux sourire et le second le tolérait à son côté alors qu'il eût dû se tenir derrière. Bien mieux, un tabouret recouvert d'un riche coussin de velours était placé à la gauche de l'inquisiteur, sur lequel le page s'était assis le plus naturellement du monde. En sorte que le roi, dans son fauteuil, n'avait qu'à tourner la tête à droite ou à gauche pour s'entretenir à part, soit avec son ministre, soit avec ce page à qui on accordait cet honneur extraordinaire, jalousé par les plus grands du royaume qui se voyaient relégués dans l'ombre par la rigoureuse étiquette.

Ce mystérieux page n'était autre que Fausta.

Fausta, le matin même, avait livré à Espinosa le fameux parchemin qui reconnaissait Philippe d'Espagne comme unique héritier de la couronne de France. Le geste spontané de Fausta lui avait concilié la faveur du roi et les bonnes grâces du ministre. Elle n'avait cependant pas abandonné la précieuse déclaration du feu roi Henri III sans poser ses petites conditions.

L'une de ces conditions était qu'elle assisterait à la course dans la loge royale et qu'elle y serait placée de façon à pouvoir s'entretenir en particulier, à tout instant, avec le roi et son ministre. Une autre condition, comme corollaire de la précédente, était que tout messager qui se présenterait en prononçant le nom de Fausta serait immédiatement admis en sa présence, quels que fussent le rang, la condition sociale, voire le costume de celui qui se présenterait ainsi.

D'Espinosa connaissait suffisamment Fausta pour être certain qu'elle ne posait pas une telle condition par pure vanité. Elle devait avoir des raisons sérieuses pour agir ainsi. Il s'empressa d'accorder tout ce qu'elle demandait. Quant au roi, mis au courant, il ratifia d'autant plus volontiers que toutes les autres conditions de Fausta concernaient uniquement Pardaillan contre qui elle apportait une aide d'autant plus précieuse que désintéressée.

Or le roi avait une dent féroce contre ce petit gentilhomme, cette manière de routier sans feu ni lieu, qui l'avait humilié, lui, le roi, et qui, non content de malmener ses fidèles, dans sa propre antichambre, avait eu l'audace de lui parler devant toute sa cour avec une insolence qui réclamait un châtiment exemplaire. Le roi avait la rancune tenace, et s'il s'était résigné à patienter reconnaissant la valeur des arguments fournis par Espinosa et Fausta réunis, il ne renonçait pas pour cela à se venger. Bien au contraire, c'était pour mieux assurer sa vengeance et la rendre plus terrible qu'il consentait à ronger son frein.

Dès que le roi parut au balcon, les ovations éclatèrent, enthousiastes, aux fenêtres et aux balcons de la place, occupés par les plus grands seigneurs du royaume. Les mêmes vivats éclatèrent aussi, nourris et spontanés, dans les tribunes occupées par des seigneurs de moindre importance. De là, les acclamations s'étendirent au peuple massé debout sur la place. La vérité nous oblige à dire qu'elles furent là moins nourries. L'aspect plutôt sinistre du roi n'était pas fait pour déchaîner l'enthousiasme parmi la foule. Mais enfin, tel que, c'était, en somme, satisfaisant.

Le roi remercia de la main et aussitôt un silence solennel plana sur cette multitude. Non par respect pour Sa Majesté, mais simplement parce qu'on attendait qu'Elle donnât le signal de commencer.

C'est au milieu de ce silence que Pardaillan parut sur les gradins, cherchant à gagner la place qui lui était réservée. Car d'Espinosa, conseillé par Fausta qui connaissait son redoutable adversaire, avait escompté qu'il aurait l'audace de se présenter, et il avait pris ses dispositions en conséquence. C'est ainsi qu'une place d'honneur avait été réservée à l'envoyé de S. M. le roi de Navarre.

Donc, Pardaillan, debout au milieu des gradins, dominant par conséquent toutes les autres personnes assises, s'efforçait de regagner sa place. Mais le passage au milieu d'une foule de seigneurs et de nobles dames, tous exagérément imbus de leur importance, mécontents au surplus d'être dérangés au moment précis où la course allait commencer, ce passage ne se fit pas sans quelque brouhaha.

D'autant plus que, fort de son droit, désireux de pousser la bravade à ses limites extrêmes, le chevalier, qui s'excusait avec une courtoisie exquise vis-à-vis des dames, se redressait, la moustache hérissée, l'œil étincelant, devant les hommes et ne ménageait pas les bravades quand on ne s'effaçait pas de bonne grâce. Cette manière de faire soulevait sur son passage des grognements qui s'apaisaient prudemment dès qu'on observait sa mine résolue, mais reprenaient de plus belle dès qu'il s'était suffisamment éloigné.

Bref, cela fit un tel tapage qu'à l'instant les yeux du roi, ceux de la cour et des milliers de personnes massées là se portèrent sur le perturbateur qui, sans souci de l'étiquette, sans s'inquiéter des protestations, sans paraître le moins du monde intimidé par l'universelle attention fixée sur lui, se dirigeait vers sa place, comme on monte à l'assaut.

Une lueur mauvaise jaillit de la prunelle de Philippe. Il se tourna vers d'Espinosa et le fixa un moment comme pour le prendre à témoin du scandale.

Le grand inquisiteur répondit par un demi-sourire qui signifiait :

— Laissez faire. Bientôt nous aurons notre tour.

Philippe approuva d'un signe de tête et se retourna, de façon à tourner le dos à Pardaillan qui atteignait enfin sa place.

Or une chose que Pardaillan ignorait complétement, attendu qu'il était toujours le dernier renseigné sur tout ce qui se touchait et qu'il était peut-être le seul à trouver très naturelles les actions qu'on s'accordait à trouver extraordinaires, c'est que son aventure avec Barba-Roja avait produit, — à la cour comme en ville, une sensation énorme. On ne parlait que de lui un peu partout, et si l'on s'émerveillait de la force surhumaine de cet étranger qui avait, comme en se jouant, désarmé une des premières lames d'Espagne, maté et corrigé comme un gamin turbulent l'homme le plus fort du royaume, on s'étonnait et on s'indignait quelque peu que l'insolent n'eût pas été châtié comme il méritait.

Son nom était dans toutes les bouches, et l'amour-propre national s'en mêlant, sans s'en douter le moins du monde, il se trouvait qu'en rossant Barba-Roja, il s'était attiré la haine d'une foule de gentilshommes qui, puisque le roi le laissait impuni, brûlaient de venger l'affront fait à un des leurs. Barba-Roja, qui vivait solitaire comme un ours, ne s'était jamais connu autant d'amis.

Il ressort de ce qui précède que les gentilshommes, tant soit peu heurtés au passage par Pardaillan, s'étaient demandé qui était ce personnage qui les traitait avec un pareil sans-gêne. Comme une traînée de poudre, son nom, prononcé par un quelconque témoin de la scène de l'antichambre, avait volé de bouche en bouche.

Lorsque Pardaillan parvint à sa place il jeta un coup d'œil machinal autour de lui et demeura stupéfait. Il ne voyait que regards haineux et attitudes menaçantes. N'eussent été le lieu et la présence du roi, il eût été provoqué séance tenante par vingt, cinquante énergumènes qu'il n'avait jamais vus.

Et comme notre chevalier n'était pas homme à se laisser défier, même du regard, sans répondre à la provocation, au lieu de s'asseoir il resta un moment debout à sa place, promenant autour de lui des regards fulgurants, ayant aux lèvres un sourire de mépris qui faisait verdir de rage les nobles hidalgos retenus par le souci de l'étiquette.

Et voici qu'au moment où il provoquait ainsi du regard ces ennemis inconnus, voici que les trompettes lancèrent à toute volée, dans l'air lumineux l'éclat aigu de leurs notes cuivrées.

C'était le signal impatiemment attendu par les milliers de spectateurs. Mais s'il éclatait à ce moment c'était par suite d'une méprise déplorable : un geste du roi mal interprété.

Il n'en est pas moins vrai que les trompettes, sonnant au moment précis où Pardaillan allait s'asseoir paraissaient saluer l'envoyé du roi de France.

C'est ce que comprit le roi, qui pâle de fureur, se tourna vers Espinosa et laissa tomber un ordre bref, en exécution duquel l'officier coupable d'avoir mal interprété les gestes du roi et donné l'ordre aux trompettes de sonner, fut incontinent arrêté et mis aux fers.

C'est ce que comprirent les furieux qui entouraient Pardaillan et qui firent entendre des protestations violentes.

C'est ce que comprit enfin le chevalier lui-même car il fit cette réflexion dans son for intérieur :

— Peste! on me rend les honneurs! Ah! mon pauvre père, que n'êtes-vous là pour voir votre fils ainsi honoré!

On se tromperait étrangement si on croyait qu'il fut dupe de l'erreur. Il n'était pas homme à se leurrer à ce

point. Mais c'était un incorrigible pince-sans-rire que
notre héros. Il trouva plaisant de paraître accepter
comme un hommage rendu ce qui n'était qu'un hasard
fortuit. Et comme il n'avait pas le moindre souci du
respect dû à une tête couronnée, surtout quand cette tête
lui était antipathique, il résolut de « se la payer » à
l'instant même.

— Vive Dieu! dit-il à part soi, une politesse en vaut
une autre.

Et avec son sourire le plus naïvement ingénu, mais
au fond de l'œil l'intense jubilation de l'homme qui
s'amuse prodigieusement, dans un geste théâtral qu'il
était seul à posséder, il adressa à la tribune royale un
salut d'une ampleur démesurée.

Pour comble de malchance, le roi, qui se retournait à
ce moment pour jeter l'ordre d'arrêter l'officier qui avait
fait sonner les trompettes, le roi reçut en plein le sourire
et le salut de Pardaillan. Et comme c'était un sire profondément dissimulé, il dut, en se mordant les lèvres de
dépit, répondre par un gracieux sourire, à seule fin de
ne pas contrarier le plan du grand inquisiteur, plan
qu'il connaissait et approuvait.

C'était plus que n'espérait Pardaillan, qui s'assit alors
paisiblement en jetant des coups d'œil satisfaits autour
de lui. Mais, comme si un enchanteur avait passé par là,
bouleversant de fond en comble les sentiments intimes
de ses féroces voisins, il ne vit autour de lui que sourires
engageants, regards bienveillants. Et avec, aux lèvres,
une moue de dédain, il songea que le sourire que le roi
venait de lui accorder, moralement contraint et forcé,
avait suffi pour changer la haine en adulation.

Pardaillan s'assit et, nouvelle coïncidence fâcheuse,
résultant de la sonnerie des trompettes, mais qui n'en fit
pas moins pâlir de fureur le roi, le premier taureau fit
son entrée dans la piste.

En sorte que Pardaillan, sur les gradins, salué par les
trompettes, faisant commencer le spectacle en s'asseyant,
apparaissait comme le vrai président de la course, celui
que les amateurs de corridas modernes appellent l'*ayun-
tamiento*... comme la Giralda, placée en avant de la
foule assise entre deux hommes d'armes, paraissait
comme la reine de la fête.

# VI

## LE PLAN DE FAUSTA

Nous avons dit que le Torero s'était trouvé dans la désagréable obligation de dresser sa tente près de celle de Barba-Roja.

Sans qu'elle s'en doutât, ce voisinage déplaisant était dû à une intervention de Fausta. Voici comment :

Le roi et son grand inquisiteur avaient résolu l'arrestation de don César et de Pardaillan. Le roi poursuivait de sa haine, depuis vingt ans, son petit-fils. Cette haine sauvage, que vingt années d'attente n'avaient pu atténuer, était cependant surpassée par la haine récente qu'il venait de vouer à l'homme coupable d'avoir douloureusement blessé son incommensurable orgueil. Nous pouvons même dire que Pardaillan était devenu leur principale préoccupation, et qu'à la rigueur ils eussent oublié le fils de don Carlos pour porter tout leur effort sur le chevalier.

Si le roi n'obéissait qu'à sa haine, d'Espinosa, au contraire, agissait sans passion et n'en était que plus redoutable. Il n'avait, lui, ni haine, ni colère. Mais il craignait Pardaillan. Chez un homme froid et méthodique, mais résolu, comme l'était d'Espinosa, cette crainte était autrement dangereuse et plus terrible que la haine. Un caractère fortement trempé, comme celui du grand inquisiteur, peut céder à une impulsion, bonne ou mauvaise. Il demeure inflexible devant une nécessité démontrée par la logique du raisonnement. Dès l'instant où il craignait un homme, cet homme, quel qu'il fût, était inexorablement condamné. Il devait disparaître coûte que coûte.

De l'intervention de Pardaillan dans les affaires du petit-fils du roi d'Espagne, il avait conclu qu'il en savait beaucoup plus qu'il ne le paraissait: que par ambition personnelle, il se faisait le champion et le conseiller d'un prince qui fût demeuré sans nom et peu redoutable sans ce concours inespéré.

L'erreur de d'Espinosa était de s'obstiner à voir un amoureux en Pardaillan. La nature chevaleresque et désintéressée au possible de cet homme, si peu semblable aux hommes de son époque, lui avait complètement échappé. Il ne pouvait en être autrement, le désintéressement étant peut-être la seule vertu que les hommes ont toujours niée, nient et nieront probablement longtemps encore.

En ce qui concerne Pardaillan, il se fût dit qu'ému de l'acharnement avec lequel des personnages, disposant de la toute-puissance, poursuivaient un être pauvre et inoffensif, dans la bonté de son cœur il avait résolu de prêter l'appui de son bras à la victime menacée comme on tente d'arracher aux mains d'une brute, abusant de sa force, la créature trop faible qu'il est en train d'assommer. Le geste du prince défendant sa vie était humain, celui de l'aventurier venant à son secours était aussi humain. Il était, de plus, généreux. Cette défense légitime n'impliquait pas forcément l'offensive.

D'Espinosa ne se dit rien de tout cela.

S'il eût mieux compris le caractère de son adversaire, il se fût rendu compte que jamais Pardaillan n'eût consenti à la besogne qu'on le soupçonnait capable d'entreprendre. Il est certain que si le Torero avait manifesté l'intention de revendiquer des droits inexistants, étant données les conditions anormales de sa naissance, s'il avait fait acte de prétendant comme on s'efforçait de le lui faire faire, Pardaillan lui eût tourné dédaigneusement le dos. En condamnant un homme sur le seul soupçon d'une action qu'il était incapable de concevoir, d'Espinosa commettait donc lui-même une méchante action. Rendons-lui du moins cette justice de dire qu'il était sincère dans sa conviction. Tant il est vrai que nous ne voulons prêter aux autres que les sentiments que nous sommes capables d'avoir nous-mêmes.

**Ensuite, et nous passons ici du général au particulier,**

d'Espinosa n'était pas fâché de se défaire d'un homme à
qui il avait fait certaines confidences qui pouvaient, s'il
lui prenait fantaisie de les divulguer. le conduire droit
au bûcher, tout grand inquisiteur qu'il fût. Mais ceci
n'était que secondaire. S'il n'avait pu comprendre l'extraordinaire générosité de Pardaillan, il ne faut pas
oublier que d'Espinosa était gentilhomme. Comme tel il
avait foi en la parole donnée et en la loyauté de son
adversaire. Sur ce point il avait su justement l'apprécier.

Donc d'Espinosa et le roi, son maître, étaient d'accord
sur ces deux points : la prise et la mise à mort de Pardaillan et du Torero. La seule divergence de vues qui
existât entre eux, concernant Pardaillan, était dans la
manière dont ils entendaient mettre à exécution leur projet. Le roi eût voulu qu'on arretât purement et simplement l'homme qui lui avait manqué de respect. Pour
cela, que fallait-il : un officier et quelques hommes.
Pris l'homme était jugé. condamné, exécuté. Tout était
dit.

D'Espinosa voyait autrement les choses. D'abord l'arrestation d'un tel homme ne lui apparaissait pas aussi
simple, aussi facile que le roi le pensait. Ensuite,
influencé, sans qu'il s'en endit compte, par les appréhensions de Fausta qui, dans sa crise de terreur mystique,
voulait voir en Pardaillan un être surhumain, qu'on
ne pouvait atteindre comme le commun des mortels, il
n'était pas sans inquiétudes sur ce qui pouvait advenir
après cette arrestation. Enfin d'Espinosa était prêtre et
ministre. Comme tel, oser manquer à la majesté royale
était, à ses yeux, un crime que les supplices les plus
épouvantables étaient impuissants à faire expier comme
il le méritait. D'autre part, des idées particulières qu'il
avait sur la mort lui faisaient considérer celle-ci comme
une délivrance et non comme un châtiment. Restait
donc la torture. Mais qu'était-ce que quelques minutes
de tortures comparées à l'énormité du forfait? Bien peu
de chose en vérité. Avec un homme d'une force physique extraordinaire, jointe à une force d'âme peu commune, on pouvait même dire que ce n'était rien. Il fallait trouver quelque chose d'inedit, quelque chose de
terrible. Il fallait une agonie qui se prolongeât des jours

et des jours en des transes, en des affres insupporta-
bles .

C'est là que Fausta était intervenue et lui avait soufflé
l'idée qu'il avait aussitôt adoptée, et pour l'exécution de
laquelle ils se trouvaient tous rassemblés sur la place, en
vue de laquelle une place d'honneur avait été réservée à
l'homme qu'il s'agissait de frapper. Car d'Espinosa avait
réussi à faire accepter son point de vue au roi, qui avait
poussé la dissimulation jusqu'à adresser un gracieux sou
rire à celui qui l'avait bravé et bafoué devant toute sa
cour.

Ce que devait être le châtiment imaginé par Fausta,
c'est ce que nous verrons plus tard.

Pour le moment, toutes les mesures étaient prises pour
assurer l'arrestation imminente de Pardaillan et du Torero. Peut être d'Espinosa, mieux renseigné qu'il ne voulait bien le laisser voir, avait-il pris d'autres dispositions
mystérieuses concernant Fausta et qui eussent donné à
réflechir à celle-ci, si elle les avait connues. Peut-être !

Fausta était d'accord avec d'Espinosa et le roi en ce
qui concernait Pardaillan seulement. Le plan que le
grand inquisiteur se chargeait de mettre à exécution était,
en grande partie, son œuvre à elle.

Là s'arrêtait l'accord. Fausta voulait bien livrer Pardaillan parce qu'elle se jugeait impuissante à le frapper
elle-même, mais elle voulait sauver don César, indispen-
sable à ses projets d'ambition. Sur ce point, elle devenait
l'adversaire de ses alliés, et nous avons vu qu'elle aussi
avait pris toutes ses dispositions pour les tenir en échec.

Sauver le prince, lui déblayer l'accès du trône, le his-
ser sur ce trône, c'était parfait, à la condition que le prince
devînt son époux, consentît à rester entre ses mains un
instrument docile. faute de quoi toute cette entreprise
gigantesque n'avait plus sa raison d'être. Or le prince,
au lieu d'accepter avec enthousiasme, comme elle l'espérait. l'offre de sa main, s'était montré très réservé.

A cette réserve, Fausta n'avait vu qu'un motif : l'amour
du prince pour sa bohémienne. C'était là le seul obstacle,
croyait-elle.

Fausta se trompait dans son appréciation du caractère
du Torero, comme d'Espinosa s'était trompé dans la
sienne sur celui de Pardaillan. Comme d'Espinosa, sur

une erreur elle bâtit un plan qui, même s'il se fût réalisé, eût été inutile

La Giralda étant, dans son idée, l'obstacle, sa suppression s'imposait. Fausta avait jeté les yeux sur Barba-Roja pour mener à bien cette partie de son plan. Pourquoi sur Barba-Roja ? Parce qu'elle connaissait la passion sauvage du colosse pour la jolie bohémienne.

Dans la partie suprême qu'elle tentait, Fausta, prodigieux metteur en scène, avait assigné à chacun son rôle. Mais pour que la réussite fût assurée, il importait que chacun se tînt strictement dans les limites du rôle qui lui était dévolu.

Admirablement renseignée sur tous ceux qu'elle utilisait, elle savait que Barba Roja était une brute incapable de résister à ses passions. Son amour, violent, brutal, était plutôt du désir sensuel que de la passion véritable.

En revanche, à la suite de l'humiliation sanglante qu'il lui avait infligée, Barba-Roja s'était pris pour Pardaillan d'une haine féroce, auprès de laquelle celle de Philippe II pouvait passer pour bénigne. Si le hasard voulait que le colosse se trouvât là quand on procéderait à l'arrestation du chevalier, il était homme à oublier momentanément son amour pour se ruer sur celui qu'il haïssait.

Or la besogne de Barba-Roja était toute tracée. A lui incombait le soin de débarrasser Fausta de la Giralda en enlevant la jeune fille. Il fallait, de toute nécessité, qu'il s'en tînt au rôle qu'elle lui avait assigné.

Il va sans dire que le dogue roi était un instrument inconscient entre les mains de Fausta, laquelle avait prudemment évité d'entrer en relations avec lui. Il ne fallait pas, en effet, que le prince pût la soupçonner d'être pour quelque chose dans la disparition et la mort de sa fiancée. Du moins, pas tant que le prince ne serait pas devenu son époux. Après, la chose n'aurait plus d'importance.

Fausta n'avait pas hésité. L'intelligence de Barba-Roja était loin d'égaler sa force. Centurion, stylé par Fausta, était arrivé aisément à le persuader que Pardaillan était épris de la bohémienne. Et avec cette familiarité cynique qu'il affectait quand il se trouvait seul avec le dogue du roi, il avait conclu en disant :

— Beau cousin, soufflez-lui le tendron. Quand vous en

serez las, vous le lui renverrez... quelque peu endommagé Croyez-moi, c'est là une vengeance autrement intéressante que le stupide coup de dague que vous rêvez. Ne voyez-vous pas d'ici sa douleur et son désespoir en retrouvant flétrie, déshonorée, celle qu'il adore?

Et Barba-Roja, donnant tête baissée dans le panneau s'était écrié :

— Par la Vierge sainte! ton idée est magnifique. Ah le Français du diable est féru d'amour pour la gente bohémienne! Puisse ma carcasse être dévorée par les chiens si je ne lui enlève pas la belle à son nez et à sa barbe! Et quand j'en serai las, je la lui renverrai, comme tu dis, mais non pas vivante... il serait capable de s'en contenter. Je la lui renverrai avec six pouces de fer dans la gorge. Et j'espère bien que le ciel me donn' a cette joie de le voir crever de rage et de désespoir sur le cadavre de celle qui aura été la jolie Giralda !

Barba-Roja étant lancé sur cette piste, par surcroît de précaution, Fausta lui avait fait donner l'ordre de prendre part à la course. Le roi s'était fait tirer l'oreille. Il n'avait pas pardonné a son dogue une défaite qui lui paraissait trop facile :

Mais d'Espinosa avait fait remarquer que ce serait là une manière de montrer que les coups de Pardaillan n'étaient pas, au demeurant si terribles, puisqu'ils n'empêchaient pas celui qui les avait reçus de lutter contre le taureau quarante huit heures après. Le roi s'était laissé convaincre, et c'est ainsi que le Torero s'était trouvé, à son grand déplaisir, avoir pour voisin l'homme qui convoitait sa fiancée.

Quant à Barba-Roja il ne se tenait pas de joie, et malgré que son bras le fît encore souffrir, il s'était juré d'estoquer proprement son taureau pour se montrer digne de la faveur royale qui s'étendait sur lui au moment où, précisément, il avait lieu de se croire momentanément en disgrâce. Car c'était une faveur d'être désigné par le roi pour *alancear en coso*.

Par cette dernière précaution, Fausta s'était sentie plus tranquille Barba-Roja, après avoir couru son taureau, serait occupé avec la Giralda. Une rencontre entre lui et Pardaillan serait ainsi évitée. Et comme Fausta prévoyait tout, au cas où Barba-Roja, blessé par le taureau, ne

pourrait participer à l'enlèvement de la jolie bohémienne,
Centurion et ses hommes opéreraient sans lui et à son
lieu et place. L'essentiel étant que la Giralda disparût,
pour le reste, le colosse la retrouverait quand il serait
remis de ses blessures.

Puisque nous faisons un exposé de la situation des par
tis en présence, il nous paraît juste, laissant pour un ins
tants ces puissants personnages à leurs préparatifs, de
voir un peu ce qu'on avait à leur opposer du côté
adverse.

D'une part, nous trouvons une jeune fille, la Giralda,
complètement ignorante des dangers qu'elle court,
naïvement heureuse de ce qu'elle croit un hasard qui
lui permet d'admirer, en bonne place l'élu de son
cœur.

D'autre part, un jeune homme, El Torero. S'il avait
des appréhensions, c'était surtout au sujet de sa fiancée.
Un secret instinct l'avertissait qu'elle était menacée. Pour
lui-même, il était bien tranquille. Ainsi qu'il l'avait dit
à Pardaillan, il croyait fermement que Fausta avait considérablement exagéré les dangers auxquels il était exposé.
Pour mieux dire, il n'y croyait pas du tout.

Quelle apparence que le roi, maître absolu du royaume,
eût recours à un assassinat alors qu'il lui était si facile de
le faire arrêter ? Il restait persuadé qu'il était d'illustre
famille. De là à se croire de sang royal, il y avait loin.
Cette Mme Fausta le croyait décidément plus naïf qu'il
n'était.

Cependant, il voulait bien admettre que quelque ennemi inconnu avait intérêt à sa mort. En ce cas, le pis
qui pouvait lui arriver était d'être assailli par quelques
coupe-jarrets, et, Dieu merci ! il se sentait de force à se
défendre vigoureusement. Et sur ce point, comme il n'é-
tait ni borgne ni manchot, il verrait venir. D'ailleurs, on
ne viendrait pas l'attaquer dans la piste, quand il serait
aux prises avec le taureau. Ce n'est pas non plus dans les
coulisses de l'arène, coulisses à ciel ouvert, sous les yeux
de la multitude, qu'on viendrait lui chercher noise. Donc
toutes les histoires de Mme Fausta n'étaient que... des
histoires.

S'il avait pu voir les mouvements de troupes surpris

par Pardaillan, il aurait perdu quelque peu de cette insouciante quiétude

Enfin il y avait Pardaillan.

Pardaillan sans partisans, sans alliés, sans troupes,
sans amis, seul, absolument seul.

Pardaillan, malheureusement, s'était écarté de l'excationa-
vation par où il entendait ce qui se disait et voyait ce qui
se passait dans la salle souterraine où se réunissaient les
conjurés, au moment où Fausta parlait à Centurion de
la Giralda. Il ne croyait donc pas que la jeune fille fût
menacée

En revanche, il savait pertinemment ce qui attendait le
Torero. Il savait que l'action serait chaude et qu'il y laisserait vraisemblablement sa peau. Mais il avait dit qu'il
serait là et la mort seule eût pu l'empêcher de tenir sa
promesse

Chose incroyable, l'idée ne lui vint pas que les formidables préparatifs qui s'étaient faits sous ses yeux pouvaient tout aussi bien le viser, lui, que le Torero Non.
Il crut que tout cela était à l'adresse de son jeune ami.
L'extravagante modestie, qui était le fond de son carac
tère, faisait qu'il n'avait jamais pu se résoudre à s'accorder à soi-même la valeur et l'importance que tous, grands
et petits, lui accordaient.

Et quand, par hasard, une occasion se présentait où il
lui était impossible de ne pas s'apercevoir que l'admiration ou la terreur allait à lui, Pardaillan, et non à d'autres, il se trouvait « tout bête » et sincèrement ébahi. Il
paraissait toujours se demander:

— Qu'ai-je donc fait de si extraordinaire?

L'extraordinaire était qu'il trouvait ses actes très naturels et très ordinaires.

De ce qu'il ne se croyait pas directement menacé, il ne
s'ensuit pas qu'il s'estimait en parfaite sécurité au milieu
de cette foule de seigneurs dont il sentait la sourde hostilité. Il se disait, au contraire, avec cette franchise bougonne qui lui était particulière quand il jugeait à propos
de s'admonester soi-même :

— Qu'avais-je besoin de venir me fourrer dans ce guêpier ? Du diable si M. d'Espinosa ou Mme Fausta, dans
la mêlée que j'entrevois, ne trouvent pas l'occasion propice de m'expédier dans l'autre monde, ainsi qu'ils en

grillent d'envie. Ce serait, par ma foi, bien fait pour
moi, car enfin, je suis d'âge à me conduire raisonnablement, ou je ne le serai jamais. Or, mon pauvre père me
l'a répété maintes fois : la raison commande de ne point
se mêler de ce qui ne vous regarde pas. Mais voilà ! avec
ma sotte manie de faire le joli cœur, il faut toujours que
je m'aille fourrer là où je n'ai que faire. Que la peste
m'étouffe si cette fois-ci n'est pas la dernière !

Et avec son sourire railleur, il ajouta :

— Si toutefois j'en réchappe...

Mais après s'être ainsi libéralement invectivé, selon
son habitude, il resta quand même. Et comme il sentait
autour de lui gronder la colère, comme il ne voyait que
visages renfrognés ou menaçants, il se hérissa plus que
jamais, toute son attitude devint une provocation qui s'a-
dressait a une multitude.

Comme on le voit, la partie était loin d'être égale, et
comme le pensait judicieusement le chevalier, il avait
toutes les chances d'être emporté par la tourmente.


# VII


## LA CORRIDA


Lorsque Pardaillan s'assit au premier rang des gradins, à la place que d'Espinosa avait eu la précaution de
lui faire garder, les trompettes sonnèrent.

C'était le signal impatiemment attendu annonçant que
le roi ordonnait de commencer.

Barba-Roja avait été désigné pour courir le premier
taureau. Le deuxième revenait à un seigneur quelconque
dont nous n'avons pas à nous occup  ; le troisième au
T rero

Barba-Roja, maré dans son armure, monté sur une superbe bête caparaçonnée de fer comme le cavalier, se tenait donc à ce moment dans la piste, entouré d'une dizaine d'hommes à lui, chargés de le seconder dans sa lutte.

La piste était en outre envahie par une foule de gentilshommes qui n'y avaient que faire, mais éprouvaient l'impérieux besoin de venir parader là, sous les regards des belles et nobles dames occupant les balcons et les gradins. Tout ce monde papillonnait, papotait, tournait, virait, riait haut, s'efforçait par tous les moyens d'attirer l'attention sur soi, s'efforçait surtout, ne fût-ce qu'un centième de seconde, d'attirer l'attention du roi, toujours glacial dans sa pose ennuyée.

Nécessairement, on entourait et complimentait Barba-Roja, raide sur la selle, la lance au poing, les yeux obstinément fixés sur la porte du toril par où devait pénétrer la bête qu'il allait combattre.

En dehors de la foule des gentils-hommes inutiles et des *areneros* de Barba-Roja, il y avait tout un peuple d'ouvriers chargés de l'entretien de la piste, d'enlever les blessés ou les cadavres, de répandre du sable sur le sang, de l'ouverture et de la fermeture des portes, enfin de mille et un petits travaux accessoires dont la nécessité urgente se révélait à la dernière minute. Tout ce monde de travailleurs était naturellement fort bousculé et fort gêné par la présence de ces importuns gentilshommes, qui, d'ailleurs, n'en avaient cure.

Lorsque les trompettes sonnèrent, ce fut une débandade générale qui excita au plus haut point l'hilarité des milliers de spectateurs et eut l'insigne honneur d'arracher un mince sourire à Sa Majesté.

On savait que l'entrée du taureau suivait de très près la sonnerie et, dame! nul ne se souciait de se trouver soudain face à face avec la bête. Aussi fallait il voir comme les nobles seigneurs, confondus avec la tourbe des manants, jouaient prestement des jambes, tournaient le dos à la porte du toril, se ruaient vers les barrières et les escaladaient avec une précipitation qui dénotait une frayeur intense. Il fallait entendre les lazzi, les quolibets, les encouragements ironiques, voir les huées de la foule mise en liesse par ces fuites éperdues.

Ce bref intermède, c'était la comédie préludant au drame.

Les derniers fuyards n'avaient pas encore franchi la barriére protectrice, les hommes de Barba-Roja, qui devaient supporter le premier choc du fauve, achevaient à peine de se masser prudemment derrière son cheval, que déjà le taureau faisait son entrée.

C'était une bête splendide : noire tachetée de blanc, sa robe était luisante et bien fournie, les jambes courtes et vigoureuses, le cou énorme ; la tête puissante aux yeux noirs et intelligents, aux cornes longues et effilées, était fiérement redressée, dans une attitude de force et de noblesse impressionnantes.

En sortant du toril, où depuis de longues heures il était demeuré dans l'obscurité, il s'arrêta tout d'abord, comme ébloui par l'aveuglante lumière d'un soleil rutilant, innondant la place. Le taureau se présentant noblement, les bravos saluèrent son entrée, ce qui parut le surprendre et le déconcerter.

Bientôt, il se ressaisit et il secoua sa tête entre les cornes de laquelle pendait le flot de rubans dont Barba-Roja devait s'emparer pour être proclamé vainqueur ; à moins qu'il ne préférât tuer le taureau, auquel cas le trophée lui revenait de droit, même si la bête était mise à mort par l'un de ses hommes et par n'importe quel moyen.

Le taureau secoua plusieurs fois sa tête, comme s'il eût voulu jeter bas la sorte de stupeur qui pesait sur lui. Puis son œil de feu parcourut la piste  Tout de suite, à l'autre extrémité, il découvrit le cavalier immobile, attendant qu'il se décidât à prendre l'offensive.

Dès qu'il aperçut cette statue de fer, il se rua en un galop effréné.

C'était ce qu'attendait l'armure vivante, qui partit à fond de train, la lance en arrêt.

Et tandis que l'homme et la bête, rués en une course échevelée, fonçaient droit l'un sur l'autre, un silence de mort plana sur la foule angoissée.

Le choc fut épouvantablement terrible.

De toute la force des deux élans contraires, le fer de la lance pénétra dans la partie supérieure du cou.

Barba-Roja se raidit dans un effort de tous ses muscles puissants pour obliger le taureau à passer à sa droite, en même temps qu'il tournait son cheval à gauche. Mais le taureau poussait de toute sa force prodigieuse, augmentée encore par la rage et la douleur, et le cheval, dressé droit sur ses sabots de derrière, agitant violemment dans le vide ses jambes de devant.

Un instant on put craindre qu'il ne tombât à la renverse, écrasant son cavalier dans sa chute.

Pendant ce temps, les aides de Barba-Roja, se glissant derrière la bête, s'efforçaient de lui trancher les jarrets au moyen de longues piques dont le fer, très aiguisé, affectait la forme d'un croissant. C'est ce que l'on appelait la *media luna.*

Tout à coup, sans qu'on pût savoir par suite de quelle manœuvre, le cheval, dégagé, retombé sur ses quatre pieds, fila ventre à terre, se dirigeant vers la barrière, comme s'il eût voulu la franchir, tandis que le taureau poursuivait sa course en sens contraire.

Alors ce fut la fuite éperdue chez les auxiliaires de Barba-Roja, personne, on le conçoit, ne se souciant de rester sur le chemin du taureau, qui courait droit devant lui.

Cependant, ne rencontrant pas d'obstacles, ne voyant personne devant elle, la bête s'arrêta, se retourna et chercha de tous les côtés, en agitant nerveusement sa queue. Sa blessure n'était pas grave ; elle avait eu le don de l'exaspérer. Sa colère était à son paroxysme et il était visible — toutes ses attitudes parlaient un langage très clair, très compréhensible — qu'elle ferait payer cher le mal qu'on venait de lui faire. Mais, devenue plus circonspecte, elle resta à la place où elle s'était arrêtée et attendit, en jetant autour d'elle des regards sanglants.

Dans sa pose très fière, dans sa manière de chercher autour d'elle, on pouvait deviner l'étonnement que lui causait la disparition, inexplicable pour elle, de l'ennemi qu'elle croyait cependant bien tenir au bout de ses cornes. Il y avait aussi la honte d'avoir été bafouée, la douleur d'avoir été frappée.

Etant données les dispositions nouvelles de la bête, étant donné surtout qu'elle se tenait sur ses gardes, maintenant il était clair que la deuxième passe serait plus terrible que la première.

Barba-Roja avait poussé jusqu'à la barrière. Arrivé là,

.. s'arrêta net et il fit face à l'ennemi. Il attendit un instant, très court, et voyant que le taureau semblait méditer quelque coup et ne paraissait pas disposé à l'attaque, il mit son cheval au pas et s'en fût à sa rencontre en le provoquant, en l'insultant, comme s'il eût été a même de le comprendre.

— Taureau ! criait-il à tue-tête, va ! Mais va donc ! (*Anda ! anda !*) Lâche ! couard ! chien couchant !... Attends un peu, je vais à toi, et gare le fouet !

Le taureau agitait son énorme tête comme pour dire :

— Non ! Tu m'as joué une fois... c'est une de trop.

Mais, sournoisement, il épiait les moindres gestes de l'homme qui avançait lentement, prêt à saisir au bond l'occasion propice.

Au fur et à mesure qu'il approchait de l'animal, l'homme accélérait son allure et redoublait d'injures vociférées d'une voix de stentor. C'était d'ailleurs dans les mœurs de l'époque. Dans un combat, les adversaires ne se contentaient pas de se porter des coups furieux. Par-dessus le marché, ils se jetaient à la tête toutes les invectives d'un répertoire truculent et varié, auprès duquel celui de nos actuelles poissardes, qui passe pourtant pour être joliment fleuri, paraîtrait singulièrement fade.

Naturellement, et pour cause, le taureau n'avait garde de répondre.

Mais les spectateurs, qui se passionnaient à ce jeu terrible, se chargeaient de répondre pour lui. Les uns, en effet, tenaient pour l'homme et criaient :

— Taureau poltron ! Va le chercher, Barba-Roja ! Tire-lui les oreilles ! Donne-le à tes chiens !

D'autres, au contraire, tenaient pour la bête et répondaient :

— Viens-y ! tu seras bien reçu ! Il va te mettre les tripes au vent ! Tu n'oseras pas y aller !

D'autres, enfin, se chargeaient d'avertir charitablement Barba-Roja et lui criaient :

— Méfie-toi, Barba-Roja ! Le toro médite un mauvais coup ! C'est un sournois, ouvre l'œil !

Et Barba-Roja avançait toujours, s'efforçant de couvrir de sa voix les clameurs de la multitude, ne perdant

pas de vue, quoique ça, son dangereux adversaire, accé-
lérant toujours son allure.

Quand le taureau vit l'homme à sa portée, il baissa
brusquement la tête, visa un inappréciable instant, et,
dans une détente foudroyante de ses jarrets d'acier, d'un
bond prodigieux, il fut sur celui qui le narguait.

Contre toute attente, il n'y eut pas collision.

Le taureau, ayant manqué le but, passa tête baissée à
une allure désordonnée. Le cavalier, qui avait dédaigné
de frapper, poursuivit sa route ventre à terre du côté opposé.

Barba-Roja ne perdait pas de vue son adversaire.
Quand il le vit bondir, il obligea son cheval à obliquer à
gauche. La manœuvre était audacieuse. Pour la tenter il
fallait non seulement être un écuyer consommé, doué
d'un sang froid remarquable, mais encore et surtout être
absolument sûr de sa monture. Il fallait, en outre, que
cette monture fût douée d'une souplesse et d'une vigueur
peu communes. Accomplie avec une précision admirable, elle eut un succès complet.

Si le taureau avait chargé avec l'intention manifeste
de tuer, il n'en était pas de même du cavalier, qui ne visait qu'à enlever le flot de rubans.

Effectivement, soit adresse réelle, confinant au prodige, soit — plutôt — chance extraordinaire, le colosse
réussit pleinement et, en s'éloignant à toute bride, dressé
droit sur les étriers, il brandissait fièrement la lance, au
bout de laquelle flottait triomphalement le trophée de
soie dont la possession faisait de lui le vainqueur de
cette course.

Et la foule des spectateurs, électrisée par ce coup
d'audace, magistralement réussi, salua la victoire de
l'homme par des vivats joyeux, et c'était toute justice,
car ce coup était extrêmement rare, et pour se risquer à
l'essayer, il fallait être doué d'un courage à toute épreuve.

Mais Barba-Roja avait à faire oublier la leçon que lui
avait infligée le chevalier de Pardaillan, il avait à se
faire pardonner sa défaite et à consolider son crédit
ébranlé près du roi. Il n'avait pas hésité à s'exposer
pour atteindre ce résultat, et son audace avait été largement récompensée par le succès d'abord, ensuite par le

roi lui-même, qui daigna manifester sa satisfaction à voix haute.

Ayant conquis le flot de rubans, il pouvait, après en avoir fait hommage à la dame de son choix, se retirer de la lice. C'était son droit, et le rigoriste le plus intransigeant sur le point d'honneur alors en usage n'eût pu trouver à redire. Mais grisé par son succès, enorgueilli par la royale approbation, il voulut faire plus et mieux, et malgré qu'il eût senti son bras faiblir lors de son contact avec la bête, il résolut incontinemt de pousser la lutte jusqu'au bout et d'abattre son taureau.

C'était d'une témérité folle. Tout ce qu'il venait d'accomplir pouvait être considéré comme jeu d'enfant à côté de ce qu'il entreprenait. Ce fut l'impression qu'eurent tous les spectateurs en voyant qu'il se disposait à poursuivre la course.

Ce fut aussi l'impression de Fausta qui fronça les sourcils et jeta un coup d'œil inquiet du côté de la Giralda, en murmurant :

— Ce niais de Barba-Roja oublie la bohémienne et s'avise de faire le bravache devant la cour, quand j'ai besoin de lui. Heureusement que mes précautions sont bien prises!

En effet, comme on a pu le remarquer, le taureau avait commencé par foncer au hasard, par instinct combatif. Dès la première passe il avait compris qu'il s'était trompé, et, si extravagant que cela puisse paraître, il avait apporté plus de circonspection, mis plus de méthode dans son jeu.

Chaque passe, dénuée de succès, était une leçon pour lui. Il la notait soigneusement, et on pouvait être sûr qu'il ne recommencerait pas les mêmes fautes, si le cavalier, ne trouvant pas de ruses nouvelles, s'avisait de renouveler les précédentes.

Il ne perdait rien de sa force et de son courage indomptable, sa rage et sa fureur restaient les mêmes, mais il acquérait la ruse qui lui avait fait défaut jusque-là. L'homme, inconsciemment, faisait son éducation guerrière et la bête en profitait admirablement.

Le premier choc avait eu lieu non loin de la barrière, presque en face de Pardaillan. C'est là que le taureau avait éprouvé sa première déception, là qu'il avait été

frapp... ...ar le fer de la lance, là qu'il revenait toujours.
C'était ce qu'en argot tauromachique on appelle une
*querencia*. Le déloger du refuge qu'il s'était choisi devenait terriblement dangereux.

Afin de permettre à leur maître de parader un moment en promenant le trophée conquis, les aides de
Barba-Roja s'efforçaient de détourner de lui l'attention
de l'animal.

Mais le taureau semblait avoir compris que son véri
table ennemi c'était cette énorme masse de fer à quatre
pattes, comme lui, qui évoluait là-bas. Et ce qu'il guignait le plus, dans cette masse, c'était cette autre masse,
plus petite, qui s'agitait sur l'autre. C'était de là qu'é-
tait parti le coup qui l'avait meurtri. C'était cela qu'il
voulait meurtrir à son tour.

Et comme il se méfiait maintenant, il ne bougeait pas
du gîte qu'il s'était choisi. Il dédaignait les appels, les
feintes, les attaques sournoises des hommes de Barba-
Roja. Parfois, comme agacé, il se ruait sur ceux qui le
harcelaient de trop près, mais il ne continuait pas la
poursuite et revenait invariablement à son endroit favori, comme s'il eût voulu dire : c'est ici le champ de
bataille que je choisis. C'est ici qu'il faudra me tuer, ou
que je te tuerai

Barba-Roja n'en voyait pas si long. Ayant suffisamment paradé, il s'affermit sur les étriers, assura sa lance
dans son poing énorme et, voyant que la bête refusait de
quitter son refuge, il prit du champ et fonça sur elle à
toute vitesse.

Comme elle avait déjà fait une fois, la bête le laissa
approcher et, quand elle le jugea à la distance qui lui convenait, elle bondit de son côté.

Maintenant écoutez ceci : au moment d'atteindre le
taureau, l'homme faisait obliquer son cheval à gauche
de telle sorte que la lance portât sur le côté droit  Deux
fois de suite Barba-Roja avait exécuté cette manœuvre.
Deux fois le taureau avait donné dans le piège et avait
passé par le chemin que l'homme lui indiquait.

Or, le taureau avait appris la manœuvre.

Deux leçons successives lui avaient suffi. Maintenant
on ne pouvait plus la lui faire.

Donc le taureau fonça droit devant lui comme il avait

toujours fait Seulement, à l'instant précis où le cavalier changeait la direction de son cheval, le taureau changea de direction aussi, et brusquement il tourna à droite.

Le résultat de cette manœuvre imprévue de la bête fut épouvantable.

Le cheval vint donner du poitrail en plein dans les cornes. Il fut soulevé, enlevé, projeté avec une violence, une force irrésistibles.

Le cavalier, qui s'arc-boutait sur les étriers, portant tout le poids du corps en avant pour donner plus de force au coup qu'il voulait porter, le cavalier, frappant dans le vide, perdit l'équilibre, la violence du choc l'arracha de la selle et, passant par dessus l'encolure de sa monture, passant par-dessus le taureau lui-même, alla s'aplatir sur le sable de la piste, proche la barrière, où il demeura immobile, évanoui peut-être.

Une immense clameur jaillit des milliers de poitrines des spectateurs haletants.

Cependant le taureau s'acharnait sur le cheval. Les aides de Barba-Roja se partageaient la besogne, et tandis que les uns s'élançaient au secours du maître, les autres s'efforçaient de détourner de lui l'attention de la bête ivre de fureur, rendue plus furieuse encore par la vue du sang répandu. Car le cheval, malgré le caparaçon de fer, frappé au ventre, perdait ses entrailles par une plaie large, béante.

Relever un homme du poids de Barba-Roja n'était pas besogne si facile, d'autant que le poids du colosse s'augmentait de celui de l'armure. On en fût cependant venu à bout s'il avait aidé lui-même ceux qui se dévouaient pour lui. Mais le malheureux Barba-Roja, fortement ébranlé dans sa carapace de fer, était réellement évanoui et ne pouvait par conséquent s'aider en rien.

Il fallut donc renoncer à le relever et s'occuper incontinent de le transporter hors de la piste. La barrière n'était pas loin, heureusement, et les quatre hommes qui le secouraient, bien que troublés par les évolutions du taureau, seraient parvenus à le faire passer de l'autre côté de l'abri, si le taureau n'avait eu une idée bien arrêtée et n'eût poursuivi l'exécution de cette idée avec une ténacité déconcertante.

Nous avons dit que la bête en voulait à cette masse de fer et surtout à celle qui l'avait frappé.

Voici qui le prouve :

Le taureau avait atteint le cheval Sans s'occuper de ce qui se passait autour de lui, sans donner dans les pièges que lui tendaient les hommes du cavalier, écrasé sur le sol, cherchant à l'éloigner de la monture, il s'acharna sur le malheureux coursier avec une rage dont rien ne saurait donner une idée.

Mais, tout en frappant et en broyant une partie de la masse qui l'avait bafoué, c'est-à-dire le cheval, il *n'oubliait pas* l'autre partie qui l'avait blessé, c'est-à-dire l'homme étendu sur le sable.

Quand le cheval ne fut qu'une masse de chairs pantelantes encore, il le lâcha et se retourna vers l'endroit où était tombé l'homme.

Et ce qui prouve bien qu'il suivait son idée de vengeance et la mettait à exécution avec un esprit de suite vraiment surprenant, c'est que toutes les tentatives des aides de Barba Roja pour le détourner échouèrent piteusement.

Le taureau, de temps en temps, se détournait de sa route pour courir sus aux importuns. Mais quand il les avait mis en fuite, il ne continuait pas la poursuite et revenait avec acharnement au blessé, qu'il voulait, c'était visible, atteindre à tout prix.

Les serviteurs de Barba Roja, voyant le taureau, plus furieux que jamais, foncer sur eux, voyant l'inutilité des efforts de leurs camarades, se sentant enfin menacés eux-mêmes, se résignèrent à abandonner leur maître et s'empressèrent de courir à la barrière et de la franchir.

Un immense cri de détresse jaillit de toutes les poitrines étreintes par l'horreur et l'angoisse. Déjà l'effroyable boucherie du malheureux cheval avait ébranlé les nerfs de plus d'un qui se croyait plus résistant Plus d'une noble dame s'était évanouie, plus d'une poussait de véritables hurlements, comme si elle se fût sentie menacée elle même

La piste avait été envahie par une foule de braves courageux certes, animés des meilleures intentions aussi, mais agissant sans ordre, dans une confusion inexprimable, se tenant prudemment à distance du taureau et ne réussissant, en somme, par leurs clameurs et leur vaine agitation, qu'à l'exaspérer davantage, si possible.

A moins d'un miracle, c'en était fait de Barba-Roja. Tous le comprirent ainsi.

Le roi, dans sa loge, se tourna légèrement vers d'Espinosa et, froidement :

— Je crois, dit-il, qu'il vous faudra vous mettre en quête d'un nouveau garde du corps pour mon service particulier.

Ce fut tout ce qu'il trouva à dire en faveur de l'homme qui, à tout prendre, l'avait, durant de longues années, servi avec fidélité et dévouement.

Aussi froidement, d'Espinosa s'inclina pour manifester que c'était aussi son avis.

Cependant le taureau arrivait sur l'homme, toujours étalé sur le sol. La seule chance qui lui restait de s'en tirer résidait maintenant dans la solidité de son armure et dans la versatilité de la bête qui chargeait. Si elle se contentait de quelques coups, l'homme pouvait espérer en réchapper, fortement éclopé sans doute, estropié peut-être, mais enfin avec des chances de survivre à ses blessures. Si la bête montrait le même acharnement qu'elle avait montré pour le cheval, il n'y avait pas d'armure assez puissante pour résister à la force des coups redoublés qu'elle lui porterait. La bête ne le lâcherait que lorsqu'il serait réduit, comme le cheval, à l'état de bouillie sanglante.

Et maintenant quelques toises à peine la séparaient de son ennemi inerte...

Déjà plus d'un et plus d'une fermaient les yeux pour ne pas voir l'horrible massacre, les cris de terreur et d'effroi déchirèrent l'air, la confusion et l'agitation stérile redoublaient à distance respectueuse de la bête près d'atteindre son but.

A ce moment un frémissement prodigieux, qui n'avait rien de commun avec le frisson de la terreur qui la secouait jusque-là, agita cette foule énervée par l'angoisse.

Sur les gradins, aux fenêtres, aux balcons, des hommes se dressaient, debout, hagards, congestionnés, cherchant à voir, à voir malgré tout, sans s'occuper de gêner le voisin. Une immense acclamation retentit dans les tribunes, gagna le populaire debout, qui se bousculait pour mieux voir, se répercuta jusque sous les arcades de la place et dans les rues adjacentes :

— Noël ! Noël ! pour le brave gentilhomme.

Dans la tribune royale, le même frisson de curiosité et d'espoir secoua tous les dignitaires qui oublièrent momentanément la sévère étiquette pour se bousculer derrière le roi, s'approcher de la rampe du balcon pour voir.

Jusqu'au roi lui-même qui, déposant son flegme et son impassibilité, se dressa tout droit, les deux mains crispées sur le velours de la rampe de fer, se penchant hors du balcon, oubliant de remarquer et de relever, comme il convenait, comme il n'eût pas manqué de le faire en toute autre circonstance, le manquement à l'étiquette de ses dignitaires, pour voir.

Le grand inquisiteur lui-même s'oublia au point de s'accoter à la rampe, tout comme le roi, pour voir.

Seule, au milieu de la fièvre générale, Fausta demeura froide, impassible, un énigmatique sourire se jouant sur ses lèvres, qui tremblaient légèrement, seul indice de l'émotion qu'elle ressentait intérieurement.

Le populaire voulait voir. Les nobles, aux gradins et aux fenêtres, voulaient voir. Le roi et le grand inquisiteur voulaient voir. Tous, tous, ils voulaient voir.

Voir quoi ?

Ceci :

Un homme venait de bondir dans la piste et seul, à pied, sans armure, ayant à la main une longue dague, hardiment, posément, avec un sang froid qui tenait du prodige, venait se placer résolument entre la bête et Barba-Roja.

Et tout à coup, après le tumulte, le frémissement, l'acclamation spontanée, un silence prodigieux plana sur l'assemblée haletante.

Le roi, sans paraître choqué de voir d'Espinosa à côté de lui, lui dit à voix basse, avec un sourire livide :

— Monsieur de Pardaillan !

Il y avait dans la manière dont il prononça ces paroles de la stupeur et aussi de la joie, ce qu'il traduisit en ajoutant aussitôt :

— Par le Dieu vivant ! cet homme est fou ! N'importe, je n'eusse jamais osé rêver une vengeance aussi complète et il me donne là, gratuitement, une satisfaction que j'eusse payée trop cher. Je crois, monsieur le grand inquisiteur, que nous voici débarrassés du bravache sans que nous y soyons pour rien. J'en suis fort aise, car ainsi mon bon cousin de Navarre ne pourra me reprocher d'avoir manqué aux égards dus à son représentant.

— Je le crois aussi, sire, répondit d'Espinosa avec son calme accoutumé.

— Vous croyez donc, sire, et vous, monsieur, que le sire de Pardaillan va être mis à mal par ce fauve? intervint délibérément Fausta.

— Par Dieu! madame, ricana le roi, je ne donnerais pas un maravédis de sa peau.

Fausta secoua gravement la tête et, avec un accent prophétique qui impressionna fortement le roi et d'Espinosa :

— Je crois, moi, dit-elle, que le sire de Pardaillan va tuer proprement cette brute.

— Qui vous fait croire cela, madame ? fit vivement le roi.

— Je vous l'ai dit, sire : le chevalier de Pardaillan est au-dessus du commun des mortels, même si ces mortels ont le front ceint de la couronne. La mort qui frapperait inévitablement tout autre, la mort même s'écarte devant lui. Non, sire, le chevalier de Pardaillan ne périra pas encore dans cette rencontre, et si vous voulez le frapper il faudra recourir au moyen que je vous ai indiqué.

Le roi regarda d'Espinosa et ne répondit pas, mais il demeura tout songeur.

D'Espinosa, plus sceptique que le roi, ne fut pas moins frappé de l'accent de conviction profonde avec lequel Fausta avait parlé.

— Nous allons bien voir, murmura-t-il à l'oreille du roi.

Si bas qu'il eût parlé, Fausta l'entendit.

— Voyez et soyez convaincu, dit-elle simplement.

Le taureau cependant, en voyant se dresser soudain devant lui cet adversaire inattendu, s'était arrêté comme s'il eût été étonné. Et c'est pendant l'instant très court où il resta ainsi face à face avec Pardaillan que le dialogue que nous venons de transcrire se déroulait dans la loge royale.

Après cet instant de courte hésitation, il baissa la tête, visa son adversaire, et presque aussitôt il la redressa et porta un coup foudroyant de rapidité.

Pardaillan attendait le choc avec ce calme prodigieux qu'il avait dans l'action. Il s'était placé de profil devant la bête, solidement campé sur les pieds bien unis en équerre, le coude levé, la garde de la dague, longue et flexible, devant la poitrine, la tête légèrement penchée à droite, de façon à bien viser l'endroit où il voulait frapper. (1)

Le taureau, de son côté, ayant bien visé son but, fonça tête baissée, et vint s'enferrer lui-même.

Pardaillan s'était contenté de le recevoir à la pointe de la dague en effaçant à peine sa poitrine.

Enferré, le taureau ne bougea plus.

... Et alors ce fut un instant d'angoisse affreuse parmi les innombrables spectateurs de cette lutte extraordinaire.

Que se passait-il donc? Le taureau était-il blessé? Était-il touché seulement? Comment et pourquoi demeurait-il ainsi immobile?

Et le téméraire gentilhomme qui semblait mué en statue! Que faisait-il donc? Pourquoi ne frappait-il pas de nouveau? Attendait-il donc que le taureau se ressaisit et le mit en pièces?

Des foules de points d'interrogation se posaient ainsi à l'esprit des spectateurs. Mais nul ne comprenait, nul ne savait, n'aurait pu donner une explication plausible.

Et le silence angoissant pesait lourdement sur tous. Les respirations étaient suspendues, et depuis le roi, jusqu'au plus humble des hommes du peuple, pour des raisons différentes, tous haletaient.

A vrai dire, le chevalier n'était guère plus fixé que les spectateurs.

Il voyait bien que la dague s'était enfoncée jusqu'à la

---

(1) On remarquera que c'est précisément la position classique du torero qui se prépare à tuer, ou, pour employer le jargon taurin, *a matar*.

garde. Il sentait bien tressaillir et fléchir le taureau. Mais, diantre! avec un adversaire de cette force qui pouvait savoir? La blessure était-elle suffisamment grave? N'allait-il pas se réveiller de cette sorte de torpeur et lui faire payer par une mort épouvantable le coup qu'il venait de lui porter?

C'est ce que se demandait Pardaillan...

Mais il n'était pas homme à rester longtemps indécis. Il résolut d'en avoir le cœur net coûte que coûte. Brusquement, il retira l'arme, qui apparut rouge de sang, et s'écarta, au cas, improbable, d'une suprême révolte de la bête.

Brusquement, le taureau foudroyé tomba comme une masse.

Alors ce fut une détente dans la foule. Les traits convulsés reprirent leur expression naturelle, les gorges contractées se dilatèrent, les nerfs se détendirent. On respira largement: on eût dit qu'on craignait de ne pouvoir emmagasiner assez d'air pour actionner les poumons violemment comprimés.

Sous l'influence de la réaction, des femmes éclatèrent en sanglots convulsifs; d'autres, au contraire, riaient aux éclats, les unes et les autres sans savoir pourquoi, sans qu'il leur fût possible de réprimer leur accès. Des hommes qui ne se connaissaient pas se congratulaient en souriant.

Ce fut un soulagement universel d'abord, puis un étonnement prodigieux et puis, tout à coup, la joie éclata, bruyante, animée, et se fondit en une acclamation délirante à l'adresse de l'homme courageux qui venait d'accomplir cet exploit. N'eût été le respect imposé par la présence du roi, la foule, sans se soucier des gardes qui d'ailleurs n'étaient pas les derniers à crier: Noël! la foule eût envahi la piste pour porter en triomphe le chevalier de Pardaillan, vainqueur de la brute.

Pardaillan, sa dague sanglante à la main, resta un bon moment à contempler d'un œil rêveur et attristé l'agonie du taureau que, par un coup de maître prodigieux à l'époque, il venait de mettre à mort.

En ce moment il oubliait le roi et sa haine, et sa cour de hautains gentilshommes qui l'avaient dévisagé d'un air provocant. Il oubliait Fausta et son trio d'ordinaires qui se pavanaient à une fenêtre proche du balcon royal, et Bussi-Leclerc, livide, dont les yeux sanglants l'eussent foudroyé à distance s'ils en avaient eu le pouvoir, et d'Espinosa et ses hommes d'armes, et ses inquisiteurs et ses nuées de moines espions. Il oubliait le Torero et les dangers qui le menaçaient. Il oubliait tout pour ne songer qu'à la bête à laquelle il venait de porter le coup mortel.

Après avoir longuement considéré le taureau expirant il murmura avec un accent de pitié inexprimable :

— Pauvre bête!...

Ainsi, dans l'ingénuité de son âme, sa pitié allait à la bête qui l'eût infailliblement broyé s'il n'eût pris les devants.

C'est que la bête, une vulgaire brute féroce, supérieure en cela aux hommes civilisés, nobles et puissants qui le considéraient encore en ce moment avec des visages convulsés par la haine, la bête donc — la brute sauvage si l'on veut — l'avait, elle, du moins, loyalement attaqué en face. La brute s'était comportée noblement... Il est vrai que ce n'était qu'une ignoble brute.

En faisant ces réflexions plutôt désabusées ses yeux tombèrent sur la dague qu'il tenait machinalement dans son poing crispé. Il la jeta violemment, loin de lui, dans un geste de répulsion et de dégoût. •

Invinciblement son regard revint au taureau, maintenant raidi, plongé dans l'éternel repos, et son naturel insouciant reprenant le dessus :

— En bonne foi, songea-t-il, il m'aurait proprement encorné, si je l'avais laissé faire. Après tout, j'ai défendu ma carcasse.

Et avec son sourire goguenard, il ajouta :

— Que diable, vaille que vaille, ma carcasse vaut bien celle d'un taureau!

Il aperçut alors le groupe des serviteurs de Barba Roja qui emportaient leur maître toujours évanoui et machinalement ses yeux allèrent alternativement du colosse qu'on emportait à la bête qu'on s'apprêtait déjà à traîner hors de la piste.

Ses traits reprirent leur première expression de rêverie mélancolique, tandis qu'il songeait :

— Qui pourrait me dire lequel est le plus féroce, le

plus brute, de l'homme qu'on emporte là-bas ou de la bête que j'ai stupidement sacrifiée ? Qui sait si mon geste n'aura pas de conséquences funestes et si je ne regretterai pas amèrement d'avoir sauvé cette brute humaine ?

Il secoua la tête comme pour chasser les idées qui l'obsédaient et bougonna :

— Je deviens mauvais, ma parole ! Allons, mordieu ! une vie humaine vaut bien le sacrifice d'une bête, au surplus condamnée d'avance et par d'autres que moi !

Et sa mauvaise humeur ayant besoin d'un dérivatif, selon son habitude il la fit retomber sur lui-même en s'admonestant vertement :

— Tout ceci ne serait pas arrivé si j'avais suivi les bons conseils de mon pauvre père, lequel ne cessait de me répéter qu'il ne faut point se mêler de ce qui ne vous regarde pas. Si le senor Barba-Roja avait été mis à mal par le taureau, c'est qu'il l'avait bien cherché, que diantre ! En quoi cela me regardait-il, moi et qu'avais-je à y faire ? Tous ces honorables hidalgos ont-ils éprouvé le besoin d'intervenir ? Non, cornes du diable ! Et pourtant c'était un compatriote, un ami qui était en péril. Il a fallu que moi seul je fusse piqué de l'impérieux désir de sauter dans la piste et que je vinsse ici faire la bravache ! Que la quartaine me tue de male mort ! Toute ma vie durant je resterai donc le même animal stupide et inconséquent ! J'ai beau prendre les résolutions les plus honnêtes, les plus raisonnables, je ne sais quel démon malfaisant habite en moi et me souffle les gestes les plus incongrus que je m'empresse de mettre à exécution. C'est à désespérer ! Car enfin, ne fût-ce que par respect pour la mémoire de monsieur mon père, je devrais au moins suivre ses sages avis. Malheur de moi ! je finirai mal, c'est certain.

Qu'on n'aille pas croire qu'il se jouait à lui-même la comédie du sentiment. Ce serait bien mal connaître notre héros que de croire qu'il n'était pas parfaitement sincère.

Et comme, nécessairement, on se ruait sur lui dans l'intention de le féliciter, il s'éloigna à grandes enjambées furieuses, sans vouloir rien entendre, laissant ceux qui l'abordaient, la bouche en cœur, tout déconfits et se de-

mandant, non sans apparence de raison, si cet intrépide
gentilhomme français, si fort et si brave, n'était pas
quelque peu dément.

Sans se soucier de ce qu'on pouvait dire et penser
Pardaillan s'en fut retrouver le Torero, sous sa tente
ayant résolu de ne pas réoccuper le siège qu'on lui avai
reservé, mais ne voulant pas cependant abandonner l
prince au moment où il aurait besoin de l'appui de son
bras.

Dans la loge royale, autant que partout ailleurs, on
avait suivi avec un intérêt passionné les phases du com
bat. Mais alors que partout ailleurs — ou à peu près
— on souhaitait ardemment la victoire du gentilhomme,
dans la loge royale on souhaitait, non moins ardemment,
sa mort. « On » s'applique spécialement à Fausta, à
Philippe II et à ' Espinosa.

Toutefois si les deux derniers croyaient fermement
que le chevalier, non armé pour une lutte inégale, devait infailliblement succomber, victime de sa téméraire
générosité sous le empire de la superstition qui lui suggé-
rait la pensée que Pardaillan était invulnérable, Fausta,
tout en souhaitant sa mort, croyait aussi fermement qu'il
serait vainqueur de la brute.

Lorsque le taureau s'abattit, sans triompher, très sim
plement, elle fit:

— Eh bien ! qu'avais-je dit ?

— Prodigieux ! fit le roi, non sans admiration.

— Je crois, madame, dit d'Espinosa, avec son calme
habituel, je crois que vous avez raison : cet homme est
invulnérable. Nous ne pouvons le frapper qu'en utili-
sant le moyen que vous nous avez indiqué. Je n'en vois
pas d'autre Je m'en tiendrai à celui-là, qui me paraît
bon.

— Bien vous ferez, monsieur, dit gravement Fausta.

Le roi était l'homme des procédés lents et tortueux et
des dissimulations patientes, autant qu'il était tenace
dans ses rancunes.

Peut être, dit il, après ce qui vient de se passer,
serait il opportun de remettre à plus tard la mise a exécution de nos projets.

D Espinosa, à qui s'adressaient plus particulièrement
ces paroles, regarda le roi droit dans les yeux, et lente-

ment, laconiquement, avec un accent de froide résolution et un geste tranchant comme un coup de hache :

— Trop tard ! dit il

Fausta respira  Elle avait craint un instant que le
grand inquisiteur n'acquiesçât à la demande du roi.

Philippe considéra à son tour un moment son grand
inquisiteur en face puis il détourna négligemment la
tête sans plus insister

Ce simple geste du roi, c'était la condamnation de
Pardaillan.

# VIII

## LE CHICO REJOINT PARDAILLAN

La course qui suit ne se rattachant par aucun point à
ce récit, nous laisserons jouter de son mieux le noble
hidalgo qui avait succédé a Barba-Roja — sérieusement
endommagé par sa chute, paraît il — et nous suivrons le
chevalier de Pardaillan.

Il pénétra dans le couloir circulaire, qui tournait sans
interruption autour de la piste, comme de nos jours.

Plus que de nos jours ce couloir etait occupé par la
suite des seigneurs qui devaient prendre part à une des
courses et par une foule d'aides et d'ouvriers

Ceci etait juste et légitime et, si nombreux que fût le
personnel, s'il n'y avait eu que lui la circulation eût été
assez aisée. Mais il y avait la multitude des gentilshommes désireux, comme toujours, de venir parader là
où ils pouvaient être le plus encombrants.

Il y avait de plus la ruée de tous ceux que l'inter ven-
tion imprévue du Français avait enthousiasmés et qui
s'etaient précipités dans le couloir qui les rapprochait du
lieu de la lutte même

Ce couloir faisait partie, en quelque sorte, des coulisses de l'arène et, de tout temps, les coulisses ont exercé un attrait spécial sur les oisifs. Celui-ci, littéralement pris d'assaut par une multitude qui voulait être le plus près possible de la piste, était devenu impraticable ou à peu près

La porte de la barrière franchie, la foule acclamant le vainqueur et s'écartant complaisamment pour lui laisser passage, Pardaillan se trouva en face de celui qu'il cherchait, c'est-à-dire du Torero, à moitié déshabillé, tenant sa cape d'une main, son épée de l'autre, et qui paraissait tout haletant comme à la suite d'un grand effort longtemps soutenu.

Retiré sous sa tente où il procédait à sa toilette avec tout le soin minutieux qu'on apportait à cette opération jugée alors très importante, don César avait été un des derniers à avoir connaissance de l'accident survenu à Barba-Roja.

Bien qu'il eût de très légitimes raisons de considérer le colosse comme un ennemi, le Torero avait une trop généreuse nature pour hésiter sur la conduite à tenir en semblable occurrence. Sans prendre le temps d'achever de se vêtir, sauter sur sa cape et son épée, partir en courant, fut son premier mouvement.

Il pensait atteindre la piste en quelques bonds et il espérait arriver à temps pour sauver son ennemi en attirant l'attention du taureau vers lui.

Mais il avait compté sans l'encombrement que nous avons signalé. Traverser une telle cohue n'allait pas tout seul. Il ne pouvait avancer que lentement, trop lentement au gré de son impatiente générosité.

Étroitement pressé dans la cohue, qu'il s'efforçait vainement de traverser, il apprit la foudroyante intervention du gentilhomme français.

On ne nommait pas ce gentilhomme. Mais le Torero ne pouvait s'y tromper. Pardaillan, seul, était capable d'un trait de bravoure et de générosité pareil. S'il s'était élancé, sans hésiter, pour apporter son aide à un ennemi, on conçoit les efforts désespérés qu'il fit pour voler au secours d'un ami qui lui était très cher. Pour lui, comme pour l'immense majorité des assistants, la mort du téméraire était à peu près certaine.

Rien n'est plus féroce qu'une foule de badauds qui veulent vo r, surtout lorsqu'ils ne peuvent arriver à satisfaire leur curiosité. La foule des inutiles qui encombraient le couloir, où ils n'avaient que faire se chargea de lui démontrer péremptoirement la véracité de ce que nous avançons.

Il eut beau se nommer, crier son intention de courir au taureau, jouer des coudes, frapper furieusement à droite et à gauche, on lui opposait une inertie sournoise. On murmurait : « Le Torero ! ah ! le Torero ! » mais on ne lui cédait pas un pouce du terrain.

C'est ainsi, pressé de toutes parts, écumant de rage et de colère, étreint par l'angoisse, qu'il dut, en se rongeant les poings de désespoir, se contenter d'écouter le récit du combat fait à voix haute, par ceux qui voyaient, répété et commenté de bouche en bouche par ceux qui ne voyaient pas, mais restaient enracinés à leur place, ce qui leur permettait de dire plus tard :

— J'étais là. J'ai tout vu et tout entendu !

La formidable acclamation qui suivit la mort du taureau ne put le tirer d'inquiétude. Il savait, en effet, que dans leur engouement pour ces luttes violentes, les spectateurs électrisés acclamaient impartialement aussi bien la bête que l'homme, lorsqu'un coup excitait leur admiration.

Heureusement les commentaires qui suivirent vinrent lui apporter un peu d'espoir. Il n'eut qu'à prêter l'oreille pour entendre les exclamations les plus diverses :

— Le taureau s'est écroulé comme une masse ! — Un coup, un seul coup lui a suffi, senor ! — Et avec une méchante petite dague ! — Splendide ! Merveilleux ! — Voilà un homme ! — Quel dommage qu'il ne soit pas Espagnol ! — Le plus admirable, c'est que c'est le même gentilhomme qui a, l'autre jour, administré la correction que vous savez à ce pauvre Barba-Roja, qui joue de malheur décidément ! — Quoi, le même ? — C'est comme j'ai l'honneur de vous le dire, senor. L'autre jour il corrige Barba Roja, aujourd'hui il s'expose bravement pour le secourir. C'est noble, généreux ! — Mais alors c'est le même qui, à ce qu'on dit, a osé parler à notre sire le roi, comme nous ne parlerions pas à un valet de chenil ! — C'est lui, certainement ! — Le même qui inspire une telle fraveur à Mgr d'Espinosa qu'il en perd le sommeil, à ce qu'on prétend ! — Pas possible ! Le grand inquisiteur ?

Lui-même ?

Et patati et patata

En moins d'une minute, le Torero en apprit cent fois plus sur les faits et gestes de Pardaillan que celui-ci ne lui en avait dit depuis qu'il le connaissait.

Malgré tout il n'était pas encore rassuré, lorsque le mouvement de la foule s'écartant pour faire place au triomphateur, le mit face à face avec celui qu'il s'était vainement efforcé de secourir

— Hé ! cher ami ! fit le chevalier, de son air railleur, où courez-vous ainsi, demi-nu ?

Tout heureux de le retrouver sans l'apparence d'une blessure, le Torero s'écria en désignant de la main la foule qui les entourait :

— Je voulais pénétrer dans la piste, mais j'ai été pris au milieu de cette presse, et malgré tous mes efforts, je n'ai pu me dégager à temps.

Pardaillan jeta un coup d'œil sur la masse de curieux qui se pressaient devant lui. Il fit entendre un sifflement admiratif.

— Il est de fait, dit-il, que l'entreprise n'était pas aisée au milieu d'une cohue pareille

Puis il se retourna, et voyant que derrière lui la voie était dégagée :

— Mais, reprit il avec flegme, vous pouvez passer maintenant. Le chemin est libre.

Quelque peu déconcerté, le Torero demanda :

— Pourquoi faire ?

Et Pardaillan, de son air le plus naïf, de répondre :

— Ne m'avez vous pas dit que vous vous rendiez sur la piste ? Je vous dis que le chemin est libre

De plus en plus étonné, le Torero reprit :

— Pourquoi faire, puisque c'est pour vous que j'y allais ?

En tortillant sa moustache d'un geste machinal, Pardaillan jeta un coup d'œil sur la tenue sommaire du Torero, reporta ce coup d'œil sur l'épée nue qu'il tenait à la main, et de l'épée remonta à son visage, sur lequel, à travers l'étonnement qu'il exprimait en ce moment, il sut trouver la trace des émotions violentes qu'il venait d'éprouver...

Tous ces détails, rapidement observés, amenèrent sur ses lèvres un sourire attendri. Et prenant amicalement le bras du jeune homme, il dit très doucement :

— Puisque c'est moi que vous cherchiez, il est en effet inutile d'aller plus loin. Venez, cher ami, nous causerons chez vous. Je n'aime pas, ajouta-t-il en fronçant légèrement le sourcil, avoir autour de moi autant d'indiscrets personnages.

Ceci dit à voix assez haute pour être entendu de tous, sur ce ton froid qui lui était particulier quand l'impatience commençait à le gagner, souligné par un coup d'œil impérieux, fit s'écarter vivement les plus pressants.

Lorsqu'ils se trouvèrent sous la tente :

— Ah ! chevalier, s'écria le Torero encore ému, quelle imprudence !... Vous venez de me faire passer les minutes les plus atroces de mon existence !

Le chevalier prit son expression la plus naïvement étonnée.

— Moi ! s'écria-t-il ; et comment cela ?

— Comment ? Mais en vous jetant témérairement, comme vous l'avez fait, au devant d'un adversaire terrible. Comment, vous ne connaissez rien du caractère du taureau, vous ne savez rien de sa manière de combattre, vous soupçonnez à peine la force prodigieuse dont la nature l'a doté, et vous allez délibérément vous jeter sur son chemin avec, pour toute arme, une dague à la main ! Savez-vous que c'est miracle vraiment que vous soyez vivant encore ? Savez-vous que vous aviez toutes les chances de ne pas en revenir ?

— Toutes moins une, fit paisiblement Pardaillan. C'est précisément cette une qui m'a tiré d'affaire, tandis que la pauvre bête y a laissé sa vie. Et c'est grâce à vous, du reste.

— Comment, grâce à moi ! s'écria le Torero qui ne savait plus si le chevalier parlait sérieusement ou s'il était en train de se moquer de lui.

Mais Pardaillan reprit, sur un ton au sérieux duquel il n'y avait pas à se méprendre :

— Sans doute. Vous m'avez, dans nos conversations,

si bien dépeint la bête, vous m'avez si bien dévoilé son
caractère et ses manières, vous m'avez si bien indiqué
et ses ruses et la facilité avec laquelle on peut la leurrer,
vous m'avez si magistralement monté l'anatomie de son
corps, enfin vous m'avez indiqué de façon si nette et si
exacte l'endroit précis où il fallait la frapper, que je n'ai
eu qu'à me souvenir de vos leçons, qu'a suivre à la lettre
vos indications pour la tuer avec une facilité dont je suis
à la fois étonné et honteux. Ce n'était vraiment pas la
peine de tant vanter — comme je l'entends faire autour
de moi — la force extraordinaire, et la ruse, et la férocité
de cette pauvre bête. Je laisse de côté son courage, qui
est indéniable. Pour tout dire, en cette affaire, je n'ai eu,
quant à moi, qu'à garder un peu de sang-froid. C'est peu,
vous en conviendrez, pour faire de moi le triomphateur
qu'on veut en faire. Tout l'honneur du coup, si tant est
qu'honneur il y a, vous revient, en bonne justice.

Ecrasé par la logique de ce raisonnement débité avec
un sérieux imperturbable et, qui pis est, avec une sincérité manifeste, le Torero leva les bras au ciel comme
pour le prendre à témoin des énormités qu'il venait d'entendre, et d'un air où il y avait autant d'effarement que
d'indignation, il s'écria:

— Vous avez une manière de présenter les choses...
tout à fait particulière.

Ceci était dit sur un ton tel que Pardaillan éclata
franchement de rire. Et le Torero ne put s'empêcher de
partager son hilarité.

— Je présente les choses telles qu'elles sont, dit Pardaillan en riant toujours. L'Evangile a dit : Il faut rendre à César ce qui appartient à César. Moi qui ne suis
pas un croyant, il s'en faut, je mets cependant ce précepte en pratique. Et puisque don César vous êtes, il est
juste que je vous rende ce qui vous revient.

Le Torero rit plus fort en entendant l'affreux jeu de
mots du chevalier.

— Mais, chevalier, dit-il quand son hilarité fut cal-
mée, je vous retournerai ce précepte de l'Evangile que
vous invoquez et je vous dirai que le merveilleux, l'admirable, ce qui fait vraiment de vous le triomphateur
que vous vous refusez à être, c'est, précisément, d'avoir
su garder assez de sang-froid pour mettre en pratique

d'aussi magistrale manière les pauvres indications que
j'ai eu le bonheur de vous donner. Savez-vous, chevalier, que moi qui vis depuis l'enfance au milieu des taureaux, moi qui les élève et les connais mieux que personne, moi qui connais cent manières différéntes de les
leurrer, je n'oserais me risquer qu'à toute extrémité à
tenter le coup que vous avez eu l'audace d'essayer pour
votre début.

— Mais vous le tenteriez quand même. Donc vous le
réussiriez comme moi. Mais laissons ces fadaises et parlons sérieusement. Savez-vous, à votre tour, que vous
êtes en droit de me garder quelque rancune de ce coup
qu'il vous plaît de qualifier de merveilleux ?

— Dieu me soit en aide ! Et comment ? Pourquoi ?

— Parce que sans ce coup-là, à l'heure qu'il est, je
crois bien que le seigneur Barba-Roja aurait rendu son
âme à Dieu.

— Je ne vois pas...

— Ne m'avez-vous pas dit que vous lui vouliez la
male mort ? Je crois me souvenir vous avoir entendu
dire qu'il ne mourrait que de votre main.

En disant ces mots, Pardaillan étudiait de son œil
scrutateur le loyal visage de son jeune ami.

— Je l'ai dit, en effet, répondit le Torero, et j'espère
bien qu'il en sra ainsi que je désire.

— Vous voyez donc bien que vous avez le droit de
m'en vouloir, dit froidement le chevalier.

Le Torero secoua doucement la tête :

— Quand je suis parti à peine vêtu, comme vous le
voyez, je courais au secours d'une créature humaine en
péril. Je vous jure bien, chevalier, qu'en allant tenter le
coup que vous avez si bien réussi, je n'ai pas pensé un
seul instant que j'agissais au profit d'un ennemi.

L'œil de Pardaillan pétilla de joyeuse malice.

En sorte que, dit-il, ce fameux coup, que vous ne
risqueriez pour vous-même qu'à la toute dernière extrémité, si je ne vous avais prévenu, vous l'eussiez tenté en
faveur d'un ennemi ?

— Oui, certes, fit énergiquement le Torero.

Pardaillan fit entendre à nouveau ce léger sifflement
qui pouvait exprimer aussi bien l'émerveillement ou la
surprise.

Voyant qu'il se taisait, le Torero continua :

— Je hais le sire de Almaran, et vous savez pourquoi. Que je le tienne seulement au bout de mon épée, et malheur à lui ! Mais si j'aspire ardemment à le frapper mortellement, il va de soi que ce ne peut être qu'en loyal combat, face à face. les yeux dans les yeux. Je ne conçois pas l'assassinat, qui est bien la plus vile et la plus lâche des choses. Or profiter d'un accident pour laisser périr un ennemi, qu'un geste de moi pourrait sauver, m'apparait comme une manière d'assassinat. Une idée aussi basse ne saurait m'effleurer et j'aime mieux quant à moi tirer mon ennemi d'embarras... quitte à lui dire après : Dégainez, monsieur, il me faut votre sang.

Tout en parlant. le jeune homme s'était animé. Pardaillan le regardait en silence et hochait doucement la tête, un léger sourire aux lèvres.

Le Torero remarqua ce sourire et il se mit à rire en disant :

— Je m'échauffe, et, Dieu me pardonne ! j'ai presque l'air de vous faire la leçon. Excusez moi, chevalier, d'avoir oublié, ne fût-ce qu'un instant, que vous ne sauriez penser autrement sur ce sujet. A telle enseigne que vous n'avez pas hésité non plus, et plus promptement que moi, vous avez, au péril de vos jours. sauvé la vie de ce Barba Roja que vous avez, vous aussi, si j'en crois ce que j'ai entendu dire autour de moi, de bonnes raisons de détester cordialement.

Sans répondre à ce qu'il venait d'entendre, Pardaillan fit paisiblement :

— Savez-vous à quoi je pense ?

— Non ! dit le Torero surpris.

— Eh bien, je pense qu'il est fort heureux pour vous que notre ami Cervantès ne soit pas ici présent.

De plus en plus ébahi par ces brusques sautes d'esprit auxquelles il n'était pas encore habitué, le Torero ouvrit des yeux énormes et demanda machinalement :

— Pourquoi ?

— Parce que, dit froidement Pardaillan, il aurait eu, à vous entendre, une belle occasion de vous donner, à vous aussi, ce nom de don Quichotte dont il me rebat les oreilles à tout bout de champ.

Et comme le Torero demeurait muet de stupeur, il ajouta :

— Mais, dites-moi, où avez-vous pris que je déteste le Barba-Roja ?

— Ma foi, je l'ai entendu dire dans le couloir où j'é tais si bien écrasé que je n'ai pu en sortir.

Pardaillan haussa les épaules.

— Voilà comme on travestit toujours la vérité, murmura le chevalier. Je n'ai pas de raisons d'en vouloir à Barba-Roja. C'est bien plutôt lui qui me veut la male mort.

— Pourquoi ? fit vivement le Torero. Que lui avez vous fait ?

— Moi ! dit Pardaillan avec son air ingénu, rien du tout. Ce Barba-Roja me fait l'effet d'avoir un bien mauvais caractère. Il s'est permis de vouloir me faire une bonne plaisanterie. Moi, j'ai très bien pris la chose. A sa plaisanterie, j'ai répondu par une plaisanterie de ma façon. Il s'est fâché. C'est un sot. Que voulez-vous que j'y fasse ?

— Singulier homme ! pensa le Torero. Bien fin sera celui qui lui fera dire ce qu'il ne veut pas dire.

A ce moment, une main souleva la portière qui masquait l'entrée de la tente et un personnage entra délibérément.

— Hé ! c'est mon ami Chico ! s'écria gaiement Pardaillan. Sais-tu que tu es superbe ! Peste ! quel costume ! Regardez donc, don César, ce magnifique pourpoint de velours, et ces manches de satin bleu pâle, et ce haut-de chausse, et ces dentelles, et ce superbe petit manteau de soie bleue, doublé de satin blanc. Bleu et blanc, ma parole, ce sont vos couleurs. Et cette bague au côté ! Sais-tu que tu as tout à fait grand air ? Et je me demande si c'est bien toi, Chico, que je vois là.

Pardaillan ne raillait pas, comme on pourrait croire

Le nain était vraiment superbe

Habituellement il affectait un dédain superbe pour la toilette. Il ne pouvait en être autrement, d'ailleurs, habitué qu'il était à courir la campagne. Puis, pour tout dire, quand il allait implorer la charité des âmes pieuses, il était bien obligé d'endosser un costume qui inspirât la pitié Car il ne faut pas oublier que le Chico était un mendiant, un simple et vulgaire mendiant. Au reste, à l'époque, la mendicité était un métier comme un autre. Nous devons même dire que la corporation des mendiants avait des règles assez sévères et qu'au surplus ne faisait pas partie qui voulait de cette honorable corporation.

Le Chico donc était habituellement en haillons. Très propres, il est vrai, depuis la leçon que lui avait infligée la petite Juana; mais des haillons, si propres qu'ils soient, sont toujours des haillons. Le nain n'endossait de beaux habits que lorsqu'il allait voir Juana. Mais ces beaux habits eux-mêmes n'étaient que de la friperie, en comparaison du magnifique costume, flambant neuf, qu'il arborait ce jour-là.

Le Torero, qui achevait rapidement de s'habiller, se chargea de renseigner le chevalier.

— Figurez-vous, chevalier, dit-il, que le Chico, qui s'est mis dans la tête qu'il m'a de grandes obligations, alors qu'en réalité c'est moi qui suis son obligé, le Chico est venu me demander, comme une faveur, de m'assister dans ma course. Il a fait les frais de ce magnifique costume, aux couleurs de celui que j'endosse moi-même, comme vous l'avez fort bien remarqué, et du diable si je sais avec quel argent il a pu faire ces frais considérables! Je ne pouvais vraiment pas lui refuser, après tant d'attentions délicates. Ce qui fait qu'on me verra dans l'arène avec un page portant mes couleurs.

— Oui dà! fit Pardaillan, qui étudiait sans en avoir l'air le petit homme. Mais c'est très bien, cela! Il vous fera grand honneur, j'en réponds.

Le Chico était heureux des compliments qu'il recevait, et il le laissait ingénument voir.

— Tiens! dit-il, j'ai voulu faire honneur à mon noble maître. Puisque vous le dites, j'y ai réussi.

— Tout à fait, par ma foi. Mais pourquoi dis-tu: mon *noble maître*, en parlant de don César? Sais-tu s'il est noble seulement, puisque lui-même n'en sait rien!

— Il l'est, dit le nain avec conviction.

— C'est probable, c'est certain même. Mais enfin il serait, je crois, bien en peine de montrer ses parchemins.

Pardaillan avait sans doute une arrière-pensée en poussant ainsi le nain sur une question qui avait alors une très grande importance. Peut être, connaissant sa fierté, s'amusait-il tout bonnement à le taquiner.

Quoi qu'il en soit, le Chico répondit vivement :

— Ses parchemins, il doit les avoir, bien en règle tiens !

— Ah bah ! fit Pardaillan, surpris à son tour.

Irrévérencieusement, le Chico haussa les épaules.

— Parce que vous êtes étranger, vous ne savez pas, dit il. Don César est un *ganadero* (éleveur de taureaux). En Espagne, c'est une profession qui anoblit

— Tiens, tiens. Est-ce vrai ce qu'il dit là, don César ?

— Sans doute ! Ne le saviez-vous pas ?

— Ma foi non.

— C'est à ce titre seul que je dois le très grand honneur que veut bien me faire notre sire le roi, en m'admettant à courir devant lui.

— Diable ! mais dites donc, je vous croyais pauvre ?

— Je le suis aussi, dit le Torero en souriant. La ganaderia que je possède m'a été léguée par celui qui m'a élevé et qui la tenait, sans nul doute, de mon père ou de ma mère. Mais elle ne me rapporte rien.

— Vous m'en direz tant...

Et profitant de ce que le Torero sortait pour donner des instructions aux deux hommes qui, en outre du Chico, devaient l'assister dans sa course :

— Dis-moi, fit Pardaillan lorsqu'il se vit seul avec le nain, quelle mouche t'a piqué de venir précisément aujourd'hui t'enrôler dans la suite de don César ?

Le Chico regarda fixement Pardaillan.

— Vous le savez bien, dit-il.

— Moi ! Le diable m'emporte si je sais ce que tu veux dire !

Le Chico jeta un coup d'œil furtif sur la portière, et baissant la voix :

— Vous avez cependant entendu ce qui se disait dans la salle souterraine, dit-il.

— Quel rapport ?...

— Vous savez bien que don César est en péril... puisque vous ne le quittez pas d'une semelle.

— Quoi ! fit Pardaillan, ému par la simplicité naïve de ce dévouement. Quoi ! c'est pour cela que tu es venu t'offrir ? C'est pour le défendre que tu as pris cette dague qui te donne un air si crâne ?

Et il considérait le petit homme avec une admiration attendrie.

Le nain cependant se méprit sur la signification de ce coup d'œil, et hochant tristement la tête, il dit, sans amertume :

— Je vous comprends. Vous vous dites que ma faiblesse et ma petite taille ne pourront apporter qu'une aide illusoire s'il y a bataille. Peut-on savoir ? La piqûre d'un *mosquito* (moustique) suffit parfois pour détourner le bras qui allait porter le coup mortel. Je puis être ce mosquito, tiens !

— Je ne pense pas cela, dit gravement Pardaillan. Loin de moi la pensée de chercher à diminuer ton généreux dévouement. Mais, mon petit, sais-tu que la lutte sera terrible, la bagarre affreuse ?

— Je le sais, tiens !

— Sais-tu que tu risques ta peau ?

— Pour ce qu'elle vaut, ce n'est vraiment pas la peine d'en parler. Et puis, si vous croyez que je tiens à la vie, vous vous trompez, ajouta le nain d'un ton désabusé.

— Chico, fit sincèrement Pardaillan, tu es tout petit par la taille, mais tu as un grand cœur.

— Tiens ! vous voulez bien le dire, et vous le croyez comme vous le dites, et cela doit être, puisque vous le dites. Depuis que je vous connais, j'ai comme cela des idées que je ne comprends pas très bien. On m'eût fort étonné en me disant que je pourrais concevoir de telles idées. C'est ainsi pourtant. Je ne sais pas qui vous êtes, ce que vous voulez, où vous allez, ce que vous valez. Mais depuis que je vous ai vu, je ne suis plus le même. Un mot de vous me bouleverse, et pour mériter un compliment de vous, je passerais sans hésiter à travers un brasier. C'est pour vous dire que si je me suis mis en tête de venir me ranger aux côtés de don César menacé, c'est par affection pour lui, certes, mais surtout pour vous... Pour vous faire oublier certaines idées mauvaises... que vous connaissez ; pour forcer votre estime, pour vous entendre me dire ce que vous venez de dire : « Chico, tu as du cœur.. » Et pourtant tout le monde ne pense pas comme vous .. D'aucuns même ne semblent pas se douter que je puisse seulement avoir un cœur. Je ne sais pas vous exprimer ce que je ressens. Je ne sais pas parler, moi, tiens ! et je crois bien n'en avoir jamais dit aussi long d'un coup. Je suis sûr pourtant que vous me comprenez, dans ce que je dis si mal et même dans ce que je ne dis pas. Vous n'êtes pas un homme comme tous les autres, vous !

Pardaillan, très ému par l'accent poignant du petit homme, murmura :

— Pauvre petit bougre !

Et tout haut, avec une douceur inexprimable :

— Tu as raison, Chico, je comprends admirablement ce que tu dis et je devine ce que tu ne dis pas.

Et changeant de ton, avec une brusquerie affectée :

— Où t'étais-tu terré hier, Chico ? On t'a cherché vainement de tous côtés.

— Qui donc m'a cherché ? Vous ?

— Non pas moi, cornes du diable ! Mais certaine petite hôtelière que tu connais bien.

— Juana ! dit le Chico qui rougit.

— Tu l'as nommée.

Le nain hocha la tête.

— Qu'est-ce à dire ? gronda Pardaillan. Douterais-tu de ma parole ?

Le Chico eut une imperceptible hésitation.

— Non ! dit-il. Cependant...

— Cependant ? demanda Pardaillan qui souriait malicieusement.

— Elle m'avait chassé la veille... j'ai peine à croire...

— Qu'elle t'ait envoyé chercher le lendemain ? Cela prouve que tu n'es qu'un niais, Chico. Tu ne connais pas les femmes.

— Vous ne raillez pas ? Juana m'a envoyé chercher ? dit le nain devenu radieux.

— Je me tue à te le dire, mort-diable !

— Alors ?...

— Alors tu pourras aller la voir après la course. Tu seras bien reçu, j'en réponds... si toutefois tu tires tes chausses de la bagarre.

— Je les tirerai, tiens ! s'écria le nain rayonnant de joie.

— A moins que tu ne préfères te retirer tout de suite... hasarda le chevalier.

— Comment cela ? fit naïvement le Chico.

— En t'en allant avant la bataille.

— Abandonner don César dans le danger ! Vous n'y pensez pas ! Arrive qu'arrive, je reste, tiens !

Pardaillan eut un geste de satisfaction, et regardant le nain dans les yeux :

— Tu restes ? C'est bien. Mais pas de bêtises, hein ! Il n'est plus question de mourir maintenant.

— Non, par la Vierge et les saints !

— A la bonne heure ! Silence, voici le Torero.

— Si vous voulez bien me suivre, chevalier, dit le Torero en soulevant la portière, sans entrer, le moment approche.

— A vos ordres, don César.


# IX


## L'ORAGE ÉCLATE


Pendant que le Torero se dirigeait vers la piste, il se passait, dans la loge royale, un incident que nous devons relater ici.

Fausta avait obtenu que toute personne qui se réclamerait de son nom serait admise séance tenante en sa présence.

Au moment où le Torero, accompagné de Pardaillan

et de sa suite, laquelle se composait de deux hommes et
du Chico, attendait dans le couloir circulaire le moment
d'entrer dans la piste, un courrier couvert de poussière
s'était présenté à la loge royale, demandant à parler à
Mme la princesse Fausta.

Admis séance tenante devant Fausta, le courrier avait,
vant de parler, indiqué d'un coup d'œil discret le roi
qui le dévisageait avec son insistance accoutumée.

Fausta, comprenant la signification de ce coup d'œil,
dit simplement :

— Parlez, comte, Sa Majesté le permet.

Le courrier s'inclina profondément devant le roi et
dit :

— Madame, j'arrive de Rome à franc étrier.

D'Espinosa et Philippe II dressèrent l'oreille.

— Quelles nouvelles ? fit négligemment Fausta.

— Le pape Sixte V est mort, madame, dit tranquillement le courrier à qui Fausta venait de donner le titre de
comte.

Cette nouvelle, lancée à brûle-pourpoint, produisit l'effet d'un coup de foudre.

Malgré son empire prodigieux sur elle-même, Fausta
tressaillit. Elle ne s'attendait évidemment pas à semblable annonce.

Le roi sursauta et dit vivement :

— Vous dites, monsieur?

— Je dis que Sa Sainteté le pape Sixte-Quint n'est
plus, répéta le comte en s'inclinant.

— Et je ne suis pas encore avisé ! gronda d'Espinosa.

Le roi approuva l'exclamation de son ministre d'un
signe de tête qui n'annonçait rien de bon pour le messager espagnol, quel qu'il fût. En même temps, il fou-
droyait du regard le grand inquisiteur, qui ne sourcilla
pas.

Fausta sourit imperceptiblement.

— Mes compliments, madame, fit le roi sur un ton
glacial, votre police est mieux organisée que la mienne.

— C'est que, dit Fausta avec son audace accoutumée,
ma police n'est pas faite par des prêtres.

— Ce qui veut dire?... gronda Philippe.

— Ce qui veut dire que si les hommes d'Église sont

supérieurs en tout ce qui concerne l'élaboration d'un plan, la mise à exécution d'une intrigue bien ourdie, on ne saurait attendre d'eux l'effort physique que nécessite un tel voyage accompli à franc étrier. En semblable occurrence, le plus savant et le plus intelligent des prêtres ne vaudra pas un écuyer consommé.

— C'est juste, dit le roi radouci.

— Votre Majesté, ajouta Fausta pour panser la blessure faite à l'amour-propre du roi, Votre Majesté verra que son messager aura fait toute la diligence qu'il était permis d'attendre de lui. Dans quelques heures il sera ici.

— Savez-vous, monsieur, fit le roi, sans répondre directement à Fausta, savez-vous quels sont les noms mis en avant pour succéder au Saint-Père?

On remarquera que le roi ne demandait pas de quoi ni comment était mort Sixte-Quint. Sixte-Quint, c'était un ennemi qui s'en allait. Et quel ennemi !

L'essentiel pour lui était d'être délivré du vieux et terrible jouteur. Peu lui importait comment Ce qui lui importait, c'était de savoir qui pouvait être appelé à lui succéder.

Le nouveau pape serait-il un ennemi de la politique espagnole, comme le pape défunt, ou serait il un allié ? Voilà ce qui était important. Voilà pourquoi le roi posait sa question.

Le courrier de Fausta se tenait raide et très pâle. Il était visible qu'il avait donné un effort surhumain et qu'il ne se tenait debout que par un prodige de volonté.

A la question du roi, il répondit :

— On parle de S. Em. le cardinal de Crémone, Nicolas Sfondrato.

— Bon, cela, murmura le roi avec satisfaction.

— On parle du cardinal de Santi-Quatro, Jean Fachinetti.

Le roi fit une moue significative.

— On parle surtout du cardinal de Saint Marcel Castagna.

La moue du roi s'accentua.

— Mais l'élection du nouveau pape dépendra en grande partie du neveu du pape défunt, le cardinal Montalte. Il est certain que le conclave suivra docilement les indications que lui donnera le cardinal Montalte.

— Ah ! fit le roi d'un air rêveur, en remerciant d'un signe de tête.

— Allez, comte, fit doucement Fausta, allez vous reposer. Vous en avez besoin.

Le comte accueillit l'invitation avec une satisfaction visible et ne se la fit pas renouveler.

— Ce cardinal de Montalte, de qui dépend en partie l'élection du pape futur, n'est-il pas de vos amis, ma femme ? dit le roi lorsque le courrier fut sorti.

— Il l'est, fit Fausta avec un sourire énigmatique.

— Ainsi que le neveu du cardinal de Crémone, ce Sfondrato, duc de Ponte-Maggiore ?

— Le duc de Ponte-Maggiore est aussi de mes amis, fit Fausta dont le sourire se fit plus aigu encore.

— Ne vous ont-ils pas suivie ici ?

— Je crois que oui, sire.

Le roi ne dit plus rien, mais son œil se posa un instant sur celui d'Espinosa qui répondit par un imperceptible signe de tête.

Fausta surprit le coup d'œil de l'un et le signe d'intelligence de l'autre. Elle comprit et elle pensa :

— D'Espinosa va me débarrasser de ces deux hommes. Sans le savoir et sans le vouloir, il me rend service, car ces deux fous d'amour commençaient à me gêner plus que je n'aurais voulu.

Et sa pensée se reportant sur Sixte-Quint qui n'était plus :

— Le vieil athlète est donc mort, enfin ! Qui sait si je ne ferais pas bien de retourner là-bas ? Pourquoi ne reprendrais-je pas l'œuvre gigantesque ? A présent que Sixte-Quint n'est plus, qui donc serait de force à me résister ?

Et son œil se reportant sur le roi qui paraissait réfléchir profondément :

— Non, dit-elle, fini le rêve de la papesse Fausta Fini momentanément. Ce que j'entreprends ici ne le cède en rien en grandeur et en puissance à ce que j'avais rêvé. Et qui sait si je n'arriverai pas ainsi plus sûrement à la couronne pontificale ? Puis il faut tout prévoir : si je parais renoncer à mes anciens projets, on me laissera tranquille. Mes biens, mes Etats, sur lesquels le vieux lutteur avait mis la main, me seront rendus. En cas d'adversité je puis me retirer en Italie, j'y serai encore souveraine et non plus proscrite. Et mon fils le fils de Pardaillan ! Je vais donc enfin pouvoir rechercbe cet enfant sans crainte d'attirer sur lui l'attention mortelle de mon irréductible ennemi. Le trésor que j'avai prudemment caché, et dont Myrthis seule connaît la retraite, échappera à la convoitise de celui qui n'est plus. Mon fils, du moins, sera riche.

Et avec une sorte d'étonnement :

— D'où vient que je me sens prise de l'impérieux désir de revoir l'innocente petite créature, de la serrer dans mes bras ? Est-ce la joie de la savoir enfin à l'abri de tout danger ?... Allons, le sort en est jeté. Que d'Espinosa envoie Montalte et Sfondrato à Rome, intriguer en vue de l'élection d'un pape qui sera favorable a sa politique ; moi, je reste ici, et d'ici j'arriverai sûrement là-bas.

A l'instant précis où elle prenait cette résolution, d'Espinosa disait :

— Et vous, madame, que comptez-vous faire ?

Si haut placé que fût d'Espinosa, prince de l'Eglise, grand inquisiteur d'Espagne, la désinvolture avec laquelle il se permettait de l'interroger sur ses projets ne laissa pas de la piquer. Aussi, ne voulant pas se fâcher en présence du roi, elle se fit glaciale pour demander à son tour :

— A quel sujet ?

D'Espinosa n'était pas homme à se déconcerter pour si peu. Sans rien perdre de son calme imperturbable, comme s'il n'avait pas senti l'irritation contenue, il répondit :

— Au sujet de la succession du pape Sixte V.

— Eh ! dit Fausta d'un air souverainement détaché, en quoi cette succession peut-elle m'intéresser, mon Dieu ?

D'Espinosa posa sur elle son œil lumineux, et lentement, avec une insistance lourde de menaces :

— N'avez-vous pas tenté certaine entreprise, dont l'insuccès vous a valu une condamnation à mort ? N'avez-vous pas, durant de longs mois, été la prisonnière de celui qui fut votre vainqueur et dont on vient de vous annoncer la mort ? Ne trouverez-vous pas l'occasion propice et ne serez vous pas tentée de reprendre vos projets momentanément abandonnés ?

— Je vous entends, cardinal, mais rassurez-vous. Les projets n'existent plus dans mon esprit. J'y renonce librement. Le successeur de Sixte, quel qu'il soit, ne me verra pas me dresser sur son chemin.

— Ainsi, madame, cette mort ne change rien à nos conventions ? Vous n'avez pas l'intention de regagner l'Italie, Rome ?

— Non, cardinal. J'entends rester ici.

Et se tournant vers Philippe II qui, tout en paraissant s'intéresser à la course, ne perdait pas un mot de cette conversation :

— A moins que le roi ne me chasse, ajouta-t-elle.

Philippe II la regarda d'un air étonné.

Sans lui laisser le temps de placer un mot, d'Espinosa répondit pour lui :

— Le roi ne vous chassera pas, madame. N'êtes vous pas l'astre le plus resplendissant de sa cour ? Le roi, comme le plus humble de ses sujets, ne saurait se passer du soleil qui nous réchauffe et nous éclaire. Vous êtes ce soleil. Aussi Sa Majesté, j'ose vous l'assurer, vous gardera près d'Elle aussi longtemps qu'Elle le pourra. Nous ne saurions plus nous passer de votre radieuse présence.

Ceci, ponctué d'un coup d'œil significatif à l'adresse du roi, était dit avec ce calme déconcertant qui n'abandonnait jamais d'Espinosa, lequel quitta la loge royale aussitôt.

L'oreille la plus avertie n'aurait pu percevoir ni l'ironie ni la menace dans ces paroles d'une galanterie raffinée en apparence.

Fausta ne s'y méprit pourtant pas, et en suivant d'un œil froid la haute stature du grand inquisiteur devant qui chacun se courbait et s'effaçait, elle songeait, avec un imperceptible sourire aux lèvres :

— Va ! Va donner des ordres pour qu'on me garde prisonnière a Séville jusqu'à ce que le pape de ton choix soit désigné pour succéder à Sixte ! Sans t'en douter tu fais mon jeu, comme tu l'as fait en me débarrassant de Montalte et de Sfondrato

Cependant le roi, averti par le coup d'œil d'Espinosa, s'écria de son air le plus aimable :

— Hé quoi ! madame, vous songeriez à nous quitter ?

— Au contraire, sire, je manifestais mon intention de prolonger mon séjour à la cour d'Espagne. A moins que Votre Majesté ne me chasse, ai-je ajouté.

— Vous chasser, madame ! Par la Trinité Sainte ! vous n'y pensez pas ! M. le cardinal vous le disait fort justement, a l'instant : nous ne saurions plus nous passer de vous. Il nous semble que si ce pays n'était plus embelli par votre présence, le soleil nous paraîtrait froid et terne, les fleurs sans parfum et sans éclat. Nous entendons vous garder le plus longtemps possible. Que vous le vouliez ou non, madame, vous êtes notre prisonnière Rassurez vous cependant, nous ferons tout ce qui dépendra de nous pour que cette captivité ne vous soit pas trop pénible.

— Votre Majesté me comble ! dit sérieusement Fausta.

En elle-même, elle songeait :

— Prisonnière, soit, ô roi ! Si tout marche au gré de mes désirs, bientôt tu seras mon prisonnier à ton tour.

Cependant la deuxième course venait de s'achever sans incident remarquable, et les nombreux valets affec tés à ce service s'activaient au nettoyage de la piste. C'était comme un entr'acte en attendant la troisième course, celle du Torero.

Cette course, c'était le clou de la fête. Tout le monde l'attendait avec une impatience qui, chez certains confinait à l'angoisse, pour des motifs différents, cela va de soi.

Dans le peuple, on trouvait deux catégories de spectateurs : ceux pour qui elle constituait un spectacle empoignant, qui avait le don de les passionner au plus haut point.

Ceux-là, les plus nombreux, c'étaient les vrais spectateurs, ceux qui ne soupçonnaient rien de ce qui allait se passer et ne pensaient qu'à jouir de leur mieux des sensations que le Torero allait leur procurer. Tous étaient de fervents admirateurs de l'homme dont la froide intrépidité faisait l'objet de leur admiration.

En second lieu il y avait ceux qui savaient quelque chose, soit qu'ils fussent affiliés à la société secrète dont le duc de Castana était le chef nominal, soit qu'ils eussent été soudoyés avec l'or de Fausta. Ceux-là attendaient le signal qui, de simples spectateurs qu'ils étaient, ferait d'eux des acteurs participant au drame. Ceux-là, quand ils se mettraient en mouvement, entraîneraient infailliblement ceux qui ne savaient rien mais qui, admirateurs enthousiastes du Torero, ne permettraient pas, sans protester, qu'on touchât à leur héros.

Dans la noblesse, à part un nombre infime de privilégiés, fort avant dans la confiance du roi ou du grand inquisiteur, qui savaient tout — tout ce que le roi avait consenti à avouer, bien entendu — tout le reste savait qu'il était question de l'arrestation du Torero et que la cour craignait que cette arrestation ne provoquât un soulèvement populaire.

Il va sans dire que tous ces gentilshommes, ceux qui en savaient le plus comme ceux qui en savaient le moins, étaient dévoués jusqu'à la mort. Le grand inquisiteur, en effet, n'avait adressé d'invitations qu'à ceux sur qui il savait pouvoir compter.

Cette connaissance qu'on avait de l'arrestation imminente du Torero explique en partie pourquoi les seigneurs qui obstruaient le couloir circulaire avaient montré tant de mauvais vouloir à lui ouvrir le passage. Nul ne se souciait de paraître favoriser l'homme qu'on savait condamné.

Enfin, en dehors de la noblesse et du peuple, il y avait les troupes massées par d'Espinosa dans l'enceinte de la plaza et dans les rues environnantes.

Ces soldats, comme tous les soldats, obéissaient passivement aux ordres de leurs chefs et ne cherchaient pas à savoir ce qu'on ne leur disait pas. Mais la longueur de l'attente commençait de les énerver, et sans savoir pourquoi, eux aussi attendaient cette course avec la même impatience, car ils savaient qu'elle serait le terme de leur interminable faction.

Tout ceci explique pourquoi, pendant que les valets sablaient et ratissaient soigneusement la piste, un silence lourd, sinistre, pesa sur la multitude. C'était le calme décevant qui précède l'orage.

Philippe II était loin d'être un sentimental. La pitié, la clémence existaient pour lui en tant que mots mais non en tant que sentiments. Et c'était cela précisément qui faisait sa force et le rendait si redoutable. Il n'avait qu'une vertu : la foi ardente, sincère. Et sa foi n'était pas que religieuse. Il croyait aussi en la grandeur de sa race, en la supériorité de sa dynastie.

De même qu'il croyait en Dieu, il se croyait d'une essence supérieure à celle des autres hommes. Tous ses actes convergeaient vers ce double but : imposer la foi en Dieu, la foi en la supériorité de sa race et, implicitement, son droit de domination sur le monde. Tout le reste n'était qu'accessoire. Cruauté ou pitié, rien n'existait plus. Il y avait un but qu'il s'était proposé d'atteindre, et il y marchait, inéluctable comme le Destin, sans s'occuper des cadavres tombés sur sa route, sans les voir peut être

Eh bien, le silence qui pesa tout à coup sur cette foule, l'instant d'avant si joyeuse, si bruyante, si vivante, était si impressionnant qu'il impressionna le roi.

Philippe laissa errer son œil froid sur toutes ces fenêtres encadrant des têtes curieuses. Là, c'était la magnificence, l'élégance, la somptuosité des costumes et des robes d'une fabuleuse richesse. Là, c'était l'or qui rutilait sur les corsages et les pourpoints de satin, c'étaient les diamants, les perles, les rubis qui croisaient leurs feux aux toques, aux cous, aux oreilles, aux doigts des dames et des hommes. Là, c'étaient l'insouciance, la sécurité absolue. Là, nul danger à courir.

Le regard du roi passa, alla plus loin et plus bas, s'arrêta aux tribunes.

Là, moins de somptuosité. Les dames, nombreuses là aussi, étalaient des costumes luxueux, piquaient de notes claires et gaies la tenue sombre des hommes tenue de combat et non de parade. Là encore, au moment voulu, les dames s'éclipseraient, se mettraient à l'abri, et les hommes, restés seuls, se changeraient en combattants.

Et Philippe se posa la question :

Combien en resterait-il de vivants, de tous ces jeunes

hommes, braves, vaillants, pleins de force et de vie,
ligés là dans l'angoisse de l'attente ? Combien ?...

Et son œil s'attarda sur les tribunes.

Puis il passa, descendit plus bas, alla plus loin, par
delà les barrières et les palissades et les cordes, et les
gardes, et les arquebusiers, et les hommes d'armes.

Là, c'était la multitude des bourgeois et des hommes
du peuple. Là, plus de colliers rutilants, plus de soieries,
de satins, de velours. Là, des pourpoints de drap aux
couleurs vives ; là, des jupes rouges, jaunes, vertes ; là, la
tache pourpre d'une fleur dans les cheveux noirs, blonds,
châtains. Là, des gens hissés sur des échafauds, des
tréteaux, des chaises, et la foule innombrable de ceux
s'écrasant, s'étouffant sur le pavé.

Là, point de retraite prudemment ménagée ; là, chaque
spectateur pouvait devenir une victime, payer de sa vie
la curiosité satisfaite.

Et le roi Philippe, inaccessible à la pitié, ne put réprimer un long frisson, et dans le désarroi de son esprit
fulgura cette autre question, plus terrible encore que la
première :

— Est il juste de sacrifier tant d'existences ? Ai-je
bien le droit d'envoyer a la mort tant de braves gens ?

Et son œil froid qui avait passé avec dédain sur les
fenêtres sur les balcons aux colonnes mauresques de
marbre et de granit — comme le sien — son œil qui
s'était attardé sur les tribunes, aux gradins recouverts de
velours fripé, son œil ne put se détacher de la foule
grouillante des pauvres diables entassés sur le pavé,
sur son pavé à lui, le roi.

Et quelque chose comme un sentiment humain qui le
surprit, lui qui se croyait si fort au dessus de l'humanité,
vint estomper l'éclat de son regard si froid l'instant
d'avant.

Et de la multitude son regard s'éleva vers l'éclatante
irradiation d'un ciel ardent, comme pour y chercher une
inspiration, et ne la trouvant pas à son gré, sans doute,
l'abaissa de nouveau sur le pavé, au loin.

Et voici que là-bas, au bout de la place, isolé dans
l'espace réservé aux combattants et à leurs suites, dans
ce que nous pourrions appeler les coulisses de l'arène,
lui apparut soudain l'autel en face duquel, la veille

encore, on avait brûlé sept hérétiques. Cet autel se dressait solitaire, entouré, de loin, par les tentes portant l'écu
ou le fanion de l'occupant — nul ne se fut avisé de l'approcher de trop près, il y allait de la vie ; — cet autel se
dressait non plus orné de fleurs éclatantes, paré de dentelles d'un prix fabuleux, étincelant des feux de mille
cierges allumés, comme la veille, mais nu, froid, morne
triste, abandonné. Et tout au haut de l'autel, sur sa
croix de fer rouillé, le bronze doré du Christ ciselé,
flamboyant d'un éclat insoutenable sous les rayons
obliques d'un soleil couchant, qui le nimbaient d'une
auréole de feu, le Christ de bronze semblait tendre ve.
lui ses bras suppliants.

Et le roi Philippe II songea :

— Pourquoi ce massacre ? Qu'ai-je à craindre de ce
jeune homme ? (le Torero, son petit fils). Sait-il seulement ? Même s'il sait, que peut-il ? Rien ! Pourquoi ne
pas le laisser vivre ? Tout semble me sourire. Cette
princesse Fausta m'a remis la déclaration qui me fait
roi de France. Le Béarnais hérétique devra fuir devant
la réprobation de tous les catholiques de France... et si
cette réprobation ne suffit pas, mes armées seront là
pour un coup. Sixte-Quint, l'ennemi déclaré de ma politique, n'est plus. Son successeur sera à moi. . ou il dis-
paraitra de ce monde. Tout va donc au mieux de mes
désirs  Pourquoi tuer ? Est-ce bien nécessaire ? Il y a, il
est vrai, ce chevalier de Pardaillan ! Celui-là, il est
condamné, et si je le laisse aller aujourd'hui, je pourrai
toujours demain étendre ma main sur lui et le broyer
Allons, c'est dit ; je crois vous avoir compris, ô doux
Crucifié. Vous m'avez crié, du haut de votre croix
« Sois clément ! sois généreux ! » Non, cet horrible
massacre n'aura pas lieu.

A cet instant précis, une voix murmura à son oreille

— Je viens de donner les derniers ordres  Ils ne sauraient nous échapper. Tout à l'heure, dans un instant
ils seront en notre pouvoir et tout sera dit.

Le roi tressaillit violemment et se retourna brusquement.

Debout derrière lui, le grand inquisiteur d'Espinosa
le couvrait de la pourpre de son costume de cardinal
comme une énorme tache de sang qui s'étendait sur lui

l'enveloppait, le dominait, tache de sang réclamant du sang, encore, toujours, avec l'assurance donnée que ce sang répandu se confondrait avec elle, disparaîtrait en elle.

Et comme si la présence de cette ombre rouge planant sur lui eût suffi à faire vaciller ses résolutions, le roi qui, à l'instant même, était décidé à faire grâce, le roi redevint flottant et irrésolu.

— Ne pensez-vous pas, monsieur, qu'après les nouvelles qui nous sont parvenues, on pourrait surseoir à nos projets ? Tout bien pesé, en quoi la mort de ce jeune homme nous sera-t-elle utile ? Ne pourrait-on l'exiler, l'envoyer en France ou ailleurs, avec défense de rentrer dans nos Etats, à peine de la vie?

D'Espinosa était loin de s'attendre à un pareil revirement. Néanmoins il ne sourcilla pas. Il ne manifesta ni surprise ni mécontentement. Il était sans doute accoutumé à lutter sourdement contre son orgueilleux maître pour arriver à lui faire adopter comme siennes propres les décisions qu'il avait prises, lui grand inquisiteur. Son œil noir pesa lourdement sur celui de son maître comme s'il eût voulu lui communiquer sa volonté.

— S'il n'y avait que ce jeune homme, on pourrait, en effet, s'en débarrasser à bon compte. Mais il y a autre chose, sire. Il y a le sire de Pardaillan.

Fausta frémit. Quel accès de générosité prenait donc le roi ? Allait-il faire grâce aussi à Pardaillan ? A son tour elle fixa le roi comme si elle eût voulu aider, de toute sa volonté tenace, la volonté de d'Espinosa.

Mais Philippe ne songeait pas à étendre sa mansuétude jusque sur le chevalier. Il répondit donc vivement :

— Pour celui-là, je vous l'abandonne. On pourrait toutefois remettre à plus tard son exécution.

Rudement, d'Espinosa dit :

— Le sire de Pardaillan a trop longtemps attendu le châtiment dû à son insolence. Ce châtiment ne saurait être différé plus longtemps. Il y va de la majesté royale, à laquelle, moi vivant, nul ne pourra attenter sans payer ce crime de sa vie.

Le roi hocha la tête. Il ne paraissait pas très convaincu.

6

Alors d'Espinosa, faisant peser son œil scrutateur sur
Fausta :

— Ce n'est pas tout, sire. Mme la princesse Fausta
pourra vous dire que je n'invente ni n'exagère rien.

— Moi! fit Fausta surprise. En quoi mon témoignage
peut-il vous être utile?

— Vous allez le savoir, madame. Des traîtres, des
fous se sont trouvés, qui ont fait ce rêve insensé de se
révolter contre leur roi, de soulever le pays, de déchaîner la guerre civile et de pousser sur le trône ce jeune
homme précisément sur le sort duquel vous avez la faiblesse de vous apitoyer, sire.

— Par le sang du Christ! cardinal, pesez bien vos
paroles! Vous jouez votre tête, monsieur! dit le roi pres
que à voix haute

— Je le sais, dit froidement d'Espinosa.

— Et vous dites? Répétez! grinça Philippe.

— Je dis, gronda d'Espinosa, qu'un complot a été
fomenté contre la couronne, contre la vie peut-être du
roi. Je dis que ce complot doit éclater ici même, dans
un instant. Je dis que ceci mérite un châtiment exemplaire, terrible, dont il soit parlé longtemps. Je dis que
toutes mes dispositions sont prises pour la répression.
Et j'en appelle au témoignage de la princesse Fausta ici
présente

Si maîtresse d'elle-même qu'elle fût, Fausta ne put
s'empêcher de jeter autour d'elle ce regard du noyé qui
cherche à quelle branche il pourra se raccrocher.

— D'Espinosa sait tout... songea-t-elle. Comment?
Par qui? Peu importe. Il se sera trouvé parmi les conjurés quelque traître qui, pour un titre, pour un peu d'or,
n'a pas hésité à nous trahir tous. Je vais être arrêtée. Je
suis perdue, irrémédiablement. Insensée! Je me suis
jetée, tête baissée, dans le piège que me tendait ce prêtre, car je n'en puis douter, sa condescendance, la facilité avec laquelle il a acquiescé à mes conditions, tout
cela n'était qu'un piège pour m'inspirer confiance et
m'amener à me livrer moi-même. Que n'ai-je amené mes
trois braves Français!... Du moins ne mourrais-je pas
sans combat!

Ces réflexions passèrent dans son esprit avec l'instantanéité d'un éclair, et cependant son visage demeurait

toujours calme et souriant avec cette expression à demi
étonnée qu'elle avait cru devoir prendre Mais Fausta
n'était pas qu'une terrible joueuse, c'était aussi un beau
joueur qui savait garder le même calme, le même sang-
froid devant la partie gagnée comme devant la partie
perdue. Et comme le roi soupçonneux se tournait vers
elle et disait :

— Vous avez entendu, madame ? Parlez ! Par le ciel,
parlez ! Expliquez-vous !

Elle redressa son front orgueilleux, et regardant d'Espinosa droit dans les yeux :

— Tout ce que dit M. le cardinal est l'expression de
la pure vérité.

D'une voix dure, le roi demanda :

— Comment se fait-il que sachant cela, madame,
vous n'ayez pas cru devoir nous aviser?

Fausta allait pousser la bravade à un point qui pouvait lui être fatal. Déjà cette femme extraordinaire, dont
le courage intrépide s'était manifesté en mainte circonstance critique, tourmentait la poignée de la mignonne
dague qu'elle avait au côté ; déjà son œil d'aigle avait
mesuré la distance qui séparait le balcon du sol et combiné qu'un bond adroitement calculé pouvait la soustraire
au danger d'une arrestation immédiate ; déjà elle ouvrait
la bouche pour la suprême bravade et ployait les jarrets
pour le saut médité, lorsque le grand inquisiteur, d'une
voix apaisée, déclara :

— J'en ai appelé au témoignage de la princesse,
assuré que j'étais de l'entendre confirmer mes paroles.
Mais je n'ai pas dit que je la suspectais, ni qu'elle fût
mêlée en quoi que ce soit à une entreprise folle, vouée à
un échec certain (et il insista sur ces mots). Si la princesse n'a pas parlé, c'est qu'elle ne pouvait le faire sans
forfaire à l'honneur. Au surplus elle n'ignorait apparemment pas que je savais tout et elle a dû penser, à juste
raison, que je saurais faire mon devoir.

La parole qui devait consommer sa perte ne jaillit pas
des lèvres de Fausta, ses jambes prêtes à bondir se
détendirent lentement, sa main cessa de tourmenter le
manche de la dague, et tandis qu'elle approuvait d'un
signe de tête les paroles du grand inquisiteur, elle pensait ;

— Pourquoi d'Espinosa me sauve-t-il? A-t-il simplement voulu me donner un avertissement? Peut être.
Est ce confiance démesurée en sa force ou dédain pour
ma personne? Il faut savoir. Je saurai.

Apaisé par la déclaration du grand inquisiteur, qu'il
ne pouvait suspecter, le roi daignait s'excuser en ces
termes :

— Excusez ma vivacité, madame; mais ce que me dit
M. le grand inquisiteur est si extraordinaire, si inconcevable, que je pouvais douter de tout et de tous.

Fausta se contenta d'agréer les excuses royales d'un
signe de tête d'une souveraine indifférence.

D'Espinosa se montra de moins bonne composition.
Il est vrai que le roi ne lui avait encore donné aucune
satisfaction. Après avoir déchargé Fausta au moment où
il paraissait vouloir l'accabler, il reprit d'une voix gron-
dante :

— Et maintenant, sire. que je vous ai dévoilé la vérité, maintenant que je vous ai montré ce que complo-
tent les braves gens sur le sort de qui il vous plaît de
vous apitoyer, je vais, me conformant aux volontés du
roi, annuler les ordres que j'ai donnés. leur laisser le
champ libre, leur donner toutes les facilités pour l'exécution de leur forfait.

Et sans attendre de réponse, il se dirigea d'un pas
rude et violent vers la sortie.

— Arrêtez cardinal! cria le roi.

D'Espinosa attendait cet ordre; il était sûr que son
maître le lancerait. Sans hâte sans joie, sans triompher,
il se retourna posément, avec un tact admirable, ne
montrant ni trop de hâte ni trop de lenteur. et. très
calme, comme toujours. comme si rien ne s'était passé,
il revint se placer derrière le fauteuil du roi.

— Monsieur le cardinal dit Philippe d'une voix assez
forte pour que tout le monde l'entendit dans la loge, vous
êtes un bon serviteur et nous n'oublierons pas le signalé
service que vous nous rendez en ce jour

D'Espinosa s'inclina profondément. Il avait obtenu la
oration qu'il espérait.

— Faites commencer la joute de ce Torero tant
réputé ajouta le roi. Je suis curieux de voir si le diêle
mérite la reputation qu'on lui fait en Andalousie.

# X

## LE TRIOMPHE DU CHICO

Le Torero était sur la piste. Il tenait dans sa main gauche sa cape de satin rouge ; dans sa main droite il tenait son épée de parade.

Cette cape était une cape spéciale, de dimensions très réduites. C'était, nous l'avons dit, le précurseur de ce qu'en langage tauromachique on appelle une *muleta*.

Quant à l'épée, dont, jusqu'à ce jour, il n'avait jamais fait usage, malgré les apparences, c'était une arme merveilleuse, flexible et résistante, sortie des ateliers d'un des meilleurs armuriers de Tolède, qui en comptait quelques uns assez réputés, comme on sait.

Près de lui se tenaient ses deux aides et le nain Chico. Tous les quatre étaient près de la porte d'entrée, le Torero s'entretenant avec Pardaillan, lequel avait manifesté son intention d'assister à la course à cet endroit qui lui paraissait bien placé pour intervenir, le cas échéant.

Près de cette porte d'entrée, le couloir était encombré par une foule de gens qui paraissaient faire partie du personnel nombreux engagé pour la circonstance.

Ni Pardaillan ni le Torero ne prêtèrent la moindre attention a ceux qui se trouvaient là et qui, sans aucun doute, avaient le droit d'y être.

Le moment étant venu d'entrer en lice, le Torero serra la main du chevalier et il alla se placer au centre de la piste, face à la porte par où devait sortir le taureau dont il aurait à soutenir le choc. Ses deux aides et son page (le Chico), qui ne devaient plus le quitter à compter de cet instant, se placèrent derrière lui.

Dès qu'il fut en place, comme la bête pouvait être lâchée brusquement, tous ceux qui encombraient la lice s'empressèrent de lui laisser le champ libre en se dirigeant à toutes jambes vers les barrières, qu'ils se hâtèrent de franchir, sous les quolibets de la foule amusée. Cette fuite précipitée se renouvelait invariablement au début de chaque course, et chaque fois elle avait le don d'exciter la même hilarité, de déchaîner les mêmes grosses plaisanteries.

Les courtisans, habitués de longue date à lire sur le visage du roi et à modeler leurs impressions sur les siennes, n'étaient nullement gênés par sa présence Il n'en était pas de même chez les bourgeois et les hommes du peuple.

Ceux-là, amateurs passionnés de ce genre de spectacle, aimaient à manifester bruyamment leurs impressions et ils le faisaient avec une exubérance et un sans-gêne qui paraîtraient excessifs aux plus enthousiastes et aux plus bruyants amateurs de nos jours. Sur ceux-là cette présence pesait lourdement et les privait du meilleur de leur plaisir : celui de le crier à tout venant.

Il ne s'agissait pas, en effet, de commettre un impair qui pouvait avoir les conséquences les plus fâcheuses. Les espions de l'inquisition pullulaient parmi cette masse énorme de gens endimanchés. On le savait. Un éclat de rire, une réflexion, une approbation ou une désapprobation tombant dans l'oreille d'un de ces espions, considéré par lui comme attentatoire : il n'en fallait pas davantage pour attirer sur son auteur les pires calamités.

Le moins qui pouvait lui arriver était d'aller méditer durant quelques mois dans les *casas santas* ou prisons de l'inquisition, lesquelles regorgeaient toujours de monde. Aussi le peuple avait-il adopté d'instinct la tactique qui lui paraissait la plus simple et la meilleure il attendait que les courtisans, généralement bien renseignés, lui indiquassent ce qu'il avait à faire sans crainte de froisser la susceptibilité royale. Selon que les courtisans applaudissaient ou restaient froids, selon qu'ils approuvaient ou huaient, le peuple faisait chorus, en exagérant bien entendu.

Les courtisans savaient que le Torero était condamné.

Lorsque sa silhouette élégante se détacha, seule, au milieu de l'arène, au lieu de l'accueillir par des paroles encourageantes, au lieu de l'exciter à bien combattre, comme on le faisait habituellement pour les autres champions, un silence mortel s'établit soudain.

Le peuple, lui, ignorait que le Torero fût condamné ou non. Ceux qui savaient étaient des hommes à Fausta ou au duc de Castrana, et ceux-là étaient bien résolus à le soutenir. Or pour ceux qui savaient, comme pour ceux qui ne savaient pas, le Torero était une idole. C'était lui surtout que depuis de longues heures ils attendaient avec une impatience sans cesse grandissante.

Le silence glacial qui pesa sur les rangs de la noblesse déconcerta tout d'abord les rangs serrés du populaire. Puis l'amour du Torero fut le plus fort; puis l'indignation de le voir si mal accueilli, enfin le désir impérieux de le venger séance tenante de ce que plus d'un considérait comme un outrage dont il prenait sa part.

Le Torero, immobile au milieu de la piste, perçut cette sourde hostilité d'une part, cette sorte d'irritation d'autre part. Il eut un sourire dédaigneux, mais, quoi qu'il en eût, cet accueil, auquel il n'était pas accoutumé, lui fut très pénible.

Comme s'il eût deviné ce qui se passait en lui, le peuple se ressaisit et bientôt une rumeur sourde s'éleva, timidement d'abord, puis se propagea, gagna de proche en proche, s'enfla, et finalement éclata en un tonnerre d'acclamations délirantes. Ce fut la réponse populaire au silence dédaigneux des courtisans.

Réconforté par cette manifestation de sympathie, le Torero tourna le dos aux gradins et à la loge royale et salua, d'un geste gracieux de son épée, ceux qui lui procuraient cette minute de joie sans mélange. Après quoi, il fit face au balcon royal et d'un geste large, un peu théâtral — un geste à la Pardaillan, qui amena un sourire d'approbation sur les lèvres de celui-ci — il salua le roi qui, rigide observateur des règles de la plus méticuleuse des étiquettes, se vit dans la nécessité de rendre le salut à celui qui, peut-être, allait mourir. Ce qu'il fit avec d'autant plus de froideur qu'il avait été plus sensi-

ble à l'affront du Torero saluant la vile populace avant
de le saluer, lui, le roi.

Ce geste du Torero, froidement prémédité, qui dénotait chez lui une audace rare, ne fut pas compris que du
roi et de ses courtisans, lesquels firent entendre un murmure réprobateur. Il le fut aussi de la foule, qui redoubla ses acclamations. Il le fut surtout de Pardaillan qui,
trouvant là l'occasion d'une de ces bravades dont il avait
le secret, s'écria au milieu de l'attention générale :

— Bravo, don César!

Et le Torero répondit à cette approbation précieuse
pour lui par un sourire significatif.

Ces menus incidents, qui passeraient inaperçus aujourd'hui, avaient alors une importance considérable.
Rien n'est plus fier et plus ombrageux qu'un gentilhomme espagnol.

Le roi étant le premier des gentilshommes, narguer ou
insulter le roi, c'était insulter toute la gentilhommerie,
C'était un crime insupportable, dont la répression devait
être immédiate.

Or cet aventurier de Torero, qui n'avait même pas un
nom, dont la noblesse tenait uniquement à sa profession
de ganadero qui anoblissait alors, ce misérable aventurier s'était permis de vouloir humilier le roi. Cette
tourbe de vils manants qui piétinaient, là-bas, sur la
place, s'était permis d'appuyer et de souligner de ses
bravos l'insolence de son favori. Enfin cet autre aventurier étranger, ce Français — que faisait-il en Espagne,
celui-là, et de quoi se mêlait-il? — était venu à la rescousse.

Par la Vierge immaculée! par la Trinité sainte! par
le sang du Christ! voici qui était intolérable et réclamait du sang! Les têtes s'échauffaient, les yeux fulgu-
raient, les poings se crispaient sur les poignées des
dagues et des épées, les lèvres frémissantes proféraient des
menaces et des insultes. Si une diversion puissante ne
se produisait à l'instant même, c'en était fait : les courtisans se ruaient, le fer à la main, sur la populace, et la
bataille s'engageait autrement que n'avait décidé d'Espinosa.

Cette diversion, ce fut le Chico qui, sans le vouloir, la
produisit par sa seule présence.

A défaut d'autre mérite, sa taille minuscule suffisant à le signaler à l'attention de tous, le nain était connu de tout Séville. Mais si, sous ses haillons, sa joliesse naturelle et l'harmonie parfaite de ses formes de miniature forçaient l'attention au point qu'une artiste raffinée comme Fausta avait pu déclarer qu'il était beau, on imagine aisément l'effet qu'il devait produire, ses charmes étant encore rehaussés par l'éclat du somptueux costume qu'il portait avec cette élégance native et cette fière aisance qui lui étaient particulières. Il devait être remarqué. Il le fut.

Il avait dit naïvement qu'il espérait faire honneur à son noble maître. Il lui fit honneur, en effet. Et, qui mieux est, il conquit d'emblée les faveurs d'un public railleur et sceptique qui n'appréciait réellement que la force et la bravoure

Pour détourner l'orage prêt à éclater, il suffit qu'une voix, partie on ne sait d'où, criât : « Mais c'est El Chico! » Et tous les yeux se portèrent sur lui. Et noble et vilains, sur le point de s'entre-déchirer, oublièrent leur ressentiment et, unis dans le sentiment du beau, se trouvèrent d'accord dans l'admiration.

L'incident du salut du Torero fut oublié. Le Torero lui-même se trouva, un instant, éclipsé par son page. Le branle étant donné par la voix inconnue, le roi ayant daigné sourire à la gracieuse réduction d'homme, les exclamations admiratives fusèrent de toutes parts. Et les nobles dames qui s'extasiaient n'étaient pas les dernières ni les moins ardentes. Et le mot qui voltigeait sur toutes les lèvres féminines était le même, répété par toutes les bouches : « Poupée! Mignonne poupée! Poupée adorable! Poupée! » encore, toujours.

Jamais le Chico n'avait osé rêver un tel succès. Jamais il ne s'était trouvé a pareille fête. Car il était assez glorieux le petit bout d'homme, et sur ce point il était, malgré ses vingt ans, un peu enfant. Faut-il lui jeter la pierre pour si peu?

S'il était ainsi, et non autrement, nous n'y sommes pour rien et c'est tant pis pour lui s'il perd dans l'esprit du lecteur.

Aussi fallait-il voir comme il se redressait et de quel air crâne il tourmentait la poignée de sa dague. Et cependant dans son esprit une seule pensée, toujours la même, passait et repassait avec l'obstination d'une obsession :

— Oh! si ma petite maîtresse était là! Si elle pouvait voir et entendre! Si elle pouvait comprendre enfin que je suis homme et que je l'aime de toutes les forces de mon cœur d'homme! Si elle était là, la madone que j'adore, celle qui est toute ma vie et pour qui je donnerais jusqu'à la dernière goutte de mon sang!... Si elle était là!

Elle était là pourtant, la petite Juana ; là, perdue dans la foule, et si le Chico ne pouvait la voir, elle, du moins, elle le voyait très bien.

Elle était là et elle voyait tout et entendait tout ce qui se disait, tous les compliments qui tombaient dru comme grêle sur son trop timide amoureux. Et elle voyait les jolies lèvres des nobles et hautes et si belles dames qui s'extasiaient. Et elle voyait même très bien ce que ne voyait pas le naïf Chico, perdu qu'il était dans son rêve d'adoration, c'est-à-dire les coups d'œil langoureux que ces mêmes belles dames ne craignaient pas de jeter effrontément sur son pâtiras.

Ce jour-là, en vue de la course que pour rien au monde elle n'eût voulu manquer, en bonne Andalouse qu'elle était, la petite et toute mignonne Juana avait endossé sa plus belle et sa plus riche toilette des grandes fêtes carillonnées. Et comme nous savons combien elle était coquette, comme son digne père ne regardait pas à la dépense dès qu'il s'agissait de cette enfant gâtée, joie et prospérité de la maison, c'est dire si elle était resplendissante.

Parée comme une madone, elle avait rencontré le sire de Pardaillan, lequel, sans paraître remarquer sa rougeur et sa confusion ni son émotion, pourtant très visible, l'avait doucement prise par la main, l'avait entraînée dans ce petit cabinet où elle était chez elle et s'y était enfermé seul à seule.

Que dit Pardaillan à la petite Juana, qui paraissait si émue quand il l'entraîna ainsi? C'est ce que la suite des événements nous apprendra peut-être. Tout ce que nous pouvons dire pour l'instant, c'est que l'entretien fut plutôt long et que la petite Juana avait les yeux singulièrement rouges en sortant du cabinet.

Du moins la nourrice Barbara en jugea ainsi. Cette

nourrice adorait sa maîtresse, ne la quittait pas d'une semelle et faisait toutes ses volontés. Mais elle avait ceci de particulier, c'est que, quoi que dit ou fît Juana, les choses les plus futiles ou les plus naturelles, Barbara grondait, grognait, en appelait aux Saintes et à la Vierge, et se refusait obstinément à admettre ce qu'elle lui disait.

Juana paraissait-elle renoncer ou se rétracter, immédiatement la matrone grondait de plus belle se répandait en imprécations, en vitupérations farouches, sans s'apercevoir qu'elle défendait avec acrimonie ce qu'elle avait combattu l'instant d'avant, ou inversement. Juana connaissait cette manie. Elle connaissait aussi l'affection et le dévouement sincères de la brave femme. Elle souriait doucement, laissait dire et agissait a sa guise.

Son entretien avec Pardaillan n'avait pas modifié son intention d'assister à la course. Aussi, le moment venu, elle demanda à Barbara de l'accompagner. Aussitôt, celle-ci d'éclater :

— Aller à la course, vous, une *demoiselle* ! Sainte Barbe, ma digne patronne, se peut il que mes oreilles entendent une demande aussi incongrue ! Est ce la place, dites-moi, d'une jeune fille qui se respecte ! Si encore vous étiez admise sur les gradins, parmi les dames de la noblesse, comme ce serait justice, au bout du compte, car enfin, j'en appelle à toutes les saintes du paradis, se peut-il trouver une demoiselle de haute noblesse plus frêle, plus mignonne que vous ? Votre place serait là, ne dites pas non. Et même vous feriez bien à un des balcons de la place, et même à celui du roi. Oui, dans la loge de notre sire le roi. Mais vous en aller dans la foule, vous faire presser, écraser, étouffer peut-être par toute une multitude de gens grossiers et malpropres... Sainte-Vierge ! vous perdez l'esprit, je crois.

Sans se fâcher, Juana avait maintenu sa demande, ajoutant que puisqu'elle n'avait pas droit aux places réservées, elle se contenterait de se mêler à la foule, et que si Barbara refusait de l'accompagner, elle irait seule. A quoi la matrone ne manqua pas de maugréer :

— Aller seule dans la foule ! A quoi servirait-il donc d'avoir des serviteurs encore robustes, Dieu merci ! ca-

pables de faire respecter leur jeune maîtresse et de la défendre au besoin ! Suis-je donc si vieille, si impotente que
je ne puisse vous protéger ! Jour de Dieu ! j'irai avec vous
ou vous n'irez pas. Et si quelqu'un vous manque, je lui
ferai voir de quel bois se chauffe votre nourrice Barbara,
que vous jugez trop vieille pour vous accompagner.

C'est ainsi que, la vieille escortant la jeune, elles étaient
allées se placer au milieu de la cohue. Juana, moins fa-
vorisée que la Giralda, n'avait pu pénétrer jusqu'au premier rang. Elle n'avait pas de siège pour s'asseoir, pas
le moindre petit banc pour s'exhausser, elle qui était si
petite. Elle ne voyait rien. Elle ne connaissait les péripéties des différentes courses que par ce qu'on en disait tout
haut autour d'elle, mais elle était là.

C'est ainsi qu'elle avait vu — si nous pouvons ainsi
dire — la téméraire intervention de Pardaillan, et son
cœur avait battu à coups précipités. Mais au souvenir des
paroles qu'il lui avait dites le matin même, elle avait
hoché douloureusement la tête comme pour dire:

— N'y pensons plus.

Lorsque la voix inconnue cria : « Mais c'est el Chico ! »
son petit cœur se remit à battre comme il avait battu pour
Pardaillan. Pourquoi ? Elle ne savait pas. Elle avait
voulu voir. Mais elle avait beau avoir de grands talons,
elle avait beau se hausser sur la pointe des pieds, sauter sur place, elle ne parvenait pas à apercevoir e
nain.

Et cependant elle entendait les acclamations qui s'a-
dressaient au Chico. Au Chico ! Qui lui eut dit cela quelques minutes plus tôt l'eût bien surprise. Et les acclamations et les compliments et l'admiration l'eussent rendue heureuse et fière sans doute, si les enthousiasmes les
plus effrénés n'étaient venus précisément de belles dames
de la plus haute noblesse, auprès de qui elle, Juana, se
jugeait bien peu de chose.

Alors elle voulut voir le Chico a tout prix. Ce Chico
qu'on trouvait si beau, si brave, si mignon, si crâne dans
son superbe et luxueux costume —du moins, ainsi le dé-
peignaient tant de nobles dames — il lui semblait que ce
n'était pas son Chico à elle, sa poupée vivante qu'elle
tournait et retournait au gré de son caprice. Il lui semblait que ce devait être un autre, qu'il y avait erreur. Et

nerveuse, angoissée. colère, sans savo' ·pourquoi ni comment, avec des envies folles de rire et de pleurer, elle cria :

— Mais prends-moi donc dans tes bras que je puisse voir !...

D'une voix tellement changée, sur un ton si violent que la vieille Barbara, stupéfaite, oublia pour la première fois de sa vie de ronchonner, la prit docilement dans ses bras et, avec une vigueur qu'on ne lui eût pas soupçonnée, augmentée peut être par l'inquiétude, car elle sentait confusément que quelque chose d'anormal et d'extraordinaire se passait dans l'âme de son enfant, elle la souleva et la maintint au-dessus de la foule, assise sur sa robuste épaule

C'est ainsi que la petite Juana vit le nain Chico dans toute sa splendeur. Elle le regarda de tous ses yeux, comme si elle ne l'eût jamais vu, comme si ce ne fût pas là le même Chico avec qui elle avait été élevée, le même Chico qu'elle s'était plu. inconsciemment, à faire souffrir, le considérant comme sa chose, son jouet à l'egard de qui elle pouvait tout se permetre.

C'était cependant toujours le même. Il n'avait rien de changé, si ce n'est son costume et un petit air crâne et décidé qu'elle ne lui connaissait pas Si le Chico était toujours le même, si rien n'était changé en lui et que neanmoins, il lui apparaissait comme un être inconnu, c'est donc que quelque chose qu'elle ne soupçonnait pas était changé en elle. Peut être !...

Mais la petite Juana ne se rendait pas compte de cela, et comme à ce moment le mot poupée fleurissait sur les lèvres pourpres de tant de jolies dames, sans savoir ce qu'elle disait, avec un regard de colère et de defi à l adressé des nobles effrontées elle cria rageusement:

— C'est a moi, cette poupée! à moi seule !

Et comme elle avait l'habitude de trépigner dans ses moments de grandes colères, ses petits pieds, si coquettement chaussés ballant dans le vide, se mirent à tambouriner frénétiquement le ventre de la pauvre Barbara, qui, ne sachant ce qui lui arrivait, sans lâcher prise toutefois, se mit à beugler :

— Hé! hé ! hé là ! notre maitresse ! pour Dieu, qu'avez-vous ? que vous arrive-t il ? Calmez-vous, enfant de mon cœur, ou vous allez crever le ventre de votre vieille nourrice !

Mais l'enfant de son cœur n'entendait pas. Comme elle avait crié brutalement : « Prends-moi dans tes bras ! », elle cria de même, en la bourrant de coups de talon furieux :

— Mais descends-moi donc ! Je ne veux pas les voir, ces éhontées ! Elles me rendraient folle !

Et la vieille, éberluée, ahurie, médusée, ne put qu'obéir machinalement, sans trouver un mot, tant son saisissement était grand, et elle considéra un moment avec une inquiétude affreuse son enfant qui, en effet, paraissait ne plus avoir toute sa raison.

Pour achever de lui faire perdre le peu de conscience qui lui restait, Juana ne fut pas plutôt a terre que, saisissant la matrone par la main, elle l'entraîna violemment, en disant d'une voix coupée de sanglots :

— Viens ! allons nous en ! partons ! Ne restons pas une minute de plus ici ! Je ne veux plus voir, je ne veux plus entendre !

Et avec une inconscience qui assomma littéralement la nourrice, elle ajouta :

— Maudite soit l'idée que tu as eue de me conduire à cette course !

Et Barbara, qui ne savait plus ce qu'elle devait penser, suivit comme un chien fouetté, non sans grommeler entre ses dents, pour elle-même, car elle se rendait bien compte que, dans l'état de fureur exaltée où elle se trouvait, sa maîtresse ne pouvait l'entendre :

— La peste soit des jeunes maîtresses qui veulent venir à la course et puis veulent s'en retourner, sans qu'on sache pourquoi, au moment le plus intéressant ! Sainte Barbe nous soit en aide ! ma maîtresse est devenue démente ! Sans quoi se serait-elle avisée de tambouriner le ventre de sa nourrice à coups de talon, comme on fait d'une peau d'âne !

Le tout accompagné de force signes de croix, de patenôtres, de gestes d'exorcisme, destinés à mettre en fuite le malin esprit qui s'était, sans conteste, introduit dans le corps de son enfant.

C'est ainsi que la petite Juana n'assista pas à la fin de la course. C'est ainsi que, sans s'en douter, elle échappa à la bagarre qui devait suivre et dans laquelle elle courait le risque de perdre la vie ; c'est ainsi qu'elle échappa à la mort qui planait sur cette multitude de curieux.

Le Chico ne vit pas Juana. Il ne sut rien par conséquent de l'accès de frénésie qui s'était emparé d'elle. Et qui sait, il était si naïf que peut-être n'eût il pas compris s'il eût vu et entendu. Et Juana elle même était inconsciente de ce qui se passait en elle que peut-c dans sa crise furieuse, l'eût-elle battu, jeté à terre, piétiné et meurtri à grands coups de ses grands talons effilés.

# XI

## VIVE LE ROI CARLOS !

Cependant le taureau avait été lâché.

Tout d'abord, comme presque toujours, ébloui par la lumière éclatante, succédant sans transition à l'obscurité d'où il sortait, il s'arrêta, indécis, humant l'air, frappant ses flancs de sa queue, agitant sa tête.

Le Torero lui laissa le temps de se reconnaître, puis il fit quelques pas à sa rencontre, l'excitant de la voix, lui présentant sa cape déployée.

Le taureau ne se fit pas répéter l'invite. Ce morceau de satin écarlate qu'on lui présentait lui tira l'œil tout de suite, et il fonça droit sur lui, tête baissée.

Ce fut un moment d'indicible émotion parmi ceux qui ne souhaitaient pas la mort du Torero. Pardaillan lui-même, empoigné par la tragique grandeur de cette lutte inégale, suivait avec une attention passionnée les phases de la passe.

Le Torero, qui paraissait chevillé au sol, attendit le choc, sans bouger, sans faire un geste. Au moment où le

taureau allait donner son coup de corne, il déplaça la
cape à droite. Prodige, le taureau suivit le morceau d'é-
toffe qu'il frappa. En passant, il frôla le Torero

La seconde d'après, les spectateurs haletants virent don
César qui, la cape jetée sur les reins, se retirait avec autant d'aisance et de tranquillité qu'il eût pu en montrer
dans son intérieur paisible

Un tonnerre d'acclamations salua ce coup d'audace
exécuté avec un sang-froid et une maîtrise incompara-
bles Même les courtisans oublièrent tout pour applau-
dir. Le roi. d'ailleurs, n'avait pu dissimuler un geste
émerveillé.

Le taureau, stupéfait de n'avoir frappé que le vide, se
rua de nouveau sur l'homme. Celui-ci s'enroula dans sa
cape en la tenant par les extrémités du collet, et, tournant
le dos à la bête, il se mit à marcher paisiblement devant
elle.

La bête frappa furieusement à droite. Elle ne rencontra que l'étoffe. Elle retourna à la charge et frappa à gauche. Le Torero, par une série de balancements du corps,
évitait les coups et lui présentait toujours l'étoffe. Puis il
se mit à décrire des demi-cercles. et le taureau suivit la
tangente de ces demi-cercles sans jamais pouvoir toucher
autre chose que ce leurre qu'on lui présentait.

Et les acclamations se firent délirantes.

Que les amateurs de courses modernes ne sourient pas
d'un air dédaigneux et ne murmurent pas! Mais ce Torero
prodigieux n'accomplit en somme que les exploits que le
dernier des capéadores exécute sans sourciller aujour-
d'hui.

Qu'on veuille bien se souvenir que ceci se passait quelque chose comme trois siècles avant que ne fussent créées
et mises en pratique les règles de la tauromachie moderne.

Ce qui paraît très naturel aujourd'hui, paraissait, et
était réellement prodigieux, à une époque où nul
encore ne s'était avisé de risquer sa vie avec un si superbe
dédain. Est-il bien nécessaire d'ajouter que, pour se risquer à tenter des coups d'une audace aussi folle, il fallait connaître à fond le caractère de la bête combattue.

Quoi qu'il en soit, les passes de notre Torero, inconnues à l'époque, retrouvées plusieurs siècles plus tard,

avaient tout le charme de la nouveauté et pouvaient, à juste raison, susciter l'enthousiasme de la foule.

Le taureau, surpris de voir qu'aucun de ses coups ne portait, s'arrêta un moment et parut réfléchir. Puis il pointa ses oreilles, gratta rageusement la terre, frôla le sol de son muffle et recula pour prendre son élan.

Le Torero déploya sa cape toute grande, un peu en avant et en dehor de la ligne de son corps. En même temps, il vint se placer droit devant le taureau, le plus près possible, et avançant un pied, il provoqua la bête.

Au moment où le taureau, après avoir visé en baissant la tête, se disposait à porter son coup, il baissa brusquement la cape, en lui faisant décrire un arc de cercle. En même temps, il se mettait hors d'atteinte en lui livrant un passage, par une simple flexion du buste, sans bouger les pieds.

Et le taureau passa, en le frôlant, lancé sur la cape trompeuse. Le Torero fit alors un demi-tour complet et se présenta de nouveau devant la bête.

Seulement, cette fois, il brandissait au bout de son épée le flot de rubans qu'il avait lestement cueilli au passage.

Alors, la foule, jusque là haletante et muette de terreur et d'angoisse laissa éclater sa joie, et à la considérer, hurlante et gesticulante, on eût pu croire qu'elle venait soudain d'être prise de folie. Les uns criaient, d'autres applaudissaient, ici on entendait des éclats de rire, là des sanglots convulsifs.

Partout on voyait des faces congestionnées, convulsées, des rictus grimaçants, des yeux exorbités. De tous côtés on percevait le souffle rauque des respirations trop longtemps contenues.

Sur les gradins une dame avait saisi à deux mains le cou d'un seigneur assis devant elle, et inconsciente de ses gestes, en poussant des cris inarticulés, elle serrait de ses mains nerveusement crispées la gorge du pauvre sire qui déjà râlait et tirait la langue.

Toutes ces manifestations diverses et violentes étaient le résultat de la réaction qui se produisait. C'est que, pendant tout le temps où le Torero, après avoir provoqué sa fureur, attendait l'assaut de la bête sans reculer d'une semelle, avec un calme souriant, l'angoisse étreignait les spectateurs à un degré tel qu'on pouvait croire que la vie était suspendue et se concentrait, toute, dans les yeux hagards, striés de sang, qui suivaient passionnément les mouvements violents de la brute qui, seule, attaquait, tandis que l'homme, en la bravant, se soustrayait à ses coups, à l'ultime seconde où ils étaient portés.

Dans la loge royale, si puissante que fût sa haine contre celui qui lui rappelait son déshonneur d'e     , le roi, pendant tout ce temps, trahissait son émotion par la contraction de ses mâchoires et par une pâleur inaccoutumée.

Fausta, sous son impassibilité apparente, ne pouvait s'empêcher de frémir en songeant qu'un faux pas, un faux mouvement, une seconde d'inattention pouvait provoquer la mort de ce jeune homme en qui reposait l'espoir de ses rêves d'ambition.

Seul d'Espinosa restait immuablement calme. Il serait injuste de ne pas dire que pendant les instants mortellement longs où l'homme, impassible, subissait l'attaque furieuse de la brute, tous ceux de la noblesse, qui savaient cependant qu'il était condamné, faisaient des vœux pour qu'il échappât aux coups qui lui étaient portés.

Puis cette espèce d'accès de folie, qui s'était emparé de la foule, se transforma en admiration frénétique, et l'enthousiasme déborda, délirant, indescriptible.

Mais ce n'était pas fini.

Le Torero avait cueilli le trophée. Il était vainqueur. Il pouvait se retirer. Mais on savait que s'il ne tuait jamais la bête, il s'imposait à lui-même de la chasser de la piste seul, par ses propres moyens.

Tout n'était pas dit encore. Par des jeux multiples et variés, semblables à ceux qu'il venait d'exécuter avec tant de succès, il lui fallait acculer la bête à la porte de sortie. Pour cela, lui-même devait se placer devant cette porte et amener le taureau à foncer une dernière fois sur lui.

Lorsqu'il recevait, sans reculer d'un pas, le choc de la brute leurrée par la cape, il était au milieu de la piste. Il avait l'espoir derrière lui. Il pouvait au besoin reculer. Ici, toute retraite lui était impossible. Il ne pouvait que s'effacer à droite ou à gauche.

Que le comparse chargé d'ouvrir la porte par laquelle, emporté par son élan, devait passer le taureau, hésitât seulement un centième de seconde, et c'en était fait de lui. C'était l'instant le plus critique de sa course.

Et notez qu'avant d'en arriver là, il lui faudrait risquer un nombre indéfini de passes pendant lesquelles sa vie ne tiendrait qu'à un fil. Ce pouvait être très bref, ce pouvait être effroyablement long. Cela dépendrait du taureau.

La multitude savait tout cela. On respira longuement on reprit des forces, en vue de supporter les émotions violentes de la fin de cette course.

Lorsque le taureau serait chassé de la piste, le Torero aurait le droit de déposer son trophée aux pieds de la dame de son choix ; pas avant. Ainsi en avait-il décidé lui-même.

Cette satisfaction, bien gagnée, on en conviendra, devait cependant lui être refusée, car c'était l'instant qui avait été choisi précisément pour son arrestation.

Aussi, pendant qu'il risquait sa vie avec une insouciante bravoure, uniquement pour la satisfaction d'accomplir jusqu'au bout la tâche qu'il s'était imposée de mettre le taureau hors de la piste, pendant ce temps les troupes de d'Espinosa prenaient les dernières dispositions en vue de l'événement qui allait se produire.

Le couloir circulaire était envahi Non plus, cette fois, par la foule des gentilshommes, mais bien par des compagnies nombreuses de soldats, armés de bonnes arquebuses, destinées à tenir en respect les mutins, si mutinerie il y avait.

Toutes ces troupes se massaient du côté opposé aux gradins, c'est-à-dire qu'elles prenaient position du côté où était massé le populaire. Et cela se conçoit, les gradins étant occupés par les invités de la noblesse, soigneusement triés, et sur lesquels, par conséquent, le grand inquisiteur croyait pouvoir compter : il n'y avait nulle nécessité de garder ce côté de la place. Il était naturellement gardé par ceux qui l'occupaient en ce moment et qui étaient destinés à devenir, le cas échéant, des combattants.

Tout l'effort se portait logiquement du côté où pouvait éclater la révolte, et là officiers et soldats s'entassaient à s'écraser, attendant en silence et dans un ordre parfait que le signal convenu fût fait pour envahir la piste, qui deviendrait ainsi le champ de bataille.

S'il y avait révolte, le peuple se heurterait à des masses compactes d'hommes d'armes casqués et cuirassés, sans compter ceux qui occupaient les rues adjacentes et les principales maisons en bordure de la place, chargés de le prendre par derrière. Par ce dispositif, la foule se trouvait prise entre deux feux

Les hommes chargés de procéder à l'arrestation n'auraient donc qu'à entraîner le condamné du côté des gradins où ils n'avaient que des alliés. Rien ne devait les distraire de leur besogne bien délimitée et ils devaient laisser aux troupes le soin de tenir tête, s'il y avait lieu. à la populace.

Ces mouvements de troupes s'effectuaient, nous venons de le dire, pendant que le Torero, sans le savoir, les favorisait en détournant l'attention des spectateurs concentrée sur les passes audacieuses qu'il exécutait en vue d'amener le taureau en face de la porte de sortie.

Parmi ceux qui ne savaient rien, bien peu prêtèrent attention à ces mouvements de troupes ; ils étaient passionnément intéressés par le spectacle pour détacher, ne fût-ce qu'une seconde, leurs yeux de lui. Ceux qui les remarquèrent n'y attachèrent aucune importance.

Ceux qui connaissaient les dessous de l'affaire, au contraire, les remarquèrent fort bien. Mais comme ceux-là avaient une consigne et savaient d'avance ce qu'ils avaient à faire, ils firent comme ceux qui n'avaient rien vu et ne bougèrent pas.

Pardaillan se trouvait du côté des gradins, c'est-à-dire qu'il était du côté opposé à celui que les troupes occupaient peu à peu. Il vit fort bien le mouvement se dessiner et ébaucha un sourire railleur.

Au début de la course du Torero, il n'avait autour de lui qu'un nombre plutôt restreint d'ouvriers, d'aides, d'employés aux basses besognes qui avaient quitté précipitamment la piste au moment de l'entrée du taureau et s'étaient postés là pour jouir du spectacle en attendant de retourner sur le lieu du combat pour y effectuer leur besogne.

Tout d'abord il n'avait prêté qu'une médiocre attention à ces modestes travailleurs. Mais au fur et à mesure que la course allait sur sa fin, il fut frappé de la métamorphose qui paraissait s'accomplir chez ces ouvriers.

Ils étaient une quinzaine en tout. Jusque-là ils s'étaient tenus, comme il convenait, modestement à l'écart, armés de leurs outils, prêts, semblait-il, a reprendre la besogne. Et voici que maintenant ils se redressaient et montraient des visages énergiques, résolus, et se campaient dans des attitudes qui trahissaient une condition supérieure à celle qu'ils affichaient quelques instants plus tôt.

Et voici que des gentilshommes, surgis il ne savait d'où, envahissaient peu à peu cette partie du couloir, se massaient près de la porte où il se tenait, se mêlaient à ces ouvriers qu'ils coudoyaient et avec qui ils semblaient s'entendre à merveille.

Bientôt la porte se trouva gardée par une cinquantaine d'hommes qui semblaient obéir à un mot d'ordre occulte.

Et tout à coup Pardaillan entendit le grincement comme feutré de plusieurs scies. Et il vit que quelques-uns de ces étranges ouvriers s'occupaient à scier les poteaux de la barrière.

Il comprit que ces hommes, jugeant la porte trop étroite, pratiquaient une brèche dans la palissade, tandis que les autres s'efforçaient de masquer cette bizarre occupation.

Il dévisagea plus attentivement ceux qui l'environnaient, et avec cette mémoire merveilleuse dont il était doué, il reconnut quelques visages entrevus l'avant-veille à la réunion présidée par Fausta. Et il comprit tout.

— Par Dieu! fit-il avec satisfaction, voici la garde d'honneur que Fausta destine à son futur roi d'Espagne, ou je me trompe fort. Allons, mon petit prince sera bien gardé, et je crois décidément qu'il se tirera sain et sauf du guêpier où il s'est jeté inconsidérément. Ces gens là, le moment venu, jetteront bas la palissade qu'ils viennent de scier, et au même instant ils entoureront celui qu'ils ont mission de sauver. Tout va bien.

Tout allait bien pour le Torero. Pardaillan aurait peut-être dû se demander si tout allait aussi bien pour lui-même. Il n'y pensa pas.

A l'inverse de bien des gens, toujours disposés à s'accorder une importance qu'ils n'ont pas, notre héros était peut-être le seul à ne pas connaître sa valeur réelle. Il était ainsi fait, nous n'y pouvons rien.

L'idée ne l'effleurait même pas qu'il pouvait être visé lui-même *et qu'il* se trouvait en position mille fois plus critique que celui dont il se préoccupait.

Tout va bien ! avait-il dit en songeant au Torero. Ayant jugé que tout allait bien, il se désintéressa en partie de ce qui se passait autour de lui pour admirer les passes merveilleuses d'audace et de sang-froid de don César, arrivé à l'instant critique de sa course, c'est a-dire adossé à la porte de sortie où il avait fini par attirer le taureau qui, dans un instant, foncerait pour la dernière fois sur lui et irait s'enfermer lui-même dans l'étroit boyau ménagé à cet effet.

A moins que le Torero ne pût éviter le coup et ne payât de sa vie, au moment suprême d'en finir, sa trop persistante témérité.

C'était, en effet, la fin. Quelques minutes encore et tout serait dit. L'homme sortirait vainqueur de sa longue lutte ou tomberait frappé à mort.

Aussi les milliers de spectateurs haletants n'avaient d'yeux que pour lui. Pardaillan fit comme tout le monde et regarda attentivement

Et tout à coup, averti par quelque mystérieuse intuition, il se retourna et aperçut à quelques pas de lui Bussi-Leclerc qui, avec un sourire mauvais, le regardait comme une proie couvée.

— Mort Dieu ! murmura Pardaillan, il est fort heureux pour moi que les yeux de ce Leclerc ne soient pas des pistolets ; sans quoi, pauvre de moi ! je tomberais foudroyé.

Mais les événements les plus futiles en apparence avaient toujours, aux yeux de Pardaillan, une signification dont il s'efforçait de dégager la cause séance tenante.

— Au fait se dit il, pourquoi Bussi-Leclerc a-t-il quitté la fenêtre où il se prélassait pour venir ici ? Ce n'est pas, je pense, dans l'unique intention de me contempler. Viendrait-il me demander cette revanche après laquelle il court infructueusement depuis si longtemps ? Ma foi ! ceyant toute la cour d'Espagne réunie, il ne me déplairait pas de lui infliger une dernière défaite. Après ce coup-là, mon Bussi-Leclerc mourra de la... je serai délivré.

Ayant ainsi monologué, de ce coup d'œil sûr et prompt qui n'était qu'à lui, il scruta le visage de Bussi-Leclerc. Et du spadassin son coup d'œil rejaillit sur ceux qui l'entouraient et alors il tressaillit.

— Je me disais aussi, murmura-t-il avec un sourire narquois, ce brave Bussi-Leclerc vient à la tête d'une compagnie d'hommes d'armes... C'est ce qui lui donne cette assurance imprévue.

Presque aussitôt il eut un léger froncement de sourcils et il ajouta en lui-même :

— Comment Bussi-Leclerc se trouve-t-il à la tête d'une compagnie de soldats espagnols ? Est-ce que par hasard il viendrait m'arrêter ?

En même temps, d'un geste machinal, il assurait son ceinturon, dégageait sa rapière, se tenait prêt à tout événement.

Comme on le voit, il avait été long à s'apercevoir qu'il était en cause autant et plus que le Torero. Maintenant son esprit travaillait et il s'attendait à tout.

À cet instant, un tonnerre de vivats et d'acclamations éclata, saluant la victoire du Torero.

Le taureau venait en effet de se laisser leurrer une dernière fois par la cape prestigieuse, et croyant atteindre celui qui depuis si longtemps se jouait de lui avec une audace rare, il était allé s'enfermer lui-même dans le box ménagé à cet effet, et la porte, se refermant derrière lui, lui interdisait de revenir dans la piste.

Le Torero se tourna vers la foule qui le saluait d'acclamations délirantes, la salua de son épée et se dirigea vers l'endroit où il avait, dès le début de la course, aperçu la Giralda, avec l'intention de lui faire publiquement hommage de son trophée.

Au même instant, la barrière, près de l'ardaillan, tombait sous une poussée violente et les cinquante et quelques gentilshommes et faux ouvriers, qui guettaient que cet instant, envahirent la piste, entourèrent de toutes parts le Torero, comme s'ils étaient poussés par l'enthousiasme de sa victoire, mais en réalité pour lui faire un rempart de leurs corps.

À ce moment aussi les soldats, massés dans le couloir

circulaire, quittaient leur retraite, se portaient sur la piste et se massaient en colonnes profondes, la mèche de leurs arquebuses allumée, prêts à faire feu devant les rangs serrés du populaire surpris de cette manœuvre imprévue.

En même temps, un officier, à la tête de vingt soldats, se dirigeait à la rencontre du Torero.

Mais celui-ci était débordé par ceux qui avaient jeté bas la barrière et qui, malgré sa résistance acharnée, car il ne comprenait pas encore ce qui lui arrivait, l'entraînaient dans la direction opposée à celle où il voulait aller.

En sorte que l'officier qui pensait se trouver en face d'un homme seul, qu'il avait mission d'arrêter, l'officier qui avait trouvé quelque peu ridicule qu'on l'obligeât à prendre vingt hommes avec lui, commença de comprendre que sa mission n'était pas aussi aisée qu'il l'avait cru tout d'abord et se trouva ridicule maintenant d'être obligé de courir après un groupe compact, deux fois plus nombreux que ses hommes, et qui lui tournait le dos avec les allures décidées de gens qui ne paraissent pas disposés à se laisser faire.

Voyant que celui qu'il avait mission d'arrêter allait lui glisser entre les doigts, l'officier, pâle de fureur, ne sachant à quel expédient se résoudre pour mener à bien sa mission, persuadé que tout le monde devait avoir, comme lui, le respect de l'autorité dont il était le représentant, l'officier se mit à crier d'une voix de stentor :

— Au nom du roi!... Arrêtez !

Ayant dit, il crut naïvement qu'on allait obtempérer et qu'il n'aurait qu'à étendre la main pour cueillir son prisonnier.

Malheureusement pour lui, les gens qui se dévouaient ainsi qu'ils le faisaient n'avaient pas le sens du respect de l'autorité. Ils ne s'arrêtèrent donc pas.

Bien mieux, à l'invite brutale de l'officier, qui s'arrachait de désespoir les poils de sa moustache grisonnante, ils répondirent par un cri imprévu, qui vint atteindre, comme un soufflet violent, le roi qui assistait, impassible, à cette scène :

— Vive don *Carlos* !

Ce cri, que nul n'attendait, tomba sur les gens du roi comme un coup de masse qui les effara.

Et comme si ce cri n'eût été qu'un signal, au même instant des milliers de voix vociférèrent en précisant plus explicitement :

— Vive le roi Carlos ! Vive notre roi !

Et comme ceux qui ignoraient se regardaient aussi effarés et surpris que les gens de noblesse, comme une traînée de poudre, volant de bouche en bouche, le bruit se répandit qu'on voulait arrêter le Torero. Mais Carlos ! qu'était-ce que ce roi Carlos qu'on acclamait ? Et on expliquait: Carlos, c'était le Torero lui-même.

Oui, le Torero, l'idole des Andalous, était le propre fils du roi Philippe qui le poursuivait de sa haine. Allons ! un effort, par la Trinité sainte, et le roi cafard et ses moines seraient emportés comme fétu dans la tourmente et on aurait enfin un roi humain, un roi qui, ayant vécu et souffert dans les rangs du peuple, saurait comprendre ses besoins, connaîtrait ses misères et saurait y compatir ; mieux, y remédier.

Tout ceci, que nous expliquons si lentement, la foule l'apprenait en un moment inappréciable. Et rendonsleur cette justice, la plupart de ces hommes du peuple n'entendaient et ne comprenaient qu'une chose : on voulait arrêter le Torero, leur dieu !

Qu'il fût fils de roi, qu'on voulût faire de lui un autre roi, peu leur importait. Pour eux, c'était le Torero. Cela disait tout.

Ah ! on voulait l'arrêter ! Eh bien ! par le sang du Christ ! on allait voir si les Andalous étaient gens à se laisser enlever bénévolement leur idole !

Les prévisions du duc de Castrana se réalisaient. Tous ces hommes, bourgeois, hommes du peuple, caballeros, venus en amateurs, ignorants de ce qui se tramait, devinrent littéralement furieux, se changèrent en combattants prêts à répandre leur sang pour la défense du Torero.

Comme par enchantement — apportées par qui ? distribuées par qui ? est-ce qu'on savait ! est-ce qu'on s'en occupait ! — des armes circulèrent, et ceux qui n'avaient rien, sans savoir comment cela s'était fait, se virent dans la main qui un couteau, qui un poignard, qui une dague, qui un pistolet chargé.

Et au même instant, tel un cyclone foudroyant, la ruée en masse sur les barrières brisées, arrachées, éparpillées, la prise de contact immédiate avec les troupes impassibles.

Un vieil officier, commandant une partie des troupes royales, eut un éclair de pitié devant la lutte inégale qui s'apprêtait.

— Que personne ne bouge, cria-t-il d'une voix tonnante, ou je fais feu !

Une voix résolue, devant l'inappréciable instant d'hésitation de la foule, cria, en réponse :

— Faites ! Et après vous n'aurez pas le temps de recharger vos arquebuses !

Une autre voix entraînante hurla :

— En avant !

Et ils allèrent de l'avant.

Et le vieil officier mit a exécution sa menace.

Une décharge effroyable, qui fit trembler les vitres dans leurs chasses de plomb, faucha les premiers rangs, les coucha sanglants ainsi qu'une gerbe de coquelicots ouges.

Dans ces secondes de cauchemar effrayant, les plus froids, les plus méthodiques, perdent souvent le sens de l'à-propos. Et c'est fort heureux en somme, car un oubli de leur part évite parfois que la catastrophe ne prenne les proportions d'un désastre irréparable.

Si les officiers qui commandaient là avaient pris la précaution élémentaire d'échelonner le feu, leurs troupes ayant le temps de recharger les arquebuses — opération assez longue — pendant que d'autres auraient fait feu, le massacre eût tourné aussitôt à la boucherie, et étant donnés surtout les rangs serrés de la foule qui n'avait que des poitrines et non des cuirasses à opposer aux balles,

Les officiers ne songèrent pas à cela. Ou s'ils y songèrent, les soldats ne comprirent pas et n'exécutèrent pas l'ordre. La décharge fut générale sur toute la ligne. Et ce que la voix inconnue avait prédit se réalisa : ayant déchargé leurs arquebuses, les soldats durent recevoir le choc à l'arme blanche.

La partie devenait presque égale en ce sens que si les soldats casqués et cuirassés de buffle ou d'acier offraient moins de prise aux coups de leurs adversaires, ceux ci avaient sur eux la supériorité du nombre.

Et le corps à corps se produisit, opiniâtre et acharné de part et d'autre.

Pendant ce temps, le Torero était entraîné par ses partisans, entraîné malgré ses protestations, ses objurgations, ses menaces, malgré sa défense désespérée.

Ils étaient cinquante qui l'avaient entouré et enlevé. En moins d'une minute, ils furent cinq cents. De tous les côtés il en surgissait.

C'est que, en effet, soustraire le roi Carlos — comme ils disaient — aux vingts soldats chargés de l'appréhender n'était rien. Il fallait passer sur le ventre des gentilshommes, qui ne manqueraient pas de leur barrer la route.

Fausta, éclairée par le duc de Castrana, qui connaissait admirablement le champ de bataille sur lequel il devait évoluer, Fausta avait minutieusement et merveilleusement organisé l'enlèvement. Car c'était, en somme, un véritable enlèvement qui se pratiquait là.

L'itinéraire à suivre était tracé d'avance. Il devait être, et il était en effet, rigoureusement suivi.

Il s'agissait d'entraîner le Torero non pas vers une sortie où l'on se fût heurté à des troupes de gentilshommes et de soldats, mais vers les coulisses de l'arène. Ces coulisses se trouvaient, nous l'avons dit, dans l'enceinte même de la plaza, c'est-à-dire sur la place même.

D'Espinosa, qui calculait tout, ne pouvait pas prévoir que le Torero serait entraîné là, puisqu'il n'y avait pas de sortie. Toutes les rues étaient barrées par ses soldats. Il avait donc négligé d'occuper ces coulisses. C'était précisément sur quoi comptait Fausta.

Ces coulisses, elle les avait occupées, elle. Partout des groupes d'hommes à elle étaient postés. On se passa le Torero de main en main jusqu'à ce qu'il fût amené devant une maison qui appartenait à l'un des conjurés.

Malgré lui, on le porta dans cette maison, et sans savoir comment, il se trouva dehors, dans une rue étroite, derrière des troupes nombreuses qui gardaient cette rue, avec mission d'empêcher de passer quiconque tenterait de sortir de la place.

Comme toujours en pareille circonstance, les soldats

gardaient scrupuleusement ce qui était devant eux et ne s'occupaient pas de ce qui se passait sur leurs derrières.

L'obstacle franchi, de nouveaux postes appartenant à Fausta se trouvaient échelonnés de distance en distance, dans des abris sûrs, et le Torero, écumant, fut conduit ainsi en un clin d'œil hors de la ville et enfermé, pour plus de sûreté, dans une chambre qui prenait toutes les apparences d'une prison.

Pourquoi le Torero s'était-il efforcé d'échapper aux mains de ceux qui le sauvaient ainsi malgré lui et malgré sa résistance désespérée ?

C'est qu'il pensait à la Giralda.

Dans la prodigieuse aventure qui lui arrivait, il n'avait songé qu'à elle. Tout le reste n'avait pour ainsi dire pas existé pour lui. Et en se débattant entre les mains de ceux qui l'entraînaient, dans son esprit exaspéré, cette clameur retentissait sans cesse :

— Que va-t-elle devenir ? Dans l'effroyable bagarre que je pressens quel sort sera le sien ?

Ce qui était arrivé à la Giralda, nous allons le dire en peu de mots :

Lorsque les troupes royales s'étaient massées devant la foule, qu'elles tenaient sous la menace de leurs arquebuses, la Giralda, au premier rang, se trouvait une des plus exposées, et, à moins d'un hasard providentiel, elle devait infailliblement tomber à la première décharge.

Très étonnée, mais non effrayée, parce qu'elle ne soupçonnait pas la gravité des événements, elle s'était dressée instinctivement en s'écriant :

— Que se passe t-il donc ?

Un des galants cavaliers, qui l'avaient poussée à cette place privilégiée, répondit, obéissant à des instructions préalables :

— On veut arrêter le Torero. C'est une opération qui rencontrera quelques difficultés, car ils sont là des milliers d'admirateurs résolus à l'entraver de leur mieux. Notre sire le roi, qui prévoit tout, a pris des mesures en conséquence. Si vous voulez m'en croire, demoiselle, vous ne resterez pas un instant de plus ici. Il va pleuvoir des horions dont beaucoup seront mortels.

De tout ceci la Giralda n'avait retenu qu'une chose:
on voulait arrêter le Torero.

— Arrêter César ! s'écria-t-elle. Pourquoi ? Quel
crime a-t-il commis ?

Et n'écoutant que son cœur amoureux, sans réfléchir,
elle avait voulu s'élancer, courir au secours de l'aimé,
lui faire un rempart de son corps, partager son sort quel
qu'il fût.

Mais tous ceux qui l'environnaient, y compris les
deux soldats en sentinelle à cet endroit, étaient placés là
uniquement à son intention à elle.

Tous ces hommes étaient les acolytes de Centurion,
renforcés pour la circonstance. Leur besogne leur avait
été clairement expliquée et ils savaient par conséquent
ce qu'ils avaient à dire et à faire pour la mener à bien.

La Giralda ne put même pas faire un pas. D'une part
les deux soldats se jetèrent en même temps devant elle
pour lui barrer le chemin ; d'autre part, le même cavalier empressé la saisit au poignet d'une main robuste et
l'immobilisa sans peine. En même temps, pour expliquer et excuser la brutalité de son geste, le cavalier disait, sur un ton qu'il s'efforçait de rendre courtois :

— Ne bougez pas, demoiselle. Vous vous perdriez
inutilement.

— Laisse-moi ! cria la Giralda en se débattant.

Et prise d'une inspiration soudaine, elle se mit à crier
de toutes ses forces :

— A moi ! On violente la Giralda... la fiancée du
Torero !

Cet appel ne faisait pas l'affaire des sacripants qui
avaient mission de l'enlever. La Giralda, criant son nom,
aussi populaire que celui du Torero, la Giralda, se réclamant de son titre de fiancée en semblable occurrence,
avait des chances d'ameuter la foule contre les hommes
de Centurion, qui n'étaient pas précisément en odeur de
sainteté aux yeux du populaire.

Le galant cavalier, qui était le sergent de Centurion et
comme tel commandait en son absence, comprit le danger. Il eut à son tour une inspiration, et la lâchant aussitôt, il dit en faisant des grâces qu'il croyait irrésistibles :

— Loin de moi la pensée de violenter l'incomparable
Giralda, la perle de l'Andalousie. Mais, senorita, aussi

vrai que je suis gentilhomme et que don Gaspar Barrigon est mon nom, vous iriez au devant d'une mort aussi certaine qu'inutile en courant par là. Voyez plutôt vous-même. Montez sur cet escabeau. Voyez-vous les partisans du Torero qui l'enlèvent au nez et à la barbe des soldats chargés de l'arrêter? Voyez l'officier qui s'arrache la moustache de désespoir !

— Sauvé! s'écria la Giralda, qui avait obéi machinalement à don Gaspar Barrigon, puisque tel était son nom.

Et sautant lestement à terre, elle ajouta :

— Il faut que je le rejoigne à l'instant.

— Venez, señorita, s'empressa de dire Barrigon ; sans moi vous ne passerez jamais à travers cette multitude. Et croyez-moi, ne perdons pas une seconde. Dans un instant un ouragan de balles va s'abattre ici, et je puis vous assurer qu'il fera chaud.

La Giralda eut un geste d'impatience à l'adresse de l'importun. Mais voyant ses efforts se briser devant l'impassibilité des compagnons qui l'entouraient et qui ne bougeaient — pour cause — elle eut un geste de déception douloureuse.

— Suivez-moi, demoiselle, insista don Gaspar. Je vous jure que vous n'avez rien à craindre de moi. Je suis un admirateur passionné du Torero et suis trop heureux de prêter l'appui de mon bras à celle qu'il aime.

Il paraissait sincère devant les bourrades qu'il ne ménageait pas à ses hommes; ceux-ci se hâtaient de lui livrer passage. La jeune fille n'en chercha pas plus long. Elle suivit celui qui lui permettait de se rapprocher de son fiancé.

Quelques instants plus tard, elle était hors de la foule, dans une des petites rues qui bordaient la place. Sans songer à remercier celui qui lui avait frayé son chemin et dont l'aspect rébarbatif ne lui disait rien, elle voulut s'élancer.

Alors elle se vit entourée d'une ...ngtaine d'estafiers qui, loin de lui faire place, se serrèrent autour d'elle. Alors elle voulut crier, appeler à l'aide, mais sa voix fut couverte par le bruit de l'arquebusade qui éclata comme un tonnerre à cet instant précis.

Avant d'avoir pu se ressaisir, elle était saisie, enlevée, jetée sur l'encolure d'un cheval, deux poignes vigoureuses la happaient, paralysaient toute résistance, la maintenaient immobile, tandis que la voix railleuse du cavalier murmurait :

— Inutile de résister, ma douce colombe. Cette fois-ci, je te tiens bien, et tu ne m'échapperas pas.

Elle leva son œil où se lisait une détresse qui eût apitoyé tout autre et considéra celui qui lui parlait sur ce ton à la fois grossier et menaçant, et elle reconnut Centurion. Elle se sentit perdue. D'autant mieux qu'autour d'elle, elle ne voyait que ces cavaliers à mine patibulaire qui l'avaient si galamment poussée au premier rang de la foule, ces mêmes cavaliers qui l'avaient ensuite escortée jusque-là et qui, maintenant, riant haut, avec d'ignobles plaisanteries à son adresse, enfourchaient les chevaux que des acolytes gardaient dans ce coin de rue en prévision de l'événement qui se produisait.

Le guet-apens, soigneusement ourdi, adroitement exécuté, lui apparut dans toute son horreur, et elle se demanda, trop tard, hélas ! comment elle avait pu être aveugle au point de n'avoir eu aucun soupçon à la vue de ces mufles de fauves qui suaient le crime.

Il est vrai que toute à la joie du triomphe escompté de son bien-aimé César, elle n'avait pas même songé à les regarder à ce moment-là, et Dieu sait si elle regrettait maintenant.

Alors, comme un pauvre petit oiseau blessé qui replie ses ailes et s'abandonne en tremblant à la main cruelle qui s'abat sur lui, frissonnante d'horreur et d'effroi, elle ferma les yeux et s'évanouit.

La voyant immobile et pâle, les bras ballants, comme un corps sans vie, le familier comprit et, cynique et satisfait, il gouailla :

— La tourterelle est pâle. Tant mieux ! Voilà qui simplifie ma besogne

Et d'une voix de commandement, à ses hommes :

— En route, vous autres !

Il se plaça, avec son précieux fardeau, au centre du peloton, qui s'ébranla et partit à toute bride.

# XII

## L'ÉPÉE DE PARDAILLAN

Nous avons raconté, en temps et lieu, comment Bussi-Leclerc avait échoué dans sa tentative d'assassinat sur la personne du chevalier de Pardaillan. Nous avons expliqué à la suite de quels combats et quels déchirements intérieurs Bussi, qui était brave, s'était abaissé a cette besogne que lui-même, dans sa conscience, stigmatisait avec une violence de langage qu'il n'eût, certes, pas tolérée chez un autre.

Bussi-Leclerc, voyant Pardaillan, l'épée à la main, s'avancer menaçant sur lui, avait cru qu'il allait être encore une fois désarmé, et dans un geste de folie, il avait jeté son épée loin de lui, pour s'éviter cette humiliation, qui avait le don de lui faire perdre la tête.

Fuyant la voix, plus attristée qu'indignée, du chevalier qui lui disait, suprême honte : « Je vous fais grâce ! » Bussi Leclerc était rentré chez lui en courant et s'était enfermé à double tour, comme s'il eût craint qu'on ne devinât son déshonneur, rien qu'en le voyant.

Car le spadassin qui avait fait triompher tout ce qui, dans Paris, savait manier une épée, s'était sincèrement cru déshonoré le jour où Pardaillan lui avait, comme en se jouant, fait sauter des mains son épée, jusqu'à ce jour invincible.

Après avoir vainement essayé de reprendre sa revanche en désarmant à son tour celui pour qui il sentait la haine gronder en lui, il en était venu à se dire que sa mort, à lui Bussi, ou celle de son ennemi pouvait seule laver son déshonneur. Et par une subtilité au moins bizarre, ne pouvant l'atteindre en combat loyal, il s'était résigné à l'assassinat.

On a vu comment l'aventure s'était terminée. Bussi-Leclerc écumant, pleurant des larmes de honte et de rage impuissante, Bussi-Leclerc tournant comme un fauve en cage à grands pas furieux dans la solitude de la chambre où il s'était enfermé, n'était pas encore revenu de la stupéfiante mésaventure dont il avait été le triste héros.

Toute la nuit, cette nuit que Pardaillan passait dans les souterrains de la maison des Cyprès, toute cette nuit Bussi la passa à tourner et retourner comme un ours dans sa chambre, à ramasser sans trêve son humiliante aventure, à se gratifier soi-même des injures les plus violentes et les plus variées.

Lorsque le jour se leva il avait enfin pris une résolution qu'il traduisit à haute voix en grognant d'une voix qui n'avait plus rien d'humain :

— Par le ventre de ma mère ! puisque le maudit Pardaillan, protégé par tous les suppôts d'enfer, d'où il est certainement issu, est insaisissable et invincible, puisque moi, Bussi-Leclerc, je suis et resterai, tant qu'il vivra, déshonoré, à telle enseigne que je n'aurais pas le front de me montrer dans la rue, puisqu'il en est ainsi et non autrement et que je n'y puis rien, il ne me reste plus qu'un moyen de laver mon honneur : c'est de mourir moi-même. Et puisque l'infernal Pardaillan me fait grâce, comme il dit, je n'ai plus qu'à me tuer moi même. Ainsi ne pourra-t-on plus se gausser de moi.

Ayant pris cette suprême résolution, il retrouva tout son calme et son sang-froid. Il trempa son front brûlant dans l'eau fraîche, et, très résolu, très maître de lui, il se mit à écrire une sorte de testament dans lequel, après avoir disposé de ses biens en faveur de quelques amis, il expliquait son suicide de la manière qui lui parût la plus propre à réhabiliter sa mémoire.

La rédaction de ce factum l'amena sans qu'il s'en aperçût jusque vers une heure de l'après-midi.

Ayant ainsi réglé ses affaires, sûr de n'avoir rien oublié, Bussi-Leclerc choisit dans sa collection une épée qui lui parut la meilleure, plaça la garde par terre, contre le mur, appuya la pointe sur la poitrine, à la place du cœur, et prit son élan pour s'enferrer convenablement.

Au moment précis où il allait accomplir l'irréparable geste, on frappa violemment à sa porte.

Bussi-Leclerc était bien résolu à en finir. Néanmoins la surprise l'empêcha d'achever le geste mortel.

— Qui diable vient chez moi ? grommela-t-il avec rage Par Dieu ! j'y suis. C'est l'un quelconque des trois mignons que j'ai placés chez Fausta. Peut-être tous les trois. Ils ont été témoins de ma mésaventure, et sans doute ils viennent s'apitoyer hypocritement sur mon sort. Serviteur, messieurs, je n'ouvre pas.

Comme si elle avait entendu, la personne qui frappait cria à travers la porte :

— Ho ! monsieur de Bussi-Leclerc ! Vous êtes la, pourtant ? Ouvrez, que diantre ! De la part de la princesse Fausta !

— Tiens ! pensa Bussi, ce n'est pas la voix de Montsery, ni celle de Chalabre, ni celle de Sainte-Maline.

Et tout rêveur, mais sans bouger encore :

— Fausta !...

L'inconnu se mit à tambouriner la porte et à faire un vacarme étourdissant en criant à tue-tête :

— Ouvrez, monsieur ! Affaire de toute urgence et de première importance.

— Au fait, songea Bussi, qu'est-ce que je risque ? Ce braillard expédié à la douce, je pourrai toujours achever tranquillement ce qu'il vient d'interrompre. Voyons ce que nous veut Fausta.

Et il alla ouvrir. Et Centurion entra.

Que venait faire là Centurion ? Quelle proposition fit-il à Bussi-Leclerc ? Que fut-il convenu entre eux ? C'est ce que nous apprendrons sans doute par la suite.

Il faut bien croire cependant que ce que l'ancien bachelier dit au spadassin était de nature à changer ses résolutions, puisque nous retrouvons, le lendemain, Bussi-Leclerc à la corrida royale.

Nous devons cependant dire tout de suite que les propositions ou les conseils de Centurion devaient être particulièrement louches, puisque Bussi-Leclerc, qui avait glissé jusqu'à l'assassinat, commença par se fâcher tout rouge, allant jusqu'à menacer Centurion, de le jeter par la fenêtre pour le châtier de l'audace qu'il avait de lui faire des propositions qu'il jugeait injurieuses et indignes d'un gentilhomme.

Il faut croire que le familier factotum de Fausta sut trouver les mots qui convainquent ou que la haine aveuglait l'ancien gouverneur de la Bastille au point de lui faire accepter les pires infamies, car après s'être indigné, après avoir menacé, après s'être gratifié soi-même des plus sanglantes injures, ils finirent par se quitter bons amis et Bussi-Leclerc ne se suicida pas.

Donc, sans doute comme suite à l'entretien mystérieux que nous venons de signaler, nous retrouvons Bussi-Leclerc, dans le couloir circulaire de la plaza, semblant guetter Pardaillan, à la tête d'une compagnie de soldats espagnols, comme l'avait fort bien remarqué le chevalier.

Lorsque la barrière tomba sous la poussée des hommes à la solde de Fausta, Pardaillan, sans hâte inutile, puisque le danger ne lui paraissait pas immédiat, se disposa à les suivre, tout en surveillant l'ancien maître d'armes du coin de l'œil.

Bussi-Leclerc, voyant que Pardaillan se disposait à entrer dans la piste, fit rapidement quelques pas à sa rencontre, dans l'intention manifeste de lui barrer la route.

Il faut dire qu'il était suivi pas à pas par les soldats qui semblaient se guider sur lui, comme s'il eût été réellement leur chef.

En toute autre circonstance et en présence de tout autre, Pardaillan eût probablement continué son chemin sans hésitation, d'autant plus que les forces qui se présentaient à lui étaient assez considérables pour conseiller la prudence, même à Pardaillan.

Mais, en l'occurrence, il se trouvait en présence d'un homme qui le haïssait de haine mortelle, bien que lui-même n'éprouvât aucun sentiment semblable à son égard.

Il se trouvait en présence d'un ennemi à qui il avait infligé plusieurs défaites qu'il savait être très douloureuses pour l'amour-propre du bretteur réputé.

Dans sa logique toute spéciale, Pardaillan estimai-

que cet ennemi avait, jusqu'à un certain point, le droit
de chercher à prendre sa revanche et que lui, Pardaillan,
n'avait pas le droit de lui refuser cette satisfaction.

Or cet ennemi paraissait vouloir user de son droit
puisqu'il lui criait d'un ton provocant :

— Hé ! monsieur de Pardaillan, ne courez pas si
fort. J'ai deux mots à vous dire.

Cela seul eût suffi à immobiliser le chevalier.

Mais il y avait une autre considération qui avait à
elle seule plus d'importance encore que tout le reste :
c'est que Bussi, manifestement animé de mauvaises
intentions, se présentait à la tête d'une troupe d'une
centaine de soldats. Se dérober dans de telles conditions
lui apparaissait comme une fuite honteuse, comme une
lâcheté — le mot était dans son esprit — dont il était
incapable.

Ajoutons que, si bas que fût tombé Bussi-Leclerc dans
l'esprit de Pardaillan, à la suite de son attentat de l'a-
vant-veille, il avait la naïveté de le croire incapable
d'une félonie.

Toutes ces raisons réunies firent qu'au lieu de suivre
les défenseurs du Torero, comme il eût peut-être fait en
un autre moment, il s'immobilisa aussitôt, et glacial,
hérissé, d'autant plus furieux intérieurement que, du
coin de l'œil, il remarquait qu'une autre compagnie,
surgie soudain du couloir, se rangeait en ligne de bataille, de l'autre côté de la barrière, et sans se soucier
de ce qui se passait autour d'elle, sur la piste, semblait
n'avoir d'autre objectif que de le garder, lui, Pardaillan.
Par cette manœuvre imprévue, il se trouvait pris entre
deux troupes d'égale force.

Pardaillan eut l'intuition instantanée qu'il était tombé
dans un traquenard d'où il ne lui semblait pas possible
de se tirer, à moins d'un miracle.

Mais tout en se rendant compte de l'effroyable danger
qu'il courait, tout en s'invectivant copieusement, selon
son habitude, et en se traitant de fanfaron et de bravache,
allant, dans sa fureur, jusqu'à s'adresser lui même ce
nom de Don Quichotte que lui prodiguait habituellement
son ami M. de Cervantès, il se fût fait tuer sur place
plutôt que de paraître reculer devant la provocation
qu'il devinait imminente.

A l'appel de Bussi-Leclerc, d'une voix éclatante qui domina le tumulte déchaîné et fut entendue de tous, avec cette terrible froideur qui chez lui dénotait une puissante émotion, il répondit :

— Eh ! mais... je ne me trompe pas ! C'est M. Leclerc ! Leclerc qui se prétend un maître en fait d'armes et qui est moins qu'un méchant prévôt... un écolier médiocre ! Leclerc qui profite bravement de ce que Bussi d'Amboise est mort pour lui voler son nom et le déshonorer en l'accolant à celui de Leclerc. Outrecuidance qui lui vaudrait la bastonnade, bien méritée, que ne manquerait pas de lui faire infliger par ses laquais le vrai sire de Bussi, s'il était encore de ce monde.

En abordant Pardaillan dans des circonstances aussi anormales, après sa tentative d'assassinat si récente et sa honteuse fuite, Bussi-Leclerc s'attendait certes à être accueilli par une bordée d'injures comme on savait les prodiguer à une époque où tout se faisait avec une outrance sans bornes.

Comme il importait à la bonne exécution de la tâche qu'il s'était donnée de garder tout son sang-froid, il s'était bien promis d'écouter, sinon avec un calme réel, du moins avec une indifférence apparente, toutes les aménités de ce genre dont il plairait à son ennemi de le gratifier.

Tout de même, il ne s'attendait pas à être touché aussi profondément. Ce démon de Pardaillan, devant tous ces gentilshommes, ces officiers, ces soldats espagnols, qui, sans doute, riaient de lui sous cape, du premier coup le frappait cruellement dans ce qu'il y avait de plus sensible en lui : sa vanité de maître invincible, jusqu'à sa première rencontre avec Pardaillan, sa réputation de brave des braves, consacrée par ce nom de Bussi, généralement accepté, et qu'il avait fini par considérer comme le sien.

Fidèle à la promesse qu'il s'était faite à lui-même, il accueillit les paroles du chevalier avec un sourire qu'il croyait dédaigneux et qui n'était qu'une grimace. Il souriait, mais il était livide. Son amour-propre saignait à vif, et il se meurtrissait la poitrine de ses ongles pour s'obliger à garder une apparence de calme et de dédain.

Mais la colère grondait en lui et il attendait l'heure de
la revanche avec une impatience fiévreuse.

Cependant l'apostrophe de Pardaillan appelait une
réponse du tac au tac, et Bussi, égaré par la rage, ne
trouvait rien qui lui parût assez violent. Il se contenta
de grincer :

— C'est moi, oui !

— Jean Leclerc, reprit la voix impitoyable de Pardaillan, la longue rapière qui vous bat les mollets est-
elle aussi longue que celle que vous avez jetée vous-
même lorsque vous tentâtes de m'assassiner ? Car c'est
un fait étrange vraiment que lorsque, par aventure,
vous n'êtes pas désarmé par votre adversaire, vous
éprouvez le besoin de vous désarmer vous-même.

Les bonnes résolutions de Bussi-Leclerc commençaient à chavirer sous les sarcasmes dont l'accablait
celui qu'il eût voulu poignarder à l'instant même. Il tira
la longue rapière dont on venait de lui parler, et la faisant siffler il hurla, les yeux hors de l'orbite :

— Misérable fanfaron !

Avec un suprême dédain, Pardaillan haussa les
épaules et continua :

— Vous m'avez demandé, je crois, où je courais tout
à l'heure... Ma foi, Jean Leclerc, je conviens que si j'a-
vais voulu vous attraper, quand vous avez fui devant
mon épée, il m'aurait fallu, non pas courir, mais voler,
plus rapide que le tourbillon. Par Pilate ! quand vous
fuyez, vous avez tel le Mercure de la mythologie, des
ailes aux talons, mon maître. Et j'y songe maintenant,
vous vous croyez un maître et vous l'êtes en effet : un
maître fuyard. Jean Leclerc, vous êtes un maître
fuyard, un maître poltron.

Tout ceci n'empêchait pas Pardaillan de surveiller
du coin de l'œil le mouvement de troupes qui se dessinait
autour de lui.

En effet, cependant que Bussi-Leclerc s'efforçait de
faire bonne contenance sous les douloureux coups d'é-
pingle que lui prodiguait Pardaillan, comme s'il n'était
venu là que pour détourner son attention en excitant sa
verve, les soldats, eux, prenaient position.

Il en sortait de partout. C'était à se demander où ils

s'étaient terrés jusque-là. Et ici, nous sommes obligé de faire une description sommaire des lieux.

Pardaillan se trouvait dans le couloir circulaire, large de plus d'une toise. Il avait à sa gauche la barrière qui avait été jetée bas, en partie. Par-delà la barrière, c'était la piste. En face de lui, c'était le couloir qui tournait sans fin autour de la piste.

En allant par là, droit devant lui, il eût abouti à l'endroit réservé au populaire. Derrière lui, c'était toujours le même couloir, ayant en bordure les gradins occupés par les gens de noblesse. Enfin à sa droite il y avait un large couloir aboutissant à l'endroit où se dressaient les tentes des champions.

Or tandis qu'il accablait Bussi Leclerc de ses sarcasmes, sur la piste, à sa gauche, une deuxième, puis une troisième compagnie étaient venues se joindre à la première et s'étaient placées là en masses profondes.

Environ quatre cents hommes se trouvaient là. Quatre cent hommes qui, l'épée ou l'arquebuse à la main, attendaient impassibles, sans s'occuper de ce qui se passait autour d'eux, quatre cents hommes qui semblaient être placés là uniquement pour lui et semblaient dire : « Tu ne passeras pas par là. »

Et de fait, un boulet seul eût pu traverser les dix ou douze rangs de profondeur qu'avait cette agglomération de forces fantastique, si l'on songe qu'elle ne visait qu'un homme, seul, armé seulement de son épée.

Devant lui, derrière lui, dans cette espèce de boyau qu'était le couloir circulaire, c'était un grouillement fantastique d'hommes d'armes.

Bien qu'ils fussent moins nombreux là que sur la piste, les soldats paraissaient, au contraire, être en nombre plus considérable. Cela tenait à ce que les troupes, manquant de front pour se déployer, s'étendaient en profondeur.

Essayer de se frayer un chemin, à travers les vingt ou trente rangs de profondeur, eût été une entreprise chimérique, au-dessus des forces humaines, qui ne pouvait être tentée, même par un Pardaillan.

Enfin, à sa droite où il eût pu, comme sur la piste, trouver assez d'espace pour non pas tenter une défense impossible, mais essayer de battre en retraite en se défilant parmi les tentes, les barrières, mille objets hétéro chi... qui eussent pu, à la rigueur, faciliter cette retraite, de ce côté là, on n'eût pas trouvé un espace long d'une toise qui ne fût occupé. Et là, comme sur la piste, comme dans le couloir, pas un homme isolé. Partout des masses compactes.

Cet envahissement s'était effectué avec une rapidité foudroyante. Ces troupes, longtemps et habilement dissimulées, ayant des instructions claires, données d'avance, avaient manœuvré avec un ordre et une précision parfaits.

En moins de temps qu'il ne nous en a fallu pour l'expliquer, l'encernement était complet, et Pardaillan se trouvait pris au centre de ce cercle de fer, composé de près d'un millier de soldats.

Il avait fort bien observé le mouvement, et si Bussi-Leclerc ne s'était placé d'un air provocant sur sa route, il est à présumer qu'il ne se fût pas laissé acculer ainsi. Il eût tenté quelque coup de folie, comme il en avait réussi quelques-uns dans sa vie aventureuse, avant que la manœuvre fût achevée et que la retraite lui eût été coupée.

Et c'était là une invention de Fausta qui s'était dit que le meilleur moyen de l'immobiliser, de l'amener en quelque sorte à se livrer lui-même, c'était de le placer dans la nécessité de choisir entre se faire prendre ou paraître fuir.

Ah! comme elle le connaissait bien! Comme elle savait que son choix serait vite fait! C'est ce qu'il avait fallu faire comprendre et accepter a Bussi-Leclerc qui, maintenant que les prévisions de Fausta se réalisaient, ne regrettait plus d'avoir eu à supporter les sarcasmes de celui qu'il haïssait.

Pardaillan, donc, dès l'instant où Bussi l'interpella, résolut de lui tenir tête, quoi qu'il dût en résulter. Il ne se croyait pas, nous l'avons dit, directement menacé. L'eût-il cru que sa résolution n'eût pas varié

Il pensait toujours que tous ces soldats étaient mis sur pied en prévision des événements que l'arrestation du Torero devait faire surgir. Mais comme, tout en invectivant Bussi-Leclerc, il surveillait attentivement ce qui se passait autour de lui, il ne fut pas longtemps à comprendre que c'était à lui qu'on en voulait.

Jamais il ne s'était trouvé en une passe aussi critique, et en se redressant, hérissé, flamboyant, terrible, il jugeait la situation telle qu'elle était, avec ce sang-froid qui ne l'abandonnait pas, malgré qu'il sentit le sang battre ses tempes à coups redoublés, et il songeait :

— Allons, c'est ici la fin de tout ! C'est ici que je vais laisser mes os ! Et c'est bien fait pour moi ! Qu'avais-je besoin de m'arrêter pour répondre à ce spadassin que j'eusse toujours retrouvé ! Je pouvais encore gagner au large. Mais non, il a fallu que la langue me démangeât. Puisse le diable me l'arracher ! Me voici bien avancé maintenant. Il ne me reste plus qu'à vendre ma vie le plus chèrement possible, car pour me tirer de là, le diable lui même ne m'en tirerait pas.

Pendant ce temps, l'orage éclatait du côté du populaire. Les soldats, après avoir déchargé leurs arquebuses, avaient reçu le choc terrible du peuple exaspéré. La piste était envahie, le sang coulait à torrents.

De part et d'autre on se portait des coups furieux, accompagnés d'injures, de vociférations, d'imprécations, de jurons intraduisibles. Pendant ce temps, le Torero, cause involontaire de cette effroyable boucherie, était enlevé par les hommes de Fausta.

Chose étrange, qui dénotait la parfaite discipline des troupes de d'Espinosa, tandis que, là-bas, la bataille se déroulait avec ses clameurs assourdissantes, son tumulte indescriptible, avec le choc des armes, les plaintes des blessés, les râles des agonisants, ici, comme si rien ne se fût passé si près, c'était l'ordre parfait, le calme et le silence lourd, étouffant, qui précède l'orage. Et cela faisait un contraste frappant.

Bussi-Leclerc avait dégainé et s'était campé devant Pardaillan. Autour de celui-ci, le cercle de fer s'était rétréci et maintenant il n'avait plus qu'un tout petit espace de libre.

Partout, devant, derrière, à droite et à gauche, aussi loin que sa vue pouvait aller, il voyait des hommes impassibles qui, le fer nu à la main, attendaient un ordre pour se ruer sur lui et le mettre en pièces.

Bussi-Leclerc ouvrait la bouche pour répondre à la dernière insulte de Pardaillan. Une main fine et blanche se posa sur son bras et, d'une pression à la fois douce et impérieuse, lui imposa silence. En même temps, une voix que Pardaillan reconnut aussitôt dit avec un accent grave :

— Eh bien! Pardaillan, crois-tu pouvoir échapper? Regarde autour de toi, Pardaillan Vois ces centaines d'hommes armés qui te serrent de près. Tout cela, c'est mon œuvre à moi. Cette fois-ci je te tiens, je te tiens bien. Nulle puissance humaine ou infernale ne peu' t'arracher à mon étreinte. Tu te disais invulnerable, et j'avais presque fini par le croire. « Mon heure n'est pas venue, disais-tu, parce que vous êtes vivante et qu'il est écrit que Pardaillan doit tuer Fausta ». Je suis vivante encore, Pardaillan, et toi, tu es en mon pouvoir et ton heure est enfin venue!

— Par Dieu ! madame, gronda Pardaillan, j'ai rencontré celui-ci — d'un geste de mépris écrasant il désignait Bussi, livide de fureur — j'ai vu celui-ci que j'ai connu geôlier autrefois, qui s'est fait assassin et, ne se jugeant pas assez bas, s'est fait sbire et pourvoyeur de bourreau ; j'ai vu ceux-là — il désignait les officiers et les soldats qui frémirent sous l'affront — ceux là qui ne sont pas des soldats. Des soldats ne se fussent pas mis à mille pour meurtrir ou arrêter un seul homme. J'ai vu se dessiner le guet apens, s'organiser l'assassinat. j'ai vu les reptiles, les chacals, toutes les bêtes puantes et immondes s'avancer en rampant, prêtes à la curée, et je me s. s dit que pour compléter la collection, il ne manquait plus qu'une hyène. Et aussitôt, vous êtes apparue. En vérité, je vous le dis, madame, une fête pareille ne pouvait se passer sans Fausta, organisatrice incomparable qui ne pouvait rester dans l'ombre.

Impassible, elle essuya la violente diatribe sans sourciller. Elle ne daigna pas discuter. A quoi bon? Elle parut même accepter ce qu'il avait dit, en assumer la responsabilité en disant avec un hochement de tête approbateur :

— Oui, tu l'as dit, je ne pouvais manquer d'assister à la fête organisée par moi, car, sache-le, c'est par mon ordre que ces soldats sont ici, c'est par mon ordre que M. de Bussi-Leclerc s'est présenté devant toi. Je savais, Pardaillan, que tu ne saurais pas résister à ta frénésie de bravade et que, pendant ce temps, moi, je pourrais tendre mon filet en toute quiétude. Et il en a été ainsi que je l'avais prévu Et maintenant, tu es pris dans les mailles du filet, dont rien ne pourra te distraire, et c'est pour te dire cela que je suis venue.

Et, se tournant vers un officier qui rongeait rageusement sa moustache, honteux qu'il était du rôle qu'on leur faisait jouer, sur un ton de suprême autorité, en désignant Pardaillan de la main :

— Arrêtez cet homme !

L'officier allait s'avancer lorsque Bussi-Leclerc s'écria :

— Un instant, mort-diable !

Cette intervention soudaine de Bussi Leclerc n'était pas concertée avec Fausta, car elle se tourna vivement vers lui et, sans cacher le mécontentement qu'elle éprouvait :

— Perdez-vous la tête, monsieur ? Que signifie ceci ?

— Eh ! madame, fit Bussi, avec une brusquerie affectée, le sire de Pardaillan, qui se vante de m'avoir désarmé et mis en fuite, me doit bien une revanche, que diable ! Je ne suis venu ici que pour cela, moi !

Fausta le considéra une seconde avec un étonnement qui n'avait rien de simulé. Bussi-Leclerc, qui s'était toujours laissé désarmer dans toutes ses rencontres avec Pardaillan, choisissait le moment où celui-ci était enfin pris pour venir le provoquer Très sincèrement, elle le crut soudainement frappé de démence. Elle baissa d'instinct le ton pour lui demander d'un air vaguement apitoyé :

— vous voulez donc vous faire tuer ? Croyez-vous que, dans sa situation, il poussera la folie jusqu'à vous faire grâce de la vie, une fois de plus ?

Bussi-Leclerc secoua la tête avec un entêtement farouche, et sur un ton d'assurance qui frappa Fausta :

— Rassurez-vous, madame, dit-il. Je comprends ce que vous dites... et même ce que vous n'osez me dire en face, de peur de me contrister. Le sire de Pardaillan ne me tuera pas. Je vous en donne l'assurance formelle.

Fausta crut qu'il avait inventé ou acheté quelque botte secrète, comme on en trouvait tous les jours, et que

sûr de triompher, il tenait à le faire devant tous ces soldats qui seraient les témoins de sa victoire et rétabliraient sa réputation ébranlée de maître invincible. Il paraissait tellement sûr de lui qu'une autre appréhension vint l'assaillir, qu'elle traduisit en grondant :

— Vous n'allez pas le tuer, j'imagine ?

— Peste non ! madame. Je ne voudrais ni pour or ni pour argent le soustraire au supplice qui l'attend. Je ne le tuerai pas, soyez tranquille.

Il prit un temps pour produire son petit effet avec plus de force et, avec une insouciance affectée :

— Je me contenterai de le désarmer.

Fausta demeura un moment perplexe. Elle se demandait si elle devait le laisser faire. Non qu'elle s'intéressât à lui à ce point, mais tant elle craignait de voir Pardaillan lui échapper. C'est qu'elle était payée pour savoir qu'avec le chevalier on ne pouvait jamais jurer de rien.

Elle allait donc donner l'ordre de procéder à l'instant à la prise de corps de celui qu'on pouvait considérer comme prisonnier.

Bussi-Leclerc lut sa résolution dans ses yeux.

— Madame, dit-il d'une voix tremblante de colère contenue, j'ai fait vos petites affaires de mon mieux et moi seul sais ce qu'il m'en a coûté. De grâce, je vous en prie, laissez-moi faire les miennes à ma guise... ou je ne réponds de rien.

Ceci était dit sur un ton gros de sous-entendus menaçants. Fausta comprit que le contrarier ouvertement pouvait être dangereux.

Qui pouvait savoir à quelles extrémités pourrait se livrer cet homme que la haine rendait fou furieux ? Au surplus, en considérant les troupes formidables qui entouraient le chevalier, elle se rassura quelque peu.

— Soit, dit-elle d'un ton radouci, agissez donc à votre guise.

Et en elle-même, elle ajouta :

— S'il se fait tuer, s'il reçoit une suprême et sanglante humiliation, après tout, tant pis pour lui. Que m'importe, à moi.

Bussi-Leclerc s'inclina, et froidement :

— Écartez-vous donc, madame, et ne craignez rien.
Il n'échappera pas au sort qui l'attend.

Et se tournant vers Pardaillan qui, un sourire dédaigneux aux lèvres, avait attendu patiemment la fin de cet entretien particulier :

— Holà ! monsieur de Pardaillan, fit-il à haute voix, ne pensez-vous pas que l'heure est bien choisie pour donner au mauvais écolier que je suis une de ces prestigieuses leçons dont vous seul avez le secret ? Voyez l'admirable galerie de braves qui vous entoure. Où trouver témoins plus nombreux et mieux qualifiés de la défaite humiliante que vous ne manquerez pas de m'infliger ?

Pardaillan savait bien, quoi qu'il en eût dit, que Bussi-Leclerc était brave. Il savait bien que la mort ne l'effrayait pas. Mais il savait aussi que ce que le spadassin appréhendait par-dessus tout, c'était précisément de se voir infliger devant témoins la défaite dont il parlait en raillant.

Or, jusqu'ici, l'insuccès de ses diverses tentatives était fait pour lui faire plutôt éviter une rencontre avec celui qu'il était bien forcé de reconnaître pour son maître en escrime.

D'où venait donc que Bussi-Leclerc osait l'appeler en combat singulier devant cette multitude de soldats qui seraient témoins de son humiliation ? Car il ne pouvait se leurrer à ce point de croire qu'il serait vainqueur.

Il eut l'intuition que cette superbe assurance cachait quelque coup de traitrise. Mais quoi ? Quelques instants plus tôt cette pensée ne lui serait pas venue de suspecter la bonne foi de l'ancien membre des Seize. Mais devant son attitude louche, devant sa complicité hautement proclamée par Fausta, et non démentie, il sentait les soupçons l'envahir.

Il jeta autour de lui un coup d'œil circulaire comme pour s'assurer qu'on n'allait pas le charger à l'improviste, par derrière.

Mais non, les soldats attendaient, raides et immobiles, qu'on leur donnât des ordres, et les officiers, de leur côté, semblaient se guider sur Bussi. Il secoua la tête pour chasser les pensées qui l'importunaient, et de la voix mordante :

— Et si je vous disais que, dans les conditions où il se produit, il ne me convient pas d'accepter votre défi ?

— En ce cas, je dirai, moi, que vous vous êtes vanté en prétendant m'avoir désarmé. Je dirai — continua Bussi en s'animant — que le sire de Pardaillan est un fanfaron, un bravache, un hâbleur, un menteur. Et s'il le faut absolument, pour l'amener à se battre, j'aurai recours au suprême moyen, celui qu'on n'emploie qu'avec les lâches, et je le souffleterai de mon épée, ici, devant vous tous qui m'entendez et nous regardez.

Et, ce disant, Bussi-Leclerc fit un pas en avant et leva sa rapière comme pour en cingler le visage du chevalier.

Et il y avait dans ce geste, dans cette provocation inouïe adressée à un homme virtuellement prisonnier, quelque chose de bas et de sinistre qui amena un murmure de réprobation sur les lèvres de quelques officiers.

Mais Bussi-Leclerc, emporté par la colère, ne remarqua pas cette réprobation.

Quant à Pardaillan, il se contenta de lever la main, et ce simple geste suffit pour que le maître d'armes n'achevât pas le sien. D'une voix blanche qui fit passer un frisson sur la nuque du provocateur :

— Je tiens le coup pour reçu, dit froidement Pardaillan.

Et faisant deux pas en avant plaçant le bout de son index sur la poitrine de Bussi :

— Jean Leclerc, dit-il avec un calme effrayant, je vous savais vil et misérable, je ne vous savais pas lâche. Vous êtes complet maintenant. Le geste que vous venez d'esquisser, vous le payerez de votre sang. Tiens-toi bien, Jean Leclerc, je vais te tuer.

En disant ces mots, il se recula et dégaina.

Alors ses yeux tombèrent sur le fer qu'il avait à la main. C'était cette épée qui n'était pas à lui, cette épée qu'il avait ramassée au cours de sa lutte avec Centurion et ses hommes, cette épée qui lui avait paru suspecte au point qu'il avait discuté un moment avec lui-même pour savoir s'il ne ferait pas bien de retourner la changer.

Et voila qu'en se voyant ce fer à la main, ses soupçons lui revenaient en foule, et une vague inquiétude l'envahissait. Et il lui semblait que Bussi-Leclerc le considérait d'un air narquois, comme s'il avait su à quoi s'en tenir.

Tour à tour il regarda sa rapière et Bussi-Leclerc comme s'il eût voulu le fouiller jusqu'au fond de l'âme. Et la mine inquiète du spadassin ne lui dit sans doute rien de bon, car il revint à son épée.

Il saisit vivement la lame dans sa main et la fit ployer et reployer. Il avait déjà fait ce geste dans la rue et n'avait rien découvert d'anormal. Cette fois encore, l'épée lui parut à la fois souple et résistante. Il ne découvrit aucune tare.

Et cependant il flairait quelque chose, quelque chose qui gisait là, dans ce fer, et qu'il ne parvenait pas à découvrir, faute du temps nécessaire à l'étudier minutieusement, comme il eût fallu.

Bussi-Leclerc, sur un ton qui sonna d'une manière étrangement fausse a ses oreilles, peut-être prévenues, bougonna d'une voix railleuse :

— Que de préparatifs, mort Dieu ! Nous n'en finirons pas.

Et aussitôt il tomba en garde en disant d'un air détaché :

— Quand vous voudrez, monsieur.

Autant il s'était montré emporté jusque-là, autant il paraissait maintenant froid, merveilleusement maître de lui, campé dans une attitude irréprochable.

Pardaillan secoua la tête, comme pour dire :

— Le sort en est jeté !

Et les yeux dans les yeux de son adversaire, les dents serrées, il croisa le fer en murmurant :

— Allons !

Et il lui sembla, peut-être se trompait-il, qu'en le voyant tomber en garde Bussi Leclerc avait poussé un soupir de soulagement et qu'une lueur triomphante avait éclaté furtivement son regard.

— Mort du diable ! songea-t-il, je donnerais ...

tiers cent pistoles pour savoir au juste ce que peut bien manigancer ce scélérat !

Et, sous cette impression, au lieu d'attaquer avec sa fougue accoutumée, il tâta prudemment le fer de son adversaire.

L'engagement ne fut pas long.

Tout de suite Pardaillan laissa de côté sa prudente réserve et se mit à charger furieusement.

Bussi-Leclerc se contenta de parer deux ou trois coups et soudain, d'une voix éclatante :

— Attention ! hurla-t-il triomphalement, Pardaillan, je vais te désarmer !

A peine avait-il achevé de parler qu'il porta successivement plusieurs coups secs, sur la lame, comme s'il eût voulu la briser et non la lier. Pardaillan d'ailleurs le laissait faire complaisamment, espérant qu'il finirait par se trahir et découvrir son jeu.

Dès qu'il eut porté ces coups bizarres qui n'avaient rien de commun avec l'escrime, Bussi-Leclerc glissa prestement son épée sous la lame de Pardaillan comme pour la soutenir, et d'un geste sec et violent il redressa son épée de toute sa force.

Alors Fausta, stupéfaite, les officiers et les soldats, émerveillés, virent ceci :

La lame de Pardaillan, arrachée, frappée par une force irrésistible, suivit l'impulsion que lui donnait l'épée de Bussi, s'éleva dans les airs, décrivit une large parabole et alla tomber dans la piste.

— Désarmé ! rugit Bussi-Leclerc. Nous sommes quittes.

Au même instant, fidèle à la promesse faite à Fausta de le laisser vivant pour le bourreau, il se fendit à fond, visant la main de Pardaillan, voulant avoir la gloire de le toucher, porta son coup et, comme s'il eût craint que, même désarmé, il ne revînt sur lui, il fit un bond en arrière et se mit hors de sa portée.

Il rayonnait, il exultait, le brave spadassin. Il triomphait sur toute la ligne. Là, devant ces centaines de gentilshommes et de soldats, spectateurs attentifs de cet étrange duel, il avait eu la gloire de désarmer et de toucher l'invincible Pardaillan.

Nous avons dit à dessein que la lame de Pardaillan était allée tomber sur la piste.

En effet, on se tromperait étrangement si on croyait sur parole Bussi-Leclerc criant qu'il a désarmé son adversaire.

La lame avait sauté, la lame, préalablement limée, habilement maquillée, mais la poignée était restée dans la main du chevalier.

En résumé, Bussi-Leclerc n'avait nullement désarmé son adversaire et la piteuse comédie qu'il venait de jouer là (comédie suggérée et mise à exécution, dans sa tâche la plus délicate, savoir la substitution de l'arme truquée à la rapière du chevalier) cette comédie était de l'invention de Centurion, qui avait vu là le moyen d'obtenir de Bussi ce que Fausta l'avait chargé de lui demander et de se venger en même temps par une humiliation publique de celui qui l'avait corrigé vertement en public.

Bussi-Leclerc pouvait triompher à son aise, car, de loin, on ne pouvait voir la poignée restée dans la main crispée de Pardaillan, et comme tout le monde, en revanche, avait pu voir voler la lame, pour la plupart des spectateurs le doute n'était pas possible : l'invincible, le terrible Français avait trouvé son maître.

Pour compléter la victoire de Bussi-Leclerc, il se trouva que son épée, alors qu'il s'était fendu sur son adversaire désarmé par un coup de traîtrise, son épée avait éraflé un doigt assez sérieusement pour que quelques gouttes de sang jaillissent et vinssent tacher de pourpre la main de Pardaillan.

Ce n'était qu'une piqûre insignifiante. Mais de loin, ce sang permettait de croire à une blessure plus sérieuse.

Malheureusement pour Bussi, les choses prenaient un tout autre aspect vis-à-vis de ceux qui, placés aux premiers rangs, purent voir de près, dans tous ses détails, la scène qui venait de se dérouler et celle qui suivit.

Ceux-là distinguèrent le tronçon d'épée resté dans la main du chevalier. Ils comprirent que s'il était désarmé, ce n'était pas du fait de l'adresse de Bussi, mais par suite d'un fâcheux accident. Et même, à la réflexion, cet accident lui-même leur parut quelque peu suspect.

Quant à Pardaillan, il avait eu une seconde d'effarement bien compréhensible en voyant sa lame s'envoler dans l'espace. Lui aussi, il avait cru naïvement à un accident.

Et pourtant, dès l'instant où il avait été provoqué de l'outrageante manière que l'on sait, sa défiance avait été mise en éveil. Mais, dans son idée, il ne pouvait être question que de quelque passe d'arme inconnue, de quelque botte secrète, déloyale, indigne d'un gentilhomme

Jamais l'idée ne lui serait venue que la frénésie haineuse pût oblitérer le sens de l'honneur et même le simple bon sens d'un homme réputé brave et intelligent, jusqu'à ce jour, au point de l'abaisser jusqu'à ourdir une machination aussi lâche, aussi compliquée et aussi niaise, car en résumé, qui espérait-il abuser avec cette grossière comédie?

Mais, devant le cri de triomphe de Bussi, force lui avait été d'admettre qu'une perfidie semblable était possible. Et cela lui avait paru si pitoyable, si grotesque, si risible, que malgré lui, oubliant tout, il était parti d'un éclat de rire formidable, furieux, inextinguible.

Et c'était si imprévu, en un pareil moment, on sentait si manifestement gronder la fureur dans cet éclat de rire qui n'avait plus rien d'humain, que les spectateurs de cette scène, soudain glacés, se considérèrent avec effarement, plus impressionnés certes que par le spectacle, cependant tragique, de la bataille qui se déroulait autour d'eux.

Et Bussi-Leclerc, si brave qu'il fût, sentit un frisson le parcourir de la nuque aux talons, et, tout en se rencoignant dans les rangs pressés des soldats espagnols, comme s'il ne se fût pas senti en sûreté, il commença de regretter amèrement d'avoir suivi si scrupuleusement les perfides conseils de Centurion et il eut honte du rôle odieux qu'on l'avait amené à jouer dans cette affaire.

C'est que, au fur et à mesure que le rire se déchaînait irrésistiblement, le chevalier sentait une colère violente, furieuse, comme il en avait rarement ressenti de pareille, l'envahir tout entier, au point que lui qui savait si bien garder son sang-froid dans les passes les plus critiques, il était tout à fait hors de lui, et se sentait incapable de

se modérer, encore moins de raisonner ses impressions.

Il ne voyait qu'une chose, et c'est ce qui déchaînait en
lui ce terrible accès de fureur : c'est que Bussi, par des
moyens déloyaux, l'avait, pour ainsi dire, livré au bourreau, pieds et poings liés. Car, et c'est ce qui l'enrageait
le plus, par suite de l'intervention du spadassin, il se
voyait irrémédiablement perdu. Et dans son esprit il
clamait :

— Eh quoi ! se peut-il que, pour une misérable blessure faite à son amour-propre, un homme s'avilisse à ce
point! Par Pilate! je ne connaissais pas ce Bussi-Leclerc! C'est un dangereux scélérat. Qu'il ait organisé
cette ridicule comédie, pour la satisfaction de sa vanité,
passe encore... Encore que je croie que nul n'en sera
dupe; ce qui est odieux, intolérable, impardonnable,
incroyable, ce qui passe toute mesure, c'est qu'il m'ait
froidement immobilisé ici sachant que j'allais être pris
comme un goujon dans un filet; c'est qu'il m'ait lâchement provoqué, traîtreusement désarmé, au moment précis où il savait ma vie en péril. Que n'a-t-il essayé de
me tuer loyalement, puisque décidément il me veut la
malemort! Mais non, il a fallu qu'il s'abaissât à pareille
besogne, sachant le sort qui m'est réservé, et qu'il se fît,
sciemment, volontairement, méchamment, pourvoyeur
de bourreau

Car je l'ai entendu dire à Fausta qu'il ne voulait
pas, en me tuant, me soustraire au supplice qui m'est
réservé. Et quel supplice? Heu! sur ce point je puis
m'en rapporter à la fertile imagination de la damnée
papesse. Mort du diable! il faut que ce scélérat soit châtié sur l'heure, et je vais l'étrangler de mes propres
mains, puisque je n'ai pas d'arme. Ou plutôt non; puisque les blessures d'amour-propre sont les seules qui
aient réellement prise sur ce sacripant, je vais lui infliger une de ces humiliations sanglantes dont il gardera
à jamais le cuisant souvenir, si tant est qu'il soit assez
pleutre pour consentir à vivre après la correction que je
vais lui administrer, et qui me paraît la seule digne de
son abominable félonie

Et en songeant de la sorte, sa fureur, sans cesse grandissante, bouleversait ses traits habituellement si fins, si railleurs, au point de le rendre méconnaissable.

Livide, hérissé, exorbité, effrayant, avec ce rire extravagant qu'il ne paraissait plus pouvoir réfréner, avec des gestes brusques, saccadés, inconscients, un inappréciable instant il eut toutes les apparences d'un fou furieux.

Cette impression ne fut pas éprouvée que par les comparses de cette scène, car il entendit vaguement Fausta dire d'une voix que l'espoir et la joie faisaient trembler :

— Oh! serait-il devenu fou? Déjà!...

Et une autre voix impassible — celle de d'Espinosa — répondit :

— Notre besogne serait terminée, avant que d'avoir été entreprise.

— Peut-être vaut-il mieux qu'il en soit ainsi. Je n'eusse jamais cru qu'un esprit qui paraissait si ferme sombrerait avec tant de facilité.

- C'est qu'il s'est vu irrémissiblement perdu. Cet homme est un orgueilleux. Sa défaite a été un coup insupportable pour lui. Je commence à croire, princesse, que vous aviez raison quand vous disiez que nous ne pourrions l'abattre qu'en le faisant sombrer dans la folie.

— Et c'est lui qui m'a indiqué le seul point sur lequel il ne se sentait pas invulnérable.

— Comme Samson le fit à Dalila. N'importe, je confesse que j'eusse été curieux de voir si les différentes épreuves par lesquelles nous avions résolu de le faire passer eussent obtenu ce résultat que nous n'osions espérer et que, sans le vouloir, nous avons atteint si aisément.

— Silence! cardinal, gronda Fausta, qui étudiait passionnément les traits convulsés du chevalier. N'allez pas lui donner l'éveil par des paroles inconsidérées.

— Eh! madame, regardez-le donc! Il ne nous entend même pas. C'en est fait de ce terrible fier-à-bras.

— Avec Pardaillan, on ne sait jamais. Il nous entend peut-être, si bas que nous parlions.

— En ce cas, fit dédaigneusement d'Espinosa, dans

l'état où le voilà, il est incapable de nous comprendre.

Dans sa crise nerveuse poussée jusqu'à la frénésie, Pardaillan ne les voyait pas. Ils étaient assez loin de lui et ils parlaient bas, d'après le propre aveu de Fausta, et pourtant il perçut nettement toutes ces paroles. En lui-même, en faisant des efforts désespérés pour retrouver un peu de calme, il grommelait :

— Or ça, j'ai donc l'air d'un fou? Peut-être le suis-je en effet. Je sens ma tête qui semble vouloir éclater. Il me paraît que ma folie, si elle persistait, serait singulièrement agréable a la douce Fausta et à son digne ami d'Espinosa. Que signifient ces paroles qu'ils viennent de prononcer? Me donner l'éveil!... En quoi? Et moi qui les oubliais ces deux-là!

Il se secoua furieusement et grogna :

— Morbleu! je ne veux pas devenir fou, moi! Peste! ils seraient trop contents! Ah! c'est moi qui lui ai dit que...

Et par un effort de volonté surhumain, il réussit à se maîtriser, à retrouver, en partie, sa lucidité.

En même temps, il se mit en marche, allant droit à Bussi-Leclerc, impérieusement poussé par cette idée qui dominait en lui : châtier séance tenante le scélérat.

Et, chose singulière, dès l'instant où il s'ébranla pour une action déterminée, tout le reste disparut et son calme lui revint peu à peu. En même temps, par un phénomène bizarre que nous ne nous chargeons pas d'expliquer, les paroles qu'il venait d'entendre et qui l'avaient amené à réagir, ces paroles il lui sembla les avoir perçues dans un songe, elles s'estompèrent, s'effacèrent, ne laissèrent aucune trace dans sa mémoire.

En le voyant se diriger vers Bussi avec cette résolution froide qu'il avait dans l'action, Fausta murmura en le désignant du coin de l'œil à d'Espinosa :

— Que vous disais-je? Avec lui on ne sait jamais. Il a surmonté la crise. Fasse le ciel qu'il n'ait pas entendu vos imprudentes paroles!

D'Espinosa ne répondit rien. Avec une attention soutenue il étudiait Pardaillan qui, tout son sang-froid revenu, venait de passer sans les regarder. Et le résultat de cet examen fut qu'il hocha la tête en disant :

— Non ! Il n'a pas entendu.

— Je le crois aussi. Et c'est fort heureux. Sans quoi, c'en serait fait de nos projets, dit Fausta.

D'Espinosa observait toujours Pardaillan et, le voyant se diriger vers Bussi-Leclerc, d'un pas rude, dans une attitude qui ne laissait aucun doute sur ses intentions, il eut un soupçon de sourire, et :

— Je crois, dit-il froidement, que tout désarmé qu'il est le chevalier de Pardaillan va faire passer un moment pénible à ce pauvre M. de Bussi-Leclerc. Quel dommage que cet homme extraordinaire soit contre nous ! Que n'aurions nous pu entreprendre s'il avait été à nous !

Fausta approuva gravement de la tête, avec un geste qui signifiait : ce n'est pas notre faute s'il n'est pas à nous. Puis, curieusement, elle porta ses yeux sur Pardaillan avançant, l'air menaçant, sur Bussi-Leclerc qui reculait au fur et à mesure en jetant a Fausta des regards qui l'aient :

— Qu'attendez-vous donc pour le faire saisir ?

Mais elle n'eut pas l'air de voir le spadassin et, se tournant vers d'Espinosa, avec un sourire aigu, avec un accent aussi froid que le sien :

— En effet, je ne donnerais pas un denier de l'existence de M. de Bussi-Leclerc, dit-elle.

— Si vous le désirez, princesse, nous pouvons faire saisir M. de Pardaillan sans lui laisser le temps d'exécuter ce qu'il médite.

— Pourquoi ? fit Fausta avec une indifférence dédaigneuse. C'est pour son propre compte et pour sa propre satisfaction que M. de Bussi-Leclerc a machiné de longue main son coup de traîtrise. Qu'il se débrouille tout seul.

— Pourtant, nous-mêmes...

— Ce n'est pas la même chose, interrompit vivement Fausta. Nous voulons la mort de Pardaillan. Ce n'est pas notre faute si, pour atteindre ce but, nous sommes obligés d'employer des moyens extraordinaires, tous les moyens humains ordinaires ayant échoué. Nous voulons le tuer, mais nous savons rendre un hommage mérité à sa valeur exceptionnelle. Nous reconnaissons royalement qu'il est digne de notre respect. La preuve en est que, au moment où votre main s'appesantit sur lui, vous ne lui marchandez pas l'admiration. Nous voulons le tuer, c'est vrai, mais nous ne cherchons pas à le déshonorer, à le ridiculiser. Fi ! ce sont là procédés dignes d'un Leclerc, comme dit le sire de Pardaillan. Ce misérable spadassin a attiré sur sa tête la colère de cet homme redoutable ; encore un coup, qu'il se débrouille comme il pourra. Pour moi, je n'esquisserai pas un geste pour détourner de lui le châtiment qu'il mérite.

D'Espinosa eut un geste d'indifférence qui signifiait que lui aussi il se désintéressait complètement du sort de Bussi.

Cependant, à force de reculer devant l'œil fulgurant du chevalier, il arriva un moment où Bussi se trouva dans l'impossibilité d'aller plus loin, arrêté qu'il était par la masse compacte des troupes qui assistaient à cette scène. Force lui fut donc d'entrer en contact avec celui qu'il redoutait.

Que craignait-il ? A vrai dire il n'en savait rien.

S'il se fût agi d'échanger des coups mortels, quitte à rester lui-même sur le carreau, il n'eût éprouvé ni crainte ni hésitation. Il était brave, c'était indéniable.

Mais Bussi Leclerc n'était pas non plus l'homme fourbe et tortueux que son dernier geste semblait dénoncer. Pour l'amener à accomplir ce geste qui le déshonorait à ses propres yeux, il avait fallu un concours de circonstances spécial. Il avait fallu que le tentateur apparût à l'instant précis où il se trouvait dans un état d'esprit voisin de la démence, pour lui faire agréer une proposition infamante. Or il ne faut pas oublier que Bussi allait se suicider au moment où Centurio était intervenu.

Dans un état d'esprit normal, Bussi n'eût pas hésité à lui rentrer dans la gorge, à l'aide de sa dague, ses conseils insidieux. Encore ce n'avait pas été sans lutte, sans déchirements, et sans s'adresser à lui-même les injures les plus violentes qu'il avait accepté de jouer le rôle qu'on sait.

Maintenant que l'irréparable était accompli, Bussi avait honte de ce qu'il avait fait. Bussi croyait lire la réprobation sur tous les visages qui l'environnaient,

Bussi avait conscience qu'il s'était dégradé et méritait d'être traité comme tel. Et c'est ce qui l'enrageait le plus de se juger lui-même indigne d'être traité en gentilhomme.

Sa terreur provenait surtout de ce qu'il voyait Pardaillan, sans arme, résolu néanmoins à le châtier. Que méditait-il ? Quelle sanglante insulte allait-il lui infliger devant tous ces hommes rassemblés ? Voilà ce qui le préoccupait le plus.

Et lui, lui Bussi-Leclerc, serait-il acculé à cette suprême honte de se servir de son épée contre un homme qui n'avait d'autres armes que ses mains ? Et s'il avait le courage de se soustraire à cette dernière lâcheté qu'arriverait-il ? Il connaissait la force peu commune de son adversaire et savait qu'il ne pèserait pas lourd dans ses mains puissantes.

Pour lui, le dilemme se réduisait à ceci : se déshonorer en se laissant frapper par un homme désarmé, ou se déshonorer en se servant de son arme contre un homme qui n'en avait pas à lui opposer. Le résultat était toujours le même, et c'est cette pensée qui le faisait blêmir et trembler, qui lui faisait maudire l'inspiration qu'il avait eue de suivre les conseils de ce Centurion de malheur, de ce ruffian de bas étage, plus frocard que bravo, qui l'avait fait reculer au fur et à mesure que son adversaire avançait

Maintenant il ne pouvait aller plus loin. Il jetait autour de lui des regards sanglants, cherchant instinctivement dans quel trou il pourrait se terrer, ne voulant pas se laisser châtier ignominieusement — ah ! cela surtout, jamais ! — et ne pouvant se résoudre à faire usage de son fer pour se soustraire à la poigne de celui qu'il avait exaspéré.

Pardaillan, voyant qu'il ne pouvait plus reculer, s'était arrêté à deux pas de lui. Il était maintenant aussi froid qu'il s'était montré hors de lui l'instant d'avant Il fit un pas de plus et leva lentement la main. Puis, se ravisant, il baissa brusquement cette main et dit d'une voix étrangement calme, qui cingla le spadassin :

— Non, par Dieu ! je ne veux pas me salir la main sur cette face de coquin.

Et avec la même lenteur souverainement méprisante,

avec des gestes mesurés, comme s'il eût eu tout le temps devant lui, comme s'il eût été sûr que nulle puissance ne saurait soustraire au châtiment mérité le misérable qui le regardait avec des yeux hagards, il prit ses gants, passés à sa ceinture, et se ganta froidement, posément.

Alors Bussi comprit enfin ce qu'il voulait faire Si Pardaillan l'eût saisi a la gorge, il se fût sans doute laissé étrangler sans porter la main à la garde de son épée. C'eût été pour lui une manière comme une autre d'échapper au déshonneur. Tripes du diable! il avait bien voulu se suicider! Mais cela... ce geste, plus redoutable que la mort même, non, non, il ne pouvait le tolérer.

Il eut une suprême révolte et, dégainant dans un geste foudroyant, il hurla d'une voix qui n'avait plus *rien* d'humain :

— Crève donc comme un chien ! puisque tu le veux !...

En même temps il levait le bras pour frapper.

Mais il était dit qu'il n'échapperait pas à son sort.

Aussi prompt que lui, Pardaillan, qui ne le perdait pas de vue, saisit son poignet d'une main et de l'autre la lame par le milieu. Et tandis qu'il broyait le poignet dans un effort de ses muscles tendus comme des fils d'acier, d'un geste brusque il arrachait l'arme aux doigts engourdis du spadassin.

Ceci fut rapide comme un éclair. En moins de temps qu'il n'en faut pour le dire, les rôles se trouvèrent renversés, et c'était Pardaillan qui maintenant se dressait, l'épée à la main, devant Bussi désarmé.

. Tout autre que le chevalier eût profité de l'inappréciable force que lui donnait cette arme conquise pour tenter de se tirer du guêpier ou, tout au moins, de vendre chèrement sa vie. Mais Pardaillan, on le sait, n'avait pas les idées de tout le monde. Il avait décidé d'infliger à Bussi la leçon qu'il méritait, il s'était tracé une ligne de conduite sur ce point spécial, et il la suivait imperturbablement sans se soucier du reste, qui n'existait pas pour lui, tant qu'il n'aurait pas atteint son but.

Il verrait après

Se voyant désarmé une fois de plus, mais pas de la même manière que les fois précédentes, Bussi-Leclerc croisa ses bras sur sa poitrine et, retrouvant sa bravoure accoutumée, d'une voix qu'il s'efforçait de rendre railleuse, il grinça :

— Tue moi ! Tue-moi donc !

De la tête, furieusement, Pardaillan fit : non ! et d'une voix claironnante :

— Jean Leclerc, tonna-t-il, j'ai voulu t'amener à cette suprême lâcheté de tirer le fer contre un homme désarmé. Et tu y es venu, parce que tu as l'âme d'un faquin Cette épée, avec laquelle tu menaçais de me souffleter, tu es indigne de la porter.

Et d'un geste violent, il brisait sur son genou la lame en deux et en jetait les tronçons aux pieds de Bussi-Leclerc, livide, écumant.

Et ceci encore apparaissait comme une bravade si folle que d'Espinosa murmura :

— Orgueil ! orgueil ! Cet homme est tout orgueil !

— Non., fit doucement Fausta, qui avait entendu. C'est un fou qui ne raisonne pas ses impulsions.

Ils se trompaient tous les deux.

Pardaillan reprenait de sa voix toujours éclatante :

— Jean Leclerc, j'ai tenu ton soufflet pour reçu. Je pourrais t'étrangler, tu ne pèses pas lourd dans mes mains. Je te fais grâce de la vie, Leclerc. Mais pour qu'il ne soit pas dit qu'une fois dans ma vie je n'ai pas rendu coup pour coup, ce soufflet, que tu as eu l'intention de me donner, je te le rends !...

En disant ces mots, il happait Bussi à la ceinture, le tirait à lui malgré sa résistance désespérée, et sa main gantée largement ouverte, s'abattit à toute volée sur la joue du misérable qui alla rouler a quelques pas, étourdi par la violence du coup, à moitié évanoui de honte et de rage plus encore que par la douleur.

Cette exécution sommaire achevée, Pardaillan s'ébroua comme quelqu'un qui vient d'achever sa tâche, et du bout des doigts, avec des airs profondément dégoûtés, il enleva ses gants et les jeta, comme il eût jeté une ordure répugnante.

Ceci fait avec ce flegme imperturbable qui ne l'avait pas quitté durant toute cette scène, il se tourna vers Fausta et d'Espinosa et, son sourire le plus ingénu aux lèvres, il se dirigea droit sur eux.

Mais sans doute ses yeux parlaient un langage très explicite, car d'Espinosa, qui ne se souciait pas de subir une avanie semblable à celle de Bussi qu'on emportait hurlant de désespoir, se hâta de faire le signal attendu par les officiers qui commandaient les troupes.

A ce signal, longtemps attendu, les soldats s'ébranlèrent en même temps, dans toutes les directions, resserrant autour du chevalier le cordon de fer et d'acier qui l'emprisonnait.

Il lui fut impossible d'approcher du groupe au milieu duquel se tenaient Fausta et le grand inquisiteur. Il renonça à les poursuivre pour faire face à ce nouveau danger. Il comprenait que si la manœuvre des troupes se prolongeait, il lui serait bientôt impossible de faire un mouvement, et si la poussée formidable persistait aussi méthodique et obstinée, il risquait fort d'être pressé, étouffé, sans avoir pu esquisser un geste de défense. Il grommela, s'en prenant à lui même de ce qui lui arrivait, comme il avait l'habitude de faire :

— Si seulement j'avais la dague que j'ai stupidement jetée après avoir estoqué ce taureau ! Mais non, il a fallu que je fisse encore le dégoûté pour un peu de sang. Décidément, monsieur mon père avait bien raison de me répéter sans cesse que cette sensibilité excessive qui est la mienne me jouerait, tôt ou tard, un mauvais tour. Si j'avais écouté ses sages avis, je ne serais pas dans la situation où me voilà.

Il eut aussi bien pu regretter l'épée de Bussi qu'il venait de briser à l'instant même. Mais il n'avait garde de le faire, et en cela il était logique avec lui-même. En effet, cette épée, il ne l'avait conquise que pour se donner la satisfaction d'en jeter les tronçons à la face du maître d'armes. C'était une satisfaction qui lui coûtait cher, mais tout se paye. L'essentiel était qu'il eût accompli jusqu'au bout ce qu'il avait résolu d'accomplir.

Cependant, malgré ses regrets et les invectives qu'il se dispensait généreusement, il observait les mouvements de ses assaillants avec cette froide lucidité qui engendrait chez lui les promptes résolutions, instantanément mises à exécution.

—

Se voyant serré de trop près, il résolut de se donner un peu d'air. Pour ce faire il projeta ses poings en avant avec une régularité d'automate, une précision pour ainsi dire mécanique, une force décuplée par le dé-espoir de se voir irrémédiablement perdu, pivotant lentement sur lui-même, de façon a frapper alternativement chacune des unités les plus rapprochées du cercle qui se resserrait de plus en plus.

Et chacun de ses coups était suivi du bruit mat de la chair violemment heurtée, d'une plainte sourde, d'un gémissement, parfois d'un juron, parfois d'un cri étouffé. Et à chacun de ses coups un homme s'affaissait, était enlevé par ceux qui venaient derrière, passé de main en main, porté sur les derrières du cercle infernal où on s'efforçait de le ranimer.

Et pendant ce temps l'émeute déchaînée se déroulait comme un torrent impétueux. Partout, sur la piste, sur les gradins, sur le pavé de la place, dans les rues adjacentes, c'étaient des soldats aux prises avec le peuple excité, conduit, guidé par les hommes du d  le Castrana.

Partout c'était le choc du fer contre le fer, les coups de feu, le halètement rauque des corps à corps, les plaintes des blessés, les menaces terribles, les jurons intraduisibles, les cris de triomphe des vainqueurs et les hurlements désespérés des fuyards et, par-ci par-là, couvrant l'effroyable tumulte, tantôt sur un point, tantôt sur un autre, une formidable clameur éclatait, à la fois cris de ralliement et acclamation :

— Carlos ! Carlos ! Vive le roi Carlos !

Tout de suite Pardaillan remarqua qu'on le laissait patiemment user ses forces sans lui rendre ses coups. Les paroles de Bussi-Leclerc a Fausta lui revinrent à la mémoire et, en continuant son horrible besogne, il songea :

— Ils me veulent vivant !... J'imagine que Fausta et son digne allié, d'Espinosa, ont dû inventer a mon intention quelque supplice inédit, savamment combiné, quelque chose de bien atroce et de bien inhumain, et ils ne veulent pas que la mort puisse me soustraire aux tortures qu'ils ont résolu de m'infliger.

Et comme ses bras, à force de servir de massues, sans

arrêt ni repos, commençaient à éprouver une raideur inquiétante, il ajouta :

— Pourtant, ceux-ci ne vont pas se laisser assommer passivement jusqu'à ce que je sois à bout de souffle. Il faudra bien qu'ils se décident à rendre coup pour coup.

Il raisonnait avec un calme admirable en semblable occurrence et il lui apparaissait que le mieux qui pût lui advenir c'était de recevoir quelque coup mortel qui l'arracherait au supplice qu'on lui réservait.

Il ne se trompait pas dans ses déductions. Les soldats, en effet, commençaient à s'énerver. Aux coups méthodiquement assénés par Pardaillan, ils répondirent par des horions décochés au petit bonheur. Quelques-uns, plus nerveux ou moins patients, allèrent jusqu'à le menacer de la pointe de leur épée. Il eût, sans nul doute, reçu le coup mortel qu'il souhaitait si une voix impérieuse n'avait arrêté net ces tentatives timides, en ordonnant :

— Bas les armes, drôles !... Prenez-le vivant !

En maugréant, les hommes obéirent. Mais comme il fallait enfin en finir, comme la patience a des limites et que la leur était à bout, sans attendre des ordres qui tardaient trop, ils exécutèrent la dernière manœuvre : c'est-à-dire que les plus rapprochés sautèrent, tous ensemble, d'un commun accord, sur le chevalier qui se vit accablé par le nombre.

Il essaya une suprême résistance, espérant peut-être trouver la brute excitée qui, oubliant les instructions reçues, lui passerait sa dague au travers du corps. Mais soit respect de la consigne, soit conscience de leur force, pas un ne fît usage de ses armes. Par exemple, les coups de poing ne lui furent pas ménagés, pas plus qu'il ne ménageait les siens.

Un long moment, il tint tête à la meute, en tout pareil au sanglier acculé et coiffé par les chiens. Ses vêtements étaient en lambeaux, du sang coulait sur ses mains et son visage était effrayant à voir. Mais ce n'étaient que des écorchures insignifiantes. A différentes reprises, on le vit soulever des grappes entières de soldats pendus à ses bras, à ses jambes, à sa ceinture. Puis, à bout de souffle et de force, écrasé par le nombre sans cesse grandissant des assaillants, il finit par plier sur ses jambes et tomba enfin à terre.

C'était fini. Il était pris.

Mais les bras et les jambes meurtris par les cordes, il apparaissait encore si terrible, si étincelant que, malgré qu'il lui fût impossible d'esquisser un geste tant on avait multiplié les liens autour de son corps, une dizaine d'hommes le maintenaient, de leurs poignes rudes, par surcroît, cependant que les autres formaient le cercle autour de lui.

Il était debout cependant. Et son œil froid et acéré se posait avec une fixité insoutenable sur Fausta, qui assistait impassible à cette lutte gigantesque d'un homme aux prises avec des centaines de combattants.

Quand elle vit qu'il était bien pris, bien et dûment ficelé des pieds jusqu'aux épaules, réduit enfin à l'impuissance, elle s'approcha lentement de lui, écarta d'un geste hautain ceux qui le masquaient à sa vue, et s'arrêtant devant lui si près qu'elle le touchait presque, elle le considéra un long moment en silence.

Elle triomphait enfin ! Enfin elle le tenait à sa merci ! Cette prise longuement et savamment préparée, cette prise ardemment souhaitée, était enfin effectuée. De ce long et tragique duel, qui datait de sa première rencontre avec lui, elle sortait victorieuse. Il semblait qu'elle dût exulter et elle s'apercevait avec une stupeur mêlée d'effroi qu'elle éprouvait une immense tristesse, un étrange dégoût et comme le regret du fait accompli.

En la voyant s'approcher, Pardaillan avait cru qu'elle venait jouir de son triomphe. Malgré les liens qui lui meurtrissaient la chair et comprimaient sa poitrine au point de gêner la respiration, malgré la pesée violente de ceux qui le maintenaient avec la crainte de le voir leur glisser entre les doigts, il s'était redressé en songeant :

— Mme la papesse veut savourer toutes les joies de sa victoire... Jolie victoire !... Un abominable guet-apens, une félonie, une armée lâchement mise sur pied pour s'emparer d'un homme !... Vraiment joli... et comme il y a de quoi être glorieux ! Je ne lui donnerai certes pas la satisfaction de lui montrer un visage abattu ou inquiet. Et si la langue lui démange, comme elle a oublié de me faire bâillonner, je lui servirai quelques vérités qui la piqueront au vif, ou je ne m'appelle plus Pardaillan.

En secouant frénétiquement la grappe humaine pendue à ses épaules, il s'était redressé, avait levé la tête, l'avait fixée avec une insistance agressive, une pointe de raillerie au fond de la prunelle la narguant de toute son attitude en attendant qu'elle lui donnât l'occasion de lui décocher quelqu'une de ces mordantes répliques dont il avait le secret.

Fausta se taisait toujours.

Dans son attitude rien de provoquant, rien du triomphe insolent qu'il s'attendait à trouver en elle. Autant il était hérissé et provocant, autant elle paraissait simple et douce. On eût dit qu'il était, lui, le vainqueur arrogant; elle, la vaincue désemparée et humiliée.

Dans ses yeux, qu'il s'attendait à voir brillants d'une joie insultante, Pardaillan déconcerté ne lut qu'indécision et tristesse. Et l'impression qu'il ressentit fut si forte que son attitude se modifia, sans même qu'il s'en rendît compte, et qu'il murmura:

— Pourquoi, diable, m'a-t-elle poursuivi avec tant d'acharnement, si elle devait éprouver une peine aussi vive de son succès! Car il n'y a pas à dire, elle est vraiment peinée de me voir en si fâcheuse posture. La peste étouffe les femmes au caractère compliqué que je ne saurais comprendre! Il sera dit que celle-ci, jusqu'au bout, trouvera moyen de me déconcerter. Et maintenant qu'elle s'est donné un mal inouï pour s'emparer de moi, va-t-elle défaire ces cordes de ses blanches mains et me rendre la liberté? Hou! Elle en est, ma foi, bien capable! Mais non, je me suis trop hâté de lui croire un cœur accessible à la générosité. Voici la tigresse qui reparaît. Mortdieu! j'aime mieux cela, du moins je reconnais ma Fausta.

Il fallait en effet que Fausta fût extraordinairement troublée pour s'oublier au point de laisser lire en partie ses impressions sur son visage qui n'exprimait habituellement que les sentiments qu'il lui plaisait de montrer.

C'est que ce qui lui arrivait là dépassait toutes ses prévisions.

Sincèrement elle avait cru que la haine, chez elle, avait tué l'amour. Et voici que, au moment où elle tenait enfin l'homme qu'elle croyait haïr, elle s'apercevait avec un effarement prodigieux que ce qu'elle avait pris pour de la haine c'était encore de l'amour. Et dans son esprit éperdu elle râlait :

— Je l'aime toujours ! Ce que j'ai cru de la haine n'était que le dépit de me voir dédaignée... car il ne m'aime pas... il ne m'aimera jamais !... Et maintenant que je l'ai livré moi-même, maintenant que j'ai préparé pour lui le plus effroyable des supplices, je m'aperçois que s'il disait un mot, s'il m'adressait un sourire, moins encore : un regard qui ne soit pas indifférent, je poignarderais de mes mains ce grand inquisiteur qui me guette et je mourrais avec lui, si je ne pouvais le délivrer. Que faire ? Que faire ?

Et longtemps elle resta ainsi désemparée, reculant, pour la première fois de sa vie, devant la décision à prendre.

Peu à peu son esprit s'apaisa, ses traits se durcirent — et c'est ce qui fit dire à Pardaillan : « La tigresse reparaît » — puis sa résolution étant irrévocablement prise, ses traits retrouvèrent enfin ce calme souverain qui la faisait si prestigieuse.

Elle recula de deux pas, comme pour marquer qu'elle l'abandonnait à son sort, et d'une voix extrêmement douce, comme lointaine et voilée, elle dit seulement :

— Adieu, Pardaillan !

Et ce fut encore un étonnement chez lui qui s'attendait à d'autres paroles.

Mais il n'était pas homme à se laisser démonter pour si peu.

— Non pas adieu, railla-t-il, mais au revoir.

Elle secoua la tête négativement et, avec la même intonation de douceur inexprimable, elle répéta :

— Adieu !

— Je vous entends, madame, mais, diantre ! on ne me tue pas si aisément. Vous devez en savoir quelque chose. Vous avez voulu me faire tuer je ne sais combien de fois, je ne les compte plus, ce serait long et fastidieux, et cependant je suis encore bien vivant et bien solide, quoique je sois en position plutôt précaire, j'en conviens.

Avec obstination, elle fit doucement non, de la tête, et répéta encore :

— Adieu ! Tu ne me verras plus.

Une idée affreuse traversa le cerveau de Pardaillan.

— Oh ! songea-t-il en frissonnant, elle a dit : « Tu ne me *verras* plus. » Ne pouvant parvenir à me tuer l'abominable créature aurait-elle conçu l'infernal projet de me faire aveugler ? Par l'enfer qui l'a vomie, ce serait trop hideux !

De sa voix toujours dolente et comme lointaine, elle continuait :

— Ou plutôt, je m'exprime mal, tu me verras peut être, Pardaillan, mais tu ne me reconnaîtras pas.

— Ouais ! pensa le chevalier. Que signifie cette nouvelle énigme ? Je la verrai : donc j'ai des chances de ne pas mourir et de ne pas être aveugle, comme je l'ai craint un instant. Bon ! Je suis moins mal loti que je ne pensais. Mais je ne la reconnaîtrai pas. Que veut dire ce : « Tu ne me reconnaîtras pas » ? Quelle menace se cache sous ces paroles insignifiantes en apparence ? Bah ! je le verrai bien.

Et tout haut, avec son plus gracieux sourire :

— Il faudra donc que vous soyez bien méconnaissable ! Peut être serez-vous devenue une femme comme toutes les femmes .. avec un peu de cœur et de bonté. S'il en est ainsi, je confesse qu'en effet vous serez si bien changée qu'il se pourrait que je ne vous reconnaisse pas

Fausta le considéra une seconde, droit dans les yeux. Il soutint le regard avec cette ingénuité narquoise qui lui était particulière. Comprit elle qu'elle n'aurait pas le dernier mot avec lui ? Etait elle lasse du violent combat qui s'était livré dans son esprit ? Toujours est-il qu'elle se contenta de faire un signe de tête et revint se placer auprès de d'Espinosa, qui avait assisté, muet et impassible, à cette scène.

— Conduisez le prisonnier au couvent San Pablo ordonna le grand inquisiteur.

— Au revoir, princesse ! cria Pardaillan, qu'on entraînait.

# XIII

## LES AMOURS DU CHICO

Le couvent de San-Pablo (disparu depuis longtemps), où d'Espinosa avait donné l'ordre de conduire Pardaillan, était situé si près de la place San-Francisco qu'autant vaudrait dire qu'il donnait sur cette place même.

En temps ordinaire, Pardaillan et son escorte eussent été pour ainsi dire tout rendus. Il ne faut pas oublier qu'on se battait toujours sur la place, et un homme froid et méthodique, comme d'Espinosa, ne pouvait commettre l'imprudence de faire traverser cette place à son prisonnier en pareil moment.

Pardaillan était encadré de deux compagnies d'arquebusiers. Non pas que le chevalier, ligoté comme il l'était, inspirât des craintes au grand inquisiteur. Mais précisément ces précautions, qui eussent pu paraître ridicules en temps normal, devenaient nécessaires, si l'on songe que le prisonnier et son escorte pouvaient avoir à passer au milieu des combattants. Dans la mêlée, le prisonnier pouvait recevoir quelque coup mortel, et nous savons que d'Espinosa tenait essentiellement à le garder vivant. Il pouvait encore — ce qui eût été plus fâcheux encore être délivré par les rebelles qui pouvaient le prendre pour l'un des leurs. La nécessité d'une imposante escorte se trouvait donc amplement justifiée.

Par surcroît de précautions, le chef de l'escorte fit faire à sa troupe une infinité de détours par les petites rues qui avoisinaient la place, évitant avec soin toutes celles où il percevait les bruits de la bagarre, En outre,

comme le chevalier, entravé par des liens très serrés,
ne pouvait avancer qu'à tout petits pas, il se trouva qu'il
fallut une grande heure pour arriver à ce couvent San-
Pablo qu'on eût pu atteindre en quelques minutes.

En ce qui concerne l'émeute, nous dirons qu'elle tourna
rapidement en lamentable échauffourée et qu'elle fut ré-
primée avec cette impitoyable cruauté que Philippe II
savait montrer quand il était sûr d'avoir le dessus.

Et ce fut là une des plus grandes erreurs de Fausta,
chef occulte de cette vaste entreprise qui échoua piteusement et fut noyée dans le sang.

Les troupes dont elle disposait étaient nombreuses,
bien armées, et bien organisées. A ces troupes disciplı-
nées s'ajoutait la masse imposante du populaire qui, sans
savoir, suivait docilement l'impulsion qui lui était donnée.

Si Fausta avait poussé les choses avec cette vigueur
et cette rapidité d'action qu'elle montrait en de certaines
circonstances graves, elle eut pu mettre les troupes
royales en fâcheuse posture, obliger le roi et son ministre à compter avec elle et — qui sait ? — avec un peu de
décision, sans leur laisser le temps de se reconnaître et
de s'organiser, acculer le roi à une abdication. Ç'eût été
le triomphe complet, la réalisation assurée de ses rêves
d'ambition.

Ce plan, qui consistait à pousser activement les événements jusqu'au succès final, avait été primitivement le
sien. Il pouvait réussir. Malheureusement pour elle,
Fausta devant les hésitations du Torero, de celui qui,
pour elle, était le prince Carlos, Fausta avait commis la
faute impardonnable de modifier son plan.

Elle se croyait sûre de voir le prince venir à elle résolu à lui donner son nom et à partager avec elle le
trône pourvu qu'elle le hissât sur ce trône. Elle se
croyait sûre de cela. Elle n'en eût pas juré cependant.
C'est alors qu'elle eut cette idée malheureuse, qui devait
consommer la ruine de ses ambitions, de modifier ses
idées premières.

Que lui servirait-il de pousser son succès à fond et de
consommer la ruine de Philippe II si le prince dédaignait ses propositions ? Elle pensait bien que le prince

ne pousserait pas la folie jusque-là. C'était possible, après tout. Qu'arriverait-il alors ?

Ceci simplement : que n'ayant pas un prince royal *espagnol* à présenter aux mécontents, ses partisans auraient tôt fait de se séparer d'elle et de se retourner vers leur ancien roi, dans l'espoir de se faire pardonner leur trahison.

Il arriverait que le roi déchu se retrouverait comme par enchantement à la tête de partisans d'autant plus dévoués qu'ils avaient plus à se faire pardonner, à la tête aussi de troupes nombreuses et aguerries, et que l'effort gigantesque qu'elle aurait fait deviendrait inutile et vain.

Non. Mieux valait n'agir qu'à bon escient, et puisqu'elle avait un doute sur les intentions du prince, la prudence commandait d'agir comme si elle ne devait pas compter sur lui.

Fallait-il renoncer ?

Non pas. Mais au lieu d'aller de l'avant et de s'engager à fond, il fallait montrer à ce prince de quoi elle était capable et de quelles forces elle disposait. Nul doute que lorsqu'il aurait vu et compris, il ne revînt humble et soumis. Alors il serait temps d'entreprendre en toute assurance l'action définitive.

Ce plan ainsi modifié fut exécuté à la lettre. Le Torero fut enlevé par ses partisans sans qu'il fût possible aux troupes royales de l'approcher. Et l'émeute se déchaîna dans toute son horreur.

Le but que Fausta se proposait se trouva atteint. Alors les chefs du mouvement, qui étaient dans la confidence, firent circuler l'ordre de la retraite et s'éclipsèrent bientôt suivis de leurs hommes.

Alors il ne resta plus en présences des troupes royales que le bon populaire, celui qui ne savait rien des dessous de cette affaire et qui — pour employer une expresion de son cru — « y allait bon jeu bon argent ».

Alors aussi ce fut la boucherie pure et simple, car les malheureux n'avaient, pour la plupart, que quelques méchants couteaux à opposer aux armes à feu des soldats, et pour cuirasses, que leur large poitrine.

Néanmoins ils tinrent bon et se laissèrent massacrer bravement. C'étaient des fanatiques du Torero. Ils ne

aient pas, eux, quel était ce prince Carlos qu'on ac-
mait. Ils ne savaient qu'une chose : on voulait leur
ever leur Torero et, par le Christ crucifié, cela ne se
ait pas.

Tout a une fin cependant. Bientôt ceux-là aussi ap-
rent que le Torero était sain et sauf, hors d'atteinte de
griffe royale qui avait voulu s'abattre sur lui. Com-
nt ? Par qui ? peu importe. Ils le surent, et dès lors il
venait inutile de s'exposer plus longtemps.

Et ce fut la débandade générale et il ne resta plus sur
place et dans les rues que les soldats triomphants. ..
aussi, hélas ! les cadavres qui jonchaient le sol et les
ssés plus nombreux encore qu'on enlevait à la hâte.

Cependant, Pardaillan et son escorte arrivaient enfin
couvent San-Pablo. Et voici qu'au moment de fran-
r le seuil de sa prison, il aperçut là, au premier rang,
? le nain Chico en personne.

Mais dans quel état, grand Dieu !

Ah ! il était joli le somptueux costume flambant neuf
lques heures plus tôt, ce fameux costume qui l'avan-
eait si bien et qui lui avait valu auprès des nobles da-
s de la cour ce mirifique succès qui avait paru si fort
trarier la gentille petite Juana !

D'abord plus de toque empanachée et plus de man-
. Ensuite, fripés, déchirés, maculés, les soies et les
ns de ce qui avait été un pourpoint. Des accrocs lar-
comme la main à ces chausses resplendissantes. Et
-ci, par-là, des taches rouges qui ressemblaient singu-
ement à du sang.

Ah ! il était propre ! Et si la petite Juana l'avait vu
s cet état, quelle réception elle lui eût fait, Sainte
rge !

La vérité nous oblige à confesser que le Chico ne passait nullement se soucier des détails de sa toilette.
illons ou somptueux habits, il savait tout porter avec
même désinvolte fierté. Il se redressait tou comme il
aisait sur la piste lorsque les murmures d'admiration
rdonnaient autour de lui, et il ne perdait pas une li-
de sa taille d'homoncule.

Et puis, tiens ! s'il était si mal arrangé, lui le Chico, le
gneur français, son grand ami, celui qui lui apparais-
comme un dieu, n'était guère mieux arrangé que lui.

et de le voir ainsi, entouré de gardes, ficelé comme
jambon, que c'en était une pitié, couvert de poussière
de sang, le pauvre Chico en était tout saisi et il en
pleuré de chagrin si son grand ami ne lui avait app
précisément qu'un homme ne doit pas pleurer.

Comment le Chico avait-il pu se faufiler jusque-l
Évidemment sa petite taille l'avait utilement ser
Pourquoi était-il là? Pour Pardaillan. Celui-ci n
douta pas un seul instant.

Il ne disait rien, le petit homme, mais son regard, r
sur les yeux du prisonnier, parlait pour lui. Et ce reg
trahissait une peine si sincère, une affection si arde
un dévouement si absolu, une si naïve admiration à
voir si fier au milieu de ses gardes qu'il paraissait d
ger que ce grand sentimental qu'était le chevalier
Pardaillan se sentit doucement ému, délicieusement
conforté, et qu'il eut à l'adresse de son petit ami un de
sourires d'une si poignante douceur qui avaient le don
bouleverser le petit paria.

Le premier mouvement de Pardaillan fut d'aures
quelques mots au nain. Mais il réfléchit que dans
circonstances présentes il risquait fort de le comprom
tre Un mot de lui pouvait être funeste à son petit ar
Il eut l'affreux courage de s'abstenir.

Cependant, comme il avait la rage de s'oublier t
jours pour songer aux autres. il aurait bien voulu sav
ce qu'était devenu son autre ami. don César, sur qu
s'était promis de veiller et pour qui il s'était si imp
demment exposé qu'il se trouvait pris. Il adressa do
n passant, un regard d'une muette éloquence au n
attentif

Le Chico n'était pas un sot. Il s'était senti largem
récompensé par le sourire de Pardaillan et il avait p
faitement compris à quel mobile il obéissait en para
sant ne pas le connaître. Seulement, tandis que Parda
lan se disait : Ne perdons pas ce pauvre petit bougre p
une marque de sympathie, le nain de son côté se disa
N'ayons pas l'air de le connaître. Tiens ! on ne p
pas savoir, moi libre, je pourrai peut-être lui être util

Ainsi la même pensée de désintéressement se manif
tait en même temps chez ces deux hommes, véritab
antithèses vivantes. Qu'on aille s'étonner, après cela,

la sympathie subite qui avait attiré cette force qu'était Pardaillan vers cette faiblesse que représentait le Chico.

Donc le nain comprit parfaitement la signification du coup d'œil de Pardaillan qui criait:

— Don César est-il sauf ?

Dans le même langage muet il répondit à l'instant et il fut compris comme il avait compris lui-même.

La tête était la seule partie de son corps qu'il pouvait remuer à son aise, attendu qu'il n'avait pas été possible de l'enchaîner comme le reste. Pardaillan manifesta donc sa satisfaction par un imperceptible signe de tête et il passa de ce pas lourd, lent et maladroit que lui imposaient ses entraves.

Il s'aperçut alors que le Chico, favorisé par l'exiguïté de sa taille, se faufilait parmi les soldats, d'ailleurs indifférents, s'attachait obstinément à ses pas et trouvait moyen de marcher à sa hauteur, comme s'il avait eu quelque chose à lui communiquer.

Si Pardaillan était la force et la bravoure personnifiées, il était aussi l'intelligence et la bonté. C'était un grand sentimental et un solitaire, qui, sa vie durant, n'avait jamais compté que sur lui-même pour se tirer d'affaire, et qui y avait bien réussi jusque-là, donnant ainsi un éclatant démenti aux paroles de l'Ecclésiaste: *Vae soli!* C'était un simple qui suivait son chemin tout droit.

S'il rencontrait sur sa route un faible ou un malheureux, son premier mouvement était de lui tendre une main secourable, sans se soucier des conséquences que ce geste pouvait avoir pour lui.

S'il rencontrait un fauve — et il en avait rencontré — il se contentait de s'écarter. Non par dédain ou prudence, mais par insouciance. Si le fauve lui montrait les crocs, dame alors, Pardaillan exhibait les siens, et provoqué il ne lâchait plus prise. Si le fauve s'attaquait lâchement à plus faible que lui, Pardaillan n'attendait pas alors la provocation et ne savait pas résister à la tentation de s'interposer, s'exposant lui-même pour défendre un inconnu.

Bien des gens réputés braves et raisonnables eussent estimé que c'était le moment ou jamais de s'écarter. Pardaillan pensait autrement.

Ceci est pour dire que précisément parce qu'il ava[it]
conscience de sa force, précisément parce qu'il était tou[-]
jours maître de lui et habitué à ne compter que sur lu[i]
le grand sentimental qu'il était ne pouvait être inse[n-]
sible à une marque d'amitié ou de dévouement, bi[en]
qu'il eût une manière a lui de marquer ses sentimer[ts]
qui pouvait passer aux yeux de ceux qui ne le connai[s-]
saient pas pour de la raideur et de l'orgueil.

L'humble geste de cette faiblesse, représe[n]tée par
nain Chico, se dévouant naïvement à cette fo[r]ce, repr[é-]
sentée par Pardaillan, l'émut, le remua jusqu'au fo[nd]
des entrailles.

Il remarqua alors que le nain serrait dans son poi[ng]
crispé le manche de sa minuscule dague et qu'il jet[ait]
sur les homme[s] de son escorte des regards chargés [de]
colère qui les eussent infailliblement jetés bas s'[ils]
avaient été des pistolets. Il ne put s'empêcher de pens[er]
à part lui :

— Ah ! le brave petit homme ! Si sa force égalait [sa]
bravoure et sa volonté, comme il chargerait ces soldat[s]
qui l'on fait jouer un si triste rôle !

Et il souriait doucement, chaudement réconforté [par]
cette amitié sincère qui se manifestait en un momei[t]
critique pour lui. Et son naturel railleur et enjoué
prenant le dessus, comme si le nain eût été à même [de]
l'entendre, il ajoutait en jetant un coup d'œil narquoi[s]
la dague, guère plus grande qu'une aiguille à tricot[er]

— Laisse ton aiguille ! Vois-tu, petit, ils sont tro[p]
Ceci visait l'escorte formidable qui l'encadrait.

Cependant il se trouvait maintenant devant la gra[nde]
porte du couvent. Porte monumentale, massive, réb[ar-]
bative, pesante, sournoise par les guichets visibles [et]
dissimulés, humble par la couleur neutre et effa[cée]
arrogante et menaçante par les clous et les peintur[es]
les innombrables verrous et serrures, et froide, tri[ste]
triste comme ces bâtiments d'aspect lugubre et sini[stre]
sans physionomie précise, caserne ou prison, templ[e]
géhenne, on ne savait au juste, qu'on apercevait d[omi-]
nant les hautes murailles blanches qui les ceint. [D]an[s]

On dut attendre que les verrous énormes fussent [tirés]
avec des grincements sinistres, que les serrures géa[ntes]
fussent ouvertes à l'aide de clés que le nain Chico eû[t]

u de la peine à soulever. Il y eut forcément un temps
rrêt assez long.

Le Chico profita de cet instant, qu'il avait peut-être
vu, pour se livrer à une mimique expressive que
rdaillan, qui ne le perdait pas de vue, on le conçoit,
mprit aisément et qui eût la bonne fortune de passer
perçue, les gardes du chevalier, satisfaits de voir
ur corvée enfin terminée, plaisantant et bavardant
tre eux.

— Je viendrai ici tous les jours, disaient les gestes
 petit homme.

Et les yeux de Pardaillan répondaient :

— Pourquoi faire ?

Un haussement d'épaules, des yeux levés au ciel, des
ins remontant jusqu'à la tête et retombant molle-
nt, signifiaient :

— Est-ce qu'on peut savoir, tiens ! Vous serez peut-
e bien aise de communiquer avec le dehors.

Une moue accentuée, un hochement de tête, un regard
culaire sur ses gardes, répondait :

— Heu ! Tu perdras ton temps. Je serai bien gardé,
 !

Et le Chico d'insister :

— Qu'est-ce que cela peut vous faire ? On peut tours essayer.

Et Pardaillan de répondre :

— Soit. J'accepte ton dévouement.

Et d'un sourire, il remerciait.

Maintenant, la porte était ouverte. Avant qu'elle se
mât lourdement sur lui — peut-être pour toujours —
ourna une dernière fois la tête et adressa un dernier
eu au nain dont la physionomie intelligente et mobile
nblait lui crier :

— Ne désespérez pas. Soyez prêt à tout. Je ne vous
ndonnerai pas moi, et, qui sait ? peut-être vous
ai-je utile

Pardaillan disparut sous la voûte sombre ; les soldats
sortirent et s'éloignèrent allègrement, et le Chico de-
ura seul, dans la rue déserte, ne pouvant se décider
'éloigner de cette porte qui venait de se fermer sur le
l homme qui lui eût témoigné un peu d'amitié et lui
 parlé comme on parle à un homme, sur cet homme

dont la parole chaude et colorée avait éveillé en lui tout un monde de sensations inconnues qui sommeillait sans qu'il s'en doutât.

Le soleil s'éteignait lentement à l'horizon ; bientôt son orbe rouge disparaîtrait complètement, la nuit succéderait au jour ; il n'y avait plus rien à espérer. Le Chico poussa un gros soupir et s'éloigna lentement, tristement, à regret

Il ne remarqua pas le silence pesant qui semblait écraser la ville. Il ne remarqua pas que, hormis les patrouilles qui sillonnaient les rues, il ne rencontrait aucun passant dans ces rues habituellement si animées à cette heure, où la fraîcheur du soir qui tombait invitait les habitants à descendre respirer un peu de cette fraîcheur vivifiante.

Il ne remarqua pas les boutiques soigneusement fermées, les portes verrouillées, les volets hermétiquement clos. Il ne remarqua rien Il allait doucement, tout pensif, et parfois il sortait de son sein un parchemin qu'il considérait attentivement et le remettait vivement dans sa poitrine, comme s'il eût craint qu'on ne le lui volât.

Disons tout de suite que ce parchemin, auquel le nain paraissait attacher un grand prix, n'était autre que ce blanc-seing que Centurion avait obtenu de Barba-Roja et qu'il avait vendu à Fausta.

On se souvient peut-être que Fausta était descendue dans le caveau truqué de la maison des Cyprès pour y brûler la capsule destinée à empoisonner l'air En fouillant dans son sein pour y prendre l'étui contenant le poison qu'elle destinait à Pardaillan, elle avait laissé tomber ce blanc-seing, sans y prendre garde

Quelques instants plus tard, Pardaillan avait trouvé ce papier, et ne pouvant le lire dans l'obscurité, il l'avait passé à sa ceinture. Or en rampant sur les dalles pour épier El Chico, le chevalier, sans s'en apercevoir, avait à son tour laissé tomber ce papier.

De retour à l'auberge de la Tour, il n'avait plus pensé à ce chiffon de papier, dont il ignorait la valeur. Le nain l'avait, à son tour, trouvé, et comme il savait lire, comme, dans son réduit, il avait de la lumière, il s'était rendu compte de la valeur de sa trouvaille et l'avait soigneusement mise de côté. Son intention était de

mettre ce parchemin au seigneur français, à qui il
partenait sans doute, et qui, en tout cas, saurait,
eux que lui, faire usage de ce document. Les événe-
nts qui s'étaient précipités l'avaient empêché de réaliser
a intention.

C'était donc ce blanc-seing que nous l'avons vu étu-
r dans la rue. Que voulait-il en faire ? A vrai dire,
'en savait rien. Il cherchait. Vaguement, il entre-
rait qu'il pourrait peut-être s'en servir en faveur de
rdaillan. Mais comment ? C'est ce qu'il s'efforçait de
iver.

Une chose l'inquiétait : c'est qu'il n'était pas très sûr
e sa trouvaille eût réellement la valeur qu'il lui attri-
it. Nous avons dit qu'il savait lire et même écrire.
faut entendre par là qu'il pouvait annoncer pénible-
nt et griffonner, encore plus péniblement, les mots
plus usuels ; c'est tout.

our l'époque, c'était beaucoup, et il pouvait passer
r un savant aux yeux de la masse des illettrés. Au-
rd'hui un enfant de six à sept ans en sait davantage.
voit que tout est relatif.

'e qu'il y a de certain, c'est que le Chico se rendait
faitement compte du peu de valeur de son instruction
n'avait qu'une confiance très limitée en sa prétendue
nce  Que voulez-vous, il n'était pas prétentieux !
s le savions déjà timide, le voilà donc avec un dé-
t de plus  Ce n'est pas notre faute s'il était ainsi et
 autrement

Donc, se méfiant de ses capacités, il n'était pas très
 de la valeur du document trouvé. Ah ! s'il avait été
si savant que la petite Juana, laquelle, sur les ta-
tes qu'elle avait dans son cabinet de surveillance,
ait résoudre les comptes les plus compliqués, en
ins de temps qu'il n'en faut pour vider un verre de
 vin !

Oui, s'il avait été aussi savant qu'elle, il eût été vite
. De là à se dire que la « petite maîtresse » pouvait
le le tirer d'embarras, il n'y avait qu'un pas qui fut
 franchi. Il résolut donc d'aller soumettre le précieux
chemin à la compétence de son amie qui saurait bien
dire, elle, ce qu'il en était au juste. Ayant décidé, il
 aussitôt le chemin de l'auberge de la Tour.

Notez que Juana l'avait chassé et que son splen[dide]
costume était en loques. Deux raisons qui l'eussent
reculer en toute autre circonstance. En effet, quel acc[ueil]
lui serait fait s'il osait se présenter devant elle sans a[voir]
été mandé ? Quel accueil, surtout, s'il se prése[nta]
ainsi ? il n'y pensa pas un seul instant. Il s'agis[sait]
peut-être du salut de son grand ami, ceci primait t[oute]
autre considération, et il se mit résolument en route.

Il trouva l'auberge à peu près vide de clients, et [ce]
n'était pas fait pour le surprendre après les événem[ents]
sanglants de l'après-midi. Les quelques personnes a[ssem-]
blées étaient des militaires qui, pour la plupart, ne [fai-]
saient qu'entrer se rafraîchir et s'en allaient aussitôt.

La petite Juana trônait dans ce petit réduit attena[nt à]
la cuisine, et qui était comme le bureau de l'hôtelle[rie.]
Elle avait, naturellement, gardé la superbe toil[ette]
qu'elle avait endossée pour aller à la corrida, et a[insi]
parée, elle était séduisante au possible, jolie à dam[ner]
un saint, fraîche comme une rose à peine éclose, et d[ans]
son riche et élégant costume qui lui seyait à ravi[r, on]
eût dit une marquise déguisée.

En la voyant si jolie dans ses atours des fêtes ca[rillon-]
nées, le Chico sentait son cœur battre la chamade, [ses]
yeux brillèrent de plaisir et une bouffée de sang [lui]
monta au visage.

Mais il n'était pas venu pour la bagatelle et l[e jeune]
homme eut le courage de refouler la tentation qui [le]
grippait. Résolu à ne s'occuper que de choses grave[s et à]
ne songer qu'à son ami, il arriva ceci, qu'il n'au[rait]
jamais prévu : c'est qu'il se présenta avec une assura[nce]
qu'elle ne lui avait jamais vue.

Nous n'oserions pas jurer que la mignonne Ju[ana]
n'avait pas escompté un peu cette visite de son tim[ide]
amoureux. Il est même à présumer que c'est dans c[ette]
attente qu'elle avait décidé de garder la magnifique [toi-]
lette qui la faisait si adorable, et qui était digne, en t[ous]
points, de rivaliser avec le superbe costume du Chico.

Elle avait dû penser que, la course terminée, il [ne]
résisterait pas au désir de venir se faire admirer, et [elle]
avait dû arranger d'avance la réception qu'elle [lui]
ferait.

On conçoit combien l'attitude si nouvelle et si impré[vue]

du petit homme la piqua au vif. La fine mouche avait cependant remarqué sa rougeur et l'éclat soudain de son regard quand il l'avait aperçue. Mais qu'était-ce que cela comparé à ses habituelles adulations?

Le Chico, comme tous les Espagnols, avait le compliment facilement hyperbolique quand il s'agissait de celle qu'il aimait. Avec cette poésie naturelle qu'il ne soupçonnait pas, il avait su trouver les mots tendres et calins qui bercent autant que des caresses. Il avait toujours, pour elle, de ces attentions délicates qui ne la laissaient jamais indifférente, bien que, par habitude contractée de longue date, elle affectât d'accueillir le tout avec des airs de petite souveraine qui l'intimidaient toujours un peu.

Cette fois-ci rien de tout cela. Pas un mot aimable, pas un compliment, à peine un coup d'œil distrait à sa plus belle toilette. Et cette froide assurance qu'elle ne lui connaissait pas ?...

Quoi ! était-elle devenue subitement affreuse ? Ou bien, grisé par le succès qu'il avait remporté auprès des nobles dames, le Chico, se prenant pour un personnage important, faisait-il fi d'elle ? Son dépit était si violent qu'elle en aurait pleuré... si elle n'avait craint de redoubler son orgueil en paraissant attacher tant de prix à ses attentions.

Cependant, comme elle était femme et coquette, elle sut cacher ses impressions, si bien qu'il ne soupçonna rien de ce qui se passait en elle, et ce fut avec son air le plus agressif, de son ton le plus grondeur qu'elle lança :

— Comment oses-tu reparaître ici quand je t'ai chassé ? Et dans quel état encore, Vierge Sainte ! N'es-tu pas honteux de te présenter ainsi devant moi ? Non ! tu ignores la honte, tu ne connais que l'impudence !

Pour la première fois de sa vie le Chico accueillit cette violente sortie avec une indifférence qui accrut son indignation. Il ne rougit pas, il ne baissa pas la tête, il ne s'excusa pas. Il la regarda tranquillement en face et, comme s'il n'avait pas entendu, il dit simplement et très doucement :

— J'ai besoin de t'entretenir de choses sérieuses

La petite Juana en demeura toute saisie. On lui avait changé sa poupée. Où prenait-il cette tranquille audace ?

La vérité est que le Chico n'avait pas conscience de son audace. Il ne songeait qu'à Pardaillan et tout s'effaçait de ant cette pensée. Ce qu'elle prenait pour de l'audace n'était que de la distraction. Il entendait vaguement ce qu'elle disait, mais il pensait à toute autre chose, il ne saisissait qu'imparfaitement le sens de ses paroles qui, dès lors, perdaient toute leur portée.

Juana, étourdie, feignit alors de remarquer ce qu'elle avait vu du premier coup d'œil, et s'écria :

— Mais tu es couvert de sang ! Tu t'es donc battu ?

— Ne sais-tu pas ce qui se passe en ville ?

— Comment ne le saurais-je pas ? On dit qu'il y a eu rébellion, tout est à feu et à sang, il y a des morts par milliers... du moins l'ai-je entendu dire aux rares clients que nous avons eus en ce jour de malheur.

Et son inquiétude perçant malgré elle, avec une inflexion de voix dont il ne perçut pas la tendresse :

— Tu es donc blessé ?

— Non. J'ai été éclaboussé dans la bagarre. Peut-être si j'ai bien quelque écorchure par-ci, par là, mais ce n'est rien. Ce sang n'est pas le mien. C'est celui des malheureux que j'ai vu tuer devant moi.

Dès l'instant qu'il n'était pas blessé, elle reprit son air grondeur et dit :

— C'est là que tu t'es fait arranger de la sorte ? Qu'avais-tu besoin, mécréant, de te mêler à la bagarre ?

— Il le fallait bien.

— Pourquoi le fallait-il ? Et quand je pense que je suis allée à cette course et que je serais peut-être morte à l'heure qu'il est si j'étais restée jusqu'à la fin !

Ce fut à son tour de pâlir de crainte :

— Tu es allée à la course ?

— Hé oui ! Heureusement la Vierge me protégeait sans doute, car une subite indisposition de Barbara, qui m'accompagnait, m'a fait quitter la plaza après que le sire de Pardaillan eut si brillamment dagué le taureau. Aussi demain irai-je faire brûler un cierge à la chapelle de Notre-Dame la Vierge !

Elle mentait effrontément, on le sait. Mais pour rien au monde elle n'eût voulu lui donner cette satisfaction de lui dire qu'elle l'avait vu dans son triomphe et que c'était ce qui l'avait fait quitter sa place.

Lui ne vit qu'une chose : c'est que, par bonheur, elle avait pu regagner paisiblement sa demeure sans se trouver dans la mêlée, où elle eût pu, en effet, recevoir quelque coup mortel.

— Tu ne sais rien, dit-il avec un air de mystère. On voulait assassiner le Torero. C'est pour lui qu'on s'est battu. Heureusement ses partisans l'ont enlevé, et maintenant, bien caché, il est hors de l'atteinte de ses ennemis.

— Sainte Vierge! que me dis-tu là ? fit-elle, vivement intéressée.

— Ce n'est pas tout. La rébellion dont tu as entendu parler, c'était en faveur de don César. On dit qu'il est le fils du roi ; c'est lui qui est, paraît-il, le légitime infant et c'est lui qu'on voulait placer sur le trône à la place de son père, le roi Philippe, lui qu'on acclamait sous le nom de roi Carlos.

Il paraissait très fier de savoir tout cela, fier surtout de connaître personnellement un homme qu'on prétendait fils du roi.

Elle, du coup, en oublia et sa feinte colère et son réel dépit, et joignant ses petites mains :

— Don César, fils du roi ! s'exclamait-elle. Eh bien, à dire vrai, cela ne m'étonne pas. J'ai toujours pensé qu'il devait être de très haute naissance. Tout de même je n'aurais pas cru qu'il fût de sang royal. Et tu dis qu'il est l'infant légitime ? Qui donc osait attenter à sa vie ?

— Le roi... son père, dit le Chico en baissant la voix.

— Son père ! Est-ce possible ? fit elle incrédule. Il ne savait pas, sans doute.

— Il savait, au contraire. C'est même pour cela qu'il voulait le faire meurtrir. Tout le monde ne sait pas ça, mais moi je le sais. Il y a bien des choses que je sais, tiens ! et personne ne s'en doute.

— Mais pourquoi ? C'est horrible, cela, qu'un père veuille faire tuer son fils !

— Ah ! voilà ! Ceci, c'est ce qu'on appelle « la raison d'Etat ». Je sais cela aussi.

Malgré elle, elle eut un coup d'œil admiratif à l'adresse du petit homme. C'est vrai, tout de même, qu'il

savait des choses que nul ne soupçonnait. Comment
s'arrangeait-il pour savoir ?

Il reprit, très sérieux :

— Je servais de page à don César dans sa course. Tu
n'as pas pu savoir, puisque tu étais partie quand nous
sommes entrés sur la piste.

Elle savait très bien. Elle l'avait très bien vu. N'importe, elle feignit d'être surprise. Lui continua :

— Tu comprends que je devais savoir où on le conduisait. Je l'ai suivi. C'est là que j'ai été si mal arrangé.

Et avec un soupir de regret :

— J'avais un si beau costume... tout neuf. Si tu m'a-
vais vu ! Regarde donc dans quel état on l'a mis.

Oui, oui, elle voyait. Elle comprenait aussi. Il ne
pouvait plus être question de gronder. Il avait fait son
devoir en suivant son maître, le petit homme ; c'était
bien.

— Ce n'est pas tout, reprit tristement le Chico. J'ai
encore une nouvelle à t'apprendre... une mauvaise nouvelle, Juana.

— Parle... Tu me fais frémir.

Il disait cela pour la préparer doucement et elle ne
soupçonnait pas où il voulait en venir. Alors il lâcha
précipitamment :

— On a arrêté le sire de Pardaillan.

Il était persuadé qu'elle allait s'effondrer à cette nouvelle. Pas du tout, elle reçut le coup avec un calme qui
le déconcerta. Oh ! évidemment elle parut affectée,
mais enfin ce n'était pas le désespoir auquel il s'attendait. Voyant qu'elle se taisait, il dit doucement :

— Tu as du chagrin ?

— Oui, dit-elle simplement.

— Tu l'aimes toujours ?

Elle le considéra avec un étonnement qui n'était pas
joué.

— Oui, dit-elle, je l'aime, mais pas comme tu penses.

— Oh ! fit-il tout saisi, pourtant tu m'as dit .,

— J'aime le sire de Pardaillan, interrompit-elle,
comme un bon et brave gentilhomme qu'il est. Je l'aime
comme un frère aîné, mais pas plus. N'oublie pas cela,
Chico. Ne l'oublie plus jamais.

— Tiens ! fit-il rayonnant, et moi qui me figurais...

— Encore ! dit-elle avec un commencement d'impa-
ience. Comment faut-il donc te dire les choses pour
que tu les comprennes ?

Il se mit à rire de bon cœur. Il eût été complètement
heureux s'il avait su Pardaillan hors de danger. Il dit :

— Oh ! je comprends, va. Alors, si tu aimes le seigneur de Pardaillan comme un frère, tu voudras bien
m'aider à le tirer de sa prison.

— De tout mon cœur, fit-elle spontanément.

— Bon ; c'est l'essentiel.

— Mais pourquoi l'a-t-on arrêté ? Comment ?

— Pourquoi ? Je n'en sais rien. Comment ? Je le
sais. J'étais là, j'ai tout vu. Je l'ai suivi, lui aussi,
jusqu'à sa prison. On l'a enfermé au couvent San-
Pablo.

— Tu l'as suivi ! Pourquoi faire ?

— Pour savoir où on l'enfermait, tiens ! Pour tâcher
de le délivrer.

— Tu veux le délivrer ? Toi ? Tu l'aimes donc ?

— Oui, je l'aime. Le seigneur de Pardaillan, pour
moi, c'est plus que le seigneur Dieu. Je donnerais mon
sang goutte à goutte pour le tirer des griffes qui l'ont
happé. C'est que tu ne sais pas, Juana, quel homme
c'est. Si tu les avais vus ! Sais tu combien ils se sont
mis pour l'arrêter ? Des compagnies et des compagnies.
Partout il y en avait et ils étaient tous là pour lui. Et
Mgr d'Espinosa aussi, et la princesse étrangère aussi,
que j'ai bien reconnue, malgré qu'elle eût pris des habits
d'homme. Ils étaient mille peut-être pour l'arrêter, lui
tout seul. Et il était désarmé. Et il en a assommé à
coups de poing. Si tu avais vu !... Et ils l'ont pris et ils
l'ont enchaîné. Et même tout enchaîné, incapable de
faire un mouvement, tant ils l'avaient ligoté des pieds à
la tête, même réduit à l'impuissance il leur faisait peur.
Ils en avaient peur, je te dis !

Voila maintenant que le Chico, si peu loquace habituellement, parlait, parlait sans s'arrêter, et s'enthou-
siasmait et s'exaltait. Et ce n'était pas à son sujet, à elle,
qui, jusqu'à ce jour, avait été l'unique et constante préoccupation du petit homme, elle le savait bien. Aussi la
petite Juana allait de surprise en surprise.

Décidément il y avait quelque chose de changé chez

sa poupée, et elle se demandait, non sans inquiétude, jusqu'où il irait et quelle nouvelle surprise déconcertante lui réservait.

Et elle récapitulait dans son esprit : le Chico, si timide, s'était présenté devant elle avec une impudente audace; lui, si sensible à tout ce qui lui venait d'elle, il avait accueilli ses reproches avec la plus complète indifférence; lui qui n'avait d'yeux que pour elle, qui la comblait de délicates prévenances, lui qu'elle croyait si passionnément épris, il n'avait pas eu le plus petit mot aimable, pas la plus petite attention, et c'est a peine s'il avait daigné l'honorer d'un coup d'œil distrait.

C'était à croire qu'elle n'existait plus pour lui. C'était l'abomination, la désolation, l'immolation, la fin des fins. quoi! A qui se fier, bonne Vierge! après pareille trahison!

Pour l'amener à se départir de cette inconcevable froideur, elle avait mis en œuvre tout l'arsenal compliqué et redoutable de ses petites ruses puériles de coquette ingénue, elle avait eu recours aux mille et un stratagèmes qui, d'ordinaire, lui réussissaient si bien : attitudes penchées, regards provocants ou alanguis, gestes lents et câlins de ses mains fines et blanches, grâces mutines, sourires ensorceleurs. Tout cela en pure perte.

D'un geste machinal, elle avait enlevé la fleur posée dans ses cheveux. Elle avait joué distraitement avec, l'avait portée, à différentes reprises, à ses lèvres, comme pour en respirer le parfum, et finalement l'avait laissée tomber .. par mégarde. Il n'avait pas bronché. Naïvement, elle pensa qu'il ne voyait peut-être pas la fleur qu'elle lui jetait.

Sans en avoir l'air, elle l'avait poussée du bout du pied jusqu'à ce qu'elle fût bien en évidence. Et lui qui, autrefois, n'eût pas manqué d'implorer la faveur d'emporter cette fleur, ou qui l'eût sournoisement ramassée et cachée précieusement dans son sein, il l'avait laissée où elle l'avait poussée. Assurément, c'est qu'il ne voulait pas la ramasser, le mécréant! Quelle humiliation!

Il avait un culte spécial pour le pied d'enfant de sa petite maîtresse. Il aimait à s'accroupir devant elle et, tabouret vivant, il plaçait ses petits pieds sur lui et, tandis qu'elle babillait, il écoutait gravement, les caressant doucement, en des gestes frôleurs, avec l'appréhension vague de les abîmer, et quelquefois il s'oubliait jusqu'à poser dévotement ses lèvres dessus, au hasard de la rencontre.

Elle le laissait faire. Parfois, par des roueries innocentes, elle stimulait sa timidité naturelle, afin de l'amener, sans en avoir l'air, à ce jeu qu'elle partageait avec un plaisir réel, quoique dissimulé, très sensible qu'elle était, sous son apparence indifférente, à cette adoration spéciale.

C'est que, sans le vouloir et sans le savoir, c'était elle-même qui avait jeté en lui le germe de cette préférence, peut-être bizarre, trouvera-t-on, et qui l'avait entretenu et cultivé au point d'en faire une passion.

En effet, elle avait toutes les coquetteries innées. Mais elle n'eût pas été l'Andalouse de pure race qu'elle était, si elle n'avait eu par-dessus tout la coquetterie, la fierté, pourrait-on dire, de son pied, réellement très petit, très joli.

Ce faible marqué pour ses extrémités, elle le lui avait fait partager. Dès lors, elle ne pouvait être que satisfaite de le voir renchérir sur elle-même.

Ceci fera peut-être sourire le lecteur.

En notre siècle de prosaïsme, de concurrence vitale effrénée, d'activité intense, on a quelque peu perdu le culte de la femme et de tout ce qui fait sa beauté. Ils sont rares, aujourd'hui, ceux qui savent apprécier en connaisseurs les charmes de la femme et pour qui la vue d'un joli pied, finement chaussé, est un véritable régal des yeux

Autrefois, on ignorait la vapeur et les aéroplanes. On avait le temps de détailler et de savourer en fin gourmet tout ce que la vie nous offre de bon et de beau.

Remarquez, lecteur, que nous ne critiquons pas. Nous constatons, voilà tout.

En Espagne, surtout, où, il n'y a pas bien longtemps encore, on pouvait voir, en pleine rue, le galant étaler, en un geste large, sa mante à terre devant l'amoureuse de son choix, et celle-ci, légère et pimpante, reins cambrés, souriante et gracieuse, mollet tendu, cheville fine et dégagée, fouler de son pied mignon le tapis improvisé. Après quoi, le *majo* se drapait fièrement dans sa mante, étalant avec orgueil aux yeux de tous la trace très apparente des pas de la *salada*, non sans avoir, au préalable, baisé cette trace à pleines lèvres.

Quoi qu'il en soit, faible prononcé, vice ou passion, quel que soit le nom qu'on voudra donner à cette coquetterie spéciale, la petite Juana l'avait au plus haut point et l'avait fait partager au Chico, qui l'avait si bien adoptée que, sur ce point, il se montrait plus intransigeant, plus ardent, plus admiratif, plus difficile et plus coquet qu'elle encore, ce qui n'était pas peu dire.

Ayant vu échouer toutes ses petites ruses, elle avait eu recours à ce suprême moyen qu'elle avait tout lieu de croire infaillible, et ses jambes fines et nerveuses, moulées dans des bas de soie brodée, comme en portaient les grandes dames, ses petits pieds à l'aise dans de mignons et minuscules souliers de satin, s'étaient mis à s'agiter et se trémousser, s'efforçant d'attirer à eux l'attention du récalcitrant. Et comme il ne paraissait pas voir, elle s'était décidée à repousser petit à petit le tabouret sur lequel elle posait ses pieds.

Il était bien grand et bien lourd, en chêne massif, ce diable de tabouret. N'importe, elle avait réussi à le pousser si bien que toute petite dans son immense fauteuil, elle se trouva bientôt les jambes pendantes sans un point d'appui où poser ses extrémités. Elle espérait ainsi amener le Chico à remplacer le tabouret.

En toute autre circonstance, le nain se fût empressé de profiter de l'aubaine. Mais il avait autre chose de plus sérieux en tête, et il sut résister héroïquement à la tentation.

Hélas ! une fois de plus la petite Juana échoua piteusement. Elle dut, puisque décidément il se montrait rebelle à toute tentative détournée, se résigner à recourir à la provocation directe, et d'une voix qu'elle s'efforçait de rendre ferme et indifférente, sur un ton qu'elle croyait propre à le piquer, elle dit :

— Es-tu distrait à ce point, ou te soucies-tu si peu de moi que tu ne vois point que me voici les jambes ballantes, sans le moindre appui où poser mes pieds ?

Ceci, manifestement, voulait dire : Niais ! qu'attends-tu pour prendre la place du tabouret que j'ai rejeté ? E comme si ce n'était pas assez qu'elle eût été contrainte à cette humiliation, voici que, suprême humiliation, le Chico, au lieu de profiter de l'invitation directe, se contentait de remettre sous ses pieds le lourd tabouret de bois qu'elle s'était donné tant de peine à repousser.

Et comme s'il eût voulu bien marquer son intention d'être inaccessible à toute tentation et de rester de glace, il se hissa sur un escabeau placé assez loin d'elle.

A ce dernier et insupportable outrage, Juana faillit se livrer à un de ces gros accès de colère qui s'emparaient d'elle quand il la contrariait ou qu'elle ne parvenait pas à lui faire deviner et exécuter ce qu'elle désirait et n'osait demander ouvertement. Elle faillit le chasser, le battre, l'égratigner, pour le punir de son insolente froideur.

Mais elle réfléchit que, dans l'état d'esprit où elle le voyait, il était capable de se fâcher à son tour pour la première fois de sa vie. Non pas qu'elle eût peur de lui, mais c'est qu'elle tenait à connaître les détails des importantes nouvelles qu'il apportait, et si elle le rudoyait, damel elle courait le risque de ne rien savoir. La curiosité, plus forte que le dépit, lui conseilla donc de garder une attitude calme et digne et de paraître ne pas avoir été touchée par l'affront; car pour elle c'était un affront sanglant qu'il venait de lui faire.

Et c'était à ce moment-là que le Chico, si peu bavard d'habitude, ne tarissait pas de s'émerveiller sur le compte du sire de Pardaillan, son grand ami, pour qui il délaissait et paraissait dédaigner celle qui, jusqu'à ce jour, avait seule existé pour lui.

Or, comme il s'agissait du salut de Pardaillan, Juana ne savait plus si elle devait s'indigner du changement d'attitude du nain ou si elle devait s'en montrer ravie. Elle ne savait plus si elle devait le féliciter ou l'accabler de reproches et d'injures.

En effet, malgré le calme apparent avec lequel elle avait accueilli la nouvelle de l'arrestation de Pardaillan, si le Chico avait été moins préoccupé, il aurait remarqué sa pâleur soudaine et l'éclat trop brillant de ses yeux.

Est-ce à dire qu'elle aimait Pardaillan? Peut-être, tout au fond de son cœur, gardait-elle encore un se

ment très tendre pour lui. Peut-être! Ce qu'il y a de
certain, c'est que, après l'entretien mystérieux qu'elle
avait eu avec le chevalier, elle avait sincèrement renoncé à cet amour romanesque.

Très sincèrement encore, sous l'influence des conseils
fraternels de Pardaillan, elle s'était tournée vers le
Chico, avec l'espoir de trouver en lui ce bonheur qu'elle
savait insaisissable et impossible avec l'autre.

Ce qui est non moins certain, c'est que, en laissant
tout sentiment amoureux de côté, elle ne pouvait pas
rester indifférente au sort de Pardaillan. Elle avait dit le
mot exact quand elle avait dit au Chico qu'elle aimait
Pardaillan comme un frère aîné.

Dans ces conditions, comme le nain, elle devait être
disposée à tenter l'impossible, même à sacrifier sa vie
au besoin, pour le secourir. Et c'était encore une chose
admirable que Pardaillan, sur qui s'acharnaient les
forces coalisées des plus puissants du royaume, à commencer par le roi, ne devait trouver, pour s'intéresser à
son sort, pour s'ingénier à le tirer des serres puissantes
qui l'avaient saisi, prêtes à faire le sacrifice de leur vie
que ces deux faibles-es représen'ées par une miniature
d'homme et une fillette frêle et mignonne, habituée à
être choyée et adulée. C'était admirable et touchant.

Malheureusement, ceci se produisait à un moment qui
pouvait être funeste au Chico et à Juana. Tous deux
couraient le risque d'être victimes d'un malentendu sentimental.

Pour le Chico, les entretiens qu'il avait eus avec Pardaillan avaient complètement dissipé cette jalousie furieuse qui avait fait de lui le complice de Fausta. Il savait que Juana ne serait jamais qu'une petite amie pour
le chevalier. S'il avait gardé le moindre doute à cet
égard, les paroles de Juana lui disant qu'elle considérait Pardaillan comme un frère eussent fait tomber ce
doute.

Malheureusement pour lui, influencé sans doute par
ce qu'il avait accoutumé d'entendre sur son compte, .
vivant sans cesse dans la solitude, il s'exagérait outre
mesure son infériorité physique.

Tout ce que Pardaillan avait pu lui dire sur ce sujet
n'était pas parvenu à l'ébranler. Il restait immuable-

ment convaincu que jamais aucune femme, fût-elle petite et mignonne comme Juana, ne voudrait de lui pour
époux.

Ayant cette idée bien ancrée dans la tête, pour qu'il
osât avouer son amour, il eût fallu qu'il fût sur le point
d'expirer ; ou bien que Juana elle-même, renversant les
rôles parlât la première. Mais ceci n'arriverait jamais, n'est-ce pas ? Il savait bien que Juana ne l'aimait
que comme un frère. Celui qu'elle aimait, quoi qu'elle
en dît, c'était Pardaillan.

De même que lui savait que Juana ne serait jamais à
lui, elle devait savoir, elle, qu'elle ne serait jamais à
Pardaillan. Ce n'était pas au moment où il pensait
qu'elle devait éprouver une peine affreuse qu'il trouverait le courage de dire ce qu'il n'avait jamais osé dire
jusqu'à ce jour. De là cette réserve excessive que Juana
prenait pour de la froideur et de l'indifférence.

D'autre part, il pensait que le meilleur moyen de témoigner son amour était de ne paraître s'occuper que de
Pardaillan, à qui, sans nul doute, elle pensait exclusi-
vement. Et comme sur ce point il était en outre poussé
par son amitié ardente, il n'avait pas beaucoup de peine
a rester dans le rôle qu'il s'était dicté. De là son insistance à ne parler que de Pardaillan, insistance qui
exaspérait la jeune fille, malgré ses sentiments. De là
cette assurance qu'il prenait pour de l'audace.

Du côté de Juana les choses s'embrouillaient davantage en ce sens que, femme, elle était plus complexe,
accessible à des sentiments contradictoires qu'elle-même
ne parvenait pas à concilier, qui la tiraillaient en des
sens opposés, sans qu'il lui fût possible de prendre une
détermination ferme, attendu qu'elle ne se rendait pas
parfaitement compte de ce qu'elle éprouvait et ne savait
pas au juste ce qu'elle voulait.

Nous avons expliqué dans un précédent chapitre que
son cœur hésitait entre Pardaillan et le Chico. L'entretien qu'elle avait eu avec Pardaillan avait fait pencher
la balance en faveur de son petit compagnon d'enfance.

Consciente de la distance qui la séparait de Pardaillan, ramenée au sens de la réalité par des paroles douces, mais fermes, éclairée par la logique d'un raisonne-

ment serré, elle avait compris qu'il lui fallait renoncer à un rêve chimérique. Son amour pour Pardaillan n'avait pas encore des racines telles qu'elle ne pût l'extirper sans trop de douleur. Elle s'était résignée.

Forcément elle devait se tourner vers le Chico. Elle le devait d'autant plus que Pardaillan, qu'elle admirait déjà, par quelques confidences discrètes et avec ce tact qu'il puisait dans la bonté de son cœur, avait su lui imposer un sentiment respectueux qu'elle ignorait avant.

Or Pardaillan, qu'elle respectait et admirait, lui avait dit le plus grand bien du Chico. Or elle savait qu'un tel homme n'adressait pas un compliment qui ne fût pleinement mérité. De ceci il était résulté que si Pardaillan avait gagné son respect, les affaires amoureuses du nain, grâce à lui, avaient fait un progrès considérable.

En réalité elle aimait le nain plus qu'elle ne le croyait. Mais son amour n'était pas encore assez violent pour l'amener à fouler aux pieds la pudeur de la jeune fille en la faisant parler la première. Mettre tout en œuvre pour lui arracher sa timidité, oui. Parler elle même, cela non, elle ne le pouvait pas... pas encore du moins.

Or avec un timide de la force du Chico, elle n'avait pas d'autre alternative pour liquider la question. S'il avait fait une partie du chemin, s'il l'avait bercée de mots doux comme il en trouvait parfois, s'il avait eu cette attitude et ces caresses chastes qui troublent néanmoins, peut-être il eût pu l'affoler au point de lui faire oublier sa retenue.

Mais voilà que par malheur le Chico s'avisait, bien mal à propos, de résister à toutes ses avances et de se tenir sur une réserve qui pouvait lui paraître de la froideur. Alors qu'elle eût voulu ne parler que d'eux-mêmes, voilà qu'il ne parlait, lui, que de Pardaillan. C'était désespérant ; elle l'eût battu si elle ne se fût retenue.

Notez que si le petit homme avait paru oublier Pardaillan pour ne songer qu'à lui-même, il eût obtenu probablement ce même résultat de l'exaspérer. Alors ? direz-vous. Alors ceci prouve que lorsque l'amour est en jeu, il n'y a pas à finasser, ni à raisonner. Il n'y a qu'à suivre les impulsions de son cœur. Si l'amour est vraiment fort et sincère, il trouvera toujours moyen de triompher.

Au bout du compte, naïvement, sans malice et sans calcul d'aucune sorte, peut être le Chico avait-il trouvé, sans le chercher, le meilleur moyen de forcer le cœur de celle qui, de son côté, sans s'en douter assurément l'aimait peut être autant qu'elle en était aimée.

Peut-on jamais savoir avec les femmes, surtout quand elles s'avisent, comme la petite Juana, de vouloir jouer au plus fin avec l'amour! Il arrive toujours un moment où elles sont les plus punies de leur inutile malice.

Ayant vu ses petites ruses échouer les unes après les autres, Juana se résigna à ne pas sortir du sujet de conversation qu'il plaisait au Chico de lui imposer, espérant bien se rattraper après et reprendre, avec succès elle l'espérait, ses efforts interrompus pour l'amener à se déclarer.

Pour être juste, nous devons ajouter que la certitude qu'elle avait qu'il ne serait question que de Pardaillan, jointe à la volonté bien arrêtée de le sauver, si c'était possible, aidèrent puissamment à la faire patienter. Mais il fallait bien que ce fût pour Pardaillan, et le sacrifice qu'elle faisait était en somme méritoire.

— Seigneur Dieu! dit elle, avec une pointe d'amertume, comme tu en parles! Que t'a-t-il donc fait que tu lui es si dévoué?

— Il m'a dit des choses... des choses que personne ne m'avait jamais dites, répondit énigmatiquement le nain. Mais, toi-même, Juana, n'es-tu pas résolue à le soustraire au supplice qui l'attend?

— Oui, bien, et de tout mon cœur. Je te l'ai dit.

— Tu sais qu'il pourrait nous en cuire de mettre ainsi notre nez dans les affaires d'Etat. Le moins qui pourrait nous arriver serait d'être pendu haut et court. C'est une grâce que notre sire le roi n'accorde pas facilement. Et je crois bien que nous ferions préalablement connaissance avec la torture.

Il disait cela avec un calme extraordinaire. Pourquoi le lui disait-il? Pour l'effrayer? Pour la faire reculer? Non, car il était bien résolu à se passer d'elle et à ne pas la compromettre. Il voulait bien risquer sa vie et

même la torture pour son ami. Mais l'imposer à elle,
la voir mourir ! Allons donc ! Est-ce que c'était possible, cela !

Tout ce qu'il voulait d'elle, c'était d'être renseigné sur
la valeur de sa trouvaille. S'il lui avait fait entrevoir les
suites probables de leur ingérence dans les affaires de
l'Etat, comme il disait, c'était pour peser en quelque
sorte son dévouement à elle, et régler le sien propre.

Et puis, après tout, il lui paraissait juste et légitime
qu'elle connût la valeur exacte du sacrifice qu'il faisait.
Il n'avait que vingt ans, il avait bien quelques raisons
de tenir à la vie. Et s'il en faisait l'abandon de cette
vie, il tenait à ce qu'elle n'ignorât pas qu'il l'avait fait a
bon escient.

Il était si petit, elle était depuis si longtemps habituée
à le considérer comme un enfant que cette idée pouvait
lui venir de croire qu'il avait agi sans discernement et
que s'il avait su à quoi il s'exposait, il se serait certainement abstenu. Cette idée que sa mort pouvait passer
pour le fait d'une inconséquence lui était insupportable

Elle, en entendant parler de pendaison et de torture,
n'avait pu réprimer un long frisson. Dame ! qu'on se
mette à sa place ! Elle était à l'aube de la vie. Elle ne
connaissait rien. En dehors de sa maison, qui était son
domaine à elle, elle ignorait le reste de l'univers.

En dehors de son père, du Chico et de ses serviteurs
qui étaient ses seuls amis, elle ne connaissait personne.
Mais le peu qu'elle savait de la vie n'était pas si dédai-
gnable et, à tout prendre, son père, notable bourgeois,
avait su mettre de côté de quoi lui assurer sa vie durant
une aisance large qui à l'époque pouvait passer pour de
l'opulence. Quitter tout cela pour un homme qu'elle connaissait depuis quelques jours était bien fait pour donner
a réfléchir.

Mais tout se tient ( ) s'enchaîne et tout n'est qu'entraînement. Peut-être, sans le savoir, avait-elle, comme le
Chico, une âme vaillante ? Peut être le romanesque relevé par un danger mortel avait-il un attrait particulier
pour elle ?

Peut-être aussi l'aventure périlleuse à tenter se pré-
sentait-elle à une heure où elle était dans l'état d'esprit

qu'il fallait pour la lui faire accepter? Nous pencherions plutôt pour cette raison.

En réalité l'amour était apparu à son cœur vierge sous les apparences de deux hommes qui étaient deux antithèses vivantes : Pardaillan qui, au moral sinon au physique, lui apparaissait comme un géant, et le Chico qui, au physique comme au moral, était une réduction d'homme infiniment gracieuse.

Longtemps elle avait hésité entre ces deux hommes, attirée par la force de l'un presque autant que sollicitée par la faiblesse de l'autre. Brusquement, raisonnée par l'un au profit de l'autre, elle s'était décidée à choisir. Et voici que maintenant que son choix était fait en faveur du plus faible, elle se trouvait menacée de les perdre tous les deux à la fois.

Celui qui n'avait pas voulu d'elle, condamné par un pouvoir redoutable entre tous : l'inquisition. Celui qu'elle avait accepté, ne pouvant avoir l'autre, se dévouant inutilement au salut du premier. Tout l'univers pour elle se résumait en ces deux hommes. Eux morts que ferait elle dans la vie?

Ne valait il pas mieux qu'elle partît avec eux? N'ayant pu être ni à l'un ni à l'autre, ils seraient unis tous trois dans la mort. Voilà ce que se dit la petite Juana.

Si nous passons à la question d'entraînement dont nous parlons plus haut, nous voyons qu'il se trouva que l'attitude du Chico pesa fortement sur sa décision. Pour elle, comme pour tout le monde, demeuré enfant par la taille, le nain devait être resté enfant par la force physique et par le moral.

Et voici que tout à coup il se révélait à elle comme un vrai homme, sinon par la taille et la force, du moins par le cœur par le courage et par le sang froid.

Le Chico s'ignorait lui-même, comment aurait-elle pu le deviner. Il avait fallu pour cela l'œil pénétrant de Pardaillan.

Le petit homme ne s'était pas rendu compte de la froide intrépidité avec laquelle il avait envisagé le sort qui pouvait être le sien s'il se lançait dans l'aventure qu'il méditait.

Comme il n'était pas sot, il raisonnait avec une logique serrée que lui eussent enviée bien des hommes réputés habiles. D'ailleurs, dans cette existence de solitaire qu'il menait depuis de longues années, il avait contracté l'habitude de réfléchir longuement et de ne parler et d'agir qu'à bon escient.

Pour lui, la question était très simple : il l'avait assez méditée... Il allait se mettre en lutte contre le pouvoir le plus formidable qui existât. Évidemment lui, pauvre, solitaire, faible, d'intelligence médiocre — c'est lui qui parle — ne disposant d'aucune aide, d'aucune ressource, il serait infailliblement battu. Or la partie perdue pour lui, c'était sa tête qui tombait. Tiens! ce n'était pas difficile à comprendre cela !

Tout se résumait donc à ceci : fallait-il risquer sa tête pour une chance infime? Oui ou non? Il avait décidé que ce serait oui. Partant il avait fait le sacrifice de sa vie et se jugeait condamné.

Il aurait été bien embarrassé de dire si c'était de la bravoure ou non. Les choses étaient ainsi et non autrement, et puisqu'il décidait de tenter l'aventure, il lui paraissait logique d'en envisager les conséquences.

Ainsi avait-il fait, et c'est ce qui lui avait permis de parler avec cette tranquillité qui avait si fort impressionné sa petite amie.

Si le Chico n'avait pas conscience de son héroïsme, Juana, en revanche, s'en rendait fort bien compte. Il se révélait à elle sous un jour qui lui était complètement méconnu.

Le jouet que, tyran au petit pied, elle avait accoutumé de tourner au gré de son humeur avait disparu. Disparu aussi l'enfant qu'elle se plaisait à couvrir de sa protection.

Ce Chico, inconnu jusqu'à ce jour, par la force de son esprit, lui paraissait de taille à se passer désormais de son faible appui et, qui mieux est, à la protéger à son tour. C'était un vrai homme qui pouvait devenir son maître.

Tout ceci, exagéré et embelli par son imagination, faisait que le Chico lui apparaissait maintenant comme une manière de héros.

Elle ne doutait pas qu'il ne réussît à sauver une fois encore celui qu'il appelait son grand ami. Et plus le nain grandissait dans son esprit, plus elle sentait l'appréhension l'envahir. Elle qui jusqu'à ce jour s'était crue bien supérieure à lui, elle qui l'avait toujours dominé, elle courbait la tête, et dans une humilité sincère, étreinte par les affres du doute, elle se demandait si elle était digne de lui.

Au moment où elle reconnaissait sa supériorité intellectuelle, elle éprouvait un déchirement douloureux en voyant que lui, dont elle se croyait si sûre, il paraissait se détacher d'elle, car comment expliquer autrement qu'il eût résisté à toutes ses avances, qu'il ne parut prêter aucune attention à sa personne. Comme elle était excessive en tout, elle se disait :

— Certainement, il se rend compte de sa valeur. Que suis-je pour lui, comparée à ces nobles dames qui lui faisaient les yeux doux? Une petite fille insignifiante, qui ne mérite pas autre chose que le dédain. Il ne m'aime plus, c'est certain... si tant est qu'il m'ait jamais aimée.

Et par un revirement naturel, plus elle croyait sentir qu'il lui échappait, et plus elle tenait à lui, plus elle s'apercevait avec effroi qu'il tenait dans son cœur une place plus considérable qu'elle n'avait cru.

Cet état d'esprit chez elle, cette résolution ferme où il était de ne se laisser distraire en rien dans les combinaisons qu'il échafaudait pour la délivrance de son ami français, amenèrent un changement radical dans leurs attitudes respectives.

C'était elle qui, maintenant, tremblait et rougissait, elle, dont les yeux suppliants semblaient mendier un mot doux, une caresse, elle qui se montrait douce, soumise et résignée; lui qui, en apparence, se montrait indifférent, très calme, très maître de soi et qui donnait là une preuve d'énergie extraordinaire dans un si petit corps, car son cœur battait à se rompre dans sa poitrine, et il avait des envies folles de se jeter à ses pieds, de baiser ses mains de patricienne, fines et blanches, qui semblaient appeler ses lèvres.

Aussi, à l'avertissement charitable qu'il lui donnait, bien persuadée, d'ailleurs, qu'il était de force à surmonter tous les obstacles, avec un regard voilé de tendresse, avec un sourire à la fois soumis et provocant, elle répondit, sans hésiter :

— Puisque tu risques la torture, je la veux risquer avec toi.

Ayant dit ces mots, elle rougit. Dans son idée, il lui semblait qu'on ne pouvait pas dire plus clairement : Je t'aime assez pour braver même la torture, si c'est avec toi.

Malheureusement il était dit que le malentendu se prolongerait entre eux et les séparerait implacablement. Le Chico traduisit : « J'aime le sire de Pardaillan assez pour risquer la torture pour lui. » Il sentit son cœur se serrer et il se raidit pour ne pas laisser voir la douleur qui le tenaillait tandis qu'il clamait dans sa pensée :

— Elle l'aime toujours, d'un amour qui n'a rien de fraternel, quoi qu'elle en dise. Allons, c'est dit, je tenterai l'impossible, et du diable si je n'y laisse ma peau. Aussi bien la vie m'est elle insupportable. Mais toi du moins Juana, tu ne seras pas exposée, et tu ne sauras jamais combien le Chico t'aimait

Et tout haut, d'une voix qui tremblait un peu, avec une grande douceur et reprenant ses propres paroles :

— Que t'a-t-il donc fait que tu lui es si dévouée?

Et l'horrible malentendu s'accentua encore.

Elle eut une lueur de triomphe dans son œil doux. Le Chico était jaloux, donc il l'aimait encore. Sotte qui s'était fait tant de mauvais sang! Alors, avec un sourire malicieux, croyant l'amener à se déclarer enfin, elle minauda :

— Il m'a dit des choses… des choses que nul ne m'avait jamais dites avant lui.

A son tour, elle reprenait les propres paroles du Chico et elle les disait en badinant, croyant faire une plaisanterie et exciter sa jalousie.

Le nain comprit autre chose.

Pardaillan lui avait dit et répété :

— Je n'aime pas et je n'aimerai jamais ta Juana. Mon cœur est mort, il y a longtemps.

Il avait encore dans l'oreille le ton douloureux sur lequel ces paroles avaient été dites. Il ne doutait pas qu'elles ne fussent l'expression de la vérité. Il ne redoutait rien de Pardaillan, un instinct sûr lui assurait que

le seigneur français était la loyauté même. Pardaillan
avait ajouté :

— Ta Juana ne m'aime pas, ne m'a jamais aimé.

Et là le doute le reprenait. Tant que son grand ami ne
parlait que de lui-même, il pouvait s'en rapporter à lui
et le croire sur parole. Mais lorsqu'il parlait des autres,
il pouvait se tromper. D'après les paroles de Juana, il
croyait comprendre que Pardaillan avait dû lui parler,
la moraliser, lui faire entendre qu'elle n'avait rien a
esperer de lui. Cependant Juana ne reculait pas devant
l'évocation terrifiante de la torture et revendiquait, avec
un calme souriant, son droit à participer au sauvetage
de celui qu'elle aimait encore et malgré tout. Pour lui,
c'était clair et limpide : Juana aimerait, sans espoir et
jusqu'à la mort, le sire de Pardaillan, comme lui il
aimerait Juana jusqu'à la mort et sans espoir. Dès lors,
à quoi bon vivre ? Sa résolution devint irrévocable. Il se
condamnait lui-même.

Telle était la conclusion qu'il tirait des paroles imprudentes de la jeune fille. Ah! si elle avait pu deviner ce
qui se passait dans sa tête! Mais comment aurait-elle pu
deviner devant son impassibilité?

Car il avait la force de rester impassible. Et c'était
encore une des bizarreries du caractère de cet étrange
personnage. Il se disait que Juana s'étant donnée à Pardaillan, il n'avait plus le droit lui, le Chico, de la traiter
comme il faisait autrefois

Il pouvait la considérer toujours comme une amie,
mais il devait renoncer à la conquérir. S'il se fût agi
d'une liaison matérielle, peut être la jalousie l'eût-elle
poussé à lutter Mais il ne doutait pas un instant qu'il
ne fût question que d'une liaison chastement plato-
nique.

Jamais Juana n'appartiendrait physiquement à Pardaillan, puisqu'il n'en voulait pas. Elle devait bien le
savoir puisqu'elle préférait la mort. Alors, lui, il eût
considéré comme une bassesse de chercher à l'atten-
drir.

Ces réflexions firent que, de réservé qu'il avait été jusque-là, il se fit glacial, mettant tout son orgueil a parai-
tre impassible et y réussissant assez bien pour la déconcerter tout à fait. Peut-être, si elle avait été plus lucid,

eut-elle pu remarquer l'étrange pâleur du nain et l'éclat
fiévreux de son regard. Mais elle était trop troublée elle-
même pour s'arrêter à autre chose qu'aux apparences
frappantes.

Et le malentendu qui s'était élevé entre eux acheva de
les séparer.

Le Chico se contenta d'acquiescer d'un signe de tête à
ce qu'elle venait de dire et, tirant de son sein le blanc-
seing trouvé, il dit avec une froideur sous laquelle il
s'efforçait de cacher ses véritables sentiments :

— Toi qui es savante, regarde ce parchemin, dis-moi
ce que c'est et ce qu'il vaut.

La petite Juana sentit une larme monter à ses yeux.
Elle avait espéré le faire parler et voici qu'il se montrait
plus froid, plus cassant qu'il n'avait été depuis le début
de cet entretien.

Ah! décidément, il ne l'aimait pas, elle s'était trompée. Puisqu'il en était ainsi, elle ne lui donnerait pas
cette joie de la voir pleurer Elle se raidit pour refouler
la larme prête à jaillir, elle prit tristement le parchemin
qu'il lui tendait et l'étudia en s'efforçant d'imiter son
attitude glaciale.

— Mais, fit-elle, après un rapide examen, je ne vois
rien là que deux cachets et deux signatures, sous des
formules inachevées

— Mais les signatures, les cachets, les connais-tu,
Juana?

— Le cachet et la signature du roi, le cachet et la
signature de monseigneur le grand inquisiteur.

— En es-tu bien sûre?

— Sans doute! Je sais lire, je pense : Nous, Philippe,
par la grâce de Dieu, roi... mandons et ordonnons... à
tous représentants de l'autorité religieuse, civile, mili-
taire... Et plus bas : Inigo d'Espinosa, cardinal-archevêque, grand inquisiteur d'État. N'as tu pas vu ces
cachets au bas de l'ordonnance? Ce sont bien les mêmes
Nul doute n'est possible.

C'est bien ce que j'avais pensé. Ceci, c'est ce qu'on
appelle un blanc-seing. On remplit les blancs à sa guise
et on se trouve couvert par la signature du roi. . et tout
le monde doit obéir aux ordres donnés en vertu de ce
parchemin.

— Où t'es-tu procuré cela ?

— Peu importe. L'essentiel est que je l'ai. Je sais ce que je voulais savoir. Je vais te quitter. Il ne faudra dire à âme qui vive que tu m'as vu en possession de ce parchemin.

— Pourquoi ? Que veux-tu en faire ?

— Ce que je veux en faire ! Je n'en sais rien encore. Je cherche. Et à force de chercher je finirai bien par trouver. Pourquoi ? Parce que je compte me servir de ce blanc seing pour délivrer le seigneur de Pardaillan. Tu comprends, Juana, si on savait que cet ordre ne m'appartient pas et qu'il a été rempli arbitrairement, ce serait ma mort certaine, ce qui ne tirerait pas à bien grande conséquence, je le sais. Ce serait aussi la perte de M. de Pardaillan, et ceci est beaucoup plus important. Voilà pourquoi je te prie de me garder le secret le plus absolu. Il y va du salut de celui que nous voulons sauver tous les deux.

Il se donnait bien du mal pour lui faire comprendre qu'elle devait se taire pour l'amour de Pardaillan. Il ne se doutait pas qu'il avait donné la meilleure de toutes les raisons en disant : « Ce serait ma mort certaine », et qu'il eût pu se dispenser d'ajouter un mot de plus.

Juana avait frémi. Mais ce qui l'impressionna le plus douloureusement, ce fut le ton désabusé, le ton d'amertume à peine voilée sur lequel il avait dit que sa mort, à lui, était sans importance.

Pourquoi lui disait-il ces choses horribles ? Il voulait donc mourir, seigneur Dieu ? Comment ne pensait il pas à la peine affreuse qu'il lui faisait ? La gorge serrée par l'émotion qui la poignait, elle murmura en joignant les mains dans un geste implorant

— Tu peux être tranquille. On me tuera plutôt que de m'arracher une parole sur ce sujet.

Doucement, sans dépit, avec un pâle sourire :

— Oh ! je sais, dit-il. Tu garderas le secret.

Et, très las, écrasé par l'effort qu'il faisait pour se contenir il s'inclina devant elle et murmura

— Adieu, Juana !

Et, sans ajouter un mot, sans un geste, il se dirigea vers la porte.

Alors son cœur, à elle, éclata. Comment il s'en allait

ainsi, sans un mot d'amitié, après un adieu sec et froid, un adieu sinistre qui semblait sous-entendre qu'elle ne le reverrait plus ! Pâle et défaillante, elle se dressa toute droite sur son grand tabouret de bois, et l'esprit chaviré, un seul mot, un nom jaillit de ses lèvres frémissantes, comme un appel éperdu :

— Chico !

Ce nom ainsi lancé, c'était un aveu.

Remué jusqu'au fond des entrailles, il se retourna brusquement. Dans un geste machinal, elle lui tendait les deux mains. Elle avait à peu près perdu conscience de ses actes. Si le Chico s'était jeté sur ses mains pour les baiser, elle l'eût certainement saisi dans ses bras, l'eût soulevé et pressé sur son cœur, et c'eût été enfin le dénouement radieux de cette fantastique idylle.

Mais sous son apparence frêle, il faut croire que le nain cachait une volonté de fer; à son appel, il s'arrêta et fit deux pas vers elle. Mais il n'alla pas plus loin. Il ne dit pas un mot, ne fit pas un geste, et, impassible, il attendit qu'elle s'expliquât.

Elle passa sa main sur son front brûlant, comme si elle eût senti sa raison l'abandonner, et les yeux noyés de larmes, elle balbutia machinalement :

— Tu t'en vas ?... Tu me quittes ? Ainsi ?... N'as-tu donc rien autre à me dire ?

Et comme ses yeux parlaient en posant cette question ! Il fallait être aveugle et fou comme le Chico pour ne pas voir et ne pas comprendre. Brusquement il se frappa le front comme quelqu'un qui se souvient tout à coup.

— Et la Giralda ? s'écria-t-il.

Du coup, elle sentit la colère l'envahir. Quoi ! pas un mot, pas un geste ? Toujours la même indifférence glaciale ? Il pensait à tout le monde, hormis à elle. C'en était trop. Ses bras, qu'elle tendait vaguement vers lui, s'abaissèrent lentement, son œil se fit dur, un pli amer arqua sa lèvre pourpre, et elle gronda agressive :

— Tu t'intéresses bien à elle !... T'aurait-elle dit aussi des choses que nulle ne t'a dites ?

Il la regarda d'un air étonné, et gravement :

— C'est la fiancée de don César ! dit-il. Ne suis-je pas le page du Torero ?

Elle comprit le sens de ces paroles. Elle eut honte de

son accès de jalousie, et elle baisa sa tête en caressant.

— C'est vrai, balbutia-t-elle.

Et passant de nouveau sa main sur son front de ce même geste machinal, elle ajouta, en elle-même :

— Je deviens folle.

— Ne l'as-tu pas vue? continua d'interroger le Chico. Elle était à la corrida. Don César a été enlevé au moment où il se dirigeait vers elle pour lui faire hommage du flot de rubans conquis sur le taureau. Elle a dû se trouver prise dans la mêlée. Pourvu qu'il ne lui soit pas arrivé malheur!

— Peut être a-t-elle pu se sauver à temps. Je la verrai sans doute avant la nuit. C'est ici qu'elle viendra sûrement s'enquérir de son fiancé.

Le nain hocha la tête d'un air pensif.

— Elle ne viendra pas, dit-il.

— Qu'en sais-tu?

— Elle était entourée de cavaliers qui me paraissaient suspects. J'ai cru reconnaître dans le tas la gueule de loup de ce sacripant de don Gaspar Barrigon.

— Qu'est-ce que ce don Gaspar Barrigon?

— Comme qui dirait le sergent de Centurion. La Giralda, je le crains, a dû être victime de quelque tentative d'enlèvement comme celle que j'avais déjà surprise. Centurion est tenace et, pour moi, il y a du Barba-Roja là-dessous. Quel malheur que le chevalier de Pardaillan se soit avisé de lui sauver la vie à celui-là !

— Dans tous les cas, dit Juana, si elle revient, tu peux être tranquille. Je la cacherai ici et je veillerai sur elle. Je l'aime comme une sœur. Elle est si bonne, si tendre, si jolie !

Dès l'instant où sa jalousie n'était pas en cause, elle savait rendre à chacun la justice qui lui était due.

Le Chico approuva gravement de la tête et :

— Je sais où est enfermé M. de Pardaillan, dit-il. j'ai vu où l'on a conduit don César. Il faut que je sache maintenant ce qu'est devenue la Giralda ; et si elle a été enlevée, comme je le crois, il faut que je découvre où on l'a enfermée. Demain peut-être don César quittera sa retraite, et je veux être à même de le renseigner. Je n'ai donc pas un instant à perdre. Est-ce tout ce que tu avais à me dire, Juana?

Elle eut une seconde d'hésitation et murmura faiblement :

— Oui!

— En ce cas, adieu, Juana!

— Pourquoi adieu? s'écria-t-elle, emportée malgré elle. C'est la dernière fois que tu prononces ce mot qui me serre le cœur, pourquoi pas au revoir? Ne te reverrai-je donc plus?

— Si fait bien.

Elle le regarda un moment. Il lui semblait qu'il lui cachait quelque chose. Son sourire et ses paroles sonnaient faux.

— Quand? fit-elle en le tenant sous son regard.

Evasivement il répondit :

— Je ne peux pas dire, tiens! Peut-être demain, peut-être dans quelque temps. Cela dépendra des événements.

Alors, comme il paraissait uniquement preoccupé des autres et non d'elle, elle crut bien faire en disant :

— N'est-il pas convenu que je dois t'aider dans la délivrance du chevalier de Pardaillan... Il faut bien que tu me dises, quand le moment sera venu, en quoi je pourrai t'être utile.

Et lui, il comprit que c'était surtout cela : la délivrance de Pardaillan, qui lui tenait a cœur. Mais il était bien résolu à se passer d'elle. Pour rien au monde il n'eût voulu la mêler à une aventure qu'il devinait devoir lui être fatale. Il se fût plutôt poignardé sur l'heure.

Néanmoins, comme il ne fallait pas lui laisser soupçonner ses intentions, il répondit avec une assurance qui la tranquillisa un peu :

— C'est convenu, tiens! Mais pour que je te dise en quoi tu pourras m'aider, encore faut-il que je sache exactement ce que je veux faire. Je te jure qu'en ce moment je n'en sais rien. Je cherche. Puis il y a la Giralda à retrouver. Tout cela sera peut-être long. Dès que mon plan sera établi, je te le ferai connaître. C'est promis.

Comme il parlait avec assurance! Qui lui eût dit que ce petit être si faible avait une tête si bien organisée et savait agir avec tant de décision! Aveugle, trois fois aveugle qu'elle avait été de l'avoir si longtemps méconnu!

Cependant il avait promis de revenir. Tout n'était pas encore dit. Il reviendrait certainement, il tenait toujours ce qu'il lui promettait. Elle pouvait encore espérer. Très doucement, avec un regard chargé de tendresse, elle dit:

— Va donc, Luis, et que Dieu te garde!

Il se sentit doucement ému. Luis, c'était son prénom. Très rarement — autant dire jamais — elle ne l'avait appelé par son petit nom. Et quelle inflexion, douce comme une caresse, elle avait mise dans ce mot! C'était tout son cœur qu'elle avait mis là, la pauvre petite Juana.

Vaguement, un inappréciable instant, il eut l'intuition que tous deux ils faisaient fausse route. Un mot, un seul, dit en ce moment, pouvait dissiper le malentendu qui les séparait. Il eut peur de se tromper, il eut peur de la froisser, il eut peur surtout de paraître abuser de son désarroi et de ce que les événements lui donnaient une certaine importance pour lui manquer de respect. Il se raidit donc et surmonta encore une fois cette dernière tentation.

Elle, cependant, le dévisageait de son œil limpide, et toute son attitude était un cantique d'amour. Il ne vit rien. Il ne comprit rien. Comme il avait déjà fait, il s'inclina devant elle et dit en insistant sur les mots :

— Au revoir, Juana!

Et comme il ébauchait un mouvement de retraite :

— Tu ne m'embrasses pas avant de partir?

Le cri lui avait échappé. Ç'avait été plus fort qu'elle. Et elle lui tendait les mains en disant ces mots.

Cette fois-ci, il n'y avait plus à douter ni à reculer.

Le Chico se courba lentement, effleura le bout des doigts qu'elle lui tendait et s'enfuit précipitamment.

Un long moment elle resta debout, regardant fixement la porte par où il venait de sortir. Et elle songeait :

— Il m'a à peine effleuré du bout des lèvres. Autrefois il se fût prosterné, eût couvert mes pieds, le bas de ma basquine et mes mains de baisers fous. Aujourd'hui il s'est incliné comme un galant qui sait les usages reçus. Il ne m'aime pas... il ne m'aimera jamais, alors.

Elle se laissa tomber dans son fauteuil, mit sa tête

dans ses deux mains et se mit à pleurer doucement, longuement, secouée de petits sanglots convulsifs, comme un tout petit à qui on vient de faire une grosse peine.


# XIV


## FAUSTA


Pardaillan s'attendait à être jeté dans quelque cul de basse fosse. Il se trompait.

La chambre dans laquelle le conduisaient quatre moines robustes, chargés de sa surveillance, était claire, propre, spacieuse, confortablement meublée d'un bon lit, d'un vaste fauteuil, d'un coffre à habits, d'une table, et munie de tous les objets nécessaires à une toilette complète.

Sans les épais barreaux croisés qui garnissaient la fenêtre, sans les doubles verrous extérieurs qui fermaient la porte massive, avec son judas très large percé au milieu, il eût pu se croire encore dans sa chambre de l'hôtellerie de la Tour.

Les moines geôliers l'avaient débarrassé de ses liens et s'étaient retirés en annonçant que, sous peu, le souper lui serait servi.

Naturellement, le premier soin de Pardaillan avait été de se rendre compte de la disposition des lieux, et il s'était vite persuadé de l'inutilité d'une tentative de fuite par la porte ou la croisée. Alors, comme il était couvert de sang et de poussière, il avait renvoyé à plus tard de rechercher les moyens de se tirer de là et s'était empressé de procéder à un nettoyage dont il avait grand besoin.

Cela lui permit d'ailleurs de constater avec satisfaction qu'il n'avait que des écorchures insignifiantes.

Le souper qui lui fut servi était aussi plantureux que délicat et les vins des meilleurs crus de France et d'Espagne y figurèrent avec une profusion royale.

En fin gourmet qu'il était il y fit honneur avec ce robuste appétit qui ne lui faisait jamais défaut, même dans les passes les plus critiques. Mais tout en vidant les plats, tout en entonnant fortes rasades avec une conscience où il entrait certes plus de prévoyant calcul que d'appétit réel, il réfléchissait profondément.

Tout d'abord il remarqua que sur cette table somptueusement dressée, les mets, servis dans des plats d'argent massif, étaient préalablement découpés, et il n'avait à sa disposition, pour les porter à sa bouche, qu'une petite fourche en bois mince et flexible. Pas un couteau, pas une fourchette, rien qui pût, à la rigueur, devenir une arme.

Cette précaution extrême, les soins dont on paraissait vouloir l'entourer, la douceur exceptionnelle avec laquelle on le traitait, lui paraissaient étrangement suspects. Il sentait une indéfinissable inquiétude l'envahir sournoisement.

Tout de suite après ce succulent souper il se sentit la tête lourde et il fut pris d'une irrésistible envie de dormir.

Il se jeta tout habillé sur le lit en murmurant dans un bâillement :

— C'est bizarre ! D'où me vient ce impérieux besoin de sommeil ? Mordieu ! je n'ai pourtant pas bu outre mesure ! La fatigue, sans doute...

Lorsqu'il se réveilla, le lendemain matin, la tête plus lourde encore que lorsqu'il s'était couché, les membres brisés, il constata avec stupeur qu'il était complètement deshabillé et couché entre les draps.

— Oh ! fit-il, me serais je grisé à ce point ! Je suis sûr pourtant de ne pas m'être deshabillé !

Il sauta hors du lit et sentit ses jambes se dérober sous lui. Il éprouvait une lassitude comme il n'en avait jamais éprouvé de pareille, même après ses plus rudes journées.

Il se traîna, plutôt qu'il n'alla, vers le bassin de cuivre destiné à sa toilette, vida l'aiguière dedans et plongea sa figure dans l'eau fraîche. Après quoi il alla à la fenêtre qu'il ouvrit toute grande. Il sentit un mieux sensible se manifester en lui  Ses idées lui revinrent plus lucides et, tout en grommelant, il prit ses vêtements pou s'habiller.

— Tiens! tiens! sourit-il, on a eu l'attention de remplace. mon costume en loques par celui-ci, tout neuf, ma foi !

Il examina et palpa les différentes pièces du costume en connaisseur.

— Drap fin, beau velours nuancé foncée, simple et solide. On connaît mes goûts apparemment, murmurait-il en faisant cette inspection.

Instinctivement il chercha ses bottes et les aperçut à terre, au pied du lit. Il s'en empara aussitôt et les examina comme il avait fait du costume.

— Ah! Ah! voilà la clé du mystère! fit il en éclatant de rire. C'est pour cela qu'on m'a fait prendre un narcotique.

C'étaier bien ces bottes qu'on avait jugées en assez bon état pour ne pas les remplacer, ses bottes qu'on avait consciencieusement nettoyées. Seulement on avait enlevé les éperons. Ces éperons consistaient en une tige d'acier longue et acérée, maintenue sur le cou-de-pied par des courroies.

En un moment, effroyablement critique, de son existence aventureuse, alors qu'il était enfermé avec son père dans une sorte de pressoir de fer où ils devaient être broyés, le chevalier avait détaché des éperons semblables, en avait donné un à son père, et tous deux, pour se soustraire à l'horrible supplice, avaient froidement résolu de se poignarder avec cette arme improvisée. Depuis lors, en souvenir de cette heure de cauchemar, il avait continué à dédaigner l'éperon à mollette. Or c'étaient ces éperons qui pouvaient constituer à la rigueur un poignard passable qu'on avait eu la précaution de lui enlever pendant son sommeil.

Tout en s'habillant, Pardaillan songeait :

— Diable! Il me parait que j'ai affaire à des adversaires qui ne livrent rien au hasard! L'Espinosa? Fausta? ou ces moines?

Et avec un froncement de sourcils :

— Que veut-on de moi, enfin? A-t-on craint que je me servisse de ces éperons pour frapper mes geôliers enfroqués? N'a-t-on voulu plutôt me mettre dans l'impossibilité de me soustraire par une mort volontaire au supplice qui m'est réservé?. . Quel supplice?... De cette association de l'ancienne papesse avec ce cardinal inquisiteur quelle invention infernale surgira, créée à mon intention?

Et avec un sourire terrible :

— Ah! Fausta! Fausta! quel compte terrible nous aurons à régler... si je sors vivant d'ici!

Et tout à coup :

— Et ma bourse?... Ils l'ont emportée avec mon costume déchiré... Peste! M. d'Espinosa me fait payer cher le costume qu'il m'impose!

Au même instant, il aperçut sa bourse posée ostensiblement sur la table. Il s'en empara et l'empocha avec une satisfaction non dissimulée.

— Allons, murmura-t-il, je me suis trop hâté de mal juger... Mais, mordiable! je ne vais plus oser boire ni manger maintenant, de crainte qu'on ne mélange encore quelque drogue endormante à ma pitance.

Il réfléchit un instant et :

— Non! fit-il en souriant, ils ont obtenu ce qu'ils voulaient. Il est à présumer qu'ils ne chercheront pas à m'endormir de nouveau. Attendons. Nous verrons bien.

Comme il l'avait prévu, il put boire et manger sans éprouver aucun malaise, sans qu'aucune drogue fût mêlée à ses aliments.

Pendant trois jours il vécu ainsi, sans voir d'autres personnes que les moines qui le servaient et le gardaient en même temps, sans jamais se départir d'un calme absolu, sans jamais lui dire une parole.

Il avait voulu les interroger, savoir, s'informer. Les religieux s'étaient contentés de le saluer gravement et profondément, et s'étaient retirés sans répondre à ses questions

Le matin de ce troisième jour, il allait et venait dans sa prison marchant d'un pas nerveux et saccadé pour se dérouiller, cherchant et combinant dans sa tête une foule de projets qu'il rejetait au fur et à mesure qu'ils naissaient. Il avait laissé sa fenêtre grande ouverte, comme il faisait tous les jours du reste, et il passait et repassait devant cette fenêtre.

Tout à coup il entendit un bruit sourd. Il se retourna vivement et aperçut une balle grosse comme le poing qui venait d'être projetée par la croisée ouverte Avant même que de ramasser cette balle, il se précipita à la fenêtre et il aperçut une silhouette connue qui lui fit un signe furtif en traversant vivement le jardin sur lequel il avait vue.

— Le Chico ! clama Pardaillan dans son esprit. Ah ! le brave petit homme !... Comment diable a-t-il pu s'introduire ici ?

Il alla ramasser la balle, non sans s'assurer au préalable qu'il n'était pas épié par le judas percé au milieu de sa porte. Le judas était fermé... ou du moins il paraissait l'être.

Il alla se placer à la fenêtre, tournant ainsi le dos à la porte. et contempla l'objet qui venait de lui être jeté. C'était un assez gros paquet de laine enroulé autour d'un corps dur. Il le défit rapidement et trouva un feuillet enroulé autour d'une pierre. Il déplia le feuillet et lut :


« Ne mangez rien, ne buvez rien de ce qu'on vous servira. On veut vous empoisonner. Avant trois jours j'aurai réussi a vous faire évader. Si j'échoue il sera temps pour vous de prendre le poison qui doit vous foudroyer. Patientez donc ces trois jours. Courage. Espoir. »


— Trois jours sans boire ni manger. songea Pardaillan en faisant la grimace, diable ! A ce compte-là je ne sais s'il ne vaudrait pas mieux me résigner au poison tout de suite... Oui, mais si le Chico réussit?... Hum !... Que veut-il faire ?... Bah ! après tout je ne mourrai pas pour trois jours de jeûne, tandis que je mourrai fort proprement du poison.. d'autant que ces trois jours se réduisent à deux, attendu qu'il me reste de mon souper d'hier de quoi me nourrir aujourd'hui. Puisque j'ai mangé de ces provisions hier soir et que je ne suis pas encore mort, j'ai tout lieu de penser qu'elles ne sont pas empoisonnées. En conséquence je puis encore en manger.

Ayant ainsi décidé, il prit les provisions qui lui restaient, en fit deux parts, et attaqua bravement la première. Quand il ne resta plus miette de la ration qu'il s'était accordée, il prit la deuxième part et alla l'enfermer dans le coffre à habits. Et il attendit.

Il paraissait très calme en apparence, mais de l'effort qu'il faisait pour se maîtriser il sentait la sueur perler à son front. En effet, savait-il si on n'avait pas profité de son sommeil pour mêler à ces restes le poison qui *devait le foudroyer*, disait le billet de Chico. Si brave et si maître de lui qu'il fût, Pardaillan passa là deux heures d'angoisses sans nom, au bout desquelles il se sentit rassuré.

Entre temps on lui avait apporté son déjeuner. Les moines qui le servaient avaient paru s'étonner de la disparition des restes du souper de la veille. Mais comme le prisonnier avait refusé de toucher au déjeuner qu'ils apportaient, ils avaient dû penser que, pris d'une fringale subite, il avait préféré se contenter de ces restes et que maintenant il n'avait plus faim. Ils avaient donc laissé la table servie et s'étaient retirés, toujours sans ouvrir la bouche.

Certain maintenant de ne pas être empoisonné — pour le moment, du moins — il se mit à réfléchir. Il pensait au Chico et se sentait profondément touché par le dévouement du petit homme. Est-ce à dire qu'il comptait sur le nain? Pardaillan ne comptait que sur lui-même.

Mais l'esprit toujours en éveil, plus que quiconque il savait profiter des incidents les plus futiles en apparence, et les faire tourner à son avantage. Qui sait si l'intervention inespérée du Chico ne ferait pas surgir un de ces incidents dont il saurait profiter?

En attendant, la plus élémentaire prudence conseillait de tenir compte de l'avis reçu en ne s'exposant pas de propos délibéré à la mort qu'on lui destinait.

A vrai dire, il s'étonnait un peu que Fausta et d'Espinosa n'eussent pas trouvé quelque supplice plus long, plus raffiné. Mais, somme toute, savait-il quel genre de poison lui serait administré? Savait-il si ce poison foudroyant ne le ferait pas souffrir, durant quelques minutes, plus que la plus cruelle des tortures? Puis, quoi? Il n'y avait pas à douter, il avait vu de ses propres yeux le Chico traverser furtivement le jardin et lui faire un geste amical. Donc le billet était bien du nain, donc son avis devait être exact, donc il avait bien fait de le suivre.

Il fut interrompu dans ses réflexions par l'arrivée soudaine du grand inquisiteur.

— Enfin! songea Pardaillan, je vais savoir quelque chose.

Et il se hérissa, prêt à la lutte, car il devinait que l'entrevue avec un tel adversaire ne pouvait être qu'une sorte de duel.

D'Espinosa avait son immuable visage calme, indifférent, pourrait-on dire. Dans son attitude aisée, correcte, pas l'ombre de défi, pas la moindre manifestation de satisfaction de son succès. On eût dit d'un gentilhomme venant faire une visite courtoise à un autre gentilhomme.

Dès que Pardaillan avait été emmené par ses hommes, d'Espinosa s'était rendu directement à la Tour de l'Or. C'est là, si on ne l'a pas oublié, que le cardinal Montalte et le duc de Ponte-Maggiore, réconciliés dans leur haine commune de Pardaillan, étaient soignés, sur l'ordre de d'Espinosa, par un moine médecin.

D'Espinosa avait décidé de les faire partir pour Rome et de se servir de leur influence réelle pour peser sur les décisions du conclave, à l'effet de faire élire un pape de son choix. Sans doute avait-il des moyens à lui d'imposer ses volontés car, après une résistance sérieuse, le cardinal et le duc, vaincus, durent se résigner à obéir. Cependant Ponte-Maggiore qui, n'étant pas prêtre, n'avait rien à espérer personnellement dans cette élection, s'était montré plus rebelle que Montalte qui, lui, prince de l'Église, était éligible et pouvait espérer succéder à son oncle Sixte-Quint.

D'Espinosa sentit que, pour vaincre définitivement la résistance de ces deux hommes que la jalousie torturait, il lui fallait leur prouver qu'ils pouvaient quitter Fausta sans avoir rien à redouter de Pardaillan. Il n'avait pas hésité un seul instant.

Très faibles encore, leurs blessures à peine cicatrisées, il les avait conduits au couvent San Pablo, les avait fait pénétrer dans la chambre de Pardaillan et le leur avait montré, profondément endormi, sous l'influence du narcotique puissant qui avait été versé dans son vin. Et il leur avait dit ce qu'il comptait en faire. Et sans doute, ce qu'il leur révélait était au-dessus de tout ce que leur haine eût pu concevoir, car ils se regardaient, très pâles, les dents serrées, la respiration rauque.

Et ils étaient partis, sûrs que, désormais, Pardaillan n'existait plus. Quant à Fausta, leur mission remplie, ils sauraient bien la retrouver et, en attendant, délivrés du cauchemar de Pardaillan, ils se surveillaient mutuellement très étroitement, repris par leur haine jalouse, l'un contre l'autre.

— Monsieur le chevalier, dit doucement d'Espinosa, comme s'il se fût excusé, vous me voyez désespéré de la violence que j'ai été contraint de vous faire.

— Monsieur le cardinal, répondit poliment Pardaillan, votre désespoir me touche à un point que je ne saurais dire.

— Convenez du moins, monsieur, que j'ai tout fait pour vous éviter cette fâcheuse extrémité. Je vous ai loyalement prévenu que le mieux que vous aviez à faire était de retourner chez vous, en France.

— Je confesse volontiers qu'en effet vous m'avez averti loyalement. Quoique, à vrai dire, je cherche vainement cette même loyauté dans la manière spéciale dont vous vous êtes emparé de ma personne. Peste! monsieur, un régiment entier mis sur pied pour s'assurer de ma modeste personnalité! Convenez à votre tour que c'est un peu excessif.

— Ceci doit vous prouver, dit gravement d'Espinosa, et l'importance que j'attachais à m'assurer de votre personne et la haute estime que je professe pour votre force et votre vaillance.

— L'honneur n'est pas mince, j'en conviens, fit Pardaillan, avec son plus gracieux sourire. Il a du moins cet avantage de me rassurer pleinement sur l'avenir de mon pays. Jamais votre maître ne régnera chez nous. Il lui faut renoncer à ce rêve.

— Pourquoi cela, monsieur? demanda malgré lui d'Espinosa.

— Mais, sourit Pardaillan, avec son air ingénu, s'il faut mille Espagnols pour arrêter un Français, convenez

que je peux être bien tranquille. Jamais S. M. Philippe
d'Espagne n'aura assez de troupes pour s'emparer de la
plus mince portion de la plus petite de nos provinces !

— Il vous plaît d'oublier, monsieur, que tous les Français ne valent pas M. de Pardaillan. Je doute fort même
qu'on en puisse trouver un seul de votre valeur, dit sérieusement d'Espinosa.

— Paroles précieuses, venant d'un homme tel que
vous, répondit Pardaillan, en s'inclinant. Mais, prenez
garde, monsieur, avec de telles paroles, vous allez m'inciter à pécher par orgueil !

— S'il en est ainsi, je suis prêtre, vous le savez, et ne
vous refuserai pas l'absolution. Mais je suis venu ici
m'assurer si vous ne manquez de rien et si, durant cette
longue semaine de détention, on a bien eu pour vous
tous les égards auxquels vous avez droit. J'espère que
mes ordres ont été obéis. En tout cas, si vous avez quelque plainte à formuler, n'hésitez pas. Je ferai tout ce qui
sera en mon pouvoir pour vous rendre ce séjour aussi
agréable que possible.

— Mille grâces, monsieur. Je suis on ne peut mieux
traité. C'est à tel point que, lorsqu'il me faudra quitter
ces lieux — car il faudra bien que je m'en aille — j'é-
prouverai un véritable déchirement. Mais, puisque
vous êtes si bien disposé à mon égard, tirez-moi, je vous
prie, de l'incertitude où je suis plongé par suite de vos
paroles.

— Parlez, monsieur de Pardaillan.

— Eh bien, vous venez de dire que j'ai passé une
longue semaine de détention en ce lieu qui serait un véritable paradis... si j'y avais plus d'air et d'espace. Vous
l'avez bien dit, n'est-ce pas ?

— Sans doute.

— Quel jour sommes-nous donc ?

— Samedi, monsieur, ne le savez-vous pas ? fit d'Espinosa avec surprise. Vous êtes entré ici lundi. Je n'exagère donc pas trop en disant que vous y êtes depuis une
semaine.

— Pardonnez-moi d'insister, monsieur. Vous êtes
bien sûr que c'est aujourd'hui samedi ?

J'Espinosa le considéra une seconde avec une surprise grandissante et une inquiétude qu'il ne cherchait

pas à dissimuler. Pour toute réponse, il porta à ses lèvres un petit sifflet d'argent et fit entendre une modulation stridente. A cet appel, deux moines parurent aussitôt — preuve qu'ils se tenaient derrière la porte, remarqua Pardaillan — s'inclinèrent profondément et, sans faire un pas, attendirent qu'on les interrogeât.

— Quel jour sommes-nous ? demanda d'Espinosa.

— Samedi, monseigneur, répondirent les moines d'une même voix.

D'Espinosa fit un geste impérieux. Les deux moines recommencèrent leur profonde révérence et sortirent sans ajouter un mot de plus.

— Vous voyez, dit alors d'Espinosa en se tournant vers Pardaillan qui songeait :

— Ainsi donc j'aurais dormi sans m'en douter deux jours et deux nuits. Bizarre ! Quelle drogue maléficieuse ce prêtre cafard m'a-t-il fait absorber ? Où veut-il en venir et quel sort me réserve-t-il ?

Voyant qu'il se taisait, d'Espinosa reprit avec une sollicitude que trahissait l'attention soutenue avec laquelle il le dévisageait :

— Se peut-il que vous ayez été impressionné à ce point que vous avez perdu la notion du temps ? Depuis combien de temps pensiez-vous être ici ?

— Depuis trois jours seulement, dit Pardaillan en le fouillant de son clair regard.

— Seriez-vous malade ? dit d'Espinosa qui paraissait très sincère.

Et remarquant alors le déjeuner encore intact :

— Dieu me pardonne ! vous n'avez pas touché à votre repas. Ce menu ne vous convient-il pas? Les vins ne sont-ils pas de votre goût ? Commandez ce qui vous plaira le mieux. Les révérends pères qui vous gardent ont l'ordre formel de contenter tous vos désirs, quels qu'ils soient .. Hormis de vous ouvrir la porte et de vous laisser aller, bien entendu. Il n'est jamais entré dans ma pensée d'imposer des privations à un homme tel que vous.

— De grâce, monsieur, quittez tout souci à mon sujet. Vous me voyez vraiment confus des soins et des prévenances dont vous m'accablez.

S'il y avait une ironie dans ces paroles, elle était si bien voilée que d'Espinosa ne la perçut pas.

— Je vois ce que c'est, dit-il d'un air paternel. Vous manquez d'exercice. Oui. Evidemment, un homme d'action comme vous s'accommode mal de ce régime sédentaire. Une promenade au grand air vous fera du bien. Vous serait-il agréable de faire, avec moi, un tour dans les jardins du couvent ?

— Cela me sera d'autant plus agréable, monsieur, que le plaisir de la promenade se doublera de l'honneur de votre compagnie.

— Venez donc, en ce cas.

De nouveau d'Espinosa fit entendre un appel de son sifflet d'argent. De nouveau les deux moines reparurent et se tinrent immobiles.

— Monsieur le chevalier, dit d'Espinosa en écartant les moines d'un geste, je passe devant vous pour vous montrer le chemin.

— Faites, monsieur.

Et il passa devant les moines qui ne sourcillèrent pas. Seulement, dès que Pardaillan et d'Espinosa se furent engagés dans le couloir, les deux moines rejoignirent deux autres moines qui étaient restés dehors et tous les quatre ils se mirent à suivre silencieusement leur prisonnier, se maintenant toujours à quelques pas derrière lui, s'arrêtant quand il s'arrêtait, reprenant leur marche dès qu'il se remettait à marcher.

D'ailleurs de tous côtés, dans les embrasures, aux détours des couloirs, sur les paliers, dans les cours, à l'ombre des grands arbres du jardin, partout Pardaillan voyait surgir des frocs, par deux, par trois et par quatre, qui allaient, venaient en s'inclinant devant le grand inquisiteur, mais restaient constamment à portée de sa voix.

En sorte que Pardaillan, qui avait accepté cette promenade avec le vague espoir qu'une occasion inespérée se présenterait peut-être de fausser compagnie à son obligeant guide, dut s'avouer à lui-même que ce serait une insigne folie de tenter quoi que ce soit dans ces conditions.

Et quand bien même il serait parvenu à se défaire du grand inquisiteur, ce qui lui eût été relativement facile, malgré que d'Espinosa parût plein de force et de vigueur, comment eût-il pu forcer les innombrables portes, gardées par de véritables postes de moines, qui semblaient fonctionner militairement, ces portes qui se déverrouillaient pour leur livrer passage et se reverrouillaient immédiatement après?

Comment fût-il sorti de ce dédale de couloirs larges et clairs, étroits et obscurs, sans cesse sillonnés en tous sens par des groupes de religieux? Comment enfin eût il pu franchir les hautes murailles qui ceinturaient cours et jardins de tous côtés? A moins d'être oiseau, il ne voyait pas.

Il estima que le mieux était de ne rien tenter pour le moment. Mais tout en marchant posément à côté d'Espinosa, tout en paraissant écouter avec une attention souriante les explications qu'il lui donnait complaisamment sur les nombreuses et bizarres affectations de ce couvent, ainsi que sur les occupations variées des membres de la communauté, il se tenait sur ses gardes, prêt à saisir la moindre occasion propice qui se présenterait.

Et à les voir passer d'un pas lent et désœuvré, a les voir s'entretenir aussi paisiblement, presque affectueusement, on n'eût jamais pu soupçonner que l'un de ces deux hommes était une victime aux mains de l'autre qui s'apprêtait à le torturer et qui, en attendant, par un raffinement de cruauté digne de ce Torquemada dont il était un des successeurs, se délectait à jouer avec sa victime impuissante, comme le chat avec la souris, avant de lui briser les reins d'un coup de dents

Pardaillan se disait que d'Espinosa n'était pas homme a lui faire faire une promenade dans les jardins, d'ailleurs admirables, uniquement par humanité. Il pensait, non sans raison, que le grand inquisiteur avait une idée bien arrêtée qu'il finirait par exprimer.

Mais d'Espinosa continuait à parler de choses indifférentes et Pardaillan attendait patiemment qu'il lui plût de se décider, bien persuadé qu'avant de le quitter d'Espinosa lui porterait le coup qu'il méditait.

Cependant le grand inquisiteur, toujours accompagné de Pardaillan, franchit une dizaine de marches et s'engagea dans une large galerie.

Cette galerie s'étendait sur toute la longueur du corps

de bâtiment où ils se trouvaient en ce moment. Tout un côté était occupé par de minces colonnettes dans le style mauresque, reliées entre elles par un garde-fou qui était une merveille de mosaïque et de sculpture.

Cela constituait une longue suite de larges baies par où la lumière entrait à flots. Le côté opposé était percé, de distance en distance, de portes massives : cellules sans doute.

Sur le seuil de la galerie, une dizaine de moines, qui paraissaient les attendre, les entourèrent silencieusement. Pardaillan remarqua la manœuvre. Il remarqua aussi que ces moines étaient taillés en athlètes.

— Bon ! songea-t-il avec un mince sourire, nous approchons du dénouement. Mais diantre ! il paraît que ce que M. d'Espinosa veut faire ne laisse pas que de l'inquiéter, puisqu'il me fait garder de près par ces dignes révérends qui me paraissent taillés pour porter la cuirasse et la salade plutôt que le froc. Sans compter ceux qui, sans avoir l'air de rien, sillonnent cette galerie et me font l'effet d'être placés là pour m'empêcher d'approcher de la balustrade. Tenons nous bien, mort Dieu ! c'est le moment critique.

En effet, la galerie, comme l'avait remarqué Pardaillan, était sillonnée, en tous sens, par une infinité de moines qui paraissaient surtout garder les baies.

D'Espinosa s'arrêta devant la première porte qu'il rencontra.

— Monsieur le chevalier, dit-il d'une voix sans accent, je n'ai personnellement aucun sujet de haine contre vous. Me croyez vous ?

— Monsieur, dit froidement Pardaillan, puisque vous me faites l'honneur de me le dire, je ne saurais en douter.

D'Espinosa opina gravement de la tête et reprit :

— Mais je suis investi de fonctions redoutables, terribles, et quand je suis dans l'exercice de ces fonctions, l'homme que je suis doit s'effacer, céder complètement la place au grand inquisiteur, c'est-à-dire à un être exceptionnel, inaccessible à tout sentiment de pitié, froidement implacable dans l'accomplissement des devoirs de sa charge. En ce moment c'est le grand inquisiteur qui vous parle.

— Eh! morbleu! monsieur, ce que vous avez à dire est donc si difficile! Que redoutez-vous? Je suis seul, sans armes, à votre merci. Grand inquisiteur ou non, videz votre sac un bon coup et n'en parlons plu .

Ceci était dit avec une ironie mordante qui eût fait bondir tout autre que d'Espinosa. Mais il l'avait dit lui-même : il n'était pas un homme, il était la vivante incarnation de la plus effroyable et la plus implacable des institutions. Il reprit donc, sans paraître s'émouvoir :

— Vous avez insulté à la majesté royale. Vous êtes condamné. Vous devez mourir.

— A la bonne heure! Voilà qui est franc, net, catégorique. Que ne le disiez-vous tout de suite? Je suis condamné, je dois mourir. Peste! il faudrait être d'intelligence fort obtuse pour ne pas comprendre! Reste à savoir comment vous comptez m'assassiner.

Avec la même impassibilité, d'Espinosa expliqua :

— Le châtiment doit être toujours proportionné au crime. Le crime que vous avez commis est le plus impardonnable des crimes  Donc le châtiment doit être terrible. Il faut aussi que le châtiment soit proportionné à la force morale et physique du coupable. Sur ce point, vous êtes une nature exceptionnelle. Vous ne vous étonnerez donc pas que le châtiment qui vous sera infligé soit exceptionnellement rigoureux. La mort n'est rien, en elle même.

— C'est la manière de la donner. Ce qui revient à dire que vous avez inventé à mon intention quelque supplice sans nom.

Pardaillan disait ces mots avec ce calme glacial qui masquait ses émotions lorsqu'elles étaient, comme en ce moment, à leur paroxysme et qu'il méditait quelque coup de folie comme il en avait tenté quelques-uns dans sa vie si bien remplie.

Fausta, qui le connaissait bien, ne s'y serait pas trompée  D'Espinosa, si observateur qu'il fût, devait s'y laisser prendre. Il ne vit que l'attitude, qu'il admira d'ailleurs en connaisseur, et ne soupçonna pas ce qu'elle cachait de menaçant pour lui. Il répondit donc, sans ironie aucune :

— J'ai, du premier coup d'œil, reconnu votre haute intelligence. Je ne suis donc pas étonné de la facilité avec laquelle vous savez comprendre à demi-mot. Pourtant, en ce qui concerne le supplice dont vous parlez, je dois à la vérité de dire que j'ai été puissamment aidé par les conseils de Mme la princesse Fausta, laquelle, je ne sais pourquoi, vous veut la male mot.

— Oui, je le savais, gronda Pardaillan d'une voix blanche. J'espère bien avoir, avant de mourir, la joie de lui dire les deux mots que j'ai à lui dire. Mais vous, monsieur, savez-vous que vous êtes un dangereux reptile ? Savez-vous que l'envie me démange furieusement de vous étrangler, pendant que je vous tiens ?

Il avait abattu sa main sur l'épaule d'Espinosa, et à une voix basse il lui jetait ces paroles menaçantes dans la figure.

Le grand inquisiteur ne sourcilla pas. Il ne fit pas un geste pour se soustraire à son étreinte. Ses yeux ne se baissèrent pas devant le regard ardent du chevalier, et sans rien perdre de son impassibilité, comme s'il n'eût pas été en cause :

— Je le sais, dit-il simplement. Mais vous n'en ferez rien. Vous devez bien penser que je ne suis pas homme à m'exposer à votre fureur sans avoir pris mes petites précautions. Si j'avais cru avoir quoi que ce soit à redouter de vous, vous n'auriez pas les mains libres.

Pardaillan jeta un coup d'œil rapide autour de lui et il vit que le cercle des moines s'était resserré autour de lui. Il comprit qu'en effet il n'aurait pas le temps de mettre sa menace à exécution, la meute des frocards serait à l'instant sur lui et le réduirait à l'impuissance. Une fois encore il serait écrasé par le nombre. Il secoua furieusement la tête et, sans lâcher prise, appuyant plus lourdement sa main sur l'épaule de son ennemi :

— Je vous entends, dit-il d'une voix sifflante. Ceux-ci tomberont sur moi. Mais je puis en courir le risque. Et puis, qui sait si.

— Non, interrompit d'Espinosa sans rien perdre de son calme, ce que vous espérez ne se réalisera pas. Avant que vous ayez pu me frapper, vous serez saisi par les révérends pères. Remarquez, je vous prie, qu'ils sont assez nombreux et assez robustes pour vous réduire à l'impuissance. Vous en assommerez quelques-uns, je l'admets volontiers, mais moi, vous ne m'atteindrez pas et ils se

laisseront assommer passivement sans vous rendre le
coup que vous souhaitez, parce qu'il faut que vous soyez
livré vivant au supplice qui vous est réservé. Savez-vous
ce que vous gagnerez à la tentative désespérée que vous
méditez ? C'est que je serai contraint de vous faire enchaîner. Bien que ce procédé me répugne parce qu'il est
inutile, je m'y résoudrai cependant si vous m'y obligez.

Par un effort surhumain, Pardaillan réussit à maîtriser la colère qui grondait en lui. Les moines qui l'entouraient n'avaient pas fait un geste. Les yeux fixés sur le
grand inquisiteur, ils attendaient, immobiles et muets,
qu'il leur donnât, d'un signe, l'ordre d'agir. Et cette
impassibilité absolue dénotait clairement la confiance
qu'ils avaient en leur force — la force du nombre — et
aussi leur soumission passive aux ordres de leur supérieur.

En un éclair de lucidité, Pardaillan entrevit tout cela,
Il comprit les conséquences irréparables que son geste
pourrait avoir et qu'il était à la merci de son redoutable
adversaire. Les mains libres, il pouvait encore espérer.
Couvert de chaînes, c'en était fait de lui.

Il lui fallait donc conserver à tout prix la liberté de
ses mouvements, puisque cela seul lui permettrait de
mettre à profit la chance si elle se présentait. Lentement, comme a regret, il desserra son étreinte et gronda:

— Soit, vous avez raison.

Les moines n'avaient toujours pas bougé. Quant à
d'Espinosa, il montra le même calme indifférent qu'il
avait montré devant la menace. Comme s'il eût jugé
l'incident définitivement clos, il se tourna vers la porte
devant laquelle il s'était arrêté, et cette porte s'ouvrit à
l'instant même.

A l'instant même aussi, les moines se reculèrent,
agrandirent leur cercle, comme s'ils avaient compris que
leur intervention devenait inutile. Mais, de loin comme
de près, ils surveillaient attentivement les moindres gestes du grand inquisiteur, sans perdre de vue pour cela
leur prisonnier.

La porte qui venait de s'ouvrir donnait accès sur une
étroite cellule. Il n'y avait là aucun meuble et la petite
pièce ne recevait le jour que par la porte qui venait de
s'ouvrir.

Les murs de la cellule étaient blanchis à la chaux, le sol était recouvert de dalles blanches. Tout autour couraient de petites rigoles destinées à l'écoulement des eaux. Mais quelles eaux, puisqu'il n'y avait rien la dedans ?

Par-ci, par-là, sur les murs, des tâches brunâtres, suspectes. Sur les dalles, des petites flaques de même teinte et de même apparence. C'était froid et sinistre, sinistre surtout. Qu'était-ce donc que cette cellule ? Un cachot ? Une tombe ? Quoi ?...

Et cependant ce lieu qui suintait l'horreur était habité. Et voici ce que les yeux exorbités de Pardaillan virent :

Au milieu de la pièce, face à la porte qui venait de s'ouvrir toute grande, un homme — une loque humaine — était solidement attaché sur une sorte de chaise de bois dont les pieds étaient rivés au sol par de solides crampons de fer.

Les jambes de l'homme étaient enchaînées aux pieds de la chaise ; son buste était maintenu droit contre le dossier de bois par une infinité de cordes ; la tête, maintenue par un carcan de fer, ne pouvait pas faire un mouvement ; presque sous le menton, une épaisse traverse de bois, percée de deux trous, pressait la poitrine de l'homme, et dans ces deux trous, ses mains emprisonnées pendaient mollement.

A côté du patient, un moine robuste, le froc relevé jusqu'à la ceinture, les larges manches retroussées laissant nu des biceps puissants, maniait de ses pattes énormes de minuscules et bizarres instruments qu'il examinait attentivement sans paraître se soucier le moins du monde de la victime qui, les traits contractés par l'horreur et l'angoisse, le regardait faire avec des yeux où luisait une épouvante qui confinait à la folie.

Le moine obéissait sans doute à des ordres préalablement donnés, car, sans jeter un coup d'œil sur les spectateurs de cette scène fantastique, il se mit à l'œuvre dès qu'il eut terminé l'inspection de ses instruments.

Il saisit le pouce du condamné dans une petite pince qu'il avait prise. Aussitôt, malgré les liens qui l'enserraient de toutes parts, l'homme eut une secousse terrible, à faire croire qu'il allait briser ses cordes ; en même temps un hurlement long, lugubre, terrifiant, s'échappa de ses lèvres contractées.

Le moine, impassible, secoua son outil. Quelque chose de blanc et de rouge tomba sur les dalles, tandis que, du bout du doigt qu'il venait de lâcher, une petite pluie rouge tombait goutte à goutte sur le sol et l'ensanglantait: le moine venait d'arracher l'ongle. Posément, méthodiquement, avec une lenteur effroyable, le moine bourreau saisit l'index comme il avait saisi le pouce. Le supplicié se tordit comme un ver, une expression de souffrance atroce s'étendit sur sa face convulsée ; le même hurlement qui n'avait plus rien d'humain se fit entendre à nouveau, suivi de la même petite pluie sanglante, du même geste indifférent du bourreau jetant négligemment à terre l'ongle auquel adhéraient des lambeaux de chair.

Au troisième doigt, l'homme s'évanouit. Alors le bourreau s'arrêta. Il prit dans une trousse posée à terre différents ingrédients, apportés pour ce cas prévu, et se mit, non pas à panser les plaies affreuses qu'il venait de faire, mais à rappeler l'homme à lui avec le même soin, la même froide impassibilité qu'il avait mis à le torturer.

Quand le malheureux, sous l'action des remèdes énergiques qui lui étaient administrés, reprit ses sens, le moine replaça soigneusement ses ingrédients à leur place, reprit ses outils et recommença son horrible besogne.

Pardaillan, livide, les ongles incrustés dans la paume des mains pour ne pas crier son horreur et son dégoût, Pardaillan, se demandant s'il n'était pas en proie à quelque hideux cauchemar, remué d'une pitié immense, sentant son cœur se soulever d'indignation, dut assister, impuissant, à cette scène atroce.

Lorsque le cinquième ongle tomba, les hurlements du patient s'étaient changés en râles étouffés, et le bourreau, toujours effroyablement insensible et méthodique, se disposait à passer à la deuxième main.

— Horrible ! horrible ! murmura le chevalier, malgré lui, sans savoir ce qu'il disait, peut-être.

Froidement, d'Espinosa formula:

— Ceci n'est rien !... Passons !

Et ils passèrent en effet. Et Pardaillan s'éloigna en

frémissant de la sombre porte qui venait de se refermer.
Et en contemplant cette immense galerie, si large, si
claire, si gaie, avec ses vastes baies par où le soleil
entrait à flots rutilants, en voyant, par-delà les baies,
les parterres fleuris, les cimes verdoyantes des orangers
et des grenadiers, il put croire un instant qu'il avait
rêvé.

— Le crime de cet homme, disait d'Espinosa d'une
voix paisible, n'est rien comparé à celui que vous avez
osé commettre.

Pardaillan comprit le sens déguisé de ces paroles, qui
signifiaient évidemment que le supplice qui lui serait
infligé à lui, Pardaillan, dépasserait ce qu'il venait de
voir. Il se raidit pour combattre l'épouvante qui se glissait sournoisement en lui.

Il se rendait d'ailleurs parfaitement compte que cette
épouvante provenait surtout de l'ébranlement nerveux qu'il
venait d'éprouver, et il se disait non sans angoisse que
si d'Espinosa s'avisait de le faire assister coup sur coup
à des spectacles de ce genre, cela amènerait chez lui une
dépression morale qu'il n'était pas sûr de pouvoir surmonter.

Ils franchirent ainsi, silencieusement, quelques mètres
pendant lesquels Pardaillan s'efforça de maîtriser ses
nerfs mis à une si rude épreuve.

Au bout d'une vingtaine de pas, deuxième porte:
deuxième arrêt. Pardaillan frémit.

Comme la première cette porte s'ouvrit d'elle-même.
Comme la première elle démasqua une cellule en tous
points semblable à la précédente, occupée par un moine-
bourreau et par un condamné. Celui-ci, comme le premier, était maintenu assis sur un siège de bois. Seulement celui-ci avait les bras attachés en croix et le torse,
nu, bien à découvert, ne supportait aucune entrave qui
eût probablement gêné le tortionnaire. Comme le premier, ce moine-bourreau commença son effroyable
besogne dès que la porte se fût ouverte.

Muni d'un instrument à lame fine et acérée il pratiqua
une incision sur toute la largeur de la poitrine du patient
et se mit en devoir de le dépouiller tout vif. Comme
précédemment, des hurlements affreux se firent entendre, suivis de plaintes et de râles étouffés, au fur et à

mesure que l'horrible besogne s'avançant, le patient perdait de plus en plus ses forces.

Le bourreau, avec une adresse remarquable, avec une sorte de délicatesse épouvantable, tirait sur la peau, qui se détachait, la rabattait, fouillait de son scalpel les chairs pantelantes, mettait a nu les veines, les arteres, les nerfs.

Et de temps en temps, d'un geste sinistre dans son indifférence, il prenait une poignée de sel pilé et l'étendait doucement sur ces pauvres chairs sanglantes, et alors les hurlements redoublaient, perçaient le cerveau de Pardaillan comme des lames rougies à blanc.

Et de cet amas sans nom, qui avait été une poitrine humaine, des filets de sang s'écoulaient lentement, tombaient sur les dalles qui rougissaient, allaient se perdre dans les rigoles que nous avons signalées et dont Pardaillan, affolé, comprenait maintenant l'utilité.

— Passons, dit d'Espinosa sur le même ton bref et indifférent.

Et comme il l'avait déjà fait, d'Espinosa répéta avec une insistance grosse de menaces sous-entendues :

— Le crime de cet homme n'est rien, comparé à celui que vous avez commis.

Et ils passèrent encore, comme disait le grand inquisiteur avec son sinistre laconisme. Seulement cette deuxième porte ne se referma pas comme la première, en sorte que Pardaillan, en s'éloignant d'un pas qu'il allongeait inconsciemment, délivré de l'horrifiante vision, continua d'être poursuivi par les plaintes sourdes, alternant avec les hurlements de douleur, qui s'échappaient de cette porte restée ouverte et emplissaient la galerie de leurs lugubres sons Et tout en fuyant — car il fuyait littéralement — il se disait avec une fureur qu' allait grandissant :

— Mordieu ! voilà donc ce que me réservait cet abominable prêtre ! Vais je être obligé de contempler longtemps d'aussi sauvages spectacles ? Par Pilate ! ce misérable a donc juré de me rendre fou !

Or voici que ce mot éclata dans sa tête comme un coup de tonnerre.

Une lueur aveuglante se fit dans son esprit et, comme si ce mot eût déchiré le voile qui obscursissait sa mé-

moire, tout à coup il se rappela les paroles échangées
entre Fausta et d'Espinosa lors de son algarade avec
Bussi-Leclerc, et il crut comprendre le sens mystérieux
de l'adieu de Fausta : « Tu me reverras peut-être, mais
tu ne me reconnaîtras pas ». Et il clama dans sa
pensée :

— Oh ! ces deux misérables ont-ils donc réellement
prémédité de me faire sombrer dans la folie ! Et c'est
Fausta qui a inventé cela ! Eh ! je me souviens maintenant, c'est moi-même qui, en raillant, lui ai conseillé
de me frapper dans mon intelligence. La diabolique
créature m'a pris au mot... Je croyais la connaître et
je suis forcé de m'avouer que je ne l'eusse jamais supposée capable d'une telle scélératesse. Ah ! Seigneur
Dieu ! que l'ancienne papesse et ses suppôts invoquent
sans cesse, si vous existez, faites que je puisse me
trouver seul avec elle, seulement quelques minutes...
je me charge du reste.

Ayant deviné, ou ayant cru deviner à quoi tenait
l'épouvantable spectacle que lui présentait d'Espinosa, il
souffla bruyamment, comme quelqu'un qui se trouve
déchargé du lourd fardeau qui l'oppressait, cuirassa son
cœur pour le rendre momentanément insensible, commanda à ses nerfs de se maîtriser et, très calme en apparence, il suivit son sinistre guide, résolu à tout voir et
tout entendre, sans se laisser dominer par la pitié et l'é-
pouvante, comme il avait failli le faire un moment.

A la troisième porte, troisième arrêt. Là c'était un
malheureux qu'on tenaillait avec des fers rougis à blanc.
Et le moine tortionnaire, avec une insensibilité égale à
celle des deux autres, se penchait sur un récipient placé
sur un réchaud, y puisait une cuillerée d'un liquide
blanchâtre vaguement mousseux et vidait lentement la
cueiller dans le trou béant que les tenailles venaient de
faire dans la chair. Ce qu'il versait ainsi sur les plaies,
c'était un mélange d'huile bouillante, de plomb et d'é-
tain fondu. Et le malheureux qui subissait cet effroyable
supplice, effrayant à voir, poussait des hurlements qui
n'avaient plus rien d'humain, et d'une voix de dément
— peut-être devenu subitement fou — rugissait :
« Encore !... Encore !... »

Et ses clameurs se mêlaient aux plaintes de l'écorché

vivant que le moine-bourreau continuait de travailler.

Sous l'œil froid et investigateur de d'Espinosa, Pardaillan se raidissait pour ne rien laisser paraître de ses impressions. Et aux yeux de d'Espinosa, il pouvait passer pour très calme, parfaitement maître de lui. Mais pour quelqu'un qui l'eût bien connu, la fixité étrange du regard, la teinte terreuse répandue sur ses joues, une imperceptible crispation des lèvres très pâles ou trop rouges, parce qu'il venait de les mordre, eussent été autant d'indices visibles de l'émotion qui l'étreignait et de l'effort surhumain qu'il faisait pour la surmonter.

Une fois encore, d'Espinosa prononça son glacial : « Passons ! » Une fois encore il ajouta que le crime du misérable qui râlait et hurlait tour à tour n'était rien, comparé au crime de Pardaillan.

Et l'affolante, l'hallucinante promenade se poursuivit à travers l'interminable galerie pleine maintenant des rugissements, des plaintes, des sanglots, des supplications, des menaces et des blasphèmes des malheureux que le délire sanguinaire de l'inquisiteur soumettait à des supplices que nous avons peine à concevoir aujourd'hui.

Après l'homme tenaillé vivant, ce fut l'homme à qui l'on brisa les membres à coups de masse de fer, puis celui à qui l'on creva les yeux, et celui à qui l'on arracha la langue, en passant par le supplice du chevalet, celui de l'eau, sans compter celui à qui l'on enferma les mains dans des peaux humides contenant du sel, qu'on faisait sécher en les exposant à la flamme d'un réchaud.

La porte d'une de ces cellules ne s'ouvrit pas. Un moine poussa un guichet et Pardaillan vit une demi-douzaines de chats qu'on avait rendus hydrophobes en les privant de boisson, se ruer sur un homme entièrement nu et le mettre en pièces à coups de leurs griffes acérées.

Tout ce que l'imagination la plus déréglée peut concevoir de supplices infâmes, de raffinements de torture inouïs, par-là là sous ses yeux, et de toutes ces portes demeurées ouvertes jaillissaient sans répit les cris et les plaintes, un vacarme à faire chavirer le cœur le plus endurci, des gémissements et des supplications qui eussent attendri un tigre.

Et à chaque porte d'Espinosa répétait son immuable :
« Passons ! » toujours suivi de la comparaison du crime
du malheureux qui agonisait et qui n'était toujours rien
comparé au crime de Pardaillan

Enfin la fin de la fantastique galerie arriva. Pardaillan se crut délivré de l'effrayant cauchemar qu'il vivait
depuis une heure. Malgré ses efforts, malgré son stoï-
cisme, il sentait sa raison chanceler. Et la pitié qu'il
ressentait pour ces malheureuses victimes, dont il ignorait le crime, était telle qu'il oubliait que cette effravante
série de supplices sans nom qu'on faisait défiler sous
ses yeux n'avait qu'un but : lui rappeler sans cesse que ce
qu'il voyait là d'horrible et d'affreux *n'était rien, com-*
*paré à ce qui l'attendait, lui.*


# XV


## LE REPAS DE TANTALE


A l'extrémité de l'horrible galerie, il y avait un escalier de quelques marches, et, sur la droite, un mur, très
haut, continuait cette galerie. L'escalier aboutissait à un
jardinet. Le mur séparait ce jardinet du grand jardin.

En se retrouvant au grand air, sous la chaleur vivifiante de l'éclatant soleil, Pardaillan respira à pleins
poumons. Il lui semblait sortir d'un lieu privé d'air et
de lumière. Et en faisant peser sur d'Espinosa, toujours
impassible à son côté, un regard lourd de menaces, il
pensa :

— Je ne sais ce que machine contre moi ce prêtre
scélérat, mais, mordieu ! il était temps que l'infernal
supplice qu'il vient de m'infliger prît fin.

Pour reposer ses yeux, encore remplis de la vision d'horreur, il voulut les poser sur les fleurs qui embaumaient l'air qu'il respirait avec délices. Alors il tressaillit et murmura :

— Ah! quel diable de jardin est-ce là !

Ce qui motivait cette exclamation c'était la disposition spéciale du jardinet. Voici :

De l'escalier. par où il venait de descendre, jusqu'à un corps de bâtimen' composé d'un rez-de-chaussée seulement, et en mauvais état, ce jardinet pouvait avoir, en largeur, de dix à douze mètres environ.

Dans le sens de la longueur, en partant du mur, qui prolongeait la galerie et le séparait du grand jardin, jusqu'à un autre corps de bâtiment, composé aussi d'un seul rez-de-chaussée, il mesurait environ une trentaine de mètres. De sorte que ce jardinet se trouvait enfermé entre trois bâtisses (en y comprenant le bâtiment plus important où se trouvait la galerie) et une haute muraille.

Mais ce n'était pas là ce qui étonnait Pardaillan. Ce qui l'étonnait, c'est que ce jardinet était coupé, au milieu et dans toute sa longueur, par un parapet surmonté d'une haute grille dont les barreaux étaient très forts et très rapprochés.

En outre, d'autres barreaux, aussi forts et aussi rapprochés, partaient du toit d'un de ces corps de bâtiment, et venaient s'encastrer sur la grille verticale. De sorte que cela constituait une cage monstrueuse.

Des plantes grimpantes, s'enlaçant aux barreaux, montaient jusqu'au faîte de cette étrange cage, y formaient un dôme de verdure et masquaient en partie ce qui s'y passait.

Conduisant Pardaillan, toujours surveillé de près par son escorte de moines geôliers, d'Espinosa tourna à gauche, se dirigeant tout droit vers le bâtiment qui occupait la largeur du jardinet.

Or, chose étrange, et qui glaça Pardaillan, dès que le bruit de leurs pas se fit entendre sur le gravier de l'allée, il perçut comme une galopade furieuse de l'autre côté du rideau de verdure qui masquait la cage. Puis une rumeur, comme une bousculade. un bruit de branches froissées. des faces humaines hâves, décharnées, des yeux luisants ou mornes, se montrèrent de-ci de-là entre les barreaux, et une plainte déchirante, monotone, s'éleva soudain :

— Faim !... Faim !... Manger !... Manger !...

Et presque aussitôt une voix rude cria :

— Attendez, chiens, je vais vous faire retourner à la niche !

Puis le claquement sec d'un fouet, suivi du bruit flou d'une lanière cinglant un corps, suivi à son tour d'un hurlement de douleur. Ensuite une fuite éperdue et la même voix rude accompagnant chaque coup de fouet de ce cri, toujours le même :

— A la niche ! A la niche !

Voilà ce qu'entrevit Pardaillan en une vision rapide comme un éclair. Et en jetant un coup d'œil angoissé sur la cage fantastique, il songea :

— Quelle abominable surprise me réserve encore ce maître bourreau ?

D'Espinosa s'arrêta devant le corps de bâtiment. Un moine se détacha du groupe, vint ouvrir les cadenas qui maintenaient extérieurement un fort volet de bois. Le volet ouvert tout grand démasqua une ouverture garnie d'épais barreaux croisés.

Cette ouverture donnait sur une sorte de fosse. Sur le sol fangeux de cette fosse, au milieu d'immondices innommables, à moitié nu, un homme était accroupi. Aveuglé par le flot de lumière succédant sans transition à l'obscurité profonde dans laquelle il était plongé, il demeura un instant immobile, les yeux clignotants. Puis il se dressa brusquement, déchira l'air d'un hurlement lugubre et bondit sur les barreaux, cherchant à agripper ceux qui le regardaient du dehors.

Voyant qu'il ne pouvait y parvenir, il se mit à mordre les barreaux de fer, sans arrêter ses hurlements. Alors du plafond de la fosse une trombe d'eau s'abattit sur le forcené. Il lâcha les barreaux, se rejeta dans sa fosse et se mit à courir dans tous les sens, cherchant à se soustraire à l'avalanche liquide qui le poursuivait partout.

Bientôt les hurlemetns se changèrent en plaintes confus, puis le malheureux suffoqua et s'abattit pantelant au milieu de sa fosse, pendant que l'eau tombait, implacablement et à torrents, sur lui.

Brusquement l'abominable pluie cessa. Alors une porte s'ouvrit ; un moine, armé d'une discipline, entra et attendit patiemment que l'homme, à moitié suffoqué, reprît ses sens.

Lorsque le malheureux ouvrit les yeux, il aperçut le moine qui l'observait. Sans doute savait-il ce qui l'attendait car, avant même que le moine eut fait un geste, il se redressa d'un bond, et se mit à tourner autour de la fosse, sans s'arrêter de hurler. Froidement, sans hâte, en relevant d'une main sa robe qui eût pu traîner dans la boue le moine se mit aussi en marche. Seulement à chaque pas qu'il faisait, il levait la discipline et la laissait tomber à toute volée sur les épaules de l'homme qui bondissait à tort et à travers, mais ne cherchait pas à entrer en lutte avec le terrible moine.

On eût dit d'un dompteur fouaillant un fauve grondant, menaçant, mais n'ayant pas le courage de se jeter, gueules et griffes ouvertes, sur son bourreau.

Très rapidement la victime, épuisée déjà par les jets d'eau reçus, tomba de nouveau sur le sol Implacablement le moine continua de la fustiger jusqu'à ce qu'il vît qu'elle était évanouie. Alors il attacha sa discipline à sa ceinture, retroussa sa robe et, sans s'inquiéter de l'homme, il sortit posément, comme il était entré.

Tandis que le moine, qui avait déjà ouvert le volet, s'occupait à le refermer, d'Espinosa expliquait avec une froide indifférence :

— Ceci est un supplice plus terrible peut-être que tous ceux que vous venez de voir. L'homme que nous quittons, de son vivant était duc et grand d'Espagne. Le crime qu'il a commis méritait un châtiment spécial. Il ne pouvait être question d'employer la procédure ordinaire. L'homme a été discrètement enlevé et conduit ici... comme vous. On lui a fait boire d'une certaine potion préparée par un révérend père de ce couvent. Ce breuvage agit sur le cerveau qu'il engourdit. Au bout d'un certain temps, celui qui a eu le malheur d'en avaler une dose suffisante sent son intelligence s'obscurcir. Alors nous soumettons le condamné à un régime spécial.

« Tout d'abord, on l'enferme dans un cachot que je n'ai pu vous faire voir, attendu qu'il n'y en a aucun d'occupé en ce moment. Au bout de quelques jours, le condamné est à peu près fou. Quelques-uns sortent de là complètement fous et inoffensifs. D'autres, au contraire, ont parfois encore des éclairs de lucidité et sont dangereux. Alors nous les mettons dans le cachot que vous venez de voir et, quand ils ont subi durant quelques semaines le traitement de ce pauvre duc, c'est fini. Ils sont irrémédiablement fous. Alors, ils ne connaissent plus que leur gardien, dont ils ont une peur incroyable, et nous pouvons, sans crainte, adoucir un peu leur sort en les laissant vivre en commun et au grand air dans la cage que vous voyez.

Tout en donnant ces explications de cet air effroyablement calme qui lui était habituel, d'Espinosa conduisait Pardaillan, secoué d'indignation, Pardaillan qui se raidissait pour montrer un visage froid et intrépide, vers la cage de fer.

Les moines firent une trouée dans le feuillage et Pardaillan put voir. Il y avait là une vingtaine de malheureux à peine couverts de loques ignobles, maigres comme des squelettes, pâles, avec des barbes et des chevelures embroussaillées. Les uns se tenaient accroupis à terre, en plein soleil. D'autres tournaient et retournaient comme des fauves en cage. Les uns riaient, d'autres pleuraient. Presque tous s'isolaient.

Dès qu'ils virent les visiteurs, tous, sans exception, se ruèrent sur les barreaux. Non point menaçants, comme le duc, mais suppliants, les mains jointes, et de leurs pauvres lèvres crispées tombaient ces mots terribles que Pardaillan avait entendus : « Faim ! Manger ! » Un des moines prit dans un coin un panier préparé d'avance, et en vida le contenu à travers les barreaux.

Et Pardaillan, le cœur soulevé de dégoût et d'horreur, vit que ce que l'exécrable moine venait de vider ainsi était ou simplement un panier d'ordures. Et le plus horrible c'est que les malheureux fous, qu'on laissa lentement mourir de faim, se jetèrent à corps perdu sur ces immondes ordures, se les disputèrent en grondant et que chacun, dès qu'il avait pu happer un morceau de n'importe quoi, s'enfuyait avec sa proie, de peur qu'on ne vînt la lui arracher.

— Horrible ! répéta encore une fois Pardaillan, qui

eut voulu s'enfuir et ne pouvait détacher ses yeux de cet écœurant spectacle.

— Tous les hommes que vous voyez ici étaient jeunes, beaux, riches, braves et intelligents. Tous ils étaient de la plus haute noblesse. Voyez ce qu'en ont fait le breuvage inventé par un de nos pères et le régime auquel on les a soumis. Que dites-vous de ce supplice-là, chevalier ? Ne pensez-vous pas, ainsi que je vous le disais tout à l'heure qu'il est peut être plus terrible encore que tout ce que vous avez vu dans la galerie ?

— Je pense, dit Pardaillan d'une voix sans accent, je pense que ce sont là des inventions en tout point dignes d'inquisiteurs qui s'en vont prêchant au nom d'un Dieu de miséricorde et de bonté.

Et fixant d'Espinosa, avec cet air d'ironie et d'insouciance qui masquait sa physionomie, il ajouta sur un ton détaché, qui émerveilla le grand inquisiteur :

— Mais, me direz-vous, monsieur, si toutefois, ne suis pas curieux, à quoi riment ces écœurantes exhibitions ?

Quelque chose comme un pâle sourire vint effleurer les lèvres d'Espinosa.

— J'ai voulu, fit il doucement, que vous fussiez bien pénétré de cette pensée qu'irrémissiblement condamné tout ce que vous venez de voir n'est rien auprès de ce qui vous attend. J'ai fait pour vous ce que je n'aurais fait pour nul autre. C'est une marque d'estime que je devais à votre caractère intrépide, que j'admire plus que quiconque, croyez-le bien.

Pardaillan eut une légère inclination de la tête qui pouvait passer pour un remerciement. Et, très calme en apparence, il dit simplement :

— Fort bien, monsieur. Je me tiens pour dûment averti. Et maintenant faites-moi reconduire dans mon cachot, ou ailleurs... A moins que vous n'en ayez pas fini avec les spectacles du genre de ceux que vous venez de me montrer.

— C'est tout... pour le moment, fit d'Espinosa impassible.

Et se tournant vers les moines :

— Puisqu'il le desire, reconduisez M. le chevalier de Pardaillan à sa chambre. Et n'oubliez pas que j'en-

tends qu'il soit traité avec tous les égards qui lui sont
dus.

Et revenant à Pardaillan, il ajouta avec un air de
grande sollicitude :

— Allez donc, monsieur de Pardaillan, et surtout
mangez. Mangez et buvez... Ne faites pas comme ce
matin, où vous n'avez rien pris. La diète est mauvaise
dans votre situation. Si ce qu'on vous sert n'est pas de
votre goût, commandez vous-même ce que vous désirez.
Rien ne vous sera refusé. Mais, pour Dieu, mangez !

— Monsieur, dit poliment Pardaillan, sans rien
montrer de l'étonnement que lui causait cette affectueuse
insistance, je ferai de mon mieux. Mais j'ai un estomac
fort capricieux. C'est lui qui commande, et je suis bien
obligé de lui obéir.

— Espérons, dit gravement d'Espinosa, que votre
estomac se montrera mieux disposé que ce matin.

— Je n'ose trop y compter, dit Pardaillan en s'éloignant au milieu de son escorte de moines geôliers.

Lorsqu'il se retrouva quelques instants plus tard dans
sa chambre, Pardaillan se mit à marcher de long en
large avec agitation.

— Pouah ! songeait-il, la venimeuse bête que ce prêtre ! Comment ai-je pu résister à la tentation de l'étrangler de mes mains ?

Et avec un sourire qui eût donné le frisson au grand
inquisiteur s'il l'avait vu :

— Bah ! il l'a bien dit : il était gardé de près. Je n'aurais pas eu le temps de l'atteindre. Et j'y aurais gagné
de me voir enchaîner. Mes mains restent libres. Qui
sait si une occasion ne se présentera pas ? Alors...

Et son sourire se fit plus aigu.

Las de s'agiter, il se jeta dans le fauteuil et se mit à
réfléchir profondément, repassant dans son esprit les
scènes qui venaient de se dérouler, jusque dans leurs
plus petits détails, évoquant les moindres gestes, les
coups d'œil les plus furtifs, se rappelant les paroles les
plus insignifiantes en apparence, et s'efforçant de tirer
la vérité de ses observations et de ses déductions.

Deux moines lui apportèrent son dîner. Avec des
yeux luisants de convoitise, ils étalèrent amoureusement
les provisions sur la table, alignèrent respectueusement

les flacons aux formes diverses, et, au lieu de se retirer, comme ils faisaient d'habitude, ils restèrent en contemplation devant la table, semblant attendre que le chevalier fît honneur à ce repas soigné. Voyant qu'il ne se décidait pas, un des deux moines demanda :

— Monsieur le chevalier ne veut donc pas manger ?

Surmontant la répulsion que lui inspiraient ses deux gardiens, Pardaillan répondit doucement :

— Tout à l'heure, peut-être... Pour le moment, je n'ai pas faim.

Les deux moines échangèrent un furtif coup d'œil que Pardaillan surprit au passage.

— Monsieur le chevalier désire-t-il qu'on lui fasse autre chose ? insista le moine.

— Non, mon révérend, je ne désire rien qu'une chose...

— Laquelle ? fit le moine avec empressement.

— Que vous me laissiez seul, dit froidement Pardaillan.

Les deux moines échangèrent encore le même coup d'œil furtif que Pardaillan surprit encore, puis ils contemplèrent une dernière fois les mets appétissants dont la table était chargée, levèrent les yeux au ciel comme pour le prendre à témoin de la folie de ce prisonnier qui faisait fi de si succulentes choses, passèrent leur langue sur leurs lèvres en caressant du regard les bouteilles rangées en bon ordre, et sortirent enfin en étouffant un gros soupir.

Dès qu'ils furent dehors, Pardaillan s'assura d'un coup d'œil que le judas de la porte était bien fermé. Il s'approcha alors de la table et contempla les plats nombreux et variés qui la garnissaient. Il en prit quelques-uns au hasard et se mit à les sentir avec une attention soutenue.

— Je ne sens rien d'anormal, se dit-il en posant les plats à leur place. En revanche, mordiou ! je sens que j'étrangle de faim et de soif !...

Il prit un flacon.

— Hermétiquement bouché ! dit-il. Mais qu'est-ce que cela prouve !

Il le déboucha et le flaira comme il avait flairé les mets.

— Rien ! je ne sens rien !

Et lentement, à regret, il reposa le flacon sur la table.

— Ne rien boire, ne rien manger, durant trois jours, a dit le billet du Chico. Poison foudroyant... Mort-diable ! je puis bien patienter.

Mais les provisions abondantes et délicates le tentaient. C'était le supplice de Tantale. Il tourna le dos à la table pour s'arracher à la tentation et s'en fut vers le coffre où il avait enfermé le reste de ses provisions de la veille. Il fit une piteuse grimace et grommela :

— C'est maigre !

Résolument, il prit une tranche de pâté et la porta à sa bouche. Mais il n'acheva pas le geste.

— Qui me dit, songea-t-il, qu'on n'a pas pénétré ici pendant la promenade que m'a fait faire cet inquisiteur que la foudre écrase !... Qui me dit que ces mets, inoffensifs hier soir, ne sont pas mortels maintenant ?

Il replaça la tranche où il l'avait prise et referma le coffre. Il traîna le fauteuil devant la fenêtre et s'assit, le dos tourné à la table tentatrice. En même temps, pour se donner la force de résister, il murmura :

— Je n'ai plus guère que deux jours et demi à patienter. Que diable ! deux jours sont bientôt passés ! L'essentiel est de ne pas s'énerver et de garder des forces suffisantes pour faire face aux événements... N'y pensons plus.

Et par un puissant effort de volonté, il réussit à se soustraire à cette obsession et se mit à repasser tout ce que lui avait dit d'Espinosa.

Des bribes de phrases lui revenaient plus particulièrement : « On lui fait boire une potion... Ce breuvage agit sur le cerveau qu'il engourdit... Il sent son intelligence s'obscurcir... Toutefois, ce n'est pas encore la folie. »

Et un détail, que nous avons omis de signaler, lui revenait obstinément à la mémoire : au premier repas qu'il avait fait dans cette chambre, à ce même repas où il avait absorbé un narcotique qui devait le tenir endormi plusieurs jours, il avait tout de suite remarqué sur la table une bouteille de vieux vin de Saumur, pour lequel il avait un faible, et l'avait mise de côté, la réservant

ur la bonne bouche. Or à la fin de son repas, lorsqu'il
ilut attaquer la bonne bouteille, il s'était senti pris
n subit malaise. C'était le narcotique qui faisait son
et.

Cela avait été très passager. Mais il n'en fallait pas
is pour éveiller ses soupçons. Avant de vider le verre
il venait de remplir, il le porta à ses narines et le flaira
guement.

Cet examen ne lui ayant pas paru suffisant, il trempa
a doigt dans le verre, laissa tomber quelques gouttes
liquide léger et mousseux sur sa langue et se mit à le
guster avec tout le soin d'un parfait connaisseur qu'il
it. Le résultat de cette dégustation avait été qu'il
it déposé le verre sur la table, sans y toucher davan-
e. Son repas était achevé. Il n'avait plus ni faim ni
f.

Tout à coup une inspiration soudaine lui était venue.
s'était levé et était allé vider le verre et tout le contenu
la bouteille de ce Saumur, qui lui paraissait suspect,
is le bassin de cuivre qui contenait encore l'eau sale,
gie de son sang, qu'il y avait laissée après s'être con-
ablement débarbouillé. Puis il était revenu s'asseoir
able, reposant la bouteille et le verre à leur place. Quel-
es instants plus tard, la tête lourde, pris d'un sommeil
ésistible, il s'était endormi aussitôt.

Pourquoi avait-il agi ainsi ? Il n'aurait su le dire.
urquoi ce détail qu'il avait presque oublié lui reve-
t-il maintenant obstinément à la mémoire ? Pourquoi
prochait-il cet incident de paroles prononcées par
spinosa ? Pourquoi le dialogue de Fausta et du grand
uisiteur, parlant de sa folie, ce dialogue qui lui était
t à coup revenu à la mémoire dans ce qu'il appelait
a « galerie des supplices », pourquoi ce dialogue
revenait-il de nouveau à la mémoire ?

Quelles conclusions tirait-il de l'incident de la bou-
lle de vin de Saumur vidée dans une cuvette d'eau
e, des paroles d'Espinosa, des paroles de Fausta, de
vision de la cage des fous ? C'est ce que nous ne sau-
ns dire. Mais toujours est-il que peu à peu il s'assou-
dans son fauteuil et que, dans son sommeil agité, il
it aux lèvres un sourire narquois, et de temps en

temps, il bredouillait des mots sans suite, parmi lesque
revenait fréquemment celui-ci : FOLIE.

Le soir venu, les moines, consternés de voir qu'
n'avait pas touché au dîner, non plus qu'au déjeune
lui servirent un souper plus soigné encore que les préc
dents repas. Malgré leur insistance, Pardaillan refu
de manger.

Les moines durent se retirer sans être parvenus à
décider et, dès qu'il se vit seul, il se hâta de se mettre
lit pour se soustraire à la tentation de la table étinc
lante. Et il faut convenir qu'il lui fallut une force de v
lonté peu commune, car la faim se faisait cruelleme
sentir. Peut-être l'eût-il moins sentie s'il avait pu dé
cher complètement son esprit de cette pensée.

Mais les moines revenaient obstinément avec le
table chargée de mets appétissants. Et sous préte
que, peut-être, plus tard, il voudrait faire honneur à
repas, ils laissaient devant lui cette table et tout ce qu'e
supportait de bonnes choses. Or si Pardaillan réuss
sait, à force de volonté, à chasser la faim, un reg
tombant par hasard sur la table suffisait à réveiller s
estomac qui se mettait aussitôt à hurler famine.

Le lendemain, le même supplice se renouvela, a
aggravation de repas augmentés. En effet, les moi
impitoyables lui servirent un petit et un grand déjeun
un dîner, une collation et un souper.

Cinq fois dans la même journée, il eut à résiste
l'abominable tentation d'une table qui se faisait de p
en plus recherchée, de plus en plus abondante et délic
de plus en plus chargée des crus les plus rares et
plus renommés.

Le troisième jour, Pardaillan, la gorge sèche, la
e. feu, sentant ses jambes se dérober sous lui, se di
pour se donner du courage :

— Plus que ce jour à passer. Par Pilate! il se pass
comme les deux autres! Et après ?... Bah! nous verr
bien. Arrive qu'arrive!

Il cherchait toujours un moyen de s'évader. Il
trouvait rien. Et maintenant, peut-être par suite d
faiblesse qu'il éprouvait et qui le privait d'une parti
ses moyens, maintenant il en arrivait à compter su
Chico, à espérer que peut-être il réussirait à le tire

el il passait la plus grande partie de son temps à gu ·
par la fenêtre, espérant toujours apercevoir la h e
houette du petit homme, espérant recevoir un nouveau
et de lui. Mais le Chico ne se montra pas, ne donna
signe de vie.

Ce jour-là ses deux gardiens se montrèrent particu-
rement affectés de son obstination à refuser toute
rriture. Jusqu'au jour de la visite de d'Espinosa, ce
x moines avaient gardé un silence si scrupuleux qu'il
pu les croire muets.

A dater de la visite de leur chef suprême, ils se mon-
rent aussi bavards qu'ils avaient été muets jusque-là.
comme leur grande préoccupation était de voir que le
sonnier confié à leurs soins ne voulait rien prendre,
dignes révérends n'ouvraient la bouche que pour par-
mangeaille et beuverie.

L'un recommandait particulièrement tel plat, dont il
nait la recette, l'autre prônait tel entremets sucré,
cieux, disait-il, à s'en lécher les doigts.

Quelquefois ils se trouvaient en désaccord complet au
et des mérites de tel cru ou de tel mets. Alors ils disaient véhémentement et s'emballaient au point de se
a les choses les plus désobligeantes du monde, et ils
couvraient mutuellement d'injures, d'anathèmes et
nprécations. Pour un peu ils en fussent venus aux
ins. Et comme ni l'un ni l'autre ne voulait en démor-
, il arrivait qu'au repas qui suivait, le plat ou le vin,
se de cette dispute violente, figurait sur la ta de et
leux moines recommençaient à se chamailler, l'un
mman* le chevalier de goûter au mets qu'il vantait et
e déclarer exquis, l'autre l'adjurant de n'en rien fai**,
ant par la Vierge et par tous les saints que goûter a
e pitance c'était t'exposer bénévolement à un empoi-
nement certain.

Ces disputes devant un homme qui se laissait lente-
nt mourir de faim avaient quelque chose de hideux et
tesque à la fois.

Pardaillan aurait pu imposer silence aux deux enra-
bavaras et les prier de le laisser tranquille. Ils eus-
t obéi. Mais Pardaillan était persuadé que les deux
nes jouaient une abominable comédie, pour l'amener

à absorber le liquide ou l'aliment qui contenait le poi[son]
destiné a le foudroyer.

Il était persuadé que s'il avait voulu les chasser, [les]
moines n'eussent tenu aucun compte de ses ordres e[t]
fussent obstinés à le harceler de plus belle. Dans [ces]
conditions, il n'y avait qu'à se résigner.

Or Pardaillan se trompait. Les deux moines [ne]
jouaient nullement la comédie. Ils étaient bien sincè[res.]
C'étaient deux pauvres diables de moines, ignora[nts]
comme... des moines, d'esprit plutôt borné, qui ne [de-]
vaient la mission de confiance dont ils étaient char[gés]
qu'à leur force herculéenne, qui avait été jugée suffisa[nte]
pour résister victorieu[se]ment à une entreprise du che[va-]
lier, si la fantaisie lui avait pris de se révolter et de [les]
vouloir malmener.

Ce à quoi il ne pensait guère, sachant bien que [les]
deux moines réduits à l'impuissance, la porte n'en res[te-]
rait pas moins solidement fermée, attendu que lorsqu['ils]
voulaient sortir. ses deux gardiens étaient obligés de [se]
faire ouvrir de l'extérieur par deux autres moines. [qui]
attendaient patiemment dans le couloir. Donc ces de[ux]
moines n'étaient que des comparses ignorants du dra[me]
qui se déroulait sous leurs yeux, ne soupçonnant rien [des]
projets de leurs supérieurs.

On leur avait confié la garde de Pardaillan, on le[ur]
avait ordonné d'accéder à tous ses désirs, et hormis [de]
lui ouvrir la porte et de le laisser aller, d'obéir à ses [or-]
dres.

On leur avait surtout recommandé de faire tous le[urs]
efforts pour l'amener à prendre un peu de nourriture. [Ils]
s'acquittaient très consciencieusement de leur tâche [et]
n'en cherchaient pas plus long.

Comme on les savait quelque peu gourmands et ne [dé-]
testant nullement de vider une bonne bouteille, on le[ur]
avait défendu, sous menace des châtiments les p[lus]
exemplaires, d'accepter quoi que ce fût de leur priso[n-]
nier, fût-ce une simple goutte d'eau. Et comme ils n'ig[no-]
raient pas que dans leur couvent, plus que partout a[il-]
leurs, les murs avaient des yeux et des oreilles, ils se [se-]
raient bien gardés de ne pas obéir, connaissant, pour [l']
avoir fait la douloureuse expérience, les peines cruel[les]
qui les attendaient en cas de désobéissance,

Enfin — et ceci montre que d'Espinosa ne laissait rien
hasard et savait habilement utiliser les passions de
ux qu'il employait — on leur avait dit que s'ils ame-
ie leur prisonnier à goûter à un seul des innombra-
s plats dont la table était garnie, à avaler, ne fût-ce
'une gorgée de vin ou d'eau, les restes de la magnifi-
e table leur reviendraient intégralement et qu'ils pour-
ie.t boire et manger tout leur soûl et se griser à en
uler par terre, ayant d'avance absolution pleine et en-
re. Si, au contraire, le prisonnier s'obstinait à ne rien
endre, c'est qu'ils n'auraient pas su le persuader, et
ors, en punition de leur maladresse, le succulent dîner
ur passerait sous le nez, et ils devraient se contenter de
ur maigre ordinaire.

Cela seul suffit à expliquer l'acharnement qu'ils met-
ent à amener leur prisonnier à goûter a un seul de
s mets qui les faisaient ouvrir les narines toutes gran-
s Cela explique aussi leur air piteusement désespéré
squ'ils voyaient qu'ils avaient échoué encore une fois.
mplement, les deux gourmands se disaient, navrés,
il leur fallait faire leur deuil des choses succulentes
i fleuraient si délicieusement, dont ils avaent espéré
uvoir se régaler.

Pardaillan ignorait tout cela, et pour cause. Cepen-
nt, à différentes reprises, et pour avoir le cœur net,
avait placé devant les moines un des plats pris au ha-
rd, il avait lui-même rempli à ras bord un verre d'un
n généreux et :

— Tenez, mon révérend, avait-il dit, vous seriez heu-
ux de me voir manger, dites-vous... Eh bien, goûtez
e bouchée seulement de ce plat, et je vous jure que
n mangerai après vous ; goûtez une seule gorgée de ce
n au fumet délicat et je vous promets de vider la bou-
lle ensuite.

En disant ces mots, il scrutait attentivement les deux
urmands et notait soigneusement leurs mines piteuses,
s regards de convoitise qu'ils jetaient sur le plat ou le
rre. Sans le savoir il leur infligeait ainsi un cruel sup-
ice. tant il est vrai que tout se paye.

— Impossible de vous satisfaire, disait d'un air navré
des moines.

— Pourquoi ? demandait Pardaillan.

— Hélas ! mon frère, on nous a formellement inter
d'accepter rien de vous.

— Sous peine de la discipline, ajoutait l'autre.

— La discipline et autres châtiments corporels, et l
pace, et la diète forcée et...

— N'en parlons plus, interrompait Pardaillan.

Et en lui même il ajoutait :

— Pardieu ! ils n'auraient garde d'y goûter : les
cripants savent que ces mets sont empoisonnés.

Dans ce troisième jour, frère Bautista et frère Zacari
(pourquoi ne ferions-nous pas connaître les noms d
deux moines gardiens ?) se montrèrent plus affectés q
jamais, affectés et furieux ; navrés, parce qu'ils enr
geaient de voir tant de si succulentes choses, tant de vi
fameux leur passer inexorablement sous le nez sans po
voir seulement tremper un doigt dans une sauce or s'h
mecter la langue d'une larme de ce liquide doré, ona
et velouté, qui étincelait dans les flacons intacts ; furieu
parce qu'ils n'étaient pas éloignés de croire que leur p
sonnier s'obstinait ainsi uniquement pour leur fa
pièce. Or voici qu'à l'heure du dîner, les deux moin
se présentèrent devant Pardaillan comme d'habitud
Seulement, au lieu de dresser le couvert dans la char
bre, frère Bautista, qui paraissait radieux ainsi que s
digne acolyte Zacarias, annonça d'une superbe voix
basse :

— Si monsieur le chevalier veut bien passer au réfe
toire, nous aurons l'honneur de lui servir le dîner.

Pardaillan fut ébahi de cette annonce. Que signifia
cette fantaisie et quelle surprise douloureuse ou qu
piège dissimulait-elle ?

À voir les mines béates et radieuses de ses deux ga
diens, à leurs sourires entendus, aux coups d'œil mal
cieux qu'ils échangeaient, il crut comprendre qu'il
tramait quelque chose de louche contre lui. Il répond
donc sèchement :

— Mon révérend, je vous ai dit une fois pour tout
que je ne voulais point manger. Vous n'aurez donc pa
l'honneur de me servir le dîner, attendu que je suis r
solu à ne point bouger d'ici.

Ayant dit, il se jeta dans son fauteuil et leur tourn
le dos.

Les deux moines se regardèrent consternés. Leur nez s'allongea d'une manière inquiétante, leur large bouche se crispa en un rictus larmoyant, de leur vaste poitrine jaillit un soupir capable de renverser un jeune arbrisseau.

Dans leur déception, d'autant plus cuisante que plus imprévue, ils étaient affreux et parfaitement grotesques. Si Pardaillan avait cru à leur sincérité réelle, et qu'il les eût vus en ce moment, il n'eût pu s'empêcher de rire. Mais comme il croyait à une comédie il eût, certes, admiré ce qu'il eût pris pour un art consommé.

Cependant frère Bautista, qui était le plus inconscient des deux, partant le plus disposé à se mettre en avant, fit une tentative désespérée, et sur un ton qui n'admettait pas de réplique :

— Il faut venir cependant, trancha-t-il.

Pardaillan, frappé de ce ton, presque menaçant, se redressa aussitôt, et avec un sourire narquois, il goguenarda :

— Il *faut* !... Pourquoi ?

— C'est l'ordre, dit plus doucement frère Zacarias.

— Et si je refuse d'obéir à l'ordre ? railla Pardaillan.

— Nous serons forcés de vous porter.

Pardaillan fit rapidement deux pas en avant. Il n'avait rien pris depuis bientôt trois jours, mais il sentait bien qu'il était encore de force à mettre facilement à la raison les deux insolents frocards. Il allait donc projeter ses deux poings en avant lorsqu'une réflexion subite arrêta le geste ébauché.

— Niais que je suis, songea-t-il. Qui sait si je ne trouverai pas l'occasion cherchée de fausser compagnie à tous ces moines, que l'enfer engloutisse ! Dans tous les cas, j'ai intérêt à connaître le plus possible les tours et détours de ce couvent. On ne peut pas savoir ..

Le résultat de cette réflexion fut qu'au lieu de frapper comme il en avait eu l'intention, il répondit paisiblement avec son plus gracieux sourire :

— Soit ! j'irai donc de plein gré, à seule fin de vous éviter la peine de me porter.

Les deux moines eurent une grimace de satisfaction. Ils connaissaient la force redoutable de leur prisonnier et, bien qu'ils fussent parfaitement résolus à obéir aux

ordres reçus, bien qu'ils eussent pleine confiance da
leur propre force, ils étaient de tempérament pacifiq
et ne tenaient pas autrement à éprouver à leurs dépen
peut-être, la vigueur de celui qu'ils avaie** mission
garder.

— A la b/ nne heure, mon gentilhomme, fit joy  
ment frère Bautista, vous voilà raisonnable. Et par sa
Baptiste, mon vénéré patron, vous verrez que vous
regretterez pas de faire connaissance avec le réfecto
où nous vous conduisons !

— Allons donc, mon révérend, puisque, aussi bi
c'est l'ordre, comme dit si élégamment votre digne frèr
Mais je vous préviens : cette fois-ci, pas plus que les a
tres, vous ne réussirez pas à me faire absorber la moind
nourriture.

Les deux moines firent la grimace. Ils échangère
un coup d'œil inquiet, tandis que leur front se rembr
nissait.

— Bah ! fit frère Bautista, allons toujours. Nous ve
rons bien si vous aurez l'affreux courage de vous dérob
devant les délices de la table qui vous attend.

Dans le couloir, ils trouvèrent une escorte de six m
nes robustes qui entourèrent le chevalier et le condu
sirent jusqu'à la porte du réfectoire, située dans le mêm
couloir.

L'escorte resta dehors, et Pardaillan pénétra avec s
deux gardiens ordinaires. Derrière lui il entendit grinc
les verrous. Il jeta autour de lui ce regard investig
teur qui embrassait d'un seul coup jusqu'aux moindr
détails et demeura tout émerveillé devant le spectac
réjouissant qui s'offrait à ses yeux.

La salle elle-même était carrée, haute de plafon
vaste de dimensions. Le plafond, le plancher, les b
series qui la recouvraient entièrement, des essences l
plus rares, étaient de véritables merveilles de mosaïq
et de sculpture. Quatre tapisseries flamandes ornaie
deux côtés de la salle et représentaient les quatre .
sons. Mais si le décor de chacune de ces tapisseries v
riait, suivant la saison qu'il représentait, dans une inte
tion qui sautait aux yeux, le fond du sujet était le mêm
partout.

C'était une profusion de fruits de victuailles variée

de flacons, que des personnages, hommes et femmes, en-
g'outissaient gloutonnement.

Dans l'Eté, les personnages, de grandeur presque nature, etaient entièrement nus Dans le Printemps, ils
étaient un peu plus couverts. En revanche, les roses et
les gestes étaient tels qu'il nous faudrait recourir au la-
tin pour les décrire. On ne s'effarouchait par pour si er
à cette époque.

Notez que, tout en accomplissant ces gestes que nous
ne saurions décrire, les personnages en question n'arrê-
taient pas de s'empiffrer avec des grimaces de jubilation. Evidemment l'artiste qui avait conçu ce panneau
s'était inspiré de ces paroles de l'Evangile : « Que votre
main droite ignore ce que fait la gauche. » De-ci, de-là,
quelques tableaux.

Et toujours le même sujet, varié seulement dans les
détails des gens mangeant et buvant avec des mi es
béates. La seule vue de ces panneaux et tableaux é ait
faite pour réveiller l'appétit le plus profondément as
soupi.

Une cheminée monumentale occupait à elle seule les
deux tiers d'un côté. L'intérieur de cette cheminée était
garni d'arbustes, de plantes rares, de fleurs aux parfums très doux, rangés en corbeille autour d'une vasque
de marbre dont le jet d'eau retombait en pluie fine, avec
un murmure caresseur, et rafraîchissant l'air, saturé de
parfums. Deux fenêtres aux rideaux de velours hermétiquement clos ; dix fauteuils de dimensions colossales
espaçaient le long des boiseries ; deux bahuts se faisaient vis-à-vis. Bien qu'il fît grand jour au dehors, aux
quatre angles, quatre torchères énormes, chargées de
cire rose et parfumée, qui se consumaient lentement et
dont les volutes de fumée bleuâtre répandaient dans la
salle ce parfum spécial qu'on y respirait.

Voilà ce que vit Pardaillan d'un coup d'œil.

Tout, dans cette salle, semblait avoir été aménagé en
vue de la glorification de la gourmandise. Tout semblait
avoir été conçu en vue de l'inciter à faire comme les
personnages des tableaux et tapisseries, c'est-à-dire à ba-
frer sans retenue.

Au centre de la salle, une table était dressée, autour
de laquelle vingt personnes eussent pu s'asseoir à l'aise.

Une nappe d'une blancheur éblouissante et d'une finesse arachnéenne; des chemins de table en dentelles précieuses, des surtouts d'argent massif, des cristaux enchâssés de métal précieux, une vaisselle d'or et d'argent, des flambeaux aux cires allumées et des jonchées de fleurs. Tel était le décor prestigieux destiné à encadrer dignemen  les innombrables plats, les fruits savoureux, les entremets, les pâtisseries, les compotes et les gelées et l'escadron des flacons de toutes formes et de toutes dimensions rangés en bon ordre devant la ligne des bouteilles ventrues, vénérablement poussiéreuses.

Au milieu de cette table, surchargée de provisions qui eussent suffi à rassasier vingt personnes douées du plus solide appétit, un couvert, un seul, était mis  Et devant cet unique couvert, un vaste fauteuil semblait tendre ses bras rigides à l'heureux gourmet à l'intention duquel on avait fait cette débauche de richesses gastronomiques.

Voilà ce que désignaient de la main les frères Zacarias et Bautista, avec des airs de vénération profonde comme ils n'en avaient peut-être pas devant le saint sacrement· Et leurs yeux clignotants, leur énorme bouche qui s'arrondissait en cul de poule, leurs larges narines qui reniflaient non les parfums répandus dans la salle, mais le fumet des plats, leur air de fausse modestie, tout dans leur attitude semblait dire que tout cela était leur œuvre à eux, tout implorait un compliment que Pardaillan ne leur refusa pas.

— Admirable! dit-il simplement, d'un air très convaincu.

— N'est-ce pas? rayonna frère Bautista. Et que direz-vous, mon frère, quand vous aurez goûté aux délicieuses choses qui figurent sur cette table!

Les deux moines se regardaient d'un air triomphant. Leurs yeux se disaient clairement :

— Enfin! il va goûter à ces mets, et nous, nous toucherons enfin la récompense de nos efforts persévérants. A nous la plus grande partie de ces bonnes choses... Il ne saurait manger tout cela.

Et la langue passée sur les lèvres lippues semblait répondre :

— L'eau m'en vient à la bouche, rien que d'y
penser.

Hélas! la joie des vénérables frères fut de courte
durée, car Pardaillan ajouta aussitôt :

— Merveilleux ! Mais vous vous êtes donné beaucoup
de peine bien inutilement, car je ne toucherai à rien de;
merveilles entassées là.

La consternation des moines confina au désespoir.
Pour un peu, ils l'eussent battu.

— Ne blasphémez pas, dit sévèrement frère Bautista.
Asseyez-vous plutôt dans ce moelleux fauteuil qui vous
tend les bras.

— Mais puisque je vous dis que je ne veux rien prendre... Rien, entendez-vous ?

— C'est l'ordre ! dit doucement frère Zacarias.

Pardaillan lui jeta un coup d'œil de côté.

— Vous l'avez déjà dit, fit-il avec son air narquois.
Vous ne variez pas souvent vos formules.

— Puisque c'est l'ordre ! répéta naïvement frère Zacarias.

— Asseyez-vous, mon frère, supplia Bautista, faites-
le pour l'amour de nous... Nous sommes déshonorés si
vous résistez à tous nos efforts.

Pardaillan eut-il pitié de leur désespoir très sincère ?
Comprit-il que la résistance serait inutile et que, rigoureux observateurs de la consigne reçue, ses deux gardiens ne lui laisseraient aucun répit, tant qu'il ne se
serait pas assis à cette table somptueuse? Nous ne saurions dire, mais toujours est-il que de son air railleur il
condescendit :

— Eh bien, soit. Pour l'amour de vous, je veux bien
m'asseoir là... Mais vous serez bien fins si vous réus-
sissez à me faire ingurgiter la moindre des choses

Et il s'assit brusquement, avec un air qui eût donné
fort à réfléchir aux dignes moines s'ils avaient été plus
physionomistes ou s'ils avaient mieux connu leur prisonnier.

— Allons, dit Pardaillan, qui sentait la colère le
gagner, allons, faites en conscience votre métier de bourreau.

Les deux moines le regardèrent avec stupéfaction. Ils
ne comprenaient pas. Machinalement ils regardèrent

autour d'eux, comme si ces paroles ne pouvaient s'adresser à eux. Et d'un commun accord ils levèrent les yeux au ciel comme pour se dire : « Il divague ».

Dès que Pardaillan eut pris place dans le fauteuil, un orchestre, qui semblait être dissimulé derrière la cheminée, se mit à jouer des airs tour à tour tendres et languissants, joyeux et capricants, tantôt sur des rythmes lents et berceurs, tantôt sur des rythmes endiablés de vitesse et d'originalité. Et les sons des instruments à cordes, auxquels se mêlaient les sons plus aigus des flûtes et ceux plus nasillards des hautbois, lui arrivaient voilés, mystérieux, comme très lointains, évocateurs de rêves mélancoliques ou joyeux.

Cette mise en scène savante, cette musique lointaine, ces fleurs, ces parfums aphrodisiaques, la splendeur de cette table, le fumet des plats, l'arome capiteux des vins tombant en pluie de rubis et de topazes dans des coupes de pur cristal, au long pied de métal précieux, chefs-d'œuvre d'orfèvrerie, il y avait là plus qu'il n'en fallait pour affoler l'esprit le plus ferme et le plus lucide. Malgré sa force de caractère peu commune, Pardaillan était pâle de l'effort surhumain qu'il faisait pour se maîtriser

Avait-il donc réellement peur du poison dont il était menacé? Peur au point de se condamner lui-même à se laisser mourir lentement de faim devant cet amoncellement de mets délicats ou substantiels?

Ceci mérite une explication. Nous la donnerons aussi brève que possible.

Non, Pardaillan n'avait pas peur du poison. Menacé à mots couverts des supplices les plus horribles, il est facile de comprendre qu'entre une torture savamment dosée pour la faire durer des heures et des jours, peut-être et un poison foudroyant, le choix était tout fait. N'importe qui, à sa place, n'eût pas hésité et eût pris le poison.

Ce n'était pas la mort elle-même, non plus, qui l'effrayait. En descendant au fond de sa conscience, on eût peut-être trouvé que la mort eût été accueillie par lui comme une délivrance. Depuis que mortes étaient ses seules affections, mortes aussi ses haines, Pardaillan ne pouvait plus guère tenir à la vie.

Alors ?

Alors il y avait ceci : Avec ses idées spéciales, Pardaillan se disait qu'ayant accepté du roi Henri une mission de confiance, il n'avait pas le droit de mourir, lui Pardaillan, avant que cette mission fût accomplie

La mort, dit-on, délie de tout Il faut croire qu'il n pensait pas ainsi, puisqu'il se fût cru sincèrement deshonoré en n'accomplissant pas ce qu'il avait promis d'accomplir, même si c'était la mort qui l'arrêtait.

Orgueil, dira-t-on ? C'est possible. Nous ferons remarquer que nous ne faisons pas de psychologie. Nous présentons notre héros tel qu'il était, sans chercher à le grandir ou à le diminuer, laissant ce soin à ses gestes seuls

Ayant décidé qu'il n'avait pas le droit de mourir avant d'avoir mené à bien sa mission, entre le poison qui devait le foudroyer et la mort lente, Pardaillan choisissait la mort lente et se dérobait devant le poison, parce qu'il se disait très justement que, tombant raide mort sur le parquet, tout serait fini. Tandis que, fût-il, entre les mains du bourreau, râlant et à l'agonie, tant qu'il lui resterait un souffle de vie, l'événement imprévu pouvait se produire qui le rendrait à la vie et à la liberté, et lui permettrait d'accomplir sa tâche.

On voit qu'il était rigoureusement logique. Seulement uaine! pour mettre en pratique une logique de ce genre, il fallait être doué d'une énergie peu commune, d'une dose de volonté, d'un courage et d'un sang-froid qu'il était peut-être seul capable d'avoir.

Tout ceci avait été longuement et mûrement pesé, calculé et finalement résolu, dans la solitude de sa cellule On a pu voir par les tentatives désespérées de ses gardiens, Bautista et Zacarias, qu'il suivait avec une inébranlable rigueur la ligne de conduite qu'il s'était tracée

Une chose qu'il avait aussi décidée, et que nous devons aire connaître, c'est qu'il courait le risque de l'empoisonnement en prenant la nourriture qu'on lui présenterait, le quatrième jour à partir de la réception du billet du Chico.

Pourquoi ce quatrième jour ? Comptait-il donc sur le nain ? Pas plus sur le nain que sur autre chose autant sur lui que sur n'importe qui. C'était précisément ce qui faisait sa force, de ne compter en tout et pour tout que sur lui-même, et, en même temps, d'utiliser adroitement et surtout fort à propos tous les atouts qui se présentaient dans son jeu lorsqu'il engageait une partie semblable à celle qu'il jouait en ce moment.

Or le Chico, à ses yeux, était une carte dans ses mains. Pour le moment cette carte n'était pas à dédaigner plus qu'une autre. Elle pouvait être bonne, elle pouvait être mauvaise, il ne savait pas encore. Cela dépendrait du jeu qu'abattrait son adversaire.

Il s'était fixé ce terme de quatre jours simplement parce qu'il se disait que les forces humaines ont une limite et que, s'il voulait être en état de profiter des événements favorables qui pouvaient toujours se produire, il lui fallait, de toute nécessité, réparer ses forces affaiblies par un long jeûne.

Evidemment la menace du poison restait toujours suspendue sur sa tête. Mais quoi? Il fallait cependant bien en finir d'une manière ou d'une autre. C'était un risque a courir, il le savait bien : il le courrait, voilà tout. S'il succombait, il aurait du moins la satisfaction de se dire qu'il avait lutté autant qu'il lui avait été possible de le faire.

Au surplus, rien ne prouvait que, devant son obstination, d'Espinosa ne renoncerait pas au poison pour chercher autre chose. En y réfléchissant bien, c'était probablement ce qui arriverait. Donc ce point était bien réglé dans son esprit, comme les autres, et sa résolution irrévocablement prise

Qu'on veuille bien nous pardonner cette digression, qui nous paraissait nécessaire, et ceci dit, revenons à notre histoire, comme dit l'autre.

Lorsqu'ils eurent enfin amené leur prisonnier à s'asseoir devant son couvert, Bautista et Zacarias se dirent que le plus fort était fait et que cet homme extraordinaire, qui avait le courage de rester indifférent devant les choses les plus appétissantes, ne saurait, cette fois, résister aux tentations accumulées sur cette table.

Certainement, il succomberait devant tel plat ou tel cru, et, dès l'instant qu'il aurait goûté à l'une ou l'autre des innombrables merveilles culinaires entassées là à

Son intention, peu leur importait qu'il continuât ou s'arrêtât. Leur but serait atteint, leur mission glorieusement accomplie, et ils auraient enfin droit à la récompense promise : c'est-à-dire qu'ils pourraient, à leur tour, se régaler de toutes ces bonnes choses, s'empiffrer jusqu'à en éclater entonner les liquides jusqu'à rouler ivres-morts sous la table. Car c'était cela uniquement qui les travaillait et pas autre chose.

Aussi, sans s'arrêter à ses paroles plutôt dures, et d'ailleur imméritées — nous avons expliqué qu'ils n'étaient que des instruments inconscients du rôle odieux qu'on leur faisait jouer — le cœur débordant d'espoir, ils s'empressèrent à le servir.

Avec des précautions minutieuses, avec un respect attendri, ils saisirent chacun un flacon et versèrent, l'un d'un certain vin de Beaune que les années de bouteille avaient pâli à tel point que du rouge initial, il était passé au rose effacé ; l'autre, d'un certain Xérès qui, dans le cristal limpide, ressemblait à de l'or en fusion. Et en faisant cette opération avec toute la dévotion désirable, ils tiraient la langue, tels deux chiens altérés. Quand les deux verres furent pleins, ils les saisirent doucement par le pied, les soulevèrent béatement, dévotieusement, comme ils eussent soulevé l'hostie consacrée, et tendirent chacun le sien

— C'est du velours, dit onctueusement Bautista, en clignant des yeux.

— Du satin, ajouta Zacarias d'un air non moins pénétré.

— Mes dignes révérends, fit tranquillement Pardaillan, croyez-moi, le mieux est de cesser cette lamentable comédie.

— Comédie ! protesta Bautista ; mais, mon frère, ce n'est point une comédie

— C'est l'ordre, comme dit si bien frère Zacarias. Oui ?... En ce cas, allez y, harcelez-moi... Mais je vous ai prévenus : je ne toucherai à rien de ce que vous m'offrirez.

— Qu'à cela ne tienne ! s'écria vivement Bautista qui, tout borné qu'il fût, ne manquait pas d'à-propos. Choisissez vous-même.

En disant ces mots il posait délicatement le verre su

la table et d'un geste large il désignait les flacons rangés
en bon ordre.

— Mordieu ! fit Pardaillan impatienté, gardez votre
piquette ; je n'en ai que faire.

— Piquette! s'étrangla le moine indigné, piquette !...

Et s'emparant à nouveau du verre il l'éleva lentement
jusqu'à son œil, le contempla un instant avec amour et
vénération et, le brandissant en un geste qui anathémati
sait, il tonitrua :

— Blasphème !... protanation !...

Puis baissant le verre jusqu'a ses larges narines, les
yeux luisants de désir, il se mit à le renifler avec des
grimaces de jubilation et, finalement, levant les yeux au
ciel, il dit d'un air de commisération profonde :

— Pardonnez-lui, Seigneur, il ne sait ce qu'il dit!

Et s'indignant à nouveau, il ajouta aussitôt :

— Mais, malheureux, goûtez y, seulement. et vous
me direz ensuite si ce n'est pas là du soleil en bouteille !

Pardaillan le considéra un instant avec une atter ion
aiguë. Cet enthousiasme lui paraissait suspect. A ses
yeux, ainsi qu'il l'avait dit l'instant d'avant, le moine
jouait une lamentable comédie. Et comme le frère Bautista soutenait son regard avec la paisible assurance
d'une conscience qui n'a rien à se reprocher, comme il
ne cherchait pas à dissimuler la pitié dédaigneuse que
lui inspirait ce profane qui prenait pour de la piquette
des vins vénérables par leur vieillesse et leur noblesse
authentique Pardaillan, poursuivant son erreur, prit
cette expression de pitié dédaigneuse pour une sinistre
ironie. Et pour montrer qu'il n'était pas dupe, il lui dit
d'un air narquois :

— Hé! mon révérend, si c'est là du soleil, que n'en
goûtez-vous un rayon ? Je prends l'engagement de vider,
après vous, ce qui restera de soleil dans ce flacon. Est-ce
dit ?

Découragés et désolés, les deux moines posèrent leurs
verres sur la table et, avec un gémissement de regret :

— C'est impossible, larmoya l'un.

— On nous l'a défendu, geignit l'autre.

— Parbleu ! ricana Pardaillan.

Voyant que les vin ne réussissaient pas à le décider,

ils se tournèrent du côté des provisions et, avec une patience, une ténacité dignes d'un meilleur sort, ils placèrent devant lui, et en vantant les mérites respectifs de chaque mets, tour à tour potages onctueux, hors d'œuvre excitants, poissons, langoustes, entrées, relevés, rôts, gibier, venaison, entremets, fruits naturels et confits. Ils n'oublièrent rien, parce qu'ils espéraient toujours arriver à l'ébranler. Pardaillan ne leur répondait même plus. Il fermait les yeux, se bouchait les narines et disait non de la tête à chaque tentative.

Ce supplice infernal dura plus d'une heure. Pardaillan suait à grosses gouttes. Les moines aussi, d'ailleurs seulement ce n'était pas pour les mêmes raisons. Et au fur et à mesure que le supplice tirait à sa fin, Pardaillan, satisfait d'avoir résisté à la tentation, reprenait son air insouciant et enjoué. Les moines, au contraire, qui voyaient s'envoler leur dernier espoir, prenaient des mines lugubres et faisaient des nez longs d'une aune. Enfin lorsque le dernier plat eut subi le sort de tous les autres, Bautista, ne sachant plus à quel saint se vouer, larmoya piteusement en joignant les mains :

— Bonté divine! vous avez donc résolu de vous laisser mourir de faim?

— Eh! je ne dis pas non, railla Pardaillan. J'a parfois des idées bizarres.

Les deux moines faillirent se trouver mal. Ce coup les assommait. C'est que, en cherchant à l'exciter, les pauvres diables s'étaient excités eux-mêmes outre mesure. Plus leurs efforts se brisaient devant la froide résolution de leur prisonnier et plus leur désir gourmand s'exaspérait.

Et voici que maintenant cet homme cruel et extraordinaire parlait de se laisser mourir de faim! S'il le faisait comme il le disait — et il paraissait bien capable de le faire, hélas! — il leur faudrait donc renoncer à satisfaire leur rêve de gourmandise. La déception était d'autant plus cruelle qu'ils s'étaient crus près d'atteindre leur but.

De cette lutte extraordinaire quoique bizarre, Pardaillan sortit vainqueur, mais anéanti, brisé, et dès qu'il eut réintégré sa cellule il tomba sans forces dans son fauteuil. Une journée de fatigues physiques les plus

dures l'eût moins fatigué que l'effort moral énorme qu'il
venait de faire.

Il ne faut pas oublier qu'il y avait trois longs jours
qu'il n'avait pris de nourriture et il se trouvait dans un
état de faiblesse compréhensible mais qui ne laissait pas
que de l'inquiéter. L'estomac eût été ce qui l'eût fait le
moins souffrir, si on ne lui avait infligé ce raffinement
de supplice incroyable de faire défiler sous ses yeux les
mets les plus capables de réveiller cet estomac en-
gourdi

En effet les tiraillements douloureux des premiers
temps s'espaçaient de plus en plus et il est à présumer
qu'ils eussent complètement disparu si on n'avait pris
soin de les réveiller par ce moyen. Si l'estomac ne le
tracassait pas trop, en revanche la fièvre le minait et la
soif, l'horrible soif qui contractait sa gorge en feu et
tuméfiait ses lèvres desséchées, le faisait cruellement
souffrir

Il avait des bourdonnements qui, à la longue, devenaient exaspérants, et, ce qui était plus grave, des
éblouissements fréquents qui le laissaient dans un état
de prostration qui ressemblait singulièrement à l'évanouissement. Et ceci, surtout, l'inquiétait. S'il avait plu
à l'inquisiteur de le faire saisir dans un de ces moments,
il eût été tout à fait incapable d'esquisser un geste de
défense. Enfoncé dans son fauteuil, il grondait en songeant aux deux moines :

— Les scélérats, m'ont-ils assez assassiné!... Vit-on
jamais acharnement pareil?... Ils ne m'ont pas fait
grâce du plus petit plat. Comment ai-je pu résister à la
faim qui me tenaille? car j'ai faim, mordieu! j'enrage
de faim et de soif... Et leur assommante leur énervante
musique!... Vrai Dieu! j'aime la musique, mais pas
dans de semblables conditions... Et ces fleurs!... ces
parfums!.. ces tableaux! Ah! Fausta! α Espinosa!
pour les raffinements de torture que vous m'infligez,
que serai-je en droit de vous faire, moi, le jour où je
vous tiendrai à ma merci?... Enfin demain verra la fin
de cet horrible supplice. Demain, si toutefois on ne
m'oublie pas, je réparerai mes forces... ou je serai
mort... Ah! par ma foi! j'ai fait ce que j'ai pu! Arrive
qu'arrive, demain je mangerai

Le lendemain, l'heure du petit déjeuner arriva, et les moines ne parurent pas.

— Diable! songea Pardaillan déçu, aurais-je trop attendu? M. d'Espinosa aurait-il changé d'idée et, renonçant au poison, voudrait-il me prendre par la faim? Enfin, attendons. Peut être n'est-ce qu'un retard?

Et il attendit sans trop de regret, ce petit déjeuner étant un repas frugal, très léger, qui n'eût pu le satisfaire après le long jeûne qu'il venait d'endurer.

L'heure du grand déjeuner arriva à son tour. Et les moines ne parurent toujours pas.

Cette fois, Pardaillan commença de s'inquiéter pour de bon.

— Il n'est pas possible que ce soit un oubli, songeait-il en arpentant nerveusement sa chambre. Il doit y avoir quelque chose... Mais quoi?... D'Espinosa aurait-il deviné qu'aujourd'hui j'étais résolu à affronter son poison?... C'est impossible. Et puis, s'il en était ainsi, ce serait le moment, plus que jamais, de me servir ce fameux poison... Le Chico aurait-il fait quelque tentative imprudente?... Se serait-il laissé prendre?... Si je m'informais?...

Il se dirigea vers la porte. Mais au moment de frapper au judas, il s'arrêta, indécis.

— Non, fit-il en s'éloignant lentement, je ne veux pas leur laisser voir que j'attends ma pitance avec impatience... quoique, à tout prendre... Patientons encore.

L'heure de la collation passa. Puis l'heure du dîner vint à son tour. Les moines demeurèrent invisibles. Enfin l'heure du souper vint et passa sans amener les moines.

— Morbleu! fit rageusement Pardaillan, je veux savoir à quoi m'en tenir!

Résolument il se dirigea vers le judas et frappa. On ouvrit aussitôt.

— Vous avez besoin de quelque chose? fit une voix doucereuse qui n'était pas celle de ses gardiens ordinaires.

— Je veux manger, fit brutalement Pardaillan. A moins que vous n'ayez résolu de me laisser crever de faim, auquel cas je vous prierai de me le faire savoir.

— Vous voulez manger! fit la voix sur un ton de

surprise manifeste. Et qui vous en empêche? N'avez-vous pas tout ce qu'il vous faut dans votre chambre?

— Je n'ai rien, mort de tous les diables! Et c'est pourquoi je vous demande de me dire si vous avez résolu de me laisser périr de faim!

— Vous laisser mourir de faim, bonté divine! Y pensez-vous? Les frères Zacarias et Bautista ont dû garnir votre table, je présume.

— Je n'ai rien, vous dis-je, gronda Pardaillan, qui se demandait si on ne se moquait pas de lui, pas le plus petit morceau de pain, pas une goutte d'eau.

— Ah! mon Dieu!... les deux étourdis vous ont oublié!

La voix paraissait sincèrement navrée. Quant à étudier la physionomie pour se rendre compte si on ne jouait pas la comédie, il ne fallait guère y songer. A travers les étroites lamelles de cuivre et dans la demi-obscurité d'un couloir éclairé par quelques veilleuses, l'œil perçant de Pardaillan lui-même ne percevait guère que des contours indécis.

— Enfin, s'écria-t-il, comment se fait-il que je ne les ai pas vus aujourd'hui?

— Ils ont demandé et obtenu la permission de sortir du couvent. Oh! pour la journée seulement! Mais on pensait qu'ils auraient eu la précaution de vous fournir les provisions nécessaires à la journée avant de s'absenter. Ah! si monseigneur apprend de quelle négligence ils se sont rendus coupables... je ne voudrais pas être à leur place... Mais vous, monsieur, pourquoi avoir attendu si longtemps? Pourquoi n'avoir pas prévu dès le déjeuner? On vous aurait servi à l'instant... Tandis que, à présent...

— A présent? fit Pardaillan.

— A présent, tout dort au couvent, le père pitancier comme les autres. Impossible de vous donner la moindre des choses. Quel malheur!

— Bah! fit Pardaillan, qui commençait à se rassurer, un jour d'abstinence de plus ou de moins, je n'en mourrai pas. Si j'avais seulement un peu d'eau pour humecter mes lèvres. Enfin, n'en parlons plus. J'attendrai jusqu'à demain... si toutefois il est bien vrai qu'on n'ait pas décidé de me laisser mourir de faim.

— Oh! monsieur le chevalier! Comment pouvez-vous nous croire capables de pareille cruauté! N'avez-vous pas entendu monseigneur nous ordonner formellement d'avoir les plus grands égards pour votre personne?.. Les seuls coupables sont les frères Bautista et Zacarias... Aussi puis-je vous assurer que le châtiment qui leur sera infligé. .

— Ceci ne réparera rien, interrompit Pardaillan, et puisque vous m'assurez que demain j'aurai un repas confortable...

— Soyez tranquille, monsieur, on fera en sorte de réparer le mal qui vous a été fait.

— Bon! Et puisque les frères Bautista et Zacarias ne sont coupables que de négligence, je leur pardonne de grand cœur et je demande instamment qu'aucune punition ne leur soit infligée à cause de moi.

Et, sans vouloir écouter la voix qui célébrait la générosité de ce pardon chrétien, il alla se jeter sur son lit, où il demeura un long moment songeur. avant de s'assoupir.

Le lendemain, à l'heure du petit déjeuner, toujours pas de moines. Et Pardaillan se demanda si, après l'avoir assommé de prévenances, après l'avoir accablé d'une profusion de mets délicats, alors qu'il était résolu à ne rien prendre, on n'allait pas, maintenant, lui laisser indéfiniment tirer la langue. Enfin, à 1 heure du grand déjeuner, les deux gardiens parurent, et avec des mines lugubres annoncèrent que « les viandes de monsieur le chevalier étaient servies ».

Pardaillan commençait à si bien désespérer qu'il leur fit répéter l'annonce, croyant avoir mal entendu. Certain que le repas l'attendait, et, qu'avec ce repas, son sort serait définitivement réglé, il retrouva son calme et son assurance. Souriant de la mine piteuse des deux moines qui, pensait-il, avaient dû être vertement tancés, il bougonna :

— Comment se fait-il que, devant vous absenter toute la journée, vous n'ayez pas eu la précaution de me munir des aliments nécessaires?

— Mais... puisque vous refusez tout ce que nous vous offrons, s'écria naïvement Bautista.

— Est-ce une raison?... Hier, précisément, j'étais disposé à manger.

— Est-ce possible !...

— Puisque je vous le dis.

— Et aujourd'hui? haleta Zacarias.

— Aujourd'hui, comme hier, j'enrage de faim et de soif !... Si votre table est aussi bien garnie qu'elle l'était avant-hier soir... je me sens assez d'appétit pour la mettre à sec.

— Seigneur Dieu ! s'écria Bautista, ravi, quel plaisir vous nous faites !... Venez vite, monsieur.

Et ils entraînèrent vivement leur prisonnier qui se laissait faire avec complaisance Quand ils furent devant la table, aussi somptueusement garnie que l'avant-veille, le moine Zacarias s'écria, en désignant d'un clignement d'œil significatif l'énorme profusion de plats chargés de victuailles :

— Je vous défie bien de la mettre à sec !

— Il est de fait, confessa Pardaillan, qu'il y a là de quoi satisfaire plusieurs appétits robustes.

Et il s'assi' résolument devant l'unique couvert. Et comme l'avant-veille, l'orchestre invisible se fit entendre mystérieux et lointain, tandis que les moines s'empressaient à le servir, pleins de prévenances et d'attentions, les yeux luisants, la face épanouie, heureux de penser qu'enfin ils allaient réaliser leur rêve de gourmands.

Pardaillan, très froid, attaqua les hors-d'œuvre. Et, à le voir si calme, si admirablement maître de lui, on n'eût, certes, pu soupçonner le drame effroyable qui se passait dans son esprit.

En effet, à chaque bouchée qu'il avalait, quoi qu'il en eût, cette question revenait sans cesse à son esprit :

— Est-ce celle-ci qui va me foudroyer?

Et chaque fois qu'il passait à un autre plat il se disait :

— Ce n'était pas celui qu'on enlève... ce sera peut-être pour celui-ci.

Au commencement du repas, il avait goûté avec circonspection chaque bouchée, chaque gorgée, analysant, pour ainsi dire, l'aliment ou le liquide qu'il avait dans la bouche avant de l'avaler. Puis cette lenteur l'avait impatienté, son naturel insouciant avait repris le dessus, et il s'était mis à boire et à manger comme s'il avait été sûr de n'avoir rien a redouter; ce qui, d'ailleurs, ne l'empêchait nullement de constater qu'aucun des mets qu'il absorbait ne trahissait aucune saveur suspecte.

Dans le formidable menu qui lui était servi, il avait choisi un certain nombre de plats à son goût et s'en était tenu à ceux-là seuls. Il avait fait de même pour les vins et les aliments qu'il avait choisis; il les avait ingérés avec une résolution admirable en semblable circonstance. Bref, il mangea comme quatre et but comme six, non par gourmandise, comme il eût pu faire en toute autre circonstance, mais parce qu'il estimait que c'était nécessaire.

Quant aux moines, ce qu'ils demandaient, c'était qu'il goûtât à l'un quelconque de ces plats, à seule fin que le reste pût leur revenir, comme on le leur avait promis. Ceci étant obtenu, peu leur importait qu'il mangeât peu ou beaucoup. Les reliefs de la table étaient tels qu'ils étaient assurés de pouvoir satisfaire leur gourmandise durant plusieurs repas. Tranquilles sur ce point, le seul qui importât à leurs yeux, ils se montrèrent des servants empressés, adroits et discrets.

Ce repas, qui ne fut peut-être pas apprécié comme il le méritait, bien que Pardaillan fût un fin gourmet, s'acheva enfin et il regagna sa chambre où il se jeta dans son fauteuil.

— Ouf! fit-il, me voilà rassasié... et vivant encore. Voyons, le billet disait : un poison foudroyant... Oui ma    n peut avoir changé d'idée... on peut avoir mis un poison lent... Attendons. Nous verrons bien

Durant quelques heures, il resta sans bouger dans son fauteuil. Il paraissait assoupi mais il ne dormait pas. Suivant son expression, il attendait et en même temps il réfléchissait. Au bout de ce temps, il se leva et se mit à se promener lentement, un sourire aux lèvres.

— Je commence à croire que décidément il n y avait pas le moindre poison dans les aliments que j'ai absorbés D'Espinosa aurait-il changé d'idée, comme je le prévoyais... ou tout ceci ne serait-il qu'une comédie admirablement machinée et dont j'ai été sottement dupe?... Peut-être! Attendons encore. Voici que l'heure

le la collation est passée et je n'ai pas encore aperçu
mes dignes gardiens.

En effet, les moines ne reparurent pas, ni à l'heure du
dîner, ni à l'heure du souper non plus. Pardaillan avait
trop copieusement déjeuné, à une heure trop tardive,
pour avoir faim. Mais il suivait une idée qu'il avait
résolu d'élucider. Il se dirigea donc vers le judas et
appela comme il avait fait la veille. Cette fois, ce fut le
frère Zacarias qui lui répondit.

— Eh! mon digne révérend, fit-il de son air figue et
raisin, l'heure du dîner est passée, celle du souper
aussi... on ne me sert donc plus de ces mirifiques festins?... Mordieu! je commençais à y prendre goût,
moi!

— Finis, les mirifiques festins, mon frère, fit le moine
d'une voix pâteuse et infiniment triste. Finis... hélas!

— Ah! ah! fit Pardaillan, dont l'œil pétilla. Mais
dites-moi, pourquoi cet « hélas! » Vous vous intéressez
donc a moi?...

Avec une franchise qui eût été du cynisme si elle n'eût
été de l'inconscience, le moine répondit :

— Non, mon frère. Seulement, il paraît que vous
avez commis je ne sais quelle faute, en punition de
laquelle nos supérieurs ont décidé de vous priver de
nourriture pendant quelque temps. Et comme frère
Bautista et moi avions droit aux restes de ces mirifiques repas, que nous regrettons plus que vous, croyez-
le, il se trouve que la punition dont vous êtes frappé
nous atteint autant, si ce n'est plus, que vous.

— Je comprends, fit Pardaillan avec un air de com-
passion. En sorte que vous vous êtes régalés des reliefs
de mon succulent déjeuner?

— Sans doute! ... Et il était même si succulent que
notre regret de voir supprimer ces merveilles n'en est
que plus cuisant... Ah! mon frère, pourquoi vous êtes
vous obstiné si longtemps à refuser tout ce que nous vous
offrions! Ah! nous pouvons dire que nous n'avons pas
eu de chance avec vous. Tant de si bonnes choses per-
dues, pour nous, et dont se régalaient nos vénérables
frères...

— Pourquoi vos frères et pas vous? Ceci ne me paraît pas juste, dit Pardaillan, qui paraissait s'apitoyer fort sur le sort du moine.

— Mgr d'Espinosa tenait essentiellement à ce que vous fussiez traité magnifiquement et que vous fissiez honneur aux repas confectionnés à votre intention. Pour nous punir de vos refus obstinés, dont nous étions tenus pour responsables, on nous privait de ces merveilles culinaires, qui nous fussent revenues de droit, si vous aviez consenti à en goûter tant soit peu. Et pour rendre la punition plus sensible, on les distribuait aux autres.

— C'est donc cela que vous mettiez tant d'insistance à me faire goûter à ces mets ?

— Dame !... puisque les restes devaient nous revenir !

— Pourquoi ne me l'avez-vous pas dit ? Je ne suis pas mauvais diable. Si vous m'aviez averti, je me fusse laissé faire, uniquement pour vous être agréable.

— Hélas ! on l'avait prévu. Aussi nous avait-on formellement interdit de vous prévenir.

— Pourquoi avez-vous refusé de goûter à ces mets avant moi, ainsi que je vous l'ai offert à différentes reprises ?... C'eût été autant d'attrapé.

— Ceci surtout nous était défendu, par-dessus tout. Nous n'aurions eu garde de nous laisser tenter, puisque, ce faisant, nous eussions été privés du reste... sans compter le châtiment sévère qui nous était promis.

— Ah ! vous m'en direz tant ! fit Pardaillan qui, ayant tiré du moine ce qu'il en voulait, le quitta sans façon.

Quand il vit que le judas s'était refermé, il éclata d'un rire silencieux et murmura :

— Bien joué, ma foi ! Je me suis laissé berner comme un sot !... Le souvenir du séjour que je fis dans certain caveau des « morts-vivants » et des péripéties qui le précédèrent et le suivirent aurait dû cependant me mettre en garde contre les procédés de M. d'Espinosa. La leçon ne sera pas perdue.

# XVI

## LE PLANCHER MOUVANT

Le lendemain il se leva à son heure habituelle. Il avait adopté une embrasure de sa fenêtre. Il y poussait le fauteuil, et là, abrité par le renfoncement de la fenêtre, caché par le large et haut dossier du fauteuil, il était à peu près certain d'échapper à la surveillance occulte qu'il sentait peser sur lui.

Ce fut là qu'il se réfugia et qu'il resta de longues heures, immobile, paraissant sommeiller et réfléchissant profondément. Et sans doute croyait-il avoir percé le but mystérieux poursuivi par le grand inquisiteur, car parfois une lueur malicieuse brillait au fond de ses prunelles, un sourire narquois errait sur ses lèvres. Il savait qu'il était condamné à jeûner durant quelque temps, puisque le frère Zacarias l'avait prévenu la veille; donc il pensait que ses gardiens ne pénétreraient pas dans sa chambre. Il ne se trompait pas. La matinée se passa sans qu'on lui apportât la moindre nourriture. Vers une heure de l'après-midi il se leva languissant et s'en fut au coffre à habits, d'où il tira un petit paquet qu'il cacha dans son pourpoint, s'enveloppa soigneusement dans les plis de son manteau qu'il ne quittait pas depuis quelque temps, et péniblement, car il se sentait très faible, il regagna son fauteuil où il disparut.

Que fit-il là? Nous ne saurions dire au juste. Mais il remuait les mâchoires comme quelqu'un qui mastique un aliment. Peut-être avait-il imaginé ce moyen de tromper la faim.

Pendant trois longs jours on le laissa ainsi seul, sans lui apporter un morceau de pain, un verre d'eau. Il était devenu d'une faiblesse extrême, il paraissait avoir une grande peine à se tenir debout et il lui fallait de longs et pénibles efforts pour arriver a traîner le fauteuil dans son coin favori.

Car, chose bizarre, il s'obstinait à se réfugier là. Il y avait exactement treize jours qu'il était enfermé dans ce couvent-prison et il n'était plus reconnaissable. Have, les traits tirés, une barbe naissante envahissant ses joues et son menton, les yeux brillant d'un éclat fiévreux, il n'était plus que l'ombre de lui-même. Il passait la plus grande partie de son temps dans le fauteuil où il restait prostré de longues heures.

Le quatrième jour, au matin, ses gardiens lui apportèrent une boule de pain noir et un alcarazas rempli d'eau en lui recommandant de ménager ces maigres provisions, attendu qu'on ne lui en donnerait d'autres que dans deux jours.

C'est à peine s'il parut entendre ce qu'on lui disait. Il faut croire cependant qu'il avait entendu et compris, car deux heures plus tard le pain était diminué de moitié et l'alcarazas s'était vidé dans les mêmes proportions. Il faut croire aussi qu'il était surveillé de près, car peu de temps après les moines reparurent et le prièrent de les suivre.

Le maigre repas qu'il venait de faire lui avait rendu un peu de forces, car il se leva sans trop de difficulté. Mais ce qui étonna les deux gardiens, c'est qu'il ne paraissait pas très bien comprendre ce qu'ils disaient.

Voyant cela, Bautista le prit par un bras, Zacarias par l'autre et ils l'entraînèrent doucement. On lui fit traverser quelques couloirs et descendre deux étages. Une porte s'ouvrit, les moines le poussèrent, et il obéit docilement au geste et pénétra dans le nouveau local qui lui était assigné. Les moines posèrent par terre ce qui restait de pain et d'eau, qu'ils avaient eu la précaution d'emporter, et se retirèrent silencieusement. Bautista s'en fut droit chez le supérieur du couvent.

— Eh bien? fit laconiquement ce personnage.

— C'est fait, répondit non moins laconiquement le frère Bautista.

— Il n'a pas fait de difficultés?

— Aucune, révérendissime père. D'ailleurs, je ne sais si c'est l'effet du jeûne prolongé, mais il ne paraît pas avoir toute sa conscience. Ah! ce n'est plus le fringant cavalier qu'il était lorsqu'il est entré ici!

— Est-il réellement si bas? Faites attention, mon frère, que ceci est d'une importance capitale

— Révérendissime père, je crois sincèrement que si on le soumet encore quelques jours à un régime aussi dur, il perdra la raison... à moins qu'il ne tombe d'inanition.

— Nous enverrons le père médecin vérifier sans qu'il puisse s'en douter. Vous êtes bien sûr qu'il avait avalé le contenu de la bouteille de saumur que nous vous avions recommandé de placer bien en évidence le jour de son entrée au couvent?

— Absolument... Il ne restait pas une goutte de vin au fond de la bouteille. Frère Zacarias et moi nous nous en sommes assurés.

Le prieur eut un sourire sinistre:

— S'il en est ainsi, il doit être, en effet, à point. N'importe, pour plus de sûreté, j'enverrai le médecin. Allez, mon frère. Vous voilà déchargé de votre prisonnier. Vous avez accompli votre mission avec zèle et intelligence, monseigneur sera content de vous. Allez.

Bautista s'inclina profondément devant son supérieur et sortit, fier du témoignage de satisfaction reçu.

La cellule dans laquelle on venait de conduire Pardaillan pouvait avoir environ dix pieds de long et autant en largeur. Elle était parfaitement obscure. Il n'y avait aucun meuble, pas un siège, pas même une botte de paille, et le chevalier, qui, décidément, n'avait plus de forces, dut s'accroupir sur le plancher, le dos appuyé à une des cloisons de son cachot.

Combien de temps resta-t-il ainsi accroupi? Des heures ou des minutes? Il n'aurait su dire, car il paraissait avoir perdu conscience de l'état misérable dans lequel il se trouvait.

Il est probable que le temps qu'il passa ainsi fut assez long, car il eut faim, et, en un geste machinal, il finit la miche de pain et vida presque entièrement la provision d'eau.

À ses tortures vint s'en ajouter une nouvelle : la chaleur. Cette chaleur allait sans cesse en augmentant et paraissait provenir du plafond de son cachot. Il lui semblait qu'un immense brasier était allumé au-dessus de sa tête et laissait tomber sur lui des bouffées de chaleur intolérable, et sans doute sous l'effet de cette chaleur anormale, l'air se faisait de plus en plus rare, et sa respiration devenait plus pénible.

Il était ruisselant de sueur et il haletait. Par là dessus un silence de tombe, une obscurité compacte à tel point que si la cruche, à laquelle il se désalterait de temps en temps, n'avait été sous sa main, il n'aurait pu la retrouver.

Et voici que le milieu de ce brasier insupportable que paraissait être le plafond s'ouvrit soudain, un flot de lumière inonda le cachot et vint l'aveugler de son éclat soutenable

C'était à croire qu'on venait d'allumer brusquement, au-dessus de sa tête, un soleil dont les éclats fulgurants lui brûlaient les yeux. Et en même temps, par un phénomène inexplicable, la chaleur diminuait, une douce fraîcheur lui succédait. Mais cette fraîcheur ne fit que s'accentuer et se changea rapidement en un froid glacial. Si bien que, après avoir été en nage, il grelottait dans son coin.

Avec le froid intense succédant à la chaleur torride, un autre phénomène se produisit : des émanations délétères envahirent son cachot, une puanteur insupportable lui le suffoquer Et toujours cet infernal soleil qui lardait ses prunelles de milliers de coups d'épingle atrocement douloureux chaque fois qu'il se risquait à ouvrir les paupières.

Pardaillan, asphyxié à demi terrassé peut être par la congestion, avait roulé sur le sol. Le délire s'était emparé de lui, un râle étouffé coulait sans interruption de ses lèvres glacées et parfois un gémissement plaintif alternait avec le râle. Et les heures s'écoulèrent douloureuses, mortelles, sans qu'il en eut conscience.

Brusquement l'éclat du soleil s'atténua. Le cachot fut encore vivement éclairé mais cette lumière, du moins, était très supportable. En même temps, un déplacement d'air violent, tel que le produit un puissant ventilateur, balaya les mauvaises odeurs qui infectaient le cachot, et

l'air redevint respirable. Puis aussitôt des bouffées de
chaleur attiédirent l'atmosphère, pendant que des bouffées
de parfums très doux achevaient de chasser ce qui pouvait rester de miasmes épars dans l'air

Rapidement ce cachot, où il avait failli être terrassé
tour à tour par la chaleur et le froid, par l'asphyxie et
la congestion, ce cachot, où il avait failli être aveuglé
par les éclats puissants d'un soleil factice, redevint ha-
bitable. Il éprouva aussitôt les bienfaisants effets de cet
heureux changement. Le délire fit place a une sorte
d'engourdissement qui n'avait rien de douloureux, les
râles cessèrent, la respiration redevint normale. Il ressentit un bien-être relatif, qui, après les prodigieuses
secousses qu'il venait d'endurer, dut lui paraître délicieux. Peu à peu cette sorte d'engourdissement disparut. Il retrouva non pas cette admirable intelligence qui
le faisait supérieur à ceux qui l'entouraient, mais un
vague embryon de conscience.

C'était peu. C'était cependant une amélioration notable, comparée à l'état où il se trouvait avant.

Nous avons dit qu'il avait roulé par terre. C'est sur
son manteau que nous aurions dû dire.

En effet, malgré la chaleur — on était au gros de
l'été — par suite d'on ne sait quelle inexplicable fantaisie, tout à coup, il s'était enveloppé dans son manteau
et n'avait plus voulu s'en séparer. Cette fantaisie remontait au jour de ce fameux et unique repas qu'il avait fait
dans cette merveilleuse salle à manger, aménagée à son
intention.

Pendant ce repas il avait gardé son manteau, et depuis il ne l'avait plus quitté, ni jour ni nuit.

Les dignes frères Bautista et Zacarias avaient fort bien
remarqué cette bizarrerie, sans y attacher d'importance
d'ailleurs. Comme on a pu s'en rendre compte par le
rapport de Bautista à son supérieur, pour eux, leur prisonnier n'avait plus bien sa tête à lui. Cette obstination
à s'envelopper ainsi, ils l'avaient mise sur le compte
d'une lubie de dément. C'est ce qui explique que lorsqu'ils vinrent chercher Pardaillan pour le conduire à son
actuel cachot, celui-ci était parti avec son manteau, et
comme ils étaient habitués à le voir constamment avec,
ils n'y avaient prêté aucune attention.

D'ailleurs on ne leur avait donné aucune instruction
au sujet de ce vêtement. Il est vrai qu'ils avaient négligé
de signaler ce détail sans importance à leurs supérieurs.

Donc Pardaillan avait roulé à terre dans son manteau.
Il se redressa lentement. Sa manie étant passée, sans
doute, il enleva ce manteau le plia proprement, et
comme il n'y avait pas de sièges, il s'assit dessus et s'appuya au mur. Il jeta autour de lui un regard qui n'était
plus ce regard si vif d'autrefois, mais où ne luisait plus
cette lueur de folie qu'on y voyait l'instant d'avant. Il
vit près de lui un pain entier et une cruche pleine d'eau.

Ceci fait supposer que son supplice avait duré un jour,
deux jours peut-être, puisqu'on avait renouvelé ses provisions sans qu'il s'en fût aperçu. Il prit le pain sec et
dur et le dévora presque en entier. De même, il vida aux
trois quarts la cruche.

Ce maigre repas lui rendit un peu de forces. Les forces
amenèrent une nouvelle amélioration dans son état men-
tal. Il eut plus nettement conscience de sa situation. Il
s'accota au mur le plus commodément qu'il put et se remit à regarder attentivement autour de lui, avec ce
regard étonné d'un homme qui ne reconnaît pas les lieux
où il se trouve.

A ce moment, à son côté gauche, il perçut un bruit
sec, semblable à un ressort qui se détend. Il y regarda.
Une lame large comme une main, longue de près de
deux pieds, tranchante comme un rasoir, pointue comme
une aiguille, ressemblant assez exactement à une faux,
venait de surgir de la muraille, là, à son côté, à la hauteur du sein. Le tranchant, placé horizontalement et
tourné de son côté, l'avait frôlé en passant ; quelques lignes de plus à droite, et c'en était fait de lui : la lame le
perçait de part en part.

Le Pardaillan au cœur de diamant qu'il était, il y
avait quelques jours à peine eût considéré cette dangereuse apparition avec étonnement, peut-être — et encore
n'est ce pas bien sûr — en tous cas sans manifester le
moindre émoi. Hélas ! ce Pardaillan n'était plus. Les
intolérables tortures qu'il endurait depuis bientôt deux
semaines, quelque drogue infernale qu'on avait réussi à
lui faire absorber, avaient fait de lui une loque humaine,

Il n'était peut-être pas tout à fait fou, il était bien près de le devenir.

De l'homme fort, sain, vigoureux qu'il était, la faim, la soif, les abominables supplices qu'on lui infligeai' avaient fait de lui un être faible, sans énergie, sans volonté. Et ceci n'était rien. Ce qui était le plus affreux, c'est que la drogue, l'horrible drogue, non contente de dévorer cette intelligence si lumineuse qui était la sienne, de l'aventurier hardi, entreprenant, intrépide et vaillant, avait fait un être pusillanime qu'un rien effarouchait et qui ressemblait à un poltron. Pardaillan le brave, finissant dans la peau d'un lâche!... Quel triomphe pour Fausta!

En voyant cette faux qui l'avait frôlé de si près que c'était miracle qu'elle ne l'eût pas transpercé, le nouveau Pardaillan fut secoué d'un tremblement nerveux, et hagard, sans songer à s'écarter, il cria : Ho! en regardant la faux d'un air hébété. Au même instant, du côté opposé, il perçut le même bruit précurseur d'une apparition nouvelle et il se replia, se tassa, avec une expression de terreur indicible, et un hurlement long, lugubre, pareil à celui d'un chien hurlant à la mort, jaillit de ses lèvres crispées. Une nouvelle lame venait de jaillir à son côté droit ; et, comme la première, il s'en fa lait d'un fil qu'elle ne l'eût atteint.

Un inappréciable instant il resta ainsi entre ces deux tranchants qui débordaient des deux côtés de sa poitrine, pareils aux deux branches énormes de quelque fantastique et menaçante cisaille prête à se refermer et à le broyer. Et aussitôt, juste au dessus de sa tête, une troisième faux parut, dont le tranchant placé dans le sens vertical paraissait vouloir le couper en deux, de haut en bas.

Par quel miracle cette troisième faux l'avait-elle manqué de quelques lignes? L'ancien Pardaillan n'eût pas manqué de se poser cette question dès la première apparition.

Le nouveau Pardaillan se contenta de hurler plus fort, et en même temps plus plaintivement. Seulement, cette fois, guidé sans doute par l'instinct de la conservation, il s'écarta précipitamment de l'infernale muraille. Et 'es deux faux horizontales l'enserraient si étroitement

que, dans le mouvement qu'il fit, il taillada son pourpoint. Il eût pourtant cette suprême chance de ne pas
déchirer ses chairs en même temps.

Sorti de  . dangereuse position où il se trouvait, il se
hâta de se mettre hors d'atteinte et, accroupi au milieu
du cachot, en continuant d'émettre des gémissements,
comme fasciné, il regardait les trois faux d'un air stupide.

Alors, les deux faux horizontales, placées exactement
sur la même ligne, se mirent automatiquement en branle,
se refermant a fond l'une sur l'autre, comme les deux
branches d'une paire de ciseaux. Puis elles s'ouvrirent,
et ce fut alors la faux verticale qui s'abaissa pour se relever dès que les autres se rapprochaient pour se croiser.

Ce mouvement, commencé avec lenteur, s'accéléra insensiblement, acquit bien vite une certaine rapidité et la
conserva sans défaillir, comme si les faux étaient action-
nées par quelque machine.

Ce mouvement rapide des trois faux ressemblait au
jeu régulier de trois monstrueux hachoirs, alternant,
avec une précision mécanique, à coups carrément ryth-
més, malgré leur rapidité. Et chaque fois qu'une des
faux se fermait à fond ou s'ouvrait toute grande, cela
produisait, sur la cloison, un bruit sec qui éclatait
comme le bruit d'une baguette frappant un tambour. En
sorte que, avec la rapidité acquise, ces bruits, d'abord
espacés, se changèrent en un roulement continu qui remplit le cachot d'un bourdonnement sonore.

Lorsque le mouvement de ces trois faux fut régulière-
ment établi, à côté, une deuxième série de trois faux fit
son apparition, et, comme la première, elle se mit en
mouvement automatiquement. Et le roulement devint
plus fort. Enfin une troisième, une quatrième et une cinquième série apparurent et se mirent en branle.

Alors, d'une extrémité à l'autre de la cloison diabolique, Pardaillan ne vit plus que l'éclat fulgurant de l'a-
cier tombant et se relevant avec une rapidité prodigieuse.
Il était interdit de s'approcher de cette cloison, sous
peine d'être happé par les faux et haché menu comme
chair à paté. Et le roulement devint assourdissant.

Pardaillan, hors de l'atteinte des faux, ne pouvait détacher ses yeux exorbités de ce spectacle fantastique. E

la même plainte lugubre fusait de ses lèvres, sans répit.

Tout à coup il tressaillit. Il venait de sentir le plancher s'écrouler sous lui. Tout d'abord il crut s'être trompé. Il pensa que ce qu'il venait de percevoir n'était que l'effet d'une trépidation produite par cet insupportable roulement qui devait ébranler toute la pièce.

La peur — car il avait une peur affreuse, peur de mourir haché par ces horrifiantes lames, il avait peur, lui ! Pardaillan ! — la peur, donc, lui donnait une lueur de lucidité qui lui permettait d'observer et de raisonner.

Mais comme il contemplait toujours les faux en mouvement, il vit bientôt qu'il ne s'était pas malheureusement trompé. En effet, il n'y avait pas à en douter, le plancher s'inclinait dans la direction de la machine à hacher.

C'était le nom que, d'instinct, il avait spontanément donné, dans son esprit, à cette effroyable invention. Il s'inclinait si bien, même, que sous chacun de ces groupes, qui était comme une pièce dont le tout constituait la machine, une quatrième faux venait d'apparaître.

La disposition de ces quatre faux formait un losange parfait. Ainsi, le long de la cloison, il y avait maintenant cinq losanges. Seulement, tandis que les trois faux primitives continuaient leur perpétuel mouvement de hachoir, la quatrième restait immobile, paraissant attendre et guetter, sournoise et menaçante. Et le mouvement d'inclinaison du plancher se poursuivait lentement, avec une régularité terrifiante.

Alors Pardaillan remarqua ce qu'il n'avait pas encore remarqué jusque-là : que le plancher de son cachot paraissait être une énorme plaque d'acier, lisse, glissante sans une rainure, sans une soudure visibles, sans la moindre protubérance à quoi il eût pu s'accrocher. Il se sentit doucement, mais irrésistiblement, glisser sur ce plancher, et il comprit qu'il allait rouler infailliblement jusqu'à l'un de ces cinq hachoirs qui le mettrait en pièces.

Alors aussi, la peur de mourir qui le talonnait, la terreur sans nom qui lui rongeait le cerveau achevèrent l'œuvre dissolvante, poursuivie avec une ténacité féroc durant quinze jours de tortures variées, longuement e

roidement préméditées, accumulées avec un art diabolique et destinées à faire sombrer cette raison si solide,
si lumineuse.

Le but visé par Fausta et d'Espinosa était atteint.
Pardaillan n'était plus.

C'était un pauvre fou qui, maintenant, hagard, éche-
velé, écumant, hurlait son désespoir et sa terreur. Et ce
fou, d'une voix qui s'efforçait de couvrir le tonitruant
roulement de la machine à hacher, criait de toutes ses
forces, déjà épuisées :

— Arrêtez!... Arrêtez!... Je ne veux pas mourir!...
je ne veux pas!...

Mais on ne l'entendait pas sans doute. Ou peut-être
l'implacable volonté de l'inquisiteur avait-elle décidé de
pousser l'expérience jusqu'au bout.

Car le plancher continuait de s'abaisser avec une régularité désespérante. Maintenant ce n'étaient plus cinq
losanges, mais dix qui fonctionnaient simultanément,
avec la même rapidité, avec le même roulement formidable qui remplissait le cachot de son bruit de tonnerre.

L'instinct de la conservation, si puissant, à défaut du
raisonnement, à jamais aboli, peut-être, fit que Pardaillan découvrit l'unique chance qui lui restait de sauver
cette vie à laquelle il tenait tant maintenant. Voici quelle
était cette chance :

Ce plancher mobile était maintenu d'un côté par des
charnières puissantes. Ces charnières n'étaient pas placées contre le mur qui soutenait le plancher. Elles étaient
sous le plancher même. C'est-à-dire que, du côté opposé
à la pente, on avait posé une forte traverse de métal.

C'est sur cette traverse qu'étaient vissées les charnières.
Si cette traverse avait eu quelques centimètres de plus
dans sa largeur, Pardaillan eût pu à la rigueur se poser
là-dessus et attendre aussi longtemps que ses forces le
lui eussent permis. Malheureusement, la traverse était
trop étroite. Mais s'il n'était pas possible de se poser
là-dessus, on pouvait du moins s'y accrocher et s'y maintenir en se couchant à plat ventre, suspendu par le bout
des doigts. Le fou — nous ne voyons pas d'autre nom à
lui donner — avait vu cela.

C'était, tout bonnement, une manière de prolonger son
supplice de quelques secondes. Il était évident qu'il ne

pourrait se maintenir longtemps dans cette position et même, en admettant que le mouvement de descente s'arrêtât, la pente était déjà assez raide pour rendre la chute inévitable

Le fou ne raisonna pas tant. Il vit là une chance de prolonger son agonie et désespérément il s'accrocha à ce rebord sauveur. Il y gagna du moins qu'il ne vit plus les épouvantables hachoirs qui avaient le don de l'affoler

Le plancher continuait sa descente. Bientôt l'extrémité descendante irait s'appuyer sur le sol de la pièce qui devait être au-dessous... en admettant qu'il y eût une pièce au-dessous. Sinon la pente se changerait insensiblement en ligne verticale et alors ce serait la chute dans quelque mystérieux abîme.

Maintenant, la cloison était tapissée du haut en bas et dans toute sa largeur de faux qui continuaient immuablement leur mouvement de hachoir et semblaient appeler la proie convoitée.

Pardaillan, suspendu dans le vide, sentait ses forces l'abandonner de plus en plus ; ses doigts, gonflés par l'effort, s'engourdissaient ; la tête lui tournait et, malgré son état, il comprenait que bientôt, dans un instant, il lâcherait prise, et ce serait fini : il roulerait là-bas se faire hacher par la hideuse machine, qui semblait l'appeler de son ronronnement formidable.

Il râlait, et cependant son désir de vivre était si prodigieusement tenace qu'il trouvait encore, et malgré tout, la force de crier presque sans discontinuer :

— Arrêtez ! Arrêtez !...

Bientôt il fut à bout de force. Sa main gauche glissa, lâcha prise. Il se maintint un instant de sa seule main droite. Les doigts de cette main, à leur tour, le trahirent un à un. Deux doigts seuls restèrent désespérément incrustés dans le métal et supportèrent le poids de son corps un inappréciable instant.

Alors il ferma les yeux, un soupir atroce gonfla sa poitrine, un cri terrible, un cri de bête qu'on égorge jaillit de ses lèvres tuméfiées, et il roula, roula là-bas sur les hachoirs qui le saisirent.

# XVII

## LE PHILTRE DU MOINE

Or, Pardaillan n'était pas mort.

La machine à hacher était une sinistre comédie imaginée par Fausta, de concert avec d'Espinosa.

La papesse et le grand inquisiteur avaient décidé de pousser Pardaillan à la folie, non à la mort. Sur ce point ils s'étaient trouvés tout de suite d'accord. Quant aux raisons qui les avaient poussés à adopter cette manière de tuer le chevalier — la folie n'est-elle pas comme une mort anticipée ? — ces raisons que chacun avait gardées par devers lui n'étaient pas les mêmes chez Fausta que chez d'Espinosa.

Fausta avait adopté ce genre de supplice parce que, ayant essayé sans y parvenir de tuer Pardaillan par tous les moyens humainement connus, fataliste, sombre illuminée, elle s'était persuadée que cet homme était invulnérable et que, pour l'abattre, il fallait chercher autre chose que la mort.

D'Espinosa n'avait pas du tout ces idées. Grand inquisiteur d'Espagne, il estimait que son devoir était de poursuivre sans pitié l'hérésie et d'imposer par les moyens les plus violents ou les plus odieux la foi en ce Dieu qu'il servait, le respect et l'amour de ce Dieu. Offenser ce Dieu c'était commettre un crime pour l'expiation duquel les tortures les plus effroyables étaient encore insuffisantes.

Or, le roi était considéré comme un être d'une essence exceptionnelle. Le roi, c'était le représentant de Dieu. Mieux, c'était une émanation directe de Dieu. Offenser le roi, c'était comme si on offensait Dieu. Nul châtiment n'était assez violent, assez douloureux pour faire expier ce crime.

Or, Pardaillan l'avait commis ce crime. Non seulement il avait bafoué, insulté ce roi, considéré à l'égal de Dieu, mais encore il avait émis la prétention de s'opposer à l'exécution de ses vastes projets.

Ce crime méritait un châtiment d'autant plus extraordinaire que celui qui l'avait commis était un homme extraordinaire.

Fausta lui avait indiqué un moyen qui, dans son infernale barbarie, lui avait paru le meilleur. Il l'avait adopté et perfectionné dans les détails. On serait venu lui en indiquer un autre qui lui eût paru supérieur, il aurait renoncé à celui de Fausta pour adopter celui-là.

Il poursuivait la mise à exécution de son plan avec une rigueur d'autant plus inexorable qu'elle était froidement raisonnée. Il agissait pour un principe — et c'est ce qui le faisait si terrible, si redoutable — non pour l'assouvissement d'une haine personnelle. Il n'avait pas menti lorsqu'il l'avait dit à Pardaillan.

Cette incroyable et abominable invention de la machine à hacher était donc destinée non à broyer le chevalier, mais à achever de porter l'épouvante dans son esprit déprimé par les tortures de la faim et de la soif.

Et cette épouvante, amenée à son paroxysme par une graduation dosée avec un art infernal, avait été initialement préparée par un stupéfiant, et en même temps devait compléter l'œuvre dévastatrice de ce poison.

En conséquence, les premières faux apparues étaient réellement de bel et de bon acier ; elles étaient parfaitement tranchantes et acérées. Mais les hachoirs du bas, ceux que Pardaillan n'avait pu voir, attendu que, étendu à plat ventre sur le plancher, cramponné à la traverse, il leur tournait le dos, ces hachoirs du bas, sur lesquels, grâce à la déclivité du plancher, son corps devait rouler, étaient placés là comme un leurre et s'étaient repliés comme du caoutchouc sous le poids du corps qu'ils auraient dû hacher.

Pardaillan, lorsqu'il avait lâché prise, était à moitié évanoui. Lorsqu'il parvint, sans se faire du mal, au bas de la pente, il demeura étendu à terre, sans connaissance.

Longtemps il resta ainsi privé de sentiment. Petit à petit, il revint à lui et jeta autour de lui un regard sans vie.

Il se trouvait dans un cachot de dimensions exactement égales à celle de la chambre d'où il venait d'être précipité. Le plancher d'acier était remonté automatiquement et constituait le plafond de sa nouvelle cellule.

Ici, comme à l'étage supérieur, il n'y avait aucun meuble, pas d'issues visibles autres qu'une porte de fer dûment verrouillée. Seulement, ici le sol était en terre battue, les murs étaient épais et couverts d'une couche de moisissure et de salpêtre, l'air chaud et fétide.

Pardaillan regarda tous ces détails d'un œil sans expression et ne vit rien. Il prit un coin de son manteau qui avait roulé avec lui, il se mit à le tortiller comme un enfant qui, d'un chiffon, s'amuse à fabriquer une poupée, et il éclata de rire.

Longtemps. avec cette gravité particulière aux tout petits et aux grands dont l'intelligence s'est éteinte, il s'occupa à cette distraction enfantine.

Comme un enfant il parlait à la poupée, que ses doigs tortillaient inlassablement ; il lui disait des choses puériles qui n'avaient aucun sens, il la pressait dans ses bras, la repoussait, la grondait avec des airs courroucés, puis la reprenait, la berçait, la consolait et, fréquemment, sans motif apparent, il laissait échapper le même éclat de rire sans expression.

D'autres fois, il paraissait lui faire des confidences importantes, il la prenait à témoin des malheurs imaginaires, et il se lamentait doucement, avec de petits sanglots convulsifs. Et c'était infiniment triste. Ce jeu dura des heures sans qu'il parût se lasser ; il n'avait plus conscience du temps.

La porte s'ouvrit. Un moine parut. Il apportait un pain et une cruche d'eau. Mais sans doute craignait-on un retour d'intelligence, une crise de révolte et de fureur, car ce moine, solidement bâti, tenait un fouet à la main.

Il ne fit pas un geste de menace, il ne parut même pas regarder le prisonnier. Sa présence seule suffit. Dès qu'il aperçut ce moine, Pardaillan poussa un cri de détresse, se blottit dans un coin et, cachant son visage dans son bras replié — le geste d'un enfant qui veut se garer de la taloche — il hoqueta d'une voix suppliante :

— Ne... me... battez pas !.,. Ne me battez pas !

Le moine posa tranquillement à terre le pain et la cruche et le regarda un instant curieusement. Lentement, il leva le bras armé du fouet.

— Grâce ! gémit Pardaillan, sans chercher d'ailleurs à éviter le coup.

Le bras du moine retomba doucement sans frapper. Il hocha la tête en le regardant, toujours avec la même attention curieuse, et murmura :

— Il est inutile de le prévenir que je lui apporte sa pitance d'un jour : il ne comprendrait pas. Il est inutile de le frapper, c'est un enfant inoffensif.

Et il sortit.

Pardaillan resta longtemps sans bouger, dans le coin où il s'était réfugié. Peu à peu, il se risqua, écarta son bras, et ne voyant plus personne, rassuré, il reprit son jeu avec le pan de son manteau.

Deux fois le moine se présenta ainsi pour renouveler ses provisions. Chaque fois la même scène se produisit. La troisième fois, le moine était accompagné d'Espinosa. Et, cette fois encore, Pardaillan montra la même terreur enfantine.

— Vous voyez, monseigneur, fit le moine, c'est toujours ainsi. Le sire de Pardaillan n'existe plus, c'est maintenant un enfant faible et peureux. De toutes les secousses qu'il a reçues, et aussi grâce à mon philtre, il ne reste plus qu'un sentiment vivant en lui : la peur. Son intelligence remarquable : abolie. Sa force extraordinaire : détruite. Regardez-le ! Il ne peut même pas se tenir debout. C'est miracle vraiment qu'il soit encore vivant.

— Je vois, dit paisiblement d'Espinosa. Je connaissais la puissance dévastatrice de votre poison. J'avoue cependant que je redoutais qu'il ne produisît pas tout l'effet désirable. C'est que le sujet sur lequel nous avions à l'appliquer était doué d'une constitution exceptionnellement vigoureuse. Vous avez trouvé là quelque chose de vraiment remarquable.

Le moine s'inclina profondément sous le compli-

ment et, avec la modestie d'un savant qui connaît toute la
valeur de sa découverte :

— Oh ! fit-il, le régime auquel on l'a soumis, les différentes épreuves par où on l'a fait passer ont puissamment aidé à le mettre dans l'état où vous le voyez.

Pendant cet entretien, Pardaillan, réfugié dans son
coin, le visage enfoui dans son bras, secoué de tremble-
ments convulsifs, gémissait doucement. Et le grand
inquisiteur et le moine savant parlaient et agissaient
devant lui comme s'il n'eût pas existé.

— Pour ce que j'ai à lui dire, reprit d'Espinosa, après
un silence passé à considérer froidement le prisonnier de
l'Inquisition, j'ai besoin qu'il retrouve un moment l'intelligence nécessaire pour me comprendre.

— J'étais prévenu, dit le moine avec une paisible
assurance, j'ai apporté ce qu'il faut. Quelques gouttes de
la liqueur contenue dans ce flacon vont lui rendre ses
forces et son intelligence. Mais, monseigneur, l'effet de
cette liqueur ne se fera sentir guère plus d'une demi-
heure.

— C'est plus qu'il n'en faut pour ce que j'ai à lui
dire.

Le moine, sans s'attarder davantage, s'approcha du
prisonnier qui redoubla de gémissements, mais ne fit
pas un geste pour éviter l'approche de celui qui l'effrayait à ce point.

Avec autorité, le moine saisit le coude, écarta le bras,
mit le visage de Pardaillan à découvert, sans que celui-
ci opposât la moindre résistance, fit autre chose que de
continuer à gémir doucement. Le moine écarta les
lèvres et approcha son flacon. Il allait verser la liqueur,
préalablement dosée, lorsque, posant sa main sur son
bras, d'Espinosa l'arrêta en disant :

— Faites attention, mon révérend père, que je vais
rester en tête à tête avec le prisonnier. Cette liqueur
doit lui rendre sa vigueur, dites vous, il ne faudrait pourtant pas que je sois exposé. Je suis, certes, de taille à
me défendre et j'ai pris soin de me munir d'une dague.
Mais malgré ma force, je ne pèserai pas lourd entre
les mains de cet homme s'il retrouve ses forces, et si
l'idée lui vient de les utiliser contre moi. Il importe
que le grand inquisiteur sorte vivant de ce cachot; il ne

doit pas disparaître avant d'avoir accompli la tâche qu'il a entreprise pour le plus grand bien de notre sainte mère l'Église.

— Rassurez-vous, monseigneur, fit respectueusement le moine, le prisonnier retrouvera, pour quelques jours, sa vigueur primitive. Mais son intelligence sera à peine galvanisée. Il ne comprendra que vaguement ce que vous avez à lui dire, et cette lueur d'intelligence ne durera, je vous l'ai dit, guère plus d'une demi-heure. L'idée ne lui viendra pas de faire usage de sa force redoutable. Il restera, malgré cette force retrouvée, ce qu'il est maintenant : un enfant craintif. J'en réponds.

Et sur un geste d'autorisation, il vida le contenu d'un minuscule flacon entre les lèvres du prisonnier, qui d'ailleurs n'opposa aucune résistance, et se redressant :

— Avant cinq minutes, monseigneur, le prisonnier sera en état de vous comprendre... à peu près, dit-il.

— C'est bien, dit le grand inquisiteur. Allez, fermez la porte à l'extérieur et remontez sans m'attendre.

Le moine eut un mouvement d'hésitation.

— Et monseigneur ? dit-il respectueusement.

— Ne vous inquiétez pas, sourit d'Espinosa, je sais le moyen de sortir de ce cachot sans passer par cette porte.

Sans plus insister, le moine s'inclina devant son chef suprême et obéit passivement à l'ordre reçu. D'Espinosa, sans manifester ni inquiétude ni émotion, entendit les verrous grincer à l'extérieur, avec ce calme qui ne l'abandonnait jamais. Il se tourna vers Pardaillan et, à la lueur blafarde d'une lampe que le moine avait posée à terre, il se mit à étudier curieusement l'effet produit par la liqueur qu'on lui avait fait absorber, et qui devait être à la fois un stimulant énergique et un reconstituant puissant. Galvanisé par le remède violent, le prisonnier parut retrouver une vie nouvelle.

Tout d'abord il fut secoué d'un long frisson, puis son torse affaissé se redressa lentement. Comme s'il avait été, jusque-là, oppressé jusqu'à la suffocation, il respira longuement, bruyamment, le sang afflua à ses pommettes livides, l'œil morne, éteint, retrouva une partie de son éclat, laissa percevoir une vague lueur d'intelligence. Et il se redressa, se mit sur ses pieds, s'étira longuement, avec un sourire de satisfaction.

Il regarda autour de lui avec un étonnement visible et aperçut d'Espinosa. Alors, comme un effrayé, il se recula vivement jusqu'au mur, qui l'arrêta. Mais il ne se cacha pas le visage, il ne cria pas, il ne gémit pas. Évidemment il y avait une amélioration sensible dans son état.

Cependant il considérait d'Espinosa avec une inquiétude manifeste. Le grand inquisiteur qui le tenait sous le poids de son regard froid et volontaire, fit deux pas vers lui. Pardaillan jeta autour de lui ce regard de la bête menacée qui cherche le trou où elle pourra se terrer. Et ne trouvant rien, ne pouvant plus reculer, il effectua le seul mouvement possible : il s'écarta. Et en exécutant ce mouvement, il surveillait attentivement le grand inquisiteur, qu'il ne paraissait pas reconnaître.

Visiblement il paraissait redouter une attaque soudaine de la part de cet inconnu qui venait le troubler dans sa retraite. Son attitude trahissait la crainte et l'inquiétude, tandis que, avant l'absorption du remède, elle eût dénoté une frayeur intense.

D'Espinosa sourit. Il se sentit pleinement rassuré. Non qu'il eût peur il était brave, la mort ne l'effrayait pas. Mais il l'avait dit, il avait une tâche à accomplir et il ne voulait pas partir en laissant son œuvre inachevée.

C'était là l'unique raison pour laquelle il évitait de s'exposer, pour laquelle il redoutait la force peu commune de son prisonnier, ou pour mieux dire : du prisonnier de l'inquisition.

Sous l'action énergique du remède, ce prisonnier retrouvait peu à peu ses forces et il devait les garder, avait dit le moine savant quelques minutes. Or pendant l'instant très court qu'il allait passer en tête à tête avec lui, il suffirait d'un éclair de lucidité, d'un retour fugitif d'énergie, pour que le prisonnier se ruât sur lui et l'étranglât tout net.

Si vigoureux qu'il fût, l'inquisiteur savait qu'il ne pourrait tenir tête victorieusement à un adversaire de cette force. C'est pourquoi la pusillanimité que montrait Pardaillan était faite pour le rassurer. Il s'approcha donc de lui avec assurance et, de sa voix très calme, presque douce :

— Eh bien, Pardaillan, ne me reconnaissez-vous pas ?...

— Pardaillan ? répéta le chevalier, qui paraissait faire des efforts de mémoire prodigieux pour fixer les souvenirs confus que ce nom évoquait dans son esprit.

— Oui Pardaillan... C'est toi qui es Pardaillan, reprit d'Espinosa en le fixant.

Pardaillan se mit à rire doucement et murmura :

— Je ne connais pas ce nom-là.

Et cependant il ne cessait de surveiller celui qui lui parlait avec une inquiétude manifeste. D'Espinosa fit un pas de plus et lui mit la main sur l'épaule. Pardaillan se mit à trembler, et d'Espinosa, sous son étreinte, le sentit chanceler, prêt à s'abattre. Pour la deuxième fois, il eut ce même sourire livide, et avec une grande douceur il dit :

— Rassure-toi, Pardaillan, je ne veux pas te faire de mal.

— Vrai ? fit anxieusement le fou.

— Ne le vois-tu pas ? dit l'inquisiteur qui se fit persuasif.

Pardaillan le considéra longuement avec une méfiance visible, et peu à peu, convaincu sans doute, il se rasséréna et finalement se mit à sourire, d'un sourire sans expression. Le voyant tout à fait rassuré, d'Espinosa reprit :

— Il faut te souvenir. Il le faut... entends-tu ? Tu es Pardaillan.

— C'est un jeu ? demanda le fou d'un air amusé Alors je veux bien être Par...dail... lan... Et vous, qui êtes-vous ?

— Je suis d'Espinosa, fit lentement le grand inquisiteur en détachant chaque syllabe.

— D'Espinosa ? répéta le fou qui cherchait à se souvir. D'Espinosa !... Je connais ce nom-là...

Et tout à coup, il parut avoir trouvé.

— Oh ! s'écria-t-il, en donnant tous les signes d'une vive terreur... Oui, je me souviens !... D'Espinosa... c'est un méchant... prenez garde... il va nous battre !

— Ah ! gronda d'Espinosa, tu commences à te souve-

. Oui, je suis d'Espinosa et toi tu es Pardaillan, Pardaillan, l'ami de Fausta.

— Fausta ! dit le fou sans hésitation ; j'ai connu une femme qui s'appelait ainsi. C'est une méchante femme !...

— C'est bien celle-là, sourit d'Espinosa. La mémoire te revient tout à fait.

Mais le dément avait une idée fixe et il la suivait sans défaillir. Il pencha sur d'Espinosa et, sur un ton confidentiel :

— Vous me plaisez, dit-il. Ecoutez, je vais vous dire, il ne faut pas jouer avec d'Espinosa et Fausta. Ce sont des méchants... Ils nous feront du mal.

— Misérable fou ! grinça d'Espinosa, impatienté. Je te dis que d'Espinosa c'est moi. Regarde-moi bien. Rappelle-toi !

Il l'avait pris par les deux mains et, penché sur lui, à deux pouces de son visage, il fixait sur lui son regard ardent comme s'il avait espéré lui communiquer ainsi un peu de cette intelligence qu'il s'était acharné à abolir. Et soit pur hasard, soit qu'il eût réussi à lui imposer sa volonté, le fou poussa un grand cri, se dégagea d'une brusque secousse, se rencogna dans un angle du cachot, et d'une voix qui haletait, il râla :

— Je vous reconnais... Vous êtes d'Espinosa... Oui.. Je me souviens... C'est vous qui m'avez fait saisir... J'étais alors, il me semble, un autre homme... Qui étais-je ?... Je ne sais plus... mais je vois... j'étais fort, vaillant... Vous m'avez fait souffrir... Oui, j'y suis... la faim, l'horrible faim et la soif... et cette galerie abominable où l'on suppliciait tant de pauvres malheureux !...

— Enfin ! tu te souviens !

— N'approchez pas !... hurla le fou au comble de l'épouvante. Je vous reconnais... Que voulez-vous ? Venez-vous pour me tuer ?... Allez-vous en ! je ne veux pas mourir !...

— Cette fois tu me reconnais bien. Oui, tu l'as dit, Pardaillan, tu étais un homme fort et vaillant, et maintenant qu'es-tu ? Un enfant qu'un rien épouvante. Et c'est moi qui t'ai mis dans cet état. Tu me comprends un peu, Pardaillan ; une vague lueur d'intelligence illumine en ce moment ton cerveau. Mais tout à l'heure la

nuit se fera de nouveau en toi et tu redeviendras ce que
tu étais à l'instant : un pauvre fou.

« Et sais-tu qui m'a donné l'idée de t'infliger les tortures qui devaient faire sombrer ton intelligence ? Ton
amie Fausta. Oui, c'est elle qui a eu cette idée que je
je n'aurais pas eue, je l'avoue. Oui, tu l'as dit : je vais
te tuer. Oh ! ne crie pas ainsi. Je ne veux pas te tuer
d'un coup de poignard, ce serait une mort trop douce et
trop rapide. Tu mourras lentement, dans la nuit, muré
dans une tombe. Tu achèveras de mourir par la faim,
l'horrible faim, comme tu disais tout à l'heure. Regarde,
Pardaillan, voici ton tombeau.

En disant ces mots, d'Espinosa avait sans doute ac-
tionné quelque invisible ressort, car une ouverture apparut soudain, au milieu d'une des parois du cachot.

D'Espinosa prit la lampe d'une main, alla chercher
Pardaillan et le saisit de l'autre, et, sans qu'il opposât
la moindre résistance, car le malheureux, inconscient de
sa force revenue, se contentait de gémir, il le traîna jusqu'à cette ouverture, et élevant sa lampe pour qu'il pût
mieux voir :

— Regarde, Pardaillan. répéta-t-il d'une voix vi-
brante. Vois-tu ? Ici, pas de lumière, autant dire pas
d'air. C'est une tombe, une véritable tombe où tu te
consumeras lentement par la faim. Nul au monde ne
connaît ce tombeau ; nul que moi.

« Et sais-tu ? Pardaillan, tiens, je vais te le dire à
seule fin que ton supplice soit plus grand — si toutefois
tu te souviens de mes paroles — ce tombeau qui tout
à l'heure sera le tien, il a une issue secrète que, seul, je
connais.

« Tu la chercheras cette issue, Pardaillan, cela te fera
une occupation qui te distraira. Tu la chercheras. car tu
ne veux pas mourir maintenant. Mais tu ne la trouveras
pas. Nul que moi ne saurait la trouver. Et moi, dans un
instant, je sortirai d'ici pour ne plus y revenir. Mais
avant de sortir, je vais te pousser la et toi, en posant le
pied sur cette dalle que tu vois la, devant toi, tu action-
neras toi-même le ressort de la porte de fer qui doit te
murer vivant là-dedans.

— Grâce ! gémit le malheureux fou qui se raidit. Je
ne veux pas mourir : Grâce !...

— Je le sais bien, reprit d'Espinosa avec son calme terrible. Et cependant tout à l'heure tu entreras là, et à compter de cet instant, tu n'existeras plus. Mais il était nécessaire que tu susses que toutes les tortures que tu as endurées, y compris le supplice de la faim que tu t'imposais volontairement, grâce à certain petit billet que je te fis parvenir, tout cela est mon œuvre, combinée avec le concours de Fausta.

« Et maintenant que tu sais tout cela et ce qui t'attend, il faut que tu saches pourquoi, n'ayant pas de haine contre toi, je l'ai fait : parce que les hommes de ta trempe, s'ils ne viennent pas à nous, s'ils ne sont pas avec nous, sont un danger permanent pour l'ordre de choses établi par notre sainte mère l'Eglise. Parce que tu as insulté à la majesté royale de mon souverain. Parce que tu t'es dressé menaçant devant lui et que tu as voulu faire avorter ses vastes projets.

« Il fallait que le châtiment qui te serait infligé fût si terrible qu'il fît trembler et reculer ceux qui, comme toi, seraient tentés de se dresser contre l'autorité de l'Eglise. Et maintenant que tu sais tout cela, maintenant que tu sais que tu vas mourir, il faut que tu meures désespéré de savoir que tu as échoué dans toutes tes entreprises contre nous. Sache donc que ce parchemin que tu es venu chercher de si loin, il est en ma possession !

— Le parchemin !... bégaya Pardaillan.

— Tu ne comprends pas ? Il faut que tu comprennes cependant. Tiens, regarde. Le voici, ce parchemin. Vois-tu ? C'est la déclaration du feu roi Henri troisième qui lègue le royaume de France à mon souverain. Regarde-le bien, ce parchemin. C'est grâce à lui que ton pays deviendra espagnol.

Un instant, d'Espinosa laissa sous les yeux du fou le parchemin qu'il avait sorti de son sein. Puis voyant que l'autre le regardait d'un air hébété, sans comprendre, il haussa doucement les épaules, replia le précieux document, le remit où il l'avait pris, et abattant sa main robuste sur l'épaule de Pardaillan, il le tira facilement à lui, car l'autre n'opposait qu'une faible résistance, et sur un ton impératif :

— Maintenant que je t'ai dit ce que j'avais à te dire, entre dans la mort.

Et il abattit son autre main sur l'autre épaule de Pardaillan et le poussa rudement jusqu'au seuil de l'ouverture béante, en ajoutant :

— Voici ta tombe.

Alors une voix narquoise qu'il connaissait bien, une voix qui le fit frémir de la nuque aux talons, tonna soudain :

— Mordieu ! mourons ensemble !

Et avant qu'il eût pu faire un mouvement, une main de fer le saisissait à la gorge et l'étranglait.

D'Espinosa lâcha l'épaule de Pardaillan. Sa main alla chercher la dague dont il avait eu la précaution de s'armer. Il n'eut pas la force d'achever le geste. La main de fer resserra son étreinte et le grand inquisiteur fit entendre un râle étouffé. Alors Pardaillan lâcha la gorge, et le saisissant à bras le corps, il le souleva, l'arracha de terre, le tint un instant suspendu à bout de bras et le lança à toute volée dans ce qui devait être sa tombe.

Posément Pardaillan ramassa la lampe que d'Espinosa avait reposée à terre, alla prendre son manteau — ce fameux manteau dont il ne pouvait plus se séparer et avec lequel il s'était amusé à fabriquer des embryons de poupée, — et sa lampe à la main, il franchit le seuil de l'ouverture mystérieuse, en ayant soin de poser fortement le pied sur la dalle qui actionnait le ressort fermant la porte, et qu'il avait, il faut croire, bien remarquée lorsque d'Espinosa la lui avait montrée

En effet, il entendit un bruit sec. Il se retourna et vit que le mur avait repris sa place. Il n'y avait plus là d'ouverture visible.

Pardaillan venait de s'enfermer lui-même dans ce trou noir qui, comme l'avait dit d'Espinosa, étendu sans connaissance sur le sol, ressemblait assez à une tombe. Pardaillan venait de s'enfermer dans cette tombe, mais il y avait d'abord jeté son puissant et implacable adversaire.

# XVIII

## CHANGEMENT DE ROLES

Pardaillan posa le manteau et la lampe par terre.
Dans ce tombeau, comme dans les deux précédents cachots où il venait de séjourner, il n'y avait aucun meuble ; pas de fenêtre, pas de porte. Il lui eût été difficile
de retrouver l'emplacement de la porte secrète, qui s'é-
tait refermée d'elle-même.

Pardaillan accomplissait ses gestes avec un calme
prodigieux. La facilité avec laquelle il avait à demi
étranglé son ennemi et l'avait projeté dans ce trou prouvait que ses forces lui étaient revenues.

Ce n'était d'ailleurs pas le seul changement survenu
dans sa personne. En même temps que la vigueur, l'intelligence paraissait lui être revenue.

Il n'avait plus cet air morne, hébété, peureux qu'il
avait quelques instants plus tôt. Il avait ce visage impénétrable, froidement résolu, et cependant nuancé d'i-
ronie, qu'il avait autrefois, lorsqu'il se disposait à accomplir quelque coup de folie.

Il se dirigea vers d'Espinosa, le fouilla sans hâte, prit
le parchemin, qu'il étudia attentivement, et ayant reconnu que ce n'était pas une copie, mais l'original parfaitement authentique, il le plia soigneusement et, à son
tour, il le mit dans son sein.

Ceci fait, il prit la dague, qu'il passa à sa ceinture, et
s'assura que d'Espinosa n'avait pas d'autre arme cachée,
ni aucun papier susceptible de lui être utile, le cas
échéant, et, n'ayant rien trouvé, il s'assit paisiblement à

terre, près de la lampe et du manteau, et attendit avec
un sourire indéchiffrable aux lèvres.

Assez promptement, le grand inquisiteur revint à lui.
Ses yeux se portèrent sur Pardaillan et, en voyant cette
physionomie qui avait retrouvé son expression d'audace
étincelante, il hocha gravement la tête, sans dire un mot.

Pas un instant il ne perdit cet air calme rigide qui
était le sien. Son regard se posa sur celui de Pardaillan,
aussi ferme et assuré que s'il avait été dans le palais, entouré de gardes et de serviteurs. Il ne montra ni étonnement, ni crainte, ni gêne. Seulement son œil de feu ne
cessait pas de scruter Pardaillan avec une attention passionnée.

Il se disait qu'il avait encore une chance de salut,
puisque le remède, grâce à quoi son prisonnier avait retrouvé assez de lucidité pour essayer de l'entraîner dans
la mort avec lui, perdrait toute sa force stimulante au
bout d'une demi-heure.

Il s'agissait donc de se dérober à une nouvelle attaque
du prisonnier jusqu'a ce que, le stimulant n'ayant plus
d'action, il redevînt ce qu'il était avant, ce qu'il resterait
jusqu'a sa mort : un enfant inoffensif et peureux.

En somme, lui, d'Espinosa, était vigoureux et adroit.
Il ne chercherait pas à lutter contre son adversaire ; tous
ses efforts se borneraient a éviter un corps à corps dans
lequel il savait bien qu'il serait battu. Il fallait gagner
quelques minutes. Toute la question se résumait à cela.
Car, chose incroyable, l'idée ne lui venait pas que le prisonnier, ayant peut-être pénétré son projet, pouvait
avoir eu assez de force, d'adresse et d'habileté pour jouer
une longue et macabre comédie, à laquelle ses subor-
donnés, jusques et y compris le moine chimiste qui avait
composé la drogue atrophiante se seraient laissés
prendre.

Et comment admettre que le prisonnier eût pu résister
à l'effet du poison expérimenté toujours avec succès sur
d'autres sujets : ces malheureux qu'il avait montrés à
Pardaillan, parqués comme des bêtes dans une cage?

Et en admettant même que la constitution extraordinairement robuste du condamné l'eût mis à même de
résister plus longtemps qu'un autre à l'action dissolvante, comment admettre qu'il eût pu résister à l'effroya-

ble jeûne qui lui avait été imposé? Si exceptionnellement doué qu'il fût, ceci était inadmissible Et c'est pourquoi cette pensée d'une comédie admirablement jouée ne
l'effleura pas.

Coûte que coûte, il gagnerait donc les quelques minutes nécessaires. Et si le prisonnier devenait trop menaçant, il s'en débarrasserait d'un coup de dague. Il
abrégerait ainsi son agonie; mais à tout prendre, il pouvait se déclarer satisfait des tourments qu'il lui avait
fait endurer.

Voilà ce que disait le grand inquisiteur en étudiant
Pardaillan, cependant que sa main, sous la robe rouge,
cherchait la dague qu'il avait cachée. Alors seulement
il s'aperçut qu'il n'avait plus cette arme sur laquelle il
comptait en cas de suprême péril.

Il sentit la sueur de l'angoisse perler à la racine de ses
cheveux. Mais il montra le même visage impassible, le
même regard aigu qui n'avait rien perdu de son assurance. Et comme il croyait toujours que Pardaillan, en
le saisissant à la gorge, avait obéi à un mouvement tout
impulsif, non raisonné, il pensa que dans sa chute la
dague s'était peut-être détachée de sa ceinture et qu'elle
gisait à terre, peut-être tout près de lui. Il fallait la retrouver à l'instant. Et du regard il se mit à fureter partout.

Alors, avec cet air d'ingénuité aiguë, sur un ton narquois, le prisonnier lui dit :

— Ne cherchez pas plus longtemps, voici l'objet.

Et en disant ces mots il frappait doucement sur la
poignée de la dague passée à sa ceinture et il ajoutait
avec un sourire railleur :

— Je vous remercie, monsieur, d'avoir eu l'attention
de songer à m'apporter une arme.

D'Espinosa ne sourcilla pas. C'était un lutteur digne
de se mesurer avec le redoutable adversaire qu'il avait
devant lui.

Au même instant une idée lui traversa le cerveau
comme un éclair et, d'un geste instinctif, il porta les
mains à son sein où il avait caché le fameux parchemin.

Une teinte terreuse, à peine perceptible, se répandit

sur son visage. Le coup lui était, certes, plus sensible
que la perte de l'arme qui devait le sauver.

Alors, seulement, il commença de soupçonner la
vérité et qu'il avait été joué de main de maître par cet
homme vraiment extraordinaire qui avait su déjouer la
surveillance d'une nuée d'espions invisibles ; cet homme
qui avait u tromper les moines médecins qui avaient
passé de longues heures à l'étudier et à l'observer ; cet
homme, enfin, qui avait su si bien jouer le rôle qu'il
s'était donné qu'il en avait été dupe, lui d'Espinosa.

Il jeta sur celui dont il était le prisonnier — par un
renversement de rôles inouï d'audace — un regard d'admiration sincère en même temps qu'un soupir douloureux trahissait le désespoir que lui causait sa défaite,
l'écroulement de ses vastes desseins, sa perte inévitable
avant d'avoir pu accomplir les grandes choses qu'il avait
rêvées pour la plus grande gloire de l'Eglise.

Et comme il avait lu dans son esprit, Pardaillan dit,
sans nulle raillerie, avec une pointe de commisération
que l'oreille subtile de d'Espinosa perçut nettement et
qui l'humilia profondément :

— Le parchemin que vous cherchez est en ma possession... comme votre dague. Ce précieux document,
que j'étais venu chercher de si loin, qui devait donner un
royaume à votre maître et faire de mon pays une pro-
vince espagnole, je n'eusse jamais cru que je n'aurais
qu'à tendre la main pour m'en emparer. Je suis vraiment honteux du peu de difficulté que j'ai rencontré
dans l'accomplissement de la mission qui m'était confiée.

« Mais aussi, monseigneur, convenez que vous avez
agi avec une étourderie sans égale. Trop d'assurance
nuit parfois, et s'il sied d'avoir confiance en soi, il ne
faut cependant pas forcer la mesure sous peine de tomber dans la présomption et de consommer la ruine d'entreprises qu'on s'est donné bien du mal à mettre sur
pied. Vous en faites la triste expérience. A force de vouloir pousser les choses à l'excès, à force de présomption,
vous avez fini par perdre la partie que vous aviez si
belle. Convenez qu'elle n'était pourtant pas égale, cette
partie, et que vous aviez tous les atouts dans votre jeu.
Convenez aussi que je ne vous ai pas pris en traître, et

vous ne sauriez en dire autant.. soit dit sans vous offenser.

D'Espinosa avait écouté jusqu'au bout avec une attention soutenue. Il ne manifestait ni dépit, ni crainte, ni
colère. Et à les voir : Pardaillan parlant avec simplicité,
sans éclats de voix intempestifs, avec des gestes mesurés ; d'Espinosa écoutant gravement, approuvant parfois
d'un hochement de tête significatif, on n'eût, certes, pu
soupçonner le drame mortel qui se jouait entre ces deux
hommes, en apparence si calmes, si paisibles.

— Ainsi, fit d'Espinosa, vous avez pu résister à la
puissance du stupéfiant qu'on vous a fait boire?

Pardaillan se mit a rire doucement, du bout des
dents.

— Mais, monsieur, fit-il avec son air ingénument
étonné, quand on veut faire prendre un stupéfiant pareil
à celui dont vous parlez, encore faut-il s'arranger de
manière à ce que ce stupéfiant ne trahisse pas sa présence par un goût particulier. Voyons, c'est élémentaire,
cela.

— Cependant, vous avez absorbé le narcotique.

— Eh ! précisément, monsieur. Raisonnablement,
pouvez-vous penser qu'un homme comme moi se sentira
terrassé par un sommeil invincible pour une ou deux
malheureuses bouteilles qu'il aura vidées, sans que ce
sommeil suspect éveille sa méfiance? Cette méfiance a
suffi pour me faire remarquer que votre stupéfiant avait
changé — oh! d'une manière imperceptible — le goût
du saumur que je connais fort bien. Cela a suffi pour
que le contenu de la bouteille suspecte s'en allât se mé-
langer aux eaux sales de mes ablutions.

— Cela tient, dit gravement d'Espinosa, à ce que, me
méfiant de votre vigueur exceptionnelle, j'avais recommandé de forcer un peu la dose du poison. N'importe,
je rends hommage à la délicatesse de votre odorat et de
votre palais, qui vous a permis d'éventer le piège auquel
d'autres, réputés délicats, s'étaient laissé prendre.

Pardaillan s'inclina poliment, comme s'il était flatté
du compliment. D'Espinosa reprit :

— En ce qui concerne le poison, la question est élu-
cidée. Mais comment avez-vous pu deviner que mon
dessein était de vous acculer à la folie?

— Il ne fallait pas, dit Pardaillan en haussant les
épaules, il ne fallait pas dire, devant moi, certaines paroles imprudentes que vous avez prononcées et que Fausta,
plus experte que vous, vous a reprochées incontinent.
Fausta elle-même n'aurait pas dû à dire certaines
autres paroles qui ont éveillé mon attention. Enfin, il ne
fallait pas, ayant commis ces écarts de langage, me faire
admirer avec tant d'insistance cette jolie invention de la
cage où vous enfermez ceux que vous avez fait sombrer
dans la folie. Il ne fallait pas m'expliquer, si complaisamment, que vous obteniez ce résultat en leur faisant
absorber une drogue pernicieuse qui obscurcissait leur
intelligence, et que vous acheviez l'œuvre du poison en
les soumettant à un régime de terreur continu, en les
frappant à coups d'épouvante, si je puis ainsi dire.

— Oui, fit d'Espinosa, d'un air rêveur, vous avez raison; à force d'outrance, j'ai dépassé le but. J'aurais dû
me souvenir qu'avec un observateur profond tel que
vous, il fallait, avant tout, se tenir dans une juste mesure. C'est une leçon; je ne l'oublierai pas.

Pardaillan s'inclina derechef, et de cet air naïf et narquois qu'il avait quand il était satisfait :

— Est-ce tout ce que vous désiriez savoir ? dit-il. Ne
vous gênez pas, je vous prie... Nous avons du temps
devant nous.

— J'userai donc de la permission que vous m'oc-
troyez si complaisamment, et je vous dirai que je reste
confondu de la force de résistance que vous possédez.
Car enfin, si je sais bien compter, voici quinze longs
jours que vous n'avez fait que deux repas. Je ne compte
pas le pain qu'on vous donnait; il était mesuré pour
entretenir chez vous les tortures de la faim et non pour
vous sustenter.

En disant ces mots, d'Espinosa le fouillait de son regard aigu. Et encore une fois, Pardaillan déchiffra sa
pensée dans ses yeux, car il répondit en souriant :

— Je pourrais vous laisser croire que je suis en effet
d'une force de résistance exceptionnelle qui me permet
de résister aux affres de la faim, et là où d'autres suc-
comberaient, de conserver mes forces et ma lucidité.
Mais comme vous paraissez fonder je ne sais quel espoir

sur mon état de faiblesse, je juge préférable de vous faire connaître la vérité.

Et allongeant sa main, sans se déranger, il attira à lui ce fameux manteau dont il ne pouvait plus se séparer, et aux yeux étonnés de d'Espinosa, il en tira un jambon de dimensions respectables, un flacon rempli d'eau et quelques fruits.

— Voici, dit-il, mon garde-manger. Lors du mirifique festin que me firent faire mes deux moines geôliers, je mangeai et bus assez sobrement, ainsi que le commandait la prudence, vu l'état de délabrement dans lequel m'avaient mis cinq longs jours de jeûne. Mais si je mangeai peu, je profitai de ce que mes gardiens n'avaient d'yeux que pour les provisions accumulées sur ma table et je fis disparaître quelques-unes de ces provisions, plus deux flacons de bon vin, plus quelques fruits et menues pâtisseries.

« Ces provisions me furent d'un grand secours et c'est grâce à elles que vous me voyez si vigoureux. Les dignes moines qui avaient mission de me surveiller n'étaient pas, il faut croire, très perspicaces, car ils n'ont rien vu. Quand mes deux flacons de vin furent vides, j'eus soin de les remplir de l'eau claire, quoique pas très fraîche, qu'on me distribuait. Je ne savais pas, en effet, si un jour on ne me priverait pas complètement de nourriture et de boisson.

« Or je tenais à prolonger mon existence autant qu'il serait en mon pouvoir de le faire. J'espérais, pour ne point vous le céler, que vous commettriez cette suprême faute de vous enfermer en tête à tête avec moi. L'événement a justifié mes prévisions et bien m'en a pris d'avoir agi en conséquence.

— Ainsi, fit lentement d'Espinosa, vous aviez à peu près tout prévu, tout deviné? Cependant, les différentes épreuves auxquelles vous avez été soumis étaient de nature à ébranler une raison aussi solide que la vôtre. La « machine à hacher » notamment, avec ses hachoirs, son soleil à l'insoutenable éclat, cette succession de froid et de chaud, cet air empuanti, tout cela n'a pas réussi à vous déprimer?

— J'avoue que cette invention de la machine à hacher, avec les différents incidents qui l'agrémentent, est une

assez hideuse invention. Mais quoi? Je savais que je
ne devais pas mourir encore. puisque je ne vous avais
pas revu, et au surplus, tel n'était pas votre but. Je pen-
sai donc que les hachoirs. le chaud, le froid, le soleil
ardent, l'asphyxie, tout cela disparaîtrait successivement en temps voulu. C'était un moment fort désagréable à passer. Je me résignai a le supporter de mon mieux
puisque, aussi bien, il ne m'était pas possible de l'éviter.

D'Espinosa le considéra longuement sans mo. dire,
puis, avec un long soupir :

— Quel dommage, fit-il, qu'un homme tel que vous
ne soit pas à nous! Que ne serions-nous en droit d'entreprendre, avec succès, si vous étiez à nous?

Et voyant que Pardaillan se hérissait :

— Rassurez-vous, reprit-il, je ne prétends pas essayer
de vous soudoyer. Ce serait vous faire injure. Je sais que
les hommes de votre trempe se dévouent à une cause qui
leur paraît belle et juste... mais ne se vendent pas.

Et il demeura un moment songeur sous l'œil narquois
de Pardaillan, qui l'observait sans en avoir l'air et respectait sa méditation. Enfin il redressa la tête, et regardant son adversaire en face, sans trouble apparent sans
provocation, avec une aisance admirable :

— Et maintenant que je suis votre prisonnier — car
je suis votre prisonnier, insista-t-il — que comptez-vous
faire?

— Mais, fit Pardaillan avec son air le plus naïf et
comme s'il disait la chose la plus naturelle du monde,
je compte vous prier d'ouvrir cette fameuse porte secrète, et que vous êtes seul au monde à connaître, et qui
nous permettra de sortir de ce lieu, qui n'a rien de bien
plaisant.

— Et si je refuse? demanda d'Espinosa sans sourciller.

— Nous mourrons ensemble ici, dit Pardaillan avec
une froide résolution.

— Soit, dit d'Espinosa avec non moins de résolution,
mourons ensemble. Au bout du compte, le supplice sera
égal pour tous les deux, et si la vie mérite un regret,
vous aurez ce regret au même degré que moi.

— Vous vous trompez, dit froidement Pardaillan. Le

supplice ne sera pas égal. Je suis plus vigoureux que vous et j'ai ici des provisions qui dureront quelques jours, en les rationnant convenablement. Il est clair que vous succomberez par la faim et la soif. J'ai tâté de ce genre de supplice, je puis vous assurer qu'il est assez affreux. Quand vous ne serez plus qu'un cadavre, moi, avec le fer que voici, je pourrai abréger mon agonie.

Si fort, si maître de lui qu'il fût, d'Espinosa ne put réprimer un frisson. Le ton sur lequel Pardaillan disait ces mots prouvait qu'il avait longuement médité son acte et que nulle puissance humaine ne l'empêcherait d'exécuter les choses comme il les avait arrangées.

— Nous n'aurons pas les mêmes regrets en face de la mort, continua Pardaillan de sa voix implacablement calme. Le seul regret que j'éprouverai sera de ne pouvoir, avant de m'en aller, dire deux mots à Mme Fausta. C'est une satisfaction que j'aurais voulu me donner, je l'avoue. Mais bah! on ne fait pas toujours comme on veut. Je partirai donc sans regret, avec la satisfaction de me dire que j'ai accompli, avant, jusqu'au bout, la mission que je m'étais donnée : arracher au roi Philippe ce document qui lui livrait la France, mon pays. Vous, monsieur, êtes-vous sûr qu'il en soit de même pour vous?

— Que voulez-vous dire? haleta d'Espinosa, qui se redressa comme s'il avait été piqué par un fer rouge.

— Ceci que je vous ai entendu dire à vous-même : le grand inquisiteur ne saurait mourir avant d'avoir mené à bien la tâche qu'il s'est imposée pour le plus grand profit de notre sainte mère l'Eglise.

— Démon! rugit d'Espinosa, douloureusement atteint dans ce qui lui tenait le plus au cœur.

— Vous voyez donc bien, continua Pardaillan, implacable, que nous ne sommes nullement logés à la même enseigne. Je m'en irai sans regret. Vous, monsieur, vous mourrez désespéré de laisser votre œuvre inachevée. Ceci dit, monsieur, j'attendrai que vous reveniez vous-même sur ce sujet. Quant à moi, je suis résolu à ne plus vous en parler. Quand vous serez décidé vous me le direz. Bonsoir!

Et Pardaillan, sans plus s'occuper de d'Espinosa,

s'accota contre le mur, s'arrangea le mieux qu'il put avec son manteau et parut s'endormir.

D'Espinosa le considéra longuement, sans faire un mouvement. La pensée de sauter sur lui à l'improviste, de lui arracher la dague, de le poignarder avec et de s'enfuir ensuite l'obsédait. Mais il se dit qu'un homme comme Pardaillan ne se laissait pas surprendre aussi aisément. Il comprit que le sommeil du chevalier n'était pas aussi profond qu'il voulait le laisser croire et que, s'il se ruait sur lui, il viendrait certainement se jeter sur la pointe de la dague qu'il lui présenterait.

Il renonça donc à cette idée, qu'il reconnaissait impraticable. Mais en écartant cette idée il lui en vint une autre. Pourquoi ne profiterait-il pas du sommeil apparent ou réel de Pardaillan pour ouvrir la porte secrète et d'un bond se mettre hors de toute atteinte? En y réfléchissant bien, ceci lui parut peut-être réalisable. C'était une chance à courir. Que risquait-il? Rien. S'il réussissait, c'était sa délivrance et la mort certaine de Pardaillan.

Que fallait-il pour cela? Ramper un instant dans une direction opposée précisément à celle où se trouvait Pardaillan. Celui-ci ne pourrait pas croire à une agression soudaine et peut-être le laisserait-il approcher suffisamment de l'endroit où était placé le ressort qui ouvrait la rte.

Ayant décidé de tenter l'aventure, avec des précautions infinies il se mit en marche. Il avait avancé de quelques pieds et commençait à espérer qu'il pourrait mener à bien sa tentative, lorsque Pardaillan, sans bouger de sa place, lui dit tranquillement :

— Je sais maintenant dans quelle direction il me faudra chercher la sortie... quand vous aurez cessé de vivre. Mais, monsieur, votre compagnie m'est si précieuse que je ne saurais m'en passer. Veuillez donc venir vous asseoir ici près de moi.

Et sur un ton rude :

— Et n'oubliez pas, monsieur, qu'au moindre mouvement suspect de votre part, je serai obligé, à mon grand regret, de vous plonger ce fer dans la gorge. Nous sortirons d'ici ensemble, et je vous ferai grâce de la vie, ou nous y resterons ensemble jusqu'à votre mort. Alors je cercherai à me tirer de là. Maintenant que, grâce à vous, je sais où doivent se porter mes recherches, il faudrait que je joue vraiment de malheur pour ne pas trouver

D'Espinosa se mordit les lèvres jusqu'au sang. Une fois de plus, il venait de se laisser duper par ce terrible jouteur. Sans dire un mot, sans essayer une résistance qu'il savait inutile, il vint s'asseoir près de Pardaillan, ainsi que celui-ci l'avait ordonné, et muet, farouche, il se plongea dans ses pensées.

La situation était terrible. Mourir pour lui n'était rien, et il était résolu à accepter la mort plutôt que délivrer Pardaillan. Mais ce qui lui broyait le cœur, c'était la pensée de laisser son œuvre inachevée.

Tant de vastes projets, tant de grandes entreprises laborieusement amorcées devraient donc rester en suspens, parce que lui, ministre tout-puissant, lui, grand inquisiteur, chef redouté de la plus redoutable des institutions, qui faisait trembler même le pape sur son trône pontifical, lui, d'Espinosa, s'était laissé jouer, bafouer, berner à ce point par un misérable aventurier, gentilhomme obscur, sans feu ni lieu ! Et ceci n'était rien : tout au plus piqûre d'amour-propre blessé.

Ce qui était terrible, lamentable, grotesque, c'est qu'il s'était laissé prendre comme un écolier et qu'il était entièrement à la merci de cet aventurier qu'il croyait pousser dans le néant. C'est que, par un incroyable et fabuleux renversement de rôles, lui, le chef suprême, dans ce couvent où tout était à lui : choses et gens, où tout lui obéissait au geste, il était le prisonnier de cet aventurier qu'il croyait tenir dans sa main puissante et qui pouvait d'un geste détruire, avec sa vie, tout ce qu'il représentait de puissance, de richesse, d'autorité, d'ambition.

Oui, ceci était lamentable et grotesque. Quel effarement dans le monde religieux lorsqu'on apprendrait que Inigo d'Espinosa, cardinal-archevêque de Tolède, grand inquisiteur, avait mystérieusement disparu au moment où, un nouveau pape devant être élu, tous les yeux étaient tournés vers lui, attendant qu'il désignât le successeur de Sixte-Quint. Quelle stupeur lorsque l'on saurait que cette disparition coïncidait avec une visite faite à un prisonnier, dans un des cachots de ce couvent San-Pablo où tout lui appartenait!

Quel éclat de rire lorsqu'on apprendrait enfin que le profond politique, le diplomate consommé qu'on le croyait, s'était laissé niaisement saisir, jeter dans une oubliette et finalement tuer. Par qui ? Par un aventurier étranger, enfermé à triple tour dans un cachot des sous-sols du couvent, et, qui pis est, débilité par le supplice de la faim. Sa mémoire qu'il eût voulu laisser grande. Et sinon respectée, du moins redoutée, serait un objet de risée universelle.

Telles étaient les pensées que ressassait d'Espinosa dans son coin.

Pardaillan ne paraissait pas s'occuper de lui. Mais d'Espinosa savait qu'il ne le perdait pas de vue et qu'au moindre mouvement il le verrait se dresser devant lui.

Il n'avait d'ailleurs aucune velléité de résistance. Il commençait à apprécier son adversaire à sa juste valeur et sentait confusément que le mieux qu'il eût à faire était de s'abandonner à sa générosité ; il en tirerait certes plus d'avantages qu'à tenter de se soustraire par la force ou par la ruse.

Il était bien forcé de s'avouer que sur ces deux terrains, comme sur tous les autres, il serait infailliblement battu par cet homme dont il reconnaissait la supériorité. Et il se replongea dans ses pensées.

Après s'être dit qu'il consentirait à la mort pourvu que Pardaillan mourût avec lui, il avait fait le compte de ce que lui coûterait cette satisfaction, et en ressassant les pensées que nous avons essayé de traduire plus haut, il avait trouvé que, tout compte fait, la mort de Pardaillan lui coûterait cher. C'était un petit pas vers la capitulation.

Pour un esprit froid, méthodique comme le sien, le sentiment ne comptait pas, tout se pesait, se calculait à sa juste valeur, et suivant les avantages à en retirer, sa conduite se trouvait toute tracée. Il ignorait le dépit, le faux amour-propre et la crainte de l'humiliation, qui font que, tout en le déplorant, tout en pestant intérieurement, on s'obstine néanmoins dans une voie qu'on sait sans issue.

D'Espinosa était un homme trop supérieur pour ne pas s'élever au-dessus de ces mesquineries excusables chez le commun des mortels. Après s'être dit que la mort de Pardaillan entraînant sa propre mort ne pouvait lui être d'aucune utilité, il voulut envisager la question sous une autre face et se posa ce point d'interrogation : « Est-il bien sûr que, moi mort, il mourra aussi ?

Il n'était pas éloigné de partager l'avis de Fausta, qui prétendait que Pardaillan était invulnérable. Il se disait que cet être exceptionnel était de force à attendre patiemment qu'il fût mort de faim, lui d'Espinosa, ainsi qu'il l'en avait menacé, après quoi il chercherait et trouverait la porte secrète.

Il avait commis l'impardonnable faute de limiter ses recherches. Certes la découverte du ressort caché n'était pas besogne facile. Elle n'était cependant pas impossible. Pour un observateur sagace comme cet aventurier, cette besogne se simplifiait beaucoup.

Evidemment, la porte ouverte, il fallait sortir. D'Espinosa savait quels obstacles rendaient la route infranchissable pour qui ne savait pas comment les surmonter. L'instant d'avant, la pensée que quelqu'un, perdu dans les souterrains qu'il lui faudrait franchir pour arriver au jour, saurait tourner toutes les difficultés, l'eût fait sourire.

Maintenant il croyait Pardaillan capable de renverser tous les obstacles. Il le voyait libre et joyeux, chevauchant avec insouciance vers la France, rapportant à Henri de Navarre ce précieux parchemin qu'il avait conquis de haute lutte. Et lui, d'Espinosa, aurait accepté la mort, ce qui n'était rien, aurait abandonné le pouvoir avant d'avoir assuré à jamais la suprématie de l'Eglise, ce qui était tout à ses yeux, ce qui seul comptait, pour arriver à ce résultat

Serait-il démeut à ce point ? Non, cent fois non ! Mieux valait le prendre lui même par la main et le conduire hors de cette tombe, mieux valait au besoin lui donner une escorte pour le conduire hors du royaume, et s'il l'exigeait, pour sa sécurité, l'accompagner lui-même, mais rester vivant et continuer l'œuvre entreprise. Sa résolution prise, il ne différa pas un instant la mise à exécution et, s'adressant à Pardaillan :

— Monsieur, dit-il, j'ai réfléchi longuement, et s'il vous convient d'accepter certaines conditions, je suis tout prêt à vous tirer d'ici à l'instant.

— Un instant, monsieur, fit Pardaillan sans montrer ni joie ni surprise, je ne suis pas pressé, nous pouvons causer un peu, que diable ! Moi aussi, j'ai mes petites conditions à poser. Nous allons donc, s'il vous plaît, les discuter, avant les vôtres... que je devine, au surplus.

D'Espinosa avait peut-être pensé que Pardaillan bondirait de joie à la pensée de sa mise en liberté immédiate. S'il en était ainsi, il dut s'avouer qu'avec ce diable d'homme, il n'était pas possible d'avoir le dernier mot.

Il montrait si peu d'empressement que, après avoir si longtemps hésité à lui rendre la vie et la liberté, il sentait naître en lui une nouvelle inquiétude. Est-ce que cet homme, qui ressemblait si peu aux autres hommes, allait se raviser ? Est-ce qu'il allait dire que, sûr de sortir de là par ses propres moyens, il ne s'en irait que lorsque lui, d'Espinosa, serait bel et bien trépassé ?

A tout prendre, il comprenait qu'il fût animé d'un désir de vengeance bien légitime. Cette pensée lui donna le frisson de la malemort. Mais il ne laissa rien paraître de ses appréhensions, et ce fut de sa voix calme et assurée qu'il demanda :

— Voyons vos conditions ?

— Ma mission, dit paisiblement Pardaillan, étant accomplie, je quitterai l'Espagne... aussitôt que j'aurai terminé certaines petites affaires que j'ai à régler Vous voyez, monsieur, que je souscris une des deux conditions que vous vouliez m'imposer.

Si maître de lui qu'il fût, d'Espinosa ne put réprimer un geste de surprise. Pardaillan eut un léger sourire et continua avec cet air glacial qui dénotait une inébranlable résolution :

— Pareillement, je souscris à votre seconde condition et je vous engage ma parole d'honneur que nul ne saura que j'ai tenu le grand inquisiteur d'Espagne à ma merci et que je lui ai fait grâce de la vie.

Pour le coup d'Espinosa fut assommé par cette pénétration qui tenait du prodige et il le laissa voir.

— Quoi ; balbutia-t-il, vous avez deviné !

Encore une fois, Pardaillan eut un sourire énigmatique et reprit :

— Je ne vois pas que vous ayez d'autres conditions à me poser. Si je me suis trompé, dites-le.

— Vous ne vous êtes pas trompé, fit d'Espinosa qui s'était ressaisi.

— Et maintenant voici mes petites conditions à moi. Premièrement, je ne serai pas inquiété pendant le court séjour que j'ai à faire ici et je quitterai le royaume avec tous les honneurs dus au représentant de Sa Majesté le roi de France.

— Accordé ! fit d'Espinosa sans hésiter.

— Secondement, nul ne pourra être inquiété du fait d'avoir montré quelque sympathie à l'adversaire que j'ai été pour vous.

— Accordé, accordé !

— Troisièmement enfin, il ne sera rien entrepris contre le fils de don Carlos, connu sous le nom de don César el Torero

— Vous savez ?...

— Je sais cela... et bien d'autres choses, dit froidement Pardaillan. Il ne sera rien entrepris contre don César et sa fiancée, connue sous le nom de la Giralda. Il pourra, avec sa fiancée, quitter librement l'Espagne sous la sauvegarde de l'ambassadeur de France. Et comme il ne serait pas digne que le petit-fils d'un monarque puissant vécût pauvre et misérable à l'étranger, il lui sera remis une somme — que je laisse à votre générosité le soin de fixer — et avec laquelle il pourra s'établir en France et y faire honorable figure. En échange de quoi j'engage ma parole que le prince ne tentera jamais de rentrer en Espagne et ignorera, du moins de mon fait, le secret de sa naissance.

A cette proposition, évidemment inattendue, d'Espinosa réfléchit un instant ; et fixant son œil clair sur l'œil loyal de Pardaillan, il dit :

— Vous vous portez garant que le prince n'entreprendra rien contre le trône, qu'il ne tentera pas de rentrer dans le royaume ?

— J'ai engagé ma parole, fit Pardaillan glacial. Cela suffit, je pense.

— Cela suffit, en effet, dit vivement d'Espinosa. Peut-

être avez-vous trouvé la meilleure solution de cette
grave affaire

— En tout cas, dit gravement Pardaillan, ce que je
vous propose est humain... je ne saurais en dire autant
de ce que vous vouliez faire.

— Eh bien, ceci est accordé comme le reste.

— En ce cas, dit Pardaillan en se levant, il ne nous
reste plus qu'à quitter au plus tôt ce lieu. L'air qu'on y
respire n'est pas précisément agréable.

D'Espinosa se leva à son tour, et au moment d'ouvrir
la porte secrète :

— Quelles garanties exigez-vous de la loyale exécution du pacte qui nous unit ? dit-il.

Pardaillan le regarda un instant droit dans les yeux.
et s'inclinant avec une certaine déférence.

— Votre parole, monseigneur, dit-il très simplement
votre parole de gentilhomme.

Pour la première fois de sa vie, peut-être, d'Espinosa
se sentit violemment ému. Qu'un tel homme, après tout
ce qu'il avait tenté contre lui, lui donnâ une telle
marque d'estime et de confiance, cela l'étonnait prodigieusement et bouleversait toutes ses idées.

Pardaillan, avec cette intuition merveilleuse qui le
guidait, avait trouvé le meilleur moyen de le forcer à
tenir ses engagements. Il savait très bien que des promesses s'oublient, qu'un serment perd sa valeur lorsque
celui qui le fait est un prince de l'Eglise qui peut se
délier lui-même, enfin qu'un ordre de ministre s'annule
par un autre du même ministre et tout est dit. En faisant
appel au gentilhomme, en s'en rapportant à sa foi, il
avait fait preuve d'une habileté consommée.

Quoiqu'il en soit, d'Espinosa, sous le coup de l'émotion soutint le regard de Pardaillan avec une loyauté
égale à celle de son ancien ennemi et, aussi simplement
que lui, il dit gravement :

— Sire de Pardaillan, vous avez ma parole de gentilhomme.

Et aussitôt, pour témoigner que lui aussi il avait
pleine confiance, il ouvrit la porte secrète sans chercher
à cacher où se trouvait le ressort qui actionnait cette
porte. Ce que voyant, Pardaillan eut un sourire indéfinissable.

Quelques instants plus tard, le grand inquisiteur et Pardaillan se trouvaient sur le seuil d'une maison de modeste apparence. Pour arriver là, il leur avait fallu ouvrir plusieurs portes secrètes. Et toujours d'Espinosa avait dévoilé sans hésiter le secret de ces ouvertures, alors qu'il lui eût été facile de le dissimuler.

Remontant à la lumière, ils avaient traversé des galeries des cours, des jardins, de vastes pièces, croisant à tout instant des moines qui circulaient affairés.

Aucun de ces moines ne s'était permis le moindre geste de surprise à la vue du prisonnier, paraissant sain et vigoureux, et s'entretenant familièrement avec le grand inquisiteur. Et au sein de ce va et vient conti nuel à d'Espinosa qui l'observait du coin de l'œil, Pardaillan montra le même visage calme et confiant, la même liberté d'esprit, qui lui permettait de se maintenir sans effort apparent au niveau de la conversation. Seulement, dame ! lorsqu'il se vit enfin dans la rue, le soupir qu'il poussa en dit long sur les transes qu'il venait d'endurer. Encore eut-il la force de s'arranger de manière à ce que d'Espinosa ne surprît pas ce soupir. Au moment où Pardaillan allait le quitter, d'Espinosa demanda :

— Vous comptez continuer à loger à l'auberge de la Tour jusqu'à votre départ ?

— Oui, monsieur.

— Bien, monsieur.

Il eut une imperceptible hésitation, et brusquement :

— J'ai cru comprendre que vous portiez un vif intérêt à cette jeune fille... la Giralda

— C'est la fiancée de don César pour qui je me sens une vive affection, expliqua Pardaillan qui fixait d'Espinosa.

— Je sais, fit doucement celui-ci. C'est pourquoi je pense qu'il vous importe peut-être de savoir où la trouver.

— Il m'importe beaucoup, en effet. A moins, reprit-il en fixant davantage d'Espinosa, à moins qu'on ne l'ait arrêté... avec le Torero, peut-être ?

— Non, fit d'Espinosa avec une évidente sincérité. Le Torero n'a pas été arrêté. On le cache. J'ai tout lieu de croire que maintenant que vous voilà libre, ceux qui le séquestrent comprendront qu'ils n'ont plus rien à espérer puisque nous sommes d'accord et que vous emmenez le prince avec vous, en France. En conséquence, ils ne feront pas de difficulté a lui rendre la liberté. Si vous tenez à le délivrer. orientez vos recherches du côté de la maison des Cyprès.

— Fausta ! s'exclama Pardaillan sur un ton qui eût fait frissonner l'ancienne papesse, si elle avait pu l'entendre.

— Je ne l'ai pas nommée, sourit doucement d'Espinosa.

Et, sur un ton indifférent, il ajouta :

— Ce vous sera une occasion toute trouvée de lui dire ces deux mots que vous regrettiez si vivement de ne pouvoir lui dire avant votre départ pour l'éternel voyage. Mais je reviens à cette jeune fille Elle aussi, elle est séquestrée. Si vous voulez la retrouver, allez donc du côté de la porte de Bib-Alfar passez le cimetière faites une petite lieue, vous trouverez un château fort, le premier que vous rencontrerez. C'est une résidence d'été de notre sire le roi qu'on appelle le Bib-Alzar, à cause de sa proximité de la porte de ce nom. Soyez demain matin, avant onze heures, devant le pont-levis du château. Attendez là, vous ne tarderez, pas à voir paraître celle que vous cherchez Un dernier mot à ce sujet : il ne serait peut-être pas mauvais que vous fussiez accompagné de quelques solides lames, et souvenez-vous que passé onze heures vous arriverez trop tard.

Pardaillan avait écouté avec une attention soutenue. Quand le grand inquisiteur eut fini, il lui dit, avec une douceur qui contrastait étrangement avec le ton narquois qu'il avait eu jusque-là :

— Je vous remercie, monsieur... Voici qui rachète bien des choses.

D'Espinosa eut un geste détaché, et avec un mince sourire, il dit :

— À propos, monsieur, remontez donc cette ruelle. Vous aboutirez à la place San-Francisco, c'est votre chemin. Mais sur la place, détournez vous un instant de votre chemin. Allez donc devant l'entrée du couvent San-Pablo... vous y trouverez quelqu'un qui, j'imagine, sera bien content de vous revoir, attendu que tous les jours il vient là passer de longues heures... je ne sais trop pourquoi.

Et sur ces mots, il fit un geste d'adieu, rentra dans la maison et poussa la porte derrière lui.


# XIX


## LIBRE !


Tant qu'il s'était trouvé avec d'Espinosa, Pardaillan était resté impassible. Et cette impassibilité d'un homme qui venait d'échapper à une mort hideuse, en passant par les plus effroyables tortures, avait accru l'admiration du grand inquisiteur, passionné de caractères énergiquement trempés.

Mais lorsqu'il se vit seul dans la ruelle déserte, sous les rayons obliques d'un soleil brûlant — il était environ cinq heures de l'après-midi — il aspira l'air chaud avec délice, et en s'éloignant à grandes enjambées dans la direction que lui avait indiquée d'Espinosa, il laissait éclater sa joie intérieurement.

— Ouf ! songeait-il en souriant, jusqu'au dernier moment j'ai cru qu'une nuée de frocards allaient fondre sur moi. J'avais beau me dire que M. d'Espinosa ne faillirait pas à sa parole de gentilhomme, il n'en reste pas moins que j'ai passé un quart d'heure... plutôt pénible. Après toutes les secousses que je viens de subir, je m'en serais fort bien passé. Enfin le cauchemar est fini maintenant ! D'Espinosa tiendra sa parole.

Et levant la tête, contemplant avec des yeux émerveillés l'azur éclatant d'un ciel sans nuages:

— Mort-dieu . il fait bon respirer un air autre que l'air fétide d'un cachot: il fait bon contempler cette

voûte azurée et non une voûte de pierres noires, humides et froides. Et toi, rutilant soleil !... Salut ! soleil,
soutien et réconfort des vieux routiers tels que moi ! Tu
m'as souvent ranimé de ta bienfaisante chaleur, mais
jamais, je crois, je ne reçus ta caresse avec autant
de plaisir... bien que tu chauffes diablement en ce
moment... C'est curieux comme on s'aperçoit que la
vie a du bon quand on a passé quinze jours en tête-à-
tête avec la grande faucheuse !...

Et changeant d'idée, avec un sourire terrible :

— Ah ! Fausta ! je crois que l'heure est enfin venue
de régler nos comptes !

En songeant de la sorte, il était arrivé sur la place
San-Francisco

— Allons chercher ce pauvre Chico, fit-il avec un
sourire attendri. Pauvre bougre ! c'est qu'il a tenu parole... il n'a pas quitté la porte de ma prison. Et s'il
n'a rien fait pour moi, ce n'est pas la bonne volonté qui
lui a manqué... Ah ! petit Chico ! si tu savais comme
ton humble dévouement me réchauffe le cœur !... Il est
donc vrai que si l'on veut trouver un sentiment éclatant
de pureté, c'est en bas qu'il faut chercher ?

Et éclatant d'un rire clair et railleur :

— Ma parole, je deviens élégiaque !... j'entends d'ici
le « Don Quichotte ! » de mon ami Cervantès. Allons
jouir de la surprise de mon autre ami Chico.

Et dans une pensée gamine, plus touché qu'il ne voulait se l'avouer à lui-même, par la fidèle amitié et le
dévouement tenace du nain, il s'enveloppa soigneusement dans son manteau, malgré la chaleur accablante,
afin d'arriver aussi près que possible du Chico et de le
mieux surprendre. Il était maintenant dans la rue San-
Pablo — du nom du couvent — et il approchait de la
porte de cette extraordinaire prison où il venait de passer quinze jours qui eussent anéanti tout autre que lui.
Il cherchait des yeux le Chico et ne parvenait pas à le
découvrir. Il commençait à se demander si d'Espinosa
ne s'était pas trompé, ou si, entre temps, le nain ne s'é-
tait pas éloigné, lorsqu'il entendit une voix, qu'il reconnut aussitôt, lui dire mystérieusement :

— Suivez-moi !

Il se faisait un plaisir malicieux de surprendre le

nain : ce fut lui qui fut surpris. Il se retourna et aperçut le Chico qui, d'un air indifférent, s'éloignait vivement de la porte du couvent. Il le suivit cependant sans rien dire, en se demandant quels motifs il pouvait bien avoir d'agir de la sorte.

Le nain, sans se retourner, d'un pas vif et léger, contourna le mur du couvent et s'engagea dans un dédale de ruelles étroites et caillouteuses. Là, il s'arrêta enfin, et saisissant la main de Pardaillan étonné, il la porta à ses lèvres en s'écriant avec un accent de conviction touchant dans sa naïveté :

— Ah ! je savais bien, moi, que vous seriez plus fort *qu'eux tous* ! Je savais bien que vous vous en iriez quand vous voudriez ! Vite, maintenant, ne perdons pas de temps ! Suivez-moi !

Déjà le petit homme cherchait à s'éclipser. Mais Pardaillan l'arrêta.

— Un instant, que diable ! fit-il en souriant, Tu m'as donc reconnu tout de suite?... J'étais pourtant bien enveloppé.

Le Chico sourit d'un air fûté.

— Je vous reconnaîtrai toujours, dit-il, si bien enveloppé et sous quelque costume que vous soyez. Si mes yeux peuvent se tromper, ceci (il désignait son cœur) ne se trompe pas... Mais, pour Dieu ! venez vite. Ne restons pas là.

Pardaillan, doucement ému, le considérait avec un inexprimable attendrissement.

— Où diable veux-tu donc me conduire ? dit-il doucement.

Le Chico se mit à rire :

— Je veux vous cacher, tiens ! Je vous réponds qu'ils ne vous trouveront pas là où je vous conduirai.

— Me cacher !... Pourquoi faire ?

— Pour qu'ils ne vous reprennent pas, tiens !

A son tour, Pardaillan se mit à rire de bon cœur.

— Je n'ai pas besoin de me cacher, fit-il. Sois tranquille, ils ne me reprendront pas.

Le Chico n'insista pas ; il ne posa aucune question, il ne témoigna ni surprise ni inquiétude.

Pardaillan avait dit qu'il n'avait pas besoin de se cacher et qu'on ne le reprendrait pas, Cela lui suffisait.

Et comme son petit cœur débordait de joie, il saisit une deuxième fois la main de Pardaillan, et il allait la porter a ses lèvres, lorsque celui-ci, se penchant, l'enleva dans ses bras, en disant :

— Que fais-tu, nigaud ?... Embrasse-moi !...

Et il appliqua deux baisers sonores sur les joues fraîches et veloutées du petit homme, qui rougit de plaisir et rendit l'étreinte de toute la force de ses petits bras

En le reposant à terre, il dit, avec une brusquerie destinée à cacher son émotion :

— En route. maintenant ! Et puisque tu veux absolument me conduire quelque part, conduis-moi vers certaine hôtellerie de la Tour où nous serons tous deux, je le crois du moins, admirablement reçus par la plus jeune, la plus fraîche et la plus gente des hôtesses d'Espagne.

Quelques instants plus tard, ils faisaient leur entrée dans le patio de l'auberge de la Tour, à peu près désert en ce moment, et où Pardaillan commença de mener un tel tapage que ce qu'il avait voulu amener se produisit : c'est-à-dire que la petite Juana se montra dans le cadre de la porte pour voir qui était ce client qui faisait un tel vacarme

Elle était bien changée, la mignonne Juana. Elle paraissait dolente, languissante, indifférente. Ses joues avaient perdu cette teinte rose qui les faisaient si appétissantes, pour faire place à une pâleur diaphane qui la rendait on ne peut plus intéressante et affinait idéalement sa beauté déjà si fine, si naturellement distinguée Ses grands yeux noirs, brûlants de fièvre, étaient entourés d'un large cercle bleuâtre.

On eût dit qu'elle relevait de maladie. Et pourtant malgré cet état inquiétant, malgré un air visiblement découragé et comme détaché de tout, Pardaillan, qui la détaillait d'un coup d'œil prompt et sûr, remarqua qu'elle était restée aussi coquette, plus coquette que jamais, même. Elle était vêtue de ses plus beaux habits des plus grandes fêtes carillonnées.

On eût dit qu'elle s'était parée en vue de quelque visite importante, à ses yeux. Depuis les mignons et fins souliers de satin, les bas de soie brodés, bien tirés, en

remontant à la basquine surchargée d'ornements et de
broderies d'or fin, le tablier de soie, orné de riches dentelles, en passant par le corsage de soie claire qui mou-
lait harmonieusement sa taille fine et souple, la casaque
de velours garnie de galons de tresses et de houppes
jusqu'à la chevelure artistement ébouriffee, avec la fleur
cavalièrement jetée de travers, et la tache pourpre de
fleur du grenadier piquée au-dessus de l'oreille tout
dans cette élégante et riche toilette, trahissait le désir
violent de plaire, coûte que coûte.

Plaire à qui ? et quelle visite attendait-elle donc ?
Voilà ce que se demanda Pardaillan. Et sans doute se
fit-il une réponse plausible, car il guigna du coin de
l'œil, en souriant malicieusement, le Chico qui béait
d'admiration.

En reconnaissant Pardaillan et le Chico, une lueur
illumina ses yeux languissants, une bouffée de sang
rosa ses joues si pâles, et, joignant ses petites mains
amaigries, dans un cri qui ressemblait à un gémissement, elle fit :

— Sainte Marie !... Monsieur le chevalier !...

Et après ce petit cri d'oiseau blessé, elle chancela et
serait tombée si, d'un bond, Pardaillan ne l'avait saisie
dans ses bras. Et chose curieuse, qui accentua le sourire malicieux de Pardaillan, elle avait crié : « Monsieur
le chevalier ! » et c'est sur le Chico que ses yeux s'étaient
portés, c'est en regardant le Chico qu'elle s'était évanouie.

Pardaillan l'enleva comme une plume et, la posant
délicatement sur un siège, il lui tapota doucement les
mains en disant :

— Là, là, doucement, ma mignonne... Ouvrez ces
jolis yeux.

Et au Chico pétrifié, plus pâle qu'elle, que la gracieuse
créature évanouie :

— Ce n'est rien, vois-tu. C'est la joie.

Et avec un redoublement de malice :

— Elle ne s'attendait pas à me revoir aussi brusquement, après ma soudaine disparition. Je n'aurais
jamais cru que cette petite eût tant d'affection pour
moi...

L'évanouissement ne fut pas long. La petite Juana

rouvrit presque aussitôt les yeux et, se dégageant doucement, confuse et rougissante, elle dit avec un délicieux sourire :

— Ce n'est rien... C'est la joie...

Et par un hasard fortuit, sans aucun doute, il se trouva qu'en disant ces mots, ses yeux étaient braqués sur le Chico, son sourire s'adressait à lui.

— C'est bien ce que je disais à l'instant même : c'est la joie, fit Pardaillan, de son air le plus naïf.

Et aussitôt il ajouta :

— Or ça, ma mignonne, puisque vous revoilà solide et vaillante, sachez que j'enrage de faim et de soif et de sommeil .. Sachez que voici quinze jours que je n'ai ni mangé, ni bu, ni dormi.

— Quinze jours ! s'écria Juana, terrifiée. Est-ce possible ?

Le Chico crispa ses petits poings et, d'une voix sourde :

— Ils vous ont infligé le supplice de la faim ? fit-il d'une voix qui tremblait Oh ! les misérables !...

Ni lui ni elle ne doutèrent un instant des paroles de Pardaillan. L'idée ne leur vint pas que ce pouvait être là une manière de parler.

Puisqu'il avait dit quinze jours, c'est que c'était quinze jours. Et s'il paraissait encore si robuste, si merveilleux de force et de vie, c'est que c'était le seigneur Pardaillan, c'est-à-dire un être exceptionnel, une manière de dieu, au-dessus des faiblesses humaines, puisque plus fort, plus audacieux, plus savant que le troupeau des humains.

Et Pardaillan, qui comprit cela, doucement chatouillé par ce naïf et sincère hommage, les regarda un instant avec une douce pitié. Mais Pardaillan, qui était homme du sentiment, avait précisément horreur de manifester ses sentiments. Il s'écria donc, avec la brusquerie qu'il affectait en ces moments :

— Oui, mordieu ! quinze jours ! C'est vous dire, ma jolie Juana. que je vous recommande de soigner le repas que vous allez me faire servir et de soigner surtout le lit dans lequel je compte m'étendre aussitôt après. Car j'ai besoin de toutes mes forces pour demain. Seulement, comme j'ai besoin de m'entretenir avec mon ami Chico

de choses qui ne doivent être surprises par nulle oreille
humaine — a part les vôtres, si petites et si roses — je
vous demanderai de me faire servir dans un endroit où
je sois sûr de ne pas être entendu.

— Je vais vous conduire chez moi, en ce cas, et je
vous servirai moi même, s'écria gaiement Juana, qui
paraissait renaître à la vie.

Et, gamine qu'elle était, saisissant Pardaillan d'une
main, le Chico de l'autre, elle les entraîna en riant, d'un
rire un peu trop nerveux peut-être, mais incontestable-
ment heureuse de les revoir, heureuse de les avoir à elle,
chez elle, rien que pour elle.

Lorsqu'elle les eut introduits dans ce cabinet qui lui
était personnel, elle voulut sortir pour donner ses ordres, mais Pardaillan l'arrêta et, avec une gravité comi-
que :

— Petite Juana, dit-il — et sa voix avait des inflexions
d'une douceur pénétrante — je vous ai dit que vous seriez une petite sœur pour moi. Si j'en juge d'après la
joie que vous avez montrée en me voyant de retour sain
et sauf, vous avez pour moi l'affection qu'on doit avoir
pour un grand frère. N'est-ce donc pas l'usage ici, comme
en France, que frère et sœur s'embrassent après une longue séparation ?

— Oh ! de grand cœur ! fit Juana, sans manifester ni
trouble ni embarras.

Et sans plus se faire prier, elle tendit ses joues sur
lesquelles Pardaillan déposa deux baisers fraternels.
Après quoi, avec un naturel, une bonhomie admirables,
il se tourna vers le Chico et, le désignant à Juana :

— Et celui-ci ? fit il. N'est-il pas... un peu plus
qu'un frère pour vous ? Ne l'embrassez-vous pas aussi ?

Or, chose curieuse, la petite Juana qui avait chastement, ingénument tendu ses joues appétissantes, la petite Juana, à la proposition d'embrasser le Chico, rougit
jusqu'aux oreilles. Elle demeura muette et immobile,
baissant les yeux et tortillant le coin de son tablier d'un
air embarrassé.

Et le Chico, qui avait rougi aussi, était, en voyant cet
embarras subit, devenu pâle comme une cire, crispait
son poing sur la table à laquelle il s'appuyait, ses jambes

se dérobant sous lui, et la regardait anxieusement avec des yeux embués de larmes.

Et Pardaillan qui ne les quittait pas du regard, tortillant sa moustache d'un doigt machinal, murmurait à part lui :

— Sont-ils assez gentils !... Sont ils assez delicieusement bêtes !...

Et avec un léger haussement d'épaules :

— Pauvres petits !. . Heureusement que je suis là, sans quoi ils n'en sortiront jamais.

Une chose dont Pardaillan ne se rendait pas compte, par exemple, c'est qu'il était lui-même tout bonnemen' admirable.

En effet, il fallait être Pardaillan, il fallait avoir son inépuisable bonté de cœur pour s'oublier soi-même, comme il le faisait, et ne songer qu'au bonheur de deux enfants qui s'adoraient sans oser se le dire, alors que lui-même aurait eu si grand besoin de soins, de repos et de fortifiants.

Cependant, comme Juana demeurait toujours immobile, les yeux baissés, l'air embarrassée, tortillant de plus en plus nerveusement le coin de son tablier ; comme le Chico, de son côté, plus embarrassé peut-être que sa petite maitresse, n'osait faire un mouvement, Pardaillan prit un air courroucé et gronda :

Mordieu ! qu'attendez-vous, avec vos airs effarouchés ? Ce baiser vous serait-il si pénible ?

Et poussant le Chico par les épaules :

— Va donc ! mais, puisque tu en meurs d'envie... et elle pareillement

Poussé malgré lui, le nain n'osa pas encore s'exécuter.

— Juana ! fit-il dans un murmure.

Et cela signifiait : Tu permets ?

Elle leva sur lui ses grands yeux brillants de larmes contenues et gazouilla avec une tendresse infinie :

— Luis !

Et cela signifiait : Qu'attends-tu donc ? Ne vois 'u pas comme je suis malheureuse ?

Et ils ne bougeaient toujours pas. Ce que voyant, Pardaillan bougonna :

— Morbleu ! que de manières pour un pauvre petit baiser !

Et, riant sous cape, il les jeta brusquement dans les bras l'un de l'autre.

Oh ! ce fut le plus chaste des baisers ! Les lèvres du Chico effleurèrent à peine le front rougissant de la jeune fille. Et comme il se reculait respectueusement, brusquement elle enfouit son visage dans ses deux mains, et se mit à pleurer doucement.

— Juana ! cria le nain bouleversé.

Ce fut Pardaillan qui intervint encore et qui, le saisissant par les épaules, le poussa aux pieds de la jeune fille. Si bien que le Chico s'enhardit jusqu'à lui saisir les mains et, d'une voix angoissée, prêt à pleurer lui-même, il demanda :

— Pourquoi pleures-tu ?

Ce n'était pas ce qu'avait espéré Pardaillan, qui haussa les épaules avec une pitié dédaigneuse et grommela :

— Le niais ! le sot !... Il n'en sortira pas ! Grands ou petits, les amoureux sont tous aussi stupides !

Juana s'était laissée aller dans ce vaste fauteuil de chêne qui était son siège préféré. Le Chico s'était agenouillé sur le tabouret de bois, haut et large comme une petite estrade. Pressé contre ses genoux, il tenait ses mains dans les siennes et la contemplait avec cette adoration fervente qu'elle connaissait, qui la flattait autrefois et qui aujourd'hui la faisait rougir de plaisir et lui ensoleillait le cœur.

Et si jeunes tous les deux, si frêles, si délicats, si délicieusement jolis, ainsi campés : elle, légèrement penchée sur lui, lui souriant à travers les perles humides qui jaillissaient encore sous la frange soyeuse de ses longs cils ; lui, la tête levée vers elle, ses traits fins et délicats bouleversés par l'inquiétude, ses yeux de velours noir fixés sur elle avec une extase de dévot adorant la Vierge, ils constituaient un tableau d'une grâce juvénile, d'une fraîcheur incomparable, que Pardaillan, artiste raffiné et délicat, ne se lassait pas d'admirer.

— Méchant !... murmura Juana d'une voix qui ressemblait au gazouillis d'un oiseau. Méchant ! voici quinze grands jours que je ne t'ai vu !

— Voilà donc où le bât te blessait, petite Juana! songea Pardaillan, qui souriait intérieurement. Voilà donc le secret de cette pâleur intéressante, de ces airs dolents et désabusés, de ces pamoisons et de ces larmes !

Le Chico n'en pensa pas si long. L'affreux malentendu se continuait, s'acharnant à les séparer. Dans son incurable timidité, dans sa modestie poussée à l'extrême, le petit amoureux s'imaginait que sourires, larmes, pamoisons, douces paroles, reproches voilés, tout cela qui s'adressait à lui, en apparence, n'était pas pour lui, que tout cela, passant par-dessus sa tête, était à l'adresse de celui qui les contemplait en souriant d'un bon sourire fraternel.

Les paroles de Juana avaient pour lui un sens caché qu'il traduisait ainsi :

« Méchant, tu m'as laissée quinze jours sans m'apporter de ses nouvelles. Nous devions coopérer ensemble à sa délivrance et tu as agi seul, et je n'ai pas eu la joie de participer à cette délivrance. Nous devions mourir ensemble pour lui et tu m'as laissée à l'écart au moment du danger. »

Voilà ce que se disait le malheureux. Et c'est pourquoi il baissa la tête comme un coupable et balbutia :

— Ce n'est pas ma faute... Je n'ai pas pu...

— Dis plutôt que tu n'as pas voulu !... N'était-il pas convenu que nous devions agir de concert... le délivrer ensemble, ou mourir ensemble, avec lui ?

— Oh ! oh ! songea Pardaillan qui prit ce visage hermétique qu'il avait dans ses moments d'émotion violente voici du nouveau, par exemple.

Et avec un frémissement :

— Quoi ! cette chose affreuse aurait pu se produire ? Ma mort eût été la condamnation de ces deux adorables enfants ? Par Pilate ! je ne pensais pas qu'en travaillant à sauver ma peau, je travaillais en même temps pour le salut de ces deux innocentes créatures... Qui sait si ce n'est pas pour cela que j'ai si bien réussi ?...

Le Chico avoua dans un souffle :

— Je ne voulais pas que tu meures !... je ne pouvais pas accepter cela..., non, je ne le pouvais pas,

— Tu préférais mourir seul ?... Et moi, méchant, que serais je devenue ?... Ne serais-je pas morte aussi si...

Elle n'acheva pas et, rougissant plus fort, elle cacha sa tête, à nouveau, dans ses mains. Et ce fut encore une fatalité qu'elle n'eût pas le courage de terminer sa phrase. Car le Chico, qui la considéra un moment avec une ineffable tendresse, hochant la tête d'un air apitoyé, acheva ainsi la phrase : « Je serais morte aussi .. s'il était mort ». Et le regard douloureux et cependant toujours affectueusement dévoué qu'il jeta sur Pardaillan, en se redressant lentement, exprimait si clairement cette pensé que celui-ci, emporté malgré lui, lui cria :

— Imbécile !...

Le Chico le regarda d'un air effaré, ne comprenant rien à cette exclamation peu flatteuse, encore moins pourquoi son grand ami paraissait si fort en colère contre lui.

## XX

### RIB-ALZAR

Pardaillan comprit que la situation risquait de se prolonger indéfiniment sans amener le dénouement qu'il voulait. Il n'avait pas de temps à perdre, ayant fort à faire et sentant qu'il lui fallait, de toute nécessité, quelques heures de repos. Il renonça donc, momentanément, à son projet au sujet des deux naïfs amoureux, et de sa voix bougonne coupa court en s'écriant :

— Morbleu ! ma gentille Juana, vous oubliez décidément que j'enrage de faim et de soif et que je tombe de sommeil. Ça, vivement, deux couverts ici, pour mon ami

Chico et moi. Et ne ménagez ni les victuailles ni les bons vins !

— Ah ! mon Dieu ! s'écria Juana en bondissant, et moi qui oubliais que, depuis quinze jours, vous n'avez rien pris !

Et aussitôt, l'instinct de bonne ménagère et de bonne hôtesse qu'elle était reprenant le dessus, elle s'échappa, gracieuse et légère, peut-être pas tout à fait satisfaite de son explication avec le Chico, mais le cœur débordant de joie, parce qu'elle avait cru comprendre qu'elle était toujours son adoration, sa madone, la seule qu'il eût jamais aimée et qu'il aimerait jusqu'à son dernier souffle.

Et Pardaillan qui souriait, d'un sourire presque paternel, l'entendit crier d'une voix qui s'efforçait d'être bougonne, mais où perçait, quoi qu'elle en eût, le ravissement de son cœur : « Barbara, Brigida, vite, le couvert dans mon cabinet... le couvert de grande cérémonie. Laura, à la cave, ma fille, et montez les plus vieux vins et les meilleurs. Voyez s'il ne reste pas quelques bouteilles de vouvray, montez-en deux... et de ¡ de beaune, et du xérès, de l'alicante, du porto. Enfin voyez, remuez-vous, ma fille. Isabel, choisissez la volaille la plus grosse et la plus dodue, saignez-la, plumez-la proprement et portez-la vivement à mon père. »

Et à son père, qui trônait, de blanc vêtu, dans la cuisine reluisante, entouré de ses marmitons, gâte-sauce, aides et apprentis :

— Vite, padre, aux fourneaux, et préparez un de ces dîners fins comme vous en feriez pour Mgr d'Espinosa lui-même !

Et la voix tendrement bourrue de Manuel qui répondait :

— Eh ! bon Dieu ! fillette, quel client illustre avons-nous donc à satisfaire ? Serait-ce pas quelque infant, par hasard ?

— Mieux que cela, mon père : c'est le seigneur de Pardaillan qui est de retour !

Et l'accent triomphal, la profonde admiration avec laquelle elle prononçait ces simples paroles en disaient plus long que le plus long des discours. Et il faut croire qu'elle n'était pas seule à partager cet enthousiasme, car le digne Manuel lâcha aussitôt ses fourneaux pour aller faire son compliment à cet hôte illustre.

C'est que Pardaillan ignorait que son intervention à a corrida et la manière magistrale dont il avait estoqué e taureau l'avait rendu populaire.

On savait qu'il avait risqué sa vie pour sauver celle de Barba-Roja — qu'il avait cependant des motifs de ne pas aimer puisqu'il lui avait infligé une de ces corrections qui comptent dans la vie d'un homme et dont la cour et la ville s'étaient entretenues plusieurs jours durant. On connaissait son arrestation et la manière prodigieusement inusitée qu'il avait fallu employer pour la mener à bien.

Enfin — mais ceci on le chuchotait tout bas — on savait qu'il s'était attiré l'inimitié du roi en prenant énergiquement la défense du Torero menacé. Or le Torero était la coqueluche, l'adoration des Sévillans en particulier et de tous les Andalous en général.

Tout ceci faisait que Pardaillan était également admiré et de la noblesse et du peuple. Seulement, malgré cette admiration, on n'eût pas trouvé un courtisan qui n'eût été heureux de se couper la gorge avec lui. En revanche, dans le peuple et la bourgeoisie, on n'eût peut être pas trouvé un seul homme qui n'eût été fier de se faire hacher comme chair à pâte pour lui.

Tandis que la vieille Barbaia, aidée de la servante Brigida, tout en ronchonnant — pour ne pas en perdre l'habitude — se hâtait de mettre le couvert « de grande cérémonie », comme avait ordonné Juana, Pardaillan dut subir le compliment, d'ailleurs très sincère, du père Manuel qui, ce devoir accompli, se rua à ses fourneaux en jurant que le « seigneur de Pardaillan aurait un de ces fins dîners comme il en avait rarement fait de pareil, même en France, pays réputé pour sa cuisine ».

Enfin le couvert fut dressé, les premiers plats furent posés à côté des hors-d'œuvre, rangés en bon ordre. Juana, idéale servante, aussi jolie et agréable à contempler que discrète, vive, adroite dans ses manières, commença son service seule, ainsi que l'avait demandé Pardaillan.

Le dîner de Manuel n'était peut-être pas l'incomparable chef-d'œuvre qu'il avait pompeusement annoncé, mais les vins étaient authentiques, d'âge respectable, onctueux et veloutés à souhait, les pâtisseries fines et délicates, les fruits délicieux. Et le gracieux sourire de la mignonne servante volontaire aidant, Pardaillan, qui avait pourtant fait dans sa vie aventureuse bien des dîners plantureux et délicats, put compter celui-ci parmi les meilleurs

Il convient de rappeler que les circonstances particulières dans lesquelles il le faisait aidaient bien un peu à le lui faire trouver parfait.

Mais tout en mangeant avec ce robuste appétit qui était le sien, tout en veillant à ce que le Chico fût copieusement servi, avec cette délicate sollicitude qu'il avait pour tous ses hôtes, quels qu'ils fussent, il ne perdait pas de vue ce qu'il avait encore à faire et n'arrêtait pas de poser question sur question au petit homme, qui, avec ce laconisme qui lui était particulier, mais avec une intelligence et une précision appréciées de Pardaillan, répondait à toutes ses questions.

De cette sorte d'interrogatoire serré, il résulta que: le Chico ayant trouvé un blanc-seing — qu'il remit à Pardaillan en assurant que c'était lui qui l'avait perdu — avait eu l'idée de remplir ce blanc-seing, de façon à pénétrer dans le couvent, et, en vertu de l'ordre dont il aurait été le possesseur, à le faire élargir immédiatement.

Malheureusement il ne pouvait jouer lui-même le rôle du personnage qu'impliquait la possession d'un tel document. Il avait donc pensé à don César. Mais il n'avait pu approcher le Torero Tout ce qu'il avait pu faire, c'était de surprendre qu'on l'avait tiré de la maison où il était gardé pour le transporter de nuit à la maison des Cyprès. Il avait immédiatement conçu le projet de délivrer le Torero, à seule fin qu'il pût à son tour délivrer le chevalier.

En le transportant dans cette maison, dont il connaissait à merveille toutes les caches, comme il disait, on lui facilitait singulièrement la besogne.

Mais il avait vainement fouillé les sous-sols de la maison sans y découvrir celui qu'il cherchait.

Il avait pensé que le prisonnier devait être gardé en haut, dans les appartements. Il savait bien comment pénétrer là, ce n'était pas cela qui l'eût embarrassé; mais en haut, au milieu de gardes et de serviteurs, il ne pouvait plus être question d'une surprise.

L'aventure tournait au coup de main et ce n'était pas lui, faible et chétif, qui pouvait le tenter. Il avait essayé cependant Il avait failli se faire surprendre et n'avait rien trouvé. Alors, en désespoir de cause, il avait pensé à don Cervantès.

Par fatalité, le poète, employé au gouvernement des Indes, avait été envoyé en mission à Cadix et il avait dû se morfondre.

Une fois, cependant, dans les commencements de la détention du chevalier, il avait eu une surprise agréable. Un révérend père lui avait adressé la parole. Il lui avait raconté il ne savait plus quelle histoire, ensuite de quoi le père l'avait fait entrer au couvent. Il avait eu la joie d'apercevoir son grand ami ; mais se sentant épié de tous côtés il n'avait osé ébaucher qu'un geste d'encouragement.

Hélas ! le père ne s'était plus trouvé sur son chemin et il n'avait pu pénétrer à nouveau dans le couvent.

A ce détail, Pardaillan s'était contenté de sourire. Il savait, lui, comment et pourquoi le nain avait vu s'entre-bâiller la porte de la sombre prison

En ce qui concernait la Giralda, il avait pu, en suivant tantôt Centurion, tantôt son sergent Barrigon, découvrir le lieu de sa retraite.

Elle était enfermée au château de B b-Alzar. Et le terrible pour elle, c'est que Barba-Roja, qui avait été assez sérieusement blessé par le taureau, Barba-Roja était maintenant sur pieds, complètement remis, et certainement il ne tarderait pas à l'aller chercher pour l'emmener chez lui.

Barba-Roja, en effet, quelle que fût l'autorité que lui donnait ses fonctions spéciales auprès du roi, quelle que fût la faveur dont l'honorait son maître, ne pouvait pourtant perpétrer l'attentat qu'il méditait dans une résidence royale.

C'eût été là une inconvenance que l'étiquette rigoureuse aurait pu qualifier de crime de lèse-majesté et qui eût pu, par conséquent, lui coûter très cher. En conséquence, bientôt, demain peut-être, il irait enlever la Giralda pour la transporter dans un lieu où il aurait sa liberté d'action et toute facilité pour accomplir son monstrueux forfait.

Tels étaient, résumés, les renseignements que le nain fournit à Pardaillan attentif

Au reste il n'était pas seul à écouter le petit homme.

Juana ne perdait pas une de ses paroles et le contemplait avec une évidente admiration que Pardaillan remarqua fort bien, tandis que le nain, qui venait de prouver par le récit de ses faits et gestes qu'il était doué d'une assez jolie dose d'observation et de pénétration ne le remarqua cependant pas.

Une chose que Pardaillan remarqua aussi, c'est que le nain affectait maintenant une singulière indifférence vis-à-vis de la jeune fille, qui, elle, au contraire, n'avait d'yeux et d'attentions que pour lui et le traitait avec une douceur déférente à laquelle il ne paraissait pas prêter attention, bien qu'elle fût toute nouvelle pour lui et dût lui paraître très douce.

— Sais-tu, dit Pardaillan très sérieusement, lorsque le nain eut terminé son récit, sais-tu que tu es un hardi et délié compagnon ? J'en connais qui passent pour fort habiles et qui ne t'arrivent pas à la cheville.

Le compliment, venant de lui, n'avait pas de prix. Le Chico et la petite Juana en devinrent écarlates de plaisir et d'orgueil. Seulement, alors que la jeune fille semblait approuver hautement ces paroles par une mimique expressive le petit homme eut un geste confus qui voulait dire : Ne vous moquez pas de moi.

On a dû le remarquer, ce petit nain était indécrottable. Devant son geste, Pardaillan insista :

— Puisque je te le dis... Je m'y connais un peu, il me semble. Quel dommage que tu n'aies pas plus de forces qu'un oiselet chétif ! Mais j'y songe !... A tout prendre, c'est un malheur facilement réparable... et je veux le réparer  Comment n'y ai je pas songé plus tôt ?... Je veux t'apprendre à manier une épée...

A cette offre inespérée, quoique secrètement désirée sans doute, le nain bondit, et les yeux brillants de joie, joignant ses petites mains, il s'écria :

— Quoi !... Vous consentiriez ?... Vous ne voulez pas rire ?...

— Cela te ferait donc bien plaisir ? dit Pardaillan très sérieux.

— Oh !

— Par Pilate ! comme disait monsieur mon père, je ne me dédis jamais, tu sauras cela, mons Chico ! Et la preuve, c'est que je vais te donner ta première leçon... à l'instant même.

Le nain se mit à sauter de joie, et Juana, aussi joyeuse que lui, battit des mains. Seulement la joie de la jeune fille fondit comme neige au soleil quand elle entendait Pardaillan ajouter d'un air très détaché :

— D'autant que pour l'expédition que nous allons entreprendre ce soir et celle de demain matin, le peu que je vais t'enseigner en une leçon te sera peut-être utile...

Et sans paraître remarquer la soudaine pâleur de la jeune fille, ni le regard de douloureux reproche qu'elle attachait sur lui, il ajouta :

— Juana, ma mignonne, envoyez donc chercher dans ma chambre deux épées... sans oublier les boutons que vous trouverez dans quelque poche d'habit pendu au mur.

Et tandis que la triste Juana, courbant la tête, sortait pour chercher les épées demandées, s'adressant au nain qui, dans sa joie exubérante, gambadait comme un fou :

— Tu n'as pas peur, au moins ? fit-il en souriant.

— Peur ?.. fit le Chico étonné, peur de quoi ?...

— Dame ! fit Pardaillan de son air le plus ingénu, il va y avoir des horions à donner et à recevoir !

— On tâchera de les donner .. et de ne pas les recevoir, fit le Chico en riant. Et puis, vous serez là, tiens ?

— Tu ne me demandes pas où je veux te conduire ?

Tiens ! comme c'est difficile à deviner ! fit le Chico en haussant les épaules d'un air entendu. J'imagine que nous allons, ce soir, à la maison des Cyprès et demain matin au château de Bib-Alzar. Le château, vous le trouverez bien sans moi, n'importe qui vous l'indiquera. Mais les caches de la maison des Cyprès, il faut bien que je sois là pour vous les montrer...

Pardaillan approuva de la tête en souriant, et en lui-même il songeait, en observant le nain du coin de l'œil :

— Intelligent, adroit, brave, loyal, attaché, il ne lui

manque qu'un peu de force... Mordieu ! j'en ferai un homme... ou je ne serai plus Pardaillan !

Juana avait apporté les épées et les boutons, que le chevalier ajusta à la pointe des lames, et la table poussée dans un coin, dans le petit cabinet même, la leçon commença, sous l'œil apeuré de Juana.

Les épées de Pardaillan étaient de longue et lourdes rapières.

Tout d'abord le Chico éprouva quelque peine à les manier. Mais il était nerveux et souple, il avait surtout la volonté bien arrêtée de réussir et de contenter le maître extraordinaire que sa bonne étoile avait placé sur son chemin.

Peu à peu le poignet s'entraîna et il ne sentit plus le poids de la rapière, plus longue que lui de près d'un pied.

La leçon se poursuivit jusqu'à ce que la nuit fût tombée tout à fait, avec une patience inaltérable de la part du maître, une bonne volonté que rien ne rebutait de la part de l'élève.

Lorsque Pardaillan jugea que la soirée était assez avancée et que l'heure était venue, il arrêta la leçon et déclara gravement qu'il était content ; le Chico avait des dispositions et il en ferait un escrimeur passable, ce qui transporta d'aise le petit homme et fit plaisir à Juana, qui avait assisté à la leçon.

Le moment étant venu, Pardaillan ceignit son épée, choisit dans sa collection une dague assez longue, légère et résistante, quoique flexible, et la ceignit lui-même à la taille du nain, très fier de voir cette épée — car pour sa taille c'était une longue épée — qui lui battait les mollets. Juana, que Pardaillan guignait du coin de l'œil, assistait à ces préparatifs inquiétants pour son cœur d'amoureuse.

Quand elle vit qu'ils se disposaient à sortir, elle fit une tentative désespérée et demanda timidement :

— Je croyais, seigneur de Pardaillan, que vous vouliez vous reposer ?...

Et la rusée mâtine ajouta aussitôt :

— Je vous ai fait préparer un lit douillet à faire envie à un moine.

— Misère de moi ! gémit Pardaillan, voilà bien ma

malchance... Mais, ma mignonne, j'utiliserai ce lit douillet à mon retour et ferai de mon mieux pour rattraper le temps perdu.

— Et si vous... ne revenez pas? dit faiblement Juana.

— Pourquoi ne reviendrais-je pas? s'étonna Pardaillan.

— Puisque vous dites que... l'expédition est... dangereuse.. vous pourriez... être. . blessé... (et elle couvait le Chico de ce regard inquiet d'une mère qui appréhende les pires catastrophes pour son enfant).

— Impossible! assura Pardaillan.

— Pourquoi? demanda Juana, qui sentit l'espoir renaître en elle.

— Parce qu'une expédition — autrement dangereuse, celle-là — m'attend demain matin. Et comme il n'y a que moi qui puisse la mener à bien, il est clair que je reviendrai pour l'accomplir. Vous voyez donc bien, petite Juana, que vous pouvez quitter toute inquiétude a mon sujet... Je suis d'ailleurs, croyez le bien, on ne peut plus touché de la fraternelle sollicitude que vous me témoignez.

Et riant sous cape, il sortit avec le Chico, laissant Juana écrasée par cette bizarre logique et plus inquiète qu'avant. Car enfin, au bout du compte, le seigneur Pardaillan avait parlé pour lui et de lui, mais n'avait soufflé mot de celui qui était, par-dessus tout, l'objet de son inquiète sollicitude.

Pardaillan, guidé par le Chico, pénétra dans les soussols de la mystérieuse maison des Cyprès. Etait-il venu là pour tenter d'enlever don César? Etait-il venu faire une simple reconnaissance et préparer une action ultérieure? C'est ce que nous ne saurions dire.

Toujours est-il qu'au bout de deux heures environ, Pardaillan et le nain sortirent, comme ils étaient entrés, sans avoir été découverts, sans qu'il leur fût arrivé la moindre mésaventure. Mais ils sortaient à deux comme ils étaient entrés.

Pardaillan avait-il réussi ou échoué dans ce qu'il était venu tenter? C'est ce que nous ne saurions dire non plus.

Tout ce que nous pouvons dire pour le moment, c'est

qu'il montrait un visage impénétrable et marchait d'un pas assuré, un peu trop allongé peut être pour le Chico, qui trottinait à son côté et, en marchant, sifflait un air de chasse du temps de Charles IX.

Il était un peu plus de onze heures lorsqu'ils rentrèrent à l'hôtellerie. Ils n'eurent pas la peine de frapper ; la petite Juana les attendait sur le seuil de la porte.

La jeune fille avait passé tout le temps qu'avait duré leur absence à guetter leur retour, dans des transes mortelles. Elle avait perçu le bruit de leurs pas et avait couru ouvrir. Du premier coup d'œil elle avait constaté qu'ils étaient, tous les deux, en parfait état. Un long soupir de soulagement avait gonflé son sein et ses beaux yeux noirs avaient aussitôt retrouvé leur éclat joyeux.

Elle avait voulu les faire souper, leur montrant la table toute dressée et chargée de victuailles appétissantes. Mais Pardaillan avait déclaré qu'il avait besoin de repos et il avait fait un signe imperceptible au Chico, lequel, répondant par un signe de tête affirmatif, déclara que, lui aussi, avait besoin de repos et se retira incontinent, au grand dépit de Juana qui aurait bien voulu le garder un moment.

Le Chico parti, Pardaillan se fit conduire à sa chambre, se glissa entre les draps blancs et fleurant bon la lavande de ce lit douillet, préparé expressément à son intention, et dormit tout d'une traite jusqu'à six heures du matin.

## XXI

### BARBA-ROJA

Il se leva et s'habilla en un tour de main. Frais et dispos, il sortit aussitôt et s'en fut droit chez un armurier où il choisit une mignonne petite épée qui avait les ap-

parences d'un jouet, mais qui était une arme parfaite,
flexible et résistante, en dur acier forgé et non trempé.
C'était le présent qu'il voulait faire au Chico

Son acquisition faite, il revint à l'hôtellerie. Son absence n'avait pas duré une demi-heure, et le nain, qu'il
attendait, n'étant pas encore arrivé, il fit préparer un déjeuner substantiel pour lui et son compagnon.

Enfin le nain parut. Sur une interrogation muette de
Pardaillan, il dit :

— Barbo-Roja vient de sortir du palais. Ils sont
douze, parmi lesquels Centurion et Barrigon. Ils vont
là-bas... je les ai suivis un moment pour être sûr.

— Tout va bien ! s'écria joyeusement Pardaillan Tu
es un adroit compère... C'est un plaisir de travailler
avec toi.

Le nain rougit de plaisir.

— Tu n'es pas trop fatigué ? Tu pourras m'accompagner là-bas ? reprit Pardaillan avec sollicitude.

— J'ne suis pas fatigué... j'ai dormi.

— Diable !... Et s'il était sorti pendant ce temps ?

— Je dormais d'un œil... je guettais de l'autre, tiens !

Pardaillan se mit à rire. Le petit homme avait de ces
manières et de ces réponses qui l'enchantaient.

Il était à ce moment un peu plus de sept heures et de-
mie. Pardaillan calcula qu'il avait du temps devant lui
et résolut, pour tuer une heure, de donner une deuxième
leçon à son petit ami.

Le nain accepta avec un empressement et une joie qui
témoignaient du vif désir qu'il avait de profiter de sa
bonne aubaine et d'arriver à un résultat appréciable.
Mais sa joie devint du délire et il se montra ému jusqu'aux larmes lorsqu'il vit la superbe petite épée que
Pardaillan était allé acheter à son intention.

Pour couper court à son émotion et à ses remerciements Pardaillan expliqua:

— Tu comprends que tu ne peux pas t'armer comme
tout le monde. De ce fait, tu seras toujours en état d'infériorité, quel que soit l'adversaire que tu auras devant
toi. Il te faut donc compenser par une habileté, une
adresse et une vivacité supérieures l'inégalité des armes
En conséquence, il te faut, dès maintenant, t'habituer à

lutter avec cette petite aiguille contre ma rapière du double plus longue.

La leçon se prolongea le temps fixé par Pardaillan Comme la veille, l'élève montra la même ardeur, la même application, ce qui, joint à son adresse et à sa vivacité naturelles, rendit la tâche moins ardue et pour le maître et pour l'élève. Comme la veille, le professeur se déclara satisfait et assura que l'élève deviendrait un escrimeur passable. Passable, dans la bouche de Pardaillan, voulait dire redoutable.

Après la leçon, ils expédièrent rapidement le déjeuner qui les attendait. et sans s'occuper des mines désespérées de Juana, qui d ailleurs — il faut lui rendre cette justice — ne tenta pas de retenir son petit amoureux, Pardaillan et le Chico se mirent en route se dirigeant vers la porte de Bib-Alzar.

. . . . . . . . . . . . .

Très triste, agitée de pressentiments sinistres, la petite Juana se remit sur le pas de la porte et les suivit du regard, tant qu'elle put les apercevoir. Après quoi, elle rentra dans son cabinet et se mit à pleurer doucement. Mais c'était une fille de tête que la petite Juana. Obligée par les circonstances de diriger une maison bien achalandée à un âge où l on n'a guère d'autre souci que se livrer à des jeux plus ou moins bruyants, elle avait appris à prendre de promptes résolutions, suivies de mise à exécution immédiate. En conséquence, après avoir pleuré un moment, elle réfléchit

Le résultat de ses réflexions fut qu'elle alla tout droit trouver un de ses domestiques nommé José, lequel José détenait les importantes fonctions de chef palefrenier de l'hôtellerie, et lui donna ses ordres.

Un petit quart d'heure plus tard, José sortit de l'auberge conduisant par la bride un vigoureux cheval attelé à une petite charrette. Dans la charrette, étendues sur des bottes de paille, bien enveloppées dans de grandes mantes noires dont les capuchons étaient rabattus sur la figure, étaient la petite Juana et sa nourrice Barbara. Et le palefrenier José, marchant d'un bon pas à côté du cheval, prit le chemin de la porte de Bib-Alzar.

Le même chemin que venait de prendre Pardaillan.

. . . . . . . . . . . . .

Le château fort de Bib-Alzar, construction massive et trapue, véritable nid de vautours, remontait à l'époque des grandes luttes contre les Maures envahisseurs.

Suivant les règles du temps, concernant l'art de la fortification, il était bâti sur une éminence. Ses tours crénelées, dressées menaçantes vers le ciel, étaient dominées par la masse centrale du donjon, lequel était surmonté, au nord et au midi, de deux échauguettes en poivrière : yeux monstrueux ouverts sur l'horizon qu'ils scrutaient avec une vigilance de tous les instants.

Présentement, par suite de l'anéantissement complet et définitif de la domination arabe, le château fort était devenu résidence royale, que le souverain n'honorait pas souvent de sa présence.

Comme dans toute résidence royale, il y avait là une petite garnison et de nombreux serviteurs. Les uns et les autres saisissaient avec empressement toutes les occasions de se rendre à la ville proche.

Ceux qui ne pouvaient s'offrir cette distraction s'efforçaient de tuer le temps en buvant et en jouant.

C'était la vie de garnison morne et ennuyeuse, sans aucun des imprévus du temps de guerre qui du moins tiennent le soldat en haleine et font passer le temps, et il y avait beau temps que les échauguettes n'avaient abrité le moindre veilleur.

En ce moment surtout, grâce à la présence du roi à Séville, l'ennui pesait plus que jamais sur la garnison attendu qu'il était interdit sous peine de mort de sortir du château, sous quelque prétexte que ce fût, à moins d'un ordre formel du roi ou du grand inquisiteur.

Cette défense, bien entendu, ne concernait que les officiers et soldats, et non les serviteurs.

La grand'route passait au pied de l'éminence que dominait le château. Là elle bifurquait et un sentier, assez large pour permettre à la litière royale de passer mieux aménagé et entretenu que la route même, grimpait en serpentant le long de l'éminence et aboutissait au pont levis. C'était le seul chemin visible qui permettait d'aboutir du château à la route.

Il devait certainement y avoir d'autres voies souterraines qui permettaient de gagner la campagne, mais personne ne les connaissait, à part le gouverneur, et encore n'était-ce pas bien sûr.

Telles étaient les explications que le Chico avait données à Pardaillan. Lorsqu'ils arrivèrent au pied de l'éminence, il était un peu plus de dix heures.

Pardaillan était donc en avance de près d'une heure sur l'heure que lui avait indiquée d'Espinosa. Mais il avait jugé plus prudent de se trouver sur les lieux un peu plus tôt, afin de les étudier d'abord, ensuite pour parer à toute éventualité.

D'un coup d'œil expert il eut tôt fait de se rendre compte de la disposition et vit avec satisfaction que toute personne qui sortirait de la forteresse devait passer forcément devant lui. Donc il était impossible qu'on emmenât la Giralda sans qu'il la vît.

Il savait que Barba-Roja ne tenterait rien contre la fiancée de don César tant qu'elle se trouverait dans la royale demeure. Il était bien tranquille à ce sujet.

Il n'avait donc qu'à attendre patiemment la sortie du colosse et si, par suite de circonstances imprévues, cette sortie ne s'effectuait pas, il était résolu à aller appeler au pont-levis et pénétrer dans la place. Là il verrait.

En attendant il plaça le Chico en sentinelle, derrière un quartier de roche, dans un endroit assez éloigné de la porte d'entrée.

Il n'avait nullement besoin de faire surveiller cet endroit, mais il tenait à ce que le petit homme qui, en tant que combattant, ne pouvait lui être d'aucune utilité, ne se trouvât pas exposé inutilement.

C'est pourquoi il le plaçait là, en lui recommandant formellement de ne pas bouger tant qu'il ne l'appellerait pas.

Après quoi, tranquille de ce côté, il vint se poster à quelques toises du pont-levis, en se dissimulant de son mieux dans l'herbe qui poussait, haute et drue, sur les côtés, bordant les fossés de la petite esplanade qui s'étendait devant l'entrée du château fort. Et il attendit.

Il commençait à se demander si quelque malencontreux contre-temps, en empêchant Barba-Roja de sortir, n'allait pas l'obliger à pénétrer dans la place, lorsqu'il entendit le bruit des chaînes qui se déroulaient et il vit le pont-levis s'abaisser lentement.

Il eut un sourire de satisfaction et, sans se redresser, il mit l'épée à la main.

Il n'y avait cependant pas de quoi se montrer si satisfait. Il est même à présumer que tout autre que lui se fût, au contraire, montré plutôt inquiet et se fût prudemment tenu caché dans les hautes herbes.

En effet, c'était bien Barba-Roja tenant dans ses bras la Giralda endormie ou évanouie.

Mais le colosse était entouré d'une troupe d'hommes d'armes dont les sinistres physionomies étaient, à elles seules, un épouvantail capable de mettre en fuite le plus résolu des chercheurs d'aventures. Et en tête de la troupe, qui pouvait bien se composer d'une quinzaine de sacripants, tous gens de sac et de corde, soigneusement triés sur le volet, immédiatement derrière Barba-Roja venaient l'ex-bachelier Centurion et son sergent Barrigon.

Pardaillan ne prêta qu'une médiocre attention à cette bande de malandrins armés de formidables rapières, sans compter la dague qu'ils avaient tous, pendue au côté droit.

Il ne vit et ne voulut voir que Barba Roja et celle qu'il tenait dans ses bras. Il laissa la troupe tout entière sortir de la voûte et s'engager sur la petite esplanade.

Lorsque le pont-levis, en se relevant, lui fit comprendre que toute la bande était sortie, il se redressa doucement et, sans hâte, il alla se camper au milieu du chemin. Et d'une voix terrible à force de calme et de froide résolution, il cria, comme un officier commandant une manœuvre :

— Halte !... On ne passe pas !

Et c'était si imprévu, si extraordinaire si inimaginable, cet ordre froid lancé par un seul homme à toute une troupe de spadassins redoutables, qu'effectivement Barba-Roja crut que, derrière cet extravagant audacieux, devait se trouver une troupe au moins égale à la sienne et qu'il s'arrêta net, immobilisant ses hommes derrière lui.

Alors seulement il reconnut Pardaillan et vit qu'il était seul, parfaitement seul, au milieu du chemin.

Il eut un sourire terrible.

Par Dieu ! la partie était belle. Ce jour là était un

jour heureux pour lui. Grâce à l'incroyable fanfaronnade de son ennemi, qui venait stupidement se jeter dans ses bras, sa vengeance serait plus complète qu'il n'eût jamais osé l'espérer.

Par le Christ ! c'était très simple. Il allait s'emparer de lui, l'emmener proprement ficelé, l'obliger à assister au déshonneur de la donzelle qu'il aimait, après quoi un coup de poignard bien appliqué le débarrasserait à tout jamais du Français maudit.

Tel fut le plan qui germa instantanément dans la cervelle du colosse, et de la réussite duquel il ne douta pas un instant, attendu qu'il n'était pas possible de penser — en admettant qu'il osât attaquer — qu'un homme seul viendrait à bout des quinze diables à quatre qu'il sentait derrière lui.

. Peut-être eût-il montré moins d'assurance s'il avait pu lire ce qui se passait dans l'esprit de ses diables à quatre. En effet, en exceptant Centurion et Barrigon, qui avaient mille et une bonnes raisons de lui rester fidèles, les treize autres ne paraissaient pas montrer cet entrain qui décide de la victoire... surtout quand on a pour soi le nombre.

C'est que ces treize-là avaient déjà eu affaire a Pardaillan ; ces treize-là étaient ceux qui avaient été si fort malmenés dans la fameuse grotte de la maison des Cyprès.

Depuis cette lutte homérique où ils avaient été si complètement mis en déroute, ceux-là avaient pour leur vainqueur un respect qui frisait la terreur. Joignez à cela que, comme tout le monde, ils avaient entendu conter les exploits extraordinaires de cet homme qui osait leur barrer la route, et on comprendra que leur ardeur s'était singulièrement refroidie dès l'instant où ils avaient reconnu, eux aussi, a qui ils avaient affaire.

Malheureusement pour lui, Barba Roja ne se rendit pas compte de cet état d'esprit qui pouvait faire avorter son dessein de s'emparer de Pardaillan.

Il se crut sincèrement le plus fort, assuré de la victoire, et résolut de s'amuser un peu, tel le chat qui joue avec la souris avant de l'abattre d'un coup de griffe. Il mit tout ce qu'il put mettre d'ironie et de mépris dans sa voix pour s'écrier :

— Ça, que veut ce truand ?... Si c'est une bourse qu'il cherche, qu'il prenne garde de trouver les étrivières. . en attendant une bonne corde.

— Fi donc ! répliqua la voix très calme de Pardaillan. Votre bourse, mon petit Barba Roja, si je l'avais voulue, je l'aurais prise ce jour où je dus, pour sauver votre carcasse, mettre à mal une pauvre bête, assurément moins brute que vous.

Barba Roja avait espéré s'amuser aux dépens de Pardaillan. Il aurait dû cependant se souvenir de la scène de l'antichambre royale et savoir qu'à ce jeu là, comme aux autres, il n'était pas de force à se mesurer avec lui.

Du premier coup, il perdit son sang froid. En entendant Pardaillan lui rappeler que, somme toute, il lui avait sauvé la vie, il étrangla de honte et de fureur. Il ne chercha plus à railler et à s'amuser, et il grinça :

— Misérable mécréant ! c'est bien pour cela que ma haine pour toi s'est encore accrue... ce que je n'aurais pas cru possible . .

— Parbleu ! dit froidement Pardaillan, le contraire m'aurait étonné !

Et de sa voix mordante, il continua :

— Quant aux étrivières, on les applique aux petits garçons malappris tels que vous. Je ne sais ce qui me retient de vous les appliquer séance tenante... ne fût-ce que pour voir si vous sautez toujours aussi bien... Vous souvenez-vous, mon petit ?

Rien ne saurait traduire l'accent avec lequel Pardaillan prononçait ces mots : mon petit et petit garçon. Barba Roja écumait. Il acheva de perdre la tête et, sans trop savoir ce qu'il disait, cria :

— Ça, que veux-tu ?

— Moi ? fit Pardaillan de son air le plus naïf. Je veux simplement te débarrasser du fardeau de cette jeune fille... Tu vois bien qu'elle est trop lourde pour tes faibles bras... Tu vas la laisser choir, mon petit.

— Place ! par le Christ ! hurla le colosse.

— On ne passe pas, répéta Pardaillan en lui présentant la pointe de la rapière.

A ce moment-là il n'avait qu'une crainte : c'est que le

colosse ne s'obstinât à garder la jeune fille dans ses bras, ce qui l'eût fort embarrassé.

Heureusement l'intelligence du colosse était loin d'égaler sa force. Exaspéré par les paroles de Pardaillan, il posa rudement la jeune fille à terre et se rua tête baissée, l'épée haute.

En même temps que lui, Centurion, Barrigon et les autres attaquèrent. Pardaillan eut devant lui un cercle d'acier qui cherchait de toutes parts à l'atteindre. Il dédaigna de s'en occuper.

Il porta toute son attention sur Barba-Roja, pensant, non sans raison, que le chef atteint, les autres ne compteraient plus. Et d'un coup droit, foudroyant, presque au jugé, il se fendit à fond.

Barba-Roja traversé de part en part, leva les bras, laissa tomber son épée et se renversa comme une masse en rendant des flots de sang.

Un instant il talonna le sol à coups furieux, puis il se tint immobile : il était mort.

Alors Pardaillan se tourna vers Centurion. Il sentait que celui là, comme Barba-Roja, agissait pour son compte personnel. Celui-là avait aussi une haine à satisfaire.

Ce ne fut pas long. D'un coup de pointe, il atteignit Centurion à l'épaule, d'un coup de revers il enleva une partie de la joue de Barrigon, qui le serrait de trop près.

Il y eut un double hurlement suivi d'une double chute, et Pardaillan n'eut plus devant lui que les treize, lesquels, se battant uniquement pour gagner honnêtement l'argent qu'on leur donnait, étaient loin de montrer la même ardeur que les trois chefs qui venaient d'être mis hors de combat.

D'ailleurs nous avons expliqué que ceux-là étaient battus d'avance, démoralisés qu'ils étaient de se trouver aux prises avec un adversaire qu'ils n'étaient pas éloignés de prendre pour le diable en personne.

- - A qui le tour ? lança Pardaillan d'une voix tonnante. Qui veut tâter de « Giboulée » ?

Et aussitôt deux hurlements attestèrent que deux hommes avaient tâté de Giboulée.

Les treize, en effet, avaient eu cette suprême pudeur

de tenter — pour la forme — une illusoire résistance. Lorsqu'ils entendirent le double hurlement de douleur de deux des leurs, ils étaient déjà prêts à lâcher pied

Pour comble de malechance, voici qu'à cet instant précis, des glapissements aigus se firent entendre sur leur flanc. Et quelque chose, ils ne savaient quoi, un étrange petit animal, quelque petit démon, suppôt de ce grand diable, sans doute, qui n'arrêtait pas de pousser des cris perçants qui leur déchiraient les oreilles, se glissa entre leurs jambes et, partout où cette fantasuque et insaisissable petite bête se faufilait ainsi, un combattant atteint soit au mollet, à la cuisse ou au ventre, jamais plus haut, poussait un hurlement où la terreur superstitieuse tenait autant de place que la douceur réelle, et, sans demander son reste, le blessé, réunissant toutes ses forces, se hâtait de tirer au large, se défilant de son mieux le long des bas-côtés du sentier.

En moins de temps qu'il n'en faut pour l'écrire, la place se trouva déblayée.

Sur le champ de bataille, il ne restait que le cadavre de Barba-Roja et les corps évanouis, ou morts, de Barrigon et de Centurion, tombés non loin de la Giralda.


## XXII


### L'AVEU DU CHICO


Alors Pardaillan partit d'un long éclat de rire, et s'adressant à ce diablotin qui avait semé la panique dans la troupe des spadassins, et continuait à pousser des clameurs aiguës, entrecoupées d'éclats de rire sardoniques et démenait en brandissant une longue aiguille à tricoter et contrefaisait les contorsions et les grimaces des vaincus blessés et fuyant, tels des lièvres :

— Bravo, Chico ! cria-t-il enthousiasmé.

Mais aussitôt, il se reprit et, très sévère :

— Est-ce ainsi que tu obéis à mes ordres ?... Ne t'avais-je pas expressément recommandé de ne sortir de ton abri qu'à mon appel ?

La joie qui animait la tête fine et intelligente du nain tomba soudain.

Piteusement, il expliqua qu'il avait bien compris l'intention de Pardaillan et qu'il serait mort de honte s'il avait poussé la poltronnerie jusqu'à demeurer spectateur impassible de l'inégale lutte.

— Imbécile ! fit Pardaillan en dissimulant un sourire de satisfaction. La lutte était inégale, en effet... mais pas à leur avantage.. puisqu'ils sont en fuite.

— C'est vrai, tout de même, avoua le nain.

— Malheureux ! Et si tu avais été tué ?... Je n'aurais jamais osé me représenter devant certaine hôtesse que tu connais.

Et pour couper court à l'embarras du Chico, il se dirigea vers la Giralda, évanouie et non endormie, s'accroupit devant elle et, du tranchant de son épée, se mit

à couper les cordes qui liaient ses pieds et ses mains. A ce moment, il entendit la voix étranglée du Chico crier :

— Gardez-vous !...

En même temps il perçut comme un glissement sur son dos, et tout de suite après, un grand cri suivi d'un râle. Il se redressa d'un bond, l'épée à la main, et vit d'un coup d'œil ce qui s'était passé.

Centurion, qu'il avait cru mort ou évanoui, n'avait pas perdu connaissance malgré sa blessure.

Or Pardaillan s'était accroupi à quelques pas du bravo et lui tournait le dos. Alors celui-ci s'était dit que s'il pouvait ramper jusqu'à lui, sans attirer son attention, il pourrait, d'un coup de dague donné dans le dos, assouvir sa haine. Et il s'était mis en marche, avec des précautions infinies, étouffant de son mieux les gémissements que chacun de ses mouvements lui arrachait, car sa blessure le faisait cruellement souffrir.

Au moment où il se redressait péniblement pour porter le coup mortel à l'homme qu'il haïssait, le nain l'avait aperçu et s'était jeté devant le bras levé.

Le pauvre petit homme avait reçu le coup de dague en pleine poitrine, et c'était lui qui avait poussé ce grand cri qui avait fait frissonner Pardaillan. Mais, en même temps, il avait eu la satisfaction de plonger sa petite épée, jusqu'a la garde, dans la gorge du misérable qu' avait fait entendre ce râle étouffé et s'était abattu la face contre terre.

Fou de douleur à la vue du nain qui perdait des flots de sang, Pardaillan, pris d'une de ses colères terribles oria :

— Ah ! vipère !

Et levant le pied, d'un coup de talon furieux, il broya la tête du misérable qui se tordit un moment et demeura enfin immobile à jamais.

Ainsi finit don Cristobal Centurion, qui avait espéré, grâce à l'appui de Fausta, devenir un puissant personnage.

— Chico ; mon pauvre petit Chico ! râla Pardaillan, qui prit doucement le nain dans ses bras.

Le Chico jeta sur lui un regard qui exprimait tout le dévouement et toute l'affection dont son petit cœur était rempli ; un sourire très doux erra sur ses lèvres, et il murmura :

— Je... suis... content !

Et il s'abandonna, évanoui, dans les bras qui le soutenaient.

Pâle de douleur et de désespoir, se couvrant déjà de malédictions et d'injures variées, se reprochant amèrement la mort de son petit ami, Pardaillan défit rapidement le pourpoint et se mit à vérifier la blessure avec la compétence d'un chirurgien consommé. Alors un immense soupir s'exhala de sa poitrine oppressée, et avec un sourire radieux, il s'écria tout haut .

- C'est un vrai miracle !... La lame a glissé sur les côtes... Dans huit jours il sera sur pied, dans quinze il n'y paraîtra plus... C'est égal, j'ai eu peur !

Tranquillisé sur le sort de son petit ami, son naturel insouciant et railleur reprit le dessus, et il songea :

— Me voilà bien loti !... une femme évanouie et un enfant blessé sur les bras !... Que vais-je en faire ?... Si j'allais demander l'hospitalité à ce château fort ?... Hum !... ce serait, je crois, me jeter bénévolement dans la gueule du loup ! Ne tentons pas le diable. Il est déjà assez surprenant que ces gens-là ne songent pas a me tomber sur le dos... Hé ! mais... morbleu ! voici mon affaire.

Ce qui motivait cette exclamation, c'était la vue d'une charrette qui s'était arrêtée en bas, sur la route, et dont le conducteur, qui se tenait à côté du cheval, semblait se demander ce qu'il devait faire : ou continuer par la grand'route ou grimper par le sentier.

Pardaillan jeta un coup d'œil sur les deux corps étendus à terre, puis il porta ce coup d'œil sur la forteresse Et sa résolution fut prise. Il cria à pleins poumons au charretier :

— Hé ! l'homme !... Si vous êtes chrétien, attendez un moment !

Il faut croire qu'il fut entendu et compris, car il vit une silhouette féminine se dresser debout dans la charrette, descendre précipitamment et se ruer à l'assaut du sentier.

— Bon ! songea Pardaillan, tout va bien.

Et se baissant, il prit dans ses bras robustes la Giralda et le Chico et se mit à descendre doucement, sans paraître gêné par son double fardeau. Au fur et à mesure qu'il descendait, la silhouette qui montait à sa rencontre précipitait sa marche, et bientôt, malgré la monte qui la recouvrait, il la reconnut.

— Par ma foi, c'est la petite Juana ! se dit-il, enchanté au fond de la rencontre. Pour une fois, voici donc une femme qui sait arriver à propos... Sa charrette va me tirer fort heureusement d'embarras.

Et avec ce sourire malicieux qu'il avait lorsqu'il se disposait à jouer quelque tour de sa façon :

— Oui, par Dieu ! vous survenez à propos, petite Juana, et du diable si, cette fois, je n'arrive pas à mes fins !

En effet, c'était la petite Juana qui grimpait précipitamment le sentier, suivie de loin par la vieille Barbara, suant, soufflant... et pestant, à son ordinaire.

A la vue de Pardaillan, seul sur l'esplanade, elle avait senti une angoisse mortelle l'étreindre ; en l'entendant appeler, elle avait compris qu'un malheur était arrivé.

Elle en avait le pressentiment douloureux puisque

c'est ce qui l'avait décidée à tenter cette démarche plutôt risquée.

Elle avait bondi hors de la charrette et s'était mise à courir à la rencontre du chevalier. Et, tout en courant, elle cherchait vainement a se persuader que cet appel de Pardaillan était en vue de la Giralda délivrée et ne concernait pas le Chico.

En approchant elle avait vu que le chevalier portait dans ses bras deux corps qui semblaient privés de vie.

Un affreux sanglot déchira sa gorge contractée. Le malheur pressenti était arrivé, le Chico était blessé.

Malgré tout, tant l'espoir est tenace au cœur des humains, malgré tout, elle se refusa à accepter l'idée d'une mort possible, voire d'une blessure grave.

Hélas ! en approchant plus près encore de Pardaillan, sa mine désolée et bouleversée, son embarras évident à sa vue, tout lui cria que cette hypothèse qu'elle avait obstinément écartée était la cruelle réalité : le Chico était mort ou mourant.

Sans forces, elle s'arrêta, plus pâle peut-être que le blessé que Pardaillan tenait dans ses bras, et elle râla :

— Il est mort, n'est-ce pas ?

Comme s'il avait la tête égarée par la douleur, Pardaillan répondit d'une voix sourde :

— Pas encore !

Et il continua son chemin, comme inconscient du coup terrible qu'il venait de porter, se dirigeant vivement vers la charrette.

La petite Juana n'eut pas un cri, pas une plainte, pas une larme. Seulement de pâle qu'elle était elle devint livide, et lorsque Pardaillan passa près d'elle, il courba la tête d'un air honteux sous le regard de douloureux reproche qu'elle lui décocha

Et elle se mit à le suivre du pas raide, saccadé d'un automate.

Près de la charrette, Pardaillan déposa la Giralda dans les bras de la duègne en disant d'un air bourru :

— Occupez-vous de celle-ci.

Et, se baissant il étendit doucement le blessé sur l'herbe rousse qui bordait la route.

En voyant son compagnon d'enfance, son petit jouet

vivant. livide, couvert de sang, ses paupières mi-closes
laissant apercevoir le blanc de l'œil révulsé, la petite
Juana sentit un affreux déchirement dans tout son être
et s'abattit sur les genoux.

Elle prit doucement dans ses bras la tête si pâle de
son ami, et sans rien voir autour d'elle, non plus que
Pardaillan, qui paraissait horriblement gêné par le spectacle de ce désespoir morne, elle se mit à la bercer doucement, dans un geste maternel, tandis qu'elle balbu-
tiait, avec une tendresse infinie :

— Chico!... Chico!... Chico!..

Et sous cette caresse tendrement berceuse, l'amour qui
emplissait le cœur fidèle du petit homme, l'amour puissant, naïf et sincère, montra une fois de plus quel était
son pouvoir : le blessé reprit ses sens.

Tout de suite il vit dans quels bras adorés il était
blotti, tout de suite il reconnut son grand ami qui se
penchait aussi sur lui, et il leur sourit, les enveloppant
dans le même sourire.

Il n'avait pas du tout conscience de son état. Il était
en... si bien, là, dans ses bras. Il ne se rendait pas
compte de son état, mais le morne désespoir de celle
qu'il aimait, mais surtout l'air contraint et si triste de
celui qu'il considérait comme un dieu, lui firent comprendre que cet état était grave.

Et il voulut savoir, et d'un regard d'une éloquence
muette, il interrogea son grand ami, qui détourna les
yeux d'un air embarrassé.

— Je voudrais savoir, pourtant... insista le blessé.

- Hélas!... murmura Pardaillan.

Et il comprit. Il eut une contraction douloureuse de
ses traits fins.

Mais ce ne fut qu'un nuage fugitif qui passa aussitôt.
Il reprit vite possession de lui et retrouva avec sa sérénité son bon sourire de chien dévoué, à l'adresse des
deux seuls êtres qu'il eût aimés au monde, et il murmura :

— Oui, il vaut mieux qu'il en soit ainsi.

Juana aussi avait compris, et alors, seulement, les
larmes jaillirent a flots pressés de ses yeux endoloris.
Très doucement il demanda :

— Pourquoi pleures-tu, Juana?

— O Luis!... Luis!... peux-tu bien me demander cela?

Il la considéra un moment avec une adoration éperdue, et :

— Il ne faut pas pleurer, insista doucement le blessé. Vois-tu, il vaut mieux que je m'en aille... J'aurais été une gêne pour toi... et moi... j'aurais été très malheureux!

— Luis!... Luis!...

— Car, vois tu, je puis bien te le dire maintenant... puisque je vais mourir ..

Et comme s'il eût voulu être bien sûr avant de dire ce qu'il avait à dire, il insista en fixant Pardaillan :

— Car je vais mourir, n'est-ce pas?

Et il faut croire que le pauvre Pardaillan, dans son désespoir, n'avait plus toute sa présence d'esprit. car, au lieu de le réconforter par des paroles d'espoir, comme le lui commandait l'humanité la plus élémentaire, il cacha sa tête dans ses mains, pour dissimuler ses larmes, sans doute, et en même temps de la tête, il disait frénétiquement : « Oui! Oui! »

Sans remarquer cette insistance féroce, le nain continua toujours avec la même douceur :

— Puisque je vais mourir... je puis bien te le dire, Juana... je t'aimais... je t'aimais bien.

— Hélas!... moi aussi, gémit la jeune fille.

— Mais moi, fit le blessé avec un triste sourire, moi, Juana, je ne t'aimais pas comme une sœur... j'aurais... voulu faire de toi... ma... ma femme!

Ainsi, jusqu'au bout, l'extravagant amoureux se refusait à croire qu'il pût être aimé autrement que comme un frère!

— Il ne faut pas m'en vouloir, reprit le blessé, je ne t'aurais jamais dit cela .. mais je vais mourir... ça n'a plus d'importance. Rappelle-toi, Juana... je t'aimais... bien!... bien!...

— Chico! sanglota la petite Juana, éperdue, Chico! tu me brises le cœur... Ne vois-tu donc pas que moi aussi je t'aime... et pas comme un frère!...

— Oh! murmura le blessé, ébloui, qui trouva la force de redresser sa petite tête, oh!... dis-tu vrai? .

— Luis! plaina la petite Juana, qui pressa tendrement cette tête chère dans ses bras, Luis, je t'aimais aussi!... je t'ai toujours aimé!...

Une expression de joie céleste se repandit sur les traits du nain; il fit un grand effort et, saisissant la tête baignée de larmes de sa maîtresse dans ses deux petites mains, plongeant ses yeux dans ses yeux comme s'il eut voulu y puiser la confirmation de ces paroles que ses oreilles se refusaient à croire :

— Tu m'aimais?...

— Je n'ai jamais aimé que toi !

Alors d'un accent de regret désespéré :

— Oh!... trop tard... fit-il dans un souffle, je... vais mourir.

— Luis! cria Juana à demi folle, ne meurs pas... Je t'aime!... Je t'aime!...

— Trop... tard!... fit encore une fois le nain.

Et il se renversa, évanoui.

Et elle, qui le crut mort, sur un ton de reproche indicible :

— Oh!... Dieu n'est pas juste!...

— Eh! mordieu! éclata Pardaillan, ne pleurez pas, petite Juana!... Il n'est pas mort!... Il ne mourra pas!

— Oh! monsieur, fit la petite Juana en secouant douloureusement la tête et sur un ton de dignité déconcertant, ne jouez pas avec ma douleur... Je vous jure qu'elle est sincère!...

— Eh! morbleu! je le sais bien! Mais regardez-moi, ma mignonne, ai-je l'air d'un homme qui joue avec une chose aussi respectable qu'une douleur sincère?

— Que voulez-vous dire? haleta la jeune fille, qui ne savait plus ce qu'elle devait croire.

— Rien que ce que j'ai dit. Le Chico n'est pas mort... Voyez, il s'agite... Et il ne mourra pas!

— Juana, fit le blessé, dans un cri de joie délirante, puisqu'il le dit... c'est que c'est la vérité... Je ne mourrai pas!...

Et avec une inquiétude navrante :

— Mais... si je ne meurs pas... m'aimeras-tu quand même?

— Oh! méchant... peux-tu faire pareille question?

Et pour cacher son trouble :

— Mais, monsieur le chevalier, pourquoi cette comédie lugubre?.. Savez-vous, soit dit sans reproche, que vous pouvez me tuer?

— Que non, ma mignonne... Pourquoi cette comédie, dites-vous!... Eh! par Pilate! parce que je n'ai pas vu d'autre moyen d'amener cet incorrigible timide à prononcer ces deux mots si terribles et si doux : Je t'aime!

— Ainsi c'était pour cela?

— M'en voulez-vous? fit doucement Pardaillan en lui prenant les deux mains.

— Je suis bien trop heureuse pour vous en vouloir...

Et avec un accent de gratitude infinie :

— Il faudrait que je fusse la plus ingrate des créatures... Ne vous devrai-je pas mon bonheur?

Alors se penchant sur elle, désignant le Chico du coin de l'œil, Pardaillan lui dit tout bas :

— Ne vous avais je pas prédit que vous finiriez par l'aimer?

— C'est vrai, fit-elle simplement. Tout ce que vous promettez arrive.

Pardaillan se mit à rire, de son bon rire si clair.

— Et maintenant, fit-il, savez-vous ce que je vous prédis?

— Quoi donc?

— C'est que votre premier enfant sera un garçon...

Juana rougit et, considérant la petite taille du nain, secoua la tête d'un air de doute.

— Un garçon, reprit Pardaillan en riant toujours, que vous appellerez Jean en souvenir de moi... et qui deviendra plus grand que moi... et qui sera solide comme un chêne.

— Je le crois, dit gravement Juana, puisque vous le dites, et je vous promets de lui donner le nom de Jean en souvenir de vous. Mais, monsieur le chevalier, quand on a eu l'honneur de vous connaître et de vous apprécier, comme nous, soyez assuré qu'on ne saurait vous oublier jamais.

— Chansons! murmura Pardaillan, embarrassé.

Quant au Chico, il ne disait rien, il ne pensait à rien.

Il croyait faire un rêve délicieux et ne souhaitait qu'une chose : ne se réveiller jamais.


## XXIII

### L'ÉCHAPPÉ DE L'ENFER


Le premier soin de Juana, en arrivant à l'hôtellerie, fut, naturellement, de faire appeler un médecin.

Pardaillan, bien qu'il fut à peu près sûr de ne pas s'être trompé, attendit impatiemment que le savant personnage, après un minutieux examen de la blessure, se fût prononcé.

Il arriva que le médecin confirma de tous points ses propres paroles. Avant huit jours le blessé serait sur pied... C'était miracle qu'il n'eût pas été tué roide.

Tranquille sur ce point, Pardaillan, malgré la chaleur, s'enveloppa dans son manteau et s'éclipsa à la douce, sans rien dire à personne. Dehors il se mit à marcher d'un pas rude dans la direction du Guadalquivir, et avec un sourire terrible il murmura :

— A nous deux, Fausta !

Fausta, après l'arrestation de Pardaillan et l'enlèvement de don César, était rentrée chez elle, dans cette somptueuse demeure qu'elle avait sur la place San-Francisco.

Pardaillan aux mains de l'Inquisition, elle s'efforça de le rayer de son esprit et de ne plus songer à lui.

Toutes ses pensées se portèrent sur don César et, par conséquent, sur les projets ambitieux qu'elle avait formés et qui avaient tous pour base son mariage avec le fils de don Carlos.

Les choses n'étaient peut-être pas au point où elle les eût voulues; mais, à tout prendre, elle n'avait pas lieu d'être mécontente.

Pardaillan n'était plus. La Giralda était aux mains de don Almaran qui avait eu la stupidité de se faire blesser par le taureau, mais qui, tout blessé qu'il fût, ne lâcherait pas sa proie. Le Torero était dans une maison à elle, chez des gens à elle.

En ayant la prudence de laisser oublier les événements qui s'étaient produits lors de l'arrestation projetée du Torero, en s'abstenant surtout de se rendre elle-même dans cette maison, elle était à peu près certaine que d'Espinosa ne découvrirait pas la retraite où était caché le prince.

Plus tard, dans quelques jours, lorsque l'oubli et la quiétude seraient venus, elle ferait transporter le prince dans sa maison de campagne et elle saurait bien le décider à adopter ses vues. Plus tard, aussi, lorsque cette vaste intrigue serait bien amorcée, elle s'occuperait de son fils... le fils de Pardaillan.

Un seul point noir : d'Espinosa paraissait être admirablement renseigné au sujet de cette conspiration, dont le duc de Castrana était le chef avéré et dont elle était, elle, le chef occulte.

D'Espinosa devait, par conséquent, connaître son rôle, à elle, dans cette affaire. Cependant il ne lui en avait jamais soufflé mot et toutes les tentatives qu'elle avait faites pour amener le grand inquisiteur à dévoiler sa pensée étaient venues se briser devant le mutisme absolu de cet homme impénétrable.

Une chose aussi l'agaçait. Elle sentait planer autour d'elle et même chez elle une surveillance occulte qui, à la longue, devenait intolérable.

Un jour elle avait eu la fantaisie d'aller faire un tour hors de la ville. A la porte de la Macarena, où le hasard l'avait conduite, sa litière fut arrêtée. Un officier vint la reconnaître et, sans s'opposer le moins du monde à sa sortie, en termes fort polis, déclara qu'il aurait l'honneur d'escorter Sa Seigneurie. Et aussitôt dix hommes d'armes, bien montés, entourèrent la litière.

Sans se départir de son calme habituel, Fausta fit remarquer qu'elle avait ses trois gentilshommes et que cette escorte lui suffisait. A quoi l'officier, toujours très poliment, fit observer que c'était l'ordre formel de S. M. le roi, qui tenait a honorer tout particulièrement Sa Seigneurie.

Fausta avait compris. Somme toute elle était prisonnière. Cela ne l'inquiétait pas autrement. Elle savait que lorsqu'elle le voudrait elle saurait fausser compagnie à son terrible allié : d'Espinosa. Mais cela l'énervait. Et elle se demandait, sans pouvoir se faire une réponse satisfaisante, quelles étaient les intentions du grand Inquisiteur à son égard.

Tout ceci avait été cause que pendant les quinze jours qu'avait duré la détention de Pardaillan, elle s'était tenue sur une extrême réserve.

Tous les jours elle allait voir d'Espinosa et s'informait de Pardaillan. D'Espinosa lui rendait compte de l'état du prisonnier et ce qui avait été fait ou se préparait.

Elle écoutait gravement, approuvait ou désapprouvait, donnait un conseil, soufflait une idée. Après quoi, pour clore l'entretien, elle s'informait immuablemen de l'état de don Almaran.

La veille de ce jour où nous avons vu Pardaillan arracher la Giralda aux griffes de Barba-Roja, elle était allée, dans la soirée, faire sa visite au grand inquisiteur. A ses questions, d'Espinosa, sur un ton étrange, avait répondu :

— Les tourments du sire de Pardaillan sont terminés.

— Dois-je comprendre qu'il est mort? avait demandé Fausta.

Et le grand inquisiteur, sans vouloir s'expliquer davantage, avait répété sa phrase :

— Ses tourments sont terminés.

En ce qui concernait don Almaran, elle avait appris que, complètement remis, il avait projeté d'aller le lendemain au château de Rih-Alzar, où l'appelait il ne savait quelle affaire.

Fausta n'était point sotte. Elle savait, elle, quelle était cette

affaire qui appelait Barba Roja à la forteresse de Bib-
Alzar. Et elle était rentrée chez elle.

Or ce jour, une heure environ après le moment où
nous avons vu Pardaillan s'éloigner en murmurant :
« A nous deux, Fausta ! », la princesse se trouvait dans
ce petit oratoire de sa maison de campagne qui, on ne
l'a pas oublié sans doute, communiquait par une porte
secrète avec les sous-sols mystérieux de la somptueuse
demeure.

Au moment où nous pénétrons dans cette petite pièce,
très simplement meublée, Fausta terminait un long
entretien qu'elle venait d'avoir avec le Torero.

— Madame, disait le Torero d'une voix très triste,
croyant m'amener a accepter vos propositions en levant
certains scrupules que j'avais, vous avez eu la cruauté
de me faire connaître la douloureuse et sombre vérité
sur ma naissance. Peut-être eût-il été plus humain de
me laisser ignorer cette fatale vérité!... N'importe, le
mal est fait, il n'y a plus à y revenir... Mais votre but
n'est pas atteint. A quoi bon vous obstiner inutilement?
Je ne suis pas le frénétique ambitieux que vous avez
souhaité Je n'éprouve aucune jouissance malsaine à la
pensée de dominer mes semblables, et maintenant plus
que jamais, je suis résolu à ne pas me dresser contre
celui qui est et restera, pour moi, le roi... pas autre
chose. Mon ambition, madame, est de me retirer dans ce
beau pays de France avec mon ami M. de Pardaillan, et
de tâcher de me faire ma place au soleil. Le rêve de ma
vie est de finir mes jours avec la compagne que j'ai
choisie. Celle là n'a pas votre incomparable beauté, elle
n'a ni titres ni richesses, elle n'a même pas un nom à
elle....Mais je l'aime... et cela suffit.

— Oh! gronda Fausta avec rage aurai-je donc toujours cette cruelle déception, croyant m'adresser à des
hommes, de ne rencontrer que des femmes... de misérables et faibles femmes, qui ne vivent que de sentiment!... Pourquoi ne suis je pas un homme moi-
même?. .

— Eh! madame, ne faites pas fi du sentiment! Il
nous aide diantrement à trouver la vie supportable.

Comme si elle n'avait pas entendu, Fausta continua .

— Ce Pardaillan que tu veux suivre, misérable insensé, ce Pardaillan, l'homme du sentiment par excellence, sais-tu seulement ce qu'il est devenu?

— Que voulez-vous dire? s'exclama le Torero qui ignorait l'arrestation du chevalier.

— Mort! dit Fausta d'une voix glaciale. Mort, ce Pardaillan dont la pernicieuse influence t'a soufflé ta stupide résistance. Mort fou.. fou furieux... Ah! ah! ah! un fou furieux était tout désigné pour servir de modèle à cet autre fou que tu es toi-même! Et c'est moi, moi, Fausta, qui l'ai acculé à la folie, moi qui l'ai précipité dans le néant.

— Par le Christ! madame si ce que vous dites est vrai, votre. .

D'un geste violent, Fausta l'interrompit.

— Tu m'écouteras pas jusqu'au bout, gronda-t-elle. Et n'oublie pas qu'au moindre geste que tu feras, tu tomberas pour ne plus te relever. . Ces murs ont des yeux et des oreilles et je suis bien gardée . César... tu te crois appelé César. Quant à ta bien-aimée... la petite bohémienne pour qui tu refuses le trône que je t'offre... eh bien sache-le donc, misérable fou, elle est morte... morte, entends-tu?.. morte déshonorée, salie par les baisers de Barba-Roja... Sois donc fidèle à son souvenir. . Peut-être, toi aussi, à l'imitation de Pardaillan le fou, as-tu résolu de vivre éternellement fidèle au souvenir d'une morte .. une morte souillée!

D'un bond le Torero fut sur elle et lui saisit le poignet, et avec des yeux de dément il lui cria dans la figure:

— Répétez... répétez ces infâmes paroles .. et j'en atteste Dieu, votre dernière heure est venue... Vous ne pourrez plus jamais vous vanter d'avoir assassiné per...

Fausta ne sourcilla pas. Elle ne chercha pas à se dégager de son étreinte. Seulement sa main libre alla fouiller dans son sein et en sortit un mignon petit poignard.

— Une simple piqûre de ceci, dit-elle froidement, et tu es mort. La pointe de ce stylet a été plongée dans un **poison qui ne pardonne pas.**

Et profitant de sa stupeur, elle se dégagea d'un geste brusque, et s'adossant à la cloison, de sa voix implacable, elle reprit :

— Je répète : Pardaillan est mort fou... et c'est mon œuvre... Ta fiancée est morte souillée... et c'est encore mon œuvre... Et toi tu vas mourir désespéré... et ce sera mon œuvre, encore toujours !...

En disant ces mots, elle actionna le ressort qui ouvrait la porte secrète et, sans se retourner, elle fit un bond en arrière.

Elle se heurta à une poitrine humaine. Un homme était là... derrière cette porte secrète qu'elle croyait être seule à connaître... Un homme qui avait entendu, peut-être, ce qu'elle venait de dire. Qui était cet homme ? Peu importait. L'essentiel était qu'il disparût. Elle leva le bras armé du poignard empoisonné et l'abattit dans un geste foudroyant.

Sa main fut happée au passage par une autre main, une tenaille vivante qui lui broya le poignet et l'obligea à lâcher l'arme mortelle, ensuite de quoi la tenaille la ramena dans le cabinet, cependant qu'une voix narquoise qu'elle reconnaissait enfin disait :

— J'entends parler de mort, de poison, de folie, de torture, que sais-je encore ! J'imagine que Mme Fausta doit avoir un entretien d'amour... Toutes les fois que Fausta parle d'amour, elle prononce le mot : mort.

A ces paroles, à cette apparition inattendue, un double cri, jeté sur un ton différent, retentit :

— Pardaillan !...

— Moi-même, madame, fit Pardaillan, qui resta devant la porte secrète comme pour en interdire l'approche à Fausta.

Et de cette voix blanche qu'il avait dans ses moments de colère terrible, il reprit :

— Mon compliment, madame, ceux que vous tuez se portent assez bien, Dieu merci !... Et quant à la folie furieuse dont vous parliez tout à l'heure... peut-être suis-je fou, en effet, mais c'est du désir impérieux de vous écraser comme une bête venimeuse que vous êtes... Puissé-je être foudroyé sur l'heure plutôt que d'injurier et menacer une femme !... Mais vous, madame, j'ai eu beau m'opiniâtrer à voir en vous une femme et vous traiter comme telle, vous vous êtes acharnée à me prouver, de mille et une manières, que vous étiez un monstre vomi par l'enfer .. Il me faut bien me rendre à l'évidence et vous traiter en conséquence.

— Pardaillan! .. vivant!... répéta Fausta.

— Vivant, morbleu ! bien vivant, madame .. Aussi vivant que cette jolie Giralda que vous aviez condamnée et qui n'a pas été souillée par l'illustre Barba Roja, attendu que la main que voici l'a proprement expédié dans un autre monde... avant qu'il eût pu consommer l'attentat odieux que vous aviez prémédité... N'avez-vous pas proclamé que tout cela était votre œuvre ? .

— Vivante !... Giralda est vivante ? haleta le Torero.

— Tout ce qu'il y a de plus vivante, mon prince... Et soyez tranquille, nul n'a frôlé même le bout de son doigt.

— Oh ! Pardaillan ! Pardaillan !... comment pourrai-je...

— Laissez donc .. J'ai bien d'autres chiens à fouetter pour l'heure ! interrompit Pardaillan avec cette brusquerie qu'il affectait quand il voulait couper court à un attendrissement.

Cependant Fausta s'était ressaisie. Cette femme extraordinaire avait lu sa condamnation dans les yeux de Pardaillan.

— Si je ne le tue... il me tue, se dit-elle avec ce calme surhumain qu'elle avait. Mourir n'est rien... mais je ne veux pas mourir de sa main.. à lui. . Tentons l'ultime chance.

Et d'un geste prompt comme l'éclair, elle saisit un petit sifflet d'argent qu'elle avait suspendu à son cou et le porta à ses lèvres.

Pardaillan vit le geste. Il eût pu l'arrêter. Il dédaigna de le faire.

Mais en même temps que Fausta appelait, lui, d'un geste plus rapide encore, tira d'un même coup sa dague et son épée, et tendant la dague à don César, désarmé, avec une physionomie hermétique, une voix étrangement calme :

— Vous demandiez comment vous acquitter du peu que j'ai fait pour vous? Je vais vous le dire : Prenez ceci... et gardez-moi madame... gardez-la moi précieusement... Vous m'en répondez sur votre vie... Au moindre geste suspect de sa part, abattez la sans pitié... comme un chien enragé.

Et avec un accent d'irrésistible autorité :

— Faites ce que je vous demande... pas autre chose... et nous serons quittes, mon prince.

Et le prince, subjugué par l'irrésistible ascendant de cet homme, prit silencieusement la dague qu'on lui tendait et se plaça près de Fausta, avec un visage si froidement résolu que Pardaillan se sentit rassuré sur ce point et remercia d'un mince sourire.

Cependant la porte s'était ouverte. Quatre hommes, l'épée nue à la main, se montrèrent sur le seuil. Et sans doute ne s'attendaient-ils pas à trouver là cet adversaire car ils s'arrêtèrent indécis et se consultèrent du regard avant d'attaquer. Et Pardaillan, voyant leur hésitation, de sa voix narquoise, railla :

— Bonsoir, messieurs !... Monsieur de Chalabre, monsieur de Montsery, monsieur de Sainte-Maline, enchanté de vous revoir !

— Monsieur, dit poliment Sainte-Maline en saluant galamment, tout l'honneur est pour nous.

Chalabre et Montsery exécutèrent la plus impeccable des révérences de cour que Pardaillan leur rendit très poliment, en ajoutant :

— Nous allons donc une fois de plus essayer de mettre à mal le sire de Pardaillan... S'il ne m'était si cher, et pour cause, je vous souhaiterais volontiers meilleure chance, messieurs.

— Vous nous comblez, monsieur, dit Montsery.

— A vrai dire, ce n'est pas vous que nous pensions trouver ici, ajouta Chalabre.

— Et malgré la sympathie que nous avons toujours eue pour vous — du diable si nous savons pourquoi — nous ferons de notre mieux pour que cette fois-ci soit la bonne, répliqua Sainte-Maline.

Le quatrième personnage qui accompagnait les trois ordinaires n'était autre que Bussi-Leclerc.

Sa stupeur avait été telle, en reconnaissant Pardaillan, qu'il était encore là, sans parole, immobile, les yeux exorbités comme pétrifié.

Pardaillan l'avait tout de suite aperçu, mais suivant une tactique qui avait le don d'exaspérer le célèbre bretteur, il feignait de ne pas le voir.

Jusqu'ici il avait répondu aux trois gentilshommes avec cette politesse raffinée qui était d'usage alors, comme si Bussi-Leclerc n'eût pas existé pour lui.

Cependant il ne le perdait pas de vue. Au compliment de Sainte-Maline, il s'écria tout à coup avec un air de surprise indignée :

— Mais que vois-je ?... Mais oui, c'est Jean Leclerc !... Comment des gentilshommes aussi accomplis peuvent-ils se commettre en semblable compagnie ! Fi ! messieurs, vous me chagrinez !... Comment des braves tels que vous peuvent-ils s'accommoder de la présence de ce lâche... Mais regardez-le donc !... Voyez, sur sa joue, la trace de la main que voici, et qui s'abattit sur sa face suant la peur, est encore apparente ... Fi donc !

Ces paroles produisirent l'effet qu'il en attendait. Sans dire un mot, les dents serrées, fou de honte et de fureur, Bussi-Leclerc coupa court aux compliments alambiqués en se ruant, l'épée haute, et les autres bondirent à la rescousse.

Pendant un moment, qui parut mortellement long à Fausta gardée à vue par le Torero, on n'entendit, dans le petit cabinet, que le froissement du fer et le souffle rauque des combattants qui s'escrimaient en silence.

La pièce était petite; si simplement meublée qu'elle fût, les quelques meubles qu'elle renfermait diminuaient encore l'espace et gênaient les mouvements.

Les quatre bravi se gênaient mutuellement plus qu'ils ne s'aidaient.

Pardaillan était plus libre de ses mouvements qu'eux. Il était resté le dos tourné à la porte secrète ouverte derrière lui.

Fausta avait immédiatement remarqué ce détail. Elle se disait que si Pardaillan avait voulu il aurait pu l'entraîner avec lui, bondir par cette ouverture, repousser la porte et il se serait ainsi dérobé à la lâche agression des quatre. Il ne l'avait pas fait ; donc il ne l'avait pas voulu.

Pourquoi ? Parce qu'il était *sûr* de battre ses agres-
seurs, se répondait Fausta.

Et un morne désespoir lentement s'emparait d'elle.
Elle voyait, elle sentait que Pardaillan serait vainqueur.

Et elle ?... Elle aurait donc, et toujours inutilement,
essayé de l'atteindre par un coup de traîtrise !... Pardaillan se déferait sans peine des quatre assassins et elle se
trouverait alors irrémédiablement à sa merci.

Les quatre s'animaient ; ils frappaient d'estoc et de
taille, ils bondissaient, renversant les obstacles, se ruaient
en avant, rompaient d'un bond de fauve, s'écrasaient sur
le parquet pour se relever aussitôt, et maintenant les injures, les menaces les plus effroyables sortaient de leurs
bouches crispées.

Pardaillan restait immuable, impavide, ferme comme
un roc. Il n'avançait pas encore, mais il n'avait pas rompu
d'une semelle.

Il semblait s'être interdit de franchir cette porte ouverte derrière lui et il se tenait parole. Son épée seule
agissait. Elle était partout à la fois, parant ici, frappant
là, se multipliant avec une telle rapidité qu'on eût pu
croire que, tel le Briarée de la mythologie, il disposait de
plusieurs bras armés de glaives étincelants.

Cependant Pardaillan aussi commençait à s'échauffer,
et il se disait surtout qu'il était temps d'en finir.

Alors il se mit en marche, attaquant à son tour avec
une impétuosité irrésistible.

Son effort se portait principalement sur Bussi. Et ce
qui devait arriver arriva. Pardaillan se fendit dans
un coup droit foudroyant et Bussi tomba comme une
masse.

Or, pendant tout le temps qu'avait duré cette lutte
inégale, Bussi n'avait eu qu'une crainte, si tenace, si
violente, qu'elle le paralysait et lui enlevait la meilleure
partie de ses moyens. Bussi se disait : « Il va me désarmer... encore ! » Si bien que lorsqu'il reçut le coup en
pleine poitrine, il eut un sourire de satisfaction intense,
et en rendant un flot de sang, il exhala sa satisfaction
dans ce mot :

— Enfin !...

Et il demeura immobile... à jamais.

Alors Pardaillan s'occupa sérieusement des trois qui restaient. Et aussi paisiblement que s'il eût été sur les planches d'une salle d'armes, il dit très sérieusement :

— Messieurs, en souvenir de certaine offre galante que vous me fîtes un jour que vous me croyiez dans l'embarras, je vous ferai grâce de la vie...

Et avec un froncement de sourcils :

— Mais comme vous devenez par trop encombrants, je me vois obligé de vous condamner à l'inaction... pour un bout de temps.

Il achevait à peine que Sainte-Maline, la cuisse traversée, s'écroulait en poussant un cri de douleur.

— Un!... compta froidement Pardaillan.

Et presque aussitôt :

— Deux !

C'était Chalabre qui était atteint à l'épaule.

Restait Montsery, le plus jeune. Pardaillan baissa son épée et dit doucement !

— Allez-vous-en !

— Fi ! monsieur, s'écria Montsery, rouge d'indignation, je ne mérite pas l'injure que vous me faites.

Et il se rua à corps perdu.

— C'est vrai ! confessa gravement Pardaillan en parant, je vous demande pardon... Trois !...

— A la bonne heure, monsieur ! cria joyeusement Montsery, en secouant son poignet droit traversé de part en part. Vous êtes un galant homme... Merci !

Et il s'évanouit.

Pardaillan considéra un moment, avec une inexprimable pitié, les quatre corps étendus sans mouvement, et avec un mouvement d'épaules comme pour jeter bas le fardeau d'une obsédante pensée :

— J'ai défendu ma peau, murmura-t-il. Au surplus ils en seront quittes pour garder la chambre un bon mois. Quant à celui-ci (Bussi-Leclerc) Dieu m'est témoin ' je j'ai agi sans haine vis-à-vis de lui,... A toutes nos rencontres il a voulu me tuer... Finalement j'ai perdu patience et cela lui a porté malheur.

Telle fut l'oraison funèbre de Bussi-Leclerc, spadassin redoutable, maître incontesté en fait d'armes... qui avait enfin trouvé son maître.

Après avoir ainsi médité, Pardaillan se tourna vers Fausta, et d'une voix cinglante comme un coup de fouet, il dit en montrant la porte par où les bravi avaient fait irruption :

— Si vous avez d'autres assassins apostés par là... ne vous gênez pas... usez encore un coup de ce joli sifflet l'argent qui pendille sur votre sein...

Morne, désemparée pour la première fois de sa vie, peut-être, Fausta fit : non ! d'un signe de tête farouche.

— Eh ! quoi ! fit Pardaillan avec une ironie méprisante, plus insultante que la plus sanglante de injures, eh ! quoi ! quatre pauvres petits assassins seulement, au tour de Fausta ?... Voyons, en cherchant bien !...

— A q''oi bon ! confessa Fausta d'un air profondément découragé.

— Ah ! je me disais aussi !... ricana Pardaillan. Alors, puisque vous refusez mon offre pourtant séduisante, permettez que je prenne mes précautions pour qu'on ne vienne pas nous déranger.

En disant ces mots, il alla fermer la porte à clef, poussa le verrou intérieur et mit la clef dans sa poche. Ceci fait, il retourna lentement vers Fausta, et son visage, jusque-là railleur et dédaigneux, avait pris une expression de menace si terrible que Fausta, affolée, clama dans son esprit :

— C'est fini !... Il va me tuer !... lui !... lui !...

Pardaillan, sans prononcer une parole, s'approcha d'elle avec une lenteur effroyable.

Et elle, pétrifiée, avec des yeux sans expression, le regardait s'approcher sans faire un mouvement.

Quand il fut contre elle, poitrine contre poitrine, sans desserrer les dents, avec un regard effrayant, d'un éclat insoutenable, avec la même lenteur calculée, il leva les mains et les abattit sur ses épaules qui ployèrent. Puis les mains remontèrent, s'arrêtèrent au cou qu'elles agrippèrent, et les doigts sur la nuque, les deux pouces sous le menton, commencèrent d'exercer l'inévitable et mortelle pression .

Alors, d'un geste animal, Fausta rentra la tête dans les épaules. Ses yeux de diamant noir, ordinairement si graves, si calmes, si clairs, se levèrent sur lui, effarés, suppliants, et dans un gémissement, elle implora :

— Pardaillan !... ne me tue pas !...

— Ah ! éclata Pardaillan, avec un éclat de rire plus effrayant que sa colère de tout à l'heure, ah ! c'est donc vrai !... Tu as peur !.. peur de mourir !... Fausta a peur de la mort !... Ah ! ceci te manquait, Fausta !.. Jusqu'ici je t'ai vue froidement féroce, ambitieuse insatiable, tortionnaire géniale, fanatique, forcenée, pratiquant l'assassinat sous toutes ses formes, mais du moins je ne te savais pas lâche... Oui, vraiment, ceci te manquait !... Fausta a peur de mourir !...

Devant cette violente sortie, Fausta se redressa majestueusement. Le calme prodigieux, qui l'avait abandonnée un instant, lui revint comme par enchantement, et avec un accent de souveraine hauteur, en le fixant droit dans les yeux :

— Je n'ai pas peur de la mort... et tu le sais bien, Pardaillan.

— Allons donc ! ricana le chevalier, tu as peur !... Tu as demandé grâce... là... à l'instant.

— J'ai demandé grâce, c'est vrai !... Mais je n'ai pas peur... pour moi.

Et d'un geste prompt comme la foudre, profitant de l'inattention du Torero qui suivait cette scène fantastique avec un intérêt passionné, elle lui arracha la dague qu'il tenait machinalement, déchira d'un geste violent son corsage et, appuyant la pointe de la dague sur son sein nu, avec un accent de froide résolution :

— Répète que Fausta a peur... et je tombe foudroyée à tes pieds... Et toi, Pardaillan, tu ne sauras jamais pourquoi je t'ai demandé grâce.

Pardaillan comprit qu'elle ferait comme elle disait.

Il était d'ailleurs trop loyal pour ne pas admirer le geste superbe. Puis, ces mots : « Tu ne sauras jamais pourquoi je t'ai demandé grâce ! » avaient éveillé sa curiosité. Que voulait elle dire ? Quelle dernière surprise — terrible peut-être — lui ménageait-elle encore ?

Il voulut savoir. Il inclina légèrement la tête, et de sa voix glaciale :

— Soit, dit-il. Je ne répéterai pas... J'attendrai, pour me prononcer, que tous vous soyez expliqués... Car

enfin, vous ne sauriez nier que vous avez demandé
grâce !

Lentement, sans émotion apparente, elle abaissa son
bras armé, et de cette voix chaude et prenante, avec un
accent de sincérité manifeste, avec un air de dignité impressionnant :

— Oui, je t'ai demandé grâce... et je le ferai encore...
Mais écoute, Pardaillan, il m'a fallu mille fois plus de
courage pour t'implorer qu'il n'en faudrait pour me per
cer de ce fer... En implorant la pitié, je t'ai donné la
plus belle, la plus complète preuve d'amour qu'il était en
mon pouvoir de te donner.

Et comme il la regardait d'un air étonné, cherchant à
comprendre le sens de ses paroles :

— Ecoute-moi, Pardaillan, et tu comprendras.

Et elle continua en s'animant peu à peu :

— Oui, j'ai voulu te tuer, oui, j'ai cherché à t'atteindre par les moyens les plus horribles, j'en conviens, oui,
j'ai été froidement cruelle et sans cœur... mais je t'aimais, Pardaillan... je t'ai toujours aimé... et toi, tu
m'as dédaignée... Comprends tu ?... Mais si j'ai été implacable et odieuse dans ma haine, qui était de l'amour,
entends tu ? Pardaillan, je n'ai pas voulu — ah ! cela,
jamais ! — je n'ai pas voulu qu'un jour *ton fils* pût se
dresser devant toi et te demander :

» — Qu'avez-vous fait de ma mère ? »

» Je n'ai pas voulu que cette chose horrible arrivât...
parce que je suis la mère de ton fils. Comprends tu maintenant pourquoi je t'ai demandé grâce ? Pourquoi tu ne
peux pas tuer la mère de ton enfant ?

En entendant ces paroles, qu'il était à mille lieues de
prévoir, le sentiment qui domina chez Pardaillan fut
l'étonnement, un étonnement prodigieux.

Eh ! quoi ! il était père ?... Il avait un fils, lui, Pardaillan ?... Et c'était dans des circonstances aussi
extraordinaires qu'on lui annonçait cette paternité !...

On conçoit que cela n'était pas fait pour éveiller en lui
la fibre paternelle...

Cependant, avec un sentiment de la force de Pardaillan, on ne pouvait jurer de rien.

Qui pouvait prévoir jusqu'où le conduirait plus tard

cette révélation qui le laissait momentanément indifférent, du moins en apparence?

Néanmoins on comprend qu'il voulut savoir à quoi
s'en tenir sur la naissance de ce fils et il interroge
Fausta qui lui fit le récit des événements que nous avons
relatés dans les premiers chapitres de cette histoire.
Pardaillan écouta ce récit avec une attention soutenue,
et quand elle eut terminé:

— En sorte que, fit-il, mon fils se trouve, *peut-être*, à
l'heure qu'il est, à Paris, sous la garde de votre suivante
Myrthis... Et vous, digne mère, vous n'avez su trouver le temps de vous occuper de cet enfant... Il est vrai
que vous aviez fort à faire... et de si graves choses... Enfin, ce qui est fait est fait.

Fausta courba la tête.

— Que comptez-vous faire? fit-elle.

— Mais... je compte rentrer à Paris... puisque aussi
bien ma mission est terminée.

— Vous avez le document?

— Sans doute!... Et vous, quelles sont vos intentions?

— Je n'ai plus rien à faire non plus ici... Sixte-Quint
est mort. Je compte me retirer en Italie, où on me laissera vivre tranquille... Je l'espère, du moins.

Ils se regardèrent un moment fixement, puis ils dé-
tournèrent leurs regards. Ni l'un ni l'autre ne posa nettement la question au sujet de l'enfant. Peut-être chacun
avait-il à part soi son idée bien arrêtée, qu'il tenait à ne
pas dévoiler.

Pardaillan se leva et, s'inclinant légèrement:

— Adieu, madame, fit-il froidement.

— Adieu, Pardaillan! répondit-elle sur le même
ton.

# EPILOGUE

En rentrant à l'auberge de la Tour avec le Torero, Pardaillan trouva un dominicain qui l'attendait patiemment: dom Benito, un des secrétaires d'Espinosa, ce même moine qui avait si adroitement enfermé Fausta dans le cabinet truqué du grand inquisiteur pour lui soustraire le fameux parchemin que Pardaillan lui fit restituer.

Le moine venait de la part de Mgr le grand inquisiteur annoncer à Sa Seigneurie que S. M. le roi recevrait en audience d'adieux M. l'ambassadeur le dernier jour de la semaine. En même temps le moine remit à Pardaillan un sauf conduit en règle pour lui et sa suite plus un bon de 50.000 ducats d'or (1) au nom de don César el Torero, payables à volonté dans n'importe quelle ville du royaume, ou à Paris, y encore dans n'importe quelle ville du gouvernement des Flandres.

Le roi reçut fort aimablement M. l'ambassadeur et l'assura que l'Espagne ne ferait aucune difficulté pour reconnaître Sa Majesté de Navarre comme roi de France le jour où Elle se convertirait à la religion catholique.

D'Espinosa pria l'ambassadeur de bien vouloir accepter un souvenir que le grand inquisiteur lui offrait personnellement, comme au plus brave, au plus digne gentilhomme qu'il eût jamais eu à combattre.

Ce souvenir, que Pardaillan accepta avec une joie visible, était une épée de combat, une longue, solide et merveilleuse rapière, signée d'un des meilleurs armuriers de Tolède.

Pardaillan l'accepta d'autant plus volontiers que ce n'était pas là une arme de parade, mais une bonne et solide rapière très simple. Seulement, en rentrant à l'auberge, il s'aperçut que cette rapière si simple avait sa

---

(1) Plus de cinq cent mille francs, qui représentent un peu plus de deux millions, valeur actuelle.

garde enrichie de trois diamants dont le plus petit valait pour le moins cinq à six mille écus.

Le Chico, qui se remettait à vue d'œil, grâce à la constante sollicitude de « sa petite maîtresse », se vit doter, par la générosité reconnaissante du Torero, d'une somme de cinquante mille livres, ce qui ne contribua pas peu à le faire bien voir du brave Manuel, lequel n'avait pas consenti sans faire la grimace au mariage de sa fille, la jolie et riche Juana, avec ce bout d'homme, gueux comme Job de biblique mémoire.

Pardaillan voulut assister au mariage du nain, estimant qu'il lui devait bien cette marque d'amitié.

D'ailleurs on peut dire sans exagérer que ce mariage fut un véritable événement et que tout ce que la ville comptait de huppés et même de gens de la cour eut la curiosité d'assister à cette union qualifiée d'extravagante par plus d'un. Mais quand on vit l'adorable couple qu'ils formaient, un concert de louanges et de bénédictions s'éleva de toutes parts.

Il va sans dire que, dès que le petit homme avait été en état de le faire, Pardaillan avait repris consciencieusement ses leçons d'escrime et se montrait surpris et émerveillé des progrès rapides de son élève.

Enfin Pardaillan reprit la route de France, emmenant avec lui le Torero et sa fiancée, la jolie Giralda, lesquels avaient résolu de s'unir en France même.

Un mois environ après son départ de Séville, Pardaillan apportait à Henri IV le précieux document conquis au prix de tant de luttes et de périls, et lui rendait un compte minutieux de l'accomplissement de sa mission.

— Ouf! s'écria le Béarnais en déchirant en mille miettes, avec une satisfaction visible, le fameux parchemin. Ventre-saint-gris! monsieur, je vous devrai deux fois ma couronne... Ne dites pas non... J'ai bonne mémoire. Ça, voyons, demeurerez-vous intraitable et ne pourrai-je rien pour vous?

— Ma foi, sire, répondit Pardaillan avec son sourire bon enfant, voici qui tombe à merveille. J'ai précisément une faveur à demander à Votre Majesté.

Bon! fit joyeusement le roi. Voyons la faveur... et si vous n'êtes pas trop exigeant...

Et en lui-même il se disait :

— Tu y viens, comme tous les autres!...

Et Pardaillan se disait de son côté:

— ... Si vous n'êtes pas trop exigeant!...: Tout le Béarnais est dans ces mots.

Et tout haut :

— Je demanderai à Votre Majesté la faveur de lui présenter un ami que j'ai ramené d'Espagne.

— Comment, c'est tout?...

— Je demanderai pour lui un emploi honorable dans les armées du roi.

Et saisissant la grimace imperceptible du roi, il ajouta froidement :

— Un emploi honorifique... cela va de soi... Mon ami est assez riche pour se passer d'une solde.

— Bon ! Du moment que...

Pardaillan sourit de l'aveu et reprit, toujours froidement :

— Votre Majesté voudra bien, en souvenir de la haute estime dont elle veut bien m'honorer, s'intéresser particulièrement à mon ami et lui faciliter les occasions de se produire à son avantage.

— Diable ! fit le roi surpris.

— Enfin Votre Majesté voudra bien ériger en duché la terre que cet ami compte acheter en France.

— Ho ! diable !... diable ! .. un duché !... comme cela... d'un coup... à quelque croquant... Cela fera hurler !

— Vous laisserez hurler, sire !... Mais mon ami n'est pas un croquant... Il est de noblesse authentique... et de très bonne noblesse.

— Si vous en répondez ! fit le roi hésitant.

— J'en réponds, sire... Enfin, est-ce oui, est-ce non ?

— C'est oui, diable d'homme !... Vous ne trouverez cependant pas excessif que je sache à qui doit s'adresser cette faveur ?

— Du moment qu'elle est accordée, non, fit Pardaillan, qui avait repris son air bon enfant.

Et, en quelques mots, il expliqua qui était le Torero pour qui il demandait ces faveurs qui avaient paru excessives au roi.

— Eh ! ventre saint-gris ! que ne l'avez-vous dit tout de suite ?

— J'avais mon idée, sire, répondit Pardaillan en souriant.

Le roi le regarda un moment dans les yeux, puis il éclata de rire en levant les épaules. Il avait deviné à quel mobile avait obéi Pardaillan.

Alors, lui prenant la main avec une émotion réelle :

— Et pour vous ?.., Ne me demanderez-vous rien ?

— Mais je n'ai besoin de rien sire, fit Pardaillan de son air le plus naïf. Ou plutôt si... j'ai besoin de quelque chose ..

— Ah ! vous voyez bien !..,

— J'ai besoin, continua Pardaillan imperturbable, d'avoir toute ma liberté à moi.

— Ah ! fit le roi déçu, quelque aventure extraordinaire, sans doute ?

— Mon Dieu ! non, sire.., une aventure bien banale... Un enfant à rechercher.

— Un enfant ? fit le roi très étonné. En quoi cet enfant peut-il bien vous intéresser ?

— C'est mon fils ! répondit Pardaillan en s'inclinant.


# FIN

# ŒUVRES DE
# PONSON DU TERRAIL

## 1 fr. 75 le volume

### VOLUMES PARUS :


1. La Jeunesse du Roi Henri
2. Les Galanteries de Nancy-la-Belle.
3. Les Amours du Valet de Trèfle.
4. La Reine des Barricades
5. Rocambole.
6. Le Club des Valets de Cœur.
7. Les Exploits de Rocambole.
8. La comtesse Artoff.
9. La Résurrection de Rocambole.
10. L'Auberge maudite
11. La Maison de Fous.
12. Les Étrangleurs.
13. Les Millions de la Bohémienne.
14. Un drame dans l'Inde.
15. Le dernier mot de Rocambole.
16. L'Enfant perdu
17. Les Tribulations de Shoking.
18. Rocambole en prison.
19. La corde du pendu.
20. Les voleurs du grand monde.
21. Carlahut
22. Le Buveur de Rko.
23. Le Paris mystérieux
24. Les Compagnons de l'Amour
25. La Dame au gant noir.
26. Le Forgeron de la Cour-Dieu
27. Les Amours d'Aurore
28. La Justice des Bohémiens.
29. Les Cavaliers de la Nuit.
30. Le Page du Roi.
31. La Messe Noire.
32. Le Palais mystérieux.
33. Le Capitaine Coquelicot
34. Les Gandins
35. L'Agence Matrimoniale
36. Le Capitaine des Pénitents Noirs.
37. Pas-de-Chance.
38. Les Mystères des Bois
39. La Chasse à la Muette
40. Mémoires d'un Gendarme
41. Les Orphelins de la Saint-Barthélemy.
42. Le Capitaine Curebourse.
43. L'Armurier de Milan.
44. Le Filleul du Roi.
45. L'Héritage du Roi René.
46. Le secret du D<sup>r</sup> Rousselle.

Imprimerie L. GUILLAUME. — 1926
41, rue de la Chapelle, Paris (XVIII<sup>e</sup>)
Téléphone : *NORD 53-42*